毛宗岗批评本 三国演义 上

〔明〕罗贯中 著 〔清〕毛宗岗 批评

岳麓书社·长沙

宴桃园豪杰三结义 （赵成伟 绘）

三英战吕布　（赵成伟 绘）

勤王室马腾举义 （赵成伟 绘）

太史慈激战小霸王 （赵成伟 绘）

关张共擒王刘二将 （赵成伟 绘）

关云长挂印封金 （赵成伟 绘）

劫乌巢孟德烧粮 （赵成伟 绘）

刘玄德三顾草庐（赵成伟 绘）

前　言

一

　　明高儒在《百川书志》中说罗贯中"据正史，采小说，证文辞"而创作了《三国志通俗演义》。这里的"小说"，系指元刊《三国志平话》和流行于民间的说话故事。例如《演义》里的《死诸葛走仲达》就撷自于民间传说。这个故事的历史渊源，据一粟《谈唐代的三国故事》的考定，最早见于东晋习凿齿的《汉晋春秋》，但写的是姜维使计打出诸葛亮旗号而吓退司马懿，并非死诸葛亮吓退司马氏。佛典唐道宣注《四分律删繁补阙行事钞》、唐大觉《四分律行事钞批》注疏、唐景霄《四分律行事钞简正记》卷十六注疏，都提到了"死诸葛怖生仲达"。刘知幾《史通》卷五《采撰》也说："诸葛犹存，此皆得之于行路，传之于众口。"所谓"诸葛犹存"，就是道宣、大觉、景霄注疏中所说的"死诸葛走生仲达"，显然在唐代已是传于众口的民间故事了。晚唐陈盖注释胡曾《咏史诗》之《五丈原》中也云："居岁，夜有长星堕落于原，武侯病卒而归。临终为□□□仪曰：'吾死之后，可以米七粒并水于口中，手把笔并兵书，心前安镜，□（足）下以土，明灯其头，坐升而归。'仲达占之云未死；有百姓告云武侯病死，仲达又占之云未死，竟不取趁之，遂全军归蜀也。"这也是转述当时流行于民间、脍炙人口的三国故事。罗贯中在《演义》里引用胡曾诗十二首之多，说明他看过陈盖的注释，正是依据陈盖所引的民间故事系统，沿照元刊本《三国志平话》的《秋风五丈原》，大加铺展，写出了《孔明秋风五丈原》和《死诸葛走生仲达》两则，大胆创造了木雕原身吓走司马懿的情节，着力渲染诸葛亮悲壮之死，刻画司马懿多疑的性格。

无论隋唐时期是否有专职说书艺人说三国故事，但已有人说三国的事迹，并有木偶戏演出。高承《事物纪原》卷九载："仁宗时，市人有能谈三国者，或采其说加缘饰作影人，始为魏蜀吴三分战争之像。"张未《明道杂志》也称："京师有富家子……甚好看弄影戏，每弄至斩关羽，辄为之泣下，嘱弄者且缓之。"可见三国故事在唐代是很火的。按《都城纪胜》的记载，影戏是有话本的，"其话本与讲史书者颇同，大抵真假相半"。影戏话本与讲史相通，肯定有许多虚构，有些场面和人物给人们留下了深刻印象，所以宋话本《简帖和尚》才有"当阳桥上张飞勇，一喝曹兵百万兵"。《西湖三塔记》亦有句云："眉疏目秀，气爽神清，如三国内马超。"《洛阳三怪记》赞徐道士祭坛召来大风时说："睢河逃汉主，赤壁走曹公。"显然，三国故事也深入宋人人心，成为讲史话本中不可或缺的科目，而且有专门说"三分"的艺人，加之元至治（1321—1323）年间刊《全相三国志平话》与《三分事略》，元代五十一种三国杂剧，都可能为罗贯中《通俗演义》的改编与创作提供丰富的素材。

不过，以弘治本《三国志通俗演义》与《全相三国志平话》、正史陈寿的《三国志》及裴松之注，宋司马光的《资治通鉴》加以比

勘，罗贯中虽沿袭《平话》本的叙事路线和若干情节，但主要依据
正史文本，进行了创造性的再创作。

二

《三国志通俗演义》的作者为元末明初人罗贯中，关于他生平的
记载寥寥可数，只知名本，字贯中，号湖海散人。杭州人，祖籍可
能是山西太原。同罗贯中有"忘年交"的，也是元末明初人贾仲明
在《录鬼簿续编》中说："至正甲辰复会，别来又六十馀年，竟不知
其所终。"至正甲辰年为公元 1364 年，罗贯中大约是由元入明的元
末明初人。

既然罗贯中为元末明初人，那么，《三国演义》的成书时间，也
当在元末明初，或明代中叶，学界至今没有定论。

今存明清刻本有三十多种。明刻本书名，或题《三国志传》、《三
国志》、《三国英雄志传》，或称作《三国志通俗演义》。较著名的有
周曰校本、夏振宇本、李贽评点本。这各自不同系统的版本，孰前
孰后，彼此有何关联，并不比《水浒传》的版本问题单纯，至今仍
是方家争论的疑案。不过，多数学者认为庸愚子（蒋大器）弘治甲
寅（1494）作序，嘉靖壬午年（1522）刊的《三国志通俗演义》为现
存最早的刊本。现今流行的刊本则是清代毛宗岗父子评改的《三国
演义》。

值得人们研究的是，《三国志通俗演义》正式刊行后，历史演义
小说即兴起模仿之作，几乎二十四史都有了演义。可是嘉靖、万历
前后推出的，如《唐书志传》、《隋唐两朝志传》、《大宋中兴通俗演

义》、《南北两宋志传》、《两汉开国中兴志传》、《全汉志传》等等，没有一部能与《三国志通俗演义》比肩。这一方面是如余象斗、熊大木似的书商，直接参与编撰或干预通俗小说创作，把小说作为商品推向市场。牟利的法则促使编者相互翻抄，缀连辑补，不可能推出较高质量的严肃的作品。参加编写的多为书贾招揽的下层知识分子，其才能远不能与罗贯中相比。另一方面，从宋元至明清参加撰写各类历史演义小说的所谓写家，根本没把历史演义作为小说艺术来创作，而是当作辅翼史传的通俗读物，写家对历史事件与过程的真实性，以及事变中道德价值的追求，超过了对历史人物性格的塑造。而罗贯中是在写历史的小说，因此对历史真实与艺术真实的处理上不同于其他作家。他是通过艺术的真实而达到反映历史的真实，即某个时代的历史发展规律，而不是追求历史事实的绝对真实。

我们不能不赞赏罗贯中在社会思想上惊人的观察力和社会概括的能力。勿论罗氏是否如人们说的是"有志图王者"，但他的确承继了司马迁"究天人之际，通古今之变，成一家之言"的传统，透过魏蜀吴三国的历史悲剧，包括人性的弱点、性格中的悲剧因素，描写了封建社会分裂与统一的过程，形象地展示了各类代表人物在镇压了黄巾起义之后，怎样争得霸权和丧失霸权的经验教训。具体一点说，谁善于发现、尊重和正确使用人才，善于运用正确的战略战术，妥善处理诸种矛盾，实行爱民的仁政，谁就能夺得霸权，巩固住政权。为了争霸主地位，各个军事集团使尽了军事的、政治的、外交的，以及公开的、隐蔽的，总之是一切斗争手段，甚或连家庭、婚姻、朋友及其他一切人与人之间的关系，统统都被卷入了斗争的漩涡，服从斗争的需要，成为斗争的工具。这大约就是罗贯中在《三国志通俗演义》中所要表达的意旨。

正因为如此，罗贯中沿着三国斗争的历史发展轨迹，忠实地描写了群雄争霸的过程：即董卓专权到官渡之战的中原群雄争霸；赤壁之战的三雄争霸；三分天下后三国政权的中兴与没落。而在叙述每一个争霸过程时，罗贯中按照人物性格的核心提炼情节，又在特定的情节中，展现有如过江之鲫的诸路英雄们，在什么样的情况下，为了什么样的目的而争霸，谁人站住了阵脚，谁人则成了匆匆过客，被淘汰出局。在作者这样意旨主导下，首先强调了，或者说赋予各类人物性格中某一种主导因素，形成一系列有血有肉的强烈个性的人物，并虚构、移动、添加足以表现这种性格特点的情节与细节，这大约是《三国》耐看的原因之一。像勇而无谋，见利忘义的吕布；外宽内忌，好谋无决，有才而不能用，闻善而不能纳的贵族袁绍；既奸又雄的曹操；知人善任，宽厚仁爱，折节下士，但又有点虚伪的刘备；多智而近妖的诸葛亮；神勇忠义，而又盛气凌人，傲睨同僚的关羽；聪明智慧而又心怀忌刻的吴军统帅周瑜；诡诈多疑的司马懿等等。乃至各个集团的战将，如张飞、赵云、黄忠、黄盖；谋士、说客如荀彧、郭嘉、陈宫等，都写得很生动，给读者留下了不可磨灭的印象。

罗贯中善于选择提炼典型情节来表现人物的典型性格，如曹操杀吕伯奢全家。站在捧曹操立场的陈寿《三国志》根本不提这回事。而罗贯中在描写曹操杀吕伯奢之前，先是虚构了曹操献刀刺卓的情节，因刺杀董卓失败才仓皇出走。到了吕家，吕伯奢匆匆离去，沽酒准备款待老朋友，操忽闻庄后有磨刀之声，误以为要杀他，又怀疑吕伯奢是借故出去告发，所以才动了杀机，杀了吕伯奢全家，甚或也给了吕伯奢一刀。这一方面写出了曹操在什么样情况下杀吕伯奢和他的全家；另一方面，罗贯中采用裴松之注引孙盛《杂记》中记述曹操错杀吕伯奢时说过的，"宁教我负天下人，休教天下人负我"的一段话，说明曹操为了什么目的，在什么样思想支配下杀人。因为从汉末群雄争霸的情况看，作为地主阶级的代表人物，奉行的本来就是损人利己的处世哲学。假如曹操没有这种狠劲，他就混不下去，就不能击败对手，就可能早做了董卓刀下鬼。问题是曹操不同于一般的奸者，似乎比别个更奸险，更毒辣，因为由疑而错杀一家已是做错了事，但曹操为了免除被跟踪的威胁，又将吕伯奢杀死，一点惭怍之色都没有，这是大奸大恶者"大不义"的性格特征。

三

宋元讲史及明清历史演义小说家，讲述或创作历史小说时，谁都摆脱不掉如下难题：

第一，真（历史真实）与假（艺术虚构）有否量化比例？是"真假参半"、"七分实事，三分虚构"；抑或"真者一伪者九"，或"有一句，说一句"的记实；或如当代彻底的"戏说"？

第二，本纪与列传统一在讲史中的矛盾。倘若侧重于本纪式的历史过程的记述，势必压缩人物活动的空间，淡化或减弱人物性格的刻画和细节描写；反之，加重人物性格的描写，则又挤压了历史事件的记述，向英雄传奇转化。

第三，讲述与显示的矛盾。主要由叙述者讲述事件发生的原因过程，而且还代替人物说出本应由人物说出的话语，叙述人物的身份、性格特征、语调、面容等等。毫无疑问，没有"显示"——由人物来演说自己，历史小说不可能是生动的；反之，过多的显示，又不大合历史小说的范式。

第四，时间与空间的切割度怎样拿捏？历史时间的跨度越大，空间密度即故事情节密度就相应缩小，就没有多少篇幅去写人物，时间与事件的转换速度也快。与此相反，空间度扩大，即故事情节、场面、人物对话占有相当比重，又势必影响历史事件的排列和推进。

很明显，讲史艺人与历史小说家对历史小说的性格和社会功能认识的差异，决定了作家处理艺术真实与历史真实的倾斜度，也影响了历史小说的形态。比较而言，《三国志通俗演义》不属于历史账簿式的、按照本纪编年体叙事的历史读物，而是按照小说艺术的规律来构架的小说。具体言之，就是罗贯中以人为中心来编织情节。

按照历史时间演进的顺序，以事件或人物的事迹切割成若干个中心单元，如董卓传、吕布传、官渡之战、关羽传、赤壁之战等等。如第三回至第十回，可谓是董卓本传。从引董卓入京，祸乱朝廷，到王允用连环计，挑动吕布杀董卓，既反映了历史事实，又刻画了主要角色董卓的粗野、凶残、野蛮；同时也写了次要角色吕布。从第十一回到第十九回，吕布又成为主角，形成吕布传。若干回构成的单元同另几个单元串连成连环情节，最终组成巧妙的整体，而中心单元同另一个中心单元之间，用一回或二三回书作为穿插过渡，交代其他人物和背景，推进时间进程。因此，《三国志通俗演义》重在透过人物形象的内在本质与人物之间的撞击，反映三国的矛盾关系。再现多于讲述，第三人称的主体叙述者，只是起交代、引进、串连及铺平垫高的功能，而不是历史故事的主要叙述者，所以金圣叹不满意"《三国》人物事体说话太多了",却也道出了《三国志通俗演义》的叙事特征。这只要我们细按第四十三回至第五十回赤壁之战的讲述与再现,时间与空间的配置,就会更深刻地把握《三国志通俗演义》情节组织特色。

先是罗贯中选定周瑜和诸葛亮的冲突作为情节的磁力线,来联结两个集团的矛盾:一方面反映曹操和孙刘联盟的矛盾(这是主要矛盾);另一方面反映孙权和刘备集团的矛盾(这是次要矛盾)。这对中心人物——诸葛亮与周瑜,正像蜗牛的一对触角一样,从两个方面触及了赤壁之战中多方面的矛盾。

为了集中突出地反映曹操、刘备、孙权三强的矛盾,罗贯中不能不改动历史原型的性格特点,造成强烈的对比与冲突,如将正史中"性度恢廓"、"谦让服人"、"雅量高致"的周瑜描绘成忌刻、心胸狭隘的统帅。政治嗅觉敏锐成熟的鲁肃,在小说中却成为醇厚的老好人。以才辩见称江南的蒋干,却是个自作聪明的丑角。

人物冲突中心线的确立引起了整个情节的变动。在情节上,罗贯中对历史素材进行了引申、虚构和张冠李戴,然后作者用"计"构织每个空间场面与情节,又把每个"计"串连成连锁情节,让诸葛亮与周瑜、鲁肃、孙权、曹操、关羽的性格发生强烈的冲突,从而反映赤壁之战的前后历史。可以说从舌战群儒到关羽华容道私放曹操,人物的言语行动,事件的发生发展过程,都是再现而不是叙述者说出来的。这自然比其他所谓历史演义更为生动、深刻和真实,原因就在于《三国志通俗演义》的小说艺术。

四

　　诸多版本中，世人传阅最多，最为熟悉的，是嘉靖本《三国志通俗演义》与清初《毛宗岗评改本三国演义》（简称毛本《三国演义》）。

　　毛本《三国演义》首由毛纶评点，后由其子毛宗岗校订、加工并最后定稿。故《三国演义》虽出自毛氏父子之手，而后人多归功于毛宗岗。最早刻本为康熙十八年（1679）醉耕堂本。

　　毛宗岗和金圣叹都是江苏长洲县（今苏州）人，又有师承关系，故毛效法金圣叹批改《水浒传》的方法来评改《三国演义》。但毛氏父子强化了原作品中尊刘抑曹的政治倾向，用"正统"、"闰运"、"僭国"的历史观，批评陈寿的《三国志》以曹魏为正统，不满意司马光的《资治通鉴》中客观叙述历史的观点，而明确肯定朱熹在《资治通鉴纲目》中尊蜀汉为正统的观念。因此在《读三国志法》及回评与夹批中，重在严诛乱臣贼子，也就是分清"正统"与"僭国"之别，所谓"魏僭帝，吴亦僭帝。则魏贼也，吴亦贼也"。同样的，魏篡汉得国，晋效其法，司马昭之弑魏王而建晋，这是"以臣弑君，与魏无异"，表面上统一了，但寿命是不长的。这显然是毛宗岗借题发挥，含沙射影地发泄其反清悼明的情绪。

　　也因此，毛氏父子按照自己的思想观念和审美要求，重新规范了演义的叙事体制，在伪"李卓吾评本"基础上，对参差不齐、文字不顺、上下两回拼合而成的回目加以修订，每回以七字或八字组成对偶句的题名，同时删除了繁琐的论赞，如胡曾有诗曰、南轩诗曰、史官诗曰等等，保持小说的内在节奏和文气的连贯。非得引用诗文烘托气氛的，则做适当调整，如卷十六《玉泉山关公显圣》，五首诗赞全部删除，另换五律、七律各一首，乡民的记、传、赞也一概不要，只用一副对联代替。

其实毛宗岗致力最多、成就最大的是小说批评。毛氏父子《读三国志法》仿金圣叹体例，列《三国》叙事有十三"妙处"，再参看每回的总评和文中夹批，毛氏的文本解读似乎并未超越金圣叹多少，但仔细推究，毛宗岗比金圣叹更注重《三国志通俗演义》的结构。这不仅是因为把长篇小说创作中的"结构"，作为一个独立概念提出始于毛氏，而且毛氏比金圣叹的"结撰"说更为准确地指出了《三国志通俗演义》的结构特点，此后张竹坡批评《金瓶梅》时，即承继了毛宗岗的结构理论。

毛宗岗用"关目"来分析小说的构架。按他的解读，关目有几个层次：有全书的大关目，如"三分鼎足"；有半部书的关目，如刘备取西川；一个主要人物也可以成为一个关目。每个关目都有起始，不同层次的中小关目，如汉献帝、西蜀、刘关张、诸葛亮、北魏、东吴等，都围绕着"三分鼎足"的大关目进行，由一条仿佛是主题线贯通，全书首尾有照应，中间有关锁，就完成了全篇结构。不过毛宗岗所谓结构性的照应、关锁，同西方小说的结构观念不同，他在《读三国志法》中说："《三国》一书有首尾大照应，中间大关锁处。如首尾以十常侍为起，而末卷有刘禅之宠中贵以结之，又有孙皓之宠中贵以双结之：此一大照应也。又如首卷以黄巾妖术为起，而末卷有刘禅之信师婆以结之，又有孙皓之信术士以双结之：此又一大照应也。照应既在首尾，而中间百馀回之内若无有与前后相关合者，则不成章法矣。于是有伏完之托黄门寄书……凡若此者，皆天造地设，以成全篇之结构者也。"

　　姑且不论毛宗岗所言是否有牵强附会之嫌，但他所提出的判断，同金圣叹评改《水浒传》，将百回本"引首"与第一回合并，名为"楔子"，以卢俊义的噩梦结尾，有相似的意思。至少提示今人，中国古代的小说家以"关目"为中心，串连无数个关目，最终构成小说。至于情节之间的照应，不同于西方小说家严格按照情节的逻辑关系加以安排，而是根据立意（象征性的预言）设置关目。毫无疑问，毛宗岗为我们研究古代小说家的小说观念提供了重要的理论依据。如毛宗岗在夹批中提到"文聘之败，又在周瑜眼中望见，叙法变换"、"曹军折旗，在周瑜眼中望见，叙法变换"云云。这些多次提到的所谓叙法变换，说的是叙事点的转换，显然比金圣叹的"李小二眼中事"具有学术性意味，毛氏力图用科学概念阐明古代小说叙事问题，不能不说是了不起的创造。

鲁德才

于南开大学

目录

上　册

中 册

下　册

读三国志法

　　读《三国志》者，当知有正统、闰运、僭国之别。正统者何？蜀汉是也。僭国者何？吴、魏是也。闰运者何？晋是也。魏之不得为正统者何也？论地则以中原为主，论理则以刘氏为主，论地不若论理，故以正统予魏者，司马光《通鉴》之误也。以正统予蜀者，紫阳《纲目》之所以为正也。《纲目》于献帝建安之末，大书后汉昭烈皇帝章武元年，而以吴、魏分注其后，盖以蜀为帝室之胄，在所当予。魏为篡国之贼，在所当夺。是以前则书刘备起兵徐州讨曹操，后则书汉丞相诸葛亮出师伐魏，而大义昭然揭于千古矣。夫刘氏未亡，魏未混一，魏固不得为正统。迨乎刘氏已亡，晋已混一，而晋亦不得为正统者，何也？曰晋以臣弑君，与魏无异，而一传之后，厥祚不长，但可谓之闰运，而不可谓之正统也。至于东晋偏安，以牛易马，愈不得以正统归之。故三国之并吞于晋，犹六国之混一于秦，五代之混一于隋耳。秦不过为汉驱除，隋不过为唐驱除，前之正统以汉为主，而秦与魏晋不得与焉。亦犹后之正统以唐、宋为主，而宋、齐、梁、陈、隋、唐、晋、汉、周俱不得与焉耳。且不特魏、晋不如汉之为正，即唐、宋亦不如汉之为正。炀帝无道而唐代之，是已惜其不能显然如周之代商，而称唐公，加九锡，以蹈魏、晋之陋辙，则得天下之正不如汉也。若夫宋以忠厚立国，又多名臣大儒出乎其间，故尚论者以正统予宋。然终宋之世，燕云十六州未入版图，其规模已逊于唐。而陈桥兵变，黄袍加身，取天下于孤儿寡妇之手，则得天下之正亦不如汉也。唐、宋且不如汉，而何论魏、晋哉？高帝以除暴秦、击楚之杀义帝者而兴；光武以诛王莽而克复旧物；昭烈以讨曹操而存汉祀于西川。祖宗之创之者正，而子孙之继之者亦正，不得但以光武之混一为正统，而谓昭烈之偏安非正统也。昭烈为正统，而刘裕、刘智远亦皆刘氏子孙，其不得为正统者何也？曰：裕与智远之为汉苗裔远而无征，不若中山靖王之后近而可考，又二刘皆以篡弑得国，故不得与昭烈并也。后唐李存勖之不得为正统者何也？曰："存勖本非李而赐姓李，其与吕秦、牛晋不甚相远，故亦不得与昭烈并也。南唐李昇之亦不得继唐而为正统者何也？曰：世远代遐，亦裕与智远者比，故亦不得与昭烈并也。南唐李昇不得继唐而为正统，南宋高宗独得继宋而为正统者何也？高宗立太祖之后为后，以延宋祀于不绝，故正统归也。夫以高宗之杀岳飞用秦桧，全不以二圣为念，作史者尚以其延宋祀而归之以正统，况昭烈之君臣同心誓讨汉贼者乎！则昭烈之为正统愈无疑也。陈寿之志，未及辨此，余故折衷于紫阳《纲目》，而特于演义中附正之。

古史甚多，而人独贪看《三国志》者，以古今人才之众，未有盛于三国者也。观才与不才敌，不奇，观才与才敌则奇；观才与才敌，而一才又遇众才之匹，不奇；观才与才敌，而众才尤让一才之胜，则更奇。吾以为三国有三奇，可称三绝：诸葛孔明一绝也，关云长一绝也，曹操亦一绝也。历稽载籍，贤相林立，而名高万古者莫如孔明。其处而弹琴抱膝，居然隐士风流，出而羽扇纶巾，不改雅人深致。在草庐之中，而识三分天下，则达乎天时；承顾命之重，而至六出祁山，则尽乎人事。七擒八阵，木牛流马，既已疑鬼疑神之不测，鞠躬尽瘁，志决身歼，仍是为臣为子之用心。比管、乐则过之，比伊、吕则兼之，是古今来贤相中第一奇人。历稽载籍，名将如云，而绝伦超群者莫如云长。青史对青灯，则极其儒雅；赤心如赤面，则极其英灵。秉烛达旦，人传其大节；单刀赴会，世服其神威。独行千里，报主之志坚；义释华容，酬恩之谊重。作事如青天白日，待人如霁月光风。心则赵抃焚香告帝之心而磊落过之，意则阮籍白眼傲物之意而严正过之。是古今来名将中第一奇人。历稽载籍，奸雄接踵，而智足以揽人才而欺天下者莫如曹操。听荀彧勤王之说而自比周文，则有似乎忠；黜袁术僭号之非，而愿为曹侯，则有似乎顺；不杀陈琳而爱其才，则有似乎宽；不追关公以全其志，则有似乎义。王敦不能用郭璞，而操之得士过之；桓温不能识王猛，而操之知人过之。李林甫虽能制禄山，不如操之击乌桓于塞外；韩侂胄虽能贬秦桧，不若操之讨董卓于生前。窃国家之柄而姑存其号，异于王莽之显然弑君；留改革之事以俟其儿，胜于刘裕之急欲篡晋，是古今来奸雄中第一奇人。有此三奇，乃前后史之所绝无者。故读遍诸史而愈不得不喜读《三国志》也。

三国之有三绝固已，然吾自三绝而外，更遍观乎三国之前，三国之后，问有运筹帷幄如徐庶、庞统者乎？问有行军用兵如周瑜、陆逊、司马懿者乎？问有料人料事如郭嘉、程昱、荀彧、贾诩、步骘、虞翻、顾雍、张昭者乎？问有武功将略迈等越伦如张飞、赵云、黄忠、严颜、张辽、徐晃、徐盛、朱桓者乎？问有冲锋陷阵骁锐莫当如马超、马岱、关兴、张苞、许褚、典韦、张郃、夏侯惇、黄盖、周泰、甘宁、太史慈、丁奉者乎？问有两才相当、两贤相遇如姜维、邓艾之智勇悉敌，羊祜、陆抗之从容互镇者乎？至于道学，则马融、郑玄，文藻则蔡邕、王粲，颖捷则曹植、杨修，早慧则诸葛恪、钟会，应对则秦宓、张松，舌辩则李恢、阚泽，不辱君命则赵谘、邓芝，飞书驰檄则陈琳、阮瑀，治烦理剧则蒋琬、董允，扬誉蜚声则马良、荀爽，好古则杜预，博物则张华。求之别籍，俱未易一一见也。乃若知贤则有司马徽之哲，励操则有管宁之高，隐居则有崔州平、石广元、孟公威之逸。忤奸则有孔融之正，触邪则有赵彦之直，斥恶则有祢衡之豪，骂贼则有吉平之壮，殉国则有董承、伏完之贤，捐生则有耿纪、韦晃之节。子死于父，则有刘谌、关平之孝；臣死于君，则有诸葛瞻、诸葛尚之忠；部曲死于主帅，则有赵累、周仓之义。其他早计如田丰，苦口如王累，矢贞如沮授，不屈如张任，轻财笃友如鲁肃，事主不二心如诸葛瑾，不畏强御如陈泰，视死如归如王经，独存介性如司马孚。炳炳燐燐，照耀史册。殆举前之丰沛三杰、商山四皓、云台诸将、富春客星，后之瀛洲学士、麟阁功臣、杯酒节度、砦市宰相，分见于各朝之千百年者，奔合辐凑于三国之一时，岂非人材一大都会哉！入邓林而选名材，游玄圃而见积玉，收不胜收，接不暇接，吾于《三国》有观止之叹矣。

《三国》一书，乃文章之最妙者。叙三国不自三国始也，三国必有所自始，则始之以汉帝。叙三国不自三国终也，三国必有所自终，则终之以晋国。而不但此也，刘备以帝胄而缵统，则有宗室如刘表、刘璋、刘繇、刘辟等以陪之。曹操以强臣而专制，则有废立如董卓，乱国如李傕、郭汜以陪之。孙权以方侯而分鼎，则有僭号如袁术，称雄如袁绍，割据如吕布、公孙瓒、张扬、张邈、张鲁、张绣等以陪之。刘备、曹操于第一回出名，而孙权则于第七回方出名。曹氏之定许都在第十一回，孙氏之定江东在第十二回，而刘氏之取西川则在第六十回后。假令今人作稗官，欲平空拟一三国之事，势必劈头便叙三人，三人便各据一国。有能如是之绕乎其前，出乎其后，多方以盘旋乎其左右者哉？古事所传，天然有此等波澜，天然有此等层折，以成绝世妙文，然则读《三国》一书，诚胜读稗官万万耳。

若论三国开基之主，人尽知为刘备、孙权、曹操也，而不知其间各有不同。备与操皆自我身而创业，而孙权则藉父兄之力，其不同者一。备与权皆及身而为帝，而操则不自为而待之于其子孙，其不同者二。三国之称帝也，唯魏独早，而蜀则称帝于曹操已死，曹丕已立之馀；吴则称帝于刘备已死，刘禅已立之后，其不同者三。三国之相持也，吴为蜀之邻，魏为蜀之仇，蜀与吴有和有战，而蜀与魏则有战无和，吴与蜀则和多于战，吴与魏则战多于和，其不同者四。三国之传也，蜀止二世，魏则自丕及奂凡五主，吴则及权及皓凡四主，其不同者五。三国之亡也，吴居其后，而蜀先之，魏次之。魏则见夺于其臣，吴、蜀则见并于其敌，其不同者六。不宁唯是，策之与权，则兄终而弟及；丕之与植，则舍弟而立兄；备之与禅，则父为帝而子为虏；操之与丕，则父为臣而子为君，可谓参差错落，变化无方者矣。今之不善画者，虽使绘两人亦必彼此同貌。今之不善歌者，即使唱两调亦必前后同声。文之合掌，往往类是。古人本无雷同之事，而今人好为雷同之文，则何不取余作所批《三国志》而读之。

《三国》一书，总起总结之中，又有六起六结。其叙献帝，则以董卓废立为一起，以曹丕篡夺为一结。其叙西蜀，则以成都称帝为一起，而以绵竹出降为一结。其叙刘、关、张三人，则以桃园结义为一起，而以白帝托孤为一结。其叙诸葛亮，则以三顾草庐为一起，而以六出祁山为一结。其叙魏国，则以黄初改元为一起，而以司马受禅为一结。其叙东吴，则以孙坚匿玺为一起，而以孙皓衔璧为一结。凡此数段文字，联络交互于其间，或此方起而彼已结，或此未结而彼又起，读之不见其断续之迹，而按之则自有章法之可知也。

《三国》一书，有追本穷源之妙。三国之分，由于诸镇之角立；诸镇角立，由于董卓之乱国；董卓乱国，由于何进之召外兵；何进召外兵，由于十常侍之专政。故叙三国必以十常侍为之端也。然而刘备之初起，不即在诸镇之内，而尚在草泽之间。夫草泽之所以有英雄聚义，而诸镇之所以缮修兵革者，由于黄巾之作乱，故叙三国又必以黄巾为之端也。乃黄巾未作，则有上天垂灾异以警戒之，更有忠谋智计之士，直言极谏以预料之，使当时为之君者体天心之仁爱，纳良臣之谠论，断然举十常侍而进斥焉，则黄巾可以不作，草泽英雄可以不起，诸镇之兵革可以不修，而三国可以不分矣。故叙三国而追本于桓灵，犹河源之有星宿海云。

《三国》一书，有巧收幻结之妙。设令魏而为蜀所并，此人心之所甚愿也。设令蜀亡而魏得一统，此人心之所大不平也。乃彼苍之意不从人心所甚愿，而亦不出于人心之所大不平，特假手于晋以一之，此造物者之幻也。然天既不祚汉，又不予魏，则何不假手于吴而必假手于晋乎？曰：魏固汉贼也，吴尝害关公、夺荆州、助魏以攻蜀，则亦汉贼也。若晋之夺魏有似乎为汉报仇也者，则与其一之以吴，无宁一之以晋也。且吴为魏敌，而晋为魏臣；魏以臣弑君，而晋即如其事以报之，可以为戒于天下后世。则使魏而见并于其敌，不若使之见并于其臣之为快也，是造物者之巧也。幻既出人意外，巧复在人意中，造物者可谓善于作文矣。今人下笔必不能如此之幻，如此之巧。然则读造物自然之文，而又何必读今人臆造之文乎哉！

《三国》一书，有以宾衬主之妙。如将叙桃园兄弟三人，先叙黄巾兄弟三人：桃园其主也，黄巾其宾也。将叙中山靖王之后，先叙鲁恭王之后：中山靖王其主也，鲁恭王其宾也。将叙何进，先叙陈蕃、窦武：何进其主也，陈蕃、窦武其宾也。叙刘、关、张及曹操、孙坚之出色，并叙各镇诸侯之无用：刘备、曹操、孙坚其主也，各镇诸侯其宾也。刘备将遇诸葛亮而先遇司马徽、崔州平、石广元、孟公威等诸人：诸葛亮其主也，司马徽诸人其宾也。诸葛亮历事两朝，乃又有先来即去之徐庶，晚来先死之庞统：诸葛亮其主也，而徐庶、庞统又其宾也。赵云先事公孙瓒，黄忠先事韩玄，马超先事张鲁，法正、严颜先事刘璋，而后皆归刘备：备其主也，公孙瓒、韩玄、张鲁、刘璋其宾也。太史慈先事刘繇，后归孙策，甘宁先事黄祖，后归孙权，张辽先事吕布，徐晃先事杨奉，张郃先事袁绍，贾诩先事李傕、张绣，而后皆归曹操：孙、曹其主也，刘繇、黄祖、吕布、杨奉等诸人其宾也。代汉当涂之谶，本应在魏，而袁公路谬以自许：魏其主也，袁公路其宾也。三马同槽之梦，本应在司马氏，而曹操误以为马腾父子：司马氏其主也，马腾父子其宾也。受禅台之说，李肃以赚董卓，而曹丕即真焉，司马炎又即真焉：曹丕、司马炎其主也，董卓其宾也。且不独人有宾主也，地亦有之。献帝自洛阳迁长安，又自长安迁洛阳，而终乃迁于许昌：许昌其主也，长安、洛阳皆宾也。刘备失徐州而得荆州：荆州其主也，徐州其宾也。及得两川而复失荆州：两川其主也，而荆州又其宾也。孔明将北伐中原而先南定蛮方，意不在蛮方而在中原：中原其主也，蛮方其宾也。抑不独地有宾主也，物亦有之。李儒持鸩酒、短刀、白练以贻帝辨：鸩酒其主也，短刀、白练其宾也。许田打围，将叙曹操射鹿，先叙玄德射兔：鹿其主也，兔其宾也。赤壁鏖兵，将叙孔明借风，先叙孔明借箭：风其主也，箭其宾也。董承受玉带，陪之以锦袍：带其主也，袍其宾也。关公拜受赤兔马而陪之以金印、红袍诸赐：马其主也，金印等其宾也。曹操掘地得铜雀而陪之以玉龙、金凤：雀其主也，龙、凤其宾也。诸如此类，不可悉数。善读是书者，可于此悟文章宾主之法。

《三国》一书，有同树异枝、同枝异叶、同叶异花、同花异果之妙。作文者以善避为能，又以善犯为能。不犯之而求避之，无所见其避也。唯犯之而后避之，乃见其能避也。如纪宫掖，则写一何太后，又写一董太后；写一伏皇后，又写一曹皇后；写一唐贵妃，又写一董贵人；写甘、糜二夫人，又写一孙夫人，又写一北地王妃；写魏之甄后、毛后，又写一张后：而其间无一字相同。纪戚畹，则何进之后写一董承，董承之后又写一伏完；写一魏之张缉，又写一吴之钱尚：而其间则无一字相同。写权臣，则董卓之后又写李傕、郭汜，傕、汜之后又写曹操，曹操之后又写一曹丕，曹丕之后又写一司马懿，司马懿之后又并写一师、昭兄弟，师、昭之后又继写一司马炎，又旁写一吴之孙綝：而其间亦无一字相同。其他叙兄弟之事，则袁谭与袁尚不睦，刘琦与刘琮不睦，曹丕与曹植亦不睦，而谭与尚皆死，琦与琮一死一不死，丕与植皆不死：不大异乎？叙婚姻之事，则如董卓求婚于孙坚，袁术约婚于吕布，曹操约婚于袁谭，孙权结婚于刘备，又求婚于云长，而或绝而不许，或许而复绝，或伪约而反成，或真约而不就：不大异乎！至于王允用美人计，周瑜亦用美人计，而一效一不效则互异。卓、布相恶，催、汜亦相恶，而一靖一不靖则互异。献帝有两番密诏，则前隐而后彰；马腾亦有两番讨贼，则前彰而后隐：此其不同者矣。吕布有两番弑父，而前动于财，后动于色，前则以私灭公，后则假公济私：此又其不同者矣。赵云有两番救主，而前救于陆，后救于水，前则受之主母之手，后则夺之主母之怀：此又其不同者矣。若夫写水，不止一番，写火亦不止一番。曹操有下邳之水，又有冀州之水；关公有白河之水，又有罾口川之水。吕布有濮阳之火，曹操有乌巢之火，周郎有赤壁之火，陆逊有猇亭之火，徐盛有南徐之火，武侯有博望、新野之火，又有盘蛇谷、上方谷之火：前后曾有丝毫相犯否？甚者孟获之擒有七，祁山之出有六，中原之伐有九：求其一字之相犯而不可得，妙哉，文乎！譬如树同是树，枝同是枝，叶同是叶，花同是花，而其植根、安蒂、吐芳、结子，五色纷披，各成异采。读者于此，可悟文章有避之一法，又有犯之一法也。

《三国》一书有星移斗转、雨覆风翻之妙。杜少陵诗曰："天上浮云如白衣，斯须改变成苍狗。"此言世事之不可测也，《三国》之文亦犹是尔。本是何进谋诛宦官，却弄出宦官杀何进，则一变。本是吕布助丁原，却弄出吕布杀丁原，则一变。本是董卓结吕布，却弄出吕布杀董卓，则一变。本是陈宫释曹操，却弄出陈宫欲杀曹操，则一变。陈宫未杀曹操，反弄出曹操杀陈宫，则一变。本是王允不赦催、汜，却弄出催、汜杀王允，则一变。本是孙坚与袁术不睦，却弄出袁术致书于孙坚，则一变。本是刘表求救于袁绍，却弄出刘表杀孙坚，则一变。本是昭烈从袁绍以讨董卓，却弄出助公孙瓒以攻袁绍，则一变。本是昭烈救徐州，却弄出昭烈取徐州，则一变。本是吕布投徐州，却弄出吕布夺徐州，则一变。本是吕布攻昭烈，却弄出吕布迎昭烈，则一变。本是吕布绝袁术，又弄出吕布求袁术，则一变。本是昭烈助吕布以讨袁术，又弄出助曹操以杀吕布，则一变。本是昭烈助曹操，又弄出昭烈讨曹操，则一变。本是昭烈攻袁绍，又弄出昭烈投袁绍，则一变。本是昭烈助袁绍以攻曹操，又弄出关公助曹操以攻袁绍，则一变。本是关公寻昭烈，又弄出张飞欲杀关公，则一变。本是关公许田欲杀曹操，又弄出华容道放曹操，则一变。本是曹操追昭烈，又弄出昭烈投东吴以破曹操，则一变。本是孙权仇刘表，又弄出鲁肃吊刘表、又吊刘琦，则一变。本是孔明助周郎，却弄出周郎欲杀孔明，则一变。本是周郎欲害昭烈，却弄出孙权结婚昭烈，则一变。本是用孙夫人牵制昭烈，却弄出孙夫人助昭烈，则一变。本是孔明气死周郎，却弄出孔明哭周郎，则一变。本是昭烈不受刘表荆州，却弄出昭烈借荆州，则一变。本是刘璋欲结曹操，却弄出迎昭烈，则一变。本是刘璋迎昭烈，却弄出昭烈夺刘璋，则一变。本是昭烈分荆州，又弄出吕蒙袭荆州，则一变。本是昭烈破东吴，又弄出陆逊败昭烈，则一变。本是孙权求救于曹丕，却弄出曹丕欲袭孙权，则一变。本是昭烈仇东吴，又弄出孔明结好东吴，则一变。本是刘封听孟达，却弄出刘封攻孟达，则一变。本是孟达背昭烈，又弄出孟达欲归孔明，则一变。本是马腾与昭烈同事，又弄出马超攻昭烈，则一变。本是马超救刘璋，却弄出马超投昭烈，则一变。本是姜维敌孔明，却弄出姜维助孔明，则一变。本是夏侯霸助司马懿，却弄出夏侯霸助姜维，则一变。本是钟会忌邓艾，却弄出卫瓘杀邓艾，则一变。本是姜维赚钟会，却弄出诸将杀钟会，则一变。本是羊祜和陆抗，却弄出羊祜请伐孙皓，则一变。本是羊祜请伐吴，却弄出一杜预，又弄出一王濬，则一变。论其呼应有法，则读前卷定知其有后卷；论其变化无方，则读前文更不料其有后文。于其可知，见《三国》之文之精；于其不可料，更见《三国》之文之幻矣。

《三国》一书，有横云断岭、横桥锁溪之妙。文有宜于连者，有宜于断者。如五关斩将，三顾草庐，七擒孟获：此文之妙于连者也。如三气周瑜，六出祁山，九伐中原：此文之妙于断者也。盖文之短者，不连叙则不贯串；文之长者，连叙则惧其累坠：故必叙别事以间之，而后文势乃错综尽变。后世稗官家鲜能及此。

《三国》一书，有将雪见霰、将雨闻雷之妙。将有一段正文在后，必先有一段闲文以为之引；将有一段大文在后，必先有一段小文以为之端。如将叙曹操濮阳之火，先写糜竺家中之火一段闲文以启之。将叙孔融求救于昭烈，先写孔融通刺于李膺一段闲文以启之。将叙赤壁纵火一段大文，先写博望、新野两段小文以启之。将叙六出祁山一段大文，先写七擒孟获一段小文以启之是也。鲁人将有事于上帝，必先有事于頖宫。文章之妙，正复类是。

《三国》一书，有浪后波纹、雨后霢霂之妙。凡文之奇者，文前必有先声，文后亦必有馀势。如董卓之后又有从贼以继之；黄巾之后又有馀党以衍之；昭烈三顾草庐之后，又有刘琦三请诸葛一段文字以映带之；武侯出师一段大文之后，又有姜维伐魏一段文字以荡漾之是也。诸如此类，皆他书中所未有。

《三国》一书，有寒冰破热、凉风扫尘之妙。如关公五关斩将之时，忽有镇国寺内遇普静长老一段文字；昭烈跃马檀溪之时，忽有水镜庄上遇司马先生一段文字；孙策虎踞江东之时，忽有遇于吉一段文字；曹操进爵魏王之时，忽有遇左慈一段文字；昭烈三顾草庐之时，忽有遇崔州平席地闲谈一段文字；关公水淹七军之后，忽有玉泉山月下点化一段文字。至于武侯征蛮而忽逢孟节，陆逊追蜀而忽遇黄承彦，张任临敌而忽问柴虚丈人，昭烈伐吴而忽问青城老叟。或僧、或道，或隐士、或高人，俱于极喧闹中求之，真足令人躁思顿清，烦襟尽涤。

《三国》一书，有笙箫夹鼓、琴瑟间钟之妙。如正叙黄巾扰乱，忽有何后、董后两宫争论一段文字；正叙董卓纵横，忽有貂蝉凤仪亭一段文字；正叙傕、汜猖狂，忽有杨彪夫人与郭汜之妻来往一段文字；正叙下邳交战，忽有吕布送女、严氏恋夫一段文字；正叙冀州厮杀，忽有袁谭失妻、曹丕纳妇一段文字；正叙荆州事变，忽有蔡夫人商议一段文字；正叙赤壁鏖兵，忽有曹操欲取二乔一段文字；正叙宛城交攻，忽有张济妻与曹操相遇一段文字；正叙赵云取桂阳，忽有赵范寡嫂敬酒一段文字；正叙昭烈争荆州，忽有孙权亲妹洞房花烛一段文字；正叙孙权战黄祖，忽有孙翊妻为夫报仇一段文字；正叙司马懿杀曹爽，忽有辛宪英为弟画策一段文字。至于袁绍讨曹操之时，忽带叙郑康成之婢，曹操救汉中之日，忽带叙蔡中郎之女：诸如此类，不一而足。人但知《三国》之文是叙龙争虎斗之事，而不知为凤为鸾、为莺为燕，篇中有应接不暇者，令人于干戈队里时见红裙，旌旗影中常睹粉黛，殆以豪士传与美人传合为一书矣。

《三国》一书，有隔年下种、先时伏着之妙。善圃者投种于地，待时而发。善弈者下一闲着于数十着之前，而其应在数十着之后。文章叙事之法亦犹是已。如西蜀刘璋乃刘焉之子，而首卷将叙刘备先叙刘焉，早为取西川伏下一笔。又于玄德破黄巾时，并叙曹操带叙董卓，早为董卓乱国、曹操专权伏下一笔。赵云归昭烈在古城聚义之时，而昭烈之遇赵云早于磐河战公孙时伏下一笔。马超归昭烈在葭萌战张飞之后，而昭烈之与马腾同事早于受衣带诏时伏下一笔。庞统归昭烈在周郎既死之后，而童子述庞统姓名早于水镜庄前伏下一笔。武侯叹谋事在人、成事在天在上方谷火灭之后，而司马徽未遇其时之语，崔州平天不可强之言，早于三顾草庐前伏下一笔。刘禅帝蜀四十馀年而终在一百十回之后，而鹤鸣之兆早于新野初生时伏下一笔。姜维九伐中原在一百五回之后，而武侯之收姜维早于初出祁山时伏下一笔。姜维与邓艾相遇在三伐中原之后，姜维与钟会相遇在九伐中原之后，而夏侯霸述两人姓名早于未伐中原时伏下一笔。曹丕篡汉在八十回中，而青云紫云之祥早于三十三回之前伏下一笔。孙权僭号在八十五回后，而吴夫人梦日之兆早于三十八回中伏下一笔。司马篡魏在一百十九回，而曹操梦马之兆早于五十七回中伏下一笔。自此而外，凡伏笔之处，指不胜屈。每见近世稗官家一到扭捏不来之时，便平空生出一人，无端造出一事，觉后文与前文隔断，更不相涉。试令读《三国》之文，能不汗颜！

《三国》一书，有添丝补锦、移针匀绣之妙。凡叙事之法，此篇所阙者补之于彼篇，上卷所多者匀之于下卷，不但使前文不沓拖，而亦使后文不寂寞；不但使前事无遗漏，而又使后事增渲染：此史家妙品也。如吕布取曹豹之女本在未夺徐州之前，却于困下邳时叙之。曹操望梅止渴本在击张绣之日，却于青梅煮酒时叙之。管宁割席分坐本在华歆未仕之前，却于破壁取后时叙之。吴夫人梦月本在将生孙策之前，却于临终遗命时叙之。武侯求黄氏为配本在未出草庐之前，却于诸葛瞻死难时叙之。诸如此类，亦指不胜屈。前能留步以应后，后能回照以应前，令人读之真一篇如一句。

《三国》一书，有近山浓抹、远树轻描之妙。画家之法，于山与树之近者，则浓之重之，于山与树之远者，则轻之淡之。不然，林麓迢遥，峰岚层叠，岂非于尺幅之中一一而详绘之乎？作文亦犹是已。如皇甫嵩破黄巾，只在朱隽一边打听得来；袁绍杀公孙瓒，只在曹操一边打听得来；赵云袭南郡，关、张袭两郡，只在周郎眼中、耳中听来；昭烈杀杨奉、韩暹，只在昭烈口中叙来；张飞夺古城在关公耳中听来，简雍投袁绍在昭烈口中说来。至若曹丕三路伐吴而皆败，一路用实写，两路用虚写；武侯退曹丕五路之兵，唯遣使入吴用实写，其四路皆虚写。诸如此类，又指不胜屈。只一句两句，正不知包却几许事情，省却几许笔墨。

《三国》一书，有奇峰对插、锦屏对峙之妙。其对之法，有正对者，有反对者，有一卷之中自为对者，有隔数十卷而遥为对者。如昭烈则自幼便大，曹操则自幼便奸。张飞则一味性急，何进则一味性慢。议温明是董卓无君，杀丁原是吕布无父。袁绍磐河之战，胜败无常；孙坚岘山之役，生死不测。马腾勤王室而无功，不失为忠；曹操报父仇而不果，不得为孝。袁绍起马步三军而复回，是力可战而不断；昭烈擒王、刘二将而复纵，是势不敌而从权。孔融荐祢衡，是缁衣之好；祢衡骂曹操，是巷伯之心。昭烈遇德操，是无意相遭；单福过新野，是有心来谒。曹丕苦迫生曹植，是同气戈矛；昭烈痛哭死关公，是异姓骨肉。火熄上方谷，是司马之数当生；灯灭五丈原，是诸葛之命当死。诸如此类，或正对，或反对，皆一回之中而自为对者也。如以国戚害国戚，则有何进；以国戚荐国戚，则有伏完。李肃说吕布，则以智济其恶；王允说吕布，则以巧行其忠。张飞失徐州，则以饮酒误事；吕布陷下邳，则以禁酒受殃。关公饮鲁肃之酒，是一片神威；羊祜饮陆抗之酒，是一团和气。孔明不杀孟获，是仁者之宽；司马懿必杀公孙渊，是奸雄之刻。关公义释曹操，是报其德于前；翼德义释严颜，是收其用于后。武侯不用子午谷之计，是慎谋以图全；邓艾不惧阴平岭之危，是行险以徼幸。曹操有病，陈琳一骂便好；王朗无病，孔明一骂便亡。孙夫人好甲兵，是女中丈夫；司马懿受巾帼，是男中女子。八日而取上庸，则以速而神；百日而取襄平，则以迟而胜。孔明屯田渭滨，是进取之谋；姜维屯田沓中，是退避之计。曹操受汉之九锡，是操之不臣；孙权受魏之九锡，是权之不君。曹操射鹿，义乖于君臣；曹丕射鹿，情动于母子。杨仪、魏延相争于班师之日，邓艾、钟会相忌在用兵之时。姜维欲继孔明之志，人事逆乎天心；杜预能承羊祜之谋，天时应乎人力。诸如此类，或正对，或反对，皆不在一回之中，而遥相为对者也。诚于此较量而比观焉，岂不足快读古之胸，而长尚论之识。

《三国》一书，有首尾大照应、中间大关锁处。如首卷以十常侍为起，而末卷有刘禅之宠中贵以结之，又有孙皓之宠中贵以双结之：此一大照应也。又如首卷以黄巾妖术为起，而末卷有刘禅之信师婆以结之，又有孙皓之信术士以双结之：此又一大照应也。照应既在首尾，而中间百馀回之内若无有与前后相关合者，则不成章法矣。于是有伏完之托黄门寄书，孙亮之察黄门盗蜜以关合前后；又有李傕之喜女巫，张鲁之用左道以关合前后。凡若此者，皆天造地设，以成全篇之结构者也。然犹不止此也，作者之意自宦官妖术而外，尤重在严诛乱臣贼子，以自附于《春秋》之义。故书中多录讨贼之忠，纪弑君之恶。而首篇之末，则终之以张飞之勃然欲杀董卓；末篇之末，则终之以孙皓之隐然欲杀贾充。由此观之，虽曰演义，直可继麟经而无愧耳。

《三国》叙事之佳，直与《史记》仿佛，而其叙事之难则有倍难于《史记》者。《史记》各国分书，各人分载，于是有本纪、世家、列传之别。今《三国》则不然，殆合本纪、世家、列传而总成一篇。分则文短而易工，合则文长而难好也。

读《三国》胜读《列国志》。夫《左传》、《国语》诚文章之最佳者，然左氏依经而立传，经既逐段各自成文，传亦逐段各自成文，不相联属也。《国语》则离经而自为一书，可以联属矣。究竟周语、鲁语、晋语、郑语、齐语、楚语、吴语、越语八国分作八篇，亦不相联属也。后人合《左传》、《国语》而为《列国志》，因国事多烦，其段落处，到底不能贯串。今《三国演义》，自首至尾读之无一处可断其书，又在《列国志》之上。

读《三国》胜读《西游记》。《西游》捏造妖魔之事，诞而不经。不若《三国》实叙帝王之事，真而可考也。且《西游》好处《三国》已皆有之。如哑泉、黑泉之类，何异子母河、洛胎泉之奇。朵思大王、木鹿大王之类，何异牛魔、鹿力、金角、银角之号。伏波显圣、山神指迷之类，何异南海观音之救。只一卷《汉相南征记》便抵得一部《西游记》矣。至于前而镇国寺，后而玉泉山；或目视戒刀，脱离火厄；或望空一语，有同棒喝。岂必诵灵台方寸、斜月三星之文，乃悟禅心乎哉！

读《三国》胜读《水浒传》。《水浒》文字之真，虽较胜《西游》之幻，然无中生有，任意起灭，其匠心不难。终不若《三国》叙一定之事，无容改易，而卒能匠心之为难也。且三国人才之盛，写来各各出色，又有高出于吴用、公孙胜等万万者。吾谓才子书之目，宜以《三国演义》为第一。

凡　例

俗本之乎者也等字，大半龃龉不通；又词语冗长，每多复沓处，今悉依古本改正，颇觉直捷痛快。

俗本纪事多讹，如昭烈闻雷失箸、及马腾入京遇害、关公对汉寿亭侯之类，皆与古本不合。又曹后骂曹丕详于范晔《后汉书》中，而俗本反误书其党恶；孙夫人投江而死详于《枭姬传》中，而俗本但纪其归吴，今悉依古本辨定。

事有不可阙者：如关公秉烛达旦，管宁割席分坐，曹操分香卖履，于禁陵庙见画；以至武侯夫人之才，康成侍儿之慧，邓艾凤兮之对，钟会不汗之答，杜预《左传》之癖，俗本皆删而不录，今悉依古本存之，使读者得窥全豹。

《三国》文字之佳，其录于《文选》中者，如孔融荐祢衡表，陈琳讨曹操檄，实可与前后《出师表》并传。俗本皆阙而不载，今悉依古本增人，以备好古者之览观焉。

俗本题纲参差不对，错乱无章，人于一回之中分上下两截，今悉体作者之意，而联贯之，每回必以二语对偶为题，务取精工以快悦者之目。

俗本谬托李卓吾先生批阅，而究竟不知出自何人之手。其评中多有唐突昭烈、谩骂武侯之语，今俱删去而以新评校正之。

俗本之尤可笑者，于事之是者则圈点之，于事之非者则涂抹之，不论其文，而论其事。则春秋弑君三十六，亡国五十二，将尽取圣人之经而涂之抹之耶？今斯编评阅处，有圈点而无涂抹，一洗从前之陋。

叙事之中夹带诗词，本是文章极妙处，而俗本每至"后人有诗叹曰"，便处处是周静轩先生，而其诗又甚俚鄙可笑，今此编悉取唐宋名人作以实之，与俗本大不相同。

七言律诗起于唐人，若汉则未闻有七言律也。俗本往往捏造古人诗句，如钟繇、王朗颂铜雀台，蔡瑁题馆驿屋壁，皆伪作七言律体，殊为识者所笑，今悉依古本削去，以存其真。

后人捏造之事，有俗本演义所无，而今日传奇所有者：如关公斩貂蝉，张飞捉周瑜之类，此其诬也，则今人之所知也；有古本《三国志》所无，而俗本演义所有者：如诸葛亮欲烧魏延于上方谷，诸葛瞻得邓艾书而犹豫未决之类，此其诬也，则非今人之所知也。不知其诬，毋乃冤古人太甚，今皆削去，使读者不为齐东所误。

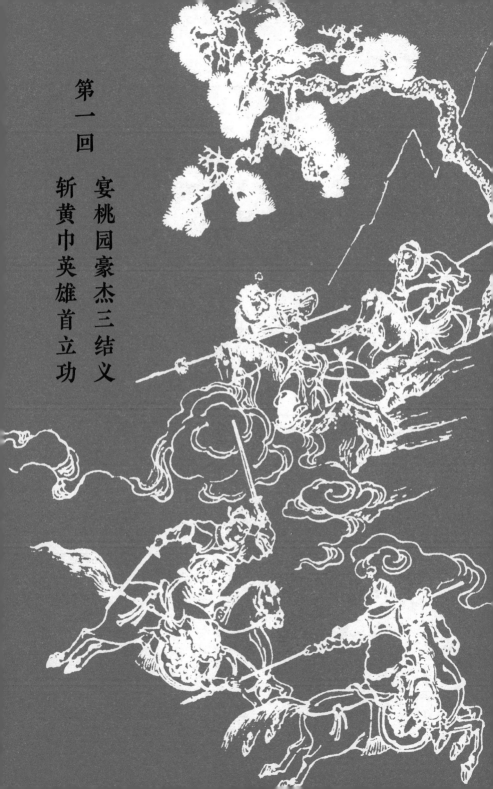

第一回　宴桃园豪杰三结义　斩黄巾英雄首立功

斬黃巾英雄首立功

词曰：滚滚长江东逝水，浪花淘尽英雄。是非成败转头空：青山依旧在，几度夕阳红。白发渔樵江渚上，惯看秋月春风。一壶浊酒喜相逢：古今多少事，都付笑谈中。<small>以词起以词结。</small>

人谓魏得天时，吴得地利，蜀得人和，乃三大国将兴，先有天公、地公、人公三小寇以引之。亦如刘季将为天子，有吴广、陈涉以先之；刘秀将为天子，有赤眉、铜马以先之也。以三寇引出三国，是全部中宾主；以张角兄弟三人，引出桃园兄弟三人，此又一回中宾主。

今人结盟，必拜关帝，不知桃园当日又拜何神？可见盟者盟诸心，非盟诸神也。今人好通谱，往往非族认族。试观桃园三义，各自一姓，可见兄弟之约，取同心同德，不取同姓同宗也。若不信心而信神，不论德而论姓，则神道设教，莫如张角三人；同气连枝，亦莫如张角三人矣。而彼三人者，其视桃园为何如耶？

齐东绝倒之语，偏足煽惑愚人。如"苍天已死，黄天当立"是已。且安知南华老仙天书三卷，非张角谬言之，而众人妄信之乎？愚以为裹黄巾，称黄天，由前而观，则黄门用事之应；由后而观，则黄初改元之兆也。

百忙中忽入刘、曹二小传：一则自幼便大，一则自幼便奸；一则中山靖王之后，一则中常侍之养孙，低昂已判矣。后人犹有以魏为正统，而书蜀兵入寇者，何哉？

许劭曰："治世能臣，乱世奸雄。"此时岂治世耶？劭意在后一语，操喜亦喜在后一语。喜得恶，喜得险，喜得直，喜得无礼，喜得不平，喜得不怀好意。只此一喜，便是奸雄本色。

话说天下大势，分久必合，合久必分。周末七国分争，并入于秦；及秦灭之后，楚、汉分争，又并入于汉；汉朝自高祖斩白蛇而起义，一统天下，后来光武中兴，传至献帝，遂分为三国。推其致乱之由，殆始于桓、灵二帝。《出师表》曰："叹息痛恨于桓、灵。"故从桓灵说起。桓灵不用十常侍，则东汉可以不为三国；刘禅不用黄皓，则蜀汉可以不为晋国。此一部大书，前后照应处。桓帝禁锢善类，崇信宦官。及桓帝崩，灵帝即位，大将军窦武、太傅陈蕃，共相辅佐。时有宦官曹节等弄权，窦武陈蕃谋诛之，作事不密，反为所害，中涓自此愈横。将说何进，先以陈、窦二人作引。

建宁二年四月望日，帝御温德殿。方升座，殿角狂风骤起；只见一条大青蛇，从梁上飞将下来，蟠于椅上。白蛇斩而汉兴，青蛇见而汉危。青蛇、白蛇遥遥相对。○"惟虺惟蛇，女子之祥。"寺人正女子一类也，故有此兆。帝惊倒，左右急救入宫，百官俱奔避。须臾，蛇不见了。忽然大雷大雨，加以冰雹，落到半夜方止，坏却房屋无数。建宁四年二月，洛阳地震；又海水泛溢，沿海居民，尽被大浪卷入海中。水将灭火。光和元年，雌鸡化雄。此兆又切中宦官。以男子而净身，则雄化为雌矣；阉人而干政，则雌又化为雄矣。六月朔，黑气十余丈，飞入温德殿中。秋七月，有虹见于玉堂，五原山岸，尽皆崩裂。种种不祥，非止一端。先说灾异，引起盗贼。帝下诏问群臣以灾异之由，议郎蔡邕上疏，以为蜺堕鸡化，乃妇寺干政之所致，言颇切直。首卷书以蔡邕起，以董卓结，盖邕固一代文人也，使不失身董卓，则《三国志》当成于蔡邕之手，岂成于陈寿之手哉？作者殆为中郎惜之。帝览奏叹息，因起更衣。曹节在后窃视，悉宣告左右；遂以他事陷邕于罪，放归田里。后张让、赵忠、封谞、段珪、曹节、侯览、蹇硕、程旷、夏恽、郭胜十人朋比为奸，号为"十常侍"。帝尊信张让，呼为"阿父"。〔有此张父，自然生出张角等兄弟三人来。〕朝政日非，以致天下人心思乱，盗贼蜂起。

时钜鹿郡有兄弟三人：〔以此兄弟三人引出桃园兄弟三人来。〕一名张角，一名张宝，一名张梁。那张角本是个不第秀才，〔脱儒巾而裹黄巾，负却秀才名色。〕因入山采药，遇一老人，碧眼童颜，手执藜杖，唤角至一洞中，以天书三卷授之，曰："此名《太平要术》。汝得之，当代天宣化，普救世人。若萌异心，必获恶报。"〔若无此句，人不肯信。〕角拜问姓名。老人曰："吾乃南华老仙也。"言讫，化阵清风而去。〔此事谁见来？此张角自言之，而人遂信之，正与篝火狐鸣一般伎俩。〕

角得此书，晓夜攻习，能呼风唤雨，号为太平道人。〔称谓绝奇。〕中平元年正月内，疫气流行，张角散施符水，为人治病，自称大贤良师。〔名号愈出愈奇。〕角有徒弟五百馀人，云游四方，皆能书符念咒。次后徒众日多，角乃立三十六方，大方万馀人，小方六七千，各立渠帅，称为将军。〔书符念咒，只好遣鬼为将，奈何以人为将乎！称"道人"，称"帅"，又称"将军"，名号愈出愈奇。〕讹言："苍天已死，黄天当立。"〔造语不通之极。如此秀才，宜其不第也。○汉将兴，有赤帝、白帝之奇识；汉将亡，有苍天、黄天之妖言。赤、白、苍、黄，二帝二天，正遥遥相映。〕又云："岁在甲子，天下大吉。"令人各以白土书"甲子"二字于家中大门上。青、幽、徐、冀、荆、扬、兖、豫八州之人，家家侍奉大贤良师张角名字。〔天子既呼张让为父，天下安得不奉张角为师！〕角遣其党马元义，暗赍金帛，结交中涓封谞，以为内应。〔外寇必结连内寇。〕

角与二弟商议曰："至难得者，民心也。今民心已得，若不乘势取天下，诚为可惜。"遂一面私造黄旗，约期举事；一面使弟子唐州，驰书报封谞。唐州乃径赴省中告变。〔中涓反作内细，奸细反作首人，可见内寇更恶于外寇。〕帝召大将军何进〔引出何进。〕调兵擒马元义斩之，次收封谞等一干人下狱。（何不便杀？）张角闻知事露，星夜举兵，自称天公将军，张宝称地公将军，张梁称人公将军，（隐然鼎足，为三国引子。）申言于众曰："今汉运将终，大圣人出。汝等皆宜顺天从正，以乐太平。"四方百姓，裹黄巾从张角反者四五十万。（奉黄天而裹黄巾，然是好笑。）贼势浩大，官军望风而靡。何进奏帝，火速降诏，令各处备御，讨贼立功；一面遣中郎将卢植、皇甫嵩、朱儁，各引精兵，分三路讨之。（好。）

且说张角一军，前犯幽州界分。幽州太守刘焉，（一个姓刘的，引出一个姓刘的来。）乃江夏竟陵人氏，汉鲁恭王之后也；（鲁恭王之后，引出中山靖王之后来。）当时闻得贼兵将至，召校尉邹靖计议。靖曰："贼兵众，我兵寡，明公宜作速招军应敌。"刘焉然其说，随即出榜招募义兵。

榜文行到涿县，引出涿县中一个英雄。（方入此卷正文。○先是一个英雄。）那人不甚好读书，（便与不第秀才不同。）性宽和，寡言语，喜怒不形于色，素有大志，专好结交天下豪杰，生得身长八尺，两耳垂肩，双手过膝，目能自顾其耳，面如冠玉，唇若涂脂，中山靖王刘胜之后，汉景帝阁下玄孙，（可知蜀汉是正统。）姓刘名备，字玄德。昔刘胜之子刘贞，汉武时封涿鹿亭侯，后坐酎金失侯，（汉武时，宗庙祭祀，命宗藩俱献金助祭。金色有不佳者，辄削其封。）因此遗这一枝在涿县。玄德祖刘雄，父刘弘。弘曾举孝廉，亦尝作吏，早丧。玄德幼孤，事母至孝；（然则昭烈之事母，胜于高宗之事父矣。）家贫，贩屦织席为业。（汉武用主父偃计，削弱宗藩，以致光武起于田间，昭烈起于织席，可胜叹哉。）家住本县楼桑村。其家之东南，有一大桑树，高五丈馀，遥望之，童童如车盖。相者云："此家必出贵人。"（只为此一桑，遂使南阳八百株桑不能独乐其乐。）玄德幼时，与乡中小儿戏于树下，曰："我为天子，当乘此车盖。"（汉高微时，见始皇车从曰："丈夫不当如是耶？"正与此合。）叔父刘元起奇其言，曰："此儿非常人也！"因见玄德家贫，常资结之。（好叔父。）年十五岁，母使游学，尝师事郑玄、卢植，与公孙瓒等为友。_{以上是玄德一篇小传}及刘焉发榜招军时，玄德年已二十八岁矣。

当日见了榜文，慨然长叹。_{此一叹，叹出无数大事来。}随后一人厉声言曰："大丈夫不与国家出力，何故长叹？"_{斗然而来。}玄德回视其人，身长八尺，豹头环眼，燕领虎须，声若巨雷，势如奔马。_{又引出一个英雄。}玄德见他形貌异常，问其姓名。其人曰："某姓张名飞，字翼德。世居涿郡，颇有庄田，卖酒屠狗，专好结交天下豪杰。_{与玄德有同好。}适才见公看榜而叹，故此相问。"玄德曰："我本汉室宗亲，姓刘名备。今闻黄巾倡乱，有志欲破贼安民，恨力不能，故长叹耳。"飞曰："吾颇有资财，当召募乡勇，与公同举大事，如何？"_{毕竟有资财者易于举大事。}玄德甚喜，遂与同入村店中饮酒。

正饮间，见一大汉，推着一辆车子，到店门首歇了，入店坐下，便唤酒保："快斟酒来吃，我待赶入城去投军。"_{斗然而来。}玄德看其人身长九尺，髯长二尺，面如重枣，唇若涂脂，丹凤眼，卧蚕眉，相貌堂堂，威风凛凛。_{又引出一个英雄。○写玄德先遇张公，次遇关公，叙法参差有致。}玄德就邀他同坐，叩其姓名。其人曰："吾姓关名羽，字寿长，后改云长，河东解良人也。因本处势豪倚势凌人，被吾杀了，_{却与张翼德同性}逃难江湖五六年矣。今闻此处招军破贼，特来应募。"玄德遂以己志告之，云长大喜，同到张飞庄上共议大事。飞曰："吾庄后有一桃园，花开正盛。明日当于园中祭告天地，我三人结为兄弟，协力同心，然后可图大事。"_{黄巾贼有三个姓张的兄弟，不如张翼德结两个不姓张的弟兄较胜万倍。但论兄弟不兄弟，何论姓张不姓张哉！}玄德、云长齐声应曰："如此甚好。"

次日，于桃园中备下乌牛白马祭礼等项，三人焚香再拜而说誓曰："念刘备、关羽、张飞，虽然异姓，既结为兄弟，则同心协力，救困扶危；上报国家，下安黎庶；不求同年同月同日生，只愿同年同月同日死。<small>千古盟书，第一奇语。</small>皇天后土，实鉴此心。背义忘恩，天人共戮！"誓毕，拜玄德为兄，关羽次之，张飞为弟。祭罢天地，复宰牛设酒，聚乡中勇士，得三百馀人，就桃园中痛饮一醉。<small>如此胜举，值得一醉。</small>来日收拾军器，但恨无马匹可乘。正思虑间，人报有两个客人，引一伙伴当，赶一群马，投庄上来。<small>来得凑巧。</small>玄德曰："此天佑我也！"三人出庄迎接。原来二客乃中山大商：一名张世平，一名苏双，每年往北贩马，近因寇发而回。玄德请二人到庄，置酒款待，诉说欲讨贼安民之意。二客大喜，愿将良马五十匹相送，又赠金银五百两，镔铁一千斤，以资器用。<small>大是佳客。</small>玄德谢别二客，便命良匠打造双股剑。云长造青龙偃月刀，<small>刀名又奇。</small>又名"冷艳锯"，<small>更新奇。</small>重八十二斤。张飞造丈八点钢矛。各置全身铠甲，共聚乡勇五百馀人，来见邹靖。邹靖引见太守刘焉。三人参见毕，各通姓名。玄德说起宗派，刘焉大喜，遂认玄德为侄。<small>方作关、张之兄，又作刘焉之侄。</small>

不数日，人报黄巾贼将程远志统兵五万来犯涿郡。刘焉令邹靖引玄德等三人，统兵五百，<small>看他以五百敌其五万。</small>前去破敌，玄德等欣然领军前进，直至大兴山下，与贼相见。贼众皆披发，以黄巾抹额。当下两军相对，玄德出马，左有云长，右有翼德，扬鞭大骂："反国逆贼，何不早降！"程远志大怒，遣副将邓茂出战。张飞挺丈八蛇矛直出，手起处，刺入邓茂心窝，翻身落马。<small>极写翼德。</small>程远志见折了邓茂，拍马舞刀，直取张飞。云长舞动大刀，纵马飞迎。程远志见了，早吃一惊，措手不及，被云长刀起处，挥为两段。<small>极写云长。龙刀蛇矛，初发利市。</small>后人有诗赞二人曰：

英雄发颖在今朝，一试矛兮一试刀。

初出便将威力展，三分好把姓名标。

众贼见程远志被斩，皆倒戈而走。玄德挥军追赶，投降者不计其数，大胜而回。刘焉亲自迎接，赏劳军士。

次日，接得青州太守龚景牒文，言黄巾贼围城将陷，乞赐救援。刘焉与玄德商议，玄德曰："备愿往救之。"^{壮甚}刘焉令邹靖将兵五千，同玄德、关、张，投青州来。贼众见救军至，分兵混战。玄德兵寡不胜，退三十里下寨。^{前以五百而大胜，此以五千而小却，写得变幻。若每战必写获捷，便不成文字矣。}玄德谓关、张曰："贼众我寡，必出奇兵，方可取胜。"乃分关公引一千军伏山左，张飞引一千军伏山右，鸣金为号，齐出接应。^{先写关、张斩将，次写玄德运筹，叙法亦参差有致。}次日，玄德与邹靖引军鼓噪而进。贼众迎战，玄德引军便退。贼众乘势追赶，方过山岭，玄德军中一齐鸣金，左右两军齐出，玄德麾军回身复杀。三路夹攻，贼众大溃。^{极写玄德。}直赶至青州城下，太守龚景亦率民兵出城助战。^{带写青州兵一句，好。}贼势大败，剿戮极多，遂解青州之围。后人有诗赞玄德曰：

运筹决算有神功，二虎还须逊一龙。

初出便能垂伟绩，自应分鼎在孤穷。

龚景犒军毕，邹靖欲回。玄德曰："近闻中郎将卢植与贼首张角战于广宗，备昔曾师事卢植，欲往助之。"^{壮甚义甚}于是邹靖引军自回，玄德与关、张引本部五百人投广宗来。至卢植军中，入帐施礼，具道来意。卢植大喜，留在帐前听调。

时张角贼众十五万，植兵五万，相拒于广宗，未见胜负。植谓玄德曰："我今围贼在此，贼弟张梁、张宝在颍川，与皇甫嵩、朱儁对垒。汝可引本部人马，我更助汝一千官军，前去颍川打探消息，约期剿捕。"玄德领命，引军星夜投颍川来。本要助卢植，却使转助皇甫嵩、朱儁，叙法变幻。时皇甫嵩、朱儁领军拒贼，贼战不利，退入长社，依草结营。嵩与儁计曰："贼依草结营，当用火攻之。"遂令军士每人束草一把，暗地埋伏。其夜大风忽起，正与"呼风唤雨"相映作趣。二更以后，一齐纵火。嵩与儁各引兵攻战，贼寨火焰张天。贼众惊慌，马不及鞍，人不及甲，四散奔走。

杀到天明，张梁、张宝引败残军士，夺路而走。忽见一彪军马，尽打红旗，当头来到，截住去路。读至此，必谓是玄德、关、张来矣，不意竟不是。奇绝。为首闪出一将，身长七尺，细眼长须，官拜骑都尉，沛国谯郡人也，姓曹名操，字孟德。忽然飞来。操父曹嵩，本姓夏侯氏，因为中常侍曹腾之养子，故冒姓曹。曹嵩生操，小字阿瞒，一名吉利。曹操世系如此，岂得与靖王后裔、景帝玄孙同日论哉！操幼时，好游猎，喜歌舞，有权谋，多机变。操有叔父，见操游荡无度，尝怒之，玄德之叔父奇其任，曹操之叔父怒其任：都是好叔父。言于曹嵩。嵩责操。操忽心生一计，见叔父来，诈倒于地，作中风之状。叔父惊告嵩，嵩急视之，操故无恙。嵩曰："叔言汝中风，今已愈乎？"操曰："儿自来无此病，因失爱于叔父，故见罔耳。"欺其父、欺其叔，他日安得不欺其君乎？○玄德孝其母，曹瞒欺其父、叔，邪正便判。嵩信其言。后叔父但言操过，嵩并不听。因此，操得恣意放荡。时人有桥玄者，谓操曰："天下将乱，非命世之才不能济。能安之者，其在君乎？"南阳何颙见操，言："汉室将亡，安天下者必此人也。"二人皆不识曹操，汝南许劭，有知人之名。_{曹操闻之}_{亦不喜。}操往见之，问曰："我何如人？"劭不答。又问，劭曰："子治世之能臣，乱世之奸雄也。"_{二语定}_{评。}操闻言大喜。_{称之为奸雄而大喜，}_{大喜便是真正奸雄。}年二十，举孝廉，为郎，除洛阳北都尉。初到任，即设五色棒十馀条于县之四门，有犯禁者，不避豪贵，皆责之。中常侍蹇硕之叔，提刀夜行，操巡夜拿住，就棒责之。由是，内外莫敢犯者，威名颇震。后为顿丘令。_{百忙中夹叙曹操}_{一篇小传，奇。}因黄巾起，拜为骑都尉，引马步军五千，前来颍川助战。正值张梁、张宝败走，曹操拦住，大杀一阵，斩首万馀级，夺得旗幡、金鼓、马匹极多。张梁、张宝死战得脱。操见过皇甫嵩、朱儁，随即引兵追袭张梁、张宝去了。_{写曹操忽然飞来，}_{忽然飞去，奇绝。}

却说玄德引关、张来颍川，听得喊杀之声，又望见火光烛天，急引兵来时，贼已败散。玄德见皇甫嵩、朱儁，具道卢植之意。嵩曰："张梁、张宝势穷力乏，必投广宗去依张角。玄德可即星夜往助。"玄德领命，遂引兵复回。_{卢植遣助皇甫嵩、朱儁，皇}_{甫嵩、朱儁又遣助卢植，叙}_{法变幻。}到得半路，只见一簇军马，护送一辆槛车；车中之囚，乃卢植也。_{更极变}_{幻。}玄德大惊，滚鞍下马，问其缘故。植曰："我围张角，将次可破；因角用妖术，未能即胜。_{张角妖术在卢植口}_{中虚叙一句，好。}朝廷差黄门左丰前来打探，问我索取贿赂。我答曰：'军粮尚缺，安有馀钱奉承天使？'左丰挟恨，回奏朝廷，说我高垒不战，惰慢军心。因此朝廷震怒，遣中郎将董卓来代将我兵，_{先伏一}_{笔。}取我回京问罪。"张飞听罢大怒，要斩护送军人，以救卢植。_{的是快}_{人。}玄德急止之曰："朝廷自有公论，汝岂可造次？"军士簇拥卢植去了。

关公曰："卢中郎已被逮，别人领兵，我等去无所依，不如且回涿郡。"玄德从其言，遂引军北行。行无二日，忽闻山后喊声大震。玄德引关、张纵马上高冈望之，见汉军大败，后面漫山塞野，黄巾盖地而来，旗上大书"天公将军"。真是意外出奇。玄德曰："此张角也！可速战！"玄德两番往来，本要助战，却都未战；今引兵欲回，本不想战，却反得一战：叙法俱变。三人飞马引军而出。张角正杀败董卓，乘势赶来，忽遇三人冲杀，角军大乱，败走五十馀里。三人救了董卓回寨。本要助卢植，却反救了董卓，变幻。○此回本叙刘、关、张，中间却夹叙曹操，末后又带出董卓，奇绝。卓问三人现居何职。玄德曰："白身。"卓甚轻之，不为礼。可笑，可恶。

玄德出，张飞大怒曰："我等亲赴血战，救了这厮，他却如此无礼。若不杀之，难消我气！"便要提刀入帐来杀董卓。见卢植受屈，便要救，见董卓无礼，便要杀，略无一毫算计。写翼德真是当时第一快人。正是：

人情势利古犹今，谁识英雄是白身。

安得快人如翼德，尽诛世上负心人！

毕竟董卓性命如何，且听下文分解。

第二回

張翼德怒鞭督邮

何国舅谋诛宦竖

何國舅謀誅宦豎

翼德要救卢植，不曾救得；要杀董卓，不曾杀得。今遇督邮，更不能耐矣。督邮蠹国害民，是又一黄巾也。柳条一顿，可谓再破黄巾第二功。

写翼德十分性急，接手便写何进十分性慢。性急不曾误事，性慢误事不小。人谓项羽不能忍，是性急；高祖能忍，是性慢。此其说非也。项羽刻印将封，印秘而不忍与；鸿门会上，范增三举玦而不忍发：正病在迟疑不断，何尝性急？高祖四万斤金，可捐则捐之；三齐、九江、大梁之地，可割则割之；六国印，可销则销之；鸿沟之约，可背则背之：正妙在果断有馀，何尝性慢？

西汉则外戚盛于宦官，东汉则宦官盛于外戚。惟其外戚盛也，故初则产、禄几危汉祚，后则王莽遂移汉鼎；而宦官如弘恭、石显辈，虽尝擅权，未至如东汉之横：是西汉之亡，亡于外戚也。若东汉则不然：外戚与宦官迭为消长，而以宦官图外戚则常胜，如郑众之杀窦宪，单超之杀梁冀是也；以外戚图宦官则常不胜，如窦武见杀于前，而何进复见杀于后是也：是东汉之亡，亡于宦竖也。然窦武不胜，止于身死；何进不胜，遂以亡国。何也？曰召外兵之故也。外戚图之而不胜，至召外兵以胜之，而前门拒虎，后门进狼，国于是乎非君之国矣。乱汉者，宦竖也；亡汉者，外镇也；而召外镇者，外戚也。然则谓东汉之亡，亦亡于外戚可也。

前于玄德传中，忽然夹叙曹操；此又于玄德传中，忽然带表孙坚；一为魏太祖，一为吴太祖，三分鼎足之所从来也。分鼎虽属孙权，而伏线则已在此。此全部大关目处。

三大国将兴，先有三小丑为之作引。三小丑既灭，又有众小且为之馀波。从来实事，未尝径遂率直，奈何今之作稗官者，本可任意添设，而反径遂率直耶？

　　且说董卓字仲颖，陇西临洮人也，官拜河东太守，自来骄傲。〔一味骄傲，便算不得奸雄，便不及曹操。〕当日轻慢了玄德，张飞性发，便欲杀之。玄德与关公急止之曰："他是朝廷命官，岂可擅杀？"飞曰："若不杀这厮，反要在他部下听令，其实不甘！二兄便要住在此，我自投别处去也！"〔确是怒后愤急语。不然，人义同生死，何出此言。〕玄德曰："我三人义同生死，岂可相离？不若都投别处去便了。"飞曰："若如此，稍解吾恨。"于是三人连夜引军来投朱儁。儁待之甚厚，合兵一处，进讨张宝。

　　是时曹操自跟皇甫嵩讨张梁，大战于曲阳。〔首回夹叙曹操，此处还他一句下落，且为后文伏线。〕这里朱儁进攻张宝。张宝引贼众八九万，屯于山后。儁令玄德为其先锋，与贼对敌。张宝遣副将高升出马搦战，玄德使张飞击之。飞纵马挺矛，与升交战，不数合，刺升落马。玄德麾军直冲过去。张宝就马上披发仗剑，作起妖法。只见风雷大作，一股黑气，从天而降，黑气中似有无限人马杀来。〔前张角妖术只在卢植口中虚点一句；今张宝妖术却用实叙，都好。〕玄德连忙回军，军中大乱，败阵而归，与朱儁计议。儁曰："彼用妖术，我来日可宰猪羊狗血，令军士伏于山头，候贼赶来，从高坡上泼之，其法可解。"玄德听令，拨关公、张飞各引军一千，伏于山后高冈之上，盛猪羊狗血并秽物准备。

　　次日，张宝摇旗擂鼓，引军搦战，玄德出迎。交锋之际，张宝作法，风雷大作，飞沙走石，黑气漫天，滚滚人马，自天而下。玄德拨马便走，张宝驱兵赶来。将过山头，关、张伏军放起号炮，秽物齐泼。但见空中纸人草马，纷纷坠地；风雷顿息，砂石不飞。《太平要术》甚是不济。○关公当日已可与翼德并称伏魔大帝。张宝见解了法，急欲退军。左关公，右张飞，两军都出，背后玄德、朱儁一齐赶上，贼兵大败。玄德望见"地公将军"旗号，飞马赶来，张宝落荒而走。玄德发箭，中其左臂。前写关、张，此写刘备。张宝带箭逃脱，走入阳城，坚守不出。朱儁引兵围住阳城攻打，一面差人打探皇甫嵩消息。探子回报，只如此带笔接叙，冗不脱，绝妙经营。且说："皇甫嵩大获胜捷，朝廷以董卓屡败，命嵩代之。带应董卓。嵩到时，张角已死，了却张角。张梁统其众，与我军相拒，被皇甫嵩连胜七阵，斩张梁于曲阳。了却张梁。发张角之棺，戮尸枭首，送往京师。馀众俱降。朝廷加皇甫嵩为车骑将军，领冀州牧。皇甫嵩又表奏卢植有功无罪，朝廷复卢植原官。又带应卢植，妙。曹操亦以有功，除济南相，结曹操。即日将班师赴任。"一场大事，只就探子回报，带笔写出。一边实叙，一边虚叙，参差有致。朱儁听说，催促军马，悉力攻打阳城。贼势危急，贼将严政刺杀张宝，献首投降。了却张宝。以三寇为三国作引，而"天公"先亡，"人公"次之，"地公"后亡，正应着魏先亡，蜀次之，吴又次之，天然一个小样子。朱儁遂平数郡，上表献捷。

　　时又黄巾馀党三人，三人方死，又有三人作馀波。赵弘、韩忠、孙仲，聚众数万，望风烧劫，称与张角报仇。朝廷命朱儁即以得胜之师讨之。儁奉诏，率军前进。时贼据宛城，儁引兵攻之，赵弘遣韩忠出战。儁遣玄德、关、张攻城西南角。韩忠尽率精锐之众，来西南角抵敌。朱儁自纵铁骑二千，径取东北角。贼恐失城，急弃西南而回。玄德从背后掩杀，贼众大败，奔入宛城。朱儁分兵四面围定。城中断粮，韩忠使人出城投降，儁不许。不许得有见。玄德曰："昔高祖之得天下，盖为能招降纳顺。公何拒韩忠耶？"儁曰："彼一时，此一时也。昔秦、项之际，天下大乱，民无定主，故招降赏附，以劝来耳。今海内一统，惟黄巾造反；若容其降，无以劝善。使贼得利恣意劫掠，失利便投降，此长寇之志，非良策也。"〔此是正论。〕玄德曰："不容寇降是矣。今四面围如铁桶，贼乞降不得，必然死战。万人一心，尚不可当，况城中有数万死命之人乎？不若撤去东南，独攻西北。贼必弃城而走，无心恋战，可即擒也。"〔两策都是。〕儁然之，随撤东南二面军马，一齐攻打西北。韩忠果引军弃城而奔。儁与玄德、关、张率三军掩杀，射死韩忠，〔了却韩忠。〕馀皆四散奔走。正追赶间，赵弘、孙仲引贼众到，与儁交战。儁见弘势大，引军暂退。弘乘势复夺宛城。

儁离十里下寨，方欲攻打，忽见正东一彪人马到来。〔来得突兀。〕为首一将，生得广额阔面，虎体熊腰，吴郡富春人也，姓孙名坚，字文台，乃孙武子之后。年十七岁时，与父至钱塘，见海贼十馀人劫取商人财物，于岸上分赃。坚谓父曰："此贼可擒也。"遂奋力提刀上岸，扬声大叫，东西指挥，如唤人状。贼以为官兵至，尽弃财物奔走。坚赶上杀一贼，〔亦是自幼便奇。〕由是郡县知名，荐为校尉。后会稽妖贼许昌造反，自称"阳明皇帝"，聚众数万。坚与郡司马招募勇士千馀人，会合州郡破之，斩许昌并其子许韶。刺史臧旻上表奏其功，除坚为盐渎丞，又除盱眙丞、下邳丞。〔有此大功，只除一丞，可笑。〕今见黄巾寇起，聚集乡中少年及诸商旅，并淮泗精兵一千五百馀人，前来接应。〔孙坚为吴国孙权之父，故百忙中特为之立一小传。〕朱儁大喜，便令坚攻打南门，玄德打北门，朱儁打西门，留东门与贼走。孙坚首先登城，斩贼二十馀人，贼众奔溃。赵弘飞马突槊，直取孙坚。坚从城上飞身夺弘槊，刺弘下马，〔了却赵弘。〕却骑弘马，飞身往来杀贼。〔写得孙坚如此英雄，可见仲谋分鼎亦非易易。〕孙仲引贼突出北门，正迎玄德，无心恋战，只待奔逃。玄德张弓一箭，正中孙仲，翻身落马。^{了却孙仲。}朱儁大军随后掩杀，斩首数万级，降者不可胜计。南阳一路，十数郡皆平。儁班师回京，诏封为车骑将军，河南尹。儁表奏孙坚、刘备等功。坚有人情，除别郡司马上任去了。^{饶他十分本事，终须靠着人情，为之一叹。}惟玄德听候日久，不得除授。

三人郁郁不乐，上街闲行，正值郎中张钧车到。玄德见之，自陈功绩。钧大惊，随入朝见帝曰："昔黄巾造反，其原皆由十常侍卖官鬻爵，非亲不用，非仇不诛，以致天下大乱。今宜斩十常侍，悬首南郊，遣使者布告天下，有功者重加赏赐，则四海自清平也。"^{不提起刘玄德，却只骂十常侍，拔本塞源之论。}十常侍奏帝曰："张钧欺主。"帝令武士逐出张钧。十常侍共议："此必破黄巾有功者，不得除授，故生怨言。权且教省家铨注微名，待后却再理会未晚。"^{即伏后沙汰一着。}因此玄德除授中山府安喜县尉，克日赴任。玄德将兵散回乡里，^{细。}止带亲随二十馀人，与关、张来安喜县中到任。署县事一月，与民秋毫无犯，民皆感化。到任之后，与关、张食则同桌，寝则同床。如玄德在稠人广坐，关、张侍立，终日不倦。^{今复有此结拜弟兄否？}

到县未及四月，朝廷降诏，凡有军功为长吏者当沙汰。玄德疑在遣中。^{无人情者如此吃亏，为之一叹。}适督邮行部至县，玄德出郭迎接，见督邮施礼。督邮坐于马上，惟微以鞭指回答。^{可恶。该打。}关、张二公俱怒。及到馆驿，督邮南面高坐，玄德侍立阶下。良久，督邮问曰："刘县尉是何出身？"^{所问与董卓如出一口，势利小人大都如是。}玄德曰："备乃中山靖王之后，自涿郡剿戮黄巾，大小三十馀战，颇有微功，因得除今职。"督邮大喝曰："汝诈称皇亲，虚报功绩！目今朝廷降诏，正要沙汰这等滥官污吏！"〔可恶该打〕玄德喏喏连声而退。归到县中，与县吏相议。吏曰："督邮作威，无非要贿赂耳。"〔此等机关还是县吏精通〕玄德曰："我与民秋毫无犯，那得财物与他？"次日，督邮先提县吏去，勒令指称县尉害民。〔可恶该打〕玄德几番自往求免，俱被门役阻住，不肯放参。〔不过要一纸包耳〕

却说张飞饮了数杯闷酒，乘马从馆驿前过，〔来了。督邮作威时，定然不知有老张〕见五六十老人，皆在门前痛哭。飞问其故。众老人答曰："督邮迫勒县吏，欲害刘公。我等皆来苦告不得放入，反遭把门人赶打！"张飞大怒，睁圆环眼，咬碎钢牙，滚鞍下马，径入馆驿，把门人那里阻挡得住，直奔后堂，见督邮正坐厅上，将县吏绑倒在地。飞大喝："害民贼！认得我么？"〔快人快事，妙在绝无商量〕督邮未及开言，早被张飞揪住头发，扯出馆驿，直到县前马桩上缚住，〔前日坐马上，今日缚马桩上，好笑〕攀下柳条，去督邮两腿上着力鞭打，〔打得畅快。督邮所望者，蒜条金耳，岂意张公以柳条鞭见赠。甚妙〕一连打折柳枝十数枝。〔此柳条十数枝，可当"甘棠"之思〕玄德正纳闷间，听得县前喧闹，问左右，答曰："张将军绑一人在县前痛打。"玄德忙去观之，见绑缚者乃督邮也。〔不谓南面高坐人一至于此〕玄德惊问其故。飞曰："此等害民贼，不打死等甚！"〔快人快语，绝无商量〕督邮告曰："玄德公救我性命！"〔不敢不敢，我本诈称皇亲、虚报功绩者，安能救公耶？〕玄德终是仁慈的人，急喝张飞住手。傍边转过关公来，曰："兄长建许多大功，仅得县尉，今反被督邮侮辱。吾思积棘丛中，非栖鸾凤之所，不如杀督邮，弃官归乡，别图远大之计。"〔落落丈夫语〕玄德乃取印绶，挂于督邮之颈，〔可谓挂印督邮〕责之曰："据汝害民，本当杀却，今姑饶汝命。〔翼德竟将打死之；关公又欲杀之；而玄德则姑饶之。写三人各自一样，无不酷肖〕吾缴还印绶，从此去矣。"〔如此缴印辞官法，绝奇绝趣〕督邮归告定州太守，太守申文省府，差人捕捉。玄德、关、张三人

往代州投刘恢。恢见玄德乃汉室宗亲，留匿在家不题。^{按下一头。}

却说十常侍既握重权，互相商议，但有不从己者，诛之。赵忠、张让差人问破黄巾将士索金帛，不从者奏罢职。皇甫嵩、朱儁皆不肯与，赵忠等俱奏罢其官。帝又封赵忠等为车骑将军，张让等十三人皆封列侯。朝政愈坏，人民嗟怨。于是长沙贼区星作乱；^{又是黄巾馀波。}渔阳张举、张纯反，举称天子，纯称大将军。^{又是两个姓张的。}表章雪片告急，十常侍皆藏匿不奏。

一日，帝在后园与十常侍饮宴，谏议大夫刘陶径到帝前大恸。帝问其故。陶曰："天下危在旦夕，陛下尚自与阉宦共饮耶！"帝曰："国家承平，有何危急？"陶曰："四方盗贼并起，侵掠州郡。其祸皆由十常侍卖官害民、欺君罔上。朝廷正人皆去，祸在目前矣！"^{刘陶不愧姓刘。}十常侍皆免冠跪伏于帝前曰："大臣不相容，臣等不能活矣！愿乞性命归田里，尽将家产以助军资。"言罢痛哭。^{何异骊姬夜半之哭？竖妖姬，一般身分。}帝怒谓陶曰："汝家亦有近侍之人，何独不容朕耶？"呼武士推出斩之。刘陶大呼："臣死不惜！可怜汉室天下，四百馀年，到此一旦休矣！"^{好刘陶。}武士拥陶出，方欲行刑，一大臣喝住曰："勿得下手，待我谏去。"众视之，乃司徒陈耽，径入宫中来谏帝曰："刘谏议待何罪而受诛？"帝曰："毁谤近臣，冒渎朕躬。"耽曰："天下人民，欲食十常侍之肉，陛下敬之如父母，身无寸功，皆封列侯；况封谞等结连黄巾，欲为内乱。^{照应前文。}陛下今不自省，社稷立见崩摧矣！"^{言言痛切。}帝曰："封谞作乱，其事不明。十常侍中，岂无一二忠臣？"^{谥之曰"灵"，名称其实。}陈耽以头撞阶而谏。^{好陈耽。}帝怒，命牵出，与刘陶皆下狱。

是夜，十常侍即于狱中谋杀之。_{可惜，可恨。}假帝诏以孙坚为长沙太守，讨区星。不五十日，报捷，江夏平。_{了却区星。}诏封坚为乌程侯，封刘虞为幽州牧，领兵往渔阳征张举、张纯。代州刘恢以书荐玄德见虞。虞大喜，令玄德为都尉，引兵直抵贼巢，与贼大战数日，挫动锐气。张纯专一凶暴，士卒心变，帐下头目刺杀张纯，将头纳献，_{了却张纯。}率众来降。张举见势败，亦自缢死。_{了却张举。}渔阳尽平。刘虞表奏刘备大功，朝廷赦免鞭督邮之罪，_{落得打。}除下密丞，迁高堂尉。公孙瓒又表陈玄德前功，荐为别部司马，守平原县令。玄德在平原，颇有钱粮军马，重整旧日气象。刘虞平寇有功，封太尉。_{前文至此一表。}

中平六年夏四月，灵帝病笃，召大将军何进入宫，商议后事。_{接入何进事。}那何进起身屠家；因妹入宫为贵人，生皇子辨，遂立为皇后。进由是得权重任。帝又宠幸王美人，生皇子协。何后嫉妒，鸩杀王美人。_{可恶。}皇子协养于董太后宫中。董太后乃灵帝之母，解渎亭侯刘苌之妻也。初因桓帝无子，迎立解渎亭侯之子，是为灵帝；灵帝入继大统，遂迎养母氏于宫中尊为太后。_{插叙董太后，为后文伏线。○迎养则可，尊为太后，非礼也。若尊董氏为太后，亦将尊解渎亭侯为太皇乎？当时无有谏者，盖由奸邪擅权，言路闭塞耳。}

董太后尝劝帝立皇子协为太子。帝亦偏爱协，欲立之。当时病笃，中常侍蹇硕奏曰："若欲立协，必先诛何进，以绝后患。"帝然其说，因宣进入宫。进至宫门，司马潘隐谓进曰："不可入宫。蹇硕欲谋杀公。"进大惊，急归私宅，召诸大臣，欲尽诛宦官。座上一人挺身出曰："宦官之势，起自冲、质之时，朝廷滋蔓极广，安能尽诛？倘机不密，必有灭族之祸。请细详之。"_{一语道破。}进视之，乃典军校尉曹操也。进叱曰："汝小辈安知朝廷大事！"不料后来朝廷大事，都出此小辈之手。正踌躇间，潘隐至，言："帝已崩。今蹇硕与十常侍商议，秘不发丧，矫诏宣何国舅入宫，欲绝后患，册立皇子协为帝。"说未了，使命至，宣进速入，以定后事。操曰："今日之计，先宜正君位，然后图贼。"扼要语。进曰："谁敢与吾正君讨贼？"一人挺身出曰："愿备精兵五千，斩关入内，册立新君，尽诛阉竖，扫清朝廷，以安天下！"语亦不寻常。进视之，乃司徒袁逢之子，袁隗之侄，名绍，字本初，见为司隶校尉。何进大喜，遂点御林军五千。绍全身披挂。何进引何颙、荀攸、郑泰等大臣三十馀员，相继而入，就灵帝枢前，扶立太子辨即皇帝位。

百官呼拜已毕，袁绍入宫收蹇硕。硕慌走入御园花阴下，为中常侍郭胜所杀。以宦官杀宦官。硕所领禁军，尽皆投顺。绍谓何进曰："中官结党，今日可乘势尽诛之。"是。张让等知事急，慌入告何后曰："始初设谋陷害大将军者，止蹇硕一人，并不干臣等事。今大将军听袁绍之言，欲尽诛臣等，乞娘娘怜悯！"何太后曰："汝等勿忧，我当保汝。"传旨宣何进入。太后密谓曰："我与汝出身寒微，非张让等，焉能享此富贵？今蹇硕不仁，既已伏诛，汝何听信人言，欲尽诛宦官耶？"妇人误事。何进听罢，出谓众官曰："蹇硕设谋害我，可族灭其家。其馀不必妄加残害。"何进如此无用，死不足惜。袁绍曰："若不斩草除根，必为丧身之本。"是。进曰："吾意已决，汝勿多言。"众官皆退。次日，太后命何进参录尚书事，其馀皆封官职。

董太后宣张让等入宫商议曰："何进之妹，始初我抬举他。今日他孩儿即皇帝位，内外臣僚，皆其心腹，威权太重，我将如何？"让对曰："娘娘可临朝，垂帘听政，封皇子协为王，加国舅董重大官，掌握军权，重用臣等，_{张让意中只重此句。}大事可图矣。"董太后大喜。次日设朝，董太后降旨，封皇子协为陈留王，董重为骠骑将军。张让等共预朝政。

何太后见董太后专权，于宫中设一宴，请董太后赴席。酒至半酣，何太后起身捧杯再拜曰："我等皆妇人也，参预朝政，非其所宜。昔吕后因握重权，宗族千口皆被戮。今我等宜深居九重；朝廷大事，任大臣元老自行商议，今国家之幸也。愿垂听焉。"_{说得是，惜言是而行非。}董后大怒曰："汝鸩死王美人，设心嫉妒。_{恶毒。分明劈心一拳。}今倚汝子为君，与汝兄何进之势，辄敢乱言！吾敕骠骑断汝兄首，如反掌耳！"何后亦怒曰："吾以好言相劝，何反怒耶？"董后曰："汝家屠沽小辈，有何见识！"两宫互相争竞，_{体统坏尽。}张让等各劝归宫。

何后连夜召何进入宫，告以前事。何进出，召三公共议。来早设朝，使廷臣奏董太后原系藩妃，不宜久居宫中，合仍迁于河间安置，限日下即出国门。一面遣人起送董后，一面点禁军围骠骑将军董重府宅，追索印绶。董重知事急，自刎于后堂。家人举哀，军士方散。_{以外戚杀外戚。}张让、段珪见董后一枝已废，遂皆以金珠玩好结构何进弟何苗并其母舞阳君，令早晚入何太后处，善言遮蔽，因此十常侍又得近幸。_{一班女子小人。}

六月，何进暗使人鸩杀董后于河间驿庭，_{称太后则不可，然迎养宫中，灵帝所以尽子情也。出之外藩而又鸩杀之，何进之罪大矣。○今日姓何的弑董后，他日姓董的弑何后，天之报施亦巧。}举枢回京，葬于文陵。进托病不出，司隶校尉袁绍入见进曰："张让、段珪等流言于外，言公鸩杀董后，欲谋大事。乘此时不诛阉宦，后必为大祸。

是。昔窦武欲诛内竖，机谋不密，反受其殃。今公兄弟部曲将
吏，皆英俊之士，^{兄弟倒}若使尽力，事在掌握。此天赞之时，不可
失也。"进曰："且容商议。"左右密报张让，^{家人骨肉，个个向外，}
让等转告何苗，又多送贿赂。苗入奏何后云："大将军辅佐新
君，不行仁慈，专务杀伐。今无端又欲杀十常侍，此取乱之道
也。"后纳其言。少顷，何进入白后，欲诛中涓。^{何进真在}何后
曰："中官统领禁省，汉家故事。先帝新弃天下，尔欲诛杀旧
臣，非重宗庙也。"进本是没决断之人，^{没决断之人}听太后言，唯
唯而出。袁绍迎问曰："大事若何？"进曰："太后不允，如之奈
何？"绍曰："可召四方英雄之士，勒兵来京，尽诛阉竖。此时
事急，不容太后不从。"^{此计坏}进曰："此计大妙！"^{偏是此计不妙，}
^{何进胸中}便发檄至各镇，召赴京师。主簿陈琳曰："不可！俗云：
'掩目而捕燕雀'，是自欺也。微物尚不可欺以得志，况国家大
事乎？今将军仗皇威，掌兵要，龙骧虎步，高下在心，若欲诛宦
官，如鼓洪炉燎毛发耳。但当速发雷霆，行权立断，则天人顺
之；却反外檄大臣，临犯京阙。英雄聚会，各怀一心，所谓倒持
干戈，授人以柄，功必不成，反生乱矣。"^{良言硕画，}何进笑曰：
"此懦夫之见也！"^{颠倒不听}旁边一人鼓掌大笑曰："此事易如反
掌，何必多议！"视之，乃曹操也。正是：

欲除君侧宵人乱，须听朝中智士谋。

不知曹操说出甚话来，且听下文分解。

第三回

议温明董卓叱丁原

馈金珠李肃说吕布

馈金珠李
肅說呂布

天子者，日也。日而借光于萤火，不成其为日矣。后人以孔明在蜀，耿耿如长庚之照一方。夫长庚则固胜于萤火百倍也。

李肃说吕布一段文字，花团锦簇。凡劝人背叛，劝人弑逆，是最难启齿之事，今偏不说出，偏要教他自说，妙不可言。

奸在君侧者，除之贵密贵速。董卓上表以暴其威，是不密也；顿兵以观其变，是不速也。何进不知当密，卓则知之，而故为不密；何进不知当速，卓则知之，而故为不速。其意以为如是而何进必死，内乱必作，夫然后乘衅入朝，可以惟我所欲为耳。此皆出李儒之谋，儒亦智矣。乃劝卓收吕布为腹心，又何愚而失于计也。杀一义父，拜一义父，为其父者，不亦危乎？卓不疑布，布亦不虑卓之疑己，无谋之人，固不足怪。儒自以为智，而虑不及此，哀哉！

玄德结两异姓之弟，而得其死力；丁原结一异姓之子，而受其摧残。其故何也？一则择弟而弟，弟其所当弟；一则不择子而子，子其所不当子故也。观吕布，益服关、张之笃义；观丁原，益叹玄德之知人。

且说曹操当日对何进曰："宦官之祸，古今皆有；但世主不当假之权宠，使至于此。若欲治罪，当除元恶，但付一狱吏足矣，何必纷纷召外兵乎？欲尽诛之，事必宣露，吾料其必败也。"（所见大胜本初。两人优劣，俱见于此。）何进怒曰："孟德亦怀私意耶？"操退曰："乱天下者，必进也。"进乃暗差使命，赍密诏星夜往各镇去。

却说前将军、鳌乡侯、西凉刺史董卓，先为破黄巾无功，朝廷将治其罪，因贿赂十常侍幸免；^{贿赂十常侍之人，
安能杀十常侍？}后又结托朝贵，遂任显官，统西州大军二十万，常有不臣之心。是时得诏大喜，点起军马，陆续便行；使其婿中郎将牛辅守住陕西，自己却带李傕、郭汜、张济、樊稠等提兵望洛阳进发。卓婿谋士李儒曰："今虽奉诏，中间多有暗昧。何不差人上表，名正言顺，大事可图。"^{何进暗发密诏，李儒乃欲显
上表章，明明要激成内乱。}卓大喜，遂上表。其略曰："窃闻天下所以乱逆不止者，皆由黄门常侍张让等侮慢天常之故。臣闻扬汤止沸，不如去薪；溃痈虽痛，胜于养毒。臣敢鸣钟鼓入洛阳，请除让等。社稷幸甚！天下幸甚！"

何进得表，出示大臣。侍御史郑泰谏曰："董卓乃豺狼也，引入京城，必食人矣。"^{欲去狐鼠，乃召
豺狼。确论。}进曰："汝多疑，不足谋大事。"卢植亦谏曰："植尝素知董卓为人，面善心狠；一入禁庭，必生祸患。不如止之勿来，免致生乱。"进不听，郑泰、卢植皆弃官而去。朝廷大臣，去者大半。进使人迎董卓于渑池，卓按兵不动。^{先上表以示威，复按兵以
观变，皆李儒之谋也。}

张让等知外兵到，共议曰："此何进之谋也。我等不先下手，皆灭族矣。"乃先伏刀斧手五十人于长乐宫嘉德门内，入告何太后曰："今大将军矫诏召外兵至京师，欲灭臣等，望娘娘垂怜赐救。"太后曰："汝等可诣大将军府谢罪。"让曰："若到相府，骨肉齑粉矣。望娘娘宣大将军入宫谕止之；如其不从，臣等只就娘娘前请死。"太后乃降诏宣进。^{妇人误事
如此。}进得诏便行。主簿陈琳谏曰："太后此诏，必是十常侍之谋，切不可去，去必有祸。"^{智哉陈
琳。}进曰："太后诏我，有何祸事？"袁绍曰："今谋已泄，事已露，将军尚欲入宫耶？"曹操曰："先召十常侍出，然后可入。"〔真应变之策〕进笑曰："此小儿之见也。〔好个大人。〕吾掌天下之权，十常侍敢待如何？"绍曰："公必欲去，我等引甲士护从，以防不测。"于是袁绍、曹操各选精兵五百，命袁绍之弟袁术领之。袁术全身披挂，引兵布列青琐门外。绍与操带剑护送何进至长乐宫前。黄门传懿旨云："太后特宣大将军，馀人不许辄入。"将袁绍、曹操等都阻住宫门外。何进昂然直入，〔可谓大将军八面威风〕至嘉德殿门，张让、段珪迎出，左右围住。进大惊。让厉声责进曰："董后何罪，妄以鸩死？国母丧葬，托疾不出！汝本屠沽小辈，我等荐之天子，以致荣贵；不思报效，欲相谋害！汝言我等甚浊，其清者谁？"〔《左传》曰："惟无瑕者，可以戮人。"何进谋杀董后，其罪亦与十常侍等。〕进慌急，欲寻出路。〔至此而欲寻出路，真小儿之见矣。〕宫门尽闭，伏甲齐出，将何进砍为两段。后人有诗叹之曰：

汉室倾危天数终，无谋何进作三公。

几番不听忠臣谏，难免宫中受剑锋。

让等既杀何进，袁绍久不见进出，乃于宫门外大呼曰："请将军上车！"让等将何进首级从墙上掷出，〔身不能上车而行，头乃得逾墙而出，还算逃得一半。〕宣谕曰："何进谋反，已伏诛矣！其馀协从，尽皆赦宥。"袁绍厉声大叫："阉宦谋杀大臣！诛恶党者前来助战！"何进部将吴匡，便于青琐门外放起火来。袁术引兵突入宫庭，但见阉宦，不论大小，尽皆杀之。〔势必至此。然则又何必召外兵耶？〕袁绍、曹操斩关入内。赵忠、程旷、夏恽、郭胜四个被赶至翠花楼前，剁为肉泥。宫中火焰冲天。

张让、段珪、曹节、侯览将太后及太子并陈留王劫去内省，从后道走北宫。时卢植弃官未去，见宫中事变，擐甲持戈，立于阁下。遥见段珪拥逼何后过来，植大呼曰："段珪逆贼，安敢劫太后！"段珪回身便走。太后从窗中跳出，植急救得免。国舅逾墙，止剩一头。太后跳墙，得保全身，犹幸矣。吴匡杀入内庭，见何苗亦提剑出。匡大呼曰："何苗同谋害兄，当共杀之！"众人俱曰："愿斩谋兄之贼！"苗欲走，四面围定，砍为虀粉。绍复令军士分头来杀十常侍家属，不分大小，尽皆诛绝，多有无须者误被杀死。此时胡子大得便宜。曹操一面救灭宫中之火，请何太后权摄大事，遣兵追袭张让等，寻觅少帝。孟德举动，毕竟不同。

且说张让、段珪劫拥少帝及陈留王，冒烟突火，连夜奔走至北邙山。约三更时分，后面喊声大举，人马赶至。当前河南中部掾吏闵贡，大呼："逆贼休走！"张让见事急，遂投河而死。帝与陈留王未知虚实，不敢高声，伏于河边乱草之内。军马四散去赶，不知帝之所在。

帝与王伏至四更，露水又下，腹中饥馁，相抱而哭；又怕人知觉，吞声草莽之中。寇则伏莽，帝亦伏莽，为之一叹。陈留王曰："此间不可久恋，须别寻活路。"于是二人以衣相结，爬上岸边。满地荆棘，黑暗之中，不见行路。正无奈何，忽有流萤千百成群，光芒照耀，只在帝前飞转。炎刘之势，昔如日月，今为萤光，火德衰矣。陈留王曰："此天助我兄弟也！"遂随萤火而行，渐渐见路。行至五更，足痛不能行，山冈边见一草堆，帝与王卧于草堆之中。竟为草头皇帝矣。草堆前面是一所庄院，庄主是夜梦两红日坠于庄后，两红日正应陈留亦为帝之兆。惊觉，披衣出户，四下观望，见庄后草堆上红光冲天，然则萤光相随，直以光引光耳。慌忙往视，却是二人卧于草畔。庄主问曰："二少年谁家之子？"帝不敢应。陈留王指帝曰："此是当今皇帝，遭十常侍之乱，逃难到此。吾乃皇弟陈留王也。"庄主大惊，再拜曰："臣先朝司徒崔烈之弟崔毅也。因见十常侍卖官嫉贤，故隐于此。"^{崔烈此弟，颇胜于兄。}遂扶帝入庄，跪进酒食。

却说闵贡赶上段珪，拿住问："天子何在？"珪言："已在半路相失，不知何往。"贡遂杀段珪，悬头于马项下，分兵四散寻觅，自己却独乘一马，随路追寻。偶至崔毅庄，毅见首级，问之，贡说详细。崔毅引贡见帝，君臣痛哭。贡曰："国不可一日无君，请陛下还都。"崔毅庄上止有瘦马一匹，备与帝乘。贡与陈留王共乘一马，^{帝曰万乘，王曰千乘，大夫亦曰百乘。今一帝、一王、一臣，止共骑得二马，可叹。}离庄而行，不到三里，司徒王允、太尉杨彪、左军校尉淳于琼、右军校尉赵萌、后军校尉鲍信、中军校尉袁绍，一行人众，数百人马，接着车驾，君臣皆哭。先使人将段珪首级往京师号令，另换好马与帝及陈留王骑坐。^{细。}簇帝还京。先是洛阳小儿谣曰："帝非帝，王非王，千乘万骑走北邙。"至此果应其谶。^{后来帝废为王，王反为帝，所谓"帝非帝，王非王"。}

^{此时只应得末一句，那知后来却应在首的二句耶？}

车驾行不到数里，忽见旌旗蔽日，尘土遮天，一枝人马到来。百官失色，帝亦大惊。袁绍骤马出问："何人？"绣旗影内，一将飞出，厉声问："天子何在？"^{不答袁绍，竟问天子，气质便来得不好。}帝战栗不能言。陈留王勒马向前，叱曰："来者何人？"卓曰："西凉刺史董卓也。"^{董卓至此时始来，皆李儒之计也。}陈留王曰："汝来保驾耶？汝来劫驾耶？"卓应曰："特来保驾。"陈留王曰："既来保驾，天子在此，何不下马？"卓大惊，慌忙下马，拜于道左。陈留王以言抚

慰董卓，自初至终，并无失语。_{献帝此时，颇强人意，何后来倦怠之甚也？}卓暗奇之，已怀废立之意。

是日还宫，见何太后，俱各痛哭。检点宫中，不见了传国玉玺。_{为后文孙坚得玺伏线。}董卓屯兵城外，每日带铁甲马军入城，横行街市，百姓惶惶不安。卓出入宫庭，略无禁惮。后军校尉鲍信，来见袁绍，言董卓必有异心，可速除之。_{若欲除之，不如勿召；既已召之，欲除则难矣。}绍曰："朝廷新定，未可轻动。"鲍信见王允，亦言其事。允曰："且容商议。"信自引本部军兵，投泰山去了。

董卓招诱何进兄弟部下之兵，尽归掌握。私谓李儒曰："吾欲废帝立陈留王，何如？"_{不过欲借废立以张威，非真有爱于陈留也。}李儒曰："今朝廷无主，不就此时行事，迟则有变矣。来日于温明园中，召集百官，谕以废立；有不从者斩之，则威权之行，正在今日。"卓喜。

次日，大排筵会，遍请公卿。公卿皆惧董卓，谁敢不到！卓待百官到了，然后徐徐到园门下马，_{妆模做样，可恶可笑。}带剑入席。酒行数巡，卓教停酒止乐，乃厉声曰："吾有一言，众官静听。"众官侧耳。卓曰："天子为万民之主，无威仪不可以奉宗庙社稷。今上懦弱，不若陈留王聪明好学，可承大位。吾欲废帝，立陈留王，诸大臣以为何如？"_{鸣钟鼓入洛阳，不是来杀十常侍，特来废皇帝耳。}诸官听罢，不敢出声。座上一人推案直出，立于筵前，大呼："不可！不可！汝是何人，敢发大语？天子乃先帝嫡子，初无过失，何得妄议废立！汝欲为篡逆耶？"_{此时此人不可少。}卓视之，乃荆州刺史丁原也。卓怒叱曰："顺我者生，逆我者死！"遂掣佩剑欲斩丁原。时李儒见丁原背后一人，生得气宇轩昂，威风凛凛，手执方天画戟，怒目而视。_{先从李儒眼中虚画一吕布。○此处先写戟。}李儒急进曰："今日饮宴之处，不可谈国政；来日向都堂公论未迟。"众人皆劝丁原上马而去。

卓问百官曰："吾所言，合公道否？"卢植曰："明公差矣。昔太甲不明，伊尹放之于桐宫。昌邑王登位方二十七日，造恶三千馀条，故霍光告太庙而废之。今上虽幼，聪明仁智，并无分毫过失。公乃外郡刺史，素未参与国政，又无伊、霍之大才，何可强主废立之事？圣人云：'有伊尹之志则可，无伊尹之志则篡也。'"正论侃侃，不愧为玄德之师。卓大怒，拔剑向前欲杀植。议郎彭伯谏曰："卢尚书海内人望，今先害之，恐天下震怖。"卓乃止。司徒王允曰："废立之事，不可酒后相商，另日再议。"王允此时，胸中已有成算。于是百官皆散。

卓按剑立于园门，忽见一人跃马持戟，于园门外往来驰骤。又从董卓眼中虚画一吕布。〇前只写戟，此处添写马。卓问李儒："此何人也？"儒曰："此丁原义儿，姓吕名布，字奉先者也。在李儒口中，方实叙出吕布姓名。主公且须避之。"添此一句，张皇之极。卓乃入园潜避。

次日，人报丁原引军城外搦战。卓怒，引军同李儒出迎。两阵对圆，只见吕布顶束发金冠，披百花战袍，擐唐猊铠甲，系狮蛮宝带，纵马挺戟，随丁建阳出到阵前。又双从董卓、李儒眼中实写一吕布。〇看他先写状貌，次写姓名，次写装束；先写戟，次写马，次写冠带袍甲：都作三层出落，妙。建阳指卓骂曰："国家不幸，阉宦弄权，以致万民涂炭，尔无尺寸之功，焉敢妄言废立，欲乱朝廷！"董卓未及回言，吕布飞马直杀过来。董卓慌走，建阳率军掩杀。卓兵大败，退三十馀里下寨，聚众商议。卓曰："吾观吕布非常人也。吾若得此人，何虑天下哉！"帐前一人出曰："主公勿忧。某与吕布同乡，知其勇而无谋，见利忘义。二语说尽奉先。某凭三寸不烂之舌，说吕布拱手来降，可乎？"卓大喜，观其人，乃虎贲中郎将李肃也。卓曰："汝将何以说之？"肃曰："某闻主公有名马一匹，号曰'赤兔'，日行千里。^{此处轻轻略赞一句}须得此马，再用金珠，以利结其心。某更进说词，吕布必反丁原，来投主公矣。"卓问李儒曰："此言可乎？"儒曰："主公欲取天下，何惜一马！^{看他翁婿二人，口口隐取天下，然是可笑。}卓欣然与之，^{今不惜名马，后独惜爱姬，何也？}更与黄金一千两、明珠数十颗、玉带一条。

李肃赍了礼物，投吕布寨来。伏路军人围住。肃曰："可速报吕将军，有故人来见。"军人报知，布命入见。肃见布曰："贤弟别来无恙！"布揖曰："久不相见，今居何处？"肃曰："见任虎贲中郎将之职。闻贤弟匡扶社稷，不胜之喜。有良马一匹，日行千里，渡水登山，如履平地，^{此处又添赞一句}名曰'赤兔'，特献与贤弟，以助虎威。"^{且不说是董卓之马。妙甚。}布便令牵过来看。果然那马浑身上下，火炭般赤，无半根杂毛。从头至尾，长一丈。从蹄至项，高八尺。嘶喊咆哮，有腾空入海之状。^{从吕布眼中方看出浑身上下好处。层次出落得妙。○此}^{马将为云长骑坐，故先于此处极写之。}后人有诗单道赤兔马曰：

奔腾千里荡尘埃，渡水登山紫雾开。

掣断丝缰摇玉辔，火龙飞下九天来。

布见了此马，大喜，^{极写名将爱马。}谢肃曰："兄赐此良驹，将何以为报？"肃曰："某为义气而来，岂望报乎！"布置酒相待。酒酣，肃曰："肃与贤弟少得相见，令尊却尝会来。"^{妙在同乡人口中称'令尊'，必谓是姓吕之父矣。}布曰："兄醉矣！先父弃世多年，安得与兄相会？"肃大笑曰："非也！某说今日丁刺史耳。"^{妙，明明羞他。}布惶恐曰："某在丁建阳处，亦出于无奈。"^{等他自说，妙哉妙哉！}肃曰："贤弟有擎天驾海之才，四海孰不钦敬？功名富贵，如探囊取物，何言无奈而在人之下乎？"^{看他逼入去，恶极。}布曰："恨不逢其主耳。"^{等他自说，妙妙。}肃笑曰："'良禽择木而栖，贤臣择主而事'。见机不早，悔之晚矣。"^{恶极，又逼入。}布曰："兄在朝廷，观何人为世之英雄？"^{等他先问，妙妙。}肃曰："某遍观群臣，皆不如董卓。^{疾入。}董卓为人敬贤礼士，赏罚分明，终成大业。"布曰："某欲从之，恨无门路。"^{等他自说，妙妙。}肃取金珠、玉带列于布前。^{马与金珠、玉带，分两番取出，先后次序得妙。}布惊曰："何为有此？"肃令叱退左右，告布曰："此是董公久慕大名，特令某将此奉献。赤兔马亦董公所赠也。"^{至此方才说明，妙绝！}布曰："董公如此见爱，某将何以报之？"肃曰："如某之不才，尚为虎贲中郎将；公若到彼，贵不可言。"布曰："恨无涓埃之功，以为进见之礼。"^{等他自说，妙妙。}肃曰："功在翻手之间，公不肯为耳。"^{恶极，妙妙。}布沉吟良久曰："吾欲杀丁原，引军归董卓，何如？"^{此句亦等他自说，恶极，妙极。}肃曰："贤弟若能如此，真莫大之功也！但事不宜迟，在于速决。"^{得他自肯，便即催之。}布与肃约于明日来降，肃别去。

是夜二更时分，布提刀径入丁原帐中。原正秉烛观书，见布至，曰："吾儿来有何事故？"布曰："吾堂堂丈夫，安肯为汝子乎！"^{堂堂丈夫，不肯为丁原子，然一堂堂丈夫，又何独为董卓子乎？总是金珠、赤兔在那里说话耳。}原曰："奉先何故变心？"^{便不敢叫"吾儿"了。}布向前，一刀砍下丁原首级，大呼左右："丁原不仁，吾已杀之。肯从吾者在此，不从者自去！"军士散去大半。

次日，布持丁原首级，往见李肃。肃遂引布见卓。卓大喜，置酒相待。卓先下拜曰："卓今得将军，如旱苗之得甘雨也。"

布纳卓坐而拜之曰："公若不弃，布请拜为义父。" <small>方杀一义父，又拜一义父。杀得容易，亦拜得容易。</small>卓以金甲锦袍赐布，畅饮而散。卓自是威势越大，自领前将军事，封弟董旻为左将军、鄠侯，封吕布为骑都尉、中郎将、都亭侯。李儒劝卓早定废立之计。<small>仍接叙到废立事。</small>卓乃于省中设宴，会集公卿，令吕布将甲士千馀，侍卫左右。是日，太傅袁隗与百官皆到。酒行数巡，卓按剑曰："今上闇弱，不可以奉宗庙。吾将依伊尹、霍光故事，<small>今特引二故事，却是从卢植口中学来，足见其胸中无物。</small>废帝为弘农王，立陈留王为帝。有不从者斩！"群臣惶怖莫敢对。中军校尉袁绍挺身出曰："今上即位未几，并无失德。汝欲废嫡立庶，非反而何？" <small>劝召外兵者，公也，今日骂董卓晚矣。</small>卓怒曰："天下事在我！我今为之，谁敢不从！汝视我之剑不利否？"袁绍亦拔剑曰："汝剑利，吾剑未尝不利！"两个在筵上对敌。正是：

丁原仗义身先丧，袁绍争锋势又危。

毕竟袁绍性命如何，且听下文分解。

第四回

废汉帝陈留为皇

谋董贼孟德献刀

謀董賊孟德獻劍

吕后惨杀戚姬，而惠帝无子；何后鸩死王美人，而少帝不终：岂非天哉？且也，前有何进之弑董后，后有董卓之弑何后，天道好还，于兹益信。

丁管、伍孚奋不顾身，若使两人当曹操之地，必不肯为献刀之举矣。曹操欲谋人，必先全我身。丁管、伍孚所不及曹操者，智也；曹操所不及丁管、伍孚者，忠也。假令当日县令不肯释放，伯奢果然报官，而曹操竟为董卓所杀，则天下后世，岂不以为汉末忠臣，固无有过于曹操者哉？王莽谦恭下士，而后人有诗叹之曰："假使当年身便死，一生真伪有谁知。"人固不易知，知人亦不易也。

孟德杀伯奢一家，误也，可原也；至杀伯奢，则恶极矣。更说出"宁使我负人，休教人负我"之语，读书者至此，无不诟之詈之，争欲杀之矣。不知此犹孟德之过人处也。试问天下人，谁不有此心者，谁复能开此口乎？至于讲道学诸公，且反其语曰："宁使人负我，休教我负人。"非不说得好听，然察其行事，却是步步私学孟德二语者，则孟德犹不失为心口如一之小人，而此辈之口是心非，反不如孟德之直述痛快也。吾故曰："此犹孟德之过人处也。"

若使首卷张飞于路中杀却董卓，此卷陈宫于店中杀却曹操，岂不大快？然使尔时即便杀却，安得后面有许多怪怪奇奇、异样惊人文字！苍苍者将演出无数排场，此二人却是要紧脚色，故特特留之耳。

且说董卓欲杀袁绍，李儒止之曰："事未可定，不可妄杀。"

袁绍手提宝刀，辞别百官而出，悬节东门，奔冀州去了。_{亦去得慷慨。}卓谓太傅袁隗曰："汝侄无礼，吾看汝面，姑恕之。_{今既因叔恕侄，后何因侄杀叔。}废立之事若何？"隗曰："太尉所见是也。"_{侄儿太刚，叔子太软。}卓曰："敢有阻大议者，以军法从事！"群臣震恐，皆云："一听尊命。"宴罢，卓问侍中周毖、校尉伍琼曰："袁绍此去若何？"周毖曰："袁绍忿忿而去，若购之急，势必为变。且袁氏树恩四世，门生故吏遍于天下；倘收豪杰以聚徒众，英雄因之而起，山东非公有也。不如赦之，拜为一郡守，则绍喜于免罪，必无患矣。"_{一个说他有用。}伍琼曰："袁绍好谋无断，_{四字定评。}不足为虑，诚不若加之一郡守，以收民心。"_{一个说他无用。}卓从之，即日差人拜绍为渤海太守。

九月朔，请帝升嘉德殿，大会文武。卓拔剑在手，对众曰："天子暗弱，不足以君天下。今有策文一道，宜为宣读。"乃命李儒读策曰：

孝灵皇帝，早弃臣民；皇帝承嗣，海内仰望。而帝天资轻佻，威仪不恪，居丧慢惰：否德既彰，有忝大位。皇太后教无母仪，统政荒乱。永乐太后暴崩，众论惑焉。三纲之道，天地之纪，毋乃有阙？陈留王协，圣德伟懋，规矩肃然；居丧哀戚，言不以邪；休声美誉，天下所闻。宜承皇业，为万世统。兹废皇帝为弘农王，皇太后还政。请奉陈留王为皇帝，应天顺人，以慰生灵之望。

李儒读策毕，卓叱左右扶帝下殿，解其玺绶，北面长跪，称臣听命；又呼太后去服候敕。帝后皆号哭，群臣无不悲惨。阶下一大臣，愤怒高叫曰："贼臣董卓，敢为欺天之谋，吾当以颈血溅之！"挥手中象简，直击董卓。_{此象简亦可}_{云击贼笏。}卓大怒，喝武士拿下，乃尚书丁管也。卓命牵出斩之。管骂不绝口，至死神色不变。_{此时何可无}_{此一人。}后人有诗叹曰：

> 董贼潜怀废立图，汉家宗社委丘墟。
>
> 满朝臣宰皆囊括，惟有丁公是丈夫。

卓请陈留王登殿。群臣朝贺毕，卓命扶何太后并弘农王及帝妃唐氏于永安宫闲住，封锁宫门，禁群臣无得擅入。_{昔桓、灵禁锢党人，}_{今董卓禁锢天子。}可怜少帝四月登基，至九月即被废。卓所立陈留王协，表字伯和，灵帝中子，即献帝也，时年九岁。改元初平。董卓为相国，赞拜不名，入朝不趋，剑履上殿，威福莫比。李儒劝卓擢用名流，以收人望，_{从来权臣，}_{大都如是。}因荐蔡邕之才。卓命征之，邕不赴。_{初念原}_{好。}卓怒，使人谓邕曰："如不来，当灭汝族。"_{求贤之法}_{太峻。}邕惧，只得应命而至。卓见邕大喜，一月三迁其官，拜为侍中，甚见亲厚。_{孔光屈节于董贤，谷永依托于王凤，扬雄失}_{身于新莽，龟山应聘于蔡京：古今同叹。}

却说少帝与何太后、唐妃困于永安宫中，衣服饮食渐渐少缺；少帝泪不曾干。_{李后主所云"此中日夕，}_{以眼泪洗面"也。}一日，偶见双飞燕于庭中，遂吟诗一首。_{空庭飞鸟，任其翔舞；冷宫废主，身被牢笼。}_{触目感愤，抗声而吟，不知是诗，不知是泪？}诗曰：

> 嫩草绿凝烟，袅袅双飞燕。洛水一条青，陌上人称美。_{前半首咏}_{燕，兴}_{也，比}_{也。}远望碧云深，是吾旧宫殿。_{目断旧宫，不能奋飞，诚不如}_{双燕之得反故巢矣。伤哉！}何人仗忠义，泄我心中怨！_{后半首自咏，赋}_{也。○诗好。}

董卓时常使人探听。是日获得此诗，来呈董卓。卓曰："怨望作诗，杀之有名矣。"杀之何名？请教。○天子亦以文字取祸，千古异闻。遂命李儒带武士十人，入宫弑帝。帝与后、妃正在楼上，宫女报李儒至，帝大惊。儒以鸩酒奉帝，赋诗饮酒，最是雅事，不意有此燕诗鸩酒之惨毒也。帝问何故。儒曰："春日融和，是双燕飞庭时节。董相国特上寿酒。"好个寿酒。太后曰："既云寿酒，汝可先饮。"此酒岂可相劝！儒怒曰："汝不饮耶？"呼左右持短刀白练于前，曰："寿酒不饮，可领此二物！"鸩酒可曰寿酒，则二物亦可曰寿礼。唐妃跪告曰："妾身代帝饮酒，愿公存母子性命。"满朝文武，不如此一女子。儒叱曰："汝何人，可代王死？"乃举酒与何太后曰："汝可先饮！"后欲儒先饮，儒亦欲后先饮，只算还敬。后大骂何进无谋，引贼入京，致有今日之祸。此时方悟何进误事，不识亦念及董太后、王美人否？儒催逼帝，帝曰："容我与太后作别。"乃大恸而作歌。甚矣，帝之多文也。既作感怀诗于前，复作绝命词于后。文章无救于祸患，我为天子一哭，更为文章一哭。其歌曰：

天地易兮日月翻，弃万乘兮退守藩。

为臣逼兮命不久，大势去兮空泪潸。

唐妃亦作歌曰：

皇天将崩兮后土颓，身为帝姬兮恨不随。

生死异路兮从此别，奈何茕速兮心中悲！

歌罢，相抱而哭。李儒叱曰："相国立等回报，汝等俄延，望谁救耶？"太后大骂："董贼逼我母子，皇天不佑！汝等助恶，必当灭族！"儒大怒，双手扯住太后，直撺下楼；叱武士绞死唐妃；以鸩酒灌杀少帝，惨极，罪。李儒之罪，浮于董卓。还报董卓，卓命葬于城外。自此每夜入宫，奸淫宫女，夜宿龙床。便是强盗所为，不成气候。尝引军出城，行到阳城地方，时当二月，村民社赛，男女皆集。卓命军士围住，尽皆杀之，掠妇女财物，装载车上，悬头千馀颗于车下，连轸还都，扬言杀贼大胜而回；末世官军捕盗往往如此，堂堂宰相亦为是耶？于城门下焚烧人头，以妇女财物分散众军。

越骑校尉伍孚，字德瑜，见卓残暴，愤恨不平，尝于朝服内披小铠，藏短刀，欲伺便杀卓。一日，卓入朝，孚迎至阁下，拔刀直刺卓。将叙曹操行刺，却先有伍孚行刺作引。天然奇妙。〇孚之勇往直前，较胜于操，盖曹操顾身，伍孚不顾身也。卓气力大，两手抠住。吕布便入，揪倒伍孚。卓问曰："谁教汝反？"孚瞪目大喝曰："汝非吾君，吾非汝臣，何反之有？反字驳得畅快。汝罪恶盈天，人人愿得而诛之！吾恨不车裂汝以谢天下！"卓大怒，命牵出剖剐之。孚至死骂不绝口。后人有诗赞之曰：

汉末忠臣说伍孚，冲天豪气世间无。

朝堂杀贼名犹在，万古堪称大丈夫！

董卓自此出入常带甲士护卫。时袁绍在渤海，闻知董卓弄权，乃差人赍密书来见王允。夹写袁绍致书，前应悬节出奔，后伏兴兵会盟，妙甚。〇接叙出王允，尤妙。书略曰：

卓贼欺天废主，人不忍言，而公恣其跋扈，如不听闻，岂报国效忠之臣哉？绍今集兵练卒，欲扫清王室，未敢轻动。公若有心，当乘间图之。倘有驱使，即当奉命。

王允得书，寻思无计。一日，于侍班阁子内见旧臣俱在，允曰："今日老夫贱降，晚间敢屈众位到舍小酌。"非请众官吃司徒寿酒，正为天子前日曾吃李儒寿酒耳。众官皆曰："必来祝寿。"当晚王允设宴后堂，公卿皆至。酒行数巡，王允忽然掩面大哭。绝不说起胸中心事，突然放声大哭：一则想着前日天子吃寿酒之眼泪，一则今日众人吃寿酒之眼泪也。是至情，亦是妙用。众官惊问曰："司徒贵诞，何故发悲？"允曰："今日并非贱降，因欲为众官一叙，恐董卓见疑，故托言耳。董卓欺主弄权，社稷旦夕难保。想高皇诛秦灭楚，奄有天下；谁想传至今日，乃丧于董卓之手，此吾所以哭也。"于是众官皆哭。徒作楚囚相对，亦何益耶？

坐中一人独抚掌大笑，众人皆哭我独笑，的的是妙人。曰："满朝公卿，夜哭到明，明哭到夜，还能哭死董卓否？"妙语解颐。允视之，乃骁骑校尉曹操也。毕竟曹公全别。允怒曰："汝祖宗亦食禄汉朝，今不思报国而反笑耶？"操曰："吾非笑别事，笑众位无一计杀董卓耳。操虽不才，愿即断董卓头，悬之都门，以谢天下。"其言甚壮。允避席问曰："孟德有何高见？"操曰："近日操屈身以事卓者，实欲乘间图之耳。有心人。今卓颇信操，操因得时近卓。闻司徒有七宝刀一口，愿借与操入相府刺杀之，虽死不恨！"袁绍致书，孟德献刀，一样愤激，而操更壮。允曰："孟德果有是心，天下幸甚！"遂亲自酌酒奉操。操沥酒设誓，允随取宝刀与之。操藏刀，饮酒毕，即起身辞别众官而去。写得慷慨动色，仿佛荆卿渡易水时。众官又坐了一回，亦俱散讫。

次日，曹操佩着短刀来至相府，问："丞相何在？"从人云："在小阁中。"操径入。见董卓坐于床上，吕布侍立于侧。读书者至此，为曹操捏一把汗，卓曰："孟德来何迟？"操曰："马羸行迟耳。"亏此一句，后来好逃走。卓顾谓布曰："吾有西凉进来好马，奉先可亲去拣一骑赐与孟德。"多谢，以宝刀奉答。少停布领命而出。好机会操暗忖曰："此贼合死！"〔我亦谓然。〕即欲拔剑刺之，惧卓力大，未敢轻动。〔有鉴于伍孚之事也。〕卓胖大不耐久坐，遂倒身而卧，转面向内。〔一发凑巧。〕操又思曰："此贼当休矣！"〔我亦谓然。〕急掣宝刀在手，〔读至此，又为董卓捏一把汗。〕恰待要刺，不想董卓仰面看衣镜中，照见曹操在背后拔刀，〔意外出奇之事，写得情景如画。〕急回身问曰："孟德何为？"〔读书者至此，又为曹操捏一身汗。〕时吕布已牵马至阁外。〔夹写此句，更令读者吃惊不小。〕操惶遽，乃持刀跪下曰："操有宝刀一口，献上恩相。"〔好权变，的是奸雄。○赐马献刀，大好酬酢。○刺卓何必宝刀，其所以请宝刀者，预为地也。献刀之举，未必在曹操意中。〕卓接视之，见其刀长尺余，七宝嵌饰，极其锋利，果宝刀也，〔补写宝刀，忙中闲笔。○如此宝刀，固不当以董卓之颈血污之。〕遂递与吕布收了。操解鞘付布。〔先拔刀，后解鞘。明明行刺，董卓愚莽，故不省得。〕卓引操出阁看马，操谢曰："愿借试一骑。"〔妙极。未及试马，今不得不急试马。〕卓就教与鞍辔。〔细。〕操牵马出相府，加鞭望东南而去。〔来便迟，去便快。○推托马羸，未必不为此时地也。奸雄妙算如神。〕布对卓曰："适来曹操似有行刺之状，及被喝破，故推献刀。"〔毕竟吕布乖觉些。〕卓曰："吾亦疑之。"〔此是顺口话，适才便不曾疑。〕正说话间，适李儒至，〔此君若早来，孟德休矣。〕卓以其事告之。儒曰："操无妻小在京，〔唯其如此，所以去得放心，去得干净。○此句在李儒口中带叙出来，省笔。〕只独居寓所。今差人往召，如彼无疑而便来，则是献刀；如推托不来，则必是行刺，便可擒而问也。"〔李儒甚有机变，惜为董卓令坦。〕卓然其说，即差狱卒四人往唤操。〔差狱卒，便是擒捉之状。〕去了良久，〔孟德去远矣。〕回报曰："操不曾回寓，乘马飞出东门。门吏问之，操曰'丞相差我有紧急公事'，纵马而去矣。"〔此段在狱卒口中补叙出来，省笔。〕儒曰："操贼心虚逃窜，行刺无疑矣。"卓大怒曰："我如此重用，反欲害我！"儒曰："此必有同谋者，待拿住曹操便可知矣。"〔读书者至此，又为王允担忧。〕卓遂令遍行文书，画影图形，捉拿曹操：擒献者，赏千金，封万户侯；窝藏者同罪。

且说曹操逃出城外，飞奔谯郡。路经中牟县，为守关军士所获，_{读书者至此，不特为曹操着急，且益为王允担忧。}擒见县令。_{且不说出县令是谁，妙。}操言："我是客商，覆姓皇甫。"_{何不云覆姓夏侯？}县令熟视曹操，沉吟半晌，_{是何故耶？令人惊疑不定。}乃曰："吾前在洛阳求官时，曾认得汝是曹操，如何隐讳！且把来监下，明日解去京师请赏。"_{熟视沉吟后却说出此数语，孟德奈何？}把关军士赐以酒食而去。_{细。}至夜分，县令唤亲随入，暗地取出曹操直至后院中审究，_{精细。此熟视沉吟时算定者。}问曰："我闻丞相待汝不薄，何故自取其祸？"操曰："燕雀安知鸿鹄志哉！汝既拿住我，便当解去请赏，何必多问！"_{此县令须以此言动之，奸雄眼力过人。}县令屏退左右，_{精细。}谓操曰："汝休小觑我。我非俗吏，奈未遇其主耳。"_{是有心人。}操曰："吾祖宗世食汉禄，若不思报国，与禽兽何异？_{偏是奸雄会说道学语。}吾屈身事卓者，欲乘间图之，为国除害耳。今事不成，乃天意也！"_{曹操此时，竟是一位正人。}县令曰："孟德此行，将欲何往？"_{问得紧要。}操曰："吾将归乡里，发矫诏，召天下诸侯兴兵共诛董卓：吾之愿也。"_{词直气壮。○后文事先逗露于此。}县令闻言，乃亲释其缚，扶之上坐，再拜曰："公真天下忠义之士也！"_{微独县令信之，读书者至此亦几信之。○写县令先沉吟，次密语，后拜服，最有次序。}曹操亦拜，问县令姓名。县令曰："吾姓陈，名宫，字公台。_{至此方出姓名，好。}老母妻子，皆在东郡，_{此处先说老母、妻子，遥对后白门楼中语。}今感公忠义，愿弃一官，从公而逃。"_{不特相救，且复相从，宫之于操，其恩不可谓不厚矣。}操甚喜。是夜陈宫收拾盘费，与曹操更衣易服，各背剑一口，_{细。}乘马投故乡来。

行了三日，至成皋地方，天色向晚。操以鞭指林深处_{二语是绝妙一幅画景。}谓宫曰："此间有一人姓吕，名伯奢，是吾父结义弟兄；就往问家中消息，觅一宿，如何？"_{闲闲而来。}宫曰："最好。"二人至庄前下马，入见伯奢。奢曰："我闻朝廷遍行文书，捉汝甚急，汝父已被陈留去了。_{应上"家中消息"句。}汝如何得至此？"操告以前事曰：

"若非陈县令，已粉骨碎身矣。"〔异日白门楼中，何不记此一语？〕伯奢拜陈宫曰："小侄若非使君，曹氏灭门矣。〔曹氏幸不灭门，君家却即刻有灭门之祸。〕使君宽怀安坐，今晚便可下榻草舍。"〔应上"觅宿"句。〕说罢，即起身入内。良久乃出，〔写得举动可疑。〕谓陈宫曰："老夫家无好酒，容往西村沽一樽来相待。"言讫，匆匆上驴而去。〔更是可疑。〕操与宫坐久，忽闻庄后有磨刀之声。〔一发便疑。〕操曰："吕伯奢非吾至亲，〔应上结义弟兄句。〕此去可疑，当窃听之。"〔微独操疑之，读书者至此亦深疑之。〕二人潜步入草堂后，但闻人语曰："缚而杀之，如何？"〔吓杀。〕操曰："是矣！〔二字摹神〕今若不先下手，必遭擒获。"遂与宫拔剑直入，不问男女，皆杀之，〔不曾在董家试刀，却来吕家试剑。〕一连杀死八口。〔八口之家，无一全矣。〕搜至厨下，却见缚一猪欲杀。〔昔吕后曾以人为彘，今曹操误认彘为人，而吕氏全家被杀，伯奢岂吕氏苗裔与？否则何以有此恶报也耶！〕宫曰："孟德心多，误杀好人矣！"急出庄上马而行。行不到二里，只见伯奢驴鞍前鞒悬酒二瓶，手携果菜而来，〔又是一幅画图〕叫曰："贤侄与使君何故便去？"操曰："被罪之人，不敢久住。"伯奢曰："吾已分付家人宰一猪相款，〔适来入内良久，正为分付此耳。○丈人止宿子路，不过鸡黍是供，今何必杀猪相款乎？伯奢真爱也。〕贤侄使君何憎一宿？速请转骑。"操不顾，策马便行。行不数步，忽拔剑复回，叫伯奢曰："此来者何人？"伯奢回头看时，操挥剑砍伯奢于驴下。〔乃翁之结义兄弟也，而既杀其家，复杀其身，咄哉阿瞒！岂堪复与刘、关、张三人作狗彘耶？〕宫大惊曰："适才误耳，今何为也？"操曰："伯奢到家，见杀死多人，安肯干休？若率众来追，必遭其祸矣。"〔此等见识，在曹操原自不差。〕宫曰："知而故杀，大不义也！"操曰："宁教我负天下人，休教天下人负我。"〔曹操从前竟是一个好人，到此忽然说出奸雄心事。此二语是开宗明义章第一〕陈宫默然。

　　当夜，行数里，月明中敲开客店门投宿。〔又是一幅绝妙画景。忙中忽偏有此点缀，妙。〕喂饱了马，曹操先睡。陈宫寻思："我将谓曹操是好人，弃官跟他；原来是个狠心之人！今日留之，必为后患。"^{不差。}便欲拔剑来杀曹操。^{该杀。}正是：

设心狠毒非良士，操卓原来一路人。

毕竟曹操性命如何，且听下文分解。

第五回　发矫诏诸镇应曹公
破关兵三英战吕布

破關兵
三傑
戰呂
布

董卓不乱，诸镇不起；诸镇不起，三国不分。此一卷，正三国之所自来也。故先叙曹操发檄举事，次叙孙坚当先敢战，末叙刘备三人英雄无敌。其馀诸人，纷纷滚滚，不过如白茅之藉琬琰而已。

袁术不识玄德兄弟，无足责也。本初亦是人豪，乃亦拘牵俗见，不能格外用人。此孟德之所以为大可儿也。今人都骂孟德奸雄，吾恐奸雄非常人所可骂，还应孟德骂人不好雄耳。

甚矣，目前地位之不足量英雄也！十八镇诸侯，以盟主推袁绍，而后来分鼎，竟属孙、曹。且孙、曹虽为吴、魏之祖，而僭号称尊，尚在后嗣。其异日堂堂天子，正位继统者，乃立公孙瓒背后之一县令。呜呼！英雄岂易量哉！公孙瓒背后之一人，为惊天动地之人。而此一人又有背后之两人，又是惊天动地之人。英雄不得志时，往往居人背后，俗眼不能识，直待其惊天动地，而后叹前者立人背后之日，交臂失之。孰知其背后冷笑之意，固已视十八路诸侯如草芥矣！

却说陈宫正欲下手杀曹操，忽转念曰："我为国家跟他到此，杀之不义，不若弃而他往。"插剑上马，不等天明，自投东郡去了。<small>陈宫不随曹操，可谓知人；然后却去随吕布，则犹未为知人也。</small>操觉，不见陈宫，寻思："此人见我说了这两句，疑我不仁，<small>操自以为不仁，可谓自知之明。</small>弃我而去。吾当急行，不可久留。"遂连夜到陈留，寻见父亲，备说前事，欲散家资，招募义兵。父言："资少恐不成事。此间有孝廉卫弘，疏财仗义，其家巨富，<small>富者必不疏财，疏财者必不富。今日疏财矣，而又曰其家巨富，何也？盖不疏财者，善藏其富，必不使人知其有富名。其家巨富，正在疏财上见得耳。</small>若得相助，事可图矣。"操置酒张筵，拜请卫弘到家，告曰：“今汉室无主，董卓专权，欺君害民，天下切齿。操欲力扶社稷，恨力不足。公乃忠义之士，敢求相助！”卫弘曰："吾有是心久矣，恨未遇英雄耳。既孟德有大志，愿将家资相助。"（脱尽富人习套，不愧为孝廉矣。）操大喜。于是先发矫诏，驰报各道，然后招集义兵，竖起招兵白旗一面，上书“忠义”二字（有声有色，古来真正奸雄，未有不借此二字而起。）不数日间，应募之士，如雨骈集。

一日，有一个阳平卫国人，姓乐名进，字文谦，来投曹操。又有一个山阳钜鹿人，姓李名典，字曼成，也来投曹操。操皆留为帐前吏。又有沛国谯人夏侯惇，字元让，乃夏侯婴之后，自小习枪棒，年十四从师学武，有人辱骂其师，惇杀之，逃于外方；闻知曹操起兵，与其族弟夏侯渊两个，各引壮士千人来会。（李典、乐进各自一人来；夏侯惇、夏侯渊，却是两人同来，又带着千人而来。来法各自不同也。）此二人本操之弟兄：操父曹嵩原是夏侯氏之子，过房与曹家，因此是同族。（忽然替曹操攀亲叙眷。虽是再将他家世细述一番，亦是作者间中冷笔。）不数日，曹氏兄弟曹仁、曹洪各引兵千馀来助，（不姓曹而同族者既有两人，今姓曹而同族者又有两人。可发一笑。）曹仁字子孝，曹洪字子廉。二人兵马熟娴，武艺精通。操大喜，于村中调练军马。卫弘尽出家财，置办衣甲旗幡。（兵精。）四方送粮食者，不记其数。（粮足。○以上一段极写曹氏。）

时袁绍得操矫诏，乃聚麾下文武，引兵三万，离渤海来与曹操会盟。（袁绍先到，正与前番致书王允相应。）操作檄文以达诸郡。檄文曰：

操等谨以大义布告天下：董卓欺天罔地，灭国弑君，秽乱宫禁，残害生灵，狼戾不仁，罪恶充积！今奉天子密诏，大集义兵，誓欲扫清华夏，剿戮群凶。望兴义师，共泄公愤，扶持王室，拯救黎民。檄文到日，可速奉行！

操发檄文去后，各镇诸侯皆起兵相应：

第一镇，后将军南阳太守袁术。第二镇，冀州刺史韩馥。

第三镇，豫州刺史孔伷。第四镇，兖州刺史刘岱。

第五镇，河内郡太守王匡。第六镇，陈留太守张邈。

第七镇，东郡太守乔瑁。第八镇，山阳太守袁遗。

第九镇，济北相鲍信。第十镇，北海太守孔融。

第十一镇，广陵太守张超。第十二镇，徐州刺史陶谦。

第十三镇，西凉太守马腾。第十四镇，北平太守公孙瓒。

第十五镇，上党太守张扬。第十六镇，乌程侯长沙太守孙坚。

第十七镇，祁乡侯渤海太守袁绍。

诸路军马，多少不等，有三万者，有一二万者，各领文官武将，投洛阳来。

且说北平太守公孙瓒，统领精兵一万五千，路经德州平原县。正行之间，遥见桑树丛中，一面黄旗，数骑来迎。瓒视之，乃刘玄德也。刘玄德不列诸侯之内，却从公孙瓒路上相遇，叙得有意无意。就知后来虎牢关前，当先出色者，乃是此人。瓒问曰："贤弟何故在此？"玄德曰："旧日蒙兄保备为平原县令，今闻大军过此，特来奉候，就请兄长入城歇马。"瓒指关、张而问曰："此何人也？"玄德曰："此关羽、张飞，备结义兄弟也。"瓒曰："乃同破黄巾者乎？"玄德曰："皆此二人之力。"就从玄德带表关、张，为虎牢关张本。瓒曰："今居何职？"玄德答曰："关羽为马弓手，张飞为步弓手。"瓒叹曰："如此可谓埋没英雄！千古英雄往往如此，为之一叹。今董卓作乱，天下诸侯共往诛之。贤弟可弃此卑官，一同讨贼，力扶汉室，若何？"玄德曰："愿往。"张飞曰："当时若容我杀了此贼，免有今日之事。"快人快语，又 云长曰："事已至此，即当收拾 照应前文 前去。"玄德、关、张引数骑跟公孙瓒来，曹操接着。众诸侯亦陆续皆至，各自安营下寨，连接三百余里。操乃宰牛杀马，大会诸侯，商议进兵之策。太守王匡曰："今奉大义，必立盟主，众听约束，然后进兵。"操曰："袁本初四世三公，门多故吏，汉朝名相之裔，可为盟主。"不过以门 绍再三推辞。众皆曰："非本 第推之。 初不可。"绍方应允。次日筑台三层，遍列五方旗帜，上建白旄黄钺，兵符将印，请绍登坛。绍整衣佩剑，慨然而上，焚香再拜。其盟曰：

汉室不幸，皇纲失统。贼臣董卓，乘衅纵害，祸加至尊，虐流百姓。绍等惧社稷沦丧，纠合义兵，并赴国难。凡我同盟，齐心戮力，以致臣节，必无二志。有渝此盟，俾坠其命，无克遗育。皇天后土，祖宗明灵，实皆鉴之！

读毕，歃血。众因其辞气慷慨，皆涕泗横流。歃血已罢，下坛。众扶绍升帐而坐，两行依爵位年齿分列坐定。操行酒数巡，言曰："今日既立盟主，各听调遣，同扶国家，勿以强弱计较。"先喝 袁绍曰："绍虽不才，既承公等推为盟主，有功必赏，破。 有罪必罚。国有常刑，军有纪律，各宜遵守，勿得违犯。"众皆曰："唯命是听。"绍曰："吾弟袁术总督粮草，应付诸营，无使有缺。与后不肯发 更须一人为先锋，直抵汜水关挑战。馀各据险 粮相照。

要，以为接应。"长沙太守孙坚出曰："坚愿为前部。"_{此处极写孙氏}绍曰："文台勇烈，可当此任。"坚遂引本部人马杀奔汜水关来。守关军士，差流星马往洛阳丞相府告急。

董卓自专大权之后，每日饮晏。李儒接得告急文书，径来禀卓。卓大惊，急聚众将商议。温侯吕布挺身出曰："父亲勿虑。关外诸侯，布视之如草芥，愿提虎狼之师，尽斩其首，悬于都门。"卓大喜曰："吾有奉先，高枕无忧矣！"言未绝，吕布背后一人_{吕布背后有人，那知公孙瓒背后又有人。}高声出曰："割鸡焉用牛刀？不劳温侯亲往。吾斩众诸侯首级，如探囊取物耳！"卓视之，其人身长九尺，虎体狼腰，豹头猿臂，关西人也，姓华名雄。卓闻言大喜，加为骁骑校尉，拨马步军五万，同李肃、胡轸、赵岑星夜赴关迎敌。

众诸侯内有济北相鲍信，寻思孙坚既为前部，怕他夺了头功，暗拨其弟鲍忠，先将马步军三千，径抄小路，直到关下搦战。华雄引铁骑五百，飞下关来，大喝："贼将休走！"鲍忠急待退，被华雄手起刀落，斩于马下，_{先写鲍忠之死，以衬孙坚之勇。}生擒将校极多。华雄遣人赍鲍忠首级来相府报捷，卓加雄为都督。

却说孙坚引四将直至关前。那四将？第一个，右北平土垠人，姓程名普，字德谋，使一条铁脊蛇矛。第二个，姓黄名盖，字公覆，零陵人也，使铁鞭。第三个，姓韩名当，字义公，辽西令支人也，使一口大刀。第四个，姓祖名茂，字大荣，吴郡富春人也，使双刀。孙坚披烂银铠，裹赤帻，_{此处先写赤帻，为后文伏线。}横古锭刀，骑花鬃马，指关上而骂曰："助恶匹夫，何不早降！"华雄副将胡轸引兵五千出关迎战。程普飞马挺矛，直取胡轸。斗不数合，程普刺中胡轸咽喉，死于马下。写程普，正是写孙坚。坚挥军杀至关副将如此，主将可知。坚挥军杀至关前，关上矢石如雨。孙坚引兵回至梁东屯住，使人于袁绍处报捷，就于袁术处催粮。或说术曰："孙坚乃江东猛虎。若打破洛阳，杀了董卓，正是除狼而得虎也。今不与粮，彼军必败。"术听之，不发粮草。袁术误事，孙坚军缺食，军中自乱，细作报上关来。

李肃为华雄谋曰："今夜我引一军从小路下关，袭孙坚寨后，将军挥其前寨，坚可擒矣。"雄从之，传令军士饱餐，正与坚军乘夜下关。是夜月白风清。为照见赤帻伏线。到坚寨时，已是半夜，鼓噪直进。坚慌忙披挂上马，正遇华雄。两马相交，斗不数合，后面李肃军到，竟天价放起火来。风月之下放火，风助火势，月助火光，分外猛烈。坚军乱窜，众将各自混战，止有祖茂跟定孙坚，突围而走。背后华雄追来。坚取箭，连放两箭，皆被华雄躲过。再放第三箭时，因用力太猛，拽折了鹊画弓，只得弃弓纵马而奔。祖茂曰："主公头上赤帻射目，为贼所识认。可脱帻与某戴之。"祖茂智、勇、忠、义，色色具足。坚就脱帻换茂盔，孙坚脱帻，胜于曹操弃袍。分两路而走。雄军只望赤帻者追赶，坚乃从小路得脱。祖茂被华雄追急，将赤帻挂于人家烧不尽的庭柱上，却入树林潜躲。华雄军于月下遥见赤帻，四面围定，不敢近前。可知孙坚英勇，故所慑服。用箭射之，方知是计，遂向前取了赤帻。祖茂于林后杀出，挥双刀欲劈华雄。雄大喝一声，将祖茂一刀砍于马下。杀至天明，雄方引兵上关。

程普、黄盖、韩当都来寻见孙坚，再收拾军马屯扎。坚为折了祖茂，伤感不已，星夜遣人报知袁绍。绍大惊曰："不想孙文台败于华雄之手！"便聚众诸侯商议。众人都到，只有公孙瓒后至，绍请入帐列坐。绍曰："前日鲍将军之弟不遵调遣，擅自进兵，杀身丧命，折了许多军士。今者孙文台又败于华雄，挫动锐气，为之奈何？"_{独不说起袁术之不发粮，岂非徇私？}诸侯并皆不语。绍举目遍视，见公孙瓒背后立着三人，容貌异常，都在那里冷笑。_{此处极写刘、关、张。○如此三人，却在人背后立着，岂不可叹！岂不可怪！}绍问曰："公孙太守背后何人？"瓒呼玄德出曰："此吾自幼同舍兄弟，平原令刘备是也。"曹操曰："莫非破黄巾刘玄德乎？"_{偏是他记得。}瓒曰："然。"即令刘玄德拜见。瓒将玄德功劳，并其出身，细说一遍。绍曰："既是汉室宗派，取坐来。"命坐。_{袁本初只重家世，不重功勋，可笑。}备逊谢。绍曰："吾非敬汝名爵，吾敬汝是帝室之胄耳。"玄德乃坐于末位，关、张叉手侍立于后。

忽探子来报："华雄引铁骑下关，用长竿挑着孙太守赤帻，_{好照应。}来寨前大骂搦战。"绍曰："谁敢去战？"袁术背后转出骁将俞涉曰："小将愿往。"绍喜，便着俞涉出马。即时报来："俞涉与华雄战不三合，被华雄斩了。"_{虚写，妙。}众大惊。太守韩馥曰："吾有上将潘凤，可斩华雄。"绍急令出战。潘凤手提大斧上马。去不多时，飞马来报："潘凤又被华雄斩了。"_{都用虚写，妙。○写得华雄声势，越衬得云长声势。}众皆失色。绍曰："可惜吾上将颜良、文丑未至！得一人在此，何惧华雄！"_{衬入此数语，发激恼云长。}一言未毕，阶下一人大呼出曰："小将愿往斩华雄头，献于帐下！"_{更耐不得矣。}众视之，见其人身长九尺，髯长二尺，丹凤眼，卧蚕眉，面如重枣，声如巨钟，立于帐前。绍问何人，_{即异日杀颜良、文丑之人也。}公孙瓒曰："此刘玄德之弟关羽也。"_{代答妙。}绍问见居何职，瓒曰："跟随刘玄德充马弓手。"帐中袁术大喝曰："汝欺吾众诸侯无大将耶？量一弓手，安敢乱言，与我打出！"_{一弓手今且为王、为帝、为天尊矣。袁氏兄弟，四世三公，今何在哉？即为云长执鞭，云长之马亦决不肯也。}曹操急止之曰："公路息怒！此人既出大言，必有勇略。试教出马，如其不胜，责之未迟。"袁绍曰："使一弓手出战，必被华雄所笑。"_{袁术、袁绍真乃难兄难弟。}操曰："此人仪表不俗，华雄安知他是弓手？"关公曰："如不胜，请斩某头。"操教酾热酒一杯，与关公饮了上马。_{阿瞒的是可儿。}关公曰："酒且斟下，某去便来。"_{壮哉。}出帐提刀，飞身上马。众诸侯听得关外鼓声大振，喊声大举，如天摧地塌，岳撼山崩，众皆失惊。_{亦用虚写妙。}正欲探听，鸾铃响处，马到中军，云长提华雄之头，掷于地上。其酒尚温。_{写得百倍声势。}后人有诗赞之曰：

威镇乾坤第一功，辕门画鼓响鼕鼕。

云长停盏施英勇，酒尚温时斩华雄。

曹操大喜。

只见玄德背后转出张飞，高声大叫："俺哥哥斩了华雄，不就这里杀入关去，活拿董卓，更待何时！"_{快人快语。}袁术大怒，喝曰："俺大臣尚自谦让，量一县令手下小卒，安敢在此耀武扬威！都与赶出帐去！"_{袁术俗物，翼德何不以老拳断送之。世间此等俗物极多，一一该以老拳断送之也。}曹操曰："得功者赏，何计贵贱乎？"袁术曰："既然公等只重一县令，我当告退。"操曰："岂可因一言而误大事耶？"命公孙瓒且带玄德、关、张回寨。众官皆散。曹操暗使人赍牛酒抚慰三人。_{阿瞒毕竟是可儿。}

却说华雄手下败军，报上关来。李肃慌忙写告急文书，申闻董卓。卓急聚李儒、吕布等商议。儒曰："今失了上将华雄，贼势浩大。袁绍为盟主，绍叔袁隗，现为太傅，倘或里应外合，深为不便，可先除之。请丞相亲领大军，分拨剿捕。"卓然其说，唤李傕、郭汜领兵五百，围住太傅袁隗家，不分老幼，尽皆诛绝，先将袁隗首级去关前号令。_{袁绍外不能治其弟，内不能蔽其叔，为盟主何益？}卓遂起兵二十万，分为两路而来：一路先令李傕、郭汜引兵五万，把住汜水关，不要厮杀。卓自将十五万，同李儒、吕布、樊稠、张济等守虎牢关。这关离洛阳五十里。军马到关，卓令吕布领三万大军，去关前扎住大寨。卓自在关上屯住。

流星马探听得，报入袁绍大寨里来。绍聚众商议。操曰："董卓屯兵虎牢，截俺诸侯中路，今可勒兵一半迎敌。"绍乃分王匡、乔瑁、鲍信、袁遗、孔融、张杨、陶谦、公孙瓒八路诸侯，往虎牢关迎敌。操引军往来救应。八路诸侯，各自起兵。河内太守王匡，引兵先到。_{先是一路人马。}吕布带铁骑三千，飞奔来迎。王匡将军马列成阵势，勒马门旗下看时，见吕布出阵，头带三叉束发紫金冠，体挂西川红锦百花袍，身披兽面吞头连环铠，腰系勒甲玲珑狮蛮带；弓箭随身，手持画戟，坐下嘶风赤兔马。果然是"人中吕布，马中赤兔"！_{写吕布声势，愈衬刘、关、张声势。}王匡回头问曰："谁敢出战？"后面一将，纵马挺枪而出。匡视之，乃河内名将方悦。两马相交，无五合，被吕布一戟刺于马下，挺戟直冲过来。匡军大败，四散奔走。布东西冲杀，如入无人之境。幸得乔瑁、袁遗两军皆至，_{又是两路人马。}来救王匡，吕布方退。

三路诸侯，各折了些人马，退三十里下寨。随后五路军马都至，_{又是五路人马。}_{八路一处商议，言吕布英雄，无人可敌。}_{此时袁术何不以"四世三公"四个字退却吕布也？}正虑间，小校报来："吕布搦战。"八路诸侯，一齐上马。军分八队，布在高冈。遥望吕布，一簇军马，绣旗招飐，先来冲阵。上党太守张扬部将穆顺，出马挺枪迎战，被吕布手起一戟，刺于马下。众大惊。北海太守孔融部将武安国，使铁锤飞马而出。吕布挥戟拍马来迎，战到十馀合，一戟砍断安国手腕，弃锤于地而走。八路军兵齐出，救了武安国。吕布退回去了。

众诸侯回寨商议。曹操曰："吕布英勇无敌，可会十八路诸侯，共议良策。若擒了吕布，董卓易诛。"正议间，吕布复引兵搦战。八路诸侯齐出。公孙瓒挥槊亲战吕布。战不数合，瓒败走。吕布纵赤兔马赶来。那马日行千里，飞走如风。看看赶上，布举画戟望瓒后心便刺。傍边一将，圆睁环眼，倒竖虎须，挺丈八蛇矛，飞马大叫："三姓家奴休走！燕人张飞在此！" 杀华雄正写云长，战吕布先写翼德，都好。 吕布见了，弃了公孙瓒，便战张飞。飞抖擞精神，酣战吕布。连斗五十馀合，不分胜负。云长见了，把马一拍，舞八十二斤青龙偃月刀，来夹攻吕布。三匹马丁字儿厮杀。战到三十合，战不倒吕布。刘玄德掣双股剑，骤黄鬃马，刺斜里也来助战。这三个围住吕布，转灯儿般厮杀。 今日走马灯多用三战吕布故事，这便是灯样。 八路人马，都看得呆了。 其实好看。此时众人亦只好看得。 吕布架隔遮拦不定，看着玄德面上，虚刺一戟，玄德急闪。吕布荡开阵角，倒拖画戟，飞马便回。三个那里肯舍，拍马赶来。八路军兵，喊声大震，一齐掩杀。吕布军马望关上奔走，玄德、关、张随后赶来。古人曾有编言语，单道着玄德、关、张三战吕布：

汉朝天数当桓灵，炎炎红日将西倾。奸臣董卓废少帝，刘协懦弱魂梦惊。曹操传檄告天下，诸侯奋怒皆兴兵。议立袁绍作盟主，誓扶王室定太平。温侯吕布世无比，雄才四海夸英伟。护躯银铠砌龙鳞，束发金冠簪短尾。参差宝带兽平吞，错落锦袍飞凤起。龙驹跳踏起天风，画戟荧煌射秋水。出关搦战谁敢当？诸侯胆裂心惶惶。踊出燕人张翼德，手提蛇矛丈八枪。虎须倒竖翻金线，环眼圆睁起电光。酣战未能分胜败，阵前恼起关云长。青龙宝刀灿霜雪，鹦鹉战袍飞蛱蝶。马蹄到处鬼神嚎，目前一怒应流血。英雄玄德掣双锋，抖擞天威施勇烈。三人围绕战多时，遮拦架隔无休歇。喊声震动天地翻，杀气迷漫牛斗寒。吕布力穷寻走路，遥望家山拍马还。倒拖画杆方天戟，乱散销金五彩幡。顿断绒绦走赤兔，翻身飞上虎牢关。

三人直赶吕布到关下，看见关上西风飘动青罗伞盖。张飞大叫："此必董卓！追吕布有甚强处，不如先拿董贼，便是斩草除根！"快人快语。拍马上关，来擒董卓。每回之下，定作异样惊人语。妙绝。正是：

擒贼定须擒贼首，奇功端的待奇人。

未知胜负如何，且看下文分解。

第六回

焚金阙董卓行凶

匿玉玺孙坚背约

匡王璽孫聖背約

　　无故而迁天子，则比于蒙尘；无端而迁百姓，则等于流窜。迁天子不易，迁百姓更难。昔汉武之徙关中豪杰，择富者而徙之，其贫者不中徙也。今董卓杀富户而徙贫民，富者既死于罪，贫者复死于徙。民生其时，富亦死，贫亦死。诗曰："周馀黎民，靡有孑遗。"其不在周宣而在汉献乎？平王居东而周衰，光武居东而汉兴。其故何也？一则能诛王莽，而冠履之分明；一则不能讨申侯，而君臣之义灭也。盘庚复成汤之故宇而殷盛，献帝复高祖之故土而汉亡。其故何也？一则天子当阳，而曲达其迂续民命之情；一则暴臣当国，而大逞其劫夺民生之恶也。总之，君尊则治，君卑则乱；民安则治，民危则乱。安在西方之必胜于东，而新都之宜复其旧哉？

　　观董卓行事，是愚蠢强盗，不是权诈奸雄。奸雄必要结民心，奸雄必假行仁义。今焚宫室，废陵寝，杀百姓，掳赏财，不过如张角等所为。后人并称卓、操，孰知卓之不及操也远甚。

　　人各一心，不能成事。苏秦洹水之约，所以不久而散也。前者孙坚欲战，而袁术沮之，今者曹操欲战，而袁绍复沮之。使有志之人，动而掣肘，可胜叹哉！至于刘表徒负虚名，不闻其得曹操之檄而讨董卓，但见其奉袁绍之书而截孙坚，其无用可知矣。

　　千军易得，一将难求。众将易得，主将难求。为从者万辈，不若为首者一人之重也。"天下可无洪，不可无公"，此语可垂千古。

　　曹操几死者三：献刀而逃，为中牟军士所获，一死也；陈宫于客店欲杀之，二死也；荥阳之战，中箭堕马，三死也。脱此三死，人为曹幸，我独为操恨，恨其不得以一死成忠义之名。天下固有生不如死者，此类是也。

玉玺琢自祖龙，则祖龙以前，夏、商、周之为天子，何尝有玉玺耶？况祖龙三十六年，玉玺失而复得，而祖龙即于明年死，则是失之不足忧，得之不足喜也。孙坚举动，颇有忠义之气，一得玉玺而忽怀异心，亦其见之不明耳。

却说张飞拍马赶到关下，关上矢石如雨，不得进而回。八路诸侯，同请关、张、玄德贺功，使人去袁绍寨中报捷。绍遂移檄孙坚，令其进兵。不奖刘、关、张战捷，只檄孙坚进兵；但教孙坚进兵，不责袁术给粮；殊为可笑。坚引黄盖、程普至袁术寨中相见。坚以杖画地曰："董卓与我，本无仇隙。今我奋不顾身，亲冒矢石，来决死战者，上为国家讨贼，下为将军家门之私；此句责他无君。而将军却听谗言，不发粮草，致坚败绩，将军何安？"指袁隗受害。○此句责他无亲。术惶恐无言，命斩进谗之人，以谢孙坚。

忽人报坚曰："关上有一将，乘马来寨中，要见将军。"坚辞袁术，归到本寨，唤来问时，乃董卓爱将李傕。奇。坚曰："汝来何为？"傕曰："丞相所敬者，惟将军耳。今特使傕来结亲：丞相有女，欲配将军之子。""匪寇，婚媾。"突如其来。坚大怒，叱曰："董卓逆天无道，荡覆王室，吾欲夷其九族，以谢天下，安肯与逆贼结亲耶！吾不斩汝，汝当速去，早早献关，饶你性命！倘若迟误，粉骨碎身！"孙坚是汉子，与吕布大异。李傕抱头鼠窜，回见董卓，说孙坚如此无礼。卓怒，问李儒。儒曰："温侯新败，兵无战心。不若引兵回洛阳，迁帝于长安，以应童谣。近日街中童谣曰：'西头一个汉，东头一个汉。鹿走入长安，方可无斯难。'童谣甚奇。臣思此言，'西头一个汉'，乃应高祖旺于西都长安，传一十二帝；'东头一个汉’，乃应光武旺于东都洛阳，今亦传一十二帝。<small>李儒所解，不合童谣。</small>盖<small>“东头一个汉”乃指许都，“西头一个汉”乃指蜀都也。</small>天运回合，丞相迁回长安，方可无虞。”卓大喜曰："非汝言，吾实不悟。"遂引吕布星夜回洛阳，商议迁都。聚文武于朝堂，卓曰："汉东都洛阳，二百馀年，气数已衰。吾观旺气实在长安，吾欲奉驾西幸。汝等各宜促装。"司徒杨彪曰："关中残破零落。今无故捐宗庙，弃皇陵，恐百姓惊动。天下动之至易，安之至难。望丞相鉴察。"<small>此从百姓起见，言民居不可动摇。</small>卓怒曰："汝阻国家大计耶？"太尉黄琬曰："杨司徒之言是也。往者王莽篡逆，更始赤眉之时，焚烧长安，尽为瓦烁之地；更兼人民流移，百无一二。今弃宫室而就荒地，非所宜也。"<small>此从朝廷起见，言荒地不可建都。</small>卓曰："关东贼起，天下播乱。长安有崤函之险，更近陇右。大石砖瓦，克日可办，宫室营造，不须月馀。汝等再休乱言。"司徒荀爽谏曰："丞相若欲迁都，百姓骚动不宁矣。"<small>荀爽之意亦重在百姓。</small>卓大怒曰："吾为天下计，岂惜小民哉！"<small>舍却百姓，安有天下？确是不通文理之言。</small>即日罢杨彪、黄琬、荀爽为庶民。卓出上车，只见二人望车而揖，视之，乃尚书周毖、城外校尉伍琼也。卓问有何事，毖曰："今闻丞相欲迁都长安，故来谏耳。"卓大怒曰："我始初听你两个，保用袁绍；今绍已反，是汝等一党！"<small>照应前文。</small>叱武士推出都门斩首。

遂下令迁都，限来日便行。李儒曰："今钱粮缺少，洛阳富户极多，可籍没入官。但是袁绍等门下，杀其宗族而抄其家赀，必得巨万。"<small>读"噫嘻富人"之诗，而叹幽、厉之朝犹为盛世矣。</small>卓即差铁骑五千，遍行捉拿洛阳富户，共数千家，插旗头上，大书"反臣逆党"，尽斩于城外，取其金赀。<small>何不竟题之曰"富户"，而必借逆党为名乎？"匹夫无罪，怀璧其罪。"人生乱世，不幸而富，便当族耳。陶朱公三致千金而三散</small>

之，诚惧此也。李傕、郭汜尽驱洛阳之民数百万口，前赴长安。富民死，贫民徙，所得何罪？每百姓一队，间军一队，互相拖押，死于沟壑者，不可胜数。又纵军士淫人妻女，夺人粮食，啼哭之声，震动天地。不是丞相要迁都，却是强盗搬场矣。卓临行，教诸门放火，焚烧居民房屋，并放火烧宗庙宫府。南北两宫，火焰相接，长安宫庭，尽为焦土。仿佛楚人一炬。又差吕布发掘先皇及后妃陵寝，取其金宝。军士乘势掘官民坟冢殆尽。黄巾贼反不如此之甚。董卓装载金珠缎匹好物数千馀车，劫了天子并后妃等，竟望长安去了。王莽知有《金滕》而学之，要做假圣人；董卓不知有《盘庚》而学之，竟做真强盗。

却说卓将赵岑，见卓已弃洛阳而去，便献了汜水关。孙坚驱兵先入。玄德、关、张杀入虎牢关，诸侯各引军入。

且说孙坚飞奔洛阳，遥望火焰冲天，黑烟铺地，二三百里，并无鸡犬人烟。先发兵救灭了火，令众诸侯各于荒地上屯住军马。曹操来见袁绍曰："今董贼西去，正可乘势追袭。本初按兵不动，何也？"众诸侯中，毕竟孙、曹二人出色。绍曰："诸侯疲困，进恐无益。"庸夫无胆。操曰："董贼焚烧宫室，劫迁天子，海内震动，不知所归，此天亡之时也，一战而天下定矣。诸公何疑而不进？"袁、曹优劣，又见于此。众诸侯皆言不可轻动。俱是庸夫。操大怒曰："竖子不足与谋！"遂自引兵万馀，领夏侯惇、夏侯渊、曹仁、曹洪、李典、乐进，星夜来赶董卓。是壮举，不是轻动。

且说董卓行至荥阳地方，太守徐荣出接。李儒曰："丞相新弃洛阳，防有追兵。可教徐荣伏军荥阳城外山坞之旁，若有兵追来，可竟放过；待我这里杀败，然后截住掩杀，令后来者不敢复追。"若十八路齐出，一徐荣何足当之！可恨众人愚懦，致令孟德败兵。卓从其计，又令吕布引精兵断后。布正行间，曹操一军赶上。吕布大笑曰："不出李儒所料也！"将军马摆开。曹操出马，大叫："逆贼！劫迁天子，流徙百姓，将欲何往？"吕布骂曰："背主懦夫，何得妄言！"夏侯惇挺枪跃马，直取吕布。战不数合，李傕引一军，从左边杀来，操急令夏侯渊迎敌。右边喊声又起，郭汜引军杀到，操急令曹仁迎敌。三路军马，势不可当。夏侯惇抵敌吕布不住，飞马回阵。布引铁骑掩杀，操军大败，回望荥阳而走。^{此败非操之罪，乃众诸侯之罪也。}走至一荒山脚下，时约二更，月明如画。^{间笔点缀绝佳。}方才聚集残兵，正欲埋锅造饭，只听得四围喊声，徐荣伏兵尽出。^{徐荣党恶，与李儒等。}曹操慌忙策马夺路奔逃，正遇徐荣，转身便走。荣搭上箭，射中操肩膊。操带箭逃命，趱过山坡。两个军士伏于草中，见操马来，二枪齐发，操马中枪而倒。操翻身落马，被二卒擒住。^{使读者吃一吓。}只见一将飞马而来，挥刀砍死两个步军，下马救起曹操。^{不谓竟有此一救。○读到此处，方知"月明如画"四字点缀得好。惟其月明如画，故一来便见，若黑暗中，正自摸不着也。}操视之，乃曹洪也。操曰："吾死于此矣，贤弟可速去！"洪曰："公急上马！洪愿步行。"操曰："贼兵赶上，汝将奈何？"洪曰："天下可无洪，不可无公。"^{曹洪真好兄弟。乃不从一家起见，而以天下起见，所以更奇。}操曰："吾若再生，汝之力也。"操上马，洪脱去衣甲，拖刀跟马而走。^{天下可无洪，曹操却不可无洪。}约走至四更馀，只见前面一条大河，阻住去路，后面喊声渐近。^{使读者又吃一吓。}操曰："命已至此，不得复活矣！"洪急扶操下马，脱去袍铠，负操渡水。^{此时又不可无洪。}才过彼岸，追兵已到，隔水放箭。操带水而走。^{险杀，吓杀。}比及天明，又走三十馀里，土岗下少歇。忽然喊声起处，一彪人马赶来：却是徐荣从上流渡河来追。^{使读者又吃一吓。}操正慌急间，只见夏侯惇、夏侯渊引十数骑飞至，大喝："徐荣勿伤吾主！"^{不谓又有此一杀。}徐荣便奔夏侯惇，惇挺枪来迎。交马数合，惇刺徐荣于马下，^{杀得}杀散馀兵。随后曹仁、李典、乐进各引兵寻到，见了曹操，忧喜交集；聚集残兵五百馀人，同回河内。^{曹操此一战，}_{虽败犹荣。}

却说众诸侯分屯洛阳。孙坚救灭宫中馀火，屯兵城内，设帐于建章殿基上。坚令军士扫除宫殿瓦砾。凡董卓所掘陵寝，尽皆掩闭。于太庙基上，草创殿屋三间，请众诸侯立列圣神位，宰太牢祀之。^{孙坚此中举动，}_{大是可观。}祭毕，皆散。坚归寨中，是夜星月交辉，^{"明月自来还自去，}_{更无人倚玉栏干。"}乃按剑露坐，仰观天文。见紫微垣中白气漫漫，坚叹曰："帝星不明，贼臣乱国，万民涂炭，京城一空！"言讫，不觉泪下。^{在瓦砾场上看月，又在旧殿基上看月。月色愈好，}_{人情愈悲。孙坚洒泪数语，可当唐人怀古诗数首。}旁有军士指曰："殿南有五色毫光起于井中。"^{亦使读者眼}_{光闪灿。}坚唤军士点起火把，下井打捞。捞起一妇人尸首，虽然日久，其尸不烂，^{此妇人其死}_{之时，却在张}宫样装束，项下带一锦囊。^{让作乱之时。}取开看时，内有朱红小匣，用金锁锁着。启视之，乃一玉玺，方圆四寸，上镌五龙交纽。旁缺一角，以黄金镶之。上有篆文八字云："受命于天，既寿永昌。"^{前云不见了传国玉玺，今于}_{此处还他下落，妙补前文。}坚得玺，乃问程普。普曰："此传国玺也。此玉是昔日卞和于荆州之下，见凤凰栖于石上，载而进之楚文王。解之，果得玉。秦二十六年，令玉工琢为玺，李斯篆此八字于其上。^{应上篆文}_{八字句。}二十八年，始皇巡狩至洞庭湖。风浪大作，舟将覆，急投玉玺于湖而止。^{未曾入井，}_{先曾入湖。}至三十八年，始皇巡狩至华阴，有人持玺遮道，与从者曰：'将此还祖龙。'言讫不见，此玺复归于秦。^{始皇得玺于活人，}_{孙坚得玺于死妇。}明年，始皇崩。^{得玺即死，又}_{何取乎玺也。}后来子婴将玉玺献与汉高祖。后至王莽篡逆，孝元皇太后将印打王寻、苏献，崩其一角，以金镶之。^{应上文旁缺}_{一角句。}光武得此宝于宜阳，传位至今。近闻十常侍作乱，劫少帝出北邙，回宫失此宝。^{又与前失}_{玺照应。}今天授主公，必有登九五之分。_{孙坚改节，实因程普此二语。}此处不可久留，宜速回江东，别图大事。"坚曰："汝言正合吾意。明日便当托疾辞归。"_{孙坚一得玉玺便尔心变，惜哉！}商议已定，密谕军士勿得泄漏。_{正为下文军人泄漏伏线。}

谁想数中一军，是袁绍乡人，欲假此为进身之计，连夜偷出营寨，来报袁绍。绍与之赏赐，暗留军中。次日，孙坚来辞袁绍曰："坚抱小疾，欲归长沙，特来别公。"绍笑曰："吾知公疾，乃害传国玺耳。"坚失色曰："此言何来？"绍曰："今兴兵讨贼，为国除害。玉玺乃朝廷之宝，公既获得，当对众留于盟主处，_{也不怀好意。}候诛了董卓，复归朝廷。今匿之而去，意欲何为？"坚曰："玉玺何由在吾处？"绍曰："建章殿井中之物何在？"坚曰："吾本无之，何强相迫？"绍曰："作速取出，免自生祸。"坚指天为誓曰："吾若果得此宝，私自藏匿，异日不得善终，死于刀箭之下！"_{今之盗物者，极会赌咒，孙坚英雄，何必尔尔？}众诸侯曰："文台如此说誓，想必无之。"绍唤军士出曰："打捞之时，有此人否？"坚大怒，拔所佩之剑，要斩那军士。绍亦拔剑曰："汝斩军人，乃欺我也。"绍背后颜良、文丑皆拔剑出鞘。坚背后程普、黄盖、韩当亦掣刀在手。众诸侯一齐劝住。坚随即上马，拔寨离洛阳而去。_{去了一个有用人。}绍大怒，遂写书一封，差心腹人连夜往荆州，送与刺史刘表，教就路上截住夺之。_{伏线。}

次日，人报曹操追董卓，战于荥阳，大败而回。绍令人接至寨中，会众置酒，与操解闷。_{孙坚无心对月，曹操亦何心对酒。}饮宴间，操叹曰："吾始兴大义，为国除贼。诸公既仗义而来，操之初意，欲烦本初引河内之众，临孟津；酸枣诸众固守成皋，据敖仓，塞辗辕、大谷，制其险要；公路率南阳之军，驻丹折，入武关，以振三辅。皆深沟高垒，勿与战，益为疑兵，示天下形势，以顺诛逆，可立定也。_{所言确是良策。}今迟疑不进，大失天下之望。操窃耻之！"绍等无言可对。既而席散，操见绍等各怀异心，料不能成事，自引军投扬州去了。_{又去了一个有用人。}公孙瓒谓玄德、关、张曰："袁绍无能为也，久必有变。吾等且归。"遂拔寨北行。_{又去了几个有用人。}至平原，令玄德为平原相，自去守地养军。兖州太守刘岱问东郡太守乔瑁借粮，瑁推辞不与，岱引军突入瑁营，杀死乔瑁，尽降其众。袁绍见众人各自分散，就领兵拔寨，离洛阳，投关东去了。_{盟主走了，好个盟主。}

却说荆州刺史刘表，字景升，山阳高平人也，乃汉室宗亲。幼好结纳，与名士为友，时号"江夏八俊"。_{刘表徒负虚名。}那七人？汝南陈翔，字仲麟；同郡范滂，字孟博；鲁国孔昱，字世元；渤海范康，字仲真；山阳檀敷，字文友；同郡张俭，字元节；南阳岑晊，字公孝。刘表与此七人为友，_{今之依托名流、自谓名士者，皆刘表类也。}有延平人蒯良、蒯越，襄阳人蔡瑁为辅。当时看了袁绍书，随令蒯越、蔡瑁引兵一万来截孙坚。_{既能引兵截孙坚，何不兴兵勤王室？}坚军方到，蒯越将阵摆开，当先出马。孙坚问曰："蒯英度何故引兵截吾去路？"越曰："汝既为汉臣，如何私匿传国之宝？可速留下，放汝归去！"坚大怒，命黄盖出战。蔡瑁舞刀来迎。斗到数合，盖挥鞭打瑁，正中护心镜。瑁拨回马走，孙坚乘势杀过界口。山背后金鼓齐鸣，乃刘表亲自引军来到。孙坚就马上施礼曰："景升何故信袁绍之书，相迫邻郡？"表曰："汝匿传国玺，将欲反耶？"坚曰："吾若有此物，死于刀箭之下！"_{只管赌咒。}表曰："汝若要我听信，将随军行礼，任我搜看。"坚怒曰："汝有何力，敢小觑我！"方欲交兵，刘表便退。坚纵马赶去，两山后伏兵齐出，背后蔡瑁、蒯越赶来，将孙坚困在垓心。正是：

玉玺得来无用处，反因此宝动刀兵。

毕竟孙坚怎地脱身，且听下文分解。

第七回　袁绍磐河战公孙　孙坚跨江击刘表

孫堅跨江擊劉表

诸侯纷纷，互相争竞，天下已成四分五裂之势。一董卓未死，而天下又生出无数董卓。欲举而一之固难，欲举而三之亦正不易也。

袁绍之取冀州，谋亦巧哉。然人知韩馥、公孙瓒为袁绍所愚，而不知袁绍又为董卓所愚。绍初为盟主以讨卓，何其壮也！今董卓遣一介之使以和之，而遂奉命不遑。呜呼！有愧曹操多矣。

善盗物者，最会赌咒，亦惟善赌咒者，最会盗物。观于孙坚故事，可为寒心。

一玉玺耳，孙坚匿焉，袁绍争焉，刘表截焉。究竟孙坚不因得玺而帝，反因得玺而死。若备之帝蜀，未尝得玺，丕之帝魏，权之帝吴，亦皆不因玺。噫嘻！皇帝不皇帝，岂在玉玺不玉玺哉？

看此卷瓒与绍战，一日之间，忽败忽胜，忽胜忽败，变态不测。至于文弱如刘表，勇壮如孙坚，必以为胜在孙，败在刘。而事之相反，又不可料如此。嗟乎！茫茫世事，何常之有！一部《三国志》俱当作如是观，微独《三国》而已，一部《十七史》俱当作如是观。

此卷叙孙坚之终，叙孙策之始，凡皆为孙权而叙之也。孙权于此卷方才出名，乃出名而犹未出色，止写得孙策出色耳。然与刘、曹鼎立者，孙权也，是孙权为主，而孙坚、孙策皆客也。且因孙权而叙其父兄，则又以孙坚、孙策为主，而袁绍、公孙瓒又其客也。然公孙瓒文中，忽有一刘备，突如其来，倏焉而往，而公孙瓒遂表备为平原相。则因刘备而叙及公孙瓒，因公孙瓒而叙及袁绍，是又以袁绍之战公孙为主，而孙坚之击刘表为客矣。何也？分汉鼎者孙权，而继汉统者刘备也。以三国为主，则绍、瓒等皆其客。三国以刘备为主，则孙权又其客也。今此卷之目，曰"袁绍战公孙"，而注意乃在刘备；曰"孙坚击刘表"，而注意乃在孙权。宾中有主，主中有宾。读《三国志》者，不可以不辨。

　　却说孙坚被刘表围住，亏得程普、黄盖、韩当三将死救得脱，折兵大半，夺路引兵回江东。自此孙坚与刘表结怨。^{伏一笔。}

　　且说袁绍屯兵河内，缺少粮草。冀州牧韩馥，遣人送粮以资军用。^{袁术不发粮而致孙坚之败，韩馥以送粮而启袁绍之谋，庸人举动皆错。}谋士逢纪说绍曰："大丈夫纵横天下，何待人送粮为食！冀州乃钱粮广盛之地，将军何不取之？"绍曰："未有良策。"纪曰："可暗使人驰书与公孙瓒，令进兵取冀州，约以夹攻，瓒必兴兵。韩馥无谋之辈，必请将军领州事。就中取事，唾手可得。"绍大喜，即发书到瓒处。瓒得书，见说共攻冀州，平分其地，大喜，即日兴兵。绍却使人密报韩馥。馥慌聚荀谌、辛评二谋士商议。^{如此二人，亦称谋士，可笑。}谌曰："公孙瓒将燕、代之众，长驱而来，其锋不可当。兼有刘备、关、张助之，难以抵敌。今袁本初智勇过人，手下名将极广，将军可请彼同治州事，彼必厚待将军，无患公孙瓒矣。"^{正中逢纪之计。}韩馥即差别驾关纯去请袁绍。长史耿武谏曰："袁绍孤客穷军，仰我鼻息，譬如婴儿在股掌之上，绝其乳哺，立可饿死。奈何欲以州事委之？此引虎入羊群也！"^{冀州未尝无人。}馥曰："吾乃袁氏之故吏，才能又不如本初。古者择贤者而让之，诸君何嫉妒耶？"耿武叹曰：

"冀州休矣！"于是弃职而去者三十餘人。独耿武与关纯伏于城外，以待袁绍。

数日后，绍引兵至。耿武、关纯拔刀而出，欲刺杀绍。绍将颜良立斩耿武，文丑砍死关纯。二人烈烈，可谓忠于韩馥。绍入冀州，以馥为奋威将军，以田丰、沮授、许攸、逢纪分掌州事，尽夺韩馥之权。

"择贤而让"，贤者，固如是乎？馥懊悔无及，遂弃下家小，匹马往投陈留太守张邈去了。虎入羊群，羊能存乎？其得去，犹幸矣。

却说公孙瓒知袁绍已据冀州，遣弟公孙越来见绍，欲分其地。绍曰："可请汝兄自来，吾有商议。"越辞归。行不到五十里，道旁闪出一彪军马，口称："我乃董丞相家将也！"乱箭射死公孙越。袁绍不能讨董卓，反作董家兵以杀人。如此举动，有愧盟主多矣。从人逃回见公孙瓒，报越已死。瓒大怒曰："袁绍引我起兵攻韩馥，他却就里取事，今又诈董卓兵射死吾弟，此冤如何不报！"尽起本部兵，杀奔冀州来。

绍知瓒兵至，亦领军出。二军会于磐河之上，绍军于磐河桥东，瓒军于桥西。瓒立马桥上，大呼曰："背义之徒，何敢卖我！"绍亦策马至桥边，指瓒曰："韩馥无才，愿让冀州于吾，与尔何干？"瓒曰："昔日以汝为忠义，推为盟主。今之所为，真狼心狗行之徒，有何面目立于世间！"回思向日歃血定盟，可发一笑。今之称盟兄弟者，须要仔细。袁绍大怒曰："谁可擒之？"言未毕，文丑策马挺枪，直杀上桥。公孙瓒就桥边与文丑交锋。战不到十餘合，瓒抵挡不住，败阵而走。文丑乘势追赶。瓒走入阵中，文丑飞马径入中军，往来冲突。瓒手下健将四员，一齐迎战，被文丑一枪刺一将下马，三将俱走。文丑直赶公孙瓒出阵后，瓒望山谷而逃。文丑骤马厉声大叫："快下马受降！"瓒弓箭尽落，头盔坠地，披发纵马，奔转山坡；其马前失，瓒翻身落于坡下。文丑急捻枪来刺。读书者至此，必曰公孙瓒休矣。忽见草坡左侧转出一个少年将军，飞马挺枪，直取文丑。来得突兀。公孙瓒扒上坡去，看那少年，生得身长八尺，浓眉大眼，阔面重颐，威风凛凛，与文丑大战五六十合，胜负未分。在公孙瓒眼中看出，分外声势。瓒部下救军到，文丑拨回马去了。那少年也不追赶。瓒忙下山坡，问那少年姓名。那少年欠身答曰："某乃常山真定人也，姓赵名云，字子龙。此人突如其来。人谓当日公孙瓒得一救星，却是异日刘玄德得一帮手。本袁绍辖下之人，因见绍无忠君救民之心，故特弃彼而投麾下，子龙立志，高人一等。不期于此处相见。"瓒大喜，遂同归寨，整顿甲兵。

次日，瓒将军马分作左右两队，势如羽翼。马五千馀匹，大半皆是白马。因公孙曾与羌人战，尽选白马为先锋，号为"白马将军"，羌人但见白马便走，因此白马极多。闲文错杂得妙。袁绍令颜良、文丑为先锋，各引引弓弩手一千，亦分作左右两队，令在左者射公孙瓒右军，在右者射公孙瓒左军。再令麴义引八百弓手，步兵一万五千，列于阵中。一边马多，一边箭多。袁绍自引马步军数万，于后接应。公孙瓒初得赵云，不知心腹，令其另领一军在后。便非能知人、能用人之人。遣大将严纲为先锋。瓒自领中军，立马桥上，旁竖大红圈金线帅字旗于马前。有声有色，先伏一笔。从辰时擂鼓，直到巳时，绍军不进。麴义令弓手皆伏于遮箭牌下，只听炮响发箭。严纲鼓噪呐喊，直取麴义。义军见严纲兵来，都伏而不动，直到来得至近，一声炮响，八百弓弩手一齐俱发。麴义亦能军。纲急待回，被麴义拍马舞刀，斩于马下。瓒军大败。左右两军，欲来救应，都被颜良、文丑引弓弩手射住。马多不如箭多。绍军并进，直杀到界桥边。麴义马到，先斩执旗将，把绣旗砍倒。若使子龙在前，必不至此。公孙瓒见砍倒绣旗，回马下桥而走。瓒军一败。麴义引军直冲到后军，正撞着赵云，挺枪跃马，直取麴义。战不数合，一枪刺麴义于马下。赵云一骑马飞入绍军，左冲右突，如入无人之境。公孙瓒引军杀回，绍军大败。瓒军一胜。

却说袁绍先使探马看时，回报麴义斩将搴旗，追赶败兵，因此不作准备，与田丰引着帐下持戟军士数百人，弓箭手数十骑，乘马出观，呵呵大笑：“公孙瓒无能之辈！”正说之间，忽见赵云冲到面前。弓箭手急待射时，云连刺数人，众军皆走。后面瓒军团团围裹上来。田丰慌对绍曰：“主公且于空墙中躲避！”绍以兜鍪扑地，大呼曰：“大丈夫愿临阵斗死，岂可入墙而望活乎！”此时气概，惜不用之于讨董卓之时。众军士齐心死战，赵云冲突不入。绍兵大队掩至，颜良亦引军来到，两路并杀。赵云保公孙瓒杀透重围，回到界桥。绍驱兵大进，复赶过桥，落水死者，不计其数。瓒军又一败。○处处夹写桥，妙。袁绍当先赶来，不到五里，只听得山背后喊声大起，闪出一彪人马，为首三员大将，乃是刘玄德、关云长、张翼德，读书者至此，亦正想公等三人。因在平原探知公孙瓒与袁绍相争，特来助战。当下三匹马，三般兵器，飞奔前来，直取袁绍。绍惊得魂飞天外，手中宝刀坠于马下，忙拨马而逃，四世三公，奈何惧此一县令、两弓手耶？众人死救过桥。瓒军又一胜。○写两军忽胜忽败，令读者目光霍霍。公孙瓒亦收军归寨。玄德、关、张动问毕，瓒曰：“若非玄德远来救我，几乎狼狈。”教与赵云相见。玄德甚相敬爱，便有不舍之心。眼力绝胜公孙瓒。此为后文子龙归刘张本。

却说袁绍输了一阵，坚守不出，两军相拒月馀。有人来长安报知董卓。李儒对卓曰：“袁绍与公孙瓒，亦当今豪杰。见在磐河厮杀，宜假天子之诏，差人往和解之。二人感德，必顺太师矣。"卓曰："善。"次日便使太傅马日磾、太仆赵岐，赍诏前去。二人来至河北，绍出迎于百里之外，再拜奉诏。此果天子诏耶？乃董卓令耳！昔日盟众而讨之，今日再拜而奉之，绍真懦夫哉！次日，二人至瓒营宣谕，瓒乃遣使致书于绍，互相讲和。二人自回京复命。瓒即日班师，又表荐刘玄德为平原相。玄德与赵云分别，执手垂泪，不忍相离。云叹曰："某曩日误认公孙瓒为英雄，今观所为，亦袁绍等辈耳！"玄德曰："公且屈身事之，相见有日。"洒泪而别。此时子龙不即归刘，非子龙之恋瓒，乃玄德之爱瓒也。

却说袁术在南阳，闻袁绍新得冀州，遣使来求马千匹。绍不与。术怒。自此兄弟不睦。曹家兄弟相救，袁家兄弟相仇。袁、曹优劣，又见于此。又遣使往荆州，问刘表借粮二十万，表亦不与。术恨之，密遣人遗书于孙坚，使伐刘表。袁术前以不发粮而致孙坚于败，今又恨他人之不发粮而误孙坚以死，可恨。其书略曰：

前者刘表截路，乃吾兄本初之谋也。今本初又与表私议欲袭江东，公可速兴兵伐刘表，吾为公取本初，是何言与！二仇可报。公取荆州，吾取冀州，切勿误也！有此一番致书，便为后文孙策投袁术张本。

坚得书曰："叵耐刘表昔日断吾归路，今不乘时报恨，更待何年！"聚帐下程普、黄盖、韩当等相议。程普曰："袁术多诈，未可准信。"坚曰："吾自欲报仇，岂望袁术之助乎？"语亦壮。便差黄盖先来江边安排战船，多装军器粮草，大船装载战马，克日兴师。

江中细作探知，来报刘表。表大惊，急聚文武将士商议。蒯良曰："不必忧虑。可令黄祖部领江夏之兵为前驱，主公率荆襄之众为援。孙坚跨江涉湖而来，安能用武乎？"计亦通表然之，令黄祖设备，随后便起大军。

却说孙坚有四子，皆吴夫人所生，长子名策，字伯符；次子名权，字仲谋；三子名翊，字步弼；四字名匡，字季佐。_{孙坚将死，其子方欲出头，故百忙中特为叙出。}吴夫人之妹，即为孙坚次妻，_{后有二乔，前有二吴。一乔各配一婿，二吴却共归一夫。}亦生一子一女，子名朗，字早安；女名仁。_{并叙其女，为后配刘备张本。}坚又过房俞氏一子，名韶，字公礼。坚有一弟，名静，字幼台。坚临行，静引诸子列拜于马前而谏曰："今董卓专权，天子懦弱，海内大乱，各霸一方，江东方稍宁，以一小恨而起重兵，非所宜也。愿兄详之。"_{文台之弟，胜是本初之弟。}坚曰："弟勿多言，吾欲纵横天下，有仇岂可不报！"长子孙策曰："如父亲必欲往，儿愿随行。"坚许之，遂与策登舟，杀奔樊城。

黄祖伏弓弩手于江边，见船傍岸，乱箭俱发。坚令诸军不可轻动，只伏于船中来往诱之；一连三日，船数十次傍岸。黄祖军只顾放箭，箭已放尽。坚却拔船上所得之箭，约十数万。当日正值顺风，坚令军士一齐放箭。_{朱晦翁见此，亦当注曰："即以其人之箭，还射其人之兵。"}岸上支吾不住，只得退走。坚军登岸，程普、黄盖分兵两路，直取黄祖营寨。背后韩当驱兵大进。三面夹攻，黄祖大败，却弃樊城，走入邓城。_{孙坚大胜。}坚令黄盖守住船只，亲自统兵追袭。黄祖出迎，布阵于野。坚列成阵势，出马于门旗之下。孙策也全副披挂，挺枪立马于父侧。_{本初无弟，文台有儿。}黄祖引二将出马，一个是江夏张虎，一个是襄阳陈生。黄祖扬鞭大骂："江东鼠贼，安敢侵犯汉室宗亲境界！"便令张虎搦战。坚阵内韩当出迎。两骑相交，占三十馀合，陈生见张虎力怯，飞马来助。孙策望见，按住手中枪，扯弓搭箭，正射中陈生面门，应弦落马。张虎见陈生坠地，吃了一惊，措手不及，被韩当一刀，削去半个脑袋。程普纵马来阵前捉黄祖。黄祖弃头盔、战马，杂于步军内逃命。孙坚掩杀败军，直到汉水，命黄盖将船只进泊汉江。孙坚又大胜。

黄祖聚败军，来见刘表，备言坚势不可当。表慌请蒯良商议。良曰："目今新败，兵无战心，只可深沟高垒，以避其锋，却潜令人求救于袁绍，此围自可解也。"有袁术致书于孙坚，便有刘表求救于袁绍：势所必然。蔡瑁曰："子柔之言，直拙计也。兵临城下，将至河边，岂可束手待毙！某虽不才，愿请军出城，以决一战。"刘表许之。蔡瑁引军万余，出襄阳城外，于岘山布阵。孙策将得胜之兵，长驱大进。蔡瑁出马。坚曰："此人是刘表后妻之兄也，谁与吾擒之？"蔡瑁出处从孙坚口中点出，叙事妙品。程普挺铁脊矛出马，与蔡瑁交战。不到数合，蔡瑁败走。坚驱大军，杀得尸横遍野。蔡瑁逃入襄阳。孙坚又大胜。蒯良言瑁不听良策，以致大败，按军法当斩。刘表以新娶其妹，不肯加刑。刘表溺爱后妻，便为后文废刘琦、立刘琮张本。

却说孙坚分兵四面，围住襄阳攻打。忽一日，狂风骤起，将中军"帅"字旗竿吹折。屡胜之后，忽有此不祥之兆。天有不测风云，正应人有旦夕祸福。○公孙瓒帅字旗，敌军砍倒；孙坚帅字旗，天风吹折：两处闲闲相照。韩当曰："此非吉兆，可暂班师。"坚曰："吾屡战屡胜，取襄阳只在旦夕，岂可因风折旗竿，遽尔罢兵！"遂不听韩当之言，攻城愈急。蒯良谓刘表曰："某夜观天象，见一将星欲坠。以分野度之，当应在孙坚。又一预兆。彼兆在风，此兆在星。○孙坚前在建章殿看月，仰叹帝星不明，今于襄阳城下遇风，遂使将星下坠。一月、一风，帝星、将星，遥遥相对也。主公可速致书袁绍，求其相助。"刘表写书，问谁敢突围而出。健将吕公，应声愿往。蒯良曰："汝既敢去，可听吾计：与汝军马五百，多带能射者冲出阵去，即奔岘山。他必引军来赶，汝分一百人上山寻石子准备，一百人执弓弩伏于林中。但有追兵到时，不可径走，可盘旋曲折，引到埋伏之处，矢石俱发。若能取胜，放起连珠号炮，城中便出接应。本为求救防追，谓便以此杀敌。如无追兵，不可放炮，趱程而去。主意在此三句，那知却是闲文。今夜月不甚明，黄昏便可出城。"吕公领了计策，拴束军马。黄昏时分，密开东门，引兵出城。

孙坚在帐中忽闻喊声，急上马，引三十馀骑，出营来看。军士报说："有一彪人马杀将出来，往岘山而去。"坚不会诸将，只引三十馀骑赶来。吕公已于山林丛杂去处，上下埋伏。坚马快，单骑独来，前军不远。坚大叫："休走！"吕公勒回马来战孙坚。交马只一合，吕公便走，闪入山路去。坚随后赶入，却不见了吕公。坚方欲上山，忽然一声锣响，山上石子乱下，林中乱箭齐发。坚体中石、箭，脑浆迸流，人马皆死于岘山之内，寿止三十七岁。刘备、曹操、孙坚，并起一时。而备则及身而帝，操亦及身而王，独坚不帝不王，而死于不虞之锋刃，岂非有幸有不幸哉？○孙坚此一死，不特坚之所不及料，亦蒯良、吕公之所不及料也。

吕公截住三十骑，并皆杀尽，放起连珠号炮。城中黄祖、蒯越、蔡瑁分头引兵杀出，江东诸军大乱。黄盖听得喊声震天，引水军杀来，正迎着黄祖。战不两合，生擒黄祖。程普保着孙策，急待寻路，正遇吕公。程普纵马向前，战不数合，一矛刺吕公于马下。两军大战，杀到天明，各自收军。刘表军自入城。孙策回到汉水，方知父亲被乱箭射死，尸首已被刘表军士扛抬入城去了，放声大哭；本欲报截路之仇，今又添一杀父之仇，是仇上加仇矣。众军俱号泣。策曰："父尸在彼，安得回乡！"黄盖曰："今活捉黄祖在此，得一人入城讲和，将黄祖去换主公尸首。"仇上添仇，而反欲遣使讲和者，重在父尸故耳。言未毕，军吏桓楷出曰："某与刘表有旧，愿入城为使。"策许之。桓楷入城见刘表，具说其事。表曰："文台尸首，吾已用棺木盛贮在此。可速放回黄祖，两家各罢兵，再休侵犯。"桓楷拜谢欲行，阶下蒯良出曰："不可，不可！吾有一言，令江东诸军片甲不回。请先斩桓楷，然后用计。"正是：

　　追敌孙坚方殒命，求和桓楷又遭殃。

未知桓楷性命如何，且听下文分解。

第八回　王司徒巧使连环计
　　　　董太师大闹凤仪亭

董太師大鬧鳳儀亭

十八路诸侯，不能杀董卓，而一貂蝉足以杀之；刘、关、张三人，不能胜吕布，而貂蝉一女子能胜之。以衽席为战场，以脂粉为甲胄，以盼睐为戈矛，以嚬笑为弓矢，以甘言卑词为运奇设伏，女将军真可畏哉！当为之语曰："司徒妙计高天下，只用美人不用兵。"

为西施易，为貂蝉难。西施只要哄得一个吴王；貂蝉一面要哄董卓，一面又要哄吕布，使用两副心肠，妆出两副面孔，大是不易。我谓貂蝉之功，可书竹帛。若使董卓伏诛后，王允不激成李、郭之乱，则汉室自此复安。而貂蝉一女子，岂不与麟阁、云台并垂不朽哉！最恨今人讹传关公斩貂蝉之事。夫貂蝉无可斩之罪，而有可嘉之绩，特为表而出之。

此卷最妙在董卓赐金安慰吕布一段。若无此一段以缓之，则布之刺卓，不待凤仪亭相遇之后矣。且凤仪亭打戟堕地之时，吕布何难拾戟回刺董卓，而但望外急走，则皆此一缓之力也。

连环计之妙，不在专杀董卓也。设使董卓掷戟之时，刺中吕布，则卓自损其一臂而卓可图矣。此皆在王允算中，亦未始不在貂蝉算中。王允岂独爱吕布，貂蝉亦岂独爱吕布哉？吾谓西子真心归范蠡，貂蝉假意对温侯，盖貂蝉心中只有一王允尔。

前卷方叙龙争虎斗，此卷忽写燕语莺声，温柔旖旎，真如铙吹之后，忽听玉箫，疾雷之馀，忽见好月，令读者接应不暇。今人喜读稗官，恐稗官中反无此妙笔也。

却说蒯良曰："今孙坚已丧，其子皆幼。乘此虚弱之时，火速进军，江东一鼓可得。若还尸罢兵，容其养成气力，荆州之患也。"表曰:"吾有黄祖在彼营中,安忍弃之?"良曰:"舍一无谋黄祖而取江东,有何不可?" _{自是畅论} 表曰:"吾与黄祖心腹之交,舍之不义。"遂送桓楷回营,相约以孙坚尸换黄祖。_{死孙坚换活黄祖,}

_{人道刘表便宜,我道刘表不便宜。黄祖十辈不敌孙坚一人;孙坚之死,犹胜黄祖之生也。}孙策释回黄祖,迎接灵柩,罢战回江东,葬父于曲阿之原。丧事已毕,引军居江都,招贤纳士,屈己待人,四方豪杰,渐渐投之, _{便自不凡。} 不在话下。 _{放过孙策,接入董卓。}

却说董卓在长安,闻孙坚已死,乃曰:"吾除却一心腹之患也!"问:"其子年几岁矣?"或答曰:"十七岁。"卓遂不以为意。自此愈加骄横,自号为"尚父", _{王莽欲学周公,董卓又欲学太公,可发一笑。}出入僭天子仪仗,封弟董旻为左将军、鄠侯,侄董璜为侍中,总领禁军。董氏宗族,不问老幼,皆封列侯。离长安城二百五十里,别筑郿坞,役民夫二十五万人筑之。其城郭高下厚薄一如长安, _{昔有新丰,今有小长安。}内盖宫室,仓库屯积二十年粮食。选民间少年美女八百人实其中,金玉、彩帛、珍珠堆积不知其数。家属都住在内。 _{为后文伏案。}卓往来长安,或半月一回,或一月一回,公卿皆候送于横门外。卓尝设帐于路,与公卿聚饮。

一日,卓出横门,百官皆送,卓留宴,适北地招安降卒数百人到。卓即命于座前,或断其手足,或凿其眼睛,或割其舌,或以大锅煮之,哀号之声震天,百官战慄失箸,卓饮食谈笑自若。 _{以杀降卒为下酒物,亦甚无趣。}又一日,卓于省台大会百官,列坐两行。酒至数巡,吕布径入,向卓耳边言不数句,卓笑曰:"原来如此。"命吕布于筵上揪司空张温下堂。百官失色。不多时,侍从将一红盘,托张温头入献。 _{同时有两张温。此一张温,乃汉张温也,后孙权使张温至蜀,乃吴张温也。}百官魂不附体。卓笑曰:"诸公勿惊。张温结连袁术,欲图害我,因使人寄书来,错下在吾儿奉先处，故斩之。^{张温事即在董卓口中叙出，省笔}公等无故，不必惊畏。"众官唯唯而散。

司徒王允归到府中，寻思今日席间之事，坐不安席。^{此处又放过董卓，接入王允，斗笋俱妙。}至夜深月明，策杖步入后园，立于荼蘼架侧，仰天垂泪。^{孙坚、王允，一样月下洒泪。而一是悲愤，一是忧郁。}忽闻有人在牡丹亭畔，长吁短叹。允潜步窥之，乃府中歌伎貂蝉也。^{无端忽叙出一女子。不用王允想到此人，偏用此人来挑动王允，妙妙。}其女自幼选入府中，教以歌舞，年方二八，色伎俱佳，允以亲女待之。是夜允听良久，喝曰："贱人将有私情耶？"^{一喝妙甚。不用顺叙，偏用逆挑，最有波致。}蝉惊跪答曰："贱妾安敢有私！"允曰："无私何夜深长叹？"蝉曰："容妾伸肺腑之言。"允曰："汝勿隐匿，当实告我。"蝉曰："妾蒙大人恩养，训习歌舞，优礼相待，妾虽粉骨碎身，莫报万一。近见大人两眉愁锁，必有国家大事，^{自曹操行刺不成以后，王允日夜忧闷光景，俱于貂蝉口中暗暗补出。}又不敢问。今晚又见行坐不安，因此长叹，不想为大人窥见。倘有用妾之处，万死不辞！"^{好貂蝉。}允以杖击地曰："谁想汉天下却在汝手中耶！^{突作奇语，令人猜想不着。}随我到画阁中来。"貂蝉跟允到阁中，允尽叱出妇妾，纳貂蝉于坐，叩头便拜。^{又特特作此惊人之笔，令人一发猜想不着。}貂蝉惊伏于地曰："大人何故如此？"允曰："汝可怜汉天下生灵！"^{看官试想：一个女子，教他如何救天下生灵？}言讫，泪如泉涌。貂蝉曰："适间贱妾曾言，但有使令，万死不辞。"允跪而言曰："百姓有倒悬之危，君臣有累卵之急，非汝不能救也。贼臣董卓将欲篡位，朝中文武无计可施。董卓有一义儿，姓吕名布，骁勇异常。我观二人皆好色之徒，今欲用连环计，^{计名奇。}先将汝许嫁吕布，后献与董卓。汝于中取便，谋间他父子反颜，令布杀卓，以绝大恶。重扶社稷，再立江山，皆汝之力也。不知汝意若何？"^{此处方说出计}

貂蝉曰："妾许大人万死不辞，望即献妾于彼，妾自有道理。"允曰："事若泄漏，我灭门矣。"〔此句叮嘱断不可少〕貂蝉曰："大人勿忧。妾若不报大义，死于万刃之下！"允拜谢。

〔策，却要他成功衽席之上〕

次日，将家藏明珠数颗，令良匠嵌造金冠一顶，使人密送吕布。〔本将玉女为钩，先用珠冠作饵，妙〕布大喜，亲到王允宅致谢。〔不用王允去请，却使吕布自来。又妙〕允预备嘉肴美馔，候吕布至，允出门迎迓，接入后堂，延之上坐。布曰："吕布乃相府一将，司徒是朝廷大臣，何故错敬？"允曰："方今天下别无英雄，惟有将军耳。允非敬将军之职，敬将军之才也。"布大喜。允殷勤敬酒，口称董太师并布之德不绝。〔极口奉承吕布，妙矣；又却于吕布面前褒奖太师，更妙〕布大笑畅饮。允叱退左右，只留侍妾数人劝酒。酒至半酣，允曰："唤孩儿来。"〔竟说是孩儿，妙〕少顷，二青衣引貂蝉艳妆而出。布惊问何人。允曰："小女貂蝉也。允蒙将军错爱，不异至亲，故令其与将军相见。"便令貂蝉与吕布把盏。貂蝉送酒与布，两下眉来眼去。〔来了〕允佯醉曰："孩儿央及将军痛饮几杯，吾一家全靠着将军哩。"布请貂蝉坐，貂蝉假意欲入。〔写得好看〕允曰："将军吾之至友，孩儿便坐何妨。"貂蝉便坐于允侧，〔先把盏，后同坐，以渐而亲，写得次序〕吕布目不转睛的看。又饮数杯，允指蝉谓布曰："吾欲将此女送与将军为妾，还肯纳否？"布出席谢曰："若得如此，布当效犬马之报！"允曰："早晚选一良辰，送至府中。"布欣喜无限，频以目视貂蝉；貂蝉亦以秋波送情。〔写得好看，不意《三国志》中，有此一段温柔旖旎文字〕少顷席散，允曰："本欲留将军止宿，恐太师见疑。"布再三拜谢而去。

过数日，允在朝堂见了董卓，趁吕布不在侧，〔精细〕伏地拜请曰："允欲屈太师车骑到草舍赴宴，未审钧意如何？"卓曰："司徒见招，即当趋赴。"允拜谢归家，水陆毕陈，于前厅正中设座，锦绣铺地，内外各设帏幔。_{写得更比前加倍尊严。}

次日饷午，董卓来到。_{董卓、吕布来法不同，一个自来，一个请来。}允具朝服出迎，再拜起居。卓下车，左右持戟甲士百馀，簇拥入堂，分列两旁。允于堂下再拜，卓命扶上，赐坐于侧。允曰："太师盛德巍巍，伊、周不能及也。"卓大喜，进酒作乐，允极其致敬。天晚酒酣，允请卓入后堂。_{请入后堂，才出貂蝉，不特次序应然，亦见机密之至。}卓叱退甲士。允捧觞称贺曰："允自幼颇习天文，夜观乾象，汉家气数已尽。太师功德振于天下，若舜之授禹，禹之继舜，正合天心人意。"_{不但奉承董卓，便已埋伏后文。}卓曰："安敢望此！"允曰："自古'有道伐无道，无德让有德'，岂过分乎！"卓笑曰："若果天命归我，司徒当为元勋。"_{先许一个元勋稳当。}允拜谢。堂中点上画烛，止留女使进酒供食。允曰："教坊之乐，不足供奉；偶有佳伎，敢使承应。"卓曰："甚妙。"允教放下帘栊，笙簧缭绕，簇捧貂蝉舞于帘外。_{董卓先坐前堂，次入后堂；貂蝉先舞帘外，转入帘内：俱有次序。}有词赞之曰：

原是昭阳宫里人，惊鸿宛转掌中身，只疑飞过洞庭春。按彻《梁州》莲步稳，好花风袅一枝新，画堂香暖不胜春。

又诗曰：

红牙催拍燕飞忙，一片行云到画堂。
眉黛促成游子恨，脸容初断故人肠。
榆钱不买千金笑，柳带何须百宝妆。

舞罢高帘偷目送，不知谁是楚襄王。

舞罢，卓命近前。貂蝉转入帘内，深深再拜。^{来了。}卓见貂蝉颜色美丽，便问："此女何人？"允曰："歌伎貂蝉也。"^{此时又不说是孩儿，更妙。}卓曰："能唱否？"允命貂蝉执檀板低讴一曲。^{貂蝉见吕布只把盏，见董卓便歌舞。说女儿，是女}儿身分，说歌伎，是歌伎身分。正是：

一点樱桃启绛唇，两行碎玉喷《阳春》。

丁香舌吐衔钢剑，要斩奸邪乱国臣。

卓称赏不已。允命貂蝉把盏。卓擎杯问曰："青春几何？"貂蝉曰："贱妾年方二八。"卓笑曰："真神仙中人也！"^{也来了。}允起曰："允欲将此女献上太师，未审肯纳否？"卓曰："如此见惠，何以报德？"允曰："此女得侍太师，其福不浅。"卓再三称谢。允即命备毡车，先将貂蝉送到相府。^{女将军起兵前去了。○连忙送去，妙。}卓亦起身告辞，允亲送董卓直到相府，然后辞回。

乘马而行，不到半路，只见两行红灯照道，吕布骑马执戟而来，正与王允撞见，^{看到此处，为王允吃一吓。}便勒住马，一把揪住衣襟，厉声问曰："司徒既以貂蝉许我，今又送与太师，何相戏耶？"^{吓杀。}允急止之曰："此非说话处，且请到草舍去。"^{妙，有机变。}布同允到家，下马入后堂。^{也入后堂，妙。}叙礼毕，允曰："将军何故怪老夫？"布曰："有人报我，说你把毡车送貂蝉入相府，是何意故？"允曰："将军原来不知。昨日太师在朝堂中，对老夫说：'我有一事，要到你家。'允因此准备小宴等候。太师饮酒中间说：'我闻你有一女，名唤貂蝉，已许吾儿奉先。我恐你言未准，特来相求，并请一见。'老夫不敢有违，随引貂蝉出拜公公。_{公公二字搁心，妙。}太师曰：'今日良辰，吾即当取此女回去，配与奉先。'_{更妙。}将军试思：太师亲临，老夫焉敢推阻？"_{一派鬼话，令人入其玄中。}布曰："司徒少罪。布一时错见，来日自当负荆。"允曰："小女颇有妆奁，待过将军府下，便当送至。"_{此句找足得妙。想吕布此时，犹俨然以新郎自待也。}布谢去。

次日，吕布在府中打听，绝不闻音耗。_{不闻"配与奉先"之音耗。}布径入堂中，寻问诸侍妾。侍妾对曰："夜来太师与新人共寝，至今未起。"_{董卓做干爷，难为了干娘；布做干儿，难为了干媳妇。}吕布大怒，_{不得不怒。}潜入卓卧房后窥探。时貂蝉起于窗下梳头，忽见窗下池中见一人影，极长大，头带束发冠，_{先见影，后见人，妙。}偷眼视之，正是吕布。貂蝉故蹙双眉，做忧愁不乐之态，复以香罗频拭眼泪。_{笑亦倾人，颦亦倾人。}吕布窥视良久，乃出。少顷又入，卓已坐于中堂，见布来，问曰："外面无事乎？"布曰："无事。"_{外面无事，里面却有事。}侍立卓侧。卓方食。布偷目窃望，见绣帘内一女子往来观觑，微露半面，以目送情。_{此皆女将军绝妙兵法。}布知是貂蝉，神魂飘荡。卓见布如此光景，心中疑忌，曰："奉先无事且退。"布怏怏而出。

董卓自纳貂蝉后，为色所迷，月馀不出理事。卓偶染小疾，貂蝉衣不解带，曲意逢迎，_{看他待布如彼，待卓又如此。使出两副心肠，妆出两副面孔，令我想杀女将军矣。}卓心愈喜。吕布入内问安，正值卓睡。貂蝉于床后探半身望布，以手指心，又以手指董卓，挥泪不止。_{女将军韬略一至于此，孙吴不及也。}布心如碎。卓朦胧双目，见布注视床后，目不转睛，回身一看，见貂蝉立于床后。卓大怒，叱布曰："汝敢戏吾爱姬耶！"唤左右逐出："今后不许入堂！”

吕布怒恨而归，^{先为掷戟作引。}路遇李儒，告知其故。儒急入见卓曰："太师欲取天下，何故以小过见责温侯？倘彼心变，大事去矣。"卓曰："奈何？"儒曰："来朝唤入，赐以金帛，好言慰之，自然无事。"卓依言。次日，使人唤布入堂，慰之曰："吾前日病中，心神恍惚，误言伤汝，汝勿记心。"随赐金十斤，锦二十匹。布谢归，^{此处忽又一顿。波澜倏起倏落，大有层折。}然身虽在卓左右，心实系念貂蝉。

卓疾既愈，入朝议事。布执戟相随，见卓与献帝共谈，便乘间提戟出内门，^{一写戟。}上马径投相府来，^{一写马。}系马府前，^{再写马。}提戟入后堂，^{再写戟。}寻见貂蝉。蝉曰："汝可去后园中凤仪亭边等我。"布提戟径往，^{三写戟。}立于亭下曲栏之傍。良久，貂蝉分花拂柳而来，果然如月宫仙子，^{花下看佳人，如马上看壮士，加倍动目。}泣谓布曰："我虽非王司徒亲女，然待之如己出。自见将军，许侍箕帚，妾已平生愿足。谁想太师起不良之心，将妾淫污。妾恨不即死，止因未与将军一诀，故且忍辱偷生。今幸得见，妾愿毕矣！此身已污，不得复事英雄，愿死于君前，以明妾志！"^{语语动人。}言讫，手攀曲栏，望荷花池便跳。^{以死动之。}吕布慌忙抱住，泣曰：^{使布怒易，使布泣难。布而致于泣，董卓不能活矣。}"我知汝心久矣，只恨不能共语！"貂蝉手扯布曰："妾今生不能与君为妻，愿相期于来世。"^{再迫一句妙。}布曰："我今生不能以汝为妻，非英雄也！"^{正要迫出他此句。}蝉曰："妾度日如年，愿君怜而救之。"^{明明催杀董卓自己原不肯死。}布曰："我今偷空而来，恐老贼见疑，必当速去。"貂蝉牵其衣曰："君如此惧怕老贼，妾身无见天日之期矣！"^{妙极恶极。}布立住曰："容我徐图良策。"说罢，提戟欲去。

四写戟。○若此时便去，那得撞着董卓？读者至此，亦惟恐其去也。貂蝉曰："妾在深闺，闻将军之名，如雷灌耳，以为当世一人而已，谁想反受他人之制乎！"言讫，泪下如雨。谚云："请将不如激将"，是绝妙说士声口。布羞惭满面，重复倚戟，五写戟。回身搂抱貂蝉，用好言安慰。两个偎偎倚倚，不忍相离。此皆貂蝉故意淹留吕布，要他撞着董卓。女将军兵法神妙如许。

却说董卓在殿上，回头不见吕布，心下怀疑，连忙辞了献帝，登车回府，见布马系于府前，三写马。问门吏，吏答曰："温侯入后堂去了。"卓叱退左右，径入后堂中，寻觅不见，唤貂蝉，蝉亦不见。急杀。急问侍妾，侍妾曰："貂蝉在后园看花。"卓寻入后园，正见吕布和貂蝉在凤仪亭下共语，画戟倚在一边。六写戟。卓怒，大喝一声。布见卓至，大惊，回身便走。卓抢了画戟，七写戟。挺着赶来。吕布走得快，卓肥胖赶不上，掷戟刺布。八写戟。布打戟落地。九写戟。卓拾戟再赶，十写戟。布已走远。卓赶出园门，一人飞奔前来，与卓胸膛相撞，卓倒于地。此何人耶？令人急欲看下文矣。正是：

冲天怒气高千丈，仆地肥躯做一堆。

未知此人是谁，且听下文分解。

第九回　除凶暴吕布助司徒　犯长安李傕听贾诩

犯長安李傕聽賈詡

弑一君复立一君，为所立者，未有不疑其弑我亦如前之君也；弑一父复归一父，为所归者，未有不疑其弑我亦如前之父也。乃献帝畏董卓，而董卓不畏吕布。不惟不畏之，又复恃之。业已恃之，又不固结之，而反怨怒之，仇恨之。及其将杀己，又复望其援己而呼之。呜呼！董卓真蠢人哉！

王允劝吕布杀董卓一段文字，一急一缓，一起一落，一反一正，一纵一收，比李肃劝杀丁建阳，更是淋漓痛快。今人俱以蔡邕哭卓为非，论固正矣。然情有可原，事有足录。何也？士各为知己者死。设有人受恩桀、纣，在他人固为桀、纣，在此人则尧、舜也。董卓诚为邕之知己，哭而报之，杀而殉之，不为过也。犹胜今之势盛则借其馀润，势衰则掉臂去之，甚至为操戈，为下石，无所不至者。毕竟蔡为君子，而此辈则真小人也。

吕布去后，貂蝉竟不知下落，何也？曰：成功者退，神龙见首不见尾，正妙在不知下落。若必欲问他下落，则范大夫泛湖之后，又谁知西子踪迹乎？

张柬之不杀武三思而被害，恶党固不可赦，遗孽固不可留也。但李傕、郭汜拥兵于外，当散其众而徐图之，不当求之太急，以至生变耳。故柬之之病，病在缓；王允之病，病在急。

却说那撞倒董卓的人，正是李儒。当下李儒扶起董卓，至书院中坐定。卓曰："汝为何来此？"儒曰："儒适至府门，知太师怒入后园，寻问吕布。因急走来，正遇吕布奔出，云：太师杀我！儒慌赶入园中劝解，不意误撞恩相。死罪！死罪！"卓曰："叵耐逆贼，戏吾爱姬，誓必杀之！"儒曰："恩相差

〔李儒此来，只在李儒口中叙明，省笔之甚。〕

矣。昔楚庄王'绝缨'之会，不究戏爱姬之蒋雄，后为秦兵所困，得其死力相救。今貂蝉不过一女子，而吕布乃太师心腹猛将也。太师若就此机会，以蝉赐布，布感大恩，必以死报太师。太师请自三思。"_{李儒几破连环计}卓沉吟良久曰："汝言亦是，我当思之。"儒谢而出。

卓入后堂，唤貂蝉问曰："汝何与吕布私通耶？"蝉泣曰："妾在后园看花，吕布突至。妾方惊避，布曰：'我乃太师之子，何必相避。'提戟赶妾至凤仪亭。妾见其心不良，恐为所迫，欲投荷池自尽，却被这厮抱住。正在生死之间，得太师来救了性命。"_{此等巧言，溺爱者每为所惑。}董卓曰："我今将汝赐与吕布，何如？"貂蝉大惊，哭曰：_{惊是真惊，哭是假哭。}"妾身已事贵人，今忽欲下赐家奴，妾宁死不辱！"遂掣壁间宝剑欲自刎。_{亦以死动之。○今日妇人放刁，每以要死恐吓其夫者，是学貂蝉而误者也。}卓慌夺剑拥抱曰："吾戏汝！"_{只三字，如闻其声。}貂蝉倒于卓怀，掩面大哭曰："此必李儒之计也！儒与布交厚，故设此计，却不顾惜太师体面与贱妾性命。妾当生噬其肉！"_{说破李儒尤妙。不特间吕布，并间李儒。}卓曰："吾安忍舍汝耶？"蝉曰："虽蒙太师怜爱，但恐此处不宜久居，必被吕布所害。"卓曰："吾明日和你归郿坞去，同受快乐，慎勿忧疑。"蝉方收泪拜谢。

次日，李儒入见曰："今日良辰，可将貂蝉送与吕布。"卓曰："布与我有父子之分，不便赐与，我只不究其罪。汝传我意，以好言慰之可也。"_{此处又用一顿。是听李儒一半言语，不然掷戟之后，安得虎头蛇尾？}儒曰："太师不可为妇人所惑。"卓变色曰："汝之妻肯与吕布否？貂蝉之事，再勿多言，言则必斩！"李儒出，仰天叹曰："吾等皆死于妇人之手矣！"_{双股剑、青龙刀、丈八蛇矛，俱不及女将军兵器。今日之好色者，仔细仔细！}后人读书至此，有诗叹之曰：

> 司徒妙算托红裙，不用干戈不用兵。
>
> 三战虎牢徒费力，凯歌却奏凤仪亭。

董卓即日下令还郿坞，百官俱拜送。貂蝉在车上，遥见吕布于稠人之内，眼望车中。貂蝉虚掩其面，如痛哭之状。<small>哭是假哭。</small>车已去远，布缓辔于土岗之上，眼望车尘，叹息痛恨。<small>恨是真恨。</small>忽闻背后一人问曰："温侯何不从太师去，乃在此遥望而发叹？"<small>问得恶。</small>布视之，乃司徒王允也。

相见毕，允曰："老夫日来因染微恙，闭门不出，故久未得与将军一见。<small>补笔，周旋得妙。</small>今日太师驾归郿坞，只得扶病出送，却喜得晤将军。请问将军，为何在此长叹？"布曰："正为公女耳。"允佯惊曰："许多时尚未与将军耶？"<small>唯托疾闭门，方掩饰得此句。不然，王允岂有不知之理？</small>布曰："老贼自宠幸久矣！"允佯大惊曰："不信有此事！"布将前事一一告允。允仰面跌足，半晌不语；良久，乃言曰："不意太师作此禽兽之行！"因挽布手曰："且到寒舍商议。"布随允归。

允延入密室，置酒款待。布又将凤仪亭相遇之事，细说一遍。允曰："太师淫吾之女，夺将军之妻，诚为天下耻笑；非笑太师，笑允与将军耳！<small>一转妙。</small>然允老迈无能之辈，不足为道；可惜将军盖世英雄，亦受此污辱也！"<small>又一转，恶更妙。</small>更布怒气冲天，拍案大叫。允急曰："老夫失语，将军息怒。"布曰："誓当杀此老贼，以雪吾耻！"允急掩其口曰："将军勿言，恐累及老夫。"<small>不用顺口撺掇，却用反</small>

布曰："大丈夫生居天地间，岂能郁郁久居人下！"允曰："以^{言激恼。}
将军之才，诚非董太师所可限制。"^{此处王允却用}^{顺口撺掇}布曰："吾欲杀此
老贼，奈是父子之情，恐惹后人议论。"^{此处吕布却用}^{反言跌顿}允微笑曰：
"将军自姓吕，太师自姓董。掷戟之时，岂有父子情耶？"^{撺掇之}^{中，又}
^{以"掷戟"}^二^{字激恼也。}布奋然曰："非司徒言，布几自误！"允见其意已决，
便说之曰："将军若扶汉室，乃忠臣也，青史传名，流芳百世；
将军若助董卓，乃反臣也，载之史笔，遗臭万年。"^{数语撇却家门私}^{怨，告以朝廷大}
^{义，乃是}^{正文。}布避席下拜曰："布意已决，司徒勿疑。"允曰："但恐事
或不成，反招大祸。"^{当其奋怒，反掩口以止之；及其迟疑，则正言以动之；待}^{其应允，又反言以决之。凡用三番曲折。王允信是妙人。}
布拔带刀，刺臂出血为誓。允跪谢曰："汉祀不斩，皆出将军之赐
也。切勿泄漏！临期有计，自当相报。"^{伏笔。}布慨诺而去。

允即请仆射士孙瑞、司隶校尉黄琬商议。瑞曰："方今主上
有疾新愈，可遣一能言之人，往郿坞请卓议事；一面以天子密诏
付吕布，使伏甲兵于朝门之内，引卓入诛之。此上策也。"琬
曰："何人敢去？"瑞曰："吕布同郡骑都尉李肃，以董卓不迁其
官，甚是怀怨。若令此人去，卓必不疑。"允曰："善。"请吕
布共议。布曰："昔日劝吾杀丁建阳，亦此人也。^{照应前}^文今若不
去，吾先斩之。"使人密请肃至。布曰："昔日公说布使杀丁建
阳而投董卓，今卓上欺天子，下虐生灵，罪恶贯盈，人神共愤。
公可传天子诏，往郿坞宣卓入朝，伏兵诛之，力扶汉室，共作忠
臣。尊意若何？"肃曰："吾亦欲除此贼久矣，恨无同心者耳。
今将军若此，是天赐也，肃岂敢有二心！"^{惯会杀父者，吕布也；}^{惯劝人杀父者，李肃也。}
遂折箭为誓。允曰："公若能干此事，何患不得显官。"^{正应"董}^{卓不迁其}
^{官"句，直刺}^{入李肃耳中。}

次日，李肃引十数骑，前到郿坞。人报天子有诏，卓教唤入。〔天子有诏，坐而受之，目中尚有"天子"二字乎？〕李肃入拜。卓曰："天子有何诏？"肃曰："天子病体新痊，欲会文武于未央殿，议将禅位于太师，故有此诏。"〔中心藏之久矣。此语亦直刺入董卓耳中。〕卓曰："王允之意若何？"〔卓贼胸中，只碍一王允，想见王允平日气概。〕肃曰："王司徒已命人筑受禅台，只等主公到来。"〔受禅台故事却在后文，于此处先虚点一笔，有此处之虚，乃有后文之实。〕卓大喜曰："吾夜梦一龙罩身，今日果得此喜信。〔龙罩身者，帝治其罪也，此老如何省得。〕时哉不可失！"便命心腹将李傕、郭汜、张济、樊稠四人领飞熊军三千守郿坞，自己即日排驾回京，顾谓李肃曰："吾为帝，汝当为执金吾。"〔又许一个执金吾。〕肃拜谢称臣。卓入辞其母；母时年九十馀矣，〔此妪老而不死，以待典刑，皆董卓恶贯所致。〕问曰："吾儿何往？"卓曰："现将往受汉禅，母亲早晚为太后也！"〔又许一个太后。〕母曰："吾近日肉颤心惊，恐非吉兆。"卓曰："将为国母，岂不预有惊报！"〔国母要做，只怕令孙不肯。〕遂辞母而行。临行，谓貂蝉曰："吾为天子，当立汝为贵妃。"〔又许一个贵妃。〕貂蝉已明知就里，假作欢喜拜谢。〔凤仪亭战功将从今日奏凯矣。〕

卓出坞上车，前遮后拥，望长安来。行不到三十里，所乘之车，忽折一轮，卓下车乘马。又行不到十里，那马咆哮嘶喊，掣断辔头。卓问肃曰："车折轮，马断辔，其兆若何？"肃曰："乃太师应受汉禅，弃旧换新，将乘玉辇金鞍之兆也。"〔前则其母疑而董卓解之，此则董卓疑而李肃又解。董卓得勉强，李肃解得敏捷。〕卓喜而信其言。次日，正行间，忽然狂风骤起，昏雾蔽天。卓问肃曰："此何祥也？"肃曰："主公登龙位，必有红光紫雾，以壮天威耳。"卓又喜而不疑。既至城外，百官俱出迎接。只有李儒抱病在家，不能出迎。〔董卓此来无人谏阻，正为此耳。〕卓进至相府，布入贺。卓曰："吾登九五，汝当总督天下兵马。"〔又许一个总督，真布拜谢，就帐前歇宿。^{是做梦。}是夜有十数小儿于郊外作歌，风吹歌声入帐。歌曰："千里草，何青青！十日上，不得生！"^{"千里草"乃董字；"十日上"乃卓字；不生者，言死也。}歌声悲切。卓问李肃曰："童谣主何吉凶？"肃曰："亦只是言刘氏灭，董氏兴之意。"^{葫芦提的妙。}次日侵晨，董卓摆列仪从入朝，忽见一道人，青袍白巾，手执长竿，上缚布一丈，两头各书一"口"字。^{明明是"吕布"二字。}卓问肃曰："此道人何意？"肃曰："乃心恙之人也。"呼将士驱去。卓进朝，群臣各具朝服，迎谒于道。李肃手执宝剑扶车而行。到北掖门，军兵尽挡在门外，独有御车二十馀人同入。董卓遥见王允等各执宝剑立于殿门，惊问肃曰："持剑是何意？"肃不应，^{到此便不消解说矣。}推车直入。王允大呼曰："反贼至此，武士何在？"两旁转出百馀人，持戟挺槊刺之。卓裹甲不入，伤臂堕车，大呼曰："吾儿奉先何在？"吕布从车后厉声出曰："有诏讨贼！"^{以前叫过无数父亲，此处忽换一"贼"字，可发一笑。}一戟直刺咽喉，^{吕布孝丁原以刀，孝董卓以戟。或刀或戟，皆以用力、用劳，各尽其道。}李肃早割头在手。吕布左手持戟，右手怀中取诏，大呼曰："奉诏讨贼臣董卓，其馀不问！"将吏皆呼万岁。后人有诗叹董卓曰：

> 伯业成时为帝王，不成且作富家郎。
>
> 谁知天意无私曲，郿坞方成已灭亡。

却说当下吕布大呼曰："助卓为虐者，皆李儒也！谁可擒之？"李肃应声愿往。忽听朝门外发喊，人报李儒家奴已将李儒绑缚来献。^{事甚省力，文甚省笔。}王允命缚赴市曹斩之；又将董卓尸首，号令通衢。卓尸肥胖，看尸军士以火置其脐中为灯，^{可称卓灯。}膏油满地。百姓过者，莫不手掷其头，足践其尸。王允又命吕布同皇甫嵩、李肃领兵五万，至郿坞抄籍董卓家产人口。

却说李傕、郭汜、张济、樊稠闻董卓已死，吕布将至，便引了飞熊军连夜奔凉州去了。吕布至郿坞，先取了貂蝉。^{吕布心中只为此一事。}皇甫嵩命将坞中所藏良家女子，尽行释放。^{好。}但系董卓亲属，不分老幼，悉皆诛戮。卓母亦被杀。^{是弑何太后之报。○董卓收得卓弟好儿子，此姬养得好儿子。}董旻、侄董璜皆斩首号令。收籍坞中所蓄，黄金数十万，白金数百万，绮罗、珠宝、器皿、粮食不计其数。^{刻剥民脂民膏，而今安在哉！可为贪夫之戒。}回报王允，允乃大犒军士，设宴于都堂，召集众官，酌酒称庆。

正饮宴间，忽人报曰："董卓暴尸于市，忽有一人伏其尸而大哭。"允怒曰："董卓伏诛，士民莫不称贺，此何人独敢哭耶？"遂唤武士："与吾擒来！"须臾擒至。众官见之，无不惊骇，原来那人不是别人，乃侍中蔡邕也。^{蔡邕之哭董卓，亦如栾布之哭彭越。}允叱曰："董卓逆贼，今日伏诛，国之大幸。汝为汉臣，乃不为国庆，反为贼哭，何也？"邕伏罪曰："邕虽不才，亦知大义，岂肯背国而向卓？只因一时知遇之感，不觉为之一哭。自知罪大，愿公见原。倘得黥首刖足，使续成汉史，以赎其罪，邕之幸也。"^{若使邕成汉史，当夺范晔、陈寿之席。}众官惜邕之才，皆力救之。太傅马日磾亦密谓允曰："伯喈旷世逸才，若使续成汉史，诚为盛事。且其孝行素著，若遽杀之，恐失人望。"^{本是全孝不全忠，今《琵琶》曲本反说他全忠不能全孝，诬之甚矣。}允曰："昔孝武不杀司马迁，后使作史，遂致谤书流于后世。方今国运衰微，朝政错乱，不可令佞臣执笔于幼主左右，使吾等蒙其讪议也。"^{王允所见亦是。恐其叙董卓处有曲笔耳。}日磾无言而退，私谓众官曰："王允其无后乎！善人，国之纪也；制作，国之典也。灭纪废典，岂能久乎？"当下王允不听马日磾之言，命将蔡邕下狱中缢死。^{同一死也，若前日不从董卓而}^{为卓所杀，岂不善乎？吾为}^{邕惜}^{之。}一时士大夫闻者，尽为流涕。后人论蔡邕之哭董卓，固自不是；允之杀之，亦为已甚。有诗叹曰：

> 董卓专权肆不仁，侍中何自竟亡身？
> 当时诸葛隆中卧，安肯轻身事乱臣。

且说李傕、郭汜、张济、樊稠逃居陕西，使人至长安上表求赦。王允曰："卓之跋扈，皆此四人助之。今虽大赦天下，独不赦此四人。"^{先赦其罪，使散其兵，而后图}^{之，未为晚也。此是王允失算。}使者回报李傕。傕曰："求赦不得，各自逃生可也。"谋士贾诩曰："诸君若弃军单行，则一亭长能缚君矣。不然诱集陕人，并本部军马，杀入长安，与董卓报仇。事济，奉朝廷以正天下。若其不胜，走亦未迟。"^{只贾诩}^{一言，}^{便使长安大乱。武士兵端，}^{起于说士舌端：可畏哉！}傕等然其说，遂流言于西凉州曰："王允将欲洗荡此方之人矣！"众皆惊惶。乃复扬言曰："徒死无益，能从我反乎？"众皆愿从。于是聚众十馀万，分作四路，杀奔长安来。路逢董卓女婿中郎将牛辅，引军五千人，欲去与丈人报仇，^{卓有二婿，李儒伏诛，}^{牛辅漏网。何也？}李傕便与合兵，使为前驱。四人陆续进发。

王允听知西凉兵来，与吕布商议。布曰："司徒放心。量此鼠辈，何足数也！"遂引李肃将兵出敌。肃当先迎战，正与牛辅相遇，大杀一阵。牛辅抵敌不过，败阵而去。不想是夜二更，牛辅乘李肃不备，竟来劫寨。肃军乱窜，败走三十馀里，折军大半，来见吕布。布大怒曰："汝何挫吾锐气？"遂斩李肃，悬头军门。^{惯劝人杀父之报。不用别人杀之，}^{即用杀父之人杀之，此天道之巧。}次日，吕布进兵与牛辅对敌。

量牛辅如何敌得吕布，仍复大败而走。是夜牛辅唤心腹人胡赤儿商议曰："吕布骁勇，万不能敌。不如瞒了李傕等四人，暗藏金珠，与亲随三五人弃军而去。"（贼徒身分，正堪为董卓之婿）胡赤儿应允。是夜收拾金珠，弃营而走，随行者三四人。将渡一河，赤儿欲谋取金珠，竟杀死牛辅，将头来献吕布。（一派贼徒）布问起情由，从人出首："胡赤儿谋杀牛辅，夺其金宝。"布怒，即将赤儿诛杀，（胡赤儿之杀牛辅，亦如吕布之杀董卓也。知人则明，自知则暗。）领军前进，正迎着李傕军马。吕布不等他列阵，便挺戟跃马，麾军直冲过来。傕军不能抵当，退走五十馀里，依山下寨，请郭汜、张济、樊稠共议，曰："吕布虽勇，然而无谋，不足为虑。我引军守住谷口，每日诱他厮杀。郭将军可领军抄击其后，效彭越挠楚之法，鸣金进兵，擂鼓收兵。张、樊二公，却分兵两路，径取长安。彼首尾不能救应，必然大败。"（贾诩固能谋，李傕亦善算。）众用其计。

却说吕布勒兵到山下，李傕引兵搦战。布忿怒冲杀过去，傕退走上山。山上矢石如雨，布军不能进。忽报郭汜在阵后杀来，布急回战。只闻鼓声大震，汜军已退。布方欲收军，锣声响处，傕军又来。未及对敌，背后郭汜又领军杀到。及至吕布来时，却又擂鼓收军去了。（颠倒金鼓以乱之，所以疲其力也。）激得吕布怒气填胸。一连如此几日，欲战不得，欲止不得。正在恼怒，忽然飞马报来，说张济、樊稠两路军马，竟犯长安，京城危急。布急领军回，背后李傕、郭汜杀来。布无心恋战，只顾奔走，折了好些人马。（昔日能挡十八路诸侯，而今日不能胜李、郭、张、樊四军，何也？岂既得貂蝉后，勇力已不如前日矣！）比及到长安城下，贼兵云屯雨集，围定城池，布军与战不利。军士畏吕布暴厉，多有降贼者，布心甚忧。

数日之后，董卓馀党李蒙、王方在城中为贼内应，偷开城门，四路贼军一齐拥入。吕布左冲右突，拦挡不住，引数百骑往青锁门外，呼王允曰："势急矣！请司徒上马，同出关去，别图良策。"_{王允若去，是弃天子而去也。贻天子以危，而己则逃其难，王允决不肯为矣。}允曰："若蒙社稷之灵，得安国家，吾之愿也。若不获已，则允奉身而死；临难苟免，吾不为也。为我谢关东诸公，努力以国家为念！"吕布再三相劝，王允只是不肯去。_{王允是汉子。}不一时，各门火焰竟天，吕布只得弃却家小，_{貂蝉也不要了。}引百馀骑飞奔出关，投袁术去了。

李傕、郭汜纵兵大掠。太常卿种拂、太仆鲁馗、太鸿胪周奂、城门校尉崔烈、越骑校尉王颀皆死于国难。贼兵围绕内廷至急，侍臣请天子上宣平门止乱。李傕等望见黄盖，约住军士，口呼"万岁"。献帝倚楼问曰："卿不候奏请，辄入长安，意欲何为？"李傕、郭汜仰面奏曰："董太师乃陛下社稷之臣，无端被王允谋杀，臣等特来报仇，非敢造反。_{如吴楚七国之欲杀晁错也。}但见王允，臣便退兵。"王允时在帝侧，闻知此言，奏曰："臣本为社稷计。事已至此，陛下不可惜臣，以误国家。臣请下见二贼。"帝徘徊不忍。允自宣平门楼上跳下楼去，_{王允跳楼，胜于扬雄跳阁。}大呼曰："王允在此！"_{好王允。}李傕、郭汜拔剑叱曰："董太师何罪而见杀？"允曰："董贼之罪，弥天亘地，不可胜言！受诛之日，长安士民，皆相庆贺，汝独不闻乎？"傕、汜曰："太师有罪，我等何罪，不肯相赦？"_{本意在此句。}王允大骂："逆贼何必多言！我王允今日有死而已！"_{王允死之无益，不如随吕布而去。然不忍弃天子而走，乃其忠也。}二贼手起，把王允杀于楼下。史官有诗赞曰：

王允运机筹，奸臣董卓休。心怀安国恨，眉锁庙堂忧。

英气连霄汉，忠心贯斗牛。至今魂与魄，犹绕凤凰楼。

众贼杀了王允，一面又差人将王允宗族老幼，尽行杀害。士民无不下泪。当下李催、郭汜寻思曰："既到这里，不杀天子谋大事，更待何时？"便持剑大呼，杀入内来。正是：

巨魁伏罪灾方息，从贼纵横祸又来。

未知献帝性命如何，且听下文分解。

第十回　勤王室马腾举义　报父仇曹操兴师

报父雠曹操興師

或问予曰：天雷击董卓于身后，何不击董卓于生前？击既死之元凶，何不击方兴之从贼？予应之曰：天有天理，亦有天数，待其恶贯既盈，而后假手于人以杀之，是亦气数使然。盖天理之天，不能不听于天数之天也。

贾诩深沟高垒之谋，即李左车劝陈馀之策也。陈馀不能用左车之言，车固遇非其人；李傕虽能用贾诩之言，诩亦事非其主。君子择主而事，可不慎哉？

马超如此英勇，却怪虎牢关前，并不见西凉兵将挺身一战。何也？意者马超此时尚幼，未随父来，又或马腾见袁绍不能用人，袁术不肯发粮，故无战心耶？不然，今日讨李、郭者马腾，异日受衣带诏者亦马腾，既已烈烈于后，岂得冥冥于前？

曹操以荀彧为吾之子房，是隐然以高祖自待矣，何至加九锡而始知其有不臣之心乎？文若不于此时疑之，直至后日而始疑之，惜哉，见之不早也。

曹操杀吕伯奢一家是有意，陶谦杀曹嵩一家是无心，曹操迁怒于陶谦，犹可言也；迁怒于徐州百姓，则恶矣。至复迁怒于昔日救命之陈宫，则尤恶矣。恶人有言必践，言之则必行之。前日杀吕家，是"宁可我负人"；今日欲报仇，是"不可人负我"。

却说李、郭二贼欲弑献帝，张济、樊稠谏曰："不可！今日若便杀之，恐众人不服。不如仍旧奉之为主，赚诸侯入关，先去其羽翼，然后杀之，天下可图也。"一欲杀、一不杀，总是狂寇算计，与曹操不同。李、郭二人从其言，按住兵器。帝在楼上宣谕曰："王允既诛，军马何故不退？"李傕、郭汜曰："臣等有功王室，未蒙赐爵，故不敢退军。"帝曰:"卿欲封何爵?"李、郭、张、樊四人各自写职衔献上,勒要如此官品。_{今道士受箓,每日拟职衔以奏天庭,想亦用此法也。}帝只得从之,封李傕为车骑将军、池阳侯,领司隶校尉,假节钺;郭汜为后将军、假节钺,同秉朝政。樊稠为右将军、万年侯,张济为骠骑将军、平阳侯,领兵屯弘农。其馀李蒙、王方等,各为校尉。然后谢恩,_{只算自封自,何谢之有?}领兵出城。又下令追寻董卓尸首,获得些零碎皮骨,以香木雕成形体,安凑停当,大设祭祀,用王者衣冠棺椁,选择吉日,迁葬郿坞。临葬之期,天降大雷雨,平地水深数尺,霹雳震开其棺,尸首提出棺外。_{曹操七十二疑冢,天不一击之,而独击董卓之墓者,盖报其发掘陵寝之恶也。}李傕候晴再葬,是夜又复如是。三次改葬,皆不能葬,零碎皮骨,悉为雷火消灭。_{前脐中置灯是人火,今雷火消灭是天火。}天之怒卓,可谓甚矣!

且说李傕、郭汜既掌大权,残虐百姓;密遣心腹侍帝左右,观其动静。献帝此时举动荆棘。朝廷官员,并由二贼升降。因采人望,特宣朱儁入朝,封为太仆,同领朝政。_{董卓召蔡邕,李、郭用朱儁,正是一样意思。}

一日,人报西凉太守马腾、并州刺史韩遂二将引军十馀万,杀奔长安来,声言讨贼。原来二将先曾使人入长安,结连侍中马宇、谏议大夫种邵、左中郎将刘范三人为内应,共谋贼党。三人密奏献帝,封马腾为征西将军,韩遂为镇西将军,各受密诏,并力讨贼。_{此处讨李、郭有密诏,后文讨曹操亦有衣带诏。前后一辙。}当下李傕、郭汜、张济、樊稠闻二军将至,一同商议御敌之策。谋士贾诩曰:"二军远来,只宜深沟高垒,坚守以拒之。不过百日,彼兵粮尽,必将自退,然后引兵追之,二将可擒矣。"_{此即李左车功陈馀之计。}李蒙、王方出曰:"此非好计。愿借精兵万人,立斩马腾、韩遂之头,献于麾下。"贾诩曰:"今若即战,必当败绩。"李蒙、王方齐声曰:"若吾二人

败，情愿斩首。吾若战胜，公亦当输首级与我。"诩谓李傕、郭
汜曰："长安西二百里盩厔山，其路险峻，可使张、樊两将军屯
兵于此，坚壁守之，^{此似善棋者下一闪
着，后来却是要着。}待李蒙、王方自引兵迎敌可
也。"李傕、郭汜从其言，点一万五千人马与李蒙、王方，二人
忻喜而去，离长安二百八十里下寨。

西凉兵到，两个引军迎去。西凉军马拦路摆开阵势，马腾、
韩遂联辔而出，指李蒙、王方骂曰："反国之贼，谁去擒之？"
言未绝，只见一位少年将军，面如冠玉，眼若流星，虎体猿臂，
彪腹狼腰，手执长枪，坐骑骏马，从阵中飞出。^{写得声
势。}原来那将即
马腾之子马超，字孟起，年方十七岁，英勇无敌。王方欺他年
幼，跃马迎战。战不到数合，早被马超一枪刺于马下。马超勒马
便回。李蒙见王方刺死，一骑马从马超背后赶来。超只做不知。
马腾在阵门下大叫："背后有人追赶！"声犹未绝，只见马超已
将李蒙擒在马上。^{二人皆败，不
出贾诩之料。}原来马超明知李蒙追赶，却故意俄
延，等他马近，举枪刺来，超将身一闪，李蒙搠个空，两马相
并，被马超轻舒猿臂，生擒过去。^{马超乃五虎将之一，此处极
写其英勇，止为后文伏线。}军士无
主，望风奔逃。马腾、韩遂乘势追杀，大获胜捷，直迫隘口下
寨，把李蒙斩首号令。

李傕、郭汜听知李蒙、王方皆被马超杀了，方信贾诩有先见
之明，重用其计，只理会紧守关防，由他搦战，并不出迎。果然
西凉军未及两月，粮草俱乏，商议回军。恰好长安城中马宇家僮
出首家主与刘范、种邵外连马腾、韩遂，欲为内应等情。^{后来董承谋
计曹操，亦}
^{被家僮所首，前
后又出一辙。}李傕、郭汜大怒，尽收三家老少良贱斩于市，把三颗
首级直来门前号令。马腾、韩遂见军粮已尽，^{势不得不去。○起义之
兵，却因食尽而沮，前}

有孙坚，后有韩马。为之一叹。内应又泄，加一倍要去。只得拔寨退军。李傕、郭汜令张济引军赶马腾，樊稠引军赶韩遂，西凉军大败。马超在后死战，杀退张济。毕竟马超猛于韩遂。樊稠去赶韩遂，看看赶上，相近陈仓，韩遂勒马向樊稠曰："吾与公乃同乡之人，今日何太无情？"国义不足以动之，而但以乡情动之。樊稠也勒住马答曰："上命不可违！"韩遂曰："吾此来亦为国家耳，公何相迫之甚也？"先通乡情，后说国义。樊稠听罢，拨转马头，收兵回寨，让韩遂去了。

不提防李傕之侄李别，见樊稠放走韩遂，回报其叔。李傕大怒，便欲兴兵讨樊稠。贾诩曰："目今人心未宁，频动干戈，深为不便。不若设一宴，请张济、樊稠庆功，就席间擒稠斩之，毫不废力。"贾诩为傕谋，每每中窍。惜乎事非其主。李傕大喜，便设宴请张济、樊稠，二将欣然赴宴。酒半阑，李傕忽变色曰："樊稠何故交通韩遂，欲谋造反？"稠大惊，未及回言，只见刀斧手拥出，早把樊稠斩首于案下。樊稠犹知同乡之情，李傕更不念同事之情。吓得张济俯伏于地。李傕扶起曰："樊稠谋反，故尔诛之。公乃吾之心腹，何须惊惧？"就将樊稠军拨与张济管领。张济自回弘农去了。张济此时亦当心变，而终从李傕，非丈夫也。

李傕、郭汜自战败西凉兵，诸侯莫敢谁何。贾诩屡劝抚安百姓，结纳贤豪。自是朝廷微有生意。此等举动，比之李儒劝杀百姓，大不相同；惜其党恶，至今受人唾骂。不想青州黄巾又起，聚众数十万，头目不等，劫掠良民。黄巾与李、郭等真是声应气求，有董卓作之于上，自有黄巾徐党应之于下。太仆朱儁保举一人，可破群贼。李傕、郭汜问是何人。朱儁曰："要破山东群贼，非曹孟德不可。"从李傕引出黄巾，又从黄巾引入曹操。下文独详叙曹操事，此正过枝接叶处也。李傕曰："孟德今在何处？"儁曰："见在东郡太守，广有军兵。若命此人讨贼，贼可克日而破也。"李傕大喜，星夜草诏，差人赍往东郡，命曹操与济北相鲍信一同破

贼。^{又添出鲍}
^{信陪之。}

操领了圣旨，会合鲍信一同兴兵，击贼于寿阳。鲍信杀入重地，为贼所害。^{此处了却}^{鲍信。}操追赶贼兵，直到济北，降者数万。操即用贼为前驱，兵马到处，无不降顺。不过百馀日，招安到降兵三十馀万，男女百馀万口。操择精锐者，号为"青州兵"，其馀尽令归农。曹操自此威名日重。捷书报到长安，朝廷加曹操为镇东将军。

操在兖州，招贤纳士。有叔侄二人来投操，^{先来二}^{人。}乃颍州颍阴人，姓荀名彧，字文若，荀昆之子也，旧事袁绍，今弃绍投操。操与语大悦，曰："此吾之子房也！"^{隐然以高}^{祖自待。}遂以为行军司马。其侄荀攸，字公达，海内名士，曾拜黄门侍郎，后弃官归乡，今与其叔同投曹操，操以为行军教授。荀彧曰："某闻兖州有一贤士，今此人不知何在。"操问是谁，彧曰："乃东郡东阿人，姓程名昱，字仲德。"^{二人荐出}^{一人。}操曰："吾亦闻名久矣。"遂遣人于乡中寻问。访得他在山中读书，操拜请之。程昱来见，曹操大喜。昱谓荀彧曰："某孤陋寡闻，不足当公之荐。公之乡人姓郭名嘉，字奉孝，^{一人又荐}^{出一人。}乃当今贤士，何不罗而致之？"彧猛省曰："吾几忘却！"遂启操征聘郭嘉到兖州，共论天下之事。郭嘉荐光武嫡派子孙，淮南成德人，姓刘名晔，字子阳。^{一人又荐}^{出一人。}操即聘晔至。晔又荐二人，一个是山阳昌邑人，姓满名宠，字伯宁；一个是武城人，姓吕名虔，字子恪。^{一人荐出}^{二人。}曹操亦素知这两个名誉，就聘为军中从事。满宠、吕虔共荐一人，乃陈留平丘人，姓毛名玠，字孝先。^{二人共荐}^{一人。}曹操亦聘为从事。又有一将引军数百人，来投曹操，^{又自来}^{一人。}乃泰山钜平人，姓于名禁，字文则。操见其人弓马熟娴，武艺出众，命为点军司马。

一日，夏侯惇引一大汉来见，_{前所见皆先通姓名而后引见，惟夏侯惇所荐，先引见而后通姓名。又是一样笔法。}操问何人，惇曰："此乃陈留人，姓典名韦，勇力过人。旧跟张邈，与帐下人不和，手杀数十人，逃窜山中。惇出射猎，见韦逐虎过涧，因收于军中。今特荐之于公。"_{典韦来历，只在夏侯惇口中叙出，好。}操曰："吾观此人容貌魁梧，必有勇力。"惇曰："他曾为友报仇杀人，提头直入闹市，数百人不敢近。只今所使两枝铁戟，重八十斤，挟之上马，运使如飞。"操令韦试之。韦挟戟骤马，往来驰骋。忽见帐下大旗为风所吹，岌岌欲倒，众军士挟持不定；韦下马，喝退众军，一手执定旗杆，立于风中，巍然不动。操曰："此古之恶来也！"_{恶来助纣，果然。}遂命为帐前都尉，解上身锦袄及骏马雕鞍赐之。_{叙典韦独详，文字参差有法。}

自是曹操部下文有谋臣，武有猛将，威镇山东，_{总结一句。}乃遣泰山太守应劭，往琅琊郡取父曹嵩。_{曹操但计黄巾，不计李、郭，是重外而轻内；不去勤王，先去取父，是先私而后公也。}嵩自陈留避难，隐居琅琊，当日接了书信，便与弟曹德及一家老小四十馀人，带从者百馀人，车百馀辆，径望兖州而来。道经徐州，太守陶谦，字恭祖，为人温厚纯笃，向欲结纳曹操，正无其由，_{陶谦差矣。曹操何人，而必欲结纳之耶！}知操父经过，遂出境迎接，再拜致敬，大设筵宴，款待两日。曹嵩要行，陶谦亲送出郭，特差都尉张闿，将部兵五百护送。_{谁知为好反成怨？}曹嵩率家小行到华费，时夏末秋初，大雨骤至，只得投一古寺歇宿。寺僧接入。嵩安顿家小，命张闿将军马屯于两廊。众军衣装，都被雨打湿，同声嗟怨。

张闿唤手下头目于静处商议曰："我们本是黄巾馀党，勉强降顺陶谦，未有好处。如今曹家辎重车辆无数，你们欲得富贵不难，只就今夜三更，大家斫将入去，把曹嵩一家杀了，取了财物，同往山中落草。此计何如？”_{曹操讨黄巾，那知又受黄巾之害。}众皆应允。是夜风雨未息，曹嵩正坐，忽闻四壁喊声大举。曹德提剑出看，就被搠死。曹嵩方引一妾奔入方丈后，欲越墙而走。妾肥胖不能出，嵩慌急，与妾躲于厕中，被乱军所杀。_{是曹操杀吕伯奢全家之报。吕家害在一猪；曹家胖妾，亦一猪也。}应劭死命逃脱，投袁绍去了。张闿杀尽曹嵩全家，取了财物，放火烧寺，与五百人逃奔淮南去了。后人有诗曰：

> 曹操奸雄世所夸，曾将吕氏杀全家。
>
> 如今阖户逢人杀，天理循环报不差。

当下应劭部下有逃命的军士，报与曹操。操闻之，哭倒于地。众人救起。操切齿曰：“陶谦纵兵杀吾父，此仇不共戴天！吾今悉起大军，洗荡徐州，方雪吾恨！”遂留荀彧、程昱领军三万守鄄城、范县、东阿三县，_{此二人为后来抵敌吕布伏线。}其馀尽杀奔徐州来。夏侯惇、于禁、典韦为先锋。操令但得城池，将城中百姓，尽行屠戮，以雪父仇。_{迁怒百姓更为无理。}当有九江太守边让，与陶谦交厚，闻知徐州有难，自引兵五千来救。操闻之大怒，使夏侯惇于路截杀之。_{后陈琳檄中以此罪操。}时陈宫为东郡从事，亦与陶谦交厚，闻曹操起兵报仇，欲尽杀百姓，星夜前来见操。_{自前卷客店中一去，却无下落，于此处补出。}操知是为陶谦作说客，欲待不见，又灭不过旧恩，只得请入帐中相见。宫曰：“今闻明公以大兵临徐州，报尊父之仇，所到欲尽杀百姓，某因此特来进言。陶谦乃仁人君子，非好利忘义之辈；尊父遇害，乃张闿之恶，非谦罪也。且州县之民，与明公何仇？杀之不祥。望三思而行。"操怒曰："公昔弃我而去，今有何面目复来相见？迁怒陈宫，更是无理。陶谦杀吾一家，誓当摘胆剜心，以雪吾恨！然则吕伯奢全家被杀，又将摘何人之胆、剜何人之心，以雪其恨耶？公虽为陶谦游说，其如吾不听何！"陈宫辞去，叹曰："吾亦无面目见陶谦也！"遂驰马投陈留太守张邈去了。为后文使吕布攻徐州张本。

且说操大军所到之处，杀戮人民，发掘坟墓。此段亦在陈琳檄中。陶谦在徐州，闻曹操起军报仇，杀戮百姓，仰天恸哭曰："我获罪于天，致使徐州之民，受此大难！"急聚众官商议。曹豹曰："曹兵既至，岂有束手待死！某愿助使君破之。"陶谦只得引兵出迎，远望操军如铺霜涌雪，中军竖起白旗二面，大书"报仇雪恨"四字。写得如此声势，读书者至此，为陶谦寒心，又为徐州百姓寒心。军马列成阵势，曹操纵马出阵，身穿缟素，扬鞭大骂。陶谦亦出马于门旗下，欠身施礼曰："谦本欲结好明公，故托张闿护送。不想贼心不改，致有此事，实不干陶谦之故。望明公察之。"操大骂曰："老匹夫！杀吾父，尚敢乱言！谁可生擒老贼？"夏侯惇应声而出。陶谦慌走入阵。夏侯惇赶来，曹豹挺枪跃马，前来迎敌。两马相交，忽然狂风大作，飞沙走石，两军皆乱，各自收兵。此时亦天之不欲绝徐州百姓也。陶谦入城，与众计议曰："曹兵势大难敌，吾当自缚往操营，任其剖割，以救徐州百姓之命。"忧在百姓，仁人之言。言未绝，一人进前言曰："府君久镇徐州，人民感恩。今曹兵虽众，未能即破我城。府君与百姓坚守勿出。某虽不才，愿施小策，教曹操死无葬身之地！"众人大惊，便问计将安出。

正是：

本为纳交反成怨，那知绝处又逢生。

毕竟此人是谁，且听下文分解。

第十一回

刘皇叔北海救孔融

吕温侯濮阳破曹操

呂奉先陽破濕
曹操陽破

本是陶谦求救，却弄出孔融来救；本是太史慈救孔融，却弄出刘玄德救孔融；本是孔融求玄德，却弄出陶谦求玄德；本是玄德退曹操，却弄出吕布退曹操。种种变化，令人测摸不出。

看前卷曹操咬牙切齿，秣马厉兵，观者必以为此卷中定然踏平徐州，碎割陶谦矣。不意虎头蛇尾，竟自解围而去。所以然者，操以兖州为家，无兖州则无家也。顾家之情重，遂使报父之情轻，故乘便卖个人情与刘备。嗟乎！天下岂有报父仇而可以卖人情者乎？孝子报仇，不复顾身，奈何顾家而遂中止乎？太史慈为母报德，而终以克报，慈诚孝子也；曹操为父报仇，而竟不克报，以操非孝子故也。

刘备之辞徐州，为真辞耶，为假辞耶？若以为真辞，则刘璋之益州且夺之，而陶谦之徐州反让之，何也？或曰：辞之愈力，则受之愈稳。大英雄人，往往有此算计，人自不知耳。

却说献计之人，乃东海朐县人，姓糜名竺，字子仲。此人家世富豪，尝往洛阳买卖，乘车而回，路遇一美妇人，来求同载，竺乃下车步行，让车与妇坐。妇人请竺同载，竺上车端坐，目不邪视。^{其实难得。}行及数里，妇人辞去，临别对竺曰："我乃南方火德星君也，^{离为中女，火固属阴，故火星化为妇人。}奉上帝敕，往烧汝家。感君相待以礼，故明告君。君可速归，搬出财物。吾当夜来。"言讫不见。^{心火不动，天火亦不为害。然今之能为糜竺者，几人哉？天火安能烧得许多也！}竺大惊，飞奔到家，将家中所有，疾忙搬出。是晚果然厨中火起，尽烧其屋。竺因此广舍家财，济贫拔苦。后陶谦聘为别驾从事。^{夹叙糜竺一段闲情。叙事到极急时，偏用一缓。}当日献计曰："某愿亲往北海郡，求孔融起兵救援，更得一人往青州田楷处求救。若二处军马齐来，操必退兵矣。"谦从之，遂写书二封，问帐下谁人敢去青州求救。一人应声愿往。众视之，乃广陵人，姓陈名登，字元龙。陶谦先打发陈元龙往青州去讫，^{略过青州一边。下便详叙北海一边。}然后命糜竺赍书赴北海，自己率众守城，以备攻击。

却说北海孔融，字文举，鲁国曲阜人也，孔子二十世孙，泰山郡尉孔宙之子。自小聪明，年十岁时，往谒河南尹李膺，阍人难之。融曰："我系李相通家。"及入见，膺问曰："汝祖与吾祖何亲？"融曰："昔孔子曾问礼于老子，融与君岂非累世通家？"^{今挟刺投人者多写通家，想亦学孔融而误也。}膺大奇之。少顷，大中大夫陈炜至。膺指融曰："此奇童也。"炜曰："小时聪明，大时未必聪明。"融即应声曰："如君所言，幼时必聪明者。"^{口角尖利，咄咄迫人。}炜等皆笑曰："此子长成，必当代之伟器也。"自此得名。后为中郎将，累迁北海太守。极好宾客，^{今之写通家帖拜客者，偏多悭客，未必好客：此孔融之所以不可及也。}常曰："座上客常满，樽中酒不空，吾之愿也。"^{高怀。惜今世无孔融，我亦欲写通家帖拜投门下矣。}在北海六年，甚得民心。^{又夹叙孔融一段闲文。叙事到极急时，又用一缓笔。}

当日正与客坐，人报徐州糜竺至，融请入见，问其来意。竺出陶谦书，言："曹操攻围甚急，望明公垂救。"融曰："吾与陶恭祖交厚，子仲又亲到此，如何不去？只是曹孟德与我无仇，当先遣人送书解和。如其不从，然后起兵。"竺曰："曹操倚重兵威，决不肯和。"融教一面点兵，一面差人送书。

正商议间，忽报黄巾贼党管亥部领群寇数万杀奔前来。^{此数万人突如其来，怪绝。}孔融大惊，急点本部人马，出城与贼迎战。管亥出马曰："吾知北海粮广，可借一万石，即便退兵，不然，打破城池，老幼不留！"孔融叱曰："吾乃大汉之臣，守大汉之地，岂有粮米与贼耶！"管亥大怒，拍马舞刀，直取孔融。融将宗宝挺枪出马，战不数合，被管亥一刀，砍宗宝于马下。孔融兵大乱，奔入城中。管亥分兵四面围城，孔融心中郁闷。糜竺怀愁，更不可言。<small>糜竺此时其实难过。</small>

次日，孔融登城遥望，贼势浩大，倍深忧恼，忽见城外一人，挺枪跃马杀入贼阵，左冲右突，如入无人之境，直到城下，大叫"开门"。<small>此一人又突如其来，怪绝。</small>孔融不识其人，不敢开门。贼众赶到河边，那人回身连搠十数人下马，<small>具见英雄。</small>贼众倒退，融急命开门引入。其人下马弃枪，径到城上，拜见孔融。融问其姓名，对曰："某东莱黄县人也，覆姓太史，名慈，<small>其名曰慈，其人则孝。</small>字子义。老母重蒙恩顾。某昨自辽东回家省亲，知贼寇城。老母说：'屡受府君深恩，汝当往救。'某故单马而来。"<small>曹操为父报仇，太史慈为母报德。</small>孔融大喜。原来孔融与太史慈虽未识面，却晓得他是个英雄。因他远出，有老母住在离城二十里之外，融常使人遗以粟帛；母感融德，故特使慈来救。<small>好客而惠及其母，固当得此报。</small>

当下孔融重待太史慈，赠与衣甲鞍马。慈曰："某愿借精兵一千，出城杀贼。"融曰："君虽英勇，然贼势甚盛，不可轻出。"慈曰："老母感君厚德，特遣慈来；如不能解围，慈亦无颜见母矣。<small>的是孝子声口。</small>愿决一死战！"融曰："吾闻刘玄德乃当世英雄，若请得他来相救，此围自解；只无人可使耳。"慈曰："府君修书，某当急往。"<small>糜竺方为陶谦求救于孔融，太史慈又为孔融求救于刘备：变幻之极。</small>融喜，修书付慈。慈擐甲上马，腰带弓矢，手持铁枪，饱食严装，城门开处，一骑飞出。近河，贼将率众来战。慈连搠死数人，透围而出。管亥知有人出城，料必是请救兵的，便自引数百骑赶来，八面围定。慈倚住枪，拈弓搭箭，八面射之，无不应弦落马。贼众不敢来追。^{英勇之极。}太史慈得脱，星夜投平原来见刘玄德。施礼罢，具言孔北海被围求救之事，呈上书札。玄德看毕，问慈曰："足下何人？"慈曰："某太史慈，东海之鄙人也。与孔融亲非骨肉，地非乡党，特以气谊相投，有分忧共患之意。^{语语打动玄德，妙。}今管亥暴乱，北海被围，孤穷无告，危在旦夕。闻君仁义素著，能救人危急，故特令某冒锋突围，前来求救。"玄德敛容答曰："孔北海知世间有刘备耶？"^{自负语，亦脆脏语。}乃同云长、翼德点精兵三千，往北海郡进发。管亥望见救军来到，亲自引兵迎敌，因见玄德兵少，不以为意。玄德与关、张、太史慈立马阵前，管亥忿怒直出。太史慈却待向前，云长早出，^{破黄巾贼却用一裏青巾者，可谓以木克土。}直取管亥。两马相交，众军大喊。量管亥怎敌得云长，数十合之间，青龙刀起，劈管亥于马下。太史慈、张飞两骑齐出，双枪并举，杀入贼阵。玄德驱兵掩杀。城上孔融望见太史慈与关、张赶杀贼众，如虎入羊群，纵横莫当，^{只八字，写得何等声势。}便驱兵出城。两下夹攻，大败群贼，降者无数，馀党溃散。^{可谓"惯破黄巾刘、关、张"矣。}

孔融迎接玄德入城，叙礼毕，大设筵宴庆贺。又引糜竺来见玄德，具言张闿杀曹嵩之事："今曹操纵兵大掠，围住徐州，特来求救。"玄德曰："陶恭祖乃仁人君子，不意受此无辜之冤。"孔融曰："公乃汉室宗亲。今曹操残害百姓，倚强欺弱，何不与融同往救之？"玄德曰："备非敢推辞，奈兵微将寡，恐难轻动。"孔融曰："融之欲救陶恭祖，虽因旧谊，亦为大义。公岂独无仗义之心耶？"^{激励得好。}玄德曰："既如此，请文举先行，容备去公孙瓒处，借三五千人马，随后便来。"融曰："公切勿失信。"玄德曰："公以备为何如人也？^{正与"北海知世间
有刘备"句相照。}圣人云：'自古皆有死，民无信不立。'刘备借得军或借不得军，必然亲至。"孔融应允，教糜竺先回徐州去报，融便收拾起程。太史慈拜谢曰："慈奉母命前来相助，今幸无虞。有扬州刺史刘繇，与慈同郡，有书来唤，不敢不去。容图再见。"融以金帛相酬，慈不肯受而归。^{何不留之，
可惜可惜。}其母见之，喜曰："我喜汝有以报北海也！"^{子是孝子，
母是贤母。}遂遣慈往扬州去了。^{为后伏
线。}

不说孔融起兵。且说玄德别北海来见公孙瓒，具说欲救徐州之事。瓒曰："曹操与君无仇，何苦替人出力？"玄德曰："备已许人，不敢失信。"瓒曰："吾借与君马步军二千。"玄德曰："更望借赵子龙一行。"^{未尝顷刻
忘此人。}瓒许之。玄德遂与关、张引本部三千人为前部，子龙引二千军随后，往徐州来。却说糜竺回报陶谦，言北海又请得刘玄德来助；陈元龙也回报青州田楷欣然领兵来救，^{一边实叙，
一边虚叙，妙。}陶谦心安。原来孔融、田楷两路军马，惧怕曹兵势猛，远远依山下寨，未敢轻进。曹操见两路军到，亦分了军势，不敢向前攻城。

却说刘玄德军到，见孔融。融曰："曹兵势大，操又善于用兵，未可轻战。且观其动静，然后进兵。"玄德曰："但恐城中无粮，难以久持。备令云长、子龙领军四千，在公部下相助；备与张飞杀奔曹营，径投徐州去见陶使君商议。"^{毕竟玄德
英雄。}融大喜，会合田楷，为犄角之势；云长、子龙领兵两边接应。

是日玄德、张飞引一千人马杀入曹兵寨边。正行之间，寨内一声鼓响，马军步军，如潮似浪，拥众出来。当头一员大将，乃是于禁，勒马大叫："何处狂徒！往那里去！"张飞见了，更不打话，直取于禁。两马相交，战到数合，玄德掣双股剑麾兵大进，于禁败走。张飞当前追杀，直到徐州城下。城上望见红旗白字，大书"平原刘玄德"，陶谦急令开门。玄德入城，陶谦接着，共到府衙。礼毕，设宴相待，一面劳军。陶谦见玄德仪表轩昂，语言豁达，心中大喜，便令麋竺取徐州牌印，让与玄德。

陶恭祖一让徐州

玄德愕然曰："公何意也？"谦曰："今天下扰乱，王纲不振；公乃汉室宗亲，正宜力扶社稷。老夫年迈无能，情愿将徐州相让，公勿推辞。谦当自写表文，申奏朝廷。"玄德离席再拜曰："刘备虽汉朝苗裔，功微德薄，为平原相犹恐不称职。今为大义，故来相助。公出此言，莫非疑刘备有吞并之心耶？若举此念，皇天不佑！"谦曰："此老夫之实情也。"再三相让，玄德那里肯受。

真耶？假耶？

麋竺进曰："今兵临城下，且当商议退敌之策。待事平之日，再当相让可也。"玄德曰："备当遗书与曹操，劝令解和。操若不从，厮杀未迟。"于是传檄三寨，且按兵不动，遣人赍书以达曹操。

却说曹操正在军中，与诸将议事，人报徐州有战书到。操拆而观之，乃刘备书也。书略曰：

备自关外得拜君颜，嗣后天各一方，不及趋侍。向者，尊父曹侯，实因张闿不仁以致被害，非陶恭祖之罪也。目今黄巾遗孽扰乱于外，董卓余党盘踞于内。愿明公先朝廷之急，而后私仇，撤徐州之兵，以救国难，则徐州幸甚，天下幸甚！

书好。

曹操看书，大骂："刘备何人，敢以书来劝我！且中间有讥讽之意。"命斩来使，一面竭力攻城。郭嘉谏曰："刘备远来救援，先礼后兵，主公当用好言答之，以慢备心，然后进兵攻城，城可破也。"操从其言，款留来使，候发回书。正商议间，忽流星马飞报祸事。^{令人测摸不
出，怪绝。}操问其故，报说吕布已袭破兖州，进据濮阳。^{真是意想
不到。}

原来吕布自遭李、郭之乱，逃出武关，去投袁术；术怪吕布反覆不定，拒而不纳。投袁绍，绍纳之，与布共破张燕于常山。布自以为得志，傲慢袁绍手下将士。绍欲杀之。布乃去投张扬，扬纳之。时庞舒在长安城中，私藏吕布妻小，送还吕布。李傕、郭汜知之，遂斩庞舒，写书与张扬，教杀吕布。布因弃张扬去投张邈。^{吕布出关后事，
附补于此。}恰好张邈弟张超引陈宫来见张邈。宫说邈曰："今天下分崩，英雄并起。君以千里之众，而反受制于人，不亦鄙乎？今曹操征东，兖州空虚；而吕布乃当世勇士，若与之共取兖州，伯业可图也。"^{陈宫妙
人。}张邈大喜，便令吕布袭破兖州，随据濮阳。止有鄄城、东阿、范县三处，被荀彧、程昱设计死守得全，^{亏得前番
防守。}其馀俱破。曹仁屡战，皆不能胜，特此告急。^{不是刘备
救陶谦，
却是吕布救陶谦；亦不是吕布
救陶谦，仍是陈宫救陶谦也。}

操闻报大惊曰："兖州有失，使吾无家可归矣，不可不亟图之！"^{欲报父仇，
何顾家耶！}郭嘉曰："主公正好卖个人情与刘备，退军去复兖州。"^{报仇何事？
可卖人情乎？}操然之，即时答书与刘备，拔寨退兵。^{前写曹操
盛怒，有
不可向迩之势，不意却
作如此收局，奇幻。}

且说来使回徐州，入城见陶谦，呈上书札，言曹兵已退。谦大喜，差人请孔融、田楷、云长、子龙等赴城大会。^{众军齐赴，必谓
一场大战矣，不
意曹兵已不战
而退，奇幻。}饮宴既毕，谦延玄德于上座，拱手对众曰："老夫年迈，二子不才，不堪国家重任。刘公乃帝室之胄，德高才广，可领徐州。老夫情愿乞闲养病。"^{陶恭祖二让徐州。}玄德曰："孔文举令备来救徐州，为义也。今无端据而有之，天下将以备为无义人矣。"糜竺曰："今汉室凌迟，海宇颠覆，树功立业，正在此时。徐州殷富，户口百万，刘使君领此，不可辞也。"^{糜竺亦看上玄德了。}玄德曰："此事决不敢应命。"陈登曰："陶府君多病，不能视事，明公勿辞。"玄德曰："袁公路四世三公，海内所归，近在寿春，何不以州让之？"孔融曰："袁公路冢中枯骨，^{四字骂得恶。}何足挂齿！今日之事，天与不取，悔不可追。"玄德坚执不肯，陶谦泣下曰："君若舍我而去，吾死不瞑目矣！"云长曰："既承陶公相让，兄且权领州事。"张飞曰："又不是我强要他的州郡；他好意相让，何必苦苦推辞！"^{说得爽利。}玄德曰："汝等欲陷我于不义耶？"陶谦推让再三，玄德只是不受。^{真耶？假耶？}陶谦曰："如玄德必不肯从，此间近邑，名曰小沛，足可屯军，请玄德暂驻军此邑，以保徐州。何如？"众皆劝玄德留小沛，玄德从之。陶谦劳军已毕，赵云辞去，玄德执手挥泪而别。孔融、田楷亦各相别，引军自回。玄德与关、张引本部军来至小沛，修葺城垣，抚谕居民。^{高祖起于沛，玄德亦居小沛，可称小沛公。}

却说曹操回军，曹仁接着，言吕布势大，更有陈宫为辅，兖州、濮阳已失，其鄄城、东阿、范县三处，赖荀彧、程昱二人设计相连，死守城郭。操曰："吾料吕布有勇无谋，不足虑也。"教且安营下寨，再作商议。吕布知曹操回兵已过滕县，召副将薛兰、李封曰："吾欲用汝二人久矣。汝可引军一万，坚守兖州。吾亲自率兵，前去破曹。"二人应诺。陈宫急入见曰："将军弃兖州，欲何往乎？"布曰："吾欲屯兵濮阳，以成鼎足之势。"
宫曰："差矣。薛兰必守兖州不住。_{具有先见。}此去正南一百八十里，
泰山路险，可伏精兵万人在彼。曹兵闻失兖州，必然倍道而进，
待其过半，一击可擒也。"_{洵是妙策。}布曰："吾屯濮阳，别有良谋，
汝岂知之？"遂不用陈宫之言，而用薛兰守兖州而行。曹操兵行
至泰山险路，郭嘉曰："且不可进，恐此处有伏兵。"_{陈宫之言，郭嘉暗暗料着。}
曹操笑曰："吕布无谋之辈，故教薛兰守兖州，自往濮阳，安得
此处有埋伏耶？"_{吕布不听陈宫之言，曹操又暗暗料着。}教曹仁："领一军围兖州，吾
进兵濮阳，速攻吕布。"陈宫闻曹兵至近，乃献计曰："今曹兵
远来疲困，利在速战，不可养成气力。"布曰："吾匹马纵横天
下，何愁曹操！待其下寨，吾自擒之。"

却说曹操兵近濮阳，下住寨脚。次日，引众将出，陈兵于
野。操立马于门旗下，遥望吕布兵到。阵圆处，吕布当先出马，
两边排开八员健将：第一个雁门马邑人，姓张名辽，字文远；第
二个泰山华阴人，姓臧名霸，字宣高。两将又各引六员健将：郝
萌、曹性、成廉；魏续、宋宪、侯成。布军五万，鼓声大震。操
指吕布而言曰："吾与汝自来无仇，何得夺吾州郡？"布曰："汉
家城池，诸人有分，偏尔合得？"_{极无理语，说来却甚是有理。}便叫臧霸出马搦
战。曹军内乐进出迎。两马相交，双枪齐举，战到三十馀合，胜
负不分。夏侯惇拍马便出助战，吕布阵上张辽截住厮杀。恼得吕
布性起，挺戟骤马，冲出阵来，夏侯惇、乐进皆走，吕布掩杀，
曹军大败，退三四十里。布自收军。曹操输了一阵，回寨与诸将
商议。于禁曰："某今日上山观望，濮阳之西，吕布有一寨，约
无多军。今夜彼将谓我军败走，必不准备，可引兵击之；若得

寨，布军必惧。此为上策。"操从其言，带曹洪、李典、毛玠、吕虔、于禁、典韦六将，选马步二万人，连夜从小路进发。

却说吕布于寨中劳军，陈宫曰："西寨是个要紧去处，倘或曹操袭之，奈何？"布曰："他今日输了一阵，如何敢来！"宫曰："曹操是极能用兵之人，须防他攻我不备。"^{于禁之谋，陈宫
又暗暗料着。}布乃拨高顺并魏续、侯成引兵往守西寨。

却说曹操于黄昏时分，引军至西寨，四面突入。寨兵不能抵挡，四散奔走，曹操夺了寨。将及四更，高顺方引军到，杀将入来。^{布兵未至，而寨已夺，
可见曹操行军之速。}曹操自引军马来迎，正逢高顺，三军混战，将及天明，正西鼓声大震，人报吕布自引救军来了。操弃寨而走。^{既夺而使之不能不弃，
可见陈宫应敌之妙。}背后高顺、魏续、侯成赶来，当头吕布亲自引军来到。于禁、乐进双战吕布不住，操望北而行。山后一彪军出，左有张辽，右有臧霸。操使吕虔、曹洪战之，不利。操望西而走。忽又喊声大震，一彪军至，郝萌、曹性、成廉、宋宪四将拦住去路。^{杀得好看。陈
宫兵法颇妙。}众将死战，操当先冲阵。梆子响处，箭如骤雨射将来。操不能前进，无计可脱，大叫："谁人救我！"马军队里，一将踊出，乃典韦也，手挺双铁戟，大叫："主公勿忧！"飞身下马，撑住双戟，取短戟十数枝，挟在手中，^{吕布一戟，典韦双戟，奇矣；乃不
用两大戟，而用无数小戟，更奇。}顾从人曰："贼来十步乃呼我！"^{奇。}遂放开脚步，冒箭前行。布军数十骑追至。从人大叫曰："十步矣！"韦曰："五步乃呼我！"^{奇。}从人又曰："五步矣！"韦乃飞戟刺之，一戟一人坠马，并无虚发，^{百步箭不敌五
步戟，奇绝。}立杀十数人。众皆奔走。韦复飞身上马，挺一双大铁戟，冲杀入去。^{忽下马，忽上
马；忽用小戟，
忽用大戟。写典
韦如生龙活虎。}郝、曹、侯、宋四将不能抵当，各自逃去。典韦杀散敌军，救出曹操。众将随后也到，寻路归寨。看看天色傍晚，背后喊声起处，吕布骤马提戟赶来，大叫："操贼休走！"此时人马困乏，大家面面相觑，各欲逃生。正是：

虽能暂把重围脱，只怕难当劲敌追。

不知曹操性命如何，且听下文分解。

第十二回　陶恭祖三让徐州　曹孟德大战吕布

糜竺家中之火，天火也；濮阳城中之火，人火亦天火也。糜竺知烧而避其烧，天所以全君子也；曹操不知烧而亦不死于烧，天所以留奸雄也。全君子是天理，留奸雄是天数。曹操既据兖州，且将北取冀，安得不东取徐？是徐州固操所必争也。今虽暂舍之而去，其志岂能须臾忘徐州哉！玄德虽受陶谦之让，吾知终非其有尔。

荀文若曰："河济之地，昔之关中河内也。"是隐然以高祖、光武之所为教曹操矣。待其后自加九锡，而恶其不臣，岂始既教之，而后复恶之耶？坡公称文若为圣人，吾未敢信。

吕布一听陈宫之言而辄胜，一不听陈宫之言而辄败，宫诚智矣。然田氏之叛，乃宫教之也。何也？先启其机也。若其老手，只须自用一人，假作田使，不必使田氏知之。

曹操正慌走间，正南上一彪军到，乃夏侯惇引军来救援，截住吕布大战。斗到黄昏时分，<small>自昨夜黄昏时分，直到今夜黄昏时分，好一场大杀。</small>大雨如注，各自引军分散。操回寨，重赏典韦，加为领军都尉。

却说吕布到寨，与陈宫商议。宫曰："濮阳城中有富户田氏，家僮千百，为一郡之巨室。可令彼密使人往操寨中下书，言：'吕温侯残暴不仁，民心大怨。<small>后吕布之败，果然为此两句。</small>今欲移兵黎阳，止有高顺在城内。可连夜进兵，我为内应。'<small>不想后来弄假成真。</small>操若来，诱之入城，四门放火，外设伏兵。曹操虽有经天纬地之才，到此安能得脱也？"吕布从其计，密谕田氏使人径到操寨。操因新败，正在踌躇，忽报田氏人到，呈上密书云："吕布已往黎阳，城中空虚。万望速来，当为内应。城上插白旗，大书'义'字，便是暗号。"_{前日曹操在徐州城外以白旗示威，}_{今日吕布在濮阳城中以白旗行诈。}操大喜曰："天使吾得濮

阳也！"重赏来人，一面收拾起兵。刘晔曰："布虽无谋，陈宫

多计。只恐其中有诈，不可不防。明公欲去，当分三军为三队，

两队伏城外接应，一队入城，方可。"_{操之不死于是役，}_{全亏刘晔此数语。}

操从其言，分军三队，来至濮阳城下。操先往观之，见城上

遍竖旗幡，西门角上，有一"义"字白旗，_{此时只此一点白，谁}_{知少顷弄出一片红。}心中

暗喜。是日午刻，城门开处，两员将引军出战：前军侯成，后军

高顺。操即使典韦出马，直取侯成。侯成抵敌不过，回马望城中

走。韦赶到吊桥边，高顺亦拦当不住，都退入城中去了。内有数

军人乘势混过阵来见操，说是田氏之使，呈上密书，约云："今

夜初更时分，_{与前两番黄昏}_{时分相照。}城上鸣锣为号，便可进兵。某当献

门。"操拨夏侯惇引军在左、曹洪引军在右，自己引夏侯渊、李

典、乐进、典韦四将，率兵入城。李典曰："主公且在城外，容

某等先入城去。"_{李典所见}_{亦是。}操喝曰："我自不往，谁肯向前！"遂

当先领兵直入。时约初更，月光未上。_{将写火光之明，先写月光之暗以}_{形之。○前写黄昏有雨，今写初}

_{更无月。忙中}_{偏有此闲笔。}只听得西门上吹嬴壳声，喊声忽起，门上火把燎乱，

城门大开，吊桥放落。曹操争先拍马而入，直到州衙，路上不见

一人。操知是计，忙拨回马，大叫："退兵！"州衙中一声炮

响，四门烈火轰天而起，金鼓齐鸣，喊声如江翻海沸。_{吓杀。}东巷

内转出张辽，西巷内转出臧霸，夹攻掩杀。操走北门，道旁转出

郝萌、曹性，又杀一阵。操急走南门，高顺、侯成拦住。典韦怒

目咬牙，冲杀出去。高顺、侯成倒走出城。_{中计者未得其入城，杀}_{敌者倒走出城，好笑。}

典韦杀离吊桥，回头不见了曹操，翻身复杀入城来，门内撞着李

典。典韦问："主公何在？"典曰："吾亦寻不见。"韦曰："汝

在城外催救军，我入去寻主公。"李典去了。典韦杀入城中，寻觅不见；再杀出城，河边撞着乐进。进曰："主公何在？"韦曰："我往复两遭，寻觅不见。"进曰："同杀入去救主！"语亦壮。两人到门边，城上火炮滚下，乐进马不能入。典韦冲烟突火，又杀入去，到处寻觅。典韦三入火城，可谓忠勇。

却说曹操见典韦杀出去了，四下里人马截来，不得出南门，再转北门，火光里正撞见吕布挺戟跃马而来。吓杀。读书者至此，必谓曹操死矣。操以手掩面，加鞭纵马竟过。妙有胆识。若此时便拨马回走，必反被擒矣。吕布从后拍马赶来，将戟于操盔上一击，问曰："曹操何在？"因其掩面，故认不真；然亦以其纵马竟过，故不疑其即操也。操反指曰："前面骑黄马者是也。"有急智。吕布听说，弃了曹操，纵马向前追赶。见了曹操，反问曹操；舍却曹操，别赶曹操。谚云："方说曹操，曹操就到。"当面错过，岂不好笑！曹操拨转马头，望东门而走，走得好。正逢典韦。韦拥护曹操，杀条血路，到城门边，火焰甚盛，城上推下柴草，遍地都是火，韦用戟拨开，飞马冒烟突火先出。曹操随后亦出。方到门道边，城门上崩下一条火梁来，正打着曹操战马后胯，那马扑地倒了。吓杀。读书者至此，又必谓曹操死矣。操用手托梁推放地上，手臂须发尽被烧伤。曹操之须未割于潼关，先烧于濮阳。须不幸而为曹操之须，须亦苦矣。典韦回马来救，恰好夏侯渊亦到。两个同救起曹操，突火而出。操乘渊马，典韦杀条大路而走。

直混战到天明，操方回寨。众将拜伏问安，操仰面笑曰：如此一番惊吓后，忽然发笑，正谚所谓"哭不得而笑"耳。"误中匹夫之计，吾必当报之！"郭嘉曰："计可速发。"操曰："今只将计就计：诈言我被火伤，火毒攻发，五更已经身死。昨日吕布使人诈降，今日曹操自己诈死。你诈我，我诈你，好看煞人。布必引兵来攻。我伏兵于马陵山中，候其兵半渡而击之，布可擒矣。"好计策。嘉曰："真良策也！"于是令军士挂孝发丧，昨日濮阳城内一片红，今日濮阳城外一片白。红是真红，白是假白。○挂孝发丧，今人必以为不祥，可见婆子气人干不得事。诈言操死。早有人来濮阳报吕布，说曹操被火烧伤肢体，到寨身死。布随点起军马，杀奔武陵山来。将到曹寨，一声鼓响，伏兵四起。吕布死战得脱，折了好些人马，败回濮阳，坚守不出。

是年蝗虫忽起，食尽禾稻，关东一境，每谷一斛，直钱五十贯，人民相食。曹操因军中粮尽，引兵回鄄城暂住。吕布亦引兵出屯山阳就食。因此二处权且罢兵。两家俱因凶荒罢兵，蝗虫倒是和事老。

却说陶谦在徐州，时年已六十三岁，忽然染病，看看沉重，请糜竺、陈登议事。竺曰："曹兵之去，止为吕布袭兖州故也。今因岁荒罢兵，来春又必至矣。势所必然。府君两番欲让位与刘玄德，时府君尚强健，故玄德不肯受；今病已沉重，正可就此而与之，玄德不肯辞矣。"糜竺心归玄德久矣。谦大喜，使人来小沛，请刘玄德商议军务。玄德引关、张带十数骑到徐州，陶谦教请入卧内。玄德问安毕，谦曰："请玄德公来，不为别事。止因老夫病已危笃，朝夕难保，万望明公可怜汉家城池为重，"以汉家城池为重"，的是仁人君子之言。受取徐州牌印，老夫死亦瞑目矣！玄德曰："君有二子，何不传之？"谦曰："长子商，次子应，其才皆不堪任。老夫死后，犹望明公教诲，不但让州，兼且托子，恭祖可谓知人。切勿令掌州事。"玄德曰："备一身安能当此大任？"谦曰："某举一人，可为公辅，系北海人，姓孙名乾，字公祐。此人可使为从事。"又谓糜竺曰："刘公当世人杰，汝当善事之。"玄德终是推托，陶谦以手指心而死。陶恭祖三让徐州。○其名曰谦，其字曰恭，其人则让，可谓名称其实。众军举哀毕，即捧牌印交送玄德。玄德固辞。次日，徐州百姓拥挤府前拜哭曰："刘使君若不领此郡，我等皆不能安生矣！"民心悦服如此，想关、张二公亦再三相劝，玄德见刘公平日德政。

乃许权领徐州事，使孙乾、糜竺为辅，陈登为幕官，尽取小沛军马入城，出榜安民，一面安排丧事。玄德与大小军士，尽皆挂孝，^{濮阳城外有假挂孝，徐州城中有真挂孝。一假一真，前后照耀。}大设祭奠，祭毕，葬于黄河之原。将陶谦遗表，申奏朝廷。^{应前文。}

操在鄄城，知陶谦已死，刘玄德领徐州牧，大怒曰："我仇未报，汝不费半箭之功，坐得徐州！^{真是气杀。}吾必先杀刘备，后戮谦尸，以雪先君之怨！"即传号令，克日起兵去打徐州。^{前番卖个人情，此时不肯做人情矣。}荀彧入谏曰："昔高祖保关中，光武据河内，皆深根固本以正天下，进足以胜敌，退足以坚守，故虽有困，终济大业。明公本首事兖州，河、济乃天下之要地，是亦昔之关中、河内也。^{文若此时已将高祖、光武望曹操矣，何后日九锡之加而反有所不满乎？}今若取徐州，多留兵则不足用，少留兵则吕布乘虚寇之，是无兖州也。若徐州不得，明公安所归乎？今陶谦虽死，已有刘备守之。徐州之民，既已服备，必助备死战。明公弃兖州而取徐州，是弃大而就小，去本而求末，以安而易危也。愿熟思之。"^{药石之言，洞见利害。}操曰："今岁荒乏粮，军士坐守于此，终非良策。"彧曰："不如东略陈地，使军就食汝南、颍州。黄巾徐党何仪、黄邵等劫掠州郡，多有金帛、粮食，此等贼徒又容易破，破而取其粮，以养三军，朝廷喜，百姓悦，乃顺天之事也。"^{因粮于寇，是妙策。}操喜，从之，乃留夏侯惇、曹仁守鄄城等处，自引兵先略陈地，次及汝、颍。

黄巾何仪、黄劭知曹兵到，引众来迎，会于羊山。时贼兵虽众，都是狐群狗党，并无队伍行列。操令强弓硬弩射住，令典韦出马。何仪令副元帅出战，不三合，被典韦一戟刺于马下。操引众乘势赶过羊山下寨。次日，黄劭自引军来。阵圆处，一将步行出战，头裹黄巾，身披绿袄，手提铁棒，大叫："我乃截天夜叉何曼也！^{确是强盗绰号}谁敢与我厮斗？"曹洪见了，大喝一声，飞身下马，提刀步出。两下向阵前厮杀，四五十合，胜负不分。曹洪诈败而走，何曼赶来。洪用拖刀背砍计，转身一趔，砍中何曼，再复一刀杀死。^{杀得好}李典乘势飞马直入贼阵。黄邵不及提备，被李典生擒活捉过来。曹兵掩杀贼众，夺其金帛、粮食无数。^{意正欲得此耳}何仪势孤，引数百骑奔走葛陂。正行之间，山背后撞出一军。为头一个壮士，身长八尺，腰大十围，手提大刀，截住去路。^{横闪出此一壮士奇}何仪挺枪出迎，只一合，被那壮士活挟过去。馀众着忙，皆下马受缚，被壮士尽驱入葛坡坞中。^{如驱牛羊}

却说典韦追袭何仪到葛陂，壮士引军迎住。典韦曰："汝亦黄巾贼耶？"壮士曰："黄巾数百骑，尽被我擒在坞内！"^{趣甚}韦曰："何不献出？"壮士曰："你若赢得手中宝刀，我便献出！"韦大怒，挺双戟向前来战。两个从辰至午，不分胜负，各自少歇。不一时，那壮士又出搦战，典韦亦出。直战到黄昏，各因马乏暂止。^{可见人自不乏}典韦手下军士，飞报曹操。操大惊，忙引众将来看。次日，壮士又出搦战。操见其人威风凛凛，心中暗喜，分付典韦，今日且诈败。韦领命出战，战到三十合，败走回阵，壮士赶到阵门中，弓弩射回。操急引军退五里，密使人掘下陷坑，暗伏钩手。次日，再令典韦引百馀骑出。壮士笑曰："败将何敢复来！"便纵马接战。典韦略战数合，便回马走。壮士只顾望前赶来，不堤防连人带马，都落于陷坑之内。^{黄巾被驱入坞中，而驱黄巾之人又陷于坑内，好笑}被钩手缚来见曹操。操下帐叱退军士，亲解其缚，急取衣衣之，命坐，问其乡贯姓名。^{曹操得英雄心，俱用此法}壮士曰："我乃谯国谯县人也，姓许名褚，字仲康。向遭寇乱，聚宗族数百人，筑坚壁于坞中以御之。一日寇至，吾令众人多取石子准备，吾亲自飞石击之，无不中者，<small>典韦飞戟，许褚飞石，俱可称"没羽箭"。</small>寇乃退去。又一日寇至，坞中无粮，遂与贼和，约以耕牛换米。米已送到，贼驱牛至坞外，牛皆奔走回还，被我双手掣出二牛尾，倒行百馀步。<small>如神力。</small>贼大惊，不敢取牛而走。因此保守此处无事。"<small>此人生平，须用此人自述为称。</small>操曰："吾闻大名久矣，还肯降否？"褚曰："固所愿也。"遂招引宗族数百人俱降。操拜许褚为都尉，赏劳甚厚。随将何议、黄劭斩讫。<small>细。</small>汝、颍悉平。

曹操班师，曹仁、夏侯惇接见，言近日细作报说，兖州薛兰、李封军士皆出掳掠，城邑空虚，可引得胜之兵攻之，一鼓可下。操遂引军径奔兖州。薛兰、李封出其不意，只得引兵出城迎战。许褚曰："吾愿取此二人，以为贽见之礼。"<small>与典韦见了本事，此处专写许褚。</small>操大喜，遂令出战。李封使画戟，向前来迎。交马两合，许褚斩封于马下。薛兰急走回阵，吊桥边李典拦住，薛兰不敢回城，引军投钜野而去，却被吕虔飞马赶来，一箭射于马下，<small>果不出陈宫所料。</small>军皆溃散。

曹操复得兖州，程昱便请进兵取濮阳。操令典韦、许褚为先锋，夏侯惇、夏侯渊为左军。李典、乐进为右军，操自领中军，于禁、吕虔为合后。兵至濮阳，吕布欲自将出迎，陈宫谏："不可出战。待众将聚会后方可。"吕布曰："吾怕谁来？"遂不听宫言，引兵出阵，横戟大骂。许褚便出斗二十合，不分胜负。操曰："吕布非一人可胜。"便差典韦助战，两将夹攻，左边夏侯惇、夏侯渊，右边李典、乐进齐到，六员将共攻吕布。<small>此可云"大战吕布"。</small>

布遮拦不住，拨马回城。城上田氏见布败回，急令人拽起吊桥。布大叫："开门！"田氏曰："吾已降曹将军矣。"<small>谁知弄假反成真。</small>布大骂，引军奔定陶而去。陈宫急开东门，保护吕布老小出城。<small>不知此时貂蝉安在？</small>

操遂得濮阳，恕田氏旧日之罪。刘晔曰："吕布乃猛虎也，今日困乏，不可少容。"操令刘晔等守濮阳，自己引军赶至定陶。时吕布与张邈、张超尽在城中，高顺、张辽、臧霸、侯成巡海打粮未回。<small>巡海打粮，与黄巾何异。</small>操军至定陶，连日不战，引军退四十里下寨。正值济郡麦熟，操即令军割麦为食。<small>布军打粮未回，操军割麦为食，都照应前文岁荒乏粮。</small>细作报知吕布，布引军赶来。将近操寨，见左边一望林木茂盛，恐有伏兵而回。操知布军回去，乃谓诸将曰："布疑林中有伏兵耳，可多插旌旗于林中以疑之。<small>前"义"字假白旗只得一面，此处假旗却又甚多。</small>寨西一带长堤无水，可尽伏精兵。明日吕布必来烧林，<small>吕布心肠，早被曹操猜破。</small>堤中军断其后，布可擒矣。"于是止留鼓手五十人于寨中擂鼓，将村中掳来男女在寨内呐喊。<small>打粮、割麦，又掳村中男女，民生此时亦大困矣。恐凶年又相寻。</small>精兵多伏堤中。

却说吕布回报陈宫。宫曰："操多诡计，不可轻敌。"<small>曹操诡计，又被陈宫猜破。</small>布曰："吾用火攻，可破伏兵。"乃留陈宫、高顺守城。布次日引大军来，遥见林中有旗，驱兵大进，四面放火，竟无一人。欲投寨中，却闻鼓声大震。正自疑惑不定，忽然寨后一彪军出。吕布纵马赶来。炮响处，堤内伏兵尽出，夏侯惇、夏侯渊、许褚、典韦、李典、乐进骤马杀来。吕布料敌不过，落荒而走。从将成廉，被乐进一箭射死。布军三停去了二停，败卒回报陈宫。宫曰："空城难守，不若急去。"遂与高顺保着吕布老小，弃定陶而走。<small>处处写吕布老小，盖因吕布所注意者，在此也。</small>曹操将得胜之兵，杀入城中，势如劈竹。张超自焚，张邈投袁术去了。山东一境，尽被曹操所得，安民修城，不在话下。

却说吕布正走，逢诸将皆回。^{打粮回也。}陈宫亦已寻着。布曰："吾军虽少，尚可破曹。"遂再引军来。正是：

兵家胜败真常事，卷甲重来未可知。

不知吕布胜负如何，且听下文分解。

第十三回

李傕郭汜大交兵

杨奉董承双救驾

楊李董承雙救駕

王允以妇人行反间，杨彪亦以妇人行反间。同一间也，允用之而乱稍平，彪用之而乱益甚。何也？盖吕布听允，而为允所用，郭汜则未尝听彪，而不为彪所用也。纵使汜能杀傕，犹以董卓杀董卓耳。傕与汜是二董卓也，一董卓死，而一董卓愈横，曾何救于汉室哉？况二人合而离，离而复合。离而天子公卿受其毒，合而天子公卿亦受其毒。杨彪始而反间，继而讲和，既欲离之，又欲合之，主张不定，适以滋扰，以是谋国，亦无策之甚矣。

吕布之诛董卓，奉天子诏者也。郭汜之攻李傕，不奉天子诏，而自相吞并者也。一则假公义以报私仇，一则但知有私仇，而不知有公义。故布之行事与卓异，汜之肆恶与傕同。

杨奉、贾诩，其于李傕，亦始合而终离。乃一离而不复合，是则独补过者也。若郭亚多反覆无常，与二人正自霄壤。

或问予曰："设使王允谋泄，郿坞兵变，其乱亦必至此。"予应之曰："董卓不死，将不止于劫天子；而吕布不胜，则必不至于劫公卿，而亦必不至与董卓复合。"何以知之？彼意在夺貂蝉，则不得不党王允；党王允则不得不助献帝，势所必然耳。

若使今人作稗官，董卓之后，便必紧接曹操，而兹偏有傕、汜为董卓之馀波，又有李、乐为傕、汜之馀波。夫然后以杨奉、董承之救驾，作一过文，徐徐转出曹操。何其曲折乃尔！夫真善作稗官者哉！

却说曹操大破吕布于定陶，布乃收集败残军马于海滨，众将皆来会集，欲再与曹操决战。陈宫曰："今曹兵势大，未可与争。先寻取安身之地，那时再来未迟。"布曰："吾欲再投袁绍，何如？" _{未叙袁绍那边要来，
先叙吕布这边要去。} 宫曰："先使人往冀州探听消息，然后可去。"布从之。

且说袁绍在冀州，闻知曹操与吕布相持，谋士审配进曰："吕布豺虎也，若得兖州，必图冀州。不若助操攻之，方可无患。"绍遂遣颜良将兵五万，往助曹操。 _{后陈琳檄中
以此居功。} 细作探知这个消息，飞报吕布。布大惊，与陈宫商议。宫曰："闻刘玄德新领徐州，可往投之。"布从其言，竟投徐州来。有人报知玄德。玄德曰："布乃当今英勇之士，可出迎之。"麋竺曰："吕布乃虎狼之徒，不可收留，收则伤人矣。" _{为后文夺徐
州伏线。} 玄德曰："前者非布袭兖州，怎解此郡之祸， _{前者曹军之退，名亏玄德，实亏吕布；
今玄德明明说出，何等光明忠厚。} 今彼穷而投我，岂有他心！"张飞曰："哥哥心肠忒好。虽然如此，也要准备。" _{老张却是粗
中有细。}

玄德领众出城三十里，接着吕布，并马入城，都到州衙厅上，讲礼毕，坐下。布曰："某自与王司徒计杀董卓之后，又遭催、汜之变，飘零关东，诸侯多不能相容。 _{岂非以汝连杀两义父，
故人多疑汝耶？} 近因曹贼不仁，侵犯徐州，蒙使君力救陶谦，布因袭兖州以分其势； _{便有居功
之意。} 不料反堕奸计，败兵折将。今投使君，共图大事，未审尊意如何？"玄德曰："陶使君新逝，无人管领徐州，因令备权摄州事。今幸将军至此，合当相让。"遂将牌印送与吕布。 _{有玄德今日之让，便有吕布后日之
夺。一似先知其将夺，故作此让。} 吕布却待要接，只见玄德背后关、张二人各有怒色。布乃佯笑曰："量吕布一勇夫，何能作州牧乎？"玄德又让。陈宫曰："强宾不压主，请使君勿疑。"玄德方止。遂设宴相待，收拾宅院安下。次日，吕布回席请玄德，玄德乃与关、张同往。饮酒至半酣，布请玄德入后堂。关、张随入。布令妻女出拜玄德。玄德再三谦让。布曰："贤弟不必推让。"张飞听了，瞋目大叱曰："我哥哥是金枝玉叶，你是何等人，敢称我哥哥为贤弟！你来！我和你斗三百合！"其余则不惟不屑兄之，并不屑弟之也。吕布即欲为张公之弟且不可，况欲为其兄，且欲为其兄之兄乎？宜其忿然欲斗三百合也。○皇帝且称之为叔，而吕布乃呼之为弟，的是无礼。玄德连忙喝住，关公劝飞出。玄德与吕布陪话曰："劣弟酒后狂言，兄勿见责。"布默然无语。须臾席散，布送玄德出门，张飞跃马横枪而来，大叫："吕布，我和你并三百合！"的是快人。○写张飞与吕布不合，为后失徐州张本。玄德急令关公劝止。次日，吕布来辞玄德曰："蒙使君不弃，但恐令弟辈不能相容。布当别投他处。"玄德曰："将军若去，某罪大矣。劣弟冒犯，另日当令陪话。近邑小沛，乃备昔日屯兵之处。将军不嫌浅狭，权且歇马如何？粮食军需，谨当应付。"吕布谢了玄德，自引军投小沛安身去了。玄德自去埋怨张飞不题。

却说曹操平了山东，表奏朝廷，加操为建德将军、费亭侯。此时朝廷是李傕、郭汜做封操者，傕、汜也。其时李傕自为大司马，郭汜自为大将军，横行无忌，朝廷无人敢言。太尉杨彪、大司农朱儁暗奏献帝曰："今曹操拥兵二十馀万，谋臣武将数十员，若得此人扶持社稷，剿除奸党，天下幸甚。"以此时大势观之，其才其力足以勤王室者，必曹操也。献帝泣曰："朕被二贼欺凌久矣！若得诛之，诚为大幸！"彪奏曰："臣有一计：先令二贼自相残害，然后诏曹操引兵杀之，扫清贼党，以安朝廷。"献帝曰："计将安出？"彪曰："闻郭汜之妻最妒，可令人于汜妻处用反间计，则二贼自相害矣。"又是女将军出头。

帝乃书密诏付杨彪。此召曹操之诏也。彪即暗使夫人以他事入郭汜府，乘间告汜妻曰："闻郭将军与李司马夫人有 _{连环计陪了一个貂蝉，此计}
_{却就用他妻子，更不费力。}染，其情甚密。倘司马知之，必遭其害。夫人宜绝其往来为妙。"汜妻讶曰："怪见他经宿不归！却干出如此无耻之事！_{是妒妇}
_{声口。}非夫人言，妾不知也。当慎防之。"彪妻告归，汜妻再三称谢而别。_{应该}
_{谢。}过了数日，郭汜又将往李催府中饮宴。妻曰："催性不测，况今两雄不并立，倘彼酒后置毒，妾将奈何？"汜不肯听，妻再三劝住。至晚间，催使人送酒筵至。汜妻乃暗置毒于中，方始献入，汜便欲食。妻曰："食自外来，岂可便食？"乃先与犬试之，犬立死。_{即用骊姬谮申生之术。此}
_{妇想亦曾读过《左传》。}自此汜心怀疑。

一日朝罢，李催力邀郭汜赴家饮酒。至夜席散，汜醉而归，偶然腹痛。妻曰："必中其毒矣！"急令将粪汁灌之，一吐方定。_{本为自己吃醋，}
_{却教丈夫吃粪。}汜乃大怒曰："吾与李催共图大事，今无端欲谋害我，我不先发，必遭毒手。"遂密整本部甲兵，欲攻李催。_{何不亦设一酌以邀催，如杀樊}
_{稠故事乎？郭汜失算甚矣。}早有人报知催。催亦大怒曰："郭亚多安敢如此！"遂点本部甲兵，来杀郭汜。两处合兵数万，就于长安城下混战，乘势掳掠居民。_{杨彪反间计反弄}
_{出不好来了。}催侄李暹引兵围住宫院，用车二乘，一乘载天子，一乘载伏皇后，_{只为一妇人，致}
_{使祸及帝后。}使贾诩、左灵监押车驾，其馀宫人内侍，并皆步走。拥出后宰门，正遇郭汜兵到，乱箭齐发，射死宫人不知其数。李催随后掩杀，郭汜兵退，车驾冒险出城，不由分说，竟拥到李催营中。郭汜领兵入宫，尽抢掳宫嫔采女入营，_{不畏妒}
_{妻耶？}放火烧宫殿。_{董卓焚洛阳，郭汜焚长}
_{安，又见咸阳三月矣。}次日，郭汜知李催劫了天子，领军来营前厮杀，帝后都受惊恐。后人有诗叹之曰：

光武中兴兴汉世，上下相承十二帝。桓灵无道宗社堕，阉臣擅权为叔季。无谋何进作三公，欲除社鼠招奸雄。豺獭虽驱虎狼入，西州逆竖生淫凶。王允赤心托红粉，致令董吕成矛盾。渠魁殄灭天下宁，谁知李郭心怀愤。神州荆棘争奈何，六宫饥馑愁干戈。人心既离天命去，英雄割据分山河。后王规此存兢业，莫把金瓯等闲缺。生灵糜烂肝脑涂，剩火残山多怨血。我观遗史不胜悲，今古茫茫叹《黍离》。人君当守苞桑戒，太阿谁执金纲维。

却说郭汜兵到，李傕出营接战。汜军不利，暂且退去。傕乃移帝后车驾于郿坞，^{董贼郿坞，遗害至此，王允杀卓时不即堕。}^惜使侄李暹监之，断绝内使，饮食不继，侍臣皆有饥色。帝令人问傕取米五斛，牛骨五具，以赐左右。傕怒曰："朝夕上饭，何又他求？"乃以腐肉朽粮与之，^{可恶。}皆臭不可食。帝骂曰："逆贼直如此相欺！"侍中杨琦急奏曰："傕性残暴。事势至此，陛下且忍之，不可撄其锋也。"^{若必欲换好米、好肉，恐亦如郭汜腹痛矣。}帝乃低头无语，泪盈龙袖。忽左右报曰："有一路军马，枪刀映日，金鼓震天，前来救驾。"^{好消息。}帝教打听是谁，乃郭汜也。^{原来即是此公。}帝心转忧，只闻坞外喊声大起。

　　原来李傕引兵出迎郭汜，鞭指郭汜而骂曰："我待你不薄，你如何谋害我！"汜曰："你乃反贼，如何不杀你！"^{然则公又是何等人？}傕曰："我保驾在此，何为反贼？"汜曰："此乃劫驾，何为保驾！"傕曰："不须多言！我两个各不许用军士，只自并输赢，赢的便把皇帝取去罢了。"^{以皇帝当赌输赢之物，可笑可叹。○皇帝上用一"把"字，皇帝下用"取去"字，自有皇帝二字以来，未有如此之狼狈者也。}二人便就阵前厮杀。战到十合，下分胜负。只见杨彪拍马而来，大叫："二位将军少歇！老夫特邀众官，来与二位讲和。"^{杨彪始既欲用反间，今又欲}^{为讲和，胸中全无主意。}催、汜乃各自还营。杨彪与朱儁会合朝廷官僚六十馀人，先诣郭汜营中劝和。郭汜竟将众官尽行监下。众官曰："我等为好而来。何乃如此相待？"汜曰："李催劫天子，偏我劫不得公卿？"^{极没理语，说}^{来却是趣甚。}杨彪曰："一劫天子，一劫公卿，意欲何为？"汜大怒，便拔剑欲杀彪。中郎将杨密力劝，汜乃放了杨彪、朱儁，其馀都监在营中。彪谓儁曰："为社稷之臣，不能匡君救主，空生天地间耳！"^{固是正论，惜未得}^{匡君救主之法。}言讫，相抱而哭，昏绝于地。儁归家成病而死。^{朱儁与蔡}^{邕不同。}自此之后，催、汜每日厮杀，一连五十馀日，死者不知其数。

却说李催平日最喜左道妖邪之术，常使女巫击鼓降神于军中。^{郭汜听妒妻之言，李催信女巫之说。从来恶人，未有不听妇}^{人言，不信师巫邪说者。可见听妇言、信邪术，便非好人。}贾诩屡谏不听。侍中杨琦密奏帝曰："臣观贾诩虽为李催腹心，然实未尝忘君，陛下当与谋之。"正说之间，贾诩来到。帝乃屏退左右，泣谕诩曰："卿能怜汉朝，救朕命乎？"^{"朕"字两头忽着"救""命"二}^{字，自有"朕"以来未有如此之狼}^{狈者}^{也。}诩拜伏于地曰："固臣所愿也。陛下且勿言，臣自图之。"帝收泪而谢。少顷，李催来见，带剑直入。帝面如土色。催谓帝曰："郭汜不臣，监禁公卿，欲劫陛下；非臣则驾被掳矣。"帝拱手称谢，催乃出。

时皇甫郦入见帝。帝知郦能言，又与李催同乡，诏使往两边解和。^{前有和事公卿，}^{此有和事天子。}郦奉诏，走至汜营说汜。汜曰："如李催送出天子，我便放出公卿。"郦即来见李催曰："今天子以某是西凉人，与公同乡，特令某来劝和二公。汜已奉诏，公意若何？"催曰："吾有败吕布之大功，^{请问此是甚}^{么功劳？}辅政四年，多著勋绩，^{劫天子、掳}^{百姓，都算}^{是勋}天下共知。郭亚多盗马贼耳，乃敢擅劫公卿，与我相抗，誓必^{绩。}

诛之！君试观吾方略士众，足胜郭亚多否？"^{一派梦话。}郦答曰："不然。昔有穷后羿，恃其善射，不思患难，以致灭亡。近董太师之强，君所目见也。吕布受恩而反图之，斯须之间，头悬国门，则强固不足恃矣。将军身为上将，持钺仗节，子孙宗族，皆居显位，国恩不可谓不厚。今郭亚多劫公卿，而将军劫至尊，果谁轻谁重耶？"^{其词太直，不是和事人。}李傕大怒，拔剑叱曰："天子使汝来辱我乎？我先斩汝头！"骑都尉杨奉谏曰："今郭汜未除，而杀天使，则汜兴兵有名，诸侯皆助之矣。"贾诩亦力劝，傕怒少息。诩遂推皇甫郦出。郦大叫曰："李傕不奉诏，欲弑君自立！"侍中胡邈急止之曰："无出此言，恐于身不利。"郦叱之曰："胡敬才，汝亦为朝廷之臣，如何附贼？君辱臣死，吾被李傕所杀，乃分也！"大骂不止。^{郦虽忠，然李傕可以计胜，不可以理争也。}帝知之，急令皇甫郦回西凉。

却说李傕之军，大半是西凉人氏，更赖羌兵为助。却被皇甫郦扬言于西凉人曰："李傕谋反，从之者即为贼党，后患不浅。"西凉人多有听郦之言，军心渐涣。^{军士肯听同乡人语，李傕却不肯听同乡人语。逆贼不知有国，并不知有乡。}傕闻郦言大怒，差虎贲王昌追之。昌知郦乃忠义之士，竟不往追，只回报曰："郦已不知何往矣。"^{王昌殊有侠气。}贾诩又密谕羌人曰："天子知汝等忠义，久战劳苦，密诏使汝还郡，后当有重赏。"羌人本怨李傕不与爵赏，遂听诩言，都引兵去。诩又密奏帝曰："李傕贪而无谋，今兵散心怯，可以重爵饵之。"帝乃降诏，封傕为大司马。傕喜曰："此女巫降神祈祷之力也！"遂重赏女巫，却不赏军将。^{李傕如此着邪，其妻亦宜以粪汁灌之。盖郭汜是吃粪人，李傕亦是吃粪人也。}骑都尉杨奉大怒，谓宋果曰："吾等出生入死，身冒矢石，功反不及女巫耶？"宋果曰："何不杀此贼以救天子？"奉曰："你于中军放火为号，吾当引兵外应。"二人约定是夜二更时分举事。不料其事不密，有人报知李傕。傕大怒，令人擒宋果先杀之。杨奉引兵在外，不见号火。李傕自将兵出，恰遇杨奉，就寨中混杀到四更。奉不胜，引军投西安去了。 ^{为后救驾伏线。}

李傕自此军势渐衰。更兼郭汜常来攻击，杀死者甚多。忽人来报："张济统领大军，自陕西来到，欲与二公解和，声言如不从者，引兵击之。" ^{不记杀樊稠之时，伏地再拜耶？} 傕便卖个人情，先遣人赴张济军中许和。郭汜亦只得许诺。张济上表，请天子驾幸弘农。帝喜曰："朕思东都久矣。今乘此得还，乃万幸也！"诏封张济为骠骑将军。济进粮食酒肉，供给百官。 ^{可称大醵。粮食、酒肉，家常物耳，不意此时天子公卿，得之竟成至宝。} 汜放公卿出营。傕收拾车驾东行，遣旧军御林军数百，持戟护送。

銮舆过新丰，至霸陵，时值秋天，金风骤起。 ^{帝后但知宫庭春暖，今日却受用鞍马秋风。得此点染，悲凉之极。} 忽闻喊声大作，数百军兵来至桥上拦住车驾，厉声问曰："来者何人？"侍中杨琦拍马上桥曰："圣驾过此，谁敢拦阻？"有二将出曰："吾等奉郭将军命，把守此桥，以防奸细。既云圣驾，须亲见帝，方可准信。"杨琦高揭珠帘。帝谕曰："朕躬在此，卿何不退？"众将皆呼"万岁"，分于两边，驾乃得过。 ^{霸陵秋景虽佳，天子过桥不易。} 二将回报郭汜曰："驾已去矣。"汜曰："我正欲哄过张济，劫驾再入郿坞， ^{郿坞竟成陷阱。} 尔如何擅自放了过去？"遂斩二将，起兵赶来。车驾正到华阴县，背后喊声震天，大叫："车驾且休动！"帝泣告大臣曰："方离狼窝，又逢虎口，如之奈何？"众皆失色。贼军渐近， ^{吓杀。} 只听得一派鼓声，山背后转出一将，当先一面大旗，上书"大汉杨奉"四字，引军千馀杀来。^{来得好。}原来杨奉自为李傕所败，便引军屯终南山下，今闻驾至，特来保护。^{补应前文。}当下列开阵势。汜将崔勇出马，大骂杨奉"反贼"。奉大怒，回顾阵中曰："公明何在？"一将手执大斧，飞骤骅骝，直取崔勇。两马相交，只一合，斩崔勇于马下。杨奉乘势掩杀，汜军大败，退走二十馀里。奉乃收军来见天子。帝慰谕曰："卿救朕躬，其功不小！"奉顿首拜谢。帝曰："适斩贼将者何人？"奉乃引此将拜于车下曰："此人河东杨郡人，姓徐名晃，字公明。"^{先出字，后出姓名，又是一样叙法。}帝慰劳之。杨奉保驾至华阴驻跸。将军段煨，具衣服饮膳上献。是夜，天子宿于杨奉营中。

郭汜败了一阵，次日点军又杀至营前来。徐晃当先出马。郭汜大军八面围来，将天子、杨奉困在垓心。^{又吃一吓。}正在危急之中，忽然东南上喊声大震，一将引军纵马杀来。贼众奔溃。徐晃乘势攻击，大败汜军。那人来见天子，乃国戚董承也。^{杨奉、董承，参差而至。}帝哭诉前事。承曰："陛下免忧。臣与杨将军誓斩二贼，以靖天下。"帝命早赴东都。连夜驾起，前幸弘农。

却说郭汜引败军回，撞着李傕，言："杨奉、董承救驾往弘农去了。若到山东，立脚得定，必然布告天下，令诸侯共伐我等，三族不能保矣。"傕曰："今张济兵据长安，未可轻动。我和你乘间合兵一处，至弘农杀了汉君，平分天下，有何不可？"汜喜诺。^{看李、郭二人如此一番相争后，忽又相合。《诗》云："方茂尔恶，相尔矛矣。既夷既怿，如相酬矣。"小人之交固都如是。}二人合兵，于路劫掠，所过一空。杨奉、董承知贼兵远来，遂勒兵回，与贼大战于东涧。傕、汜二人商议："我众彼寡，只可以混战胜之。"于是李傕在左，郭汜在右，漫山遍野拥来。杨奉、董承两边死战，刚保帝后车出；百官宫人，符册典籍，一应御用之物，尽皆抛弃。郭汜引军入弘农劫掠。承、奉保驾走陕北，傕、汜分兵赶来。

承、奉一面差人与傕、汜讲和，一面密传圣旨往河东，急召故白波帅韩暹、李乐、胡才三处军兵前来救应。_{此数人终非好相识。尔时何不使召曹操耶？}那李乐亦是啸聚山林之贼，今不得已而召之。_{以贼攻贼，岂是善计？}三处军闻天子赦罪赐官，如何不来？并拔本营军士，来与董承相会，一齐再取弘农。其时李傕、郭汜但到之处，劫掠百姓，老弱者杀之，强壮者充军；临敌则驱民兵在前，名曰"敢死军"，_{何尝敢死，只是不敢求活耳。不当名为"敢死军"，只当名为"替死军"。}贼势浩大。李乐军到，会于渭阳。郭汜令军士将衣服物件抛弃于道。乐军见衣服满地，争往取之，队伍尽失。傕、汜二军，四面混战，乐军大败。杨奉、董承遮拦不住，保驾北走，背后贼军赶来。李乐曰："事急矣！请天子上马先行！"帝曰："朕不可舍百官而去。"众皆号泣相随。胡才被乱军所杀。承、奉见贼急追，请天子弃车驾，步行至黄河岸边。李乐等寻得一只小舟作渡船。时值天气严寒，帝与后强扶到岸，_{此时景象，比草堆萤火之时更是悲凉。前是兄弟流离，此则夫妇逃难也。}边岸又高，不得下船；后面追兵将至。杨奉曰："可解马缰绳接连，拴缚帝腰，放下船去。"人丛中国舅伏德挟白绢十数匹至，曰："我于乱军中拾得此绢，可接连拽辇。"行军校尉尚弘用绢包帝及后，令众先挂帝往下放之，乃得下船。_{以白绢挂天子下船，真可称白龙挂。}李乐仗剑立于船头上。后兄伏德，负后下船中。岸上有不得下船者，争扯船揽，李乐尽砍于水中。渡过帝后，再放船渡众人。其争渡者，皆被砍下手指，_{《左传》述晋败于邲之役，有云"舟中之}

指可掬也"，此将毋同？哭声震天。既渡彼岸，帝左右止剩得十馀人。杨奉寻得牛车一辆，载帝至大阳，绝食晚宿于瓦屋中。野老进粟饭，上与后共食，粗粝不能下咽。"惟辟玉食"，乃有食粗粝之天子，为之一叹。次日，诏封李乐为征北将军，韩暹为征东将军，起驾前行。

有二大臣寻至，哭拜车前；乃太尉杨彪、太仆韩融也。帝后俱哭。韩融曰："傕、汜二贼，颇信臣言，臣舍命去说二贼罢兵。陛下善保龙体。"韩融去了。李乐请帝入杨奉营暂歇。杨彪请帝都安邑县。驾至安邑，苦无高房，帝后都居于茅屋中；又无门关闭，四边插荆棘以为屏蔽。帝与大臣议事于茅屋之下，茅屋土阶，直欲比德唐尧。诸将引兵于篱外镇压。李乐等专权，百官稍有触犯，竟于帝前殴骂；故意送浊酒粗食与帝，禹尝菲饮食矣。既使之法尧，又使之学禹，李乐真爱君哉。帝勉强纳之。李乐、韩暹又连名保奏无徒、部曲、巫医、走卒二百馀名，并为校尉、御史等官。李傕、郭汜做了官，原做强盗；李乐等部曲做了强盗，又要做官。强盗是官做，官又是强盗做。然则做了官是真做了强盗。刻印不及，以锥画之，全不成体统。

却说韩融曲说傕、汜二贼，二贼从其言，乃放百官及宫人归。是岁大荒，百姓皆食枣菜，饿莩遍野。河内太守张杨献米肉，河东太守王邑献绢帛，帝稍得宁。董承、杨奉商议，一面差人修洛阳宫院，欲奉车驾迁东都。李乐不从。董承谓李乐曰："洛阳本天子建都之地，安邑乃小地面，如何容得车驾？今奉驾还洛阳是正理。"李乐曰："汝等奉驾去，我只在此处住。"承、奉乃奉驾起程。李乐暗令人结连李傕、郭汜，一同劫驾。前文以贼攻贼，今则以贼合贼。董承、杨奉、韩暹知其谋，连夜摆布军士，护送车驾前奔箕关。李乐闻知，不等傕、汜军到，自引本部人马前来追赶。四更左侧，赶到箕山下，大叫："车驾休行！李傕、郭汜在此！"^{汝果与催、}^{汜无二。}吓得献帝心惊胆战。山上火光遍起。正是：

前番两贼分为二，今番二贼合为一。

不知汉天子怎离此难，且听下文分解。

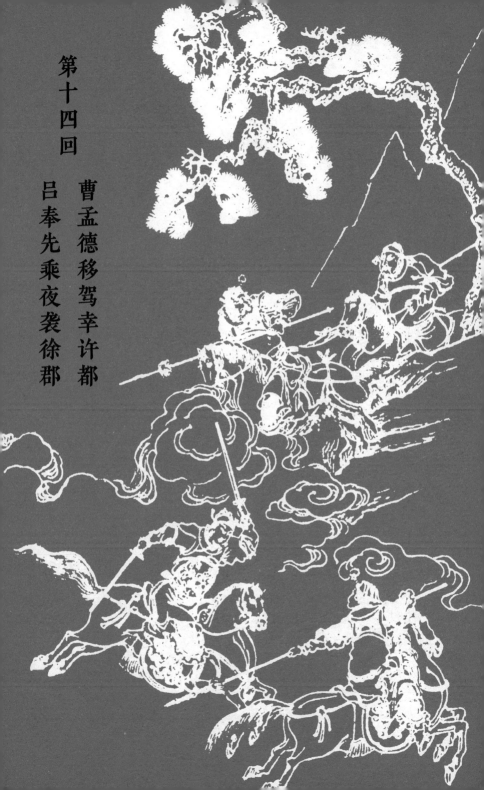

第十四回

曹孟德移驾幸许都

吕奉先乘夜袭徐郡

呂奉先乘夜襲徐州

或谓杨彪请召曹操，何不请召刘备？曰：刘备兵少而势弱，曹操兵多而势强。以多少强弱而衡之，则必舍备而取操矣。况有杨奉、韩暹怀二心以争之于内，又有诸大镇挟重兵以争之于外，一刘备之兵力，乌足以御之乎？荀彧告操曰："恐有先我而为之者。"抑知袁绍、袁术辈，可为而不能为，刘备能为而不可为，舍曹操竟无有为之者尔？

操之迁帝许都，与卓之迁帝长安，傕、汜之迁帝郿坞，无以异也。然卓与傕、汜之名逆，而操之名顺者，勤王之师，与劫驾不同，所以独成气候。晋文公要天子赴河阳，而诸侯宾服，真伯者之事也。

刘备不杀吕布，留以为操敌也；他日白门楼劝斩吕布，恐其为操翼也。前之不杀，与后之劝杀，各有深意，英雄所见，非凡人可及。

朱虚侯酒令，正为怪着姓吕的；张翼德酒风，亦为怪着姓吕的。朱虚侯意中只有一刘，那管我是吕家女婿？张翼德意中亦只有一刘，偏怪他说吕家丈人。

曹操为自己报父仇，而徐州卒未尝为操所破；吕布为老婆报父仇，而徐州竟为布所夺。鞭内父之怨，更甚于杀亲父之怨，人情爱父，不如爱妻，可叹也！然爱父不如爱妻，则必有爱妻不如爱妾者。曹豹吃打，便思为老婆报仇，独不思王允被杀，何不为貂蝉报仇耶？不算爱貂蝉，还是怕老婆，为之一笑。

却说李乐引军诈称李傕、郭汜来追车驾，天子大惊。杨奉曰："此李乐也。"遂令徐晃出迎之。李乐亲自出战。两马相交，只一合，被徐晃一刀砍于马下，[也算杀一李傕、郭汜矣。]杀散馀党，保护车驾遇箕关。太守张杨具粟帛迎驾于轵道。帝封张杨为大司马，杨辞帝屯兵野王去了。帝入洛阳，见宫室烧尽，街市荒芜，满目皆是蒿草，宫院中只有颓墙坏壁，[即孙坚看月之处。]命杨奉且盖小宫居住。百官朝贺，皆立于荆棘之中。[天子一向在长安，亦如在荆棘中耳。]诏改兴平为建安元年，[建安二字，取建都安邦之义，可见天子之意，固在洛阳也。孰知曹操乃欲移之耶？]是岁又大荒。洛阳居民，仅有数百家，无可为食，尽去城中剥树皮、掘草根食之。尚书郎以下，皆自出城樵采，[群臣何罪，皆为负薪？]多有死于颓墙坏壁之间者。[生不能为版筑宰相，死乃为墙下荐绅，哀哉。]汉末气运之衰，无甚于此。后人有诗叹之曰：

血流芒砀白蛇亡，赤帜纵横游四方。

秦鹿逐翻兴社稷，楚骓推倒立封疆。

天子懦弱奸邪起，气色凋零盗贼狂。

看到两京遭难处，铁人无泪也凄惶！

太尉杨彪奏帝曰：“前蒙降诏，未曾发遣。今曹操在山东，兵强将盛，可宣入朝，以辅王室。”帝曰：“朕前既降诏，[应前文。]卿何必再奏，今即差人前去便了。”彪领旨，即差使命赴山东，宣召曹操。

却说曹操在山东，闻知车驾已还洛阳，聚谋士商议。荀彧进曰：“昔文公纳周襄王，而诸侯服从；[此劝以伯者之业。]汉高祖为义帝发丧，而天下归心。[此直劝以王者之事。]今天子蒙尘，将军因此时首倡义兵，奉天子以从众望，不世之略也。若不早图，人将先我而为之矣。[此时此事，除却曹操亦无人可为。]曹操大喜。正要收拾起兵，忽报有天使赍诏宣召。

操接诏，克日兴师。

却说帝在洛阳，百事未备，城郭崩倒，欲修未能。人报李
催、郭汜领兵将至。帝大惊，问杨奉曰："山东之使未回，李、
郭之兵又至，为之奈何？"杨奉、韩暹曰："臣愿与贼决死战，
以保陛下！"董承曰："城郭不坚，兵甲不多，战如不胜，当复
如何？不若且奉驾往山东避之。"帝从其言，即日起驾望山东进
发。<small>前者使命未至，曹操先欲勤王；此时曹操未来，天子反欲投操。写得两不相照，匆忙变动之极。</small>百官无马，皆随驾
步行。

出了洛阳，行无一箭之地，但见尘头蔽日，金鼓喧天，无限
人马来到。<small>又吃一吓，使人疑是催、汜伏兵。</small>帝、后战栗不能言。忽见一骑飞来，乃
前差往山东之使命也，至车前拜启曰："曹将军尽起山东之兵，
应诏前来。闻李催、郭汜犯洛阳，先差夏侯惇为先锋，引上将十
员，精兵五万，前来保驾。"帝心方安。少顷，夏侯惇引许褚、
典韦等，至驾前面君，俱以军礼见。帝慰谕方毕，忽报正东又有
一路军到。帝即命夏侯惇往探之，回奏曰："乃曹操步军也。"
须臾，曹洪、李典、乐进来见驾。通名毕，洪奏曰："臣兄知贼
兵将近，恐夏侯惇孤力难为，故又差臣等倍道而来协助。"帝
曰："曹将军真社稷臣也！"<small>只怕未必。</small>遂命护驾前行。探马来报：
"李催、郭汜领兵长驱而来。"帝令夏侯惇分两路迎之。惇乃与
曹洪分为两翼，马军先出，步军后随，尽力攻击。催、汜贼兵大
败，斩首万馀。于是请帝还洛阳故宫。夏侯惇屯兵于城外。

次日，曹操引大队人马到来。<small>马军先到，步兵继至，然后大队人马到。写曹操来得声势。</small>安营
毕，入城见帝，拜于殿阶之下。帝赐平身，宣谕慰劳。操曰：
"臣向蒙国恩，刻思图报。今催、汜二贼罪恶贯盈，臣有精兵

二十馀万，以顺讨逆，无不克捷。陛下善保龙体，以社稷为重。"帝乃封操领司隶校尉、假节钺、录尚书事。

却说李傕、郭汜知操远来。议欲速战。贾诩谏曰："不可。操兵精将勇，不如降之，求免本身之罪。"傕怒曰："你敢灭吾锐气！"拔剑欲斩诩。众将劝免。是夜，贾诩单马走回乡里去了。^{去得是。独恨其不早耳。}次日，李傕军马来迎操兵。操先令许褚、曹仁、典韦领三百铁骑，于傕阵中冲突三遭，方才布阵。阵圆处，李傕侄李暹、李别出马阵前，未及开言，许褚飞马过去，一刀先斩李暹；李别吃了一惊，倒撞下马，褚亦斩之，双挽人头回阵。曹操抚许褚之背曰："子真吾之樊哙也！"^{又隐然以高祖自待。}随令夏侯惇领兵左出、曹仁领兵右出，操自领中军冲阵。鼓响一声，三军齐进。贼兵抵敌不住，大败而走。操亲掣宝剑押阵，率众连夜追杀，剿戮极多，降者不计其数。傕、汜望西逃命，忙忙似丧家之狗，自知无处容身，只得往山中落草去了。^{一向做官，原是做强盗。今去做强盗，原只算去做官。}曹操回兵，仍屯于洛阳城外。杨奉、韩暹两个商议："今曹操成了大功，必掌重权，如何容得我等？"乃入奏天子，只以追杀傕、汜为名，引本部军屯于大梁去了。

帝一日命人至操营，宣操入宫议事。操闻天使至，请入相见。只见那人眉清目秀，精神充足。操暗想曰："今东郡大荒，官僚军民皆有饥色，此人何得独肥？"因问之曰："公尊颜充腴，以何调理而至此？"对曰："某无他法，只食淡三十年矣。"^{肥者必俗，好淡却是不俗。}操乃颔之；又问曰："君居何职？"对曰："某举孝廉，^{然则是曹操年家。}原为袁绍、张杨从事，今闻天子还都，特来朝觐，官封正议郎。济阴定陶人，姓董名昭，字公仁。"曹操避席曰："闻名久矣！幸得于此相见。"遂置酒帐中相待，令与荀彧相会。忽人报曰："一队军往东而去，不知何人。"操急令人探之。董昭曰："此乃李傕旧将杨奉与白波帅韩暹，因明公来此，故引兵欲投大梁去耳。"操曰："莫非疑操乎？"昭曰："此乃无谋之辈，明公何足虑也。"操又曰："李、郭二贼此去若何？"昭曰："虎无爪，鸟无翼，不久当为明公所擒，无足介意。" 看得杨、韩、李、郭四人雪淡。

　操见昭语言投机，便问以朝廷大事。昭曰："明公兴义兵以除暴乱，入朝辅佐天子，此五伯之功也。但诸将人殊意异，未必服从，今若留此，恐有不便。唯移驾幸许都为上策。 此策非为朝廷，专为曹操。然朝廷播越，新还京师，远近仰望，以冀一朝之安；今复徙驾，不厌众心。夫行非常之事，乃有非常之功。愿将军决计之。" 不似食淡人语，然食盐醋人，又何能知此？操执昭手而笑曰："此吾之本志也。但杨奉在大梁，大臣在朝，不有他变否？"昭曰："易也，以书与杨奉，先安其心。明告大臣，以京师无粮，欲车驾幸许都，近鲁阳，转运粮食，庶无缺欠悬隔之忧。大臣闻之，当欣从也。"操大喜。昭谢别，操执其手曰："凡操有所图，唯公教之。"昭称谢而去。 曹操又得一谋士。

　操由是日与众谋士密议迁都之事。时侍中太史令王立私谓宗正刘艾曰："吾仰观天文，自去春太白犯镇星于斗牛，过天津，荧惑又逆行，与太白会于天关，金火交会，必有新天子出。吾观大汉气数将终，晋魏之地，必有兴者。" 周时有《魏风》，而魏为晋所并，魏地遂入于晋。及晋卿魏斯求为诸侯，与韩、赵三分晋国，而魏复兴焉。《左传》曰：魏大名也。故毕万下居于此，而子孙乃昌。魏居天下之中，中央属土，土之色黄，正应"黄天当立"之谶。又密奏献帝曰："天命有去就，五行不常盛。代火者土也。代汉而有天下者，当在魏。"操闻之，使人告立曰："知公忠于朝廷，然天道深远，幸勿多言。"操以是告彧。彧曰："汉以火德王，而明公乃土命也。许都属土，到彼必兴。火能生土，土能旺木，正合董昭、王立之言。他日必有兴者。"虽云地利，实合天时，故曰曹操得天时。操意遂决。次日，入见帝，奏曰："东都荒废久矣，不可修葺，更兼转运粮食艰辛。许都地近鲁阳，城郭宫室，钱粮民物，足可备用。臣敢请驾幸许都，唯陛下从之。"帝不敢不从；君臣皆惧操势，亦莫敢有异议。遂择日起驾。此时皇帝竟如双陆象棋，搬来搬去，凭人安放。操引军护行，百官皆从。

行不到数程，前至一高陵。忽然喊声大举，杨奉、韩暹领兵拦路。二人忽来夺驾，使其得志，未必不为催、汜所为。徐晃当先，大叫："曹操欲劫驾何往！"操出马视之，见徐晃威风凛凛，暗暗称奇，便令许褚出马与徐晃交锋。刀斧相交，战五十馀合，不分胜败。操即鸣金收军，召谋士议曰："杨奉、韩暹诚不足道，徐晃乃真良将也。吾不忍以力并之，当以计招之。"曹操见才便爱，安得不成大业。行军从事满宠曰："主公勿虑。某向与徐晃有一面之交，今晚扮作小卒，偷入其营，以言说之，管教他倾心来降。"操欣然从之。

是夜满宠扮作小卒，混入彼军队中，偷至徐晃帐前，只见晃秉烛被甲而坐。宠突至其前，来得突兀，如华元登子反之床。揖曰："故人别来无恙乎！"徐晃惊起，熟视之，曰："子非山阳满伯宁耶！何以至此？"宠曰："某现为曹将军从事。今日于阵前得见故人，欲进一言，故特冒死而来。"晃乃延之坐，问其来意。宠曰："公之勇略，世所罕有，奈何屈身于杨、韩之徒？曹将军当世英雄，其好礼贤士，天下所知也。今日阵前，见公之勇，十分敬爱，故不忍以健将决死战，特遣宠来奉邀。公何不弃暗投明，共成大业？"^{语甚明快。}晃沉吟良久，乃喟然叹曰："吾固知奉、暹非立业之人，奈从之久矣，不忍相舍。"宠曰："岂不闻'良禽择木而栖，贤臣择主而事'。遇可事之主，而交臂失之，非丈夫也。"晃起谢曰："愿从公言。"宠曰："何不就杀奉、暹而去，以为进见之礼？"晃曰："以臣弑主，大不义也。吾决不为。"^{与吕布杀丁原大相悬绝。公明真义士，故后来独与云长公交厚。}宠曰："公真义士也！"晃遂引帐下数十骑，连夜同满宠来投曹操。早有人报知杨奉。奉大怒，自引千骑来追，大叫："徐晃反贼休走！"正追赶间，忽然一声炮响，山上山下，火把齐明，伏军四出，曹操亲自引军当先，大喝："我在此等候多时。休教走脱！"^{满宠去而徐晃必来，徐晃来而杨奉必赶，都在曹操算中。}杨奉大惊，急待回军，早被曹兵围住。恰好韩暹引兵来救，两军混战，杨奉走脱。曹操趁彼军乱，乘势攻击，两家军士大半多降。杨奉、韩暹势孤，引败兵投袁术去了。^{后文伏线。}

曹操收军回营，满宠引徐晃入见。操大喜，厚待之。于是迎銮驾到许都，盖造宫室殿宇，立宗庙社稷、省台司院衙门，修城郭府库；封董承等十三人为列侯。赏功罚罪，并听曹操处置。操自封为大将军、武平侯，^{帝命为司隶校尉录尚书事，毕竟封得不畅，故不若自封之为爽快也。○李傕、郭汜自写职衔，勒令帝封；今曹操竟自封职衔，更不劳天子费心：愈出愈奇。}以荀彧为侍中、尚书令，荀攸为军师，郭嘉为司马祭酒，刘晔为司空掾曹，毛玠、任峻为典农中郎将，催督钱粮，程昱为东平相，范成、董昭为洛阳令，满宠为许都令，夏侯惇、夏侯渊、曹洪、曹仁皆为将军，吕虔、李典、乐进、于禁、徐晃皆为校尉，许褚、典韦皆为都尉；其馀将士，各各封官。自此大权皆归于曹操，^{总结一句。}朝廷大务，先禀曹操，然后封奏

天子。^{自此皇帝又在曹操手中过活矣。}

操既定大事，乃设宴后堂，聚众谋士共议曰："刘备屯兵徐州，自领州事。近吕布以兵败投之，备使居于小沛。若二人同心引兵来犯，乃心腹之患也。公等有何妙计可图之？"^{方定计都，遂以徐州为心腹之患，可知徐州乃操所必欲争也。}许褚曰："愿借精兵五万，斩刘备、吕布之头，献于丞相。"荀彧曰："将军勇则勇矣，不知用谋。今许都新定，未可造次用兵。彧有一计，名曰'二虎竞食'之计。^{计奇}今刘备虽领徐州，未得诏命。明公可奏请诏命，实授备为徐州牧，因密与一书，教杀吕布。事成则备无猛士为辅，亦渐可图；事不成，则吕布必杀刘备矣。此乃'二虎竞食'之计也。"^{极似战国策士之谋。}操从其言，即时奉请诏命，遣使赍往徐州，封刘备为征东将军、宜城亭侯，领徐州牧；并附密书一封。

却说刘玄德在徐州，闻帝幸许都，正欲上表庆贺。忽报天使至，出郭迎接入郡，拜受恩命毕，设宴管待来使。使曰："君侯得此恩命，实曹将军于帝前保荐之力也。"玄德称谢。使者乃取出私书递与玄德。玄德看罢，曰："此事尚容计议。"^{已识破机关}席散，安歇来使于馆驿。玄德连夜与众商议此事。张飞曰："吕布本无义之人，杀之何碍！"^{直心快口。}玄德曰："他势穷而来投我，我若杀之，亦是不义。"张飞曰："好人难做！"^{看透世情语。然是为天下负好人者说法，非要人不做好人也。}玄德不从。

次日，吕布来贺，玄德教请入见。布曰："闻公受朝廷恩命，特来相贺。"玄德逊谢。只见张飞扯剑上厅，要杀吕布。玄德慌忙阻住。布大惊曰："翼德何故只要杀我？"张飞叫曰："曹操道你是无义之人，教我哥哥杀你！"^{曹操密书，却被他一口喊出。}玄德连声喝退，乃引吕布同入后堂，实告前因，就将曹操所送密书与吕布看。_{此是玄德妙用。}布看毕，泣曰："此乃曹贼欲令我二人不和耳！"玄德曰："兄勿忧，刘备誓不为此不义之事。"吕布再三拜谢。备留布饮酒，至晚方回。关、张曰："兄长何故不杀吕布？"玄德曰："此曹孟德恐我与吕布同谋伐之，故用此计，使我两人自相吞并。彼却于中取利。奈何为所使乎？"_{荀彧之计早被料破，可见玄德机智绝人，不是一味忠厚。}关公点头道是。张飞曰："我只要杀此贼，以绝后患！"_{本心自要杀此贼，固不因孟德之书起见也。快人快语。}玄德曰："此非大丈夫之所为也。"

次日，玄德送使命回京，就拜表谢恩，并回书与曹操，只言容缓图之。使命回见曹操，言玄德不杀吕布之事。操问荀彧曰："此计不成，奈何？"彧曰："又有一计，名曰'驱虎吞狼'之计。"_{计名又奇。}操曰："其计如何？"彧曰："可暗令人往袁术处通问，报说刘备上密表，要略南郡。术闻之，必怒而攻备，公乃明诏刘备讨袁术。两边相并，吕布必生异心。此'驱虎吞狼'之计也。"_{因刘、吕二人不肯相并，又弄出一袁术来。}操大喜，先发人往袁术处。次假天子诏，发人往徐州。

却说玄德在徐州闻使命至，出郭迎接；开读诏书，却是要起兵讨袁术。玄德领命，送使者先回。糜竺曰："此又是曹操之计。"玄德曰："虽是计，王命不可违也。"_{曹操所以能令人者，只为假托王命。}遂点军马，克日起程。孙乾曰："可先定守城之人。"玄德曰："二弟之中，谁人可守？"关公曰："弟愿守此城。"玄德曰："吾早晚欲与你议事，岂可相离？"张飞曰："小弟愿守此城。"玄德曰："你守不得此城：你一者酒后刚强，鞭挞士卒；_{为下文使酒伏线。}二者作事轻易，不从人谏。_{为下文不听陈登伏线。}吾不放心。"张飞曰："弟自今以后，不饮酒，_{只为不饮酒，倒弄出酒风来。}不打军士，诸般听人劝谏便了。"糜竺曰："只恐口不应心。"飞怒曰："吾跟哥哥多年，未尝失信，你如何轻料我！"玄德曰："弟言虽如此，吾终不放心。还请陈元龙辅之，早晚令其少饮酒，_{不曰不饮，而曰少饮，料得张公必不肯不饮酒也。}勿致失事。"陈登应诺。玄德分付了当，乃统马步军三万，离徐州望南阳进发。

却说袁术闻说刘备上表，欲吞其州县，乃大怒曰："汝乃织席编履之夫，今辄占据大郡，与诸侯同列；吾正欲伐汝，汝却反欲图我，深为可恨！"乃使上将纪灵起兵十万，杀奔徐州。两军会于盱眙。玄德兵少，依山傍水下寨。那纪灵乃山东人，使一口三尖刀，重五十斤。是日引兵出阵，大骂："刘备村夫，安敢侵吾境界！"玄德曰："吾奉天子诏，以讨不臣。汝今敢来相拒，罪不容诛！"纪灵大怒，拍马舞刀，来取玄德。关公大喝曰："匹夫休得逞强！"出马与纪灵大战。一连三十合，不分胜负。纪灵大叫少歇，关公便拨马回阵，立于阵前候之。_{儒雅之极，是云长身分，不是翼德身分。}纪灵却遣副将荀正出马。关公曰："只教纪灵来，与他决个雌雄！"荀正曰："汝乃无名下将，非纪将军对手！"关公大怒，直取荀正，交马一合，砍荀正于马下。玄德驱兵杀将过去，纪灵大败，退守淮阴河口，不敢交战，只教军士来偷营劫寨，皆被徐州兵杀败。两军相拒，不在话下。

却说张飞自送玄德起身后，一应杂事，俱付陈元龙管理；军机大务，自家斟酌。一日，设宴请各官赴席。众人坐定，张飞开言曰："我兄临去时，分付我少饮酒，恐致失事。众官今日尽此一醉，明日都各戒酒，_{自己不能戒酒，却要众人陪他戒酒，妙。}帮我守城。今日却都要满饮。"言罢，起身与众官把盏。酒至曹豹面前，豹曰："我从天戒，不饮酒。"^{"天戒"二字新。○你自不吃酒，天何尝戒你来？}飞曰："厮杀汉如何不饮酒？^{一死且不惜，斗酒安足辞。}我要你吃一盏。"豹惧怕，只得饮了一杯。^{破天戒矣。}张飞把遍各官，自斟巨觥，连饮了几十杯，不觉大醉，却又起身与众官把盏。酒至曹豹，豹曰："某实不能饮矣。"飞曰："汝恰才吃了，如今为何推却？"豹再三不饮。飞醉后使酒，^{今人每因使酒故戒酒，翼德偏因戒酒，反致使酒。毕竟今人俗而翼德趣。}便发怒曰："你违我将令，该打一百！"^{以将行酒令，令官不过取笑；以酒令行将令，将官却是认真。}便喝军士拿下。陈元龙曰："玄德公临去时，分付你甚来？"飞曰："你文官，只管文官事，休来管我！"^{违了将令，固非文官所得而管也。}曹豹无奈，只得告求曰："翼德公，看我女婿之面，且恕我罢。"飞曰："你女婿是谁？"豹曰："吕布是也。"^{正提着他对头。}飞大怒曰："我本不欲打你，你把吕布来唬我，我偏要打你！我打你，便是打吕布！"^{张飞使酒骂曹豹，意不在曹豹而在吕布。亦如灌夫使酒骂临汝侯，意不在临汝而在田蚡也。}诸人劝不住，将曹豹鞭至五十，^{此五十鞭只算酒筹。}众人苦苦告饶方止。^{不怕曹豹背痛，只怕吕布耳热。}席散，曹豹回去，深恨张飞，连夜差人赍书一封，径投小沛见吕布，备说张飞无礼，且云："玄德已往淮南，今夜可乘飞醉，引兵来袭徐州，不可错此机会。"

吕布见书，便请陈宫来议。宫曰："小沛原非久居之地。今徐州既有可乘之隙，失此不取，悔之晚矣。"^{并栖不两雄，况有陈宫为之谋，曹操为之构，即无张飞使酒，布能久居小沛哉？无徒以使酒责张飞也。}布从之，随即披挂上马，领五百骑先行，使陈宫引大军继进，高顺亦随后进发。^{曹操之攻徐州，为父报仇；吕布之袭徐州，为妻之父报仇。}小沛离徐州只四五十里，上马便到。吕布到城下时，恰才四更，月色澄清，^{当此月明人静，正好再饮酒，如何却动兵？}城上更不知觉。布到城边叫曰："刘使君有机密使人至。"城上有曹豹军报知曹豹，豹上城看之，便令军士开门。吕布一声暗号，众军齐入，喊声大举。张飞正醉卧府中，左右急忙摇醒，报说："吕布赚开城门，杀将进来了！"张飞大怒，慌忙披挂，绰了丈八蛇矛，才出府门上得马时，吕布军马已到，正与相迎。张飞此时酒犹未醒，不能力战。吕布素知飞勇，虎牢关前已曾领教。亦不敢相逼，十八骑燕将，保着张飞杀出东门，玄德家眷在府中，都不及顾了。

却说曹豹见张飞只十数人护从，又欺他醉，遂引百十人赶来。岂非讨死！飞见豹大怒，拍马来迎。战了三合，曹豹败走，飞赶到河边，一枪正刺中曹豹后心，此一枪只算醉笔草草。此时酒令已完，正好杀将。连人带马死于河中。活时不肯饮酒，死时罚他吃水。飞于城外招士卒，出城者尽随飞投淮南而去。吕布入城安抚居民，令军士一百人守把玄德宅门，诸人不许擅入。此非吕布用情，乃感玄德示以操书之情也。

却说张飞引数十骑，直到盱眙来见玄德，且说曹豹与吕布里应外合，夜袭徐州。众皆失色。玄德叹曰："得何足喜，失何足忧！"落落丈夫语。关公曰："嫂嫂安在？"问得紧要。飞曰："皆陷于城中矣。"玄德默然无语。闻家眷失陷，只默然不语，后见翼德欲自刎，却放声大哭。是至情，亦是妙用。关公顿足埋怨曰："你当初要守城时说甚来？兄长分付你甚来？今日城池又失了，嫂嫂又陷了，如何是好！"张飞闻言，惶恐无地，掣剑欲自刎。正是：

举杯畅饮情何放，拔剑捐生悔已迟！

不知性命如何，且听下文分解。

第十五回　太史慈酣斗小霸王　孙伯符大战严白虎

孫伯符
大戰
巖白
虎

吕布袭兖州，而曹操卒复兖州；吕布袭徐州，而刘备不能复徐州：非备之才不如，而实势不如也。本是吕布依刘备，今反成刘备依吕布，客转为主，主转为客，备之遇亦艰矣哉！

孙策信太史慈，而慈亦不欺孙策。英雄心事，如青天白日，所以能相与有成耳。若刘备不听曹操而杀吕布，吕布乃听袁术而欲攻刘备，及为袁术所欺，而后召刘备，何无信义乃尔！翼德之欲杀之，可谓知人，翼德非莽人也。

玉玺得而孙坚亡，玉玺失而孙策霸。甚矣，玉玺之无关重轻也！成大业者，以收人才、结民心为宝，而玉玺不与焉。坚之匿之，不若策之弃之，策之英雄，殆过其父。

或曰："孙策如此英雄，何不先击刘表以报父仇？"予曰："脚头不立定，未可报仇；脚头才立定，亦未可报仇。"曹操初得兖州，而遽击陶谦，则吕布旋议其后；刘备未定巴蜀，而遽攻曹操，则关、张不能为功：固筹之熟矣。

前卷叙曹氏立国之始，此卷叙孙氏开国之由。两家已各自成一局面，而刘备则尚茕茕无依。然继汉正统者，备也。故前卷以刘备结，此卷以刘备起。叙两家必夹叙刘备。盖既以备为正统，则叙刘处，文虽少，是正文；叙孙、曹处，文虽多，皆旁文。于旁文之中带出正文，如草中之蛇，于彼见头，于此见尾；又如空中之龙，于彼见鳞，于此见爪。记事之妙，无过于是。今人读《三国志》，而犹欲别读稗官，则是未尝读《三国志》也。

却说张飞拔剑要自刎，玄德向前抱住，夺剑掷地曰："古人云：'兄弟如手足，妻子如衣服。'《卫风》云："绿兮衣兮，绿衣黄里。"从来衣服比妻子。'衣服

破，尚可缝；手足断，安可续？但闻人有继妻，不吾三人桃园结义，
不求同胜，但愿同死。今虽失了城池家小，安忍教兄弟中道而
亡？况城池本非吾有；识时达家眷虽被陷，吕布必不谋害，尚可设
计救之。贤弟一时之误，何至遽欲捐生耶！"今之因姻娅不睦，而致
兄弟不睦者多矣。同姓
且然，何况异姓？观玄德数语，胜读《棠棣》一篇。说罢大哭。关、张俱感泣。

　　且说袁术知吕布袭了徐州，星夜差人至吕布处，许以粮五万
斛、马五百匹、金银一万两、彩缎一千匹，使夹攻刘备。袁术前既
不纳吕
布，今又交通吕布，反覆可笑。布喜，令高顺领兵五万袭玄德之后。前曾为其所拒，今又
为其所使，吕布不但
无义，亦无气。玄德闻得此信，乘阴雨撤兵，弃盱眙而走，思欲东取广
陵。比及高顺军来，玄德已去。高顺与纪灵相见，就索所许之
物。灵曰："公且回军，容某见主公计之。"高顺乃别纪灵回
军，见吕布具述纪灵语。布正在迟疑，忽有袁术书至。书意云：
"高顺虽来，而刘备未除；且待捉了刘备，那时方以所许之物相
送。"前之所许，竟似
商于六百里。布怒骂袁术失信，欲起兵伐之。陈宫曰："不
可。术据寿春，兵多粮广，不可轻敌。不如请玄德还屯小沛，使
为我羽翼。他日令玄德为先锋，那时先取袁术，后取袁绍，可纵
横天下矣。"布听其言，令人赍书迎玄德回。忽欲攻之，忽欲迎之，
反覆无常，可笑。

　　却说玄德引兵东取广陵，被袁术劫寨，折兵大半。回来正遇
吕布之使，呈上书札，玄德大喜。关、张曰："吕布乃无义之
人，不可信也。"玄德曰："彼既以好情待我，奈何疑之！"遂
来到徐州。此在他人，决不肯
来，亦决不敢来。布恐玄德疑惑，先令人送还家眷。甘、
糜二夫人见玄德，具说："吕布令兵把定宅门，禁诸人不得入；
又常使侍妾送物，未尝有缺。"玄德谓关、张曰："我知吕布必
不害我家眷也。"乃入城谢吕布。张飞恨吕布，不肯随往，先奉

二嫂往小沛去了。玄德入见吕布拜谢。吕布曰："吾非欲夺城，因令弟张飞在此恃酒杀人，恐有失事，故来守之耳。"^{多谢。}玄德曰："备欲让兄久矣。"布假意仍让玄德。玄德力辞，还屯小沛住扎。^{本是吕布寄于刘备，今反弄成刘备寄于吕布，真客反为主，主反为客。}关、张心中不平。玄德曰："屈身守分，以待天时，不可与命争也。^{能屈然后能伸，确是至言。}吕布令人送粮米缎匹。自此两家和好，不在话下。

却说袁术大宴将士于寿春。人报孙策征庐江太守陆康，得胜而回。术唤策至，策拜于堂下。问劳已毕，便令侍坐饮宴。^{此处接写孙策，忽写他在袁术堂下趋瞻拜坐，令人不解其故。直至下文方与说明，笔法妙甚！}原来孙策自父丧之后，退居江南，礼贤下士；后因陶谦与策母舅丹阳太守吴璟不和，策乃移母并家属居于曲阿，自己却投袁术。术甚爱之，常叹曰："使术有子如孙郎，死复何恨！"因使为怀义校尉，引兵攻泾县太师祖郎得胜。术见策勇，复使攻陆康，今又得胜而回。^{补叙简到。}

当日筵散，策归营寨。见术席间相待之礼甚傲，^{袁术与孙坚同辈，其待策之傲，自以为父执耳。不知英雄固不论年。策虽少，犹虎也；术虽发白，不过一老年而已。}心中郁闷，乃步月于中庭，因思："父孙坚如此英雄，我今沦落至此！"不觉放声大哭。^{昔孙坚在洛阳时，曾于月下挥泪。今孙策在袁术处，亦于月下放声。一为国事伤情，一为家声发愤。我有一片心，诉与天边月。月之感人，甚矣哉！}忽见一人自外而入，大笑曰："伯符何故如此？尊父在日，多曾用我。君若有不决之事，何不问我，乃自哭耶？"策视之，乃丹阳故鄣人，姓朱名治，字君理，孙坚旧从事官也。策收泪而延之坐，曰："策所哭者，恨不能继父之志耳。"^{哭得英雄}治曰："君何不告袁公路，借兵往江东，假名救吴璟，实图大业，而乃久困于人之下乎？"正商议间，一人忽入曰："公等所谋，吾已知之。吾手下有精壮百人，暂助伯符一马之力。"策视其人，乃袁术谋士，汝阳细阳人，姓吕名范，字子衡。袁术谋士为他人用，术之无成可知矣。策大喜，延坐共议。吕范曰："只恐袁公路不肯借兵。"策曰："吾有亡父留下传国玉玺，乃翁设誓抵赖，今子竟不隐讳。以为质当。"以无用之玺，换有用之兵，大有计算。范曰："公路欲得此久矣！袁术平日妄想，却从吕范口中补出，妙。以此相质，必肯发兵。"三人计议已定。

次日，策入见袁术，哭拜曰："父仇不能报，今母舅吴璟，又为扬州刺史刘繇所逼。策老母家小，皆在曲阿，必将被害。先说报父仇，实重在救母难。策敢借雄兵数千，渡江救难省亲。恐明公不信，有亡父遗下玉玺，权为质当。"术闻有玉玺，取而视之，大喜曰："吾非要你玉玺，今且权留在此。为后文借号张本。我借兵三千、马五百匹与你。平定之后，可速回来。你职位卑微，难掌大权。我表你为折冲校尉、殄寇将军，不但借得兵马，兼得一个大官。克日领兵便行。"

策拜谢，遂引军马，带领朱治、吕范、旧将程普、黄盖、韩当等，择日起兵。行至历阳，见一军到。当先一人，姿质风流，仪容秀丽，见了孙策，下马便拜。策视其人，乃庐江舒城人，姓周名瑜，字公瑾。孙策是小霸王，此人亦是小范增也。原来孙坚讨董卓之时，移家舒城，瑜与孙策同年，交情甚密，因结为昆仲。策长瑜两月，瑜以兄事策。瑜叔周尚为丹阳太守，今往省亲，不但同年，亦且同志。到此与策相遇。策见瑜大喜，诉以衷情。瑜曰："某愿施犬马之力，共图大事。"策喜曰："吾得公瑾，大事谐矣！"便令与朱治、吕范等相见。瑜谓策曰："吾兄欲济大事，亦知江东有'二张'乎？一人荐出二人。○能成大事者，必能得士；能助人成大事者，必能荐贤。策曰："何为'二张'"？瑜曰："一人乃彭城张昭，字子布；一人乃广陵张纮，字子纲。二人皆有经天纬地之才，因避乱隐居于此。吾兄何不聘之？"策喜，即便令人赍礼往聘，俱辞不至。<small>有身分。若呼之即至者，周瑜亦不荐之矣。</small>策乃亲到其家，与语大悦，力聘之，二人许允。策遂拜张昭为长史兼抚军中郎将，张纮为参谋正议校尉，商议攻击刘繇。

却说刘繇，字正礼，东莱牟平人也，亦是汉室宗亲，太尉刘宠之侄，兖州刺史刘岱之弟，旧为扬州刺史，屯于寿春，被袁术赶过江东，故来曲阿。<small>叙明刘繇来历。</small>当下闻孙策兵至，急聚众将商议。部将张英曰："某领一军屯于牛渚，纵有百万之兵，亦不能近。"言未毕，帐下一人高叫曰："某愿为前部先锋！"众视之，乃东莱黄县人太史慈也。慈自解了北海之围后，便来见刘繇，繇留于帐下。<small>补应前文。</small>当日听得孙策来到，愿为前部先锋。繇曰："你年尚轻，未可为大将，<small>袁术以年轻孙策，刘繇亦以年轻太史慈：术与繇是一流人。</small>只在吾左右听命。"太史慈不喜而退。张英领兵至牛渚，积粮十万于邸阁。孙策引兵到，张英出迎，两军会于牛渚滩上。孙策出马，张英大骂，黄盖便出与张英战。不数合，忽然张英军中大乱，报说寨中有人放火。<small>此放火者，果何人耶？事诚意外之事，文亦意外之文。</small>张英急回军。孙策引军前来，乘势掩杀。张英弃了牛渚，望深山而逃。原来那寨后放火的，乃是两员健将：一人乃九江寿春人，姓蒋名钦，字公奕；一人乃九江下蔡人，姓周名泰，字幼平。二人皆遭世乱，聚人在洋子江中，劫掠为生。久闻孙策为江东豪杰，能招贤纳士，故特引其党三百馀人，前来相投。<small>二人不待相投而后立功，乃先立功而后相投，来得甚奇。</small>策大喜，用为车前校尉。收得牛渚邸阁粮食、军器，并降卒四千馀人，遂进兵神亭。

却说张英败回见刘繇，繇怒，欲斩之。谋士笮融、薛礼劝免，使屯兵零陵城拒敌。刘繇自领兵于神亭岭南下营，孙策于岭北下营。策问土人曰："近山有汉光武庙否？"土人曰："有庙在岭上。"光武庙宜在洛阳，奈何神亭岭亦有之？意者洛阳太庙焚毁，而刘繇自以为宗室，乃立庙于此耶？策曰："吾夜梦光武召我相见，当往祈之。"孙策后来不信神仙，此日独信梦兆，何也？长史张昭曰："不可。岭南乃刘繇寨，倘有伏兵，奈何？"策曰："神人佑我，吾何惧焉！"遂披挂绰枪上马，引程普、黄盖、韩当、蒋钦、周泰等共十三骑，出寨上岭，到庙焚香。下马参拜已毕，策向前跪祝曰："若孙策能于江东立业，复兴故父之基，即当重修庙宇，四时祭祀。"卿自欲兴孙家基业，与刘家何与？且正与刘家宗亲作对，何反向汉室祖先致祝也？○小霸王欲求神力助攻刘氏，当求项羽庙而祝之。祝毕，出庙上马，回顾众将曰："吾欲过岭，探看刘繇寨栅。"诸将皆以为不可。策不从，遂同上岭，南望村林。早有伏路小军飞报刘繇。繇曰："此必是孙策诱敌之计，不可追之。"太史慈踊跃曰："此时不捉孙策，更待何时！"遂不候刘繇将令，竟自披挂上马，绰枪出营，大叫曰："有胆气者，都跟我来！"诸将不动，唯有一小将曰："太史慈真猛将也！吾可助之！"拍马同行。此小将惜不传其名，可竟称之为小太史慈。众将皆笑。燕雀笑鸿鹄。

却说孙策看了半晌，方始回马。足见孙策大胆。正行过岭，只听得岭上叫："孙策休走！"策回头视之，见两匹马飞下岭来。策将十三骑一齐摆开。策横枪立马于岭下待之。儒雅之极。太史慈高叫曰："那个是孙策？"策曰："你是何人？"答曰："我便是东莱太史慈也，特来捉孙策！"策笑曰："只我便是。从容之极。你两个一齐来并我一个，我不惧你！我若怕你，非孙伯符也！"孙郎独战太史慈，此项羽所谓独身挑战者也。慈曰："你便众人都来，我亦不怕！"纵马横枪，直取孙策。策挺枪来迎。两马相交，战五十合，不分胜负。程普等暗暗称奇。在旁观者眼中摹写一笔，妙。慈见孙策枪法无半点儿差漏，乃佯输诈败，引孙策赶来。慈却不由旧路上岭，竟转过山背后。策赶到，大喝曰："走的不算好汉！"慈心中自忖："这厮有十二从人，我只一个，便活捉了他，也被众人夺去。不惹捉不得孙策，只惹捉了被人夺去，可谓目无孙策矣。再引一程，教这厮没寻处，方好下手。"于是且战且走。策那里肯舍，一直赶到平川之地。慈兜回马再战，又到五十合。策一枪搠去，慈闪过，挟住枪；慈也一枪搠去，策亦闪过，挟住枪。两个用力只一拖，都滚下马来，杀得好马不知走的那里去了。不唯从人失散，且复"爱丧其马"。两个弃了枪，揪住厮打，不打不成相识。战袍扯得粉碎。策手快，掣了太史慈背上的短戟，慈亦掣了策头上的兜鍪。策把戟来刺慈，慈把兜鍪遮架。策即以慈之戟刺慈，慈亦即以策之盔御策。同是以敌治敌，同是以我困我。忽然喊声后起，乃刘繇接应军到来，约有千馀。策正慌急，程普等十二骑亦冲到。策与慈方才放手。慈于军中讨了一匹马，细 取了枪，上马复来。孙策的马却是程普收得，细 策亦取枪上马。刘繇一千馀军，和程普等十二骑混战，逶迤杀到神亭岭下。喊声起处，周瑜领军来到。赖有此军接应，不然孙策亦轻身陷敌矣。独不记乃尊岘山故事耶？刘繇自领大军杀下岭来。时近黄昏，风雨暴至，两下各自收军。若非风雨，慈、策二人将直杀至天明矣。

　　次日，孙策引军到刘繇营前，刘繇引军出迎。两阵圆处，孙策把枪挑太史慈的小戟于阵前，令军士大叫曰："太史慈若不是走的快，已被刺死了！"太史慈亦将孙策兜鍪于阵前，前日虎牢关上，挑孙坚赤帻；今日神亭岭下，挑孙策兜鍪：可称落帽世家。也令军士大叫曰："孙策头已在此！"两军呐喊，这边夸胜，那边道强。太史慈出马，要与孙策决个胜负，策遂欲出。程普曰："不须主公劳力，某自擒之。"程普出到阵前，太史慈曰："你非我之敌手，只教孙策出马来！"程普大怒，挺枪直取太史慈。两马相交，战到三十合，刘繇急鸣金收军。太史慈曰："我正要捉拿贼将，何故收军？"刘繇曰："人报周瑜领军袭取曲阿，有庐江松滋人陈武，字子烈，接应周瑜入去。_{此段事即在众人口中叙出，甚省笔。}吾家基业已失，不可久留。速往秣陵，会薛礼、笮融军马，急来接应。"太史慈跟着刘繇退军，孙策不赶，收住人马。长史张昭曰："彼军被周瑜袭取曲阿，无恋战之心，今夜正好劫营。"孙策然之。当夜分军五路，长驱大进。刘繇军兵大败，众皆四纷五落。太史慈独力难当，引十数骑连夜投泾县去了。

却说孙策又得陈武为辅，其人身长七尺，面黄睛赤，形容古怪。_{前只在刘繇口中述其事，今却在孙策眼中见其人，补叙得好。}策甚敬爱之，拜为校尉，使作先锋攻薛礼。武引十数骑突入阵去，斩首级五十馀颗。_{只十数骑耳，斩首如此之多，足见其勇。}薛礼闭门不敢出。策正攻城，忽有人报刘繇会合笮融去取牛渚。孙策大怒，自提大军竟奔牛渚。刘繇、笮融二人出马迎敌。孙策曰："吾今到此，你如何不降？"刘繇背后一人挺枪出马，乃部将于糜也，与策战不三合，被策生擒过去，拨马回阵。繇将樊能，见捉了于糜，挺枪来赶。那枪刚搠到策后心，策阵上军士大叫："背后有人暗算！"策回头，忽见樊能马到，乃大喝一声，声如巨雷。樊能惊骇，倒翻身撞下马来，破头而死。策到门旗下，将于糜丢下，已被挟死。一霎时挟死一将，喝死一将，自此人皆呼孙策为"小霸王"。_{忙中夹注一笔，妙。○霸王无面见江东，今小霸王复霸江东，即或即项羽后身，亦未可知。}

当日刘繇兵大败，人马大半降策。策斩首级万馀。刘繇与笮融走豫章投刘表去了。_{又走到孙策仇人处。}孙策还兵复攻秣陵，亲到城河边，招谕薛礼投降。城上暗放一冷箭，正中孙策左腿，翻身落马，众将急救起还营，拔箭以金疮药傅之。策令军中诈称主将中箭身死。孙坚真被射死，孙策诈作射死。一军中举哀，拔寨齐起。薛礼真一假，一死一生，令人不测。听知孙策已死，连夜起城内之军，与骁将张英、陈横杀出城来追之。忽然伏兵四起，孙策当先出马，高声大叫："孙郎在此！"孙策不死，无众军皆惊，尽弃刀枪，拜于地下。策令休杀一人。张异孙坚复生。英拨马回走，被陈武一枪刺死。陈横被蒋钦一箭射死。薛礼死于乱军之中。策入秣陵，安辑居民，移兵至泾县来捉太史慈。

却说太史慈招得精壮二千馀人并所部兵，正要来与刘繇报仇。孙策与周瑜商议活捉太史慈之计。瑜令三面攻县，只留东门放走，离县二十五里，三路各伏一军，太史慈到那里，人困马乏，必然被擒。原来太史慈所招军大半是山野之民，不谙纪律。然则虽有二千人，原泾县城头苦不甚高，当夜孙策命陈武短衣持刀，只太史慈一人耳。首先爬上城放火。太史慈见城上火起，上马投东门走，背后孙策引军来赶。太史慈正走，后军赶至三十里，却不赶了。太史慈走了五十里，人困马乏。芦苇之中，喊声忽起。慈急待走，两下里绊马索齐来将马绊翻了，生擒太史慈，解投大寨。

策知解到太史慈，亲自出营，喝散士卒，自释其缚，将自己锦袍衣之，孙策为小霸王，太史慈亦一小英布也。但项请入寨中。谓曰：羽不能用英布，孙策能用慈，胜项羽多矣。"我知子义真丈夫也。刘繇蠢辈，不能用为大将，以致此败。"贬驳刘繇，隐慈见策待之甚厚，遂请降。策执慈手笑曰："神亭相战之然夸奖自己。时，若公获我，还相害否？"慈笑曰："未可知也。"极似穿封戍对策楚灵王语。大笑，请入帐，邀之上坐，设宴款待。慈曰："刘君新破，士卒离心。某欲自往收拾馀众，以助明公，不识能相信否？"策起谢曰："此诚策所愿也。今与公约，明日日中望公来还。"慈应诺而去。诸将曰："太史慈此去必不来矣。"策曰："子义乃信义之士，必不背我。"众皆未信。次日，立竿于营门以候日影。恰将日中，太史慈引一千馀众到寨。孙策大喜，众皆服策之知人。有孙策之信太史慈，乃有孙权之信诸葛瑾，弟正学其兄也。

于是孙策聚数万之众，下江东，安民恤众，投者无数。江东之民，皆呼策为"孙郎"。但闻孙郎兵至，皆丧胆而走。及策军到，并不许一人掳掠，鸡犬不惊，人民皆悦，赍牛酒到寨劳军。策以金帛答之，欢声遍野。项羽好杀，每欲屠城，今其刘繇旧军，愿从军听从，不愿为军者给赏归农。江南之民，无不仰颂。勇者不必有仁，孙郎勇而能仁，尤为难得。由是兵势大盛。策乃迎母叔诸弟俱归曲阿，使弟孙权与周泰守宣城。孙权此处方出头。策领兵南取吴郡。

时有严白虎，自称东吴德王，据吴郡，遣部将守住乌程、嘉兴。当日白虎闻策兵至，令弟严舆出兵，会于枫桥。孙郎既得陈武，又得太史慈，已有二虎，何怕此一虎？舆横刀立马于桥上。有人报入中军，策便欲出。一将之勇有馀，君人之度未足。张纮谏曰："夫主将乃三军之所系命，不宜轻敌小寇。愿将军自重。"策谢曰："先生之言如金石，但恐不亲冒矢石，则将士不用命耳。"遂遣韩当出马。比及韩当到桥上时，蒋钦、陈武早驾小舟从河岸边杀过桥里，乱箭射倒岸上军，二人飞身上岸砍杀。严舆退走。韩当引军直杀到阊门下，贼退入城里去了。策分兵水陆并进，围住吴城。一围三日，无人出战。策引众军到阊门外招谕。城上一员裨将，左手托定护梁，右手指着城下大骂。太史慈就马上拈弓取箭，顾军将曰："看我射中这厮左手！"说声未绝，弓弦响处，果然射个正中，把那将的左手射透，反牢钉在护梁上。此厮但会骂人，却不能口手相应。城下城上，人见着无不喝采。城下人喜而喝采，宜矣；城

上人正当着急，如何也喝采？众人救了这人下城。白虎大惊曰："彼军
想苏州人固应有此清兴。
有如此人，安能敌乎！"遂商量求和。

次日，使严舆出城，来见孙策。策请舆入帐饮酒。酒酣，问
舆曰："令兄意欲如何？"舆曰："欲与将军平分江东。"策大怒
曰："鼠辈安敢与吾相等！"彼自名曰"虎"，策命斩严舆。舆拔剑
　　　　　　　　　　　　乃目之曰"鼠"。
起身，策飞剑砍之，应手而倒，割下首级，令人送入城中。白虎
料敌不过，弃城而走。

策进兵追袭，黄盖攻取嘉兴，太史慈攻取乌程，数州皆平。
白虎奔馀杭，于路劫掠，人遇孙家兵如遇青龙，被土人凌操领乡人杀
　　　　　　　　　　　　遇严家兵真如遇白虎。
败，望会稽而走。凌操父子二人来接孙策，策使为从征校尉，遂
同引兵渡江。严白虎聚寇，分布于西津渡口。程普与战，复大败
之，连夜赶到会稽。

会稽太守王朗，欲引兵救白虎。忽一人出曰："不可。孙策
用仁义之师，白虎乃暴虐之众，还宜擒白虎以献孙策。"此言甚朗
　　　　　　　　　　　　　　　　　　　　　　　　　当。
视之，乃会稽馀姚人，姓虞名翻，字仲翔，见为郡吏。郎怒叱
之，翻长叹而出。朗遂引兵会合白虎，同陈兵于山阴之野。两阵
对圆，孙策出马，谓王朗曰："吾兴仁义之兵，来安浙江，汝何
故助贼？"郎骂曰："汝贪心不足，既得吴郡，而又强并吾界！
今日特与严氏雪仇！"王朗亦一时名士，孙策大怒，正待交战，太史
　　　　　　　　　　　何不识好歹至此？
慈早出。王朗拍马舞刀，与慈战不数合，朗将周昕，杀出助战；
孙策阵中黄盖，飞马接住周昕交锋。两下鼓声大震，互相鏖战。
忽王朗阵后先乱，一彪军从背后抄来。来得朗大惊，急回马来
　　　　　　　　　　　　　　　　　奇。
迎。原来周瑜与程普引军刺斜杀来，孙郎每亏周郎接应。前后夹
　　　　　　　　　　　　　　　　下江东，周郎之功居多。
攻。王朗寡不敌众，与白虎、周昕杀条血路，走入城中，拽起吊

桥，坚闭城门。孙策大军乘势赶到城下，分布众军，四门攻打。王朗在城中见孙策攻城甚急，欲再出兵决一死战。严白虎曰："孙策兵势甚大，足下只宜深沟高垒，坚壁勿出。不消一月，彼军粮尽，自然退走。那时乘势掩之，可不战而破也。"朗依其议，乃固守会稽城而不出。_{几如句践之甲楯五千。}孙策一连攻了数日，不能成功，乃与众将计议。孙静曰："王朗负固守城，难可卒拔。会稽钱粮大半屯于查渎，其地离此数十里，莫若以兵先据其内，所谓'攻其无备，出其不意'也。"_{孙权有叔，孙坚有弟。}策大喜曰："叔父妙用，足破贼人矣！"即下令于各门燃火，虚张旗号，设为疑兵，连夜彻围南去。周瑜进曰："主公大兵一起，王朗必出城来赶，可用奇兵胜之。"策曰："吾今准备下了，取城只在今夜。"遂令军马起行。_{名取查渎，其意实在会稽。孙郎兵法颇妙，非徒勇也。}

却说王朗闻报孙策军马退去，自引众人来敌楼上观望，见城下烟火并起，旌旗不杂，心下持疑。周昕曰："孙策走矣，特设此计以疑我耳。可出兵袭之。"严白虎曰："孙策此去，莫非要去查渎？我引部兵追之。"郎曰："查渎是我屯粮之所，正须提防。汝引兵先行，吾随后接应。"白虎与周昕领五千兵出城追赶。将近初更，离城二十馀里，忽密林里一声鼓响，火把齐明。白虎大惊，便勒马回走。一将当先拦住，火光中视之，乃孙策也。周昕舞刀来迎，被策一枪刺死。馀众皆降。白虎杀条血路，望馀杭而走。王朗听知前军已败，不敢入城，引部下奔逃海隅去了。孙策复回大军，乘势取了城池，安定人民。不隔一日，只见一人将着严白虎首级来孙策军前投献。策视其人，身长八尺，面方口阔。问其姓名，乃会稽馀姚人，姓董名袭，字元代。_{此人亦先立功而后}

出姓名，与前文一样笔法。策喜，命为别部司马。自是东路皆平，令叔孙静守之，令朱治为吴郡太守，收军回江东。

却说孙权与周泰守宣城，忽山贼窃发，四面杀至。时值更深，不及抵敌，泰抱权上马。数十贼众，用刀来砍。泰赤体步行，提刀杀贼，砍杀十馀人。随后一贼跃马挺枪直取周秦，被泰扯住枪，拖下马来，夺了枪马，杀条血路，救出孙权。馀贼远遁。周泰身被十二枪，有如此用命之将，安得不兴。金疮发胀，命在须臾。策闻之大惊。帐下董袭曰："某曾与海寇相持，身遭数枪，得会稽一个贤郡吏虞翻荐一医者，半月而愈。"因荐医遂并荐一荐医之人，曲折之甚。策曰："虞翻莫非虞仲翔乎？"袭曰："然。"策曰："此贤士也，我当用之。"急于求医，急于用贤。更乃令张昭与董袭同往聘请虞翻，翻至，策优礼相待，拜为功曹，因言及求医之意。先拜官而后问医，是为其贤士而用之，非专托其请医生也。翻曰："此人乃沛国谯郡人，姓华名佗，字元化，真当世之神医也。当引之来见。"不一日引至。策见其人童颜鹤发，飘然有出世之姿。华佗先于此处出现。乃待为上宾，请视周泰疮，佗曰："此易事耳。"投之以药，一月而愈。策大喜，厚谢华佗。遂进兵杀除山贼，江南皆平。孙策分拨将士，守把各处隘口，一面写表申奏朝廷，一面结交曹操，一面使人致书与袁术取玉玺。

却说袁术暗有称帝之心，乃回书推托不还。孙坚匿玺而不出，袁术赖玺而不还，皆以此玺为奇货。不知在人不在玺，犹之在德不在鼎也。急聚长史杨大将，都督张勋、纪灵、桥蕤，上将雷薄、陈兰等三十馀人商议，曰："孙策借我军马起事，今日尽得江东地面，乃不思报本，而反来索玺，殊为无礼。当以何策图之？"长史杨大将曰："孙策据长江之险，兵精粮广，未可图也。今当先伐刘备，此卷书以备始，亦以备终。以报前日无故相攻之恨，然后图取孙策未迟。某献一计，使备即日就擒。"正是：

> 不去江东图虎豹，却来徐郡斗蛟龙。

不知其计若何，且听下文分解。

第十六回

吕奉先射戟辕门

曹孟德败师淯水

曹孟德敗師渭水

　　操欲杀布，而备出书以示布；术欲攻备，而布亦射戟以救备：相报之道也。操因备之不杀布，而使构怨于术；术因布之不攻备，而遂求婚于布：相取之谋也。以相报之道言之，布在玄德度内；以相取之谋论之，术亦在孟德算中。

　　尝纵观春秋时事，婚姻每为敌国。辰嬴在晋，而秦尝伐晋。穆姬在秦，而晋尝绝秦。况吕布不有其父，何有其婿？袁术不有其同族之兄，何有于异姓之戚？安在疏不间亲耶？或解之曰：天下尽有于父母则背之、于儿女则昵之者，于兄弟则背之、于外戚则亲之者。人情颠倒，往往如是。此固陈宫之所必欲劝，而陈珪之所必欲争耳。

　　毛遂对楚王曰："合从为楚非为赵。"吕布恐袁术取小沛则徐州危，其劝和也，为己非为备也。张仪劝楚绝齐欢，而楚遂为秦所弱。陈珪恐袁、吕之交合，则不利于刘，亦不利于曹，其劝绝也，亦为刘为曹而非为布也。惟布本不为备，故夺马求和，便不许备，而射戟之时，口口为备，矜德色于备，一似助备无有如布者。惟珪本不为布，方父子同谋以图布，而绝婚之谋，口口为布，谆谆爱布，一似效忠于布，无有如珪者。《三国志》有《战国策》之谲，而《战国策》无《三国志》之巧，真绝世妙文哉！

　　操之忌备，前既欲使吕布图之，后又使袁术攻之，而决不肯自杀之者，要推恶人与别人做，盖以其为人望所归，而不欲使吾有害贤之名也。此等奸雄，奸到绝顶。伧父不解，读书至此，失声叹曰："曹操亦有好处。"此真为曹操所笑矣。

　　董卓爱妇人，曹操亦爱妇人，乃卓死于布，而操不死于绣，何也？曰：卓之死，为失心腹猛将之心；操之不死，为得心腹猛将之助也。兴亡成败，止在能用人与否耳，岂在好色不好色哉！吴王不用子胥，虽无西施，亦亡。吴王能用子胥，虽有西施，何害？袁中郎先生作《灵岩记》曰："先齐有好内之桓公，仲父云无害霸。蜀宫无倾国之美人，刘禅竟为俘虏。"此千古风流妙论。

　　摹写典韦以死拒敌，淋漓痛快。令人读之，凛凛有生气，是篇中出色处。

　　却说杨大将献计欲攻刘备。袁术曰："计将安出？"大将曰："刘备军屯小沛，虽然易取，奈吕布虎踞徐州，前次许他金帛粮马，至今未与，恐其助备。今当令人送与粮食，以结其心，（前番是赊，今番是现。）使其按兵不动，则刘备可擒。先擒刘备，后图吕布，徐州可得也。"术喜，便具粟二十万斛，令韩胤赍密书往见吕布。（先送后讲。）吕布甚喜，（赖物便怒，得物便喜，真如小儿。）重待韩胤。胤回告袁术，术遂遣纪灵为大将，雷薄、陈兰为副将，统兵数万，进攻小沛。玄德闻知此信，聚众商议。张飞要出战，孙乾曰："今小沛粮寡兵微，如何抵敌？可修书告急于吕布。"张飞曰："那厮如何肯来？"玄德曰："乾之言善。"遂修书与吕布。书略曰：

　　伏自将军垂念，令备于小沛容身，实拜云天之德。今袁术欲报私仇，遣纪灵领兵到县，亡在旦夕，非将军莫能救。望驱一旅之师，以救倒悬之急，不胜幸甚！

　　吕布看了书，与陈宫计议曰："前者袁术送粮致书，盖欲使我不救玄德也；今玄德又来求救。吾想玄德屯军小沛，未必遂能为我害。若袁术并了玄德，则北连泰山诸将以图我，我不能安枕矣。不若救玄德。"遂点兵起程。吕布从来没主张，独此番大有定见。

却说纪灵起兵长驱大进，已到沛县东南扎下营寨，昼列旌旗，遮映山川；夜设火鼓，震明天地。形容得声势。玄德县中止有五千余人，也只得勉强出县，布阵安营。忽报吕布引兵离县一里西南上扎下营寨。纪灵知吕布领兵来救刘备，急令人致书于吕布，责其无信。袁术先曾无信，今怪吕布不得。布笑曰："我有一计，使袁、刘两家都不怨我。"乃发使往纪灵、刘备寨中，请二人饮宴。此非饮宴时，岂欲以杯酒释兵权耶？奇绝。玄德闻布相请，即便欲往。关、张曰："兄长不可去，吕布必有异心。"玄德曰："我待彼不薄，彼必不害我。"遂上马而行，去得有胆。关、张随往，到吕布寨中入见。布曰："吾今特解公之危，且不明言解危之法，妙。异日得志，不可相忘！"与白门楼相照。玄德称谢。布请玄德坐。关、张按剑立于背后。人报纪灵到，玄德大惊，欲避之。布曰："吾特请你二人来会议，勿得生疑。"玄德未知其意，心下不安。纪灵下马入寨，却见玄德在帐上坐，大惊，抽身便回。同是一惊，纪灵尤甚。左右留之不住。吕布向前一把扯回，如提童稚。数万之众，而以童将之，关、张兵虽少，不足惧也。灵曰："将军欲杀纪灵耶？"此句著忙之极。布曰："非也。"灵曰："莫非杀大耳儿乎？"此句又过望之极。布曰："亦非也。"灵曰："然则为何？"布曰："玄德与布乃兄弟也，今为将军所困，故来救之。"且不明言救之法，妙。灵曰："若此则杀灵也？"此句更着忙得妙。布曰："无有此理。布平生不好斗，唯好解斗。吾今为两家解之。"绝似今日讼师之言。灵曰："请问今日解之之法？"未入门，先请问，情景逼真。布曰："吾有一法，从天所决。"且只含吐，即说出，妙。乃拉灵入帐与玄德相见。_{两人不以兵戎相见，而以酒食，大奇。}二人各怀疑忌。布乃居中坐，使灵居左，备居右，_{主居中而客居左右，是大阿哥身分。}且教设宴行酒。_{今大阿哥惯要备酒替人和事，盖有所觊觎于其间也。若吕布替玄德和事，而不索谢，胜今之大阿哥多矣。}酒行数巡，布曰："你两家看我面上，俱各罢兵。"_{开谈且只如此。}玄德无语。灵曰："吾奉主公之命，提十万之兵专捉刘备，如何罢得？"张飞大怒，拔剑在手，叱曰："吾虽兵少，觑汝辈如儿戏耳！_{吕布提之如童稚，则张飞觑之如儿戏矣。}你比百万黄巾何如？你敢伤我哥哥！"_{有玄德之无语，不得张飞之发作。}关公急止之曰："且看吕将军如何主意，那时各回营寨厮杀未迟。"_{有张公之发作，少不得关公之劝解。○做好做恶，自收自放，今之听处事人多用此法。}吕布曰："我请你两家解斗，须不教你厮杀！"_{是和事人声口。}这边纪灵忿忿，那边张飞只要厮杀。_{情景逼真。}布大怒，教左右："取我戟来！"布提画戟在手，纪灵、玄德尽皆失色。_{本是解和，却故作此惊人之笔。}布曰："我劝你两家不要厮杀，尽在天命。"令左右接过画戟，去辕门外远远插定，乃回顾纪灵、玄德曰："辕门离中军一百五十步。吾若一箭射中戟小枝，你两家罢兵；_{方说出解之法，妙。}如射不中，你各自回营，安排厮杀。有不从吾言者，并力拒之。"_{鲁仲连聊城一矢，难为了燕将，只为得一边；不若吕奉先辕门一箭，却不难为纪灵，是两边都得。}纪灵私忖："戟在一百五十步之外，安能便中？且落得应允，待其不中，那时凭我厮杀。"_{一个度其未必中。}便一口许诺。玄德自无不允。布都教坐，再各饮一杯酒。_{读者至此，将拭目观射矣，却偏教再饮酒。顿跌绝妙。}酒毕，布教取弓箭来。玄德暗祝曰："只愿他射得中便好！"_{一个祝其必中。}只见吕布挽起袍袖，搭上箭，扯满弓，叫一声："著！"正是弓开如秋月行天，箭去似流星落地，_{绝妙好词。}一箭正中画戟小枝。帐上帐下将校齐声喝采。_{读者至此亦为喝采。}后人有诗赞之曰：

温侯神射世间稀，曾向辕门独解危。

落日果然欺后羿，号猿直欲胜由基。

虎觔弦响弓开处，雕羽翎飞箭到时。

豹子尾摇穿画戟，雄兵十万脱征衣。

当下吕布射中画戟小枝，呵呵大笑，^{其实得意。}掷弓于地，执纪灵、玄德之手曰："此天令你两家罢兵也！"^{应前"从天所决"、"尽在天命"等语。}喝教军士："斟酒来！各饮一大觥！"^{处处夹写酒，妙。}玄德暗称惭愧。^{应前暗祝意。}纪灵默然半晌，^{应前暗忖。}告布曰："将军之言，不敢不听；奈纪灵回去，主人如何肯信？"布曰："吾自作书覆之便了。"^{一枝箭消缴二十万斛。}酒又数巡，纪灵求书先回。布谓玄德曰："非我则公危矣。"玄德拜谢，与关、张回。次日，三处军马都散。

不说玄德入小沛，吕布归徐州。却说纪灵回淮南见袁术，说吕布辕门射戟解和之事，呈上书信。袁术大怒曰："吕布受吾许多粮米，^{正项军粮且不肯发，今白送落二十万斛，岂不著恼。}反以此儿戏之事，偏护刘备。吾当自提重兵，亲征刘备，兼讨吕布！"纪灵曰："主公不可造次。吕布勇力过人，^{一把如提童稚之时，实亲领教其勇力。}兼有徐州之地，若布与备首尾相连，不易图也。灵闻布妻严氏有一女，年已及笄。主公有一子，可令人求亲于布，布若嫁女于主公，必杀刘备。此乃疏不间亲之计也。"^{贿赂不中，变为仇敌；仇敌不便，变为婚姻：愈出愈奇。○前处处说吕布妻小，知布儿女情深。}袁术从之，即日遣韩胤为媒，赍礼物往徐州求亲。

胤到徐州见布，称说："主公仰慕将军，欲求令爱为儿妇，永结秦晋之好。"布入谋于妻严氏。原来吕布有二妻一妾，先娶严氏为正妻，后取貂蝉为妾；及居小沛时，又娶曹豹之女为次妻。曹氏先亡无出，貂蝉亦无所出，唯严氏生一女，布最钟爱。_{补叙得好}当下严氏对布曰："吾闻袁公路久镇淮南，兵多粮广，早晚将为天子。_{为后袁术称帝伏笔}若成大事，则吾女有后妃之望。只不知他有几子？"_{确是妇人声口}布曰："止有一子。"妻曰："既如此，即当许之。纵不为皇后，吾徐州亦无忧矣。"_{人家婚姻，多凭妇人作主，只要亲家富贵。古今一体}布意遂决，厚款韩胤，许了亲事。韩胤回报袁术。术即备聘礼，仍令韩胤送至徐州。吕布受了，设席相待，留于馆驿安歇。

次日，陈宫竟往馆驿内拜望韩胤。_{又一个帮做媒的来了}讲礼毕，坐定。宫乃叱退左右，对胤曰："谁献此计，教袁公与奉先联姻？意在取刘玄德之头乎？"_{一语道破}胤失惊起谢曰："乞公台勿泄！"宫曰："吾自不泄，只恐其事若迟，必被他人识破，事将中变。"_{为后陈珪说吕布绝婚伏线}胤曰："然则奈何？愿公教之。"宫曰："吾见奉先，使其即日送女就亲，何如？"_{一个方来下聘，一个便去催妆}胤大喜，称谢曰："若如此，袁公感佩明德不浅矣！"宫遂辞别韩胤，入见吕布，曰："闻公女许嫁袁公路，甚善。但不知于何日结亲？"布曰："尚容徐议。"宫曰："古者自受聘至成婚之期，各有定例：天子一年，诸侯半年，大夫一季，庶民一月。"布曰："袁公路天赐国宝，_{映带玉玺好}早晚当为帝。今从天子例可乎？"_{是何言与？与严氏如出一口}宫曰："不可。"布曰："然则仍从诸侯例？"宫曰："亦不可。"_{等不及半年}布曰："然则将从卿大夫例乎？"宫曰："亦不可。"_{又等不及一季}布笑曰："公岂欲吾依庶民例耶？"宫曰："非也。"_{然则并一月亦等及矣}布曰："然则公意欲如何？"宫曰："方今天下诸侯，互相争雄，今公与袁公路结亲，诸侯保无有嫉妒者乎？若复远择吉期，或竟乘我良辰，伏兵半路以夺之，如之奈何？_{此言亦殊动听}为今之计，不许便休，既已许之，当趁诸侯未知之时，即便送女到寿春，^{求我庶士，迫其今兮。}另居别馆，然后择吉成亲，万无一失也。"布喜曰："公台之言甚当。"遂入告严氏，连夜具办妆奁，收拾宝马香车，令宋宪、魏续一同韩胤送女前去，鼓乐喧天，送出城外。谚云："朝种树，晚乘凉。"竟似娶妾一般，可笑。

时陈元龙之父陈珪，养老在家，闻鼓乐之声，遂问左右。左右告以故。珪曰："此乃疏不间亲之计也。玄德危矣。"遂扶病来见吕布。^{"为吕者左袒"，陈宫是也。"为刘者右袒"，陈珪是也。}布曰："大夫何来？"珪曰："闻将军死至，特来吊丧。"^{故作惊人语。婚丧贺吊，映衬成文。}布惊曰："何出此言？"珪曰："前者袁公路以金帛送公，欲杀刘玄德，而公以射戟解之。今忽来求亲，其意盖欲以公女为质，^{质物犹可，质人不堪；质子犹可，质女不堪。}随后就来攻玄德而取小沛。小沛亡，徐州危矣。且彼或来借粮，或来借兵，公若应之，是疲于奔命，而又结怨于人；若其不允，是弃亲而启兵端也。^{言袁术将攻徐州。}况闻袁术有称帝之意，是造反也。彼若造反，则公乃反贼亲属矣，得无为天下所不容乎？"^{言天下皆将攻徐州。}布大惊曰："陈宫误我！"急命张辽引兵追赶，至三十里之外将女抢归；^{高祖刻印销印，正见其有决断；吕布送婚夺婚，正见其无主张。}连韩胤都拿回监禁，不放归去。^{殊非待媒礼。}却令人回复袁术，只说女儿妆奁未备，俟备毕便自送来。陈珪又说吕布，使解韩胤赴许都。^{恶极，妙极。又为后文伏线。}布犹豫未决。

忽人报："玄德在小沛招军买马，不知何意。"布曰："此为将者本分事，何足为怪。"正话间，宋宪、魏续至，告布曰："我二人奉明公之命，往山东买马，买得好马三百余匹，回至沛县界首，被强寇劫去一半。打听得是刘备之弟张飞，诈妆山贼，抢劫马匹去了。"^{此是醒时夺的，不是使酒。}吕布听了大怒，随即点兵往小沛来斗张飞。玄德闻知大惊，慌忙领军出迎。两阵圆处，玄德出马曰："兄长何故领兵到此？"布指骂曰："我辕门射戟救你大难，你何故夺我马匹？"玄德曰："备因缺马，令人四下收买，安敢夺兄马匹。"布曰："你便使张飞夺了我好马一百五十匹，尚自抵赖！"张飞挺枪出马曰："是我夺了你好马！你今待怎么？"布骂曰："环眼贼！你累次渺视我！"飞曰："我夺你马你便恼，你夺我哥哥的徐州便不说了！"布挺戟出马来战张飞，飞亦挺枪来。两个酣战一百馀合，未见胜负。玄德恐有疏失，急鸣金收军入城。吕布分军四面围定。

〔快人快语。〕

〔妙，妙。其言又快直又公平。〕

玄德唤张飞责之曰："都是你夺他马匹，惹起事端！如今马匹在何处？"飞曰："都寄在各寺院内。"玄德随令人出城，至吕布营中，说情愿送还马匹，两相罢兵。布欲从之，陈宫曰："今不杀刘备，久后必为所害。"布听之，不从所请，攻城愈急。玄德与糜竺、孙乾商议。孙乾曰："曹操所恨者，吕布也。不若弃城走许都投奔曹操，借军破布，此为上策。"玄德曰："谁可当先破围而出？"飞曰："小弟情愿死战！"玄德令飞在前，云长在后，自居于中保护老少。当夜三更，乘着月明，出北门而走。正遇宋宪、魏续，被翼德一阵杀退，得出重围。后面张辽赶来，关公敌住。吕布见玄德去了，也不来赶，随即入城安民，令高顺守小沛，自己仍回徐州去了。

〔亦伏白门楼之事。〕

〔玄德既失徐州，又失小沛，虽皆因翼德起衅，然实陈宫构之也。〕

却说玄德前奔许都，到城外下寨，先使孙乾来见曹操，言被吕布追迫，特来相投。操曰："玄德与吾，兄弟也。"便请入城相见。次日，玄德留关、张在城外，自带孙乾、糜竺入见

〔奸甚！〕

操。操待以上宾之礼。^{奸甚。}玄德备诉吕布之事，操曰："布乃无义之辈，吾与贤弟并力诛之。"^{又是一个呼贤弟的。幸翼德此时不在侧也。}玄德称谢。操设宴相待，至晚送出。荀彧入见曰："刘备，英雄也。今不早图，后必为患。"操不答。彧出，郭嘉入。操曰："荀彧劝我杀玄德，当如何？"嘉曰："不可。主公兴义兵，为百姓除暴，唯仗信义以招俊杰，犹惧其不来也；今玄德素有英雄之名，以困穷而来投，若杀之，是害贤也。天下智谋之士，闻而自疑，将裹足不前，主公谁与定天下乎？夫除一人之患，以阻四海之望。安危之机，不可不察。"^{数语非为刘备，实为曹操。}操大喜曰："君言正合吾心。"次日，即表荐刘备领豫州牧。程昱谏曰："刘备终不为人之下。不如早图之。"操曰："方今正用英雄之时，不可杀一人而失天下之心。此郭奉孝与吾有同见也。"^{操非不欲杀备，但欲使吕布杀之，袁术杀之，必不欲自杀之也。奸雄。}^{奸雄。}遂不听昱言，以兵三千、粮万斛送与玄德，使往豫州到任，进兵屯小沛，招集原散之兵攻吕布。

玄德至豫州，令人约会曹操。操正欲起兵，自往征吕布，忽流星马报说张济自关中引兵攻南阳，为流矢所中而死；济侄张绣统其众，用贾诩为谋士，结连刘表，屯兵宛城，欲兴兵犯阙夺驾。^{补接处如奇峰蠹起。}操大怒，欲兴兵讨之，又恐吕布来侵许都，乃问计于荀彧。彧曰："此易事耳。吕布无谋之辈，见利必喜。明公可遣使往徐州，加官赐赏，令与玄德解和。^{荀彧前欲使二人相斗，今又欲使二人相和，变幻百出。}布喜则不思远图矣。"操曰："善。"遂差奉军都尉王则，赍官诰并和解书，往徐州去讫；一面起兵十五万，亲讨张绣。分军三路而行，以夏侯惇为先锋。军马至淯水下寨。贾诩劝张绣曰："操兵势大，不可与敌，不如举将投降。"张绣从之，使贾诩至操寨通款。操见诩应对如流，甚爱之，欲用为谋士。诩曰："某昔从李傕，得罪天下。自知之明。今从张绣，言听计从，未忍弃之。"为下文攻曹操张本，妙。乃辞去。次日，引绣来见操，操待之甚厚。引兵入宛城屯扎，馀军分屯城外，寨栅联络十馀里。一住数日，绣每日设宴请操。

一日操醉，退入寝所，私问左右曰："此城中有妓否？"因酒及色，阿瞒颇露本相。操之兄子曹安民知操意，乃密对曰："昨晚小侄窥见馆舍之侧，有一妇人生得十分美丽，问之，即绣叔张济之妻也。"取人叔之妻，以媚其叔，甚不正路。操闻言，便令安民领五十甲兵往取之。须臾，取到军中。以军中作桑中。操见之，果然美丽。问其姓，妇答曰："妾乃张济之妻邹氏也。"操曰："夫人识吾否？"邹氏曰："久闻丞相威名，今夕幸得瞻拜。"今夕何夕，见此良人。操曰："吾为夫人故，特纳张绣之降，不然灭族矣。"忽将大人情卖与妇人，确是醉后狂语。邹氏拜曰："实感再生之恩。"操曰："今日得见夫人，乃天幸也。今宵愿同枕席，随吾还都，安享富贵，何如？"丑极。邹氏拜谢，是夜共宿于帐中。郭汜之妻妒，张济之妻淫，皆党恶之报。邹氏曰："久住城中，绣必生疑，亦恐外人议论。"操曰："明日同夫人去寨中住。"可称压寨夫人。次日，移于城外安歇，唤典韦就中军帐房外宿卫。他人非奉呼唤，不许辄入。因此，内外不通。操每日与邹氏取乐，不想归期。奸雄如操，至此亦流连忘返，色之于人，甚矣哉！

张绣家人密报绣。绣怒曰："操贼辱我太甚！"张绣尚有廉耻若使势利无耻者，当认曹操为继叔耳。便请贾诩商议。诩曰："此事不可泄漏。来旦待操出帐议事，如此如此。"次日，操在帐中，张绣入告曰："新降兵多有逃亡者，乞移屯中军。"操许之。绣乃移屯其军，分为四寨，刻期举事。贾诩之谋甚细密。因畏典韦勇猛，急切难近，乃与偏将胡车儿商议。那胡车儿力能负五百斤，日行七百里，亦异人也；当下献计于绣曰："典韦之可畏者，双铁戟耳。主公明日可请他来吃酒，使尽醉而归。那时某便溷入他跟来军士数内，偷入帐房，先盗其戟，此人不足畏矣。"^{既请吃酒，何不便于酒中置毒？既可偷入帐房，何不便刺典韦，且何不竟刺曹操耶？车儿计不及此，盖天未欲死操耶？}绣甚喜，预先准备弓箭、甲兵，告示各寨。至期，令贾诩致意，请典韦到寨，殷勤待酒。至晚醉归，胡车儿杂在众人队里，直入大寨。^{只叙得一半。}

是夜曹操于帐中与邹氏饮酒，忽听帐外人言马嘶。^{捉奸的来了。}操使人观之，回报是张绣军夜巡，操乃不疑。时近二更，忽闻寨后呐喊，报说草车上火起，操曰："军人失火，勿得惊动。"^{不是军人失火，只为主将要紧杀火。}须臾，四下里火起，操始着忙，急唤典韦。韦方醉卧，睡梦中听得金鼓喊杀之声，便跳起身来，却寻不见了双戟。^{暗补车儿偷戟事，省笔。}时敌兵已到辕门，韦急掣步卒腰刀在手。只见门首无数军马，各挺长枪，抢入寨来。韦奋力向前，砍死二十馀人。马军方退，步军又到，两边枪如苇列。韦身无片甲，上下被数十枪，兀自死战。刀砍缺不堪用，韦即弃刀，双手提着两个军人迎敌，^{以双人当双戟，大奇。}击死者八九人。^{真可谓以人治人。}群贼不敢近，只远远以箭射之，箭如骤雨。韦犹死拒寨门，争奈寨后贼军已入，韦背上又中一枪，乃大叫数声，血流满地而死。死了半晌，还无一人敢从前门而入者。^{死典韦足拒生贼军。}

却说曹操赖典韦当住寨门，乃得从寨后上马逃奔，只有曹安民步随。操右臂中了一箭，马亦中了三箭。亏得那马是大宛良马，熬得痛，走得快。刚刚走到淯水河边，贼兵追至，安民被砍为肉泥。^{马泊六死了。}操急骤马冲波过河，才得上岸，贼兵一箭射来，正中马眼，那马扑地倒了。操长子曹昂，即以己所乘之马奉操。操上马急奔，曹昂却被乱箭射死。^{爱将、爱子皆}^{死于妇人之手。}操乃走脱。^{自己便走脱，}^{只不知邹夫人}^{如何下}^{落。}路逢诸将，收集残兵。时夏侯惇所领青州之兵，乘势下乡，劫掠民家。平虏校尉于禁，即将本部军于路剿杀，安抚乡民。^{为民杀兵}^{乃真将尔。}青州兵走回，迎操泣拜于地，言于禁造反，赶杀青州军马。操大惊。须臾，夏侯惇、许褚、李典、乐进都到。操言于禁造反，可整兵迎之。

却说于禁见操等俱到，乃引军射住阵角，凿堑安营。^{俨如对}^{敌者。}或告之曰："青州军言将军造反，今丞相已到，何不分辨，乃先立营寨耶？"于禁曰："今贼追兵在后，不时即至，若不先准备，何以拒敌？分辨小事，退敌大事。"^{退敌正是}^{分辨。}安营方毕，张绣军两路杀至。于禁身先出寨迎敌。绣急退兵。左右诸将，见于禁向前，各引兵击之，绣军大败，追杀百馀里。绣势穷力孤，引败兵投刘表去了。^{为后伏}^{线。}曹操收军点将，于禁入见，备言青州之兵，肆行劫掠，大失民望，某故杀之。操曰："不告我，先下寨，何也？"禁以前言对。操曰："将军在匆忙之中，能整兵坚垒，任谤任劳，使反败为胜，虽古之名将，何以加兹！"乃赐以金器一副，封益寿亭侯；责夏侯惇治兵不严之过。^{治兵不严，虽猛将如惇、亲}^{族如惇且不能逃其责，况不}^{如惇者}^{乎！}又设祭祭典韦，操亲自哭而奠之，顾谓诸将曰："吾折长子、爱侄，俱无深痛，独号泣典韦也！"^{此是曹操得人心处。然}^{必用自说，便知其假。}众皆感叹。次日下令班师。

不说曹操还兵许都。且说王则赍诏至徐州，布迎接入府，开读诏书，封布为平东将军，特赐印绶；又出操私书。王则在吕布面前极道曹公相敬之意。布大喜。忽报袁术遣人至，布唤入问之。使言："袁公早晚即皇帝位，立东宫，催取皇妃早到淮南。"布大怒曰："反贼焉敢如此!"遂杀来使，将韩胤用枷钉了，_{真独桌请媒人矣。陈宫亦当陪吃一桌。}遣陈登赍谢表，解韩胤一同王则上许都来谢恩;且答书于操，欲求实授徐州牧。操知布绝婚袁术，大喜，遂斩韩胤于市曹。陈登密谏操曰："吕布，豺狼也，勇而无谋，轻于去就，_{八字定评。}宜早图之。"操曰："吾素知吕布狼子野心，诚难久养。非公父子莫能究其情，公当与吾谋之。"登曰："丞相若有举动，某当为内应。"_{为后赚吕布张本。}操喜，表赠陈珪秩中二千石，登为广陵太守。登辞回，操执登手曰："东方之事，便以相付。"登点头允诺，回徐州见吕布。布问之，登言："父赠禄，某为太守。"布大怒曰："汝不为吾求徐州牧，而乃自求爵禄!汝父教我协同曹公，绝婚公路，今吾所求终无一获，而汝父子俱各显贵，吾为汝父子所卖耳!"遂拔剑欲斩之。登大笑曰："将军何其不明之甚也!"_{从容之极。}布曰："吾何不明?"登曰："吾见曹公，言养将军譬如养虎，当饱其肉，不饱则将噬人。曹公笑曰:'不如卿言。吾待温侯如养鹰耳。狐兔未息，不敢先饱，饥则为用，饱则飏去。'_{张良以韩信、彭越、英布为虎，以绛、灌等诸将为鹰，此即借用其语，明是陈登捏出。}某问:'谁为狐兔?'曹公曰:'淮南袁术、江东孙策、冀州袁绍、荆襄刘表、_{此四人前文已见。}益州刘璋、汉中张鲁、_{此二人前文未见，于此处点文伏线。}皆狐兔也。'"布掷剑笑曰："曹公知我也!"_{痴人。}正说话间，忽报袁术军取徐州。吕布闻言失惊。正是:

　　秦晋未谐吴越斗，婚姻惹出甲兵来。

毕竟后事如何，且听下文分解。

第十七回　袁公路大起七军　曹孟德会合三将

智显垒会合三将

泽麇虎皮，便为众射之的。袁术一僭帝号，天下共起而攻之。曹操所以迟迟而未发者，非薄天子而不为，正畏天下而不敢耳。况所乐乎为君，以其有令天下之权也。权则专之于己，名则归之于帝，操之谋善矣。操辞其名而取其实，术无其实而冒其名，岂非操巧而术拙？

或曰：蜀、吴、魏三国，从来皆称皇帝，独袁术称帝则不可。何也？曰：真能做皇帝者，每不在先而在后，其为正统混一之帝，必待海内削平，四方宾服，又必有群臣劝进，诸侯推戴，然后让再让三，辞之不得，而乃祀南郊，改正朔焉。则受之也愈迟，而得之也愈固。即为闰统偏安之帝，亦必待小邦俱已兼并，大国仅存一二，外而邻境息烽，内而人民乐附，然后自侯而王，自王而帝，次第而升之，斯能传之后人，以为再世不拔之业。今观建安之初，曹操虽专，献帝尚在，而群雄角立，如刘备、孙策、袁绍、公孙瓒、吕布、张绣、张鲁、刘表、刘璋、马腾、韩遂之徒，曾未有一人遽敢盗窃名字者。而以寿春太守，漫然而僭至尊之号，安得不速祸而召亡哉！

爱兵而不爱民，不可以为将；爱将而不爱民，不可以为君。故善将兵者，必能治兵，兼能治他人之兵，于禁是也。善将将者，必能治将，兼能治他人之将，刘备是也。曹操击绣之兵，以手扶麦而过，则知操之能为将矣。袁术攻徐之将，于路劫掠而来，则知术之不能为君矣。民为邦本，故此卷之中，三致意云。

操之忌备深矣，忌布亦深矣。方其相合，则私为之构以离之；及其既离，又以未及攻之而姑使合之。乃阳合之，而又私相嘱以欲其终离之。初则为二虎争食之谋，继又为驱虎吞狼之计，未更为掘坑待虎之策，种种不怀好意，吕布不知而为其所弄；刘备知之而权且应命。曹操亦明知刘备必然知之，而大家只做不知，真好看煞人。

曹操一生，无所不用其借：借天子以令诸侯；又借诸侯以攻诸侯；至于欲安军心，则他人之头亦可借；欲申军令，则自己之发亦可借。借之谋愈奇，借之术愈幻，是千古第一奸雄。

却说袁术在淮南地广粮多，又有孙策所质玉玺，遂思僭称帝号，（如此举动，又可恶，又可笑，又可丑，又可怜。）大会群下议曰："昔汉高祖不过泗上一亭长，而有天下；今历年四百，气数已尽，海内鼎沸。吾家已四世三公，（久仰。○薄视亭长，重称四世三公，只是自矜家世。丑极。）百姓所归。吾欲应天顺人，正位九五，尔众人以为何如？"主簿阎象曰："不可。昔周后稷积德累功，至于文王，三分天下有其二，犹以服事殷。明公家世虽贵，未若有周之盛；汉室虽微，未若殷纣之暴也。此事决不可行。"（此事曹操亦不敢行，而必留待其后人者，正怕此一段议论耳。）术怒曰："吾袁姓出于陈，陈乃大舜之后，（然则不止四世三公矣。）以土承火，正应其运，又谶云：'代汉者，当涂高也。'吾字公路，正应其谶；（当涂而高，象魏阙也。此曹操之谶，袁术何得冒认？）又有传国玉玺，若不为君，背天道也。吾意已决，多言者斩！"（但闻有群臣劝进而犹豫者，不闻有群臣力谏而大怒者。皇帝岂是使性做的？）遂建号仲氏，（建号仲氏，想是虞舜第二房子孙。）立台省等官，乘龙凤辇，祀南北郊，立冯方女为后，立子为东宫，因命使催取吕布之女为东宫妃。却闻布已将韩胤解赴许都，为曹操所斩，（补接前文。）乃大怒。遂拜张勋为大将军，统领大军二十余万，分七路征徐州。第一路大将张勋居中，第二路上将桥蕤居左，第三路上将陈纪居右，第四路副将雷薄居左，第五路副将陈兰居右，第六路降将韩暹居左，第七路降将杨奉居右，〔末二路应前文伏后文。〕各领部下健将，克日起行。命兖州刺史金尚为太尉，监运七路钱粮。尚不从，术杀之。以纪灵为七路都救应使。术自引军三万，使李丰、梁刚、乐就为催进使，接应七路之兵。〔写得声势。〕

吕布使人探听得张勋一军从大路径取徐州，桥蕤一军取小沛，陈纪一军取沂都，雷薄一军取琅邪，陈兰一军取碣石，韩暹一军取下邳，杨奉一军取浚山，〔此一段事，又从吕布探听处补叙出，好。〕七路军马，日行五十里。于路劫掠将来，〔好个皇帝兵。〕乃急召众谋士商议。陈宫与陈珪父子俱至。陈宫曰："徐州之祸，乃陈珪父子所招，媚朝廷以求爵禄，今日移祸于将军。可斩二人之头献袁术，其军自退。"〔此时即杀陈珪父子，袁术必不退兵，陈宫此谋甚左。〕布听其言，即命擒下陈珪、陈登。〔没主意。〕陈登大笑曰："何如是之懦也！吾观七路之兵，如七堆腐草，何足介意！"〔语多豪气。元龙会说大话，亦会干大事。今人干大事则不如元龙，说大话则学元龙，可叹也！〕布曰："汝若有计破敌，免汝死罪。"陈登曰："将军若用老夫之言，徐州可保无虞。"布曰："试言之。"登曰："术兵虽众，皆乌合之师，素不亲信。我以正兵守之，出奇兵胜之，无不成功。更有一计，不止保安徐州，并可生擒袁术。"〔其语愈壮。〕布曰："计将安出？"登曰："韩暹、杨奉乃汉旧臣，因惧曹操而走，无家可依，暂归袁术；术必轻之，彼亦不乐为术用。若凭尺书结为内应，更连刘备为外合，必擒袁术矣。"〔此彼失其二路，而我得其三路矣。〕布曰："汝须亲到韩暹、杨奉处下书。"陈登允诺。布乃发表上许都，〔为后曹操攻术张本。〕并致书与豫州，〔为后云长助布张本。〕然后令陈登引数骑，先于下邳道上候韩暹。

暹引兵至，下寨毕，登入见。暹问曰："汝乃吕布之人，来此何干？"登笑曰："某为大汉公卿，〔四字便打动韩暹。〕何谓吕布之人？若将军者，向为汉臣，今乃为叛贼之臣，使昔日关中保驾之功化为乌有，窃为将军不取也。_{揭其前功}_{搔着痒处}且袁术性最多疑，将军后必为其所害。今不早图，悔之无及！"_{说出后患}_{刺着痛处}暹叹曰："吾欲归汉，恨无门耳。"登乃出布书。暹览书毕曰："吾已知之。公先回，吾与杨将军反戈击之。但看火起为号，温侯以兵相应可也。"_{前欲两处下书；今说得此一处，而彼一处}_{已不必复往。如摧枯拉朽，全不费力。}登辞暹，急回报吕布。布乃分兵五路：高顺引一军进小沛敌桥蕤，陈宫引一军进沂都敌陈纪，_{二将敌}_{二将}张辽、臧霸引一军出琅邪敌雷薄，宋宪、魏续引一军出碣石敌陈兰，_{两将敌}_{二将}吕布自引一军出大道敌张勋。_{大将敌}_{大将}各领军一万，馀者守城。

吕布出城三十里下寨。张勋军到，料敌吕布不过，且退二十里屯住，待四下兵接应。是夜二更时分，韩暹、杨奉分兵到处放火，接应吕家军入寨。勋军大乱。吕布乘势掩杀，张勋败走。吕布赶到天明，正撞纪灵接应。_{前日替人和事}_{今日自做对头}两军相迎，恰待交锋，韩暹、杨奉两路杀来。纪灵大败而走，吕布引兵追杀。山背后一彪军到，门旗开处，只见一队军马，打龙凤日月旗幡，四斗五方旌帜，金瓜银斧，黄钺白旄，黄罗绡金伞盖之下，袁术身披金甲，腕悬两刀，立马阵前，_{如泽之麋蒙}_{虎之皮}大骂吕布背主家奴。布怒，挺戟向前。术将李丰挺枪来迎，战不三合，被布刺伤其手，丰弃枪而走。吕布麾兵冲杀，术军大乱。吕布引军从后追赶，抢夺马匹衣甲无数。袁术引着败军走不上数里，山背后一彪军出，截住去路。当先一将乃关云长也，_{即前日虎牢关前喝骂之马弓手也。此}_{时云长独来，则知翼德是必不肯来。}大叫："反贼！还不受死！"袁术慌走，馀众四散奔逃，被云长大杀了一阵，袁术收拾败军，奔回淮南去了。_{术兵甚不经战，}_{真如腐草。}吕布得胜，邀请云长并杨奉、韩暹等一行人马到徐州，大排筵宴管待，军士都有犒赏。次日，云长辞归。布保韩暹为沂都牧、杨奉为琅邪牧，商议欲留二人在徐州。陈珪曰："不可。韩、杨二人据山东，不出一年，则山东城郭皆属将军也。"布然之，遂送二将暂于沂都、琅邪二处屯扎，以候恩命。_{为后玄德杀二人张本}陈登私问父曰："何不留二人在徐州，为杀吕布之根？"珪曰："倘二人协助吕布，是反为虎添爪牙也。"登乃服父之高见。_{杀义父人，偏有父子同心人协谋败之。}

却说袁术败回淮南，遣人往江东问孙策借兵报仇。策怒曰："汝赖吾玉玺，僭称帝号，背反汉室，大逆不道！吾方欲加兵问罪，岂肯反助叛贼乎！"_{孙策甚是正气。}遂作书以绝之。_{回思月下大哭之时，今日始得一雪其愤。}使者赍书回见袁术。术看毕，怒曰："黄口孺子，何敢乃尔！_{犹以年幼轻之，殊属梦梦。}吾先伐之！"长史杨大将力谏方止。

却说孙策自发书后，防袁术兵来，点军守住江口。忽曹操使至，拜策为会稽太守，令起兵征讨袁术。策乃商议，便欲起兵。长史张昭曰："术虽新败，兵多粮足，未可轻敌。不如遗书曹操，劝他南征，吾为后应，两军相援，术军必败。万有一失，亦望操救援。"策从其言，遣使以此意达曹操。

却说曹操至许都，思慕典韦，立祀祭之；封其子典满为中郎，收养在府。_{忙中照应前事。}忽报孙策遣使致书，操览书毕；又有人报袁术乏粮，劫掠陈留。_{以劫掠为事，似强盗，不似皇帝。}欲乘虚攻之，遂兴兵南征。令曹仁守许都，其馀皆从征：马步兵十七万，粮食辎重千馀车。一面先发人会合孙策与刘备、吕布。兵至豫章界上，玄德早引兵来迎，操命请入营。相见毕，玄德献上首级二颗。_{奇。}操惊曰："此是何人首级？"玄德曰："此韩暹、杨奉之首级也。"_{奇。}操曰："何以得之？"玄德曰："吕布令二人权住沂都、琅邪两县。不意二人纵兵掠民，人人嗟怨。因此备乃设一宴，诈请议事，饮酒间掷盏为号，使关、张二弟杀之，尽降其众。今特来请罪。"_{此事只在玄德口中叙出，省却许多笔墨。}操曰："君为国家除害，正是大功，何言罪也！"遂厚劳玄德，_{纵兵掠民者，于禁治其兵，玄德治其将，更是痛快，因当厚劳}合兵到徐州界。吕布出迎，操善言抚慰，封为左将军，许于还都之时，换给印绶。_{安放得好。}布大喜。操即分吕布一军在左，玄德一军在右，自统大军居中，令夏侯惇、于禁为先锋。

袁术知曹兵至，令大将桥蕤引兵五万作先锋。两军会于寿春界口。桥蕤当先出马，与夏侯惇战不三合，被夏侯惇搠死。术军大败，奔走回城。忽报孙策发船攻江边西面，吕布引兵攻东面，刘备、关、张引兵攻南面，操自引兵十七万攻北面。_{袁术攻徐州，分兵七路；曹操攻寿春，分兵四面。}术大惊，急聚众文武商议。杨大将曰："寿春水旱连年，人皆缺食；今又动兵扰民，民既生怨，兵至难以拒敌。不如留军在寿春，不必与战；待彼兵粮尽，必然生变。陛下且统御林军渡淮，一者就熟，二者暂避其锐。"_{方才称帝，便议迁都。}术用其言，留李丰、乐就、梁刚、陈纪四人分兵十万，坚守寿春；其馀将卒并库藏金玉宝贝，尽数收拾过淮去了。_{亦飞走矣。}

却说曹兵十七万，日费粮食浩大，诸郡又荒旱，接济不及。操催军速战，李丰等闭门不出。操军相拒月馀，粮食将尽，致书于孙策，借得粮米十万斛，不敷支散。管粮官任峻部下仓官王垕入禀操曰："兵多粮少，当如之何？"操曰："可将小斛散之，权且救一时之急。"垕曰："兵士倘怨，如何？"操曰："吾自有策。"_{这策此时对王垕说不得。}垕依命，以小斛分散。操暗使人各寨探听，无不嗟怨，皆言丞相欺众。操乃密召王垕入曰：“吾欲问汝借一物，以压众心，汝必勿吝。”垕曰：“丞相欲用何物？”操曰：“欲借汝头以示众耳。”垕大惊曰：“某实无罪！”操曰：“吾亦知汝无罪，但不杀汝，军心变矣。汝死后，汝妻子吾自养之，汝勿虑也。”垕再欲言时，操早呼刀斧手推出门外，一刀斩讫，悬头高竿，出榜晓示曰：“王垕故行小斛，盗窃官粮，谨按军法。”于是众怨始解。

次日，操传令各营将领：“如三日内不并力破城，皆斩！”操亲自至城下，督诸军搬土运石，填濠塞堑。城上矢石如雨，有两员裨将畏避而回，操掣剑亲斩于城下，遂自下马接土填坑。于是大小将士无不向前，军威大振。城上抵敌不住。曹兵争先上城，斩关落锁，大队拥入。李丰、陈纪、乐就、梁刚都被生擒，操令皆斩于市。焚烧伪造宫室殿宇、一应犯禁之物；寿春城中，收掠一空。商议欲进兵渡淮，追赶袁术。荀彧谏曰：“年来荒旱，粮食艰难，若更进兵，劳军损民，未必有利。不若暂回许都，待来春麦熟，军粮足备，方可图之。”操踌躇未决。忽报马到，报说：“张绣依托刘表，复肆猖獗；南阳、张陵诸县复反。曹洪拒敌不住，连输数阵，今特来告急。”操乃驰书与孙策，令其跨江布阵，以为刘表疑兵，使不敢妄动；自己即日班师，别议征张绣之事。临行，令玄德仍屯兵小沛，与吕布结为兄弟，互相救助，再无相侵。吕布领兵自回徐州。操密谓玄德曰：“吾令汝屯兵小沛，是掘坑待虎之计也。公但与陈珪父子商议，勿致有失；某当为公外援。”话毕而别。

却说曹操引军回许都，人报段煨杀了李傕，伍习杀了郭汜，将头来献。又省却无数笔墨。段煨并将李傕合族老小二百馀口活解入许都。操令分于各门处斩，传首号令，真是快事。人民称快。天子升殿，会集文武，作太平筵宴。二贼之死，天子亦酌酒相贺。封段煨为荡寇将军、伍习为殄虏将军，各引兵去镇守长安，二人谢恩而去。操即奏张绣作乱，当兴兵伐之。天子乃亲排銮驾，送操出师。——时建安三年夏四月也。正是麦秋时。操留荀彧在许都，调遣兵将，自统大军进发。行军之次，见一路麦已熟；民因兵至，逃避在外，不敢刈麦。操使人远近遍谕村人父老，及各处守境官吏曰："吾奉天子明诏，出兵讨逆，与民除害。方今麦熟之时，不得已而起兵，大小将校，凡过麦田，但有践踏者，并皆斩首。军法甚严，尔民勿得惊疑。"君以民为天，民以食为天，曹操可谓知天之天。百姓闻谕，无不欢喜称颂，望尘遮道而拜。官军经过麦田，皆下马以手扶麦，递相传送而过，并不敢践踏。因粮于敌可也，取粮于民不可也。故无粮，则寿春城中不妨收掠，有粮，则所过麦田不许践踏。操乘马正行，忽田中惊起一鸠，那马眼生，窜入麦中，践坏了一大块麦田。操随呼行军主簿，拟议自己践麦之罪。权诈可爱。主簿曰："丞相岂可议罪？"操曰："吾自制法，吾自犯之，何以服众？"即掣所佩之剑欲自刎。权诈可爱。众急救住。郭嘉曰："古者《春秋》之义：法不加于尊。丞相总统大军，岂可自戕？"操沉吟良久，乃曰："既《春秋》有'法不加于尊'之义，吾姑免死。"即借郭嘉口中语，轻轻将死罪抛开。乃以剑割自己之发，掷于地曰："割发权代首。"使人以发传示三军曰："丞相践麦，本当斩首号令，今割发以代。"前既借人代己，此又借发代头，无所不用其借。于是三军悚然，无不凛遵军令。后人有诗论之曰：

　　十万貔貅十万心，一人号令众难禁。

　　拔刀割发权为首，方见曹瞒诈术深。

　　却说张绣知操引兵来，急发书报刘表使为后应，一面与雷叙、张先二将领兵出城迎敌。两阵对圆，张绣出马，指操骂曰："汝乃假仁义无廉耻之人，与禽兽何异！"_{隐然为其叔母发恨。}操大怒，令许褚出马。绣令张先接战。只三合，许褚斩张先于马下，绣军大败。操引军赶至南阳城下。绣入城，闭门不出。操围城攻打，见城濠甚阔，水势又深，急难近城，乃令军士运土填濠；又用土布袋并柴薪草把相杂，于城边作梯凳；又立云梯窥望城中；操自骑马绕城观之。如此三日。传令教军士于西门角上，堆积柴薪，会集诸将，就那里上城。城中贾诩见如此光景，便谓张绣曰："某已知曹操之意矣。今可将计就计而行。"正是：

　　　　强中自有强中手，用诈还逢识诈人。

　　不知其计若何，且听下文分解。

第十八回　贾文和料敌决胜　夏侯惇拔矢啖睛

将在谋而不在勇。贾诩之知彼知己，决胜决负，斯诚善矣。至于郭嘉论袁、曹优劣，破曹之疑，不减淮阴侯登坛数语。若夏侯惇拔矢啖睛，不过一武夫之能，未足多也。十胜十败，其言皆确，独于仁胜德胜，则有辨焉。夫操何仁何德之有？假仁非仁也，市德非德也，抑第当日才胜术胜耳。

操之哭典韦，非为典韦哭也。哭一既死之典韦，而凡未死之典韦，无不感激。此非曹操忠厚处，正是曹操奸雄处。或曰：奸雄虽奸，安得此一副急泪？予答之曰：彼口中哭典韦，意中自哭亡儿亡侄，我恶乎知之？

兵有先后着，此着宜在先，后一着不得；此着宜在后，先一着不得。操欲攻袁绍，而惧吕布之议其后也。于是舍绍而攻布。布既平，而后吾可安意肆志于袁绍，此先后着之不可乱也。

操亦巧矣哉！术方攻布，则助布以攻术，惧布之复与术和也。布既破术，则约备而攻布，知术之必不复与布和也。备、布之交合，而操之患深；袁、吕之交合，而操之患更深。今备既离，术既离，而后布可图矣。老谋深算，信不可及。

却说贾诩料知曹操之意，便欲将计就计而行，乃谓张绣曰："某在城上见曹操绕城而观者三日。他见城东南角砖土之色，新旧不等，鹿角多半毁坏，意将从此处攻进，却虚去西北上积草，诈为声势，欲哄我彻兵守西北，彼乘夜黑必爬东南角而进也。"

虚者实之，实者虚之，早被贾生看破。 绣曰："然则奈何？"诩曰："此易事耳。来日可令精壮之兵，饱食轻妆，尽藏于东南房屋内，却教百姓假扮军士，虚守西北。夜间任他在东南角上爬城，俟其爬进城时，一声

炮响，伏兵齐起，操可擒矣。"^{以诈待诈，正是将计就计。}绣喜，从其计。早有探马报曹操，说张绣尽彻兵在西北角上，呐喊守城，东南却甚空虚。操曰："中吾计矣！"^{谁知反中彼计。}遂命军中密备锹镢爬城器具，日间只引兵攻西北角。至二更时分，却领精兵于东南角上爬入濠去，砍开鹿角。城中全无动静，众军一齐拥入。只听得一声炮响，伏兵四起。曹兵急退，背后张绣亲驱勇壮杀来。曹军大败，退出城外，奔走数十里。张绣直杀至天明方收军入城。曹操计点败军，已折五万馀人，失去辎重无数。吕虔、于禁俱各被伤。^{此皆为城中有智囊也。}

却说贾诩见操兵败走，急劝张绣遗书刘表，使起兵截其后路。表得书，即欲起兵。忽探马报孙策屯兵湖口。^{应前。}蒯良曰："策屯兵湖口，乃曹操之计也。今操新败，若不乘势击之，后必有患。"^{蒯良之智，亦不在贾生下。}表乃令黄祖坚守隘口，自己统兵至安众县截操后路，一面约会张绣。绣知表兵已起，即同贾诩引兵袭操。

且说操军缓缓而行，^{故意缓行，便知有谋矣。}至襄城，到淯水，操忽于马上放声大哭。^{奸雄可爱。}众惊问其故，操曰："吾思去年于此地折了吾大将典韦，不由不哭耳！"^{此老得将士心惯用斯法。○邹夫人不知如何下落，亦当一哭。}因即下令屯住军马，大设祭筵，吊奠典韦亡魂。操亲自拈香哭拜，三军无不感叹。^{其所以亲自拈香哭拜者，正要使三军无不感叹耳。}祭典韦毕，方祭侄曹安民及长子曹昂，^{先祭将而后及侄与子，是妙用。}并祭阵亡军士，^{不是为亡的正是为活的。}连那匹射死的大宛马，也都致祭。^{不是为马，正欲感人。○忙中夹叙此一段事，提照前文，妙。}次日，忽荀彧差人报说："刘表助张绣屯兵安众，截吾归路。"操答彧书曰："吾日行数里，非不知贼来追我；然我计画已定，若到安众，破绣必矣。君等勿疑。"^{妙算先定，此时却不明言。}便催军行至安众县界，刘表军已守险要，张绣随后引军赶来。操乃令众军黑夜凿险开道，暗伏奇兵。_{前黑夜爬城，我中彼伏兵之计；今黑夜凿险，彼亦中我伏兵之计：真正奇妙。}及天色微明，刘表、张绣军会合，见操兵少，疑操遁去，俱引兵入险击之。操纵奇兵出，大破两家之兵。曹兵出安众界口，于隘外下寨。_{彼方截险，我能出险。所谓用兵如神。}刘表、张绣各整败兵相见。表曰："何期反中曹操奸计！"绣曰："容再图之。"于是两军集于安众。

且说荀彧探知袁绍欲兴兵犯许都，星夜驰书报曹操。操得书心慌，即日回兵。细作报知张绣，绣欲追之。贾诩曰："不可追也，追之必败。"_{其所以必败之故，且不说出。}刘表曰："今日不追，坐失机会矣。"力劝绣引军万馀同往追之。约行十馀里，赶上曹军后队。曹军奋力接战，绣、表两军大败而还。_{截之者绕其前，追之者逐其后。绕其前而不胜，逐其后则宜胜矣，而又不胜，殊出意外。}绣谓诩曰："不用公言，果有此败。"诩曰："今可整兵再往追之。"_{奇语似戏。}绣与表俱曰："今已败，奈何复追？"诩曰："今番追去，必获大胜；如其不然，请斩吾首。"_{其所以必胜之故，且不说出。}绣信之。_{亏他信。}刘表疑虑，不肯同往。绣乃自引一军往追。_{绣乃深信诩言，诩所以不忍弃之也。}操兵果然大败，军马辎重，连路散弃而走。_{不叙战，只叙败，省笔。○曹兵一败之后，忽得两胜；两胜之后，又复一败：令读者闪烁不测。}绣正往前追赶，忽山后一彪军拥出。_{此处且不说是何军，留在后文补出。叙法变幻。}绣不敢前追，收军回安众。刘表问贾诩曰："前以精兵追退兵，而公曰必败；后以败卒击胜兵，而公曰必克，究竟悉如公言。何其事不同而皆验也？愿公明教我。"_{读者亦巫欲请教。}诩曰："此易知耳。将军虽善用兵，非曹操敌手。操军虽败，必有劲将为后殿，以防追兵；我兵虽锐，不能敌之也，故知必败。夫操之急于退兵者，必因许都有事；既破我追军之后，必轻车速回，不复为备。我乘其不备而更追之，故能胜也。"_{必胜必败之故，至此方说明，盖前之追在曹操料}

中，后之追不在曹操料中也。凿凿而谈，了了如见。刘表、张绣俱服其高见。不特表、绣服之，即曹操当亦服之。诩劝表回荆州，绣守襄城，以为唇齿。两军各散。

且说曹操正行间，闻报后军为绣所追，急引众将回身救应，补叙前文所未及，好。只见绣军已退。败兵回告操曰："若非山后这一路人马阻住中路，我等皆被擒矣。"数语于败军口中点缀得好。操急问何人。那人绰枪下马，拜见曹操，乃镇威中郎将，江夏平春人，姓李名通，字文达。至此方叙出姓名。操问："何来？"通曰："近守汝南，闻丞相与张绣、刘表战，特来接应。"操喜，封之为建功侯，守汝南西界，以防表、绣。李通拜谢而去。忽然来，随即去，总不赘笔墨。操还许都，表奏孙策有功，封为讨逆将军，赐爵吴侯，遣使赍诏江东，谕令防剿刘表。操回府，众官参见毕。荀彧问曰："丞相缓行至安众，何以知必胜贼兵？"读者也要请教。操曰："彼退无归路，必将死战，吾缓诱之而暗图之，是以知其必胜也。"昔日书中所言，至此才说明。○前有贾诩论兵，此又有曹操论兵，可当兵书一则。荀彧拜服。不特彧服之，即贾诩当亦服之。

郭嘉入，操曰："公来何暮也？"嘉袖出一书，白操曰："袁绍使人致书丞相，言欲出兵攻公孙瓒，特来借粮借兵。"操曰："吾闻绍欲图许都，今见吾归，又别生他议。"遂拆书观之，见其词意骄慢，隋李密致书于李渊词意骄慢，渊卑词答之。今绍正与密相类。乃问嘉曰："袁绍如此无状，吾欲讨之，恨力不及，如何？"嘉曰："刘、项之不敌，公所知也。隐然以高祖待操。高祖唯智胜，项羽虽强，终为所擒。今绍有十败，公有十胜，妙论。绍兵虽盛，不足惧也：绍繁礼多仪，公体任自然，此道胜也；大英雄不拘细节。绍自谓四世三公，故以繁礼为家数。不知太原公子，固自不衫不履也。绍以逆动，公以顺率，此义胜也；挟天子以令诸侯，其名固顺。桓、灵以来，政失于宽，绍以宽济，公以猛纠，此治胜也；前有子产治郑，后有孔明治蜀，皆是猛以济宽。绍外宽内忌，所任多亲戚，公外简内明，用人唯才，此度胜也；〔如袁绍为盟主时，不责袁术之霸粮；而曹操用兵，能奖于禁而责夏侯也。〕绍多谋少决，公得策辄行，此谋胜也；〔此袁、曹第一优劣处。〕绍专收名誉，公以至诚待人，〔未必。〕此德胜也；〔操外虽诚而内实诈，算不得德。〕绍恤近忽远，公虑无不周，此仁胜也；〔操何仁之有？但当日才胜耳。〕绍听谗惑乱，公浸润不行，此明胜也；〔绍每疑田丰、沮授，而操深信郭嘉、荀彧是也。〕绍是非混淆，公法度严明，此文胜也；〔繁礼多仪，不是文，法度严明乃真文。〕绍好为虚势，不知兵要，公以少克众，用兵如神，此武胜也。〔如后文袁绍驰檄讨操，乃顿兵不进；而操能以十万之众，破绍兵八十万是也。〕公有此十胜，于以破绍无难矣。"〔总结一句。○上文只说操之十胜，而绍之十败已举于中。〕

操笑曰："如公所言，孤何足以当之！"荀彧曰："郭奉孝十胜十败之说，正与愚见相合。绍兵虽众，何足惧耶！"嘉曰："徐州吕布，实心腹大患。今绍北征公孙瓒，我当乘其远出，先取吕布，扫除东南，然后图绍，乃为上计；否则我方攻绍，布必乘虚来犯许都；为害不浅也。"〔数陈十胜十败之后，读者必将谓攻绍矣，乃忽欲舍绍两攻布，殊出意表。〕操然其言，遂议东征吕布。荀彧曰："可先使人往约刘备，待其回报，方可动兵。"〔为后漏书伏线。〕操从之，一面发书与玄德，一面厚遣绍使，奏封绍为大将军、太尉、兼都督冀、青、幽、并四州，密书答之云："公可讨公孙瓒，吾当相助。"〔奸巧。〕绍得书大喜，便进兵攻公孙瓒。〔便是谋之不胜。〕

且说吕布在徐州，每当宾客宴会之际，陈珪父子必盛称布德。〔待吕布只须如此。〕陈宫不悦，乘间告布曰："陈珪父子面谀将军，其心不可测，宜善防之。"〔凡面谀人者，必腹算人者也。陈珪父子便是榜样。〕布怒叱曰："汝无端献谗，欲害好人耶？"〔闻忠言则怒为献谗，闻谀言则信为好人：奉先殊属梦梦。虽然，世之如奉先者，正复不少也。〕宫出叹曰："忠言不入，吾辈必受殃矣！"意欲弃布他往，却又不忍，又恐被人嗤笑，〔此时若去，谁来笑你？不能引决，为可笑耳。〕乃终日闷闷不乐。一日，带领数骑去小沛地面围猎解闷，忽见官道上一骑驿马飞奔前去。<small>如此穿插接递，妙有情致。</small>宫疑之，弃了围场，引从骑抄小路赶上，<small>"从小路"三字细甚，正对上"官道"二字说也。</small>问曰："汝是何处使命？"那使者知是吕布部下人，慌不能答。<small>好。</small>宫令搜其身，得玄德回答曹操密书一封。<small>前日曹操密书，是玄德后堂取去；今日玄德回书，是陈宫半路得来。</small><small>究竟前未见回札，今未见来束，总各看得一半耳。</small>宫即连人与书，拿见吕布。布问其故。来使曰："曹丞相差我往刘豫州处下书，今得回书，不知书中所言何事。"<small>使者差矣，那里有寄书的反瞒着鱼雁？○前慌不能答，此亦答犹不答。</small>布乃拆书细看。<small>陈宫不先拆，俟吕布手拆，俱细甚。</small>书略曰：

奉明命欲图吕布，敢不夙夜用心。但备兵微将少，不敢轻动。丞相若兴大师，备当为前驱。谨严兵整甲，专待钧命。

吕布见了，大骂曰："操贼焉敢如此！"遂将使者斩首。先使陈宫、臧霸结连泰山寇孙观、吴敦、尹礼、昌豨，<small>绝了假皇帝，结连真强盗。</small>东取山东兖州诸郡；令高顺、张辽取沛城，攻玄德。令宋宪、魏续西取汝、颍；布自总中军为三路救应。<small>本是操欲攻布，却反致布先发作，又出意表。</small>

且说高顺等引兵出徐州，将至小沛，有人报知玄德。玄德急与众商议。孙乾曰："可速告急于曹操。"玄德曰："谁可去许都告急？"阶下一人出曰："某愿往。"视之，乃玄德同乡人，姓简名雍，字宪和，现为玄德幕宾。玄德即修书付简雍，使星夜赴许都求援；<small>此番莫又遏陈宫。</small>一面整顿守城器具。玄德自守南门，孙乾守北门，云长守西门，张飞守东门；令糜竺与其弟糜芳守护中军。原来糜竺有一妹，嫁与玄德为次妻。玄德与他兄弟有郎舅之亲，故令其守中军保护妻小。<small>忙中又夹叙闲事，正见玄德托人不苟，不似吕布妻小之托于宋宪、魏续也。</small>高顺军至，玄德在敌楼上问曰："吾与奉先无隙，何故引兵至此？"顺曰："你结连曹操，欲害吾主，今事已露，何不就缚！"言讫，便麾军攻城。玄德闭门不出。次日，张辽引兵攻西门。云长从城上谓之曰："公仪表非俗，何故失身于贼？"壮士惜壮士。〇为后
白门楼相救伏线。张辽低头不语。好张
辽。云长知此人有忠义之气，更不以恶言相加，亦不出战。豪杰爱
豪杰。辽引兵退至东门，张飞便出迎战。早有人报知关公。关公急来东门看时，只见飞方出城，张辽军已退。好张
辽。飞欲追赶，关公急召入城。飞曰："彼惧而退，何不追之？"关公曰："否，此人武艺不在你我之下。因我以正言感之，颇有自悔之心，故不与我等战耳。"好汉识
好汉。飞乃悟，只令士卒坚守城门，更不出战。

却说简雍至许都见曹操，具言前事。操即聚众谋士议曰："吾欲攻吕布，不忧袁绍掣肘，只恐刘表、张绣议其后耳。"提照前
文。荀攸曰："二人新破，未敢轻动。吕布饶勇，若更结连袁术，纵横淮泗，急难图矣。"表与绣合不足虑，
布与术合深足忧。郭嘉曰："今可乘其初叛，众心未附，疾往击之。"操从其言，即命夏侯惇与夏侯渊、吕虔、李典领兵五万先行，自统大军陆续进发，简雍随行。叙事细
甚。早有探马报知高顺。顺飞报吕布。布先令侯成、郝萌、曹性引二百馀骑接应高顺，使离沛城三十里去迎曹军，自引大军随后接应。玄德在小沛城中见高顺退去，知是曹家兵至，乃只留孙乾守城，糜竺、糜芳守家，自己却与关、张二公，提兵尽出城外，分头下寨，接应曹军。空城出屯
是失著。

却说夏侯惇引军前进，正与高顺军相遇，便挺枪出马搦战。高顺迎敌。两马相交，战有四五十合，高顺抵敌不住，败下阵来。惇纵马追赶，顺绕阵而走。惇不舍，亦绕阵追之。阵上曹性看见，暗地拈弓搭箭，觑得亲切，一箭射去，正中夏侯惇左目。惇大叫一声，急用手拔箭，不想连眼珠拔出，_{好痛也。}乃大呼曰："父精母血，不可弃也！"遂纳于口内啖之，_{惇此时面上一眼，腹中一眼；一眼外观，一眼内视。己之视己，如见其肺肝矣。○若云"父精母血"，虽然自吃自，还算吃爹娘。}仍复提枪纵马，直取曹性。性不及提防，早被一枪搠透面门，_{曹性面上反多一眼矣。}死于马下。两边军士见者无不骇然。夏侯惇既杀曹性，纵马便回。高顺从背后赶来，麾军齐上，曹兵大败。夏侯渊救护其兄而走。吕虔、李典将败军退去济北下寨。高顺得胜，引军回击玄德。恰好吕布大军亦至，布与张辽、高顺分兵三路，夹攻玄德、关、张三寨。正是：

　　　　啖睛猛将虽云战，中箭先锋难久持。

　　未知玄德胜负如何，且听下文分解。

第十九回

下邳城曹操鏖兵

白门楼吕布殒命

白門樓呂布殞命

使刘备于漏书之后，而小沛之战，为布所杀，则操必曰："非我也，布也。"及令备当淮南之冲，若其放走吕布，而操杀之，则又必曰："非我也，军令也。"欲使他人杀之而无其隙，构吕布则有其隙矣；欲自杀之而无其名，违军令则有其名矣。操心中步步欲害玄德，而外面却处处保护玄德；乃玄德心中亦步步堤防曹操，而外面亦处处逢迎曹操。两雄相遇，两智相对，使读书者惊心悦目。

玄德常曰："元龙河海之士，豪气未除。"又曰："元龙如卧百尺楼上。"则元龙之为人，其英爽高明可知。乃英爽高明之人，而亦喜于用诈，何也？曰：兵不厌诈，亦在用之得其宜耳。不当诈而不诈，则有不欺人之羊叔子；当诈而诈，何妨有善骗人之陈元龙？

或曰：玄德既知丁原、董卓之事，何不劝操留布，以为图操之地？予曰："不然。操非丁原、董卓比也。操不杀布，则必用布。用布则必防布，既能以利厚结之，而使为我用；又能以术牢笼之，而使不为我害，是为虎添翼也。操之周密，不似丁、董之疏虞。玄德其见及此乎？

易牙杀子以缢君，管仲以为非人情不可近。刘安之事，将毋同乎？曰：不同。牙为利也，安为义也。君非绝食，则易牙之烹其子为不情；君当绝食，则介之推自割其肉不为过也。虽然，吕布之恋妻也太愚，刘安之杀妻也太忍，唯玄德为得其中，不得不弃而弃之，何必如兄弟之誓同生死？固不当学吕布，得保则保之；又谁云衣服之不及手足？亦不当学刘安。

曹家人截嫁拦婚，并非拉着香囊酒吃；吕家女空回白转，不为少了开门钱来。前日长枷钉韩胤，是独桌请了媒人；今番火炬烧下邳，是打灯接着新轿。军中得胜鼓，疑是娶亲的奏乐人；马前大纛旗，权当迎女的宸闺帐。国丈自驮着贵妃出来，不顾辱没了东宫；皇帝更不教太子亲迎，只为恶识了天使。《伐柯》诗咏成破斧，待大媒的是刀锯不是酒浆；血光星犯着红鸾，战通宵的是疆场不是枕席。此数联皆绝倒。

将欲和人解酒，先特特邀人饮酒，张飞何其有礼；从未请人吃酒，便白白教人断酒，吕布大是不情。自要吃酒，却怪他人不吃酒，张飞怪得高怀；自不吃酒，却怒他人吃酒，吕布怒得无趣。送酒是好意，侯成遇张飞，定当引为心腹；拒酒是蠢才，曹豹与吕布，果然可称翁婿。先饮酒，后领棒，以醉人受醉棒，曹豹之痛好耐；既折酒，又折棒，以醒棒打醒人，侯成之恨难消。张飞借老曹打老吕，实不曾打老曹；吕布为众将打一人，是分明打众将。张飞戒饮之饮，比不戒饮之饮愈多，翻觉戒饮为多事；吕布禁酒之害，比害酒之害更甚，可为禁酒之大惩。戒气胜戒酒，张飞但当戒一己之鞭笞；禁酒如禁色，吕布安能禁众人之夫妇。张飞杀过一夜酒风，明日便戒酒不成，倒便宜了醉汉；吕布打散他人筵席，自家竟与酒永别，活断送了醒人。张飞徐州之失，还当以酒解其闷；吕布白门楼之死，谁能以酒奠其魂！此数联又绝倒。

却说高顺引张辽击关公寨，吕布自击张飞寨，关张各出迎战，玄德引兵两路接应。吕布分军从背后杀来，关、张两军皆溃，玄德引数十骑奔回沛城。<small>今日狼狈奔回，则知前日不当尽出城外下寨。</small>吕布赶来，玄德急唤城上军士放下吊桥。吕布随后也到。城上欲待放箭，又恐射了玄德。[叙事周致。]被吕布乘势杀入城门，把门将士抵敌不住，都四散奔避。吕布招军入城。玄德见势已急，到家不及，只得弃了妻小，[此卷中以玄德弃妻、刘安杀妻、吕布恋妻，相对成趣。]穿城而过，走出西门，匹马难逃。[又失了小沛城。此卷凡三得三失矣。]吕布赶到玄德家中，糜竺出迎，告布曰："吾闻大丈夫不废人之妻子。今与将军争天下者，曹公耳。玄德常念辕门射戟之恩，不敢背将军也。今不得已而投曹公，惟将军怜之。"[语亦动听。]布曰："吾与玄德旧交，岂忍害他妻子。"[前布与袁术战时，玄德曾遣云长助之，故今以此相报耶？]便令糜竺引玄德妻小，去徐州安置。[为后糜竺登城拒布伏案。]布自引军投山东兖州境上，留高顺、张辽守小沛。此时孙乾已逃出城外。关、张二人亦各自收得些人马，往山中住扎。[补笔应前，亦便伏笔照后。]

且说玄德匹马逃难，正行间，背后一人赶至，视之乃孙乾也。[孙乾先至，关、张慢来，叙法参差有致。]玄德曰："吾今两弟不知存亡，妻小失散，为之奈何？"[先说两弟，后及妻小，妙。]孙乾曰："不若且投曹操，以图后计。"玄德依言，寻小路投许都。途次绝粮，尝往村中求食。但到处，闻刘豫州，皆争进饮食。[绝胜重耳过卫时。○先写此句，为下刘安杀妻供食作引。]一日，到一家投宿，其家一少年出拜，问其姓名，乃猎户刘安也。[是喜吃野味人。]当下刘安闻豫州牧至，欲寻野味供食，一时不能得，[野味难得，不若家味之便。]乃杀其妻以食之。[奇绝。古名将亦有杀妻缟士者。妇人不幸生乱世，遂使命如草菅，哀哉！玄德以妻子比衣服，此人以妻子为饮食，更奇。]玄德曰："此何肉也？"安曰："乃狼肉也。"[人有溺爱悍妻者，但知妻是肉，不知妻是狼，乃当以刘安之法处之。○若在惧内者言之，当名曰"狮子肉"]玄德不疑，遂饱食了一顿，[曹操在吕伯奢家，误认猪是人，玄德在刘安家，误认人是狼。曹操不曾吃得一块猪肉，玄德饱吃一顿人肉。不吃猪肉者，反是恶人；吃人肉者，反不失为好人。]天晚就宿。[不知刘安此夜如何睡得着？]至晓将去，往后院取马，忽见一妇人杀于厨下，[不意取马，反忽见狼。]臂上肉已都割去。[昨宵深得此一臂之力。○玄德髀肉可复生，此妇臂肉，安得复生耶？]玄德惊问，方知昨夜食者，乃其妻之肉也。_{脱或不见不问，则刘安终不使玄德知之。其立念比杀妻缯士者更奇。}玄德不胜伤感，洒泪上马。刘安告玄德曰："本欲相随使君，因老母在堂，未敢远行。"_{又是孝子。}玄德称谢而别，取路出梁城。忽见尘头蔽日，一彪大军来到。玄德知是曹操之军，同孙乾径至中军旗下，与曹操相见，_{不必直到许都，即于途中相遇，好。}且说失沛城、散二弟、陷妻小之事。操亦为之下泪。_{假悲。}又说刘安杀妻为食之事，_{其事甚奇，不得不为一述。}操乃令孙乾以金百两往赐之。_{千金买骏骨，百金谢狼肉。一上黄金台，一饱刘君腹。○刘安得此金，又可娶一妻矣，但恐无人肯嫁之耳。何也？恐其又把作野味请客也。}

军行至济北，夏侯渊等迎接入寨，备言兄夏侯惇损其一目，卧病未痊。_{回顾前文，好。}操临卧处视之，令先回许都调理；_{好安放。}一面使人打探吕布现在何处。探马回报云："吕布与陈宫、臧霸结连泰山贼寇，共攻兖州诸郡。"_{照前文。}操即令曹仁引三千兵打沛城；操亲提大军，与玄德来战吕布。_{伏后案。}前至山东，路近萧关，正遇泰山寇孙观、吴敦、尹礼、昌豨领兵三万馀拦住去路。操令许褚迎战，四将一齐出马。许褚奋力死战，四将抵敌不住，各自败走。操乘势掩杀，追至萧关。探马飞报吕布。_{此句是过文。}

时布已回徐州，欲同陈登往救小沛，_{小沛休矣。}令陈珪守徐州。_{徐州休矣。}陈登临行，珪谓之曰："昔曹公曾言东方事尽付与汝。今布将败，可便图之。"_{照应前文。}登曰："外面之事，儿自为之；倘布败回，父亲便请糜竺一同守城，休放布入，儿自有脱身之计。"_{埋伏后文。}珪曰："布妻小在此，心腹颇多，为之奈何？"_{思虑周匝。}登曰："儿亦有计了。"_{是父是子。}乃入见吕布曰："徐州四面受敌，操必力攻，我当先思退步。可将钱粮移于下邳，_{只说钱粮，不说妻小，妙甚。}倘徐州被围，下邳有粮可救。主公盍早为计？"布曰："元龙之言甚善。吾当并妻小移去。"_{此句待他自说，甚妙。}遂令宋宪、魏续保护妻小与钱粮移屯下邳；妻小休矣。○此处点出宋宪、魏续，笔法闲警。一面自引军与陈登往救萧关。到半路，登曰："容某先到萧关探曹兵虚实，主公方可行。"此关休矣。布许之。登乃先到关上，陈宫等接见。登曰："温侯怪公等不肯向前，要来责罚。"反间得妙。宫曰："今曹兵势大，未可轻敌。吾等紧守关隘，可劝主公深保沛城，乃为上策。"陈登唯唯。至晚，上关而望，见曹兵直逼关下，乃乘夜连写三封书，拴在箭上，射下关去。书中约他放火为号，杀入关中也。此处尚不说明。次日辞了陈宫，飞马来见吕布曰："关上孙观等皆欲献关，某已留下陈宫把守，将军可于黄昏时杀去救应。"又反间得妙。盖孙观等皆新结之寇，且又新败，而陈宫实为吕布心腹，故必作如此语以诱布，而布乃无不信矣。○"黄昏时"三字，更有针线。布曰："非公则此关休矣。"非公则此关安得休？便教陈登飞骑先至关，约陈宫为内应，举火为号。正暗合陈登书中之意，亦是"黄昏时"三字有以启之也。登径往报宫曰："曹兵已抄小路到关内。恐徐州有失，公等宜急回。"骗吕布又骗陈宫，两边夹叙，都用实笔，妙。宫遂引众弃关而走。也着了道儿！登就关上放起火来。不负书中之约，亦可谓不背吕布之令。吕布乘黑杀至，陈宫军和吕布军在黑暗里自相掩杀。只一陈登，弄得他七颠八倒，可知曹操用间之妙。曹兵望见号火，一齐杀到，乘势攻击。陈登箭上三书中语，暗补于此，妙。孙观等各自四散逃避去了。易聚易散，是贼寇身分。○此句伏后招安一案。

吕布直杀到天明，方知是计，呆鸟。急与陈宫回徐州。到得城边叫门时，城上乱箭射下。前日小沛城上之箭，当移于此日射之。糜竺在敌楼上喝曰："汝夺吾主城池，今当仍还吾主，汝不得复入此城也。"陈珪不出，使糜竺答话，妙甚。布大怒曰："陈珪何在？"竺曰："吾已杀之矣。"假话妙，若不如此说，恐陈登在吕布军中为其所害也。然不知登已早脱身去矣。布回顾宫曰："陈登安在？"已往小沛赚高顺、张辽去了。宫曰："将军尚执迷而问此佞贼乎？"真是呆鸟。布令遍寻军中，却只不见。好笑。宫劝布急投小沛，布从之。行至半路，只见一彪军骤至，视之，乃高顺、张辽也。奇。布问之，答曰："陈登来报说主公被围，令某等急来救解。" ^{不向陈登那边叙去，却从吕布这边听来，是用虚笔，与前文变。} 宫曰："此又佞贼之计也。"布怒曰："吾必杀此贼！" ^{只怕杀他不得了。} 急驱马至小沛，只见小沛城上尽插曹兵旗号。原来曹操已令曹仁袭了城池，引军把守。 ^{叙法虚实俱佳。} 吕布于城下大骂陈登。登在城上指布骂曰："吾乃汉臣，安肯事汝反贼耶！" ^{此时却不面读。} 布大怒，正待攻城，忽听背后喊声大起，一队人马来到，当先一将乃是张飞。 ^{突如其来，来得凑巧。} 高顺出马迎敌，不能取胜。布亲自接战。正斗间，阵外喊声复起，曹操亲统大军冲杀前来。 ^{写张飞后，不即写云长，又夹叙曹操，用笔错落。} 吕布料难抵敌，引军东走。曹兵随后追赶。吕布走得人困马乏。忽又闪出一彪军拦住去路，为首一将，立马横刀，大喝："吕布休走！关云长在此！" ^{突如其来，来得凑巧。○看他写关、张之来，叙法各变，妙甚。} 吕布慌忙接战。背后张飞赶来。布无心恋战，与陈宫等杀开条路，径奔下邳。侯成引兵接应去了。 ^{略作一顿。○此处点出侯成，用笔闲警。}

关、张相见，各洒泪言失散之事。 ^{写得有情致。} 云长曰："我在海州路上住扎，探得消息，故来至此。"张飞曰："弟在芒砀山住了这几时，今日幸得相遇。" ^{补写二人踪迹，只在二公口中自叙，省笔。} 两个叙话毕，一同引兵来见玄德，哭拜于地。玄德悲喜交集， ^{叙得有情致。} 引二人见曹操，便随操入徐州。糜竺接见，具言家属无恙，玄德甚喜。陈珪父子亦来参拜曹操。 ^{叙事简到，一笔不漏。} 操设一大宴，犒劳诸将。操自居中，使陈珪居左，玄德居右。 ^{亦学吕布坐法耶？} 其馀将士，各依次坐。宴罢，操嘉陈珪父子之功，加封十县之禄，授登为伏波将军。 ^{完陈珪父子。}

且说曹操得了徐州，心中大喜， ^{可知其在兖州时，未尝须臾忘徐州也。} 商议起兵攻下邳。程昱曰："布今止有下邳一城，若逼之太急，必死战而投袁术矣。 ^{确虑。} 布与术合，其势难攻。今可使能事者守住淮南径路，内防吕布，外当袁术。^{此是正意。}况今山东尚有臧霸、孙观之徒未曾归顺，防之亦不可忽也。"^{此是馀意。}操曰："吾自当山东诸路。其淮南径路，请玄德当之。"^{使玄德当袁、吕往来之要冲，亦即驱虎吞狼之计也。}玄德曰："丞相将令，安敢有违。"^{玄德此时不得不应。}次日，玄德留糜竺、简雍在徐州，带孙乾、关、张，引军往守淮南径路。曹操自引兵攻下邳。

且说吕布在下邳，自恃粮食足备，^{应前移屯钱粮。}且有泗水之险，^{照后曹操决水。}安心坐守，可保无虞。陈宫曰："今操兵方来，可乘其寨栅未定，以逸击劳，无不胜者。"布曰："吾方屡败，不可轻出。待其来攻而后击之，皆落泗水矣。"^{岂知此水反为我害。}遂不听陈宫之言。过数日，曹兵下寨已定。操统众将至城下，大叫吕布答话，布上城而立。操谓布曰："闻奉先又欲结婚袁术，吾故领兵至此。夫术有反逆大罪，而公有讨董卓之功，今何自弃其前功而从逆贼耶？倘城池一破，悔之晚矣！若早来降，共扶王室，当不失封侯之位。"^{此非诱布，实欲用布也。玄德在白门楼时，正患此耳。}布曰："丞相且退，尚容商议。"^{主张不定。}陈宫在布侧大骂曹操"奸贼"，一箭射中其麾盖。^{今日城上之一箭，不如前日店中之一剑。}操指宫恨曰："吾誓杀汝！"^{为白门楼作案。○吕布辕门之射，玄德不必报恩；陈宫麾盖之射，曹操安得怀恨耶？}遂引兵攻城。

宫谓布曰："曹操远来，势不能久。将军可以步骑出屯于外，宫将馀众闭守于内。操若攻将军，宫引兵击其背；若来攻城，将军为救于后。不过旬日，操军食尽，可一鼓而破。此乃犄角之势也。"^{玄德屯兵城外，而致失小沛者，为与关、张俱出，而城中空虚也。若今陈宫所言，则诚大善。}布曰："公言极是。"遂归府收拾戎装。时方冬寒，分付从人多带绵衣。布妻严氏闻之，^{百忙中忽闪出一妇人，正应前"移置妻小"句。}出问曰："君欲何往？"布告以陈宫之谋。严氏曰："君委全城，捐妻子，孤军远出，倘一旦有变，妾岂得为将军之妻乎？"^{汝若肯死，安得为他人妻？只此一语，便非贞妇。}布踌躇未决，三日不出。^{没意。}宫入见曰："操军四面围城，若不早出，必受其困。"布曰："吾思远出不如坚守。"^{没主意。}宫曰："近闻操军粮少，遣人往许都去取，早晚将至。^{又在陈宫口中，带叙曹操军中事。}将军可引精兵往断其粮道。此计大妙。"布然其言，复入内对严氏说知此事。^{婚姻之事谋及妇人，犹可言也；军旅之事谋及妇人，不可言也。}严氏泣曰："将军若出，陈宫、高顺安能坚守城池？倘有差失，悔无及矣！妾昔在长安，已为将军所弃，幸赖庞舒私藏妾身，再得与将军相聚；^{顿提前事，如千丈游丝，忽然一落。}孰知今又弃妾而去乎？将军前程万里，请勿以妾为念！"言罢痛哭。^{先以危词动之，又以衰辞诀之，然后继之以哭，不由丈夫不听。}布闻言，愁闷不决，入告貂蝉。^{貂蝉别来无恙。○既谋之妻，又谋之妾，总是没主张。}貂蝉曰："将军与妾作主，勿轻骑自出。"^{严氏之言详，貂蝉之言略，叙法俱住。}布曰："汝无忧虑。吾有画戟、赤兔马，谁敢近我！"^{频夸戟马，正为后文盗马、盗戟作反衬。}乃出谓陈宫曰："操军粮至者，诈也。操多诡计，吾未敢动。"^{惧内人偏不肯说是惧内，偏有许多解说。}宫出，叹曰："我等死无葬身之地矣！"^{极似李儒叹董卓语。}布于是终日不出，只同严氏、貂蝉饮酒解闷。^{"饮酒"二字，闲闲而起。}谋士许汜、王楷入见布，进计曰："今袁术在淮南，声势大振。将军旧曾与彼约婚，今何不仍求之？彼兵若至，内外夹攻，操不难破也。"^{此计不出程昱所料。}布从其计，即日修书，就着二人前去。许汜曰："须得一军引路冲出方好。"布令张辽、郝萌两个引兵一千，送出隘口。是夜二更，张辽在前，郝萌在后，保着许汜、王楷杀出城去。抹过玄德寨，众将追赶不及，已出隘口。^{读者至此，为玄德着急。}郝萌将五百人，跟许汜、王楷而去。张辽引一半军回来，^{一军忽分两队，一去一回，写得变幻。}到隘口时，云长拦住。未及交锋，高顺引兵出城救应，接入城中去了。^{此时捉住张辽，不如后日捉住郝萌。}

且说许汜、王楷至寿春，拜见袁术，呈上书信。术曰："前者杀吾使命，赖我婚姻；今又来相问，何也？"汜曰："此为曹操奸计所误，愿明公详之。"术曰："汝主不因曹兵困急，岂肯以女许我？"楷曰："明公今不相救，恐唇亡齿寒，亦非明公之福也。"术曰："奉先反覆无信，可先送女，然后发兵。"孙策借兵得他玉玺为质；吕布借兵，又要他女儿为质。一是死宝，一是活宝。许汜、王楷只得拜辞，和郝萌回来。到玄德寨边，汜曰："日间不可过。夜半吾二人先行，郝将军断后。"商量停当。夜过玄德寨，许汜、王楷先过去了。郝萌正行之次，张飞出寨拦路。郝萌交马只一合，被张飞生擒过去，五百人马尽被杀散。本恐许汜、王楷有失，故郝萌引军送之；不意彼二人反走脱，郝萌反被擒，写得变幻。○走张辽则写云长，擒郝萌则写张飞，都好。张飞解郝萌来见玄德，玄德押往大寨见曹操。郝萌备说求救许婚一事。操大怒，斩郝萌于军门，又杀了吕家一个媒人。使人传谕各寨，小心防守：如有走透吕布及彼军士者，依军法处治。玄德亦在约束之内。各寨悚然。玄德回营，分付关、张曰："我等正当淮南冲要之处，二弟切宜小心在意，勿犯曹公军令。"飞曰："捉了一员贼将，曹操不见有甚褒赏，却反来唬吓，何也？"几乎又惹此公发作。玄德曰："非也，曹操统领多军，不以军令，何能服人？弟勿犯之。"玄德之意，不过"在他檐下过，不敢不低头"耳。然若以此语劝张飞，飞必不服，故以军令当严为辞，盖假语也。关、张应诺而退。

却说许汜、王楷回见吕布，具言袁术先欲得妇，然后起兵救援。布曰："如何送去？"汜曰："今郝萌被获，操必知我情，预作准备。若非将军亲自护送，谁能突出重围？"布曰："今日便送去，如何？"又何仓卒至此。汜曰："今日乃凶神值日，不可去。明日大利，宜用戌、亥时。"不惟会做媒，又会选日。布令张辽、高顺："引三千军马，安排小车一辆。我亲送至二百里外，却使你两个送去。"次夜二更时分，_{是戌未}_{亥初。}吕布将女以绵缠身，用甲包裹，负于背上，提戟上马。_{只有随新人的送娘，那有背新人的送爷？只有盖新人的红罗，那有裹}_{新人的铁甲？只有坐新人的花轿，那有骑新人的战马？可发一笑。}放开城门，布当先出城，张辽、高顺跟着。将次到玄德寨前，一声鼓响，关、张二人拦住去路，大叫："休走！"布无心恋战，只顾夺路而行。玄德自引一军杀来，两军混战。吕布虽勇，终是缚一女在身上，只恐有伤，不敢冲突重围。_{赵云怀小儿却能冲阵，吕布背}_{女子不能突围。意者玄德之子}_{紫薇早已临身，奉先之}_{女红鸾未曾照命耶？}后面徐晃、许褚皆杀来，众军皆大叫曰："不要走了吕布！"布见军来太急，只得仍退入城。_{前番是自己追转。}_{今番是别人赶回。}玄德收军，徐晃等各归寨，端的不曾走透一个。吕布回到城中，心内忧闷，_{不独吕布忧闷，}_{女儿当亦忧闷。}只是饮酒。_{聊当送}_{亲酒。}

却说曹操攻城，两月不下。忽报河内太守张扬出兵东市，欲救吕布；部将杨丑杀之，欲将头献丞相，却被张扬心腹将眭固所杀，反投大城去了。_{此事只在报人口}_{中叙过，省笔。}操闻报，即遣史涣追斩眭固；_{只一句了却}_{更省笔。}因聚众将曰："张扬虽幸自灭，然北有袁绍之忧，东有表、绣之患，下邳久围不克，吾欲舍布还都，暂且息战，何如？"荀攸急止曰："不可。吕布屡败，锐气已堕。军以将为主，将衰则军无战心。彼陈宫虽有谋而迟。_{确评。}今布之气未复，宫之谋未定，作速攻之，布可擒也。"_{机会良不可失。若在袁}_{绍，必不肯听此言。}郭嘉曰："某有一计，下邳城可立破，胜于二十万师。"荀彧曰："莫非决沂、泗之水乎？"嘉笑曰："正是此意。"_{不消郭嘉说出，荀彧}_{早已道着。二口如}_{出一心}操大喜，即令军士决两河之水。曹兵皆居高原，坐视水淹下邳。_{濮阳城中，吕布赠操以火；下邳城}_{中，曹操答布以水。毕竟火不胜水。}下邳一城，只剩得东门无水；_{为后侯成盗马}_{出东门伏案。}其馀各门，都被水淹。众军飞报吕布。布曰："吾有赤兔马，渡水如平地，又何惧哉！"_{公则无惧矣，妻小奈何？}_{恐不能尽驮在背上也。}乃日与妻妾痛饮美酒，_{只顾自己吃酒，不顾他人吃水。}因酒色过伤，形容销减，一日取镜自照，惊曰："吾被酒色伤矣！自今日始，当戒之。"遂下令城中，但有饮酒者皆斩。_{不戒色，则戒酒；自己害酒，却戒他人饮酒。可笑。}

　　却说侯成有马十五匹，被后槽人盗去，欲献与玄德。_{将写侯成盗马献曹操，先写后槽人盗马献玄德，天然奇妙。}侯成知觉，追杀后槽人，将马夺回；诸将与侯成作贺。_{失马安知非福，得马安知非祸？嗟哉诸将，不若塞翁之高见矣。}侯成酿得五六斛酒，欲与诸将会饮，_{恋妻妾者，既为游釜之鱼；会宾客者，亦作处堂之燕。有其上，必有其下也。}恐吕布见罪，乃先以酒五瓶诣布府，禀曰："托将军虎威，追得失马。众将皆来作贺，酿得些酒，未敢擅饮，特先奉上微意。"_{亦可谓词礼交致矣。}布大怒曰："吾方禁酒，汝却酿酒会饮，莫非同谋伐我乎！"_{此语实启其杀机。}命推出斩之。_{罪不至此。《酒诰》注曰："予其杀者，未必杀也。"}宋宪、魏续等诸将俱入告饶。布曰："故犯吾令，理合斩首。今看众将面，且打一百！"众将又哀告，打了五十背花，_{与张飞打曹豹一样打法，但打曹豹是醉棒，打侯成是醒棒。}然后放归。众将无不丧气。宋宪、魏续至侯成家来探视，侯成泣曰："非公等则吾死矣！"宪曰："布只恋妻子，视吾等如草芥。"续曰："军围城下，水绕濠边，吾等死无日矣！"_{然则水可吊也，马何用贺？}宪曰："布无仁义，我等弃之而走，何如？"续曰："非丈夫也。不若擒布献曹公。"_{一个商量要走，一个决计要擒，叙法又参差，又次序。}侯成曰："我因追马受责，而布所倚恃者，赤兔马也。_{因马想到马。}汝二人果能献门擒布，吾当先盗马去见曹公。"_{因盗马想到盗马。}三人商议定了。_{三人者，或则托其防护妻小，或则赖其引兵接应，皆布之心腹也。而布卒死于此三人之手，异哉。○回思吕布"同谋伐吾"一语，竟是出口成谶。}_{○侯成马后槽人不曾盗得，吕布马侯成反要盗去，奇幻。}是夜侯成暗至马院，盗了那匹赤兔马，_{张飞夺马是一百五十匹，后槽偷马是一十五匹，今侯成盗马只是一匹。}飞奔东门来。_{东门无水故也。}魏续便开门放出，却佯作追赶之状。_{若真追转，吕布也该饮酒贺喜。}侯成到曹操寨，献上马匹，备言宋宪、魏续插白旗为号，准备献门。_{侯成马不曾献与玄德，吕布马反先献与曹操，奇幻。}

濮阳城中白旗是诈，下邳城上白旗是真。○白旗之说，前三人商议时所画之策，乃却于此处补出。**曹操闻此信，便押榜数十张射入城去。**一则惑其军心，一则暗约宋、魏二人。○前陈登射书，今曹操射榜；陈登书连射三封，曹操榜又连射数十：正相对成趣。**其榜曰：**

大将军曹，特奉明诏，征伐吕布。如有抗拒大军者，破城之日，满门诛戮。上至将校，下至庶民，有能擒吕布来献，或献其首级者，重加官赏。为此榜谕，各宜知悉。前叙陈登书用暗补法，今叙曹操榜却明写其词，都好。

次日平明，城外喊声震地。吕布大惊，提戟上城，各门点视，责骂魏续走透侯成，失了战马，欲待治罪。城下曹兵望见城上白旗，竭力攻城，布只得亲自抵敌。从平明直打到日中，曹兵稍退。此时宋、魏二人不即献门者，惧布之勇也。**布少憩门楼，**此门楼其即白门楼耶？**不觉睡着在椅上。**既非酒醉，何便睡着？**宋宪赶退左右，先盗其画戟，**侯成盗马，宋宪盗戟，正相对。○被责者侯成，而首欲擒布者，反是魏续；首谋者魏续，而先盗戟者，反是宋宪：叙得参差变幻。**便与魏续一齐动手，将吕布绳缠索绑，紧紧缚住。**不意吕布竟被缚于二人。夫非二人之能缚布也，布实自缚于其妻妾耳。○“紧紧”二字，对后“缚太急”句。**布从睡梦中惊醒，急唤左右，却都被二人杀散，把白旗一招，曹兵齐至城下。魏续大叫：“已生擒吕布矣！”夏侯渊尚未信。宋宪在城上掷下吕布画戟来，**典韦之死，双戟先亡；吕布之擒，一戟先落。**大开城门，曹兵一拥而入。高顺、张辽在西门，水围难出，为曹兵所擒。陈宫奔至南门，为徐晃所获。

曹操入城，即传令退了所决之水，出榜安民；叙事周致。**一面与玄德同坐白门楼上，关、张侍立于侧，提过擒获一干人来。吕布虽然长大，却被绳索捆作一团，**真如捆布。**布叫曰：“缚太急，乞缓之！”**既已被缚，何争缓急。**操曰：“缚虎安得不急。”**陈登说他是鹰，曹操偏说他是虎。**布见侯成、魏续、宋宪皆立于侧，乃谓之曰："我待诸将不薄，汝等何忍背反？"宪曰："听妻妾言，不听将计，何谓不薄？"布默然。^{其实没得说。}^{责备得是。}须臾，众拥高顺至。操问曰："汝有何言？"顺不答，^{亦好。}操怒命斩之。徐晃解陈宫至。操曰："公台别来无恙！"^{轻薄语。}宫曰："汝心术不正，吾故弃汝！"操曰："吾心不正，公又奈何独事吕布？"^{亦责备得不差。}宫曰："布虽无谋，不似你诡诈奸险。"操曰："公自谓足智多谋，今竟何如？"^{好嘲笑。}宫顾吕布曰："恨此人不从吾言！若从吾言，未必被擒也。"操曰："今日之事当如何？"^{问得恶。}宫大声曰："今日有死而已！"^{操如此问，宫必如此答。使操而有良}^{心者，念其昔日活我之恩，则竟释之；释之而不降，则竟纵之；纵之而彼又来}^{图我，而又获之，然后听其自杀，此则仁人君子之用心也，而操非其伦也。}^操曰："公如是，奈公之老母妻子何？"^{又问得恶。○中牟县初遇时，曾}^{谈及老母妻子，此处遥应前文。}^宫曰："吾闻以孝治天下者，不害人之亲；施仁政于天下者，不绝人之祀。老母妻子之存亡，亦在于明公耳。吾身既被擒，请即就戮，并无挂念。"^{并无一弱语。}操有留恋之意。^{假惺惺。}^{不记前城上射箭时，发狠要杀之耶？}宫径步下楼，左右牵之不住。^{硬汉。}操起身泣而送之，^{假惺惺。}宫并不回顾。^{硬汉。}操谓从者曰："即送公台老母妻子回许都养老。怠慢者斩。"^{一味权诈。○谆谆母妻，亦为}^{卷中杀妻恋妻等事作馀波。}宫闻言，亦不开口，伸颈就刑。^{硬汉。}众皆下泪。操以棺椁盛其尸，葬于许都。^{宫初获操而不杀，客店欲}^{杀而不果，宫之活操者再}^{矣。而操不一活之，操真狠人哉。}后人有诗叹之曰：

生死无二志，丈夫何壮哉！不从金石论，空负栋梁材。

辅主真堪敬，辞亲实可哀。白门身死日，谁肯似公台！

方操送宫下楼时，布告玄德曰："公为坐上客，布为阶下囚，何不发一言而相宽乎？"〔宫何硬布何软。〕玄德点头。及操上楼来，布叫曰："明公所患，不过于布；布今已服矣。公为大将，布副之，天下不难定也。"〔布言如此，备愈不肯出言相宽矣。〕操回顾玄德曰："何如？"〔操意已动。〕玄德答曰："公不见丁建阳、董卓之事乎？"〔妙极，似为操语。〕布目视玄德曰："是儿最无信者！"〔聊以数詈。〕操令牵下楼缢之。布回顾玄德曰："大耳儿！不记辕门射戟时耶？"〔即不辕门射戟，备未必死；操则负宫，备不为负布。〕忽一人大叫曰："吕布匹夫，死则死耳，何惧之有！"〔未写曹操，先写吕布；未说自己不怕死，先骂吕布怕死：大是妙人。〕众视之，乃刀斧手拥张辽至。〔写吕布、陈宫、张辽、高顺陆续擒至，各有一样身分。〕操令将吕布缢死，然后枭首。后人有诗叹曰：

洪水滔滔淹下邳，当年吕布受擒时。

空言赤兔马千里，漫有方天戟一枝。

缚虎望宽今太懦，养鹰休饱昔无疑。

恋妻不纳陈宫谏，枉骂无恩"大耳儿"。

又有诗论玄德曰：

伤人饿虎缚休宽，董卓丁原血未干。

玄德既知能啖父，争如留取害曹瞒？

却说武士拥张辽至。操指辽曰："这人好生面善。"辽曰："濮阳城中曾相遇，如何忘却？"操笑曰："你原来也记得！"辽曰："只是可惜！"〔奇语忽发。〕操曰："可惜甚的？"辽曰："可惜当日火不大，不曾烧死你这国贼！"〔因今日之水，提起昔日之火，妙甚。〕操大怒曰："败将安敢辱吾！"拔剑在手，亲自来杀张辽。_{不觉露出恨}_{恶身段。}辽全无惧色，引颈待杀。_{所谓"死则死耳，}_{何惧之有"？}曹操背后一人攀住臂膊，一人跪于面前，说道："丞相且莫动手！"正是：

　　　　乞哀吕布无人救，骂贼张辽反得生。

　　毕竟救张辽的是谁，且听下文分解。

第二十回　曹阿瞒许田打围　董国舅内阁受诏

赵高以指鹿察左右之顺逆，曹操以射鹿验众心之从违。奸臣心事，何其前后如出一辙也！至于借弓不还，始而假借，既且实受，岂独一弓为然哉？即天位亦犹是耳。河阳之狩，以臣召君；许田之猎，以上从下：皆非天子意也。然重耳率诸侯以朝王，曹操代天子而受贺，操于是不得复为重耳矣。

云长之欲杀操，为人臣明大义也；玄德之不欲杀，为君父谋万全也。君侧之恶，除之最难。前后左右皆其腹心爪牙，杀之而祸及我身犹可耳；杀之而祸及君父，则不为功之首，而反为罪之魁矣，可不慎哉！

董承前曾拒催、汜以救驾，今若能诛曹操，是再救驾也。马腾前同韩遂攻催、汜曾受密诏，今同董承谋曹操，是再受诏也。前之救驾是实事，而后之救驾是虚谈；前之受诏用虚叙，而后之受诏用实写。一虚一实，参差变换，各各入妙。又妙在七人受诏处，或自受，或因人所受以为受，或先见诏，或后见诏，或约来，或自至，或两人同来，或一人独至，或潸然泪下，或咬牙切齿。文官有文官身分，武臣有武臣气概。人人不同，人人如画，真叙事妙品。

曹操无君之罪，至许田射鹿而大彰明较著矣。人臣无将，将而必诛。袁术之僭，其既然者也；曹操之篡，其将然者也。将之与既，厥罪维均。故自有衣带诏之后，凡兴兵讨操者，俱大书讨贼以予之。

前有谋诛宦竖之何国舅，后有谋诛奸相之董国舅，遥遥相对，然二人不可同年而语矣。进有鸩董后之罪，承有拒李催之功。进则灵帝尝欲杀之，承则献帝倾心托之。乃二人之贤否不同，而同于败者，进之失在不断，承之失在不密。君不密则失臣，臣不密则失身。事欲其秘，何必歃血会饮？迹恐其露，何必立券书名？虽然，谋事在人，成事在天，天不祚汉，无徒为董承咎也。

却说曹操举剑欲杀张辽，玄德攀住臂膊，云长跪于面前。玄德曰："此等赤心之人，正当留用。"云长曰："关某素知文远忠义之士，愿以性命保之。"〔为后文张辽上山救关公张本。〕操掷剑笑曰："我亦知文远忠义，故戏之耳。"〔恐他人做了人情，便说自家是戏。奸雄权变，真不可及。〕乃亲释其缚，解衣衣之，延之上坐，〔要杀则亲自拔剑，不杀则解衣延坐，怒便加一倍怒，爱亦加一倍爱。奸雄权变，真不可及。〕辽感其意，遂降。操拜辽为中郎将，赐爵关内侯，使招安臧霸。霸闻吕布已死，张辽已降，遂亦引本部军投降。操厚赏之。臧霸又招安孙观、吴敦、尹礼来降；独昌豨未肯归顺。操封臧霸为琅邪相。孙观等亦各加官，令守青、徐沿海地面。将吕布妻女载回许都。〔未识貂蝉亦在其中否？自此之后不复知貂蝉下落矣。〕大犒三军，拔寨班师。路过徐州，百姓焚香遮道，请留刘使君为牧。操曰："刘使君功大，且待面君封爵，回来未迟。"〔操自欲取徐州，而不欲以予备，明矣。〕百姓叩谢。操唤车骑将军车胄权领徐州。〔为后文关公斩车胄张本。〕操军回许昌，封赏出征人员，留玄德在相府左近宅院歇定。

次日，献帝设朝，操表奏玄德军功，引玄德见帝。玄德具朝服拜于丹墀。帝宣上殿，问曰："卿祖何人？"玄德奏曰："臣乃中山靖王之后，孝景皇帝阁下玄孙，刘雄之孙，刘弘之子也。"〔首卷中已叙过，此又于玄德口中自叙一番。〕帝教取宗族世谱检看，令宗正卿宣读曰：

孝景皇帝生十四子。第七子乃中山靖王刘胜。胜生陆城亭侯刘贞。贞生沛侯刘昂。昂生漳侯刘禄。禄生沂水侯刘恋。恋生钦阳侯刘英。英生安国侯刘建。建生广陵侯刘哀。哀生胶水侯刘宪。宪生祖邑侯刘舒。舒生祁阳侯刘谊。谊生原泽侯刘必。必生颖川侯刘达。达生丰灵侯刘不疑。不疑生济川侯刘惠。惠生东郡范令刘雄。雄生刘弘。弘不仕。刘备乃刘弘子也。

帝排世谱，则玄德乃帝之叔也。_{历按宗谱，章章可考，正为后文继汉正统张本。}帝大喜，请入偏殿叙叔侄之礼。帝暗思："曹操弄权，国事都不由朕主。今得此英雄之叔，朕有助矣！"_{帝亦有眼力。}遂拜玄德为左将军、宣城亭侯。_{皇帝面封，封得冠冕。}设宴款待毕，玄德谢恩出朝。自此人皆称为刘皇叔。

曹操回府，荀彧等一班谋士入见曰："天子认刘备为叔，恐无益于明公。"操曰："彼既认为皇叔，吾以天子之诏令之，彼愈不敢不服矣。况吾留彼在许都，名虽近君，实在吾掌握之内，吾何惧哉？_{操不使备留徐州，正是此意。}吾所虑者，太尉杨彪系袁术亲戚，倘与二袁为内应，为害不浅，当即除之。"乃密使人诬告彪交通袁术，遂收彪下狱，命满宠按治之。_{前彪实劝帝召操，今操即害彪，老贼大是忘本。}时北海太守孔融在许都，_{孔融自玄德北海解围后，至此第二番出现。}因谏操曰："杨公四世清德，岂可因袁氏而罪之乎？"操曰："此朝廷意也。"融曰："使成王杀召公，周公可得言不知耶？"操不得已，乃免彪官，放归田里。_{彪则幸免，而操之忌融，自此始矣。}议郎赵彦愤操专横，上疏劾操不奉帝旨，擅收大臣之罪。操大怒，即收赵彦杀之。_{杀赵彦、收杨彪二事俱见陈琳檄中。}于是百官无不悚惧。谋士程昱说操曰："今明公威名日盛，何不乘此时行王霸之事？”操曰：“朝廷股肱尚多，未可轻动。吾当请天子田猎，以观动静。”观动静者，观左右之顺逆也。于是拣选良马、名鹰、俊犬，弓矢俱备，先聚兵城外，操入请天子田猎。帝曰：“田猎恐非正道。”绝非亡国之君之言，何天之不祚汉也？操曰：“古之帝王，春蒐夏苗，秋狝冬狩，四时出郊，以示武于天下。今四海扰攘之时，正当借田猎以讲武。”帝不敢不从，周宣王之猎于东都，是天子当阳；汉献帝之猎于许田，是权臣耀武。随即上逍遥马，带宝雕弓、金𫓧箭，排銮驾出城。玄德与关、张各弯弓插箭，内穿掩心甲，手持兵器，引数十骑随驾出许昌。满朝文武，独详叙刘、关、张。正为关公欲杀曹操张本。曹操骑爪黄飞电马，引十万之众，与天子猎于许田。军士排开围场，周广二百馀里。操与天子并马而行，只争一马头。背后都是操之心腹将校。可知此时杀曹操不得。文武百官，远远侍从，谁敢近前！

当日献帝驰马到许田，刘玄德起居道旁。帝曰：“朕今欲看皇叔射猎。”玄德领命上马，忽草中赶起一兔。玄德射之，一箭正中那兔。将有曹操射鹿，先有玄德射兔以引之。帝喝采。转过土坡，忽见荆棘丛中赶出一只大鹿。帝连射三箭不中，顾谓操曰：“卿射之。”操就讨天子宝雕弓、金𫓧箭，扣满一射，正中鹿背，倒于草中。汉失其鹿，为操所得，正魏代汉之兆也。群臣将校，见了金𫓧箭，只道天子射中，都踊跃向帝呼“万岁”。曹操纵马直出，遮于天子之前以迎受之。弓箭可借，“万岁”亦可借乎？操之俨然迎受，正以观众人之动静也。众皆失色。此句内伏下马腾一班人。玄德背后云长大怒，剔起卧蚕眉，睁开丹凤眼，提刀拍马便出，要斩曹操。义气凛凛，须眉如亲。玄德见了，慌忙摇手送目。关公见兄如此，便不敢动。玄德欠身向操称贺曰：“丞相神射，世所罕及！”如此涵养，是英雄权变，是帝王度量。操笑曰：“此天子洪福耳。”乃回马向天子称贺，竟不献还宝雕弓，就自悬带。

围场已罢，宴于许田。宴毕，驾回许都。众人

袁术窃玉，曹操窃弓，不意一时遂有二阳货。

各自归歇。云长问玄德曰："操贼欺君罔上，我欲杀之，为国除

害，兄何止我？"玄德曰："投鼠忌器。操与帝相离只一马头，其

心腹之人，周回拥侍；吾弟若逞一时之怒，轻有举动，倘事不成，有

伤天子，罪反坐我等矣。"大有斗酒。云长曰："今日不杀此贼，后必为

祸。"玄德曰："且宜秘之，不可轻言。"云长耐不得，玄德偏耐得。

却说献帝回宫，泣谓伏皇后曰："朕自即位以来，奸雄并

起。先受董卓之殃，后遭傕、汜之乱。常人未受之苦，吾与汝当

之。后得曹操，以为社稷之臣；遥应前人。不意专国弄权，擅作威福。

朕每见之，背若芒刺。今日在围场上，身迎呼贺，无礼已极！早

晚必有异谋，吾夫妇不知死所也！"异日曹操行凶，先害董妃，后及伏后。此时献帝密谋，却因伏后，乃及董妃。伏皇后曰："满朝公卿，俱食汉禄，竟无一人能救国难乎？"

言未毕，忽一人自外而入曰："帝后休忧。吾举一人，可除国

害。"帝视之，乃伏皇后之父伏完也。伏完之死在后，董承之死在先；今却于董承之前，先将伏完引线，叙事妙品。帝掩泪问曰："皇丈亦知操贼之专横乎？"完曰："许田射鹿之

事，谁不见之？但满朝之中，非操宗族，则其门下；若非国戚，

谁肯尽忠讨贼？老臣无权，难行此事。车骑将军国舅董承可托

也。"因一国戚，又引出一国戚。帝曰："董国舅多赴国难，朕躬素知。可宣入

内，共议大事。"完曰："陛下左右皆操贼心腹，倘事泄，为祸

不浅。"帝曰："然则奈何？"完曰："臣有一计：陛下可制衣一

领，取玉带一条，密赐董承；却于带衬内缝一密诏以赐之，令到

家见诏，可以昼夜画策，鬼神不觉矣。"衣带诏之谋出自伏完，而伏完偏不在董承等七人之内，却留在后文另作一事，读者所不能测也。帝然之，伏完辞出。

帝乃自作一密诏，咬破指尖，以血写之，臣有刺血上表者矣，未有天子而刺血下诏者也。此

亦千古奇事 暗令伏皇后缝于玉带紫锦衬内，却自穿锦袍，自系玉带，令内史宣董承入。承见帝礼毕，帝曰："朕夜来与后说霸河之苦，念国舅大功，故特宣入慰劳。"承顿首谢。帝引承出殿，到太庙转上功臣阁内。帝焚香礼毕，引承观画像。中间画汉高祖容像。帝曰："吾高祖皇帝起身何地？如何创业？" 将说自己，先说高皇。 承大惊曰："陛下戏臣耳。圣祖之事，何为不知？高皇帝起自泗上亭长，提三尺剑斩蛇起义，纵横四海，三载亡秦，五年灭楚，遂有天下，立万世之基业。" 与首卷起处遥遥相应。 帝曰："祖宗如此英雄，子孙如此懦弱，岂不可叹！"因指左右二辅之像曰："此二人非留侯张良、酂侯萧何耶？" 将命董承，先说留侯、酂侯。 承曰："然也。高祖开基创业，实赖二人之力。"帝回顾左右较远，乃密谓承曰："卿亦当如此二人立于朕侧。" 方入正意。 承曰："臣无寸功，何以当此？"帝曰："朕想卿西都救驾之功，未尝少忘，无可为赐。"因指所着袍带曰："卿当衣朕此袍，系朕此带，常如在朕左右也。"承顿首谢。帝解袍带赐承， 意只在带，却以袍陪之。 密语曰："卿归可细视之，勿负朕意。"承会意，穿袍系带，辞帝下阁。

早有人报知曹操曰："帝与董承登功臣阁说话。"操即入朝来看。董承出阁，才过宫门，恰遇操来，急无躲避处， 急杀。 只得立于路侧施礼。操问曰："国舅何来？"承曰："适蒙天子宣召，赐以锦袍玉带。"操问曰："何故见赐？"承曰："因念某旧日西都救驾之功，故有此赐。"操曰："解带我看。" 急杀，急杀！ 承心知衣带中必有密诏，恐操看破，迟延不解。操叱左右："急解下来！" 急杀，如何！急杀，如何！ 看了半晌，笑曰："果然是条好玉带！再脱下锦袍来借看。"承心中畏惧，不敢不从，遂脱袍献上。 带不自解，袍却自脱，形容畏惧之态如画。操亲自以手提起，对日影中细细详看。看毕，自己穿在身上，系了玉带，回顾左右曰："长短如何？"一边着急，一边故意卖弄，好看。左右称美。操谓承曰："国舅即以此袍带转赐与吾，何如？"急杀，急杀，如何！如何！承告曰："君恩所赐，不敢转赠；容某别制奉献。"操曰："国舅受此衣带，莫非其中有谋乎？"吓杀。承惊曰："某焉敢？丞相如要，便当留下。"操曰："公受君赐，吾何相夺？聊为戏耳。"遂脱袍带还承。董承不肯献，操却偏要；董承愿献，操便不要，奸雄真奸猾之极。

承辞操归家，至夜独坐书院中，将袍仔细反覆看了，并无一物。曹操细看袍，董承亦先看袍。承思曰："天子赐我袍带，命我细观，必非无意；今不见甚踪迹，何也？"随又取玉带检看，乃白玉玲珑，碾成小龙穿花，背用紫锦为衬，缝缀端整，亦并无一物。承心疑，放于桌上，反覆寻之。操见袍中无物，故不更疑及带。承正以袍中无物，故更猜及带。良久，倦甚。正欲伏几而寝，忽然灯花落于带上，烧着背衬。承惊拭之，已烧破一处，微露素绢，隐见血迹，即取刀拆开视之，乃天子手书血字密诏也。不用自己寻着，却用灯花烧出，曲折之甚。诏曰：

朕闻人伦之大，父子为先；尊卑之殊，君臣为重。近日操贼弄权，欺压君父；结连党伍，败坏朝纲；敕赏封罚，不由朕主。朕夙夜忧思，恐天下将危。卿乃国之大臣，朕之至戚，当念高帝创业之艰难，纠合忠义两全之烈士，殄灭奸党，复安社稷，祖宗幸甚！破指洒血，书诏付卿，再四慎之，勿负朕意！建安四年春三月诏。

董承览毕，涕泪交流，一夜寝不能寐。为下文隐几而卧伏线。晨起，复至书院中，将诏再三观看，无计可施。乃放诏于几上，沉思灭操之计。忖量未定，隐几而卧。因一夜不寐之故。忽侍郎王子服至。门吏知子服与董承交厚，不敢拦阻，竟入书院。见承伏几不醒，袖底压着素绢，微露"朕"字。形容得妙，与董承于灯花烧破处窥见血迹，一样惊人。子服疑之，默取看毕，藏于袖中，又为董承吃一吓。呼承曰："国舅好自在！亏你如何睡得着！"只因一夜睡不着，故此时睡着耳。承惊觉，不见诏书，魂不附体，手脚慌乱。子服曰："汝欲杀曹公！吾当出首。"急杀。承泣告曰："若兄如此，汉室休矣！"子服曰："吾戏耳。吾祖宗世食汉禄，岂无忠心？愿助兄一臂之力，共诛国贼。"承曰："兄有此心，国之大幸！"子服曰："当于密室同立义状，开口便要立盟书，颇觉书生气。是文官身分。各舍三族，以报汉君。"其言不祥。承大喜，取白绢一幅，先书名画字；子服亦即书名画字。书毕，子服曰："将军吴子兰，与吾至厚，可与同谋。"子服引出一人。承曰："满朝大臣，惟有长水校尉种辑、议郎吴硕是吾心腹，必能与我同事。"董承又引出二人。

正商议间，家僮入报种辑、吴硕来探。来得凑巧，省笔之极。承曰："此天助我也！"教子服暂避于屏后。避得妙。承接二人入书院坐定，茶毕，辑曰："许田射猎之事，君亦怀恨乎？"承曰："虽怀恨，无可奈何。"硕曰："吾誓杀此贼，恨无助我者耳！"辑曰："为国除害，虽死无怨！"不用董承先说，却用二人自说，妙。王子服从屏后出曰："汝二人欲杀曹丞相，我当出首，董国舅便是证见。"亦用逆挑，不用顺接，妙。种辑怒曰："忠臣不怕死！吾等死作汉鬼，强似你阿附国贼！"同一逆挑之语，而董承闻之着急，种辑闻之着恼，各各不同。承笑曰："吾等正为此事，欲见二公。王侍郎之言乃戏耳。"便于袖中取出诏来与二人看。二人读诏，挥泪不止。承遂请书名。子服曰："二公在此少待，吾去请吴子兰来。"子服去不多时，即同子兰至，_{两人自来，一人请至，又各不同。}与众相见，亦书名毕。承邀于后堂会饮。

忽报西凉太守马腾相探。_{又一个自来的。}承曰："只推我病，不能接见。"门吏回报。腾大怒曰："我夜来在东华门外，亲见他锦袍玉带而出，_{又将袍带一提。}何故推病耶！吾非无事而来，奈何拒我！"门吏入报，备言腾怒。承起曰："诸公少待，暂容承出。"随即出厅延接。礼毕坐定，腾曰："腾入觐将还，故来相辞，何见拒也？"承曰："贱躯暴疾，有失迎候，罪甚！"腾曰："面带春色，未见病容。"承无言可答。腾拂袖便起，_{自来的几乎又自去。}嗟叹下阶曰："皆非救国之人也！"承感其言，挽留之，_{彼来则拒之，彼去则留之，俱用逆写。}问曰："公谓何人非救国之人？"腾曰："许田射猎之事，吾尚气满胸膛，公乃国之至戚，犹自滞于酒色，而不思讨贼，安得为皇家救难扶灾之人乎！"承恐其诈，佯惊曰："曹丞相乃国之大臣，朝廷所倚赖，公何出此言？"_{纯用逆挑妙。}腾大怒曰："汝尚以曹贼为好人耶？"承曰："耳目甚近，请公低声。"_{前用王子服反说，董承正告；此用马腾正告，董承反说，又各不同。}腾曰："贪生怕死之徒，不足以论大事！"说罢又欲起身。_{写马腾与董承落落难合，又非若前四人之一说便是也，妙。}承知腾忠义，乃曰："公且息怒。某请公看一物。"遂邀腾入书院，取诏示之。腾读毕，毛发倒竖，咬齿嚼唇，满口流血，_{写马腾又是马腾身分，与前五人不同。}谓承曰："公若有举动，吾即统西凉兵为外应。"承请腾与诸公相见，取出义状，教腾书名。腾乃取酒歃血为盟，_{天子刺血，马腾嚼血，六人歃血，只因一纸血诏，引动一片血诚。}曰："吾等誓死不负所约！"_{其言亦不祥。}指坐上五人言曰："若得十人，大事谐矣。"承曰："忠义之士，不可多得。若所与非人，则反相害矣。"_{人少做不得，人多亦做不得。}腾教取《鸳行鹭序簿》来检看。检到刘氏宗族，乃拍手言曰："何不共此人商议？" _{因外戚荐出一外戚，又
因一外戚引出一宗室。} **众皆问**何人。马腾不慌不忙，说出那人来。正是：

　　　　本因国舅承明诏，又见宗潢佐汉朝。

　　毕竟马腾之言如何，且听下文分解。

關公賺城斬車冑

天子血诏，从许田起见；诸侯定盟，亦从许田起见。马腾之知玄德，以云长而知之；马腾之知云长，以许田而知之。想见许田当日曹操之横，气焰迫人；云长之怒，须眉皆动。文有叙事在后幅，而适为前编加倍衬染者，此类是也。

两雄不并立，不并立则必相图。操以备为英雄，是操将图备矣，又逆知备之必将图我矣。备方与董承等同谋，而忽闻此言，安得不失惊落箸耶？是因落箸而假托闻雷，非因闻雷而故作落箸也。若因闻雷而故作落箸，以之欺小儿则可，岂所以欺曹操者？俗本多讹，故依原本校正之。"一震之威，乃至于此！"只淡淡一语，轻轻溷过，妙在有意无意之间，岂真学小儿掩耳缩颈之态耶？古史所载，后人多有误解之者。即如项羽困于垓下，闻汉兵四面皆楚歌，大惊曰："汉已尽得楚乎？何楚人之多也！"是张良、韩信欲使羽疑彭城已失，乱其军心耳。今人看《千金记》，误以楚歌为思家之曲，劝楚人还乡。夫楚人有家，汉人亦有家，将解散客兵，而先解散我兵，为之奈何？不知作传奇者，不过分外妆点，以图悦目，而乃错认其事，讹以传讹，宁不为识者所笑？此时孙策在江东，曹操更不以英雄许之，直待后来孙权承袭，乃始叹曰："生子当如孙仲谋！"然则此老眼力，大是不谬。当青梅煮酒之日，英雄只有两人，鼎足尚缺其一也。

自车胄为云长所杀，而曹操之兵端起矣。玄德之不欲杀胄者，以此时衣带诏未泄，董承谋未露，尚欲与操羁縻勿绝，阳和而阴图之耳。英雄作事，须要审势量力，性急不得。玄德深心人，故有此等算计；云长直心人，别无此等肚肠。两人同是豪杰，却各自一样性格。云长之不及玄德者在此，玄德之不及云长者亦在此。

此卷叙刘、曹相攻之始，而中间夹写公孙瓒并袁术二段文字。瓒之事，只在满宠口中虚写；术之事，却用一半虚写，一半实写。不独瓒、术二人于此卷中收场，而玉玺下落，亦于此卷中结局。前者汉帝失玉玺，今者玉玺归汉帝，相去十数卷，遥遥相对，而又预伏七十回后曹丕受玺篡汉之由，有应有伏，一笔不漏，一笔不繁。每见近人纪事，叙却一头，抛却一头，失枝脱节，病在遗忘；未说这边，又说那边，手忙脚乱，病在冗杂。今试读《三国演义》，其亦可以阁笔矣。

董承义状上大书"左将军刘备"，备之继正统而无愧者此也。只"左将军刘备"五字，消得"汉昭烈皇帝"五字。昔汉高祖、项羽诏曰："愿从诸侯王击楚之杀义帝者。"于是名正言顺，海内归心。今玄德既奉衣带诏以讨贼，则仗义执言。武侯之六出祁山，姜维之九伐中原，皆自此诏始矣。然备于斩车胄之后，何不便将此诏布告天下乎？曰：诏词本以赐董承者也。董承在内，若速暴之，恐害董承故也。待承死而后，此诏乃昭然共被于海内耳。

瓒之亡也，积粟三十万；术之亡也，剩麦三十斛。粮多亦亡，粮少亦亡。何也？曰：二人之无谋等也。无谋等，则粮之多少无异也。然瓒生平尚有荐玄德之一节可取，若袁术生平，直是一无足取。初以不发粮而误人，既乃以绝粮而自毙，天之报施，诚不爽哉！

却说董承等问马腾曰："公欲用何人？"马腾曰："见有豫州

牧刘玄德在此，何不求之？"因董承转出马腾，因马腾转出玄德。玄德为主，董、马二人不过做一引子耳。玄

曰："此人虽则系是皇叔，今正依附曹操，安肯行此事耶？"玄德依附曹操，与曹操依附董卓，同一识见。腾曰："吾观前日围场之中，曹操迎受众贺之时，云长在玄德背后，挺刀欲杀操，玄德以目视之而止。前卷事又在马腾眼中、口中补写一遍。玄德非不欲图操，恨操爪牙多，恐力不及耳。玄德心事，马腾一语道着。公试求之，当必应允。"吴硕曰："此事不宜太速，当从容商议。"众皆散去。次日黑夜里，董承怀诏，径往玄德公馆中来。门吏入报，玄德出迎，请入小阁坐定。关、张侍立于侧。玄德曰："国舅黉夜至此，必有事故。"承曰："白日乘马相访，恐操见疑，故黑夜相见。"玄德命取酒相待。承曰："前日围场之中，云长欲杀曹操，将军动目摇头而退之，何也？"问得突兀。玄德失惊曰："公何以知之？"承曰："人皆不见，某独见之。"不说马腾看见，竟说自己看见，好。玄德不能隐讳，遂曰："舍弟见操僭越，故不觉发怒耳。"承掩面而哭曰："朝廷臣子，若尽如云长，何忧不太平哉？"语殊慷慨淋漓。玄德恐是曹操使他来试探，乃佯言曰："曹丞相治国，为何忧不平乎？"前马腾正说，董承反说以试之；今董承正说，玄德反说以试之：妙甚。承变色而起曰："公乃汉朝皇叔，故剖肝沥胆以相告，公何诈也？"玄德曰："恐国舅有诈，故相试耳。"于是董承取衣带诏令观之，玄德不胜悲愤。又将义状出示，上止有六位：一，车骑将军董承；二，工部侍郎王子服；三，长水校尉种辑；四，议郎吴硕；五，昭信将军吴子兰；六，西凉太守马腾。忽将前六人于此处历历叙明，却在玄德眼中看出，妙甚。玄德曰："公既奉诏讨贼，备敢不效犬马之劳！"承拜谢，便请书名。玄德亦书"左将军刘备"，大书特书，字堪传千古。押了字，付承收讫。承曰："尚容再请三人，共聚十义，以图国贼。"刘备一人可当百矣，何必凑足十人耶？玄德曰："切宜缓

缓而行，不可轻泄。"共议到五更，相别去了。

玄德也防曹操谋害，就下处后园种菜，亲自浇灌，以为韬晦之计。^{邵平种瓜是无聊，}^{玄德种菜是有意。}关、张二人曰："兄不留心天下大事，而学小人之事，何也？"玄德曰："此非二弟所知也。"^{此处且不说明，}^{留在后文补出。}二人乃不复言。

一日，关、张不在，玄德正在后园浇菜，许褚、张辽引数十人入园中曰："丞相有命，请使君便行。"玄德惊问曰："有甚紧事？"^{不特玄德惊疑，}^{即读者亦为惊疑。}许褚曰："不知。只教我来相请。"^{吓杀。}玄德只得随二人入府见操。操笑曰："在家做得好大事！"^{吓杀。读者}^{至此，必谓}^{衣带诏}^{泄矣。}唬得玄德面如土色。^{读者亦吃}^{一大惊。}操执玄德手，直至后园，曰："玄德学圃不易！"玄德方才放心，^{如水上惊涛，}^{忽起忽落。}答曰："无事消遣耳。"操曰："适见枝头梅子青青，忽感去年征张绣时，道上缺水，将士皆渴，吾心生一计，以鞭虚指曰：'前面有梅林。'军士闻之，口皆生唾，由是不渴。^{征张绣时已隔数卷，忽于此处}^{补出一段闲文，妙绝，妙绝。}今见此梅，不可不赏。^{今见此梅，亦还}^{想张济妻否？}又值煮酒正熟，故邀使君小亭一会。"^{恐是睹物怀人，未能忘}^{情，故欲以酒解之耳。}玄德心神方定。随进小亭，已设樽俎。盘致青梅，一樽煮酒。二人对坐，开怀畅饮。^{叙得闲闲雅雅，与董承}^{黑夜饮酒又自不同。}酒至半酣，忽阴云漠漠，骤雨将至。从人遥指天外龙挂，^{有景。}操与玄德凭栏观之。^{俨如一幅}^{画图。}操曰："使君知龙之变化否？"^{闲闲说}^{来。}玄德曰："未知其详。"^{假呆得}^{妙。}操曰："龙能大能小，能升能隐，大则兴云吐雾，小则隐介藏形；升则飞腾于宇宙之间，隐则潜伏于波涛之内。方今春深，龙乘时变化，犹人得志而纵横四海。龙之为物，可比世之英雄。玄德久历四方，必知当世英雄。请试指言之。"^{从龙说起，渐渐说到英雄，又渐渐说到当世人物。亦}^{如雨之将至，而先有雷；雷之将至，而先有龙挂也。}玄德曰："备肉眼安识英雄！"一发假呆，得妙。操曰："休得过谦。"玄德曰："备叨恩庇，得仕于朝。天下英雄，实有未知。"一味妆呆诈痴，即种菜之意。操曰："既不识其面，亦闻其名。"玄德曰："淮南袁术，兵粮足备，可谓英雄？"因术称帝，故首举术为问。不知术之龙非真龙，备之问亦是假问。操笑曰："冢中枯骨，吾早晚必擒之！"袁术即于此卷中结局，与后文正相应。玄德曰："河北袁绍，四世三公，门多故吏；今虎踞冀州之地，部下能事者极多，可谓英雄？"为后文求救袁绍伏笔。操笑曰："袁绍色厉胆薄，好谋无断；干大事而惜身，见小利而忘命，非英雄也。"为后文破袁绍伏线。玄德曰："有一人名称八俊，威镇九州——刘景升可为英雄。"为后文依托刘表伏笔。〇此下二段，又变一样文法。操曰："刘表虚名无实，非英雄出。"看低当世多少名士。玄德曰："有一人血气方刚，江东领袖——孙伯符乃英雄也。"为后文借写江东伏笔。操曰："孙策藉父之名，非英雄也。"看低当世多少公子。玄德曰："益州刘季玉，可为英雄乎？"为后文入川伏笔。〇又变一样文法。操曰："刘璋虽系宗室，乃守户之犬耳，何足为英雄！"看低天下多少宗室。玄德曰："如张绣、张鲁、韩遂等辈皆何如？"连问三人，又变一样文法。〇言韩遂而不及马腾者，正与备共立义状，故隐之耳。袁术、袁绍、刘表、孙策、张绣、韩遂之已见前文者也，刘璋、张鲁事之尚在后文者也。前文于此再一总，后文于此先一提。操鼓掌大笑曰："此等碌碌小人，何足挂齿！"后三人皆降操。玄德曰："舍此之外，备实不知。"只此一味妆呆。操曰："夫英雄者，胸怀大志，腹有良谋，有包藏宇宙之机，吞吐天地之志者也。"满怀自负。玄德曰："谁能当之？"倒问一句妙甚，不但不自以为英雄，且似并不知曹操以为英雄者。操以手指玄德，后自指，曰："今天下英雄，惟使君与操耳！"曹操自以为英雄，又心畏玄德为英雄，一向只是以心相待，不曾当面说出。今番酒后，不觉一语道破。玄德闻言，吃了一惊，手中所执匙箸，不觉落于地下。半晌妆呆，却被一语道破，安得不惊？时正值天雨将至，雷声大作。玄德乃从容俯首拾箸曰："一震之威，乃至于此。"为甚说破英雄，便尔举止失错？曹操心多，安得不疑。亏此一语随机应变，平白地掩饰过去。操笑曰："丈夫亦畏雷乎？"玄德曰："圣人迅雷风烈必变，安得不畏？"<small>淡淡一语，妙在有意无意之间。</small>将闻言失箸缘故，轻轻掩饰过了。<small>真是灵警。</small>操遂不疑玄德。<small>竟被瞒过。</small>后人有诗赞曰：

> 勉从虎穴暂趋身，说破英雄惊杀人。
>
> 巧借闻雷来掩饰，随机应变信如神。

天雨方住，见两个人撞入后园，手提宝刀，突至亭前，左右拦挡不住。操视之，乃关、张二人也。<small>与鸿门会樊哙排盾而入一样声势。</small>原来二人从城外射箭方回，听得玄德被许褚、张辽请将去了，慌忙来相府打听；<small>此处不说二公吃惊，留在后文云长口中补出，好。</small>闻说在后园，只恐有失，故冲突而入。<small>真好兄弟。</small>却见玄德与操对坐饮酒。二人按剑而立。<small>方说天上之龙，席间忽然来了二虎。</small>操问二人何来。云长曰："听知丞相和兄饮酒，特来舞剑，以助一笑。"操笑曰："此非'鸿门会'，安用项庄项伯乎？"<small>语甚趣。</small>玄德亦笑。操命："取酒与二'樊哙'压惊。"<small>语更甚趣。樊哙不容有二，今乃与樊哙有三矣。</small><small>倒底只是假面孔，妙。</small>关、张拜谢。须臾席散，玄德辞操而归。云长曰："险些惊杀我两个！"<small>补前一笔。○不独二公吃惊，即读者亦曾吃惊。</small>玄德以落箸事说与关、张。关、张问是何意。玄德曰："吾之学圃，正欲使操知我无大志；<small>前日不说明，今日补解之。</small>不意操竟指我为英雄，我故失惊落箸。又恐操生疑，故借惧雷以掩饰之耳。"<small>于玄德口中，将关、张补文下一注脚。</small>关、张曰："兄真高见！"

　　操次日又请玄德。正饮间，人报满宠去探听袁绍而回。操召入问之。宠曰："公孙瓒已被袁绍破了。"<small>一段大文，只在满宠口中一句点出，省笔之极。</small>玄德急问曰："愿闻其详。"<small>前磐河之战，玄德曾救公孙，此处不得不急问。</small>宠曰："瓒与绍战不利，筑城围圈，圈上建楼，高十丈，名曰易京楼，积粟三十万以自守。战士出入不息，或有被绍围者，众请救之。瓒曰：‘若救一人，后之战者只望人救，不肯死战矣。’遂不肯救。_{瓒之失事在此。}因此袁绍兵来，多有降之者。瓒势孤，使人持书赴许都求救，不意中途为绍军所获。_{后陈琳檄中以此罪操。}瓒又遗书张燕，暗约举火为号，里应外合。下书人又被袁绍擒住，却来城外放火诱敌。瓒自出战，伏兵四起，军马折其大半。退守城中，被袁绍穿地直入瓒所居之楼下，放起火来。瓒无走路，先杀妻子，然后自缢，全家都被火焚了。_{前文曹操破吕布却用实写，此处袁绍破公孙都用虚述。一详一略，皆叙事妙品。}今袁绍得了瓒军，声势甚盛。绍弟袁术在河南骄奢过度，不恤军民，众皆背反。术使人归帝号于袁绍。绍欲取玉玺，术约亲自送至，见今弃淮南，欲归河北。若二人协力，急难收复。乞丞相作急图之。”_{本是探听袁绍，却并接入袁术，妙。}玄德闻公孙瓒已死，追念昔日荐己之恩，不胜伤感；_{回顾前文，如千丈游丝，忽又一落。}又不知赵子龙如何下落，放心不下。_{不独玄德欲知其下落，即读者亦急欲知其下落，乃此处偏不叙明，直至后古城聚义时方才出现。叙事真有草蛇灰线之奇。}因暗想曰："我不就此时寻个脱身之计，更待何时？"遂起身对操曰："术若投绍，必从徐州过。备请一军就半路截击，术可擒矣。_{可见青梅煮酒时，第一句便说他英雄，真是假话。}操笑曰："来日奏帝，即便起兵。"

次日，玄德面奏君。操令玄德总督五万人马，又差朱灵、路昭二人同行。_{奸狡之极。}玄德辞帝，帝泣送之。_{此时董承想已通消息于帝，帝与备已心照矣。}玄德到寓，星夜收拾军器鞍马，挂了将军印，催促便行。_{慌速之极。}董承赶出十里长亭来送。玄德曰："国舅宁耐。某此行必有以报命。"承曰："公宜留意，勿负帝心。"二人分别。_{完却上文立义状一段事情。}关、张在马上问曰："兄今番出征，何故如此慌速？"玄德曰："吾乃笼中鸟、网中鱼。此一行如鱼入大海，鸟上青霄，不受笼网之羁绊也！"〔曹操比备为龙，然龙在网罗之中，与鱼鸟无异，故急欲脱出羁绊。〕因命关、张催朱灵、路昭军马速行。〔此句亦少不得。〕时郭嘉、程昱考较钱粮方回，〔亏得二人出外，玄德故能脱然而去。〕知曹操已遣玄德进兵徐州，慌入谏曰："丞相何故令刘备督军？"操曰："欲截袁术耳。"程昱曰："昔刘备为豫州牧时，某等请杀之，丞相不听；〔又将前文一提。〕今日又与之兵，此放龙入海，纵虎归山也。后欲治之，其可得乎？"〔程昱直欲杀备。〕郭嘉曰："丞相纵不杀备，亦不当使之去。古人云：'一日纵敌，万世之患。'望丞相察之。"〔郭嘉只欲留备。〕操然其言，遂令许褚将兵五百前往，务要追玄德转来。许褚应诺而去。〔读者至此又为玄德着急。〕

却说玄德正行之间，只见后面尘头骤起，谓关、张曰："此必曹兵追至也。"遂下了营寨，令关、张各执军器，立于两边。〔如欲厮杀状，掩卷猜之，必谓下文与许褚交战矣。〕许褚至，见严兵整甲，乃下马入营见玄德。玄德曰："公来此何干？"褚曰："奉丞相命，特请将军回去，别有商议。"玄德曰："'将在外，君命有所不受。'吾面过君，又蒙丞相钧语。今别无他议，公可速回，为我禀覆丞相。"〔数语亦不激不随。〕许褚寻思："丞相与他一向交好，今番又不曾教我来厮杀，只得将他言语回覆，另候裁夺便了。"遂辞了玄德，领兵而回。〔许褚一来，如江潮忽起；许褚一去，又如江潮忽落。〕回见曹操，备述玄德之言。操犹豫未决。程昱、郭嘉曰："备不肯回兵，可知其心变。"操曰："我有朱灵、路昭二人在彼，料玄德未必敢心变。〔遣二人同去之意，此处方说出。〕况我既遣之，何可复悔？"遂不复追玄德。〔了却曹操一边。〕后人有诗叹玄德曰：

　　束兵秣马去匆匆，心念天言衣甲中。

　　撞破铁笼逃虎豹，顿开金锁走蛟龙。

却说马腾见玄德已去，边报又急，亦回西凉州去了。_{又安放马腾一句。}玄德兵至徐州，刺史车胄出迎。公宴毕，孙乾、麋竺等都来参见。玄德回家探视老小，_{一向空身在京，家小自在徐州。至此补照出来，极周密。}一面差人探听袁术。探子回报："袁术奢侈太过，雷薄、陈兰皆投嵩山去了。_{为后劫粮伏线。}术声势衰，乃作书让帝号于袁绍。绍命人召术，术乃收拾人马、宫禁御用之物，先到徐州来。"

玄德知袁术将至，乃引关、张、朱灵、路昭五万军出，正迎着纪灵至。张飞更不打话，直取纪灵。斗无十合，张飞大喝一声，刺纪灵于马下，_{看纪灵如此无用，知辕门射戟时，玄德非真了不得而必望吕布来救之也。}玄败军奔走。袁术自引军来斗。玄德分兵三路：朱灵、路昭在左，关、张在右，玄德自引兵居中，与术相见，在门旗下责骂曰："汝反逆不道，吾今奉明诏前来讨汝！汝当束手受降，免你罪犯。"袁术骂曰："织席编履小辈，安敢轻我！"_{还是虎牢关前面孔，今日恐用不着。}麾兵赶来。玄德暂退，让左右两路军杀出。杀得术军尸横遍野，血流成渠；士卒逃亡，不可胜计。又被嵩山雷薄、陈兰劫去钱粮草料。欲回寿春，又被群盗所袭，_{"代汉当涂"，竟成虚谶。}_{路，公路，竟是走路无路矣。}公只得住于江亭。止有一千馀众，皆老弱之辈。时当盛暑，粮食尽绝，只剩麦三十斛，分派军士。家人无食，多有饿死者。术嫌饭粗，不能下咽，_{昨日"推位让国"，无复"垂拱平章"。不得"具膳飧饭"，只得"饥厌糟糠"。}乃命庖人取蜜水止渴。庖人曰："止有血水，安有蜜水！"术坐于床上，大叫一声，倒于地下，吐血斗馀而死。_{未曾吃血水，奈何就还席？}时建安四年六月也。后人有诗曰：

汉末刀兵起四方，无端袁术太猖狂。

不思累世为公相，便欲孤身作帝王。

强暴枉夸传国玺，骄奢妄说应天祥。

渴思蜜水无由得，独卧空床呕血亡。

袁术已死，侄袁胤将灵柩及妻子奔庐江来，被徐璆尽杀之。璆夺得玉玺，赴许都献于曹操。操大喜，封徐璆为高陵太守。此时玉玺归操。^{为下文曹丕受玺篡汉张本。}

却说玄德知袁术已丧，写表申奏朝廷，书呈曹操，令朱灵、路昭回许都，留下军马保守徐州；一面亲自出城，招谕流散人民复业。^{爱民是玄德第一作用。}

且说朱灵、路昭回许都见曹操，说玄德留下军马。操怒，欲斩二人。荀彧曰："权归刘备，二人亦无奈何。"操乃赦之。彧又曰："可写书与车胄就内图之。"^{朱灵、路昭既无可奈何，车胄又复何用？}操从其计，暗使人来见车胄，传曹操钧旨。胄随即请陈登商议此事。登曰："此事极易。今刘备出城招民，不日将还；将军可命军士伏于瓮城边，只作接他，待马到来，一刀斩之；某在城上射住后军，大事济矣。"胄从之。陈登回见父陈珪，备言其事。珪命登先往报知玄德。登领父命，飞马去报。^{曹操写书与车胄，而不写书与陈登父子者，以其素与玄德相善故耳。车胄无谋，乃反与登商议，宜其死也。}正迎着关、张，报说如此如此。^{本要报玄德，却先报了关、张，又幻。}原来关、张先回，玄德在后。^{注一句}张飞听得，便要去厮杀。云长曰："他伏瓮城边待我，去必有失。我有一计，可杀车胄：乘夜扮做曹军到徐州，引车胄出迎，袭而杀之。"飞然其言。那部下军原有曹操旗号，衣甲都同。^{本是朱灵、路昭之兵，不消扮得。}当夜三更，到城边叫门。城上问是谁，众应是曹丞相差来张文远的人马。报知车胄，胄急请陈登议曰："若不迎接，诚有疑；若出迎之，又恐有诈。"胄乃上城回言："黑夜难以分辨，待明早相见。"〔车胄此时颇有主意，曹操所以托为心腹。〕城下答应："只恐刘备知道，疾快开门！"〔妙。〕车胄犹豫未决，城外一片声叫开门。车胄只得披挂上马，引一千军出城，跑过吊桥，大叫："文远何在？"火光中只见云长提刀纵马直迎车胄，大叫曰："匹夫安敢怀诈，欲杀吾兄！"车胄大惊，战未数合，遮拦不住，拨马便回。到吊桥边，城上陈登乱箭射下，〔前曾说过"我在城上，射住军"。〕车胄绕城而走。云长赶来，手起一刀，砍于马下，〔陈登本欲先报玄德，关、张，却先斩车胄，变幻之极。〕割下首级提回，望城上呼曰："反贼车胄，吾已杀之；众等无罪，投降免死！"诸军倒戈投降，军民皆安。

云长将胄头去迎玄德，具言车胄欲害之事，今已斩首。玄德大惊曰："曹操若来，如之奈何？"〔是深心人。〕云长曰："弟与张飞迎之。"〔是直心人。〕玄德懊悔不已，遂入徐州。百姓父老，伏道而接。玄德到府，寻张飞，飞已将车胄全家杀尽。玄德曰："杀了曹操心腹之人，如何肯休？"陈登曰："某有一计，可退曹操。"正是：

　　　　既把孤身离虎穴，还将妙计息狼烟。

不知陈登说出甚计，且听下文分解。

第二十二回　袁曹各起马步三军　关张共擒王刘二将

關張芊擒王劉二將

荐刘备者，公孙瓒也；杀公孙瓒者，袁绍也。归袁绍者，袁术也；攻袁术者，刘备也。然则欲使袁绍救刘备，不独刘备意中以为必无之事，即读者意中亦以为必无之事矣。乃刘备偏往求之，袁绍偏肯救之。操之与备，合而忽离；绍之与备，离而忽合。读其前卷，更不料有后卷。事之变，文之幻，真令读者梦亦梦不到也。

陈登欲求援兵，试掩卷猜之，以必为求救于马腾矣，乃舍马腾而求袁绍，何也？曰：马腾虽同受衣带诏，而徐州之发使于西凉也远，冀州之进兵于许都也近。且马腾势小，袁绍势大，舍其远者小者，求其大者近者，亦是英雄见识。

玄德之求袁绍也，以郑玄为之介绍，而首卷叙述玄德生平，早有"师事郑玄"一语，遥遥伏线。且郑玄、卢植，俱为玄德所师，而卢植详见前文，郑玄直至此处方才出现。一先一后，参差错落，极叙事笔法之妙。况又于关公斩将之后、袁绍兴兵之前，忽然夹叙马氏歌姬、郑家诗婢一段风流文字，真如霹雳火中，偶杂一片清冷云也。

曹操十胜，袁绍十败之说，于第十八卷中见之。窃谓继此以后，必叙袁、曹交锋之事，乃隔着数卷，直至斯篇，方始起兵相持，而犹未交锋也。各各奋勇而来，各各解散而去，虎头蛇尾，可发一笑。只因袁绍性格不出谋士料中，遂使《三国》文字竟出今人意外。

或疑曹操见檄必怒，似宜增病，而病反因之而愈，其故何也？曰：此与闻许劭之言而大喜，同一意也。人莫能识其奸雄，而有人焉能识之，彼亦自以为知己；人莫能斥其罪恶，而有人焉能斥之，彼亦自以为快心。今有诮人者，诮得不着痛痒，受诮者必不乐；然则骂人者骂得切中要害，受骂者岂不觉爽乎？武曌见骆宾王檄，叹曰："有如此才而不用，宰相之过也。"使武曌见檄而怒骂宾王，便不成武曌；使曹操见檄而怒骂陈琳，便不成曹操矣。事之成败不足论，而文人之笔，千古常伸。袁本初虽不能胜曹操，徐敬业虽不能除武曌，而陈琳、宾王之文至今脍炙人口，即谓曹操已为陈琳所杀，武曌已为宾王所诛可也。吾所惜者，宾王数武曌之恶已尽，陈琳数曹操之恶未尽。盖陈琳草檄之时，董妃尚未死，伏后尚未弑，董承等七人及孔融、耿纪等尚未遇害，故数操之恶止数得一半耳。然而操已闻而汗下矣。若使于董妃既死，伏后既弑，董、孔诸人既遇害之后再邀陈琳之笔以骂之，其痛快又当何如哉！

当刘备立公孙瓒背后之时，刘岱固俨然座上一诸侯也。孰意今日乃俯首而为曹操爪牙，又被关、张提起放倒，呼来喝去，直如小儿，岂不可耻之甚乎？今之居上座者，切宜仔细，慎勿为立人背后者所窃笑也。

玄德获岱、忠二人而不杀，尚欲留为讲和之地，其与袁绍之顿兵河朔，迁延不进，毋乃同耶？曰：否。绍之力足以战而不战，备之力不足以战故不欲战。袁绍性慢，是无主意；刘备性慢，是有斟酌。

却说陈登献计于玄德曰："曹操所惧者袁绍。绍虎踞冀、青、幽、并诸郡，带甲百万，文官武将极多，今何不写书遣人到彼求救？"回想磐河一战，则此番求绍似乎极难，乃陈登偏计及此，奇绝。玄德曰："绍向与我未通往来，今又新破其弟，安肯相助？"登曰："此间有一人与袁绍三世通家，若得其一书致绍，绍必来相助。"玄德问何人。

奇绝，此何人耶？

登曰："此人乃公平日所折节敬礼者，何故忘之？"玄德猛省曰："莫非郑康成先生乎？"登笑曰："然也。"

不用陈登说出，却用玄德想出。

　　原来郑康成名玄，好学多才，尝受业于马融。融每当讲学，必设绛帐，前聚生徒，后陈声妓，侍女环列左右。玄往听讲三年，目不邪视，融甚奇之。及学成而归，融叹曰："得我学之秘者，惟郑玄一人耳！"玄家中侍婢俱通《毛诗》。一婢尝忤玄意，玄命长跪阶前。一婢戏谓之曰："胡为乎泥中？"此婢应声曰："薄言往诉，逢彼之怒。"其风雅如此。桓帝朝，玄官至尚书；后因十常侍之乱，弃官归田，居于徐州。玄德在涿郡时，已曾师事之；及为徐州牧，时时造庐请教，敬礼特甚。

道学主人偏有此风流侍婢。或曰：先生有歌姬，弟子亦有诗婢；是先生风流，弟子亦风流也。○忙中叙此一段。

与第一卷中照应，又如十丈游丝，忽然一落。

玄德初到徐州时事，却从此处补出。

　　当下玄德想出此人，大喜，便同陈登亲至郑玄家中，求其作书。玄慨然依允，写书一封，付与玄德。玄德便差孙乾星夜赍往袁绍处投递。绍览毕，自忖曰："玄德攻灭吾弟，本不当相助；但重以郑尚书命，不得不往救之。"遂聚文武官，商议兴兵伐曹操。谋士田丰曰："兵起连年，百姓疲弊，仓廪无积，不可复兴大军。宜先遣人献捷天子，若不得通，乃表称曹操隔我王路，然后提兵屯黎阳；更于河内增益舟楫，缮置军器，分遣精兵，屯扎边鄙。三年之中，大事可定也。"谋士审配曰："不然。以明公之神武，抚河朔之强盛，兴兵讨曹贼，易如反掌，何必迁延日月？"谋士沮授曰："制胜之策，不在强盛。曹操法令既行，士卒精

袁、刘素不相亲，却用郑玄联络，事出意外。

献灭公孙瓒之意也。

一个不要兴兵，是意在缓战。

一个要兴兵，是以势言，意在速战。

练，比公孙瓒坐受困者不同。_{提照公孙瓒一}今弃献捷良策，而兴无_{句，应前文。}名之兵，窃以为明公不取。"_{又一个不要兴兵，}谋士郭图曰："非_{是在不战。}也。兵加曹操，岂曰无名？公正当及时早定大业。愿从郑尚书之言，与刘备共仗大义，剿灭曹贼，上合天意，下合民情，实为幸甚！"_{又一个要兴兵，是以}四人争论未定，袁绍踌躇未决。_{没主}忽许_{理言，意在宜战。}_{意。}攸、荀谌自外而入。绍曰："二人多有见识，且看如何主张。"二人施礼毕，绍曰："郑尚书有书来，令我起兵助刘备，攻曹操。起兵是乎？不起兵是乎？"二人齐声应曰："明公以众克寡，以强攻弱，_{是以势}讨汉贼以扶汉室：_{是以理}起兵是也。"_{又两个}_{的，是合理}_{言。}_{言。}_{要兴兵}绍曰："二人所见，正合我心。"便商议兴兵。_{势而言}_{三人占，则}_{言；六人谋，则}_{从二人之}_{依四人之论，}先令孙乾回报郑玄，并约玄德准备接应；一面令审配、逢纪为统军，田丰、荀谌、许攸为谋士，颜良、文丑为将军，起马军一十五万，步兵一十五万，共精兵三十万，望黎阳进发。分拨已定，郭图进曰："以明公大义伐操，必须数操之恶，驰檄各郡，声罪致讨，然后名正言顺。"_{只因郭图数语，引出}_{一篇绝世妙文来。}绍从之，遂令书记陈琳草檄。琳字孔璋，素有才名，桓帝时为主簿，因谏何进不听，_{遥应第二}复遭董卓之乱，避难冀州，绍用为记室。_{卷中事。}_{忙中夹叙陈琳}_{事，极闲警。}当下令草檄，援笔立就。其文曰：

盖闻明主图危以制变，忠臣虑难以立权。是以有非常之人，然后有非常之事；有非常之事，然后立非常之功。夫非常者，固非常人所拟也。_{数句作}_{一冒。}

曩者，强秦弱主，赵高执柄，专制朝权，威福由己，时人迫胁，莫敢正言；终有望夷之败，祖宗焚灭，污辱至今，永为世鉴。（将数曹操祖曹腾之恶，故必先以赵高作一样子。）及臻吕后季年，产、（吕产）禄（吕禄）专政，内兼二军，外统梁、赵；擅断万机，决事省禁；下陵上替，海内寒心。于是绛侯、（周勃）朱虚（刘章）兴兵奋怒，诛夷逆暴，尊立太宗，（汉文帝）故能王道兴隆，光明显融。此则大臣立权之明表也。（将数曹操之恶，又先以吕产、吕禄作一样子。绍隐然以绛侯自比，而以朱虚比玄德也。○以上泛论往昔，以下方入本题。）

司空曹操，祖父中常侍腾，与左悺、徐璜，并作妖孽，饕餮放横，伤化虐民；（言腾与十常侍同恶。以上先骂其祖。）父嵩，乞丐携养，（嵩本姓夏侯，腾乞为己子，故曰"乞丐携养"事见第一卷中。）因赃假位，舆金辇璧，输货权门，窃盗鼎司，倾覆重器。（言嵩以贿赂，官至太尉，以上骂其父。绍自以四世三公，家世甚美，故先将曹氏家世丑诋一番）操赘阉遗丑，（赘指嵩，阉指腾。）本无懿德；猖狡锋协，好乱乐祸。（此方数操恶。）

幕府（绍自谓）董统鹰扬，扫除凶逆；续遇董卓，侵官暴国。于是提剑挥鼓，发命东夏，收罗英雄，弃瑕取用；故遂与操同诸合谋，授以禅师，谓其鹰犬之才，爪牙可任。（此叙绍与操共事之由，事见第五回中。○本是操先起兵，请绍为盟主；今反说绍自起兵，用操为偏将。此文人曲笔也。）至乃愚佻短略，轻进易退，伤夷折衄，数丧师徒；（指荥阳之败。）幕府辄复分兵命锐，修完补辑，表行东郡，领兖州刺史，（操自领兖州，而绍居功，亦是曲笔。）被以虎文，奖蹙威柄，冀获秦师一克之报。（此言绍第二番不弃曹操，谓操实羊质而被以虎文，乃绍奖成其成福也。秦师是引用孟明事。）而操遂豕资跋扈，恣行凶忒，割剥元元，残贤害善。故九江太守边让，英才俊伟，天下知名；直言正色，论不阿谄；身首被枭悬之诛，妻孥受灰灭之咎。（事见第十四回。）自是士林愤痛，民怨弥重；一夫奋臂，举州同声。故躬破于徐方，地夺于吕布；（事见第十二回。）彷徨东裔，蹈据无所。幕府推强干弱枝之义，且不登叛人之党，（叛人指吕布）故复授旌撝甲，席卷起征，途鼓响振，布众奔沮；（事在第十四回中。）拯其死亡之患，复其方伯之位：（此言绍第三番不弃曹操。）则幕府无德于兖土之民，而有大造于操也。（总顿一笔，历）

言操无状，而绍包容之，与
吕相绝秦书，一样入妙。

后会鸾驾反旆，群贼寇攻。时冀州方有北鄙之警，匪遑离局；催、汜之乱，绍未勤王，此处斡旋得好。○北鄙之警，指公孙瓒磐河之战。故使从事中郎徐勋，就发遣操，使缮修郊庙，翊卫幼主。本系杨彪请帝召操，而乃谓是绍所使，亦是曲笔。操便放志，专行胁迁，当御省禁；当御谓驾驭也。卑侮王室，败法乱纪；坐领三台，专制朝政；爵赏由心，刑戮在口；所爱光五宗，所恶灭三族；群谈者受显诛，腹议者蒙隐戮；百寮钳口，道路以目；尚书记朝会，公卿充员品而已。

故太尉杨彪，典历二司，彪为司空，又为司徒。享国极位。操因缘睚眦，被以非罪；榜楚参并，五毒备至；触情任忒，不顾宪纲。事见第二十回中。又议郎赵彦，忠谏直言，义有可纳，是以圣朝含听，改容加饰。操欲迷夺时明，杜绝言路，擅收立杀，不俟报闻。事亦见第二十回中。又梁孝王，先帝母昆，同母兄弟。坟陵尊显；桑梓松柏，犹宜肃恭。而操帅将吏士，亲临发掘，破棺裸尸，掠取金宝。至今圣朝流涕，士民伤怀！操攻徐州，所遇发冢，梁孝王冢亦被发，操知而不问。

操又特置"发丘中郎将"，"摸金校尉"，此等名色，乃时人呼之耳，非操所立也。今竟云操之特置，亦是深文。所过隳突，无骸不露。身处三公之位，而行盗贼之态，污国害民，毒施人鬼！操初时无赖，后颇好名，深讳前事。今斥言之，安得不汗下乎？加其细政惨苛，科防互设；罾缴充蹊，坑阱塞路；举手挂网罗，动足触机陷，是以兖、豫有无聊之民，帝都有吁嗟之怨。历观载籍，无道之臣，贪残酷烈，于操为甚！三句将前文一总。

幕府方诘外奸，未及整训；加绪含容，冀可弥缝。言绍至此犹不弃操。顿笔绝佳。而操豺狼野心，潜包祸谋，乃欲摧挠栋梁，孤弱汉室，除灭忠正，专为枭雄。往者伐鼓北征公孙瓒，强寇桀逆，拒围一年。

操因其未破，阴交书命，外助王师，内相掩袭。会其行人发露，瓒亦枭夷，故使锋芒挫缩，厥图不果。事见第二十一回中。以上介绍屡次包容曹操，而曹操无礼特甚，是直在我，而曲在彼也。今乃屯据敖仓，阻河为固，欲以螳螂之斧，御隆车之隧。"螳螂当车"语见《庄子》，螳螂举前两足，状如执斧，故云斧。隆车，雷车也，雷神名丰隆，故云隆车。隧，辙也。幕府奉汉威灵，折冲宇宙；长戟百万，骁骑千群；奋中黄、育、获之士，中黄、夏育、乌获，皆古力士。骋良弓劲弩之势；并州越太行，青州涉济、漯；绍甥高干为并州，绍子谭为青州。大军泛黄河而角其前，荆州下宛、叶而掎其后，荆州刘表与绍相结。掎，雷震虎步，若举炎火以炳飞蓬，覆沧海以沃熛炭，有何不灭者哉？前言我直彼曲，是理胜；此言我强彼弱，是势胜也。

又操军吏士，其可战者，皆出自幽冀，或故营部曲，咸怨旷思归，流涕北顾。其馀兖、豫之民，及吕布、张扬之馀众，覆亡迫胁，权时苟从；各被创夷，人为仇敌。若回旆反徂，登高冈而击鼓吹，扬素挥以启降路，必土崩瓦解，不俟血刃。此言操无可战之将，势固易破。○素，白也，挥，播也。

方今汉室陵迟，纲维弛绝；圣朝无一介之辅，股肱无折冲之势。方几之内，简练之臣，皆垂头搨翼，莫所凭恃；虽有忠义之佐，胁于暴虐之臣，焉能展其节？

又操恃部曲精兵七百，围守宫阙，外托宿卫，内实拘执。惧其篡逆之萌，因斯而作。此乃忠臣肝脑涂地之秋，烈士立功之会，可不勖哉！此言操有篡逆之渐，理人难容，语殊悲壮。

操又矫命称制，遣使发兵。恐边远州郡，过听给与，违众旅叛，旅，助也。言助叛人。举以丧名，为天下笑，则名哲不取也。此段绝彼之党。

即日幽、并、青、冀四州并进。绍子熙领幽州。书到荆州，便勒见兵，与建忠将军协同声势。建忠将军指张绣。言荆州刘表已与张绣勒兵来助矣。州郡各整义兵，罗落境界，举武扬威，并匡社稷，则非常之功于是乎著。此段广我之助，又应起处，非常之人立非常之功意。

其得操首者，封五千户侯，赏钱五千万。部曲偏裨将校诸吏降者，勿有所问。广宣恩信，班扬符赏，布告天下，咸使知圣朝有拘迫之难。如律令！

绍览檄大喜，即命使将此檄遍行州郡，并于各处关津隘口张挂。檄文传至许都，时曹操方患头风，卧病在床。"头风"二字，近为言平事作引，远为华佗事伏线。左右将此檄传进，操见之，毛骨悚然，出了一身冷汗，不觉头风顿愈，从床上一跃而起，陈琳之文，胜似华佗之药。顾谓曹洪曰："此檄何人所作？"洪曰："闻是陈琳之笔。"操笑曰："有文事者，必须以武略济之。陈琳文字虽佳，其如袁绍武略之不足何！"方吓得汗出，便强言笑语，真是奸雄。遂聚众谋士商议迎敌。

孔融闻之，来见操曰："袁绍势大，不说理顺，只说势大，犹婉词也。不可与战，只可与和。"荀彧曰："袁绍无用之人，何必议和？"融曰："袁绍土广民强，其部下如许攸、郭图、审配、逢纪皆智谋之士，田丰、沮授皆忠臣也，颜良、文丑勇冠三军，其馀高览、张郃、淳于琼等俱世之名将，何谓绍为无用之人乎？"孔融此时便有左袒袁绍之意，为后文曹操杀融伏线。彧笑曰："绍兵多而不整。田丰刚而犯上，许攸贪而不智，审配专而无谋，逢纪果而无用。此数人者，势不相容，必生内变。历诋众谋士之短，俱确中其病，可见知己知彼，不独能知彼之主，亦能知彼之辅也。颜良、文丑，匹夫之勇，一战可擒。其馀碌碌等辈，纵有百万，何足道哉！"荀彧此一段话，与十胜十败说遥应。孔融默然。操大笑曰："皆不出荀文若之料。"遂唤前军刘岱、后军王忠引兵五万，打着丞相旗号，去徐州攻刘备。原来刘岱旧为兖州刺史。及操取兖州，岱降于操，操用为偏将，故今差他与王忠一同领兵。^{百忙中夹补前文之所未及。}操却自引大军二十万，进黎阳，拒袁绍。程昱曰："恐刘岱、王忠不称其使。"操曰："吾亦知非刘备敌手，^{为后二人被擒伏线。}权且虚张声势。"分付："不可轻进。待我破绍，再勒兵破备。"刘岱、王忠领兵去了。

曹操自引兵至黎阳。两军隔八十里，各自深沟高垒，相持不战，自八月守至十月。原来许攸不乐审配领兵，沮授又恨绍不用其谋，各不相和，不图进取。^{果应荀彧之言。}袁绍心怀疑惑，不思进兵。^{方起兵时先无主张，故今进兵时亦没要紧。}操乃唤吕布手下降将臧霸把守青、徐，于禁、李典屯兵河上，曹仁总督大军屯于官渡。操自引一军，竟回许都。^{袁、曹究竟未尝交手。○按住袁绍一边，以下独叙刘备一边。}

且说刘岱、王忠引军五万，离徐州一百里下寨。中军虚打"曹丞相"旗号，未敢进兵，只打听河北消息。这里玄德也不知曹操虚实，未敢擅动，亦只探听河北。忽曹操差人催刘岱、王忠进战。二人在寨中商议。岱曰："丞相催促攻城，你可先去。"王忠曰："丞相先差你。"岱曰："我是主将，如何先去？"^{二人互相推诿，亦如审配、许攸等互相疑沮，竟是一样局面。好笑。}忠曰："我和你同引兵去。"岱曰："我与你拈阄，拈着的便去。"王忠拈着"先"字，^{袁绍与六人谋，则从其后者；曹操使二人战，则拈其先者。}只得分一半军马，来攻徐州。玄德听知军马到来，请陈登商议曰："袁本初虽屯兵黎阳，奈谋臣不和，尚未进取。曹操不知在何处。闻黎阳军中，无操旗号，^{此事却从玄德口中补出，妙。}如何这里却反有他旗号？"登曰："操诡计百出，必以河北为重，亲自监督，却故意不建旗号，乃于此处虚张旗号。吾意操必不在此。"^{登之料操，亦如彧之料绍。}玄德曰："两弟谁可探听虚实？"张飞曰："小弟愿往。"玄德曰："汝为人躁暴，不可去。"飞曰："便是有曹操也拿将来！"云长曰："待弟往观其动静。"玄德曰："云长若去，我却放心。"于是云长引三千人马出徐州来。

时值初冬，阴云布合，雪花乱飘。军马皆冒雪布阵，骤马提刀而出，大叫王忠打话。

忠出曰："丞相到此，缘何不降？"云长曰："请丞相出阵，我自有话说。"忠曰："丞相岂肯轻见你！"云长大怒，骤马向前。王忠挺枪来迎。两马相交，云长拨马便走。王忠赶来。转过山坡，云长回马，大叫一声，舞刀直取。王忠拦截不住，恰待骤马奔逃，云长左手倒提宝刀，右手揪住王忠勒甲绦，拖下鞍轿，横担于马上，回本阵来。王忠军四散奔走。云长押解王忠，回徐州见玄德。玄德问："你乃何人？见居何职？敢诈称曹丞相！"忠曰："焉敢有诈？奉命教我虚张声势，以为疑兵。丞相实不在此。"玄德教付衣服酒食，且暂监下，待捉了刘岱，再作商议。云长曰："某知兄有和解之意，故生擒将来。"玄德曰："吾恐翼德躁暴，杀了王忠，故不教去。此等人杀之无益，留之可为解和之地。"张飞曰："二哥捉了王忠，我去生擒刘岱来！"玄德曰："刘岱昔为兖州刺史，虎牢关伐董卓时，也是一镇诸侯，今日为前军，不可轻敌。"飞曰："量此辈何足道哉！我也似二哥生擒将来便了。"玄德曰："只恐坏了他性命，误我大事。"飞曰："如杀了，我偿他命！"玄德遂与军三千。飞引兵前进。

（眉批）
快人快语。

才见青梅如豆，又早白雪如花。忽而杯酒，忽而干戈，一年之中，不独天时变，人事亦变矣。

想见赤面绿袍人在大雪光中分外照耀。

王忠直如此易捉，可笑。

以云长赶散王忠兵，亦如汤泼雪。

老实人。老实原是没用表号。

此时尚欲求和，以袁绍既不决战，而自审其力未足拒操也。

虎牢关事已隔十馀回，此处忽然提照出来。

快人快语。

　　却说刘岱知王忠被擒，坚守不出。张飞每日在寨前叫骂，岱听知是张飞，越不敢出。〔如此人使当刘备，阿瞒亦殊失计。〕飞守了数日，见岱不出，心生一计，〔莽人忽然用计，未尝莽也，且正妙在以莽惑人也。〕传令："今夜二更去劫寨。"日间却在帐中饮酒，〔奇绝妙绝。〕诈醉，寻军士罪过，打了一顿，缚在营中，曰："待我今夜出兵时，将来祭旗！"却暗使左右纵之去。〔妙绝奇绝。〕军士得脱，偷走出营，径往刘岱营中来报劫寨之事。刘岱见降卒身受重伤，遂听其说，虚扎空寨，伏兵在外。是夜张飞却分兵三路，中间使三十馀人劫寨放火，却教两路军抄出他寨后，看火起为号夹击之。三更时分，张飞自引精兵，先断刘岱后路；中路三十馀人，抢入寨中放火。刘岱伏兵恰待杀人，张飞两路兵齐出。岱军自乱，正不知飞兵多少，各自溃散。〔前在雪光中照耀赤面，今在火光中照耀黑脸，一样怕人。敌军安得不溃。〕刘岱引一队步军，夺路而走，正撞见张飞，狭路相逢，急难回避，交马只一合，早被张飞生擒过去。馀众皆降。飞使人先报入徐州。玄德闻之，谓云长曰："翼德自来粗莽，今亦用智，吾无忧矣！"乃亲自出郭迎之。〔非奖励其勇，奖励其智也。〕飞曰："哥哥道我躁暴，今日如何？"〔其实得意。〕玄德曰："不用言语相激，如何肯使机谋！"〔柔人激之则刚，直人激之则反曲。奇甚。〕飞大笑。

　　玄德见缚刘岱过来，慌下马解其缚曰："小弟张飞误有冒渎，望乞恕罪。"〔还以兖州刺史待之，比王忠略有体面。〕遂迎入徐州，放出王忠，一同管待。玄德曰："前因车胄欲害备，故不得不杀之。丞相错疑备反，遣二将军前来问罪。备受丞相大恩，正思报效，安敢反耶？二将军至许都，望善言为备分诉，备之幸也。"〔甘言卑词，一味虚假，还用青梅煮酒时身分。〕刘岱、王忠曰："深荷使君不杀之恩，当于丞相处方便，以某两家老小保使君。"玄德称谢。次日尽还原领军马，送出郭外。

刘岱、王忠行不上十馀里，一声鼓响，张飞拦路大喝曰："我哥哥忒没分晓！捉住贼将如何又放了？"唬得刘岱、王忠在马上发颤。张飞睁眼挺枪赶来，背后一人飞马大叫："不得无礼！"视之，乃云长也。刘岱、王忠方才放心。云长曰："既兄长放了，吾弟如何不遵法令？"飞曰："今番放了，下次又来。"云长曰："待他再来，杀之未迟。"关、张二人一收一放，定是玄德作用刘岱、王忠连声告退曰："便丞相诛我三族，也不来了。望将军宽恕。"二人见云长之刀、翼德之矛，亦如曹操见陈琳之檄，不得不汗下也，妙。飞曰："便是曹操自来，也杀他片甲不回！今番权且寄下两颗头！"快人快语刘岱、王忠抱头鼠窜而去。

云长、翼德回见玄德曰："曹操必然复来。"孙乾谓玄德曰："徐州受敌之地，不可久居。不若分兵屯小沛，守邳城，为犄角之势，以防曹操。"玄德用其言，令云长守下邳；甘、糜二夫人亦于下邳安置。前吕布以家小住下邳而殒命，今玄德亦以家小住下邳而出奔。婆子气人，又要怨风水不好矣。甘夫人乃小沛人也，糜夫人乃糜竺之妹也。忽然夹叙二夫人出处，笔极闲极警孙乾、简雍、糜竺、糜芳守徐州。玄德与张飞屯小沛。

刘岱、王忠回见曹操，具言刘备不反之事。操怒骂："辱国之徒，留你何用！"喝令左右推出斩之。正是：

犬豕何堪撄虎斗，鱼虾空自与龙争。

不知二人性命如何，且听下文分解。

第二十三回

祢正平裸衣骂贼

吉太医下毒遭刑

吉太醫下毒遭刑

祢衡、孔融、杨修三人，才同而其品则有不同。杨修事操者也，孔融不事操而犹与操周旋者也，祢衡则不事操，而并不屑与操周旋者也。三人皆为操所杀，而三人之中，惟衡最刚。故三人之死，亦惟衡独蚤。操自负奸雄，其才力足以推倒一世，而祢衡鄙夷傲睨，视若无物，非胆勇过人，安能如此！生前既骂曹操，死后又骂王敦，至今鹦鹉洲英灵不泯，岂得仅以文人才士目之耶？

或谓骂操如陈琳而不杀之，何以独忌祢正平乎？操之出使正平于诸侯者，以正平恃才而狂，欲使人磨折他一番，挫其锐气，然后用之耳，不虞黄祖之遽杀之也。先儒有代曹操责黄祖书，备言此意。予曰：不然。为此说者，未知祢、陈两人之优劣也。祢衡骂操以口，陈琳骂操以笔，虽同一骂，而衡之骂操，自骂者也；琳之骂操，代人骂者也。夫自骂之与代人骂，则有间矣。琳之言曰："箭在弦上，不得不发。"使操用之以射人，则其代操骂敌，亦犹是也。陈琳骂操而终于事操，祢衡骂操则必不事操。代人骂者可降，自骂者断不降，此操之所为不杀琳而必杀衡与！

为刘表计者，既知曹操使祢衡之意，便不当使衡见黄祖，当仍令衡还许都，方是高曹操一头地。今操借刃于表，表复借刃于祖，是与操一般见识，终在曹操术中耳。

董承元宵一梦，何其快心！奈此梦不应，可为惋惜。虽然，天地梦薮也，古今梦缘也，人生梦魂也。汉之变而为三国，三国之变而为晋，犹之蕉耳鹿耳，蝴蝶耳，邯郸与南柯耳。事之真者何必非梦？则事之梦者何必非真？梦如董承，直谓真焉可矣。

尝读《昙花记》，见冥王坐勘曹操，考之问之，打之骂之。

或曰：此后人欲泄其愤，无聊之极思耳。予曰：不然。理应如是，不可谓之戏也。古来缺憾不平之事，有欲反其事以补之者：一曰邓伯道父子团圆，一曰荀奉倩夫妻偕老，一曰屈大夫重兴楚国，一曰燕太子克复秦仇，一曰王明妃再入汉关，一曰侯夫人生逢炀帝，一曰岳武穆寸斩秦桧，一曰南霁云立灭贺兰：斯皆以天数俛从人心，以人心挽回天数。然则董承剑起，曹操头落，忠魂所结，竟当作如是观。

上医医国，其吉平之谓乎？若吉平者，不愧为太医矣。以其药医曹操之头风，是毒药也；以其药医汉帝之心病，是良药也。人谓其误以诈病为真病，不得谓之知病；我谓其能以毒药为良药，斯真谓之知医。惜乎其药不行耳！欲生人则生之，欲杀人则杀之。能生人是良医，能杀人亦是良医。独怪今之医家，心则华佗救周泰之心，药则吉平毒曹操之药，杀人而犹执生人之方，生人而适作杀人之孽，吾不知其医术居何等也。

孔融荐祢衡一篇文字，十分光彩。阅至此掀髯称快，当满引一大白。祢衡鼓击三挝，令人泣下；吉平血流九指，令人眦裂。阅至此慷慨悲怀，当满引一大白。

此卷起处，正是曹操欲攻刘备，却因招安表、绣，放下刘备，忽然接入董承。及董承事露，而首人不知有刘备，至搜出义状，而曹操始知与承同谋者之有刘备。于是下文攻刘备，更不容缓矣。然则此卷虽无刘备之事，而实刘备传中一大关目也。

　　却说曹操欲斩刘岱、王忠。孔融谏曰："二人本非刘备敌手，若斩之，恐失将士之心。"操乃免其死，黜罢爵禄，欲自起兵伐玄德。孔融曰："方今隆冬盛寒，〔应前"雪花飘"句。〕未可动兵，待来春未为晚也。〔孔融心向玄德，来春之说乃缓词耳。〕可先使人招安张绣、刘表，然后再图徐州。"操然其言，先遣刘晔往说张绣。晔至襄城，先见贾诩，陈说曹公盛德。诩乃留晔于家中，次日来见张绣，说曹公遣刘晔招安之事。正议间，忽报袁绍有使至。绣命入。使者呈上书信。绣览之，亦是招安之意。诩问来使曰："近日兴兵破曹操，胜负如何？"使曰："隆冬寒月，权且罢兵。〔与孔融之言相合。〕今以将军与荆州刘表俱有国士之风，故来相请耳。"〔使者口中就便带出刘表，正与陈琳檄文中相应。〕诩大笑曰："汝可便回，见本初道：'汝兄弟尚不能容，何能容天下国士乎！'"〔袁术始而误粮，绍不能以军法斩之；继而僭号，绍不能以大义诛之。责绍者，正当责其不能讨术，不当责其不能容术也。贾诩初随李催，后随曹操，虽有知谋，不知顺逆，故其言如此可笑。〕当面扯碎书，叱退来使。

　　张绣曰："方今袁强曹弱，今毁书叱使，袁绍若至，当如之何？"诩曰："不如去从曹操。"绣曰："吾先与操有仇，安得相容？"〔应前第十六回中事。〕诩曰："从操其便有三：夫曹公奉天子明诏，征伐天下，其宜从一也；绍强盛，我以少从之，必不以我为重，操虽弱，得我必喜，其宜从二也；〔今之锦上添花者，好向富厚处纳款，不乐向寡乏之处通情，请听贾诩之论。〕曹公五霸之志，必释私怨，以明德于四海，其宜从三也。愿将军无疑焉。"绣从其言，请刘晔相见。晔盛称操德，且曰："丞相若记旧怨，安肯使某来结好将军乎？"绣大喜，即同贾诩等赴许都投降。绣见操，拜于阶下。操忙扶起，执其手曰："有小过失，勿记于心。"〔乱其叔母，乃曰"小过失"，亏他这副老面皮。〕遂封绣为扬武将军，封贾诩为执金吾使。〔操又得一谋士。〕操即命绣作书招安刘表。贾诩进曰："刘景升好结纳名流，今必得一有文名之士往说之，方可降耳。"〔只此一句，引出祢正平来。〕操问荀攸曰："谁人可去？"攸曰："孔文举可当其任。"操然之。

攸出见孔融曰："丞相欲得一有文名之士，以备行人之选。公可当此任否？"融曰："吾友祢衡，字正平，其才十倍于我。此人宜在帝左右，不但可备行人而已。我当荐之天子。"_{不日荐之丞相，而日荐之天子，}_{我知正平固不为操用者也。}于是遂上表奏帝。其文曰：

　　臣闻洪水横流，帝恩俾乂；旁求四方，以招贤俊。昔世宗继统，_{指汉武帝。}将弘基业；畴咨熙载，群士响臻。陛下睿圣，篡承基绪，遭遇厄运，劳谦日昃；维岳降神，异人并出。窃见处士平原祢衡，年二十四，字正平，淑质贞亮，_{一句言其品。}英才卓跞；_{一句言其才。}初涉艺文，升堂睹奥。目所一见，辄诵之口；耳所暂闻，不忘于心。性与道合，思若有神。弘羊潜计，_{桑弘羊，武帝时人。}安世默识，_{张安世，宣帝时人。}以衡准之，诚不足怪。_{一段美其才。}忠果正直，志怀霜雪；见善若惊，嫉恶若仇。任座抗行，_{任座，魏文侯时人。}史鱼厉节，殆无以过也。_{一段美其品。只此数语，便为祢衡骂曹操张本。}鸷鸟累百，不如一鹗；_{郭嘉、程昱皆鸷鸟耳。}使衡立朝，必有可观。飞辩骋词，溢气坌涌；解疑释结，临敌有馀。昔贾谊求试属国，诡系单于；_{诡，责也。}终军欲以长缨，牵制劲越。弱冠慷慨，前世美之。近日路粹、严象，亦用异才，擢拜台郎。衡宜与为比。_{一段言其少年有志，应前"年二十四"句。}如得龙跃天衢，振翼云汉，扬声紫微，垂光虹蜺，足以昭近署之多士，增四门之穆穆。钧天广乐，必有奇丽之观；帝室皇居，必畜非常之宝。_{语亦奇丽非常。}若衡等辈，不可多得。《激楚》、_{清辞。}《阳阿》，_{曲名。}至妙之容，掌伎者之所贪；飞兔、腰褭，_{古良马。}绝足奔放，良、_{王良。}乐_{伯乐。}之所急也。臣等区区，敢不以闻？陛下笃慎取士，必须效试，乞令衡以褐衣召见。如无可观采，臣等受面欺之罪。

帝览表，以付曹操。操遂使人召衡至。礼毕，操不命坐。祢衡仰天叹曰："天地虽阔，何无一人也！"

（无礼慈骂）（开口便异）

操曰："吾手下有数十人，皆当世英雄，何谓无人？"（高祖踞见郦生，生责之，高祖便起谢。今曹操不谢，宜正平之终怒也。）衡曰："愿闻。"操曰："荀彧、荀攸、郭嘉、程昱，机深智远，虽萧何、陈平不及也。张辽、许褚、李典、乐进，勇不可当，虽岑彭、马武不及也。吕虔、满宠为从事，于禁、徐晃为先锋；夏侯惇天下奇才，曹子孝世间福将。安得无人？"（曹操自夸其谋臣、战将，叙得参差有势。）衡笑曰："公言差矣！此等人物，吾尽识之：荀彧可使吊丧问疾，荀攸可使看坟守墓，程昱可使关门闭户，郭嘉可使白词念赋，张辽可使击鼓鸣金，许褚可使牧马放牛，乐进可使取状读诏，李典可使传书送檄，吕虔可使磨刀铸剑，满宠可使饮酒食糟，于禁可使负版筑墙，徐晃可使屠猪杀犬；夏侯惇称为'完体将军'，曹子孝呼为'要钱太守'。（"完体"反言之也，"要钱"正言之也。然恐天下，不独一曹子孝矣。）其馀皆是衣架、饭囊、酒桶、肉袋耳！"（骂得畅快。）

操怒曰："汝有何能？"衡曰："天文地理，无一不通；三教九流，无所不晓。上可以致君为尧、舜，下可以配德于孔、颜。岂与俗子共论乎！"（异人处只在此二句。）（祢衡自赞，亦如孔融之赞衡。）时只有张辽在侧，掣剑欲斩之。操曰："吾正少一鼓吏，早晚朝贺宴享，可令祢衡充此职。"（衡欲使张辽击鼓鸣金，即以其鄙薄张辽者衡也。）衡不推辞，应声而去。（玩世不恭，有诗人《简兮》之风。）辽曰："此人出言不逊，何不杀之？"操曰："此人素有虚名，远近所闻。今日杀之，天下必谓我不能容物。彼自以为能，故令为鼓吏以辱之。"（奸雄作用，故欲辱衡，谁知反为衡所辱也。）

来日，操于省厅上大宴宾客，令鼓吏挝鼓。旧吏云："挝鼓必换新衣。"衡穿旧衣而入。遂击鼓为《渔阳三挝》，音节殊妙，渊渊有金石声。<small>于草木之器，能作金石之音，正所谓《激楚》、《阳阿》，掌伎所贪者也。</small>祢正平《渔阳挝》与嵇叔夜《广陵散》并称绝调，惜乎今不传。坐客听之，莫不慷慨流涕。左右喝曰："何不更衣！"衡当面脱下旧破衣服，裸体而立，浑身尽露。<small>孟嘉落帽以傲桓温，祢衡裸衣以辱曹操。</small><small>奸雄而遇狂士，大有可笑。</small>坐客皆掩面。衡乃徐徐着裤，颜色不变。<small>真是目中无人。</small>操叱曰："庙堂之上，何太无礼？"衡曰："欺君罔上乃谓无礼。<small>明明道着老贼。</small>吾露父母之遗，以显清白之体耳！"<small>既听"伐鼓渊渊"，又见"白鸟鹤鹤"。</small>操曰："汝为清白，谁为污浊？"衡曰："汝不识贤愚，是眼浊也；不读诗书，是口浊也；不纳忠言，是耳浊也；不通古今，是身浊也；不容诸侯，是腹浊也；常怀篡逆，是心浊也！<small>前既力诋其谋臣将士，今却指名独骂曹操。又骂之于伐鼓之后，可谓"鸣鼓而攻之"矣。○孔融荐祢衡篇文字，十分光彩；祢衡骂曹操一篇言语，十分锋铓：可称双绝。</small>吾乃天下名士，用为鼓吏，是犹阳货轻仲尼，臧仓毁孟子耳！<small>索性骂个尽性畅绝。</small>欲成王霸之业，而如此轻人耶？"时孔融在坐，恐操杀衡，乃从容进曰："祢衡罪同胥靡，不足发明王之梦。"<small>用高宗梦傅说事。古使有罪者充役，谓之"胥靡"；傅说筑墙于傅岩之野，是代罪人役也。</small>操指衡而言曰："令汝往荆州为使。如刘表来降，便用汝作公卿。"衡不肯往。操教备马三匹，令二人扶挟而行；<small>祢衡倔强之态可掬。</small>却教手下文武，整酒于东门外送之。荀彧曰："如祢衡来，不可起身。"衡至，下马入见，众皆端坐。衡放声大哭。荀彧问曰："何为而哭？"衡曰："行于死柩之中，如何不哭？"<small>鼓音之悲，正为此耳。</small>众皆曰："吾等是死尸，汝乃无头狂鬼耳！"衡曰："吾乃汉朝之臣，不作曹瞒之党，安得无头？<small>祢衡以汉帝为头，不似彼众人以曹操为头也。</small>众欲杀之。荀彧急止之曰："量鼠雀之辈，何足污刀！"衡曰："吾乃鼠雀，尚有人性；汝等只可谓之蜾虫！"<small>然则其事曹操，不过如蚁中之王，蜂中之长耳。</small>众恨而散。

衡至荆州，见刘表毕，虽颂德，实讥讽。表不喜，<small>表好名士而不喜祢衡，</small>

如叶公之好龙，好夫 令去江夏见黄祖。或问表曰："祢衡戏谑主公，
似龙而非龙者也。
何不杀之？"表曰："祢衡数辱曹操，操不杀者，恐失人望，故
令作使于我，欲借我手杀之，使我受害贤之名也。吾今遣去见黄
祖，使曹操知我有识。" 刘表使见黄祖，即曹操使见刘表之意，是 众皆
操借刀于表，而表复乞诸其邻而与之耳。
称善。

　　时袁绍亦遣使至。表问众谋士曰："袁本初又遣使来，曹孟
德又差祢衡在此，当何从便？"从事中郎将韩嵩进曰："今两雄
相持，将军若欲有为，乘此破敌可也。如其不然，将择其善者而
从之。今曹操善能用兵，贤俊多归，其势必先取袁绍，然后移兵
向江东，恐将军不能御；莫若举荆州以附操，操必重待将军
矣。" 与贾诩劝张 表曰："汝且去许都，观其动静，再作商议。"
绍相同。
嵩曰："君臣各有定分。嵩今事将军，虽赴汤蹈火，一唯所命。
将军若能上顺天子，下从曹公，使嵩可也；如持疑未定，嵩到京
师，天子赐嵩一官，则嵩为天子之臣，不得复为将军死矣。"
先说在前，后 表曰："汝且先往观之。吾别有主意。"嵩辞表，到许
来不得罪之。
都见操。操遂拜嵩为侍中，领零陵太守。 果应韩嵩 荀彧曰："韩嵩
所言。
来观动静，未有微功，重加此职。祢衡又无音耗，丞相遣而不
问，何也？" 荀彧双问韩、 操曰："祢衡辱吾太甚，故借刘表手杀
祢二人。
之，何必再问？" 曹操单答祢 遂遣韩嵩回荆州说刘表。嵩回见表，
衡一人。
称颂朝廷盛德，劝表请子入侍。表大怒曰："汝怀二心耶！"欲
斩之。嵩大叫曰："将军负嵩，嵩不负将军！"蒯良曰："嵩未去
之前，先有此言矣。"刘表遂赦之。

　　人报黄祖斩了祢衡， 此事不用实叙，只在使 表问其故，对曰："黄
者口中虚写，省笔。
祖与祢衡共饮，皆醉。祖问衡曰：'君在许都有何人物？'衡

曰：'大儿孔文举，小儿杨德祖。除此二人，并无人物。'祖曰：'似我如何？'衡曰：'汝似庙中之神，虽受祭祀，恨无灵验！'祖大怒曰：'汝以我为土木偶人耶！'衡之视人，不是死尸，即是木偶，所以取祸。遂斩之。衡至死骂不绝口。"此非黄祖杀之，而刘表杀之；非刘表杀之，而曹操杀之也。刘表闻衡死，亦嗟呀不已，令葬于鹦鹉洲边。后人有诗叹曰：

黄祖才非长者俦，祢衡丧首此江头。

今来鹦鹉洲边过，惟有无情碧水流。

却说曹操知祢衡受害，笑曰："腐儒舌剑，反自杀矣！"不说自己杀他，又不说别人杀他，反说他自杀，奸雄之极。因不见刘表来降，便欲兴兵问罪。荀彧谏曰："袁绍未平，刘备未灭，而欲用兵江汉，是犹舍心腹而顾手足也。可先灭袁绍，后灭刘备，江汉可一扫而平矣。"操从之。以上按下荆州一边，以下再叙许都一边。

且说董承自刘玄德去后，日夜与王子服等商议，无计可施。建安五年，元旦朝贺，见曹操骄横愈甚，感愤成疾。将叙元宵饮酒，先叙元旦染病。老泉诗曰："佳节每从愁里过，壮心犹傍醉中来。"正与此合。帝知国舅染病，令随朝太医前去医治。此医乃洛阳人，姓吉名太，字称平，人皆呼为吉平，当时名医也。平到董承府用药调治，旦夕不离，常见董承长吁短叹，不敢动问。但知其身病，不知其心病也。时值元宵，吉平辞去，承留住，二人共饮。饮至更馀，承觉困倦，就和衣而睡。前二十回中隐几而卧，乃是日里，今和衣而睡，乃是夜间。前因隔夜未眠，此因病后困倦。写得有情有景。忽报王子服等四人至，承出接入。服曰："大事谐矣！"承曰："愿闻其说。"服曰："刘表结连袁绍，起兵五十万，共分十路杀来。快畅之极。马腾结连韩遂，起西凉军七十二万，从北杀来。^{快畅之极}曹操尽起许昌兵马，分头迎敌，城中空虚。若聚五家僮仆，可得千馀人。乘今夜府中大宴，庆赏元宵，将府围住，突入杀之。不可失此机会！"^{更快畅之极}承大喜，随即唤家奴各人收拾兵器，自己披挂绰枪上马，^{疾至此有起色矣}约会都在内门前相会，同时进兵。夜至二鼓，众兵皆到。董承手提宝剑，徒步直入，见操设宴后堂，大叫："操贼休走！"一剑剁去，随手而倒。^{一路看来，竟似真有此快事。○何其天从人愿至如此之易？}霎时觉来，乃南柯一梦，^{半晌欢喜，读至此句，不觉扫兴。}口中犹骂"操贼"不止。吉平向前叫曰："汝欲害曹公乎？"承惊惧不能答。^{楚庄王将有所谋，必屏人独寝，恐梦中漏言，正为此也。}吉平曰："国舅休慌。某虽医人，未尝忘汉。某连日见国舅嗟叹，不敢动问。恰才梦中之言，已见真情，幸勿相瞒。倘有用某之处，虽灭九族，亦无后悔！"^{满朝文武，不及此一医生多矣。}承掩面而哭曰："只恐汝非真心！"平遂咬下一指为誓。^{献帝刺指写诏，吉平咬指为誓，二指正复相应。}承乃取出衣带诏，令平视之，且曰："今之谋望不成者，乃刘玄德、马腾各自去了，无计可施，因此感而成疾。"^{至此方说出真正病源。}平曰："不消诸公用心。操贼性命，只在某手中。"^{今日医生之手，皆如此之可畏。}承问其故。平曰："操贼常患头风，痛入骨髓，才一举发，便召某医治。如早晚有召，只用一服毒药，必然死矣，何必举刀兵乎？"^{一帖药胜是百万兵。}承曰："若得如此，救汉朝社稷者，皆赖君也！"^{方是真正良医，不但医董承身病，并医董承心病，不但医承心病，且医献帝心病矣。}时吉平辞归。承心中暗喜，步入后堂，忽见家奴秦庆童同侍姜云英在暗处私语。承大怒，唤左右捉下，欲杀之。夫人劝免其死，^{夫人大是误事。}各人重责四十，将庆童锁于冷房。庆童怀恨，黄夜将铁锁扭断，跳墙而出，径入曹操府中，告有机密事。^{前十回中马宇为家僮所首，此处董承亦同为家僮所首。前略后详，事虽同而文各异。}操唤入密室问之。庆童云："王子服、吴子兰、种辑、

吴硕、马腾五人^{只说得五}在家主府中商议机密，必然是谋丞相。家
主将出白绢一段，不知写着甚的。近日吉平咬指为誓，我也曾
见。"^{秦庆童口中，妙在说得不明不白。但见白绢，不见血诏；但知写得咬指，不}
^{知所议谓何。正如断碑之文，不甚可读，而以意度之，自能猜测而得也。}
曹操藏匿庆童于府中，董承只道逃往他方去了，也不追寻。

次日，曹操诈患头风，召吉平用药。吉平自思曰："此贼合
休！"暗藏毒药入府。^{操之意是假病，}操卧于床上，令平下药。平
曰："此病可一服即愈。"^{自然不消}教取药罐，当面煎之。药已半
干，平已暗下毒药，亲自送上。操知有毒，故意迟延不服。平
曰："乘热服之，少汗即愈。"^{水二钟，姜三}操起曰："汝既读儒
书，必知礼义：君有疾饮药，臣先尝之；父有疾饮药，子先尝
之。汝为我心腹之人，何不先尝而后进？"^{先尝则不}平曰："药以
治病，何用人尝？"平知事已泄，纵步向前，扯住操耳而灌之。
操推药泼地，砖皆迸裂。操未及言，左右已将吉平执下。^{事虽未成，}
^{而吉平之勇}
^{过于专}操曰："吾岂有病，特试汝耳！汝果有害我之心！"遂唤二十
^{诸矣。}
个精壮狱卒，执平至后园拷问。^{此是一拷}操坐于亭上，将平缚倒于
地。吉平面不改容，略无惧怯。^{想其怀药入府时，}操笑曰："量汝是
^{已置死生于度外。}
个医人，安敢下毒害我？必有人唆使你来。你说出那人，我便饶
你。"平叱之曰："汝乃欺君罔上之贼，天下皆欲杀汝，岂独我
乎！"^{绝似施空对}操再三磨问。平怒曰："我自欲杀汝，安有人使
^{秦桧语。}
我来？^{先说人皆欲杀，不独是我；又说我自欲杀，更不关人。若论有人指}今事不
^{使，则天下人皆使我来；若论无人指使，则更无一人使我来也。}
成，惟死而已！"操怒，教狱卒痛打。打到两个时辰，皮开肉
裂，血流满阶。

操恐打死无可对证，令狱卒揪去静处，权且将息。^{恶极。}传令
次日设宴，请众大臣饮酒。惟董承托病不来。王子服等皆恐操生

疑，只得俱至。_{一人因恐而不来，}_{数人因恐而皆至。}操于后堂设席。酒行数巡，曰："筵中无可为乐，我有一人，可为众官醒酒。_{吉平善用表汗汤，今}_{操用他为醒酒汤。}^教二十个狱卒与吾牵来！"须臾，只见一长枷钉着吉平，拖至阶下。_{此是二拷}_{吉平。}操曰："众官不知。此人连结恶党，欲反背朝廷，谋害曹某。今日天败，请听口词。"操教先打一顿，昏绝于地，以水喷面。吉平苏醒，_{吉平被水喷醒，众}_{官却被曹操吓醒。}睁目切齿而骂曰："操贼！不杀我，更待何时！"操曰："同谋者先有六人，与汝共七人耶？_{足七人之数者，刘玄德也。若添一吉平，则八人矣。乃}_{白绢状上本无吉平，而庆童口中却无玄德，猜测得妙。}平只是大骂。王子服等四人面面相觑，如坐针毡。_{曹操意中，八人认作七人；曹操座上，}_{六人尚欠二人。差参不齐，错落有致。}操教一面打，一面喷。平并无求饶之意。_{硬汉。}操见不招，且教牵去。_{还不许他死，}_{恶极。}

众官席散，操只留王子服等四人夜宴。四人魂不附体，只得留待。操曰："本不相留，争奈有事相问。汝四人不知与董承商议何事？"子服曰："并未商议甚事。"操曰："白绢中写着何事？"子服等皆隐讳。操教唤出庆童对证。子服曰："汝于何处见来？"庆童曰："你回避了众人，六人在一处画字，如何赖得？"_{庆童只首}_{得六人。}子服曰："此贼与国舅侍妾通奸，被责诬主，不可听也。"操曰："吉平下毒，非董承所使而谁？"子服等皆言不知。操曰："今晚自首，尚犹可恕；若待事发，其实难容！"子服等皆言并无此事。操叱左右将四人拿住监禁。

次日，带领众人径投董承家探病。_{前吉平至曹操府中看病，今曹操至}_{董承家中探病，都是不怀好意。}承只得出迎。操曰："缘何夜来不赴宴？"承曰："微疾未痊，不敢轻出。"操曰："此是忧国家病耳。"_{曹操赚吉平是假病，}_{董承患曹操是真病。}承愕然。操曰："国舅知吉平事乎？"承曰："不知。"操冷笑曰：

"国舅如何不知？"唤左右："牵来与国舅起病。"<small>竟欲以吉平三拷当枚生《七发》。○前日醒酒，是以吉平为汤；今日起病，是又以吉平为酒矣。</small>承举措无地。须臾，二十狱卒推吉平至阶下。<small>此为三拷吉平。</small>吉平大骂曹操"逆贼"。<small>见曹操便骂，硬汉。</small>操指谓承曰："此人曾攀下王子服等四人，吾已拿下廷尉。尚有一人，未曾捉获。"<small>曹操只道一人，不知尚有三人。</small>因问平曰："谁教汝来药我？可速招出！"平曰："天使我来杀逆贼！"<small>妙。人心所存，即天理也。</small>操怒教打。身上无容刑之处。承在座观之，心如刀割。操又问平曰："你原有十指，今如何只有九指？"平曰："嚼以为誓，誓杀国贼！"<small>绝不抵赖，硬汉。</small>操教取刀来，就阶下截去其九指，<small>今之庸医以十指杀人者，亦当以此法杀之。</small>曰："一发截了，教你为誓！"平曰："尚有口可以吞贼，有舌可以骂贼！"<small>为张睢阳齿，为颜常山舌。</small>操令割其舌。平曰："且勿动手。吾今熬刑不过，只得供招。<small>不知者读至此，必以为将供出董承矣。</small>可释吾缚。"<small>意在此句耳。</small>操曰："释之何碍？"遂令解其缚。平起身望阙拜曰："臣不能为国家除贼，乃天数也！"拜毕，撞阶而死。<small>立誓以杀曹操，是其忠也，至死不招董承，是其义也。被祸最惨，性骨最烈，不意医生中乃有此人。</small>操令分其肢体号令。时建安五年正月也。史官有诗曰：

汉朝无起色，医国有称平。立誓除奸党，捐躯报圣明。

极刑词愈烈，惨死气如生。十指淋漓处，千秋仰异名。

操见吉平已死，教左右牵过秦庆童至面前。操曰："国舅认得此人否？"承大怒曰："逃奴在此！即当诛之！"操曰："他首告谋反，今来对证，谁敢诛之？"承曰："丞相何故听逃奴一面之说？"操曰："王子服等吾已擒下，皆招证明白，汝尚抵赖乎？"即唤左右拿下，命从人直入董承卧房内，收出衣带诏并义状。看了笑曰："鼠辈安敢如此！"曹操一向只知有义状，今日方知有血诏；一向只知有六人，今日方知有七人矣。遂命："将董承全家良贱，尽皆监禁，休教走脱一个。"操回府以诏状示众谋士商议，欲废献帝，更立新君。曹操此时，竟欲为董卓所为矣。正是：

数行丹诏成虚望，一纸盟书惹祸殃。

未知献帝性命如何，且听下文分解。

第二十四回　国贼行凶杀贵妃　皇叔败走投袁绍

皇甫敗走
投袁紹

尝咏唐人吊马嵬诗曰："可怜四纪为天子，不及卢家有莫愁。"其言可谓悲矣。然杨妃之死，死于其兄之误国；董妃之死，死于其兄之爱君。夫以兄之罪而杀杨妃，今人犹为之惋惜；况以兄之忠而杀董妃，能不为之悼叹乎哉！吾以为董妃之冤，冤于太真，则献帝之痛，更痛于玄宗矣。

以天子之尊，而束缚于权臣，不得已耳；以方伯之重，而牵之于小儿，亦不得已耶。衣带诏之事既闻，董贵妃之事甚惨。正忠臣肝脑涂地之秋，义士发愤立功之日，而乃迁延岁月，坐失机会，天子不能保其嫔妃，诸侯且欲恋其家室。己之幼子有疾，犹然系怀；君之孕嗣遭殃，不为动念。以四世三公，代食汉禄者，反不如一医生之尽节，良可叹也！

读徐文长《四声猿》，有祢衡骂曹操一篇文字，将祢衡死后之事，补骂一番，殊为痛快。今恨不将陈琳檄后之事，再教陈琳补骂一番也。虽然，惟无瑕者，可以戮人。袁绍不奉天子之命，而袭取冀州，欺韩馥，又卖公孙瓒，其罪一；催、汜之乱，不闻勤王，其罪二；袁术僭号而不能讨，及术归帝号，而又欲迎之，其罪三。为绍计者，恐我尽言以责操，而操亦尽言以责我，故一骂之后，不服更骂耳。昔齐桓公挟天子以令诸侯，行权力以假仁义，聂北之救，坐视邢亡，楚邱之封，直待卫灭，又兄弟姊妹之间，多惭德焉。是以其责楚也，不责其僭称王号，吞并诸姬，而但问以包茅不贡，昭王不复，舍其大而责其小，舍其近而责其远，其同此意也夫？

田丰前欲缓战，今欲急战，前则无隙可伺，今则有虚可乘，审时势而为谋，惜袁绍之不能用耳。然吾怪郭图、审配，独无一言，何也？盖二人与田丰不和。故前者丰不欲战，二人以宜战之说争之；今者丰既欲战，二人更以不宜战之说助之。但从自己门户起见，不从国家大事起见，古来朋党之害，往往坐此。唐有牛、李之互持，宋有朔、洛、蜀之角立，朝廷且受其患，况袁绍一隅之主乎！

为天下者不顾家。玄德前败于吕布，遂弃妻小而不顾；今败于曹操，又弃妻小而不顾。与高祖委吕后于项羽，正复相同。彼袁绍室家情重，恋恋小儿，岂得为成大事之人？

袁绍与玄德三番相见：第一次在虎牢，第二次在磐河，第三次在冀州。玄德于袁绍三番求救：第一次郑玄作柬，第二次自己致书，第三次单骑亲往。绍则前倨而后恭，备亦昔疏而今密。非绍之贤而纳备，乃备之急而投绍耳。前乎此者，依托吕布，又依托曹操；后乎此者，依托刘表，又依托孙权。茕茕一身，常为客子，然则备之为君，殆在旅之六五云。

操之敌绍，能以寡胜众；备之敌操，不能以寡胜众：是备之用兵不如操矣。然为将之道，在能用兵；为君之道，不在能用兵，而在能用用兵之人。备之所以败者，以此时未遇诸葛亮耳。未遇诸葛，虽关、张之勇，无所用之；既遇诸葛，虽曹操之智，不能当耳。而诸葛不为操所得，独为备所得，善乎！唐太宗之论操曰："一将之智有馀，万乘之才不足。"韩信善将兵，一将之智也；高祖不善将兵，而善将将，万乘之才也。岂非操之用兵则胜于备，而用人则逊于备与？

却说曹操见了衣带诏，与众谋士商议，欲废却献帝，更择有德者立之。程昱谏曰："明公所以能威震四方，号令天下者，以奉汉家名号故也。今诸侯未平，遽行废立之事，必起兵端矣。"操乃止。^{操贼几为董卓所为，而职未为者，以自己曾讨董卓故也。}只将董承等五人，并其全家老小，押送各门处斩。死者共七百餘人。城中官民见者，无不下泪。^{不特当日见者下泪，即今日读者亦为酸鼻。}后人有诗叹董承曰：

密诏传衣带，天言出禁门。当年曾救驾，此日更承恩。

忧国成心疾，除奸入梦魂。忠贞千古在，成败复谁论。

又有叹王子服等四人诗曰：

书名尺素矢忠谋，慷慨思将君父酬。

赤胆可怜捐百口，丹心自是足千秋。

且说曹操既杀了董承等众人，怒气未消，遂带剑入宫，来弒董贵妃。^{咄咄怪事。}贵妃乃董承之妹，帝幸之，已怀孕五月。^{补叙贵妃一笔。}当日帝在后宫，正与伏皇后私论董承之事至今尚无音耗，^{点缀好。}忽见曹操带剑入宫，面有怒容，帝大惊失色。^{宰相面有怒容，而天子大惊失色，岂不奇绝！}操曰："董承谋反，陛下知否？"帝曰："董卓已诛矣。"^{操言董承，而帝故意误言董卓，盖操乃今日之董卓也。帝意不在卓，殆暗指操耳。帝亦善于词令。}操大声曰："不是董卓！是董承！"帝战曰："朕实不知。"^{尝读《左传·周郑交质》篇"王曰无之"句，为之一叹；今献帝"朕实不知"，正复相似。○此时宰相俨如问官，天子竟似罪人矣。}操曰："忘了破指修诏耶？"帝不能答。^{手迹既真，口词难赖。}操叱武士擒董妃至。帝告曰："董妃有五月身孕，望丞相见怜。"^{帝因孕而欲求免其身。}操曰："若非天败，吾已被害。岂得复留此女，为吾后患！”伏后告曰："贬于冷宫，待其分娩了，杀之未迟。"（后度不能免其身，但求全其孕。宰相作色，帝后哀求，皆绝奇之事。）操曰："欲留此逆种，为母报仇乎？"（天子之嗣，乃曰"逆种"，是何言与！）董妃泣告曰："乞全尸而死，勿令彰露。"（妃度身、孕俱不能免，但泣求全尸矣。可怜可恨，令我不忍注目。）操即令取白练至面前。（因乃兄列名于白绢，遂使其妹毕命于白练。）帝泣谓妃曰："卿于九泉之下，勿怨朕躬！"（何言之痛也，读者能不鼻酸而发指否？）言讫，泪下如雨。伏后亦大哭。操怒曰："犹作儿女态耶！"叱武士牵出，勒死于宫门之外。（巍巍至尊，不能庇一女子，真天翻地覆时也。）后人有诗叹董妃曰：

春殿承恩亦枉然，伤哉龙种并时捐。

堂堂帝主难相救，掩面徒看泪涌泉。

操谕宫监官曰："今后但有外戚宗族，不奉吾旨，辄入宫门者，斩。守御不严，与同罪。"（为后文伏完事露伏笔。）又拨心腹人三千充御林军，令曹洪统领，以为防察。（献帝此时如坐牢狱中。）

操谓程昱曰："今董承等虽诛，尚有马腾、刘备亦在此数，不可不除。"昱曰："马腾屯军西凉，未可轻取。但当以书慰劳，勿使生疑，诱入京师，图之可也。（为后诱杀马腾伏笔。）刘备现在徐州，分布犄角之势，亦不可轻敌。（以上将马、刘二人并说。）况今袁绍屯兵官渡，常有图许都之心。若我一旦东征，刘备势必求救于绍。绍乘虚来袭，何以当之？"（放下马腾，专策刘备，又因刘备，转策袁绍。）操曰："非也。备乃人杰也，今若不击，待其羽翼既成，急难图矣。袁绍虽强，事多怀疑不决，何足忧乎！"（操以玄德为英雄，不以本初为英雄，正与青梅煮酒时谈论相合。）正议间，郭嘉自外而入。操问曰："吾欲东征刘备，奈有袁绍之忧，如何？"嘉曰：

"绍性迟而多疑，其谋士各相妒忌，^{此操语又添出谋士一句}不足忧也。刘备新整军兵，众心未服，^{二语为后张、关部卒降曹，降卒诈投关公，袭取下邳等事伏笔}丞相引兵东征，一战可定矣。"操大喜曰："正合吾意。"遂起二十万大军，分兵五路下徐州。^{下徐州五路分兵，攻小沛八面遣将。此五路只虚写，后八面却实叙，俱妙}

细作探知，报入徐州。孙乾先往下邳报知关公，随至小沛报知玄德。玄德与孙乾计议曰："此必求救于袁绍，方可解危。"于是玄德修书一封，^{此时玄德竟亲自写书，不必更须郑康成矣}遣孙乾至河北。乾乃先见田丰，具言其事，求其引进。^{前托郑玄致书，今又托田丰引进，不曾先之以子贡、申之以冉有也}丰即引孙乾入见绍，呈上书信。只见绍形容憔悴，衣冠不整。^{却又作怪}丰曰："今日主公何故如此？"绍曰："我将死矣！"^{令人不解}丰曰："主公何出此言？"绍曰："吾生有五子，唯最幼者极快吾意，^{妇人爱少子，丈夫亦如是耶？}今患疥疮，命已垂绝，^{绍所患者，不过小儿之病，小儿所患者，又不过疥癣之疾。可发一笑}吾有何心更论他事乎？"^{可笑}丰曰："今曹操东征刘玄德，许昌空虚，若以义兵乘虚而入，上可以保天子，下可以救万民。此不易得之机会也，唯明公裁之。"^{丰前欲缓战，今欲急战，此量时度势之言，与沮授一味言战者不同}绍曰："吾亦知此最好，奈我心中恍惚，恐有不利。"丰曰："何恍惚之有？"绍曰："五子中唯此子生得最异，倘有疏虞，吾命休矣。"遂决意不肯发兵，^{曹昂死，而曹操只哭典韦；袁熙病，而袁绍不肯救刘备。袁、曹优劣，又见如此。况前郑玄致书之时，董承未死，血诏未泄；今此事已露，玄德书中必详言之。乃绍见书而不一发愤，可谓无气}乃谓孙乾曰："汝回见玄德，可言其故。倘有不如意，可来相投，吾自有相助之处。"^{为后刘备投袁绍伏笔}田丰以杖击地曰："遭此难遇之时，乃以婴儿之病，失此机会！大事去矣，可痛惜哉！"跌足长叹而出。^{真正可惜。○玄德求救于绍，不出程昱所料。袁绍不肯发兵，不出郭嘉所料}孙乾见绍不肯发兵，只得星夜回小沛见玄德，具说此事。玄德大惊曰："似此如之奈何？"张飞曰："兄长勿忧。

曹操远来，必然困乏；乘其初至，先去劫寨，可破曹操。"〔此计亦可，但瞒不过曹操耳。〕玄德曰："素以汝为一勇夫耳。前者捉刘岱时，颇能用计；〔又将前事一提。〕今献此策，亦中兵法。"乃从其言，分兵劫寨。

且说曹操引军往小沛来，正行间，狂风骤至，忽听一声响亮，将一面牙旗吹折。〔孙坚之死，有风报应；操之胜，亦有风报应。〕操便令军兵且住，聚众谋士问吉凶。荀彧曰："风从何方来？吹折甚颜色旗？"操曰："风自东南方来，吹折角上牙旗，〔单旗曰角，双旗曰门。〕旗乃青黄二色。"〔董承之死，只因红诏白纸，白绢一幅；刘备之败，却因青红牙旗一面。〕或曰："不主别事，今夜刘备必来劫寨。"〔张飞之计，早被荀文若占出。〕操点头。忽毛玠入见曰："方才东南风起，吹折青红牙旗一面。主公以为主何吉凶？"操曰："公意若何？"毛玠曰："愚意以为今夜必主有人来劫寨。"〔谋士所见皆同。〕后人有诗叹曰：

吁嗟帝胄势孤穷，全仗分兵劫寨功。

争奈牙旗折有兆，老天何故纵奸雄？

操曰："天报应我，即当防之。"遂分兵九队，只留一队向前虚扎营寨，馀众八面埋伏。〔九里山前，十面埋伏；小沛城外，八面埋伏。〕是夜月色微明。〔既写风，又写月，忙中便有此闲笔。〕玄德在左，张飞在右，分兵两队进发；只留孙乾守小沛。

且说张飞自以为得计，领轻骑在前，突入操寨，但见零零落落，无多人马，四边火光大起，喊声齐举。飞知中计，急出寨外。正东张辽、正西许褚、正南于禁、正北李典、东南徐晃、西南乐进、东北夏侯惇、西北夏侯渊，八处军马杀来。〔曹操分拨八面之众，前不叙明，至此方点出。〕张飞左冲右突，前遮后当；所领军兵原是曹操手下旧军，见势已急，尽皆投降去了。<small>正是朱灵、路昭及车胄所领之兵也。</small>飞正杀间，逢着徐晃大杀一阵，后面乐进赶到。飞杀条血路突围而走，只有数十骑跟定。欲还小沛，去路已断，欲投徐州、下邳，又恐曹军截住；寻思无路，只得望砀山而去。<small>按下张飞，下文单叙玄德。</small>

却说玄德引兵劫寨，将近寨门，喊声大震，后面冲出一军，先截去了一半人马。夏侯惇又到。玄德突围而走，夏侯渊又从后赶来。玄德回顾，止有三十馀骑跟随；急欲奔还小沛，<small>叙张飞处既详，叙玄德不得不略；然非略也，其详已在张飞劫寨中著矣。</small>早望见小沛城中火起，<small>顺笔虚写，便笔实叙，妙。</small>只得弃了小沛；欲投徐州、下邳，又见曹军漫山塞野，截住去路。<small>亦虚写一句。</small>玄德自思无路可归，想："袁绍有言'倘不如意，可来相投'，今不若暂往依栖，别作良图。"<small>还记磐河相遇时否？正是"明知不是伴，事急且相随"也。</small>遂望青州路而走，正逢李典拦住。玄德匹马落荒望北而逃，李典掳将从骑去了。<small>李典在正北，夏侯惇在东北，夏侯渊在西北。玄德望北而逃，正当与此三路军相遇：一笔不乱。</small>

且说玄德匹马投青州，日行三百里，奔至青州城下叫门。门吏问了姓名，来报刺史。刺史乃袁绍长子袁谭。谭素敬玄德，闻知匹马到来，即便开门出迎，<small>袁谭较胜乃翁，而乃翁反爱其少子，何也？</small>接入公廨，细问其故。玄德备言兵败相投之意，谭乃留玄德于馆驿中住下，发书报父袁绍；一面差本州人马，护送玄德。至平原界口，袁绍亲自引众出邺郡三十里迎接玄德。<small>回想虎牢关时，真前倨而后恭矣。</small>玄德拜谢，绍忙答礼曰："昨为小儿抱病，有失救援，于心怏怏不安。今幸得相见，大慰平生渴想之思。"<small>繁礼多仪，虚文无当。</small>玄德曰："孤穷刘备，<small>玄德此时止剩一身，自称"孤穷刘备"真不诬矣。</small>久欲投于门下，奈机缘未遇。今为曹操所攻，妻子俱陷，<small>天子不能保其一贵妃，董承等不能保其七百馀口，玄德又安能保其二夫人乎？</small>想将军容纳四方之士，故不避羞惭，径来相投。望乞收录，誓当图报。"绍大喜，相待甚厚，同

居冀州。<small>按下玄德，下文单叙云长。</small>

且说曹操当夜取了小沛，随即进兵攻徐州。糜竺、简雍守把不住，只得弃城而走。陈登献了徐州。曹操大军入城，安民已毕，随唤众谋士议取下邳。荀彧曰："云长保护玄德妻小，死守此城。若不速取，恐为袁绍所窃。"<small>或已知备之必投绍矣。</small>操曰："吾素爱云长武艺人材，欲得之以为己用，不若令人说之使降。"<small>欲说降关公，亦大难事。</small>郭嘉曰："云长义气深重，必不肯降。<small>曹操但知其武艺人材，郭嘉独知其义气。</small>若使人说之，恐被其害。"帐下一人出曰："某与关公有一面之交，愿往说之。"众视之，乃张辽也。<small>回想白门楼相救之事，已隔数卷，此处忽然照应。</small>程昱曰："文远虽与云长有旧，吾观此人，非可以言词说也。某有一计，使彼进退无路，然后用文远说之，彼必归丞相矣。"正是：

整备窝弓射猛虎，安排香饵钓鳌鱼。

未知其计若何，且听下文分解。

第二十五回

屯土山关公约三事

救白马曹操解重围

云长本来事汉，何云降汉？降汉云者，特为"不降曹"三字下注脚耳。曹操借一汉字，笼络天下；云长即提一汉字，压倒曹操。如张绣、张鲁、韩遂等辈，名为降汉，而实则降曹者也；吕布、袁术等辈，不降曹而亦不降汉者也；华歆、王朗、郭嘉、程昱、张辽、许褚等辈，不知有汉而但知有曹者也；荀彧、荀攸误以为汉即是曹，曹即是汉，而不知汉必非曹，曹必非汉者也。汉是汉，曹是曹，将两下划然分开，较然明白，是云长十分学问、十分见识，非熟读《春秋》，不能到此。

关公三事之约，先有张辽三罪之说以引起之。张辽三罪：第一是负皇叔，第二是陷二嫂，第三是不能匡扶汉室。关公三事：首言归汉，次言保嫂，末言寻兄。第一辨君臣之分，第二严男女之别，第三明兄弟之义。以张辽所云第三者为第一，以张辽所云第一者为第三。而曹操听之，不以第一事为难，独以第三事为难，不知第三事即在第一事中矣。操曰："汉即吾也。"此特奸雄欺人之语。而关公以皇叔为汉，不以曹操为汉，既云归汉不归曹，是到底归汉不归操耳。

刘备与董承同谋，俨然列七人之数。而曹操于董贵妃则杀之，于五家七百口则杀之，独至甘、糜二夫人，不惟不杀，又加礼焉，何也？曰：此非爱玄德而独能忘其仇，乃爱关公而以此结其心也。故凡操之不杀甘、糜者，为关公也。使关公而死于土山之围，则甘、糜二夫人其不同于董贵妃与五家七百口者几希矣。

观云长秉烛达旦一事，操欲乱其上下、内外之礼，设心亦甚恶矣。忌玄德，仇玄德，故欲以此辱玄德；爱关公，敬关公，而又欲以此试关公。奸雄之奸，真是如鬼如蜮。

关公受袍则内之，受马则拜之，一举一动，处处不忘兄长，何其恩义之笃耶！乐莫乐于新相知。凡今之人，喜新而弃旧者多矣。读《我行其野》之篇，讽《习习谷风》之什，令人叹想云长之不置也。

玄德既在袁绍处，则袁之将即刘之将也。关公而杀袁之将，是即杀刘之将也。使绍因颜良之死而杀玄德，与关公杀之何异？然此不得为关公咎也。绍之约备，虽有"倘不如意，当来相投"之语，而第一次致书，发兵而不战；第二次致书，并兵亦不发。关公此时安知备之必投绍，绍之必纳备乎？曹操军中细作，料已探知，而奸如曹操，又何难蒙蔽关公之耳目而不使之知乎？关公曰："我当立功报曹而后去。"则其杀袁将者，正谓归刘地耳。曹操知之，欲借此以绝其归刘之路；关公不知，欲借此以遂其归刘之心。故曰不得为关公咎也。

曹操厚待云长，袁绍亦厚待玄德。然曹操则始终不渝，袁绍则忽而加礼，忽而欲杀，主张不定。袁、曹优劣，又见于此。

却说程昱献计曰："云长有万人之敌，非智谋不能取之。今可即差刘备投降之兵，入下邳见关公，只说是逃回的，伏于城中为内应；却引关公出战，诈败佯输，诱入他处，以精兵截其归路，然后说之可也。"<small>此计亦甚善。</small>操听其谋，即令徐州降卒数十，径投下邳来降关公。关公以为旧兵，留而不疑。<small>程昱所以欲用降卒也。</small>次日，夏侯惇为先锋，领兵五千来搦战。关公不出，惇即使人于城下辱骂。<small>非骂不足以激公。</small>关公大怒，引三千人马出城，与夏侯惇交战。约战十余合，惇拨回马走。关公赶来，惇且战且走。关公约赶二十里，恐下邳有失，提兵便回。^{公亦见及此，}^{但恨稍迟耳。}只听得一声炮响，左有徐晃，右有许褚，两队军截住去路。关公夺路而走，两边伏兵排下硬弩百张，箭如飞蝗。关公不得过，勒兵再回，徐晃、许褚接住交战。关公奋力杀退二人，引军欲回下邳，夏侯惇又截住厮杀。公战至日晚，无路可归，只得到一座土山，引兵顿于山头，权且少歇。曹兵团团将土山围住。^{此时甘、糜二嫂失陷城中矣。○前张飞失陷二嫂于}^{徐州，今关公失陷二嫂于下邳。一是夜间，一是日}^{里；一是醉后，一是醒时。}关公于山上遥望下邳城中火光冲天，却是那诈降兵卒偷开城门，曹操自提大军杀入城中，只教举火以惑关公之心。^{不从曹操一边特叙起，却}^{从关公一边带叙出，好。}关公见下邳火起，心下惊惶，^{不特为下邳着急，}^{更为陷二嫂着急。}连夜几番冲下山来，皆被乱箭射回。

捱到天晓，再欲整顿下山冲突，忽见一人跑马上山来，视之乃张辽也。关公迎谓曰："文远欲来相敌耶？"^{以己度人，各为其}^{主。是关公语。}辽曰："非也。想故人旧日之情，特来相见。"遂弃刀下马，与关公叙礼毕，坐于山顶。公曰："文远莫非说关某乎？"^{不是敌，便是说。}^{关公此时语气，落}^{落难}^{合。}辽曰："不然。昔日蒙兄救弟，今日弟安得不救兄？"^{又将白门楼}^{事一提。}公曰："然则文远将欲助我乎？"^{既非敌，又非说，则是助矣。以己}^{度人，朋友情重。又确是关公语。}辽曰："亦非也。"公曰："既不助我，来此何干？"^{语气又落}^{落难合。}辽曰："玄德不知存亡，翼德未知生死。昨夜曹公已破下邳，军民尽无伤害，差人护卫玄德家眷，不许惊扰。^{先言二嫂无恙，}^{以安其心。}如此相待，弟特来报兄。"^{二句又含}^{吐得妙。}关公怒曰："此言特说我也。^{不是敌，不是助，}^{竟是说也。}吾今虽处绝地，视死如归。汝当速去，吾即下山迎战。^{凛凛数语，至}^{今读至，须}^{眉欲}^{动。}张辽大笑曰："兄此言岂不为天下笑乎？"公曰："吾仗忠义而死，安得为天下笑？"辽曰："兄今即死，其罪有三。"^{凡说英}^{雄人，}^{誉之不动，责之则动；甘言卑词，}^{不若严气正色。此极得说关公法。}公曰："汝且说我那三罪？"辽曰：

"当初刘使君与兄结义之时，誓同生死。今使君方败，而兄即战死，倘使君复出，欲求兄相助而不可得，岂不负当年之盟誓乎？其罪一也。_{是玄德若死，关公不得独生；玄德若生，关公安得独死！}刘使君以家眷付托于兄，兄今战死，二夫人无所倚赖，负却使君依托之重。其罪二也。_{是公死而使二夫人亦死，是公有憾于死，倘公死而二夫人或未必能死，则公益有憾于死。}兄武艺超群，兼通经史，不思共使君匡扶汉室，徒欲赴汤蹈火，以成匹夫之勇，安得为义？其罪三也。_{关公心存汉室，辽即以汉室二字动之。关公以死为义，乃张辽偏说不是义，妙。}兄有此三罪，弟不得不告。"

公沉吟曰："汝说我有三罪，欲我如何？"辽曰："今四面皆曹公之兵，兄若不降，则必死；徒死无益，不若且降曹公，却打听刘使君音信；如在何处，即往投之，_{此二句方刺入关公耳中。}一者可以保二夫人，二者不背桃园之约，三者可留有用之身。有此三便，兄宜详之。"_{三便又以三罪中第二为第一，以三罪中第一为第二，错综得妙。古人本无印板说话，今人奈何有印板文字也？}公曰："兄言三便，吾有三约。若丞相能从，我即当卸甲；如其不允，吾宁受三罪而死。"_{辽因三罪说出三便，又因三便说出三约。}辽曰："丞相宽洪大量，何所不容。愿闻三事。"公曰："一者，吾与皇叔设誓，共扶汉室，吾今只降汉帝，不降曹操。_{辨君臣之分。}二者，二嫂处请给皇叔俸禄养赡，一应上下人等，皆不许到门。_{严男女之义。}三者，但知刘皇叔去向，不管千里万里，便当辞去。_{明兄弟之义。}三者缺一，断不肯降。望文远急急回报。"张辽应诺，遂上马，回见曹操，先说降汉不降曹之事。操笑曰："吾为汉相，汉即吾也。_{曹操欺天下，而天下受其欺，正为此语。}此可从之。"_{第一件似难却易。}辽又言："二夫人欲请皇叔俸给，并上下人等不许到门。"操曰："吾于皇叔俸内，更加倍与之。至于严禁内外，乃是家法，又何疑焉！"_{第二件真是不难。}辽又曰："但知玄德信息，虽远必往。"操摇首曰："然则吾养云长何用？此事却难从。"^{操之所难，正在第三件。}辽曰："岂不闻豫让'众人国士'之论乎？刘玄德待云长不过恩厚耳；丞相更施厚恩以结其心，何忧云长之不服也？"^{为后文赠袍、赠金、赠马诸事张本。}操曰："文远之言甚当，吾愿从此三事。"

张辽再往山上回报关公。关公曰："虽然如此，暂请丞相退军。容我入城见二嫂，告知其事，然后投降。"^{几于三事之后，又请一事。}张辽再回，以此言报曹操。操即传令，退军至十里。^{奸雄可爱。}荀彧曰："不可，恐有诈。"操曰："云长义士，必不失信。"^{曹操生平以诈待人，独于关公则信之。}遂引军退。关公引兵入下邳，见人民安妥不动，^{应前张辽所云"军民尽皆无伤害"。}竟到府中来，见二嫂。甘、糜二夫人听得关公到来，急出迎之。公拜于阶下曰："使二嫂受惊，某之罪也。"二夫人曰："皇叔今在何处？"公曰："不知去向。"二夫人曰："二叔今将若何？"公曰："关某出城死战，被困土山，张辽劝我投降，我以三事相约。曹操已皆允从，故特退兵，放我入城。我不曾得嫂嫂主意，未敢擅便。"^{事嫂如事兄，禀命于嫂，如禀命于兄也。}二夫人问："那三事？"关公将上项三事，备述一遍。甘夫人曰："昨日曹军入城，我等皆以为必死；谁想毫发不动，一军不敢入门。^{应前张辽所云"不许惊扰"。}叔叔既已领诺，何必问我二人？只恐曹操日后不肯容叔叔去寻皇叔。"^{曹操难在第三事，二夫人亦疑操之难于第三事。}公曰："嫂嫂放心，关某自有主张。"^{为后文五关斩将伏笔。}二夫人曰："叔叔自家裁处，凡事不必问俺女流。"^{女流偏要缄口，至此二语，可为女流之箴。}

关公辞退，遂引数十骑来见曹操。操自出辕门相接。关公下马入拜，操慌忙答礼。关公曰："败兵之将，深荷不杀之恩。"操曰："素慕云长忠义，今日幸得相见，足慰平生之望。"^{与袁绍接玄德语相似。然绍繁礼虚文，操深心厚貌，各自不同。}关公曰："文远代禀三事，蒙丞相应允，谅不食言。"再面决一句，妙。操曰："吾言既出，安敢失信。"关公曰："关某若知皇叔所在，虽蹈水火，必往从之。独将第三事再申明一遍。此时恐不及拜辞，伏乞见原。"为后文不辞而去伏笔。操曰："玄德若在，必从公去；但恐乱军中亡矣。公且宽心，尚容缉听。"缓语，亦妙。关公拜谢，操设宴相待。

次日班师还许昌。关公收拾车仗，请二嫂上车，亲自护车而行。于路安歇馆驿，操欲乱其君臣之礼，使关公与二嫂共处一室。关公乃秉烛立于户外，自夜达旦，毫无倦色。操以三事中第二事试之，而公男女之辨凛然不乱。操见公如此，愈加敬服。

既到许昌，操拨一府与关公居住。关公分一宅为两院，内门拨老军十人把守，关公自居外宅。操引关公朝见献帝，帝命为偏将军。公谢恩归宅。操次日设大宴，会众谋臣武士，以客礼待关公，延之上座；礼貌不足以结之。又备绫锦及金银器皿相送。关公都送与二嫂收贮。金帛不足以动之。○为后封金伏笔。关公自到许昌，操待之甚厚，小宴三日，大宴五日；又送美女十人，使侍关公。关公尽送于内门，令伏侍二嫂。好色不足以炫之。却又三日一次于内门外躬身施礼，动问二嫂安否。二夫人回问皇叔之事毕，曰"叔叔自便"，关公方敢退回。今天下有如此悌弟否？操闻之，又叹服关公不已。

一日，操见关公所穿绿绵战袍已旧，即度其身品，取异锦作战袍一领相赠。关公受之，穿于衣底，上仍用旧袍罩之。"衣锦尚绢"，非恶其文之著，恶其旧之没也。操笑曰："云长何如此之俭乎？"公曰："某非俭也。旧袍乃刘皇叔所赐，某穿之如见兄面，不敢以丞相之新赐而忘兄长之旧赐，故穿于上。"至性至情，读至此令人泪下。操叹曰："真义士也！"然口虽称羡，心实不悦。

一日，关公在府，忽报："内院二夫人哭倒于地，不知为何，请将军速入。"关公乃整衣跪于内门外，问二嫂为何悲泣。甘夫人曰："我夜梦皇叔身陷于土坑之内，觉来与糜夫人论之，想在九泉之下矣！是以相哭。"董承有梦，甘夫人亦有梦，董之梦似吉反凶，甘之梦似凶反吉。梦长梦短，各自成趣。关公曰："梦寐之事，不可凭信，此是嫂嫂想念之故，请勿忧愁。"正说间，适曹操命使来请关公赴宴。公辞二嫂，往见操。操见公有泪容，前不叙关公下泪，此于曹操眼中补出。○关公之泪，亦自难落。问其故。公曰："二嫂思兄痛哭，不由某心不悲。"操笑而宽解之，频以酒相劝。公醉，自绰其髯而言曰："生不能报国家而背其兄，徒为人也！"醉后心热，乘521绰髯，写关公如画。操问曰："云长髯有数乎？"不慰其言中之意，而但问其手中之髯，极力把闲话说开去，最得为人解闷之法。公曰："约数百根。每秋月约退三五根。冬月多以皂纱囊裹之，恐其断也。"陆士龙自爱其髯，唯公亦然。操以纱锦作囊，与关公护髯。媚其人，并媚其髯，媚人当如是矣。次日，早朝见帝。帝见关公一纱锦囊垂于胸次，帝问之。关公奏曰："臣髯颇长，丞相赐囊贮之。"帝令当殿披拂，过于其腹。帝曰："真美髯公也！"此须既贮相囊，又经御赏，须之遭际，可谓独奇。因此人皆呼为"美髯公"。闲笔，趣甚。

忽一日，操请关公宴。临散，送公出府，见公马瘦，操曰："公马因何而瘦？"关公曰："贱躯颇重，马不能载，因此常瘦。"操令左右备一马来。须臾牵至。那马身如火炭，状甚雄伟。操指曰："公识此马否？"公曰："莫非吕布所骑赤兔马乎？"自白门楼后此马不知下落，今忽然出现。操曰："然也。"遂并鞍辔送与关公。人择主，马亦择主。幸哉赤兔，今乃得其主矣。○赤面人骑赤兔马，正如秋水长天。关公再拜称谢。操不悦曰："吾累送公美女金帛，未尝下拜，公半日之不轻下拜，今在曹操口中补出。今吾赠马，乃喜而再拜，何贱人而贵马耶？"关公曰："吾知此马日行千里，今幸得之，若知兄长下落，可一日而见面矣。"^{非为马而拜，为兄而拜也。}操愕然而悔。关公辞去。后人有诗叹曰：

威倾三国著英豪，二宅分居义气高。

奸相枉将虚礼待，岂知关羽不降曹。

操问张辽曰："吾待云长不薄，而彼常怀去心，何也？"辽曰："容某探其情。"次日，往见关公。礼毕，辽曰："我荐兄在丞相处，不曾落后？"公曰："深感丞相厚意。只是吾身虽在此，心念皇叔，未尝去怀。"^{心口如一，略无隐讳。}辽曰："兄言差矣。处世不分轻重，非丈夫也。玄德待兄，未必过于丞相，兄何故只怀去志？"公曰："吾固知曹公待吾甚厚。奈吾受刘皇叔厚恩，誓以共死，不可背之。吾终不留此。要必立效以报曹公，然后去耳。"^{出言如金石。}辽曰："倘玄德已弃世，公何所归乎？"公曰："愿从于地下。"^{不负桃园同死之盟。}辽知公终不可留，乃告退，回见曹操，具以实告。操叹曰："事主不忘其本，乃天下之义士也！"^{关公之义，能使奸雄心折。}荀彧曰："彼言立功方去，若不教彼立功，未必便去。"操然之。

^{按住云长一边，以下再叙玄德一边。}

　　却说玄德在袁绍处，旦夕烦恼。绍曰："玄德何故常忧？"玄德曰："二弟不知音耗，妻小陷于曹贼，^{玄德处处先说兄弟，后及妻小。}上不能报国，下不能保家，安得不忧？"绍曰："吾欲进兵赴许都久矣。方今春暖，正好兴兵。"便商议破曹之策。田丰谏曰："前操攻徐州，许都空虚，不及此时进兵。今徐州已破，操兵方锐，未可轻敌。不如以久持之，待其有隙而后可动也。"^{田丰第一次不欲战，第二次欲战，今第三次又}

不欲战，随时通变，_{正与沮授不同。}绍曰：“待我思之。”因问玄德曰：“田丰劝我固守，何如？”玄德曰：“曹操欺君之贼，明公若不讨之，恐失大义于天下。”_{玄德只以衣带诏为重。}绍曰：“玄德之言甚善。”遂欲兴兵。田丰又谏。绍怒曰：“汝等弄文轻武，使我失大义！”田丰顿首曰：“若不听臣良言，出师不利。”绍大怒，欲斩之。玄德力劝，乃囚于狱中。_{不听其言，又辱其身，待士如此，安能胜操乎？}沮授见田丰下狱，乃会其宗族，尽散其家财，与之诀曰：“吾随军而去，胜则威无不加，败则一身不保矣！”众皆下泪送之。_{与寒叔哭师相似。}绍遣大将颜良作先锋，进攻白马。沮授谏曰：“颜良性狭，虽骁勇，不可独任。”绍曰：“吾之上将，非汝等可料。”

大军进发至黎阳，东郡太守刘延告急许昌。曹操急议兴兵抵敌。关公闻知，遂入相府见操曰：“闻丞相起兵，某愿为前部。”_{只为欲去，故急欲立功。}操曰：“未敢烦将军。早晚有事，当来相请。”关公乃退。操引兵十五万，分三队而行。于路又连接刘延告急文书，操先提五万军亲临白马，靠土山扎住。_{又是一座土山。}遥望山前平川旷野之地，颜良前部精兵十万，排成阵势。操骇然，回顾吕布旧将宋宪曰：“吾闻汝乃吕布部下猛将，今可与颜良一战。”宋宪领诺，绰枪上马，直出阵前。颜良横刀立马于门旗下，见宋宪马至，良大喝一声，纵马来迎，战不三合，手起刀落，斩宋宪于阵前。曹操大惊曰：“真勇将也！”魏续曰：“杀我同伴，愿去报仇！”操许之。续上马持矛，径出阵前，大骂颜良。良更不打话，交马一合，照头一刀，劈魏续于马下。_{吕布之马，已为关公所骑；吕布之将，又为颜良所杀。}操曰：“今谁敢当之？”徐晃应声而出，与颜良战二十合，败归本阵。_{写得颜良声势，越衬得云长声势。正与写华雄一样笔法。}诸将悚然。曹操收军，良亦引军退去。

操见连折二将，心中忧闷。程昱曰："某举一人可敌颜良。"操问是谁。昱曰："非关公不可。"操曰："吾恐他立了功便去。"昱曰："刘备若在，必投袁绍。今若使云长破袁绍之兵，绍必疑刘备而杀之矣。备既死，云长又安往乎？"_{是直欲借云长之手以杀玄德也，昱之计亦谲矣哉！}操大喜，遂差人去请关公。关公即入辞二嫂。二嫂曰："叔今此去，可打听皇叔消息。"_{早为后卷伏线。}

关公领诺而出，提青龙刀，上赤兔马，_{此关公第一次试马。青龙、赤兔正复成对。}引从者数人，直至白马来见曹操。操叙说："颜良连诛二将，勇不可当，特请云长商议。"关公曰："容某观之。"操置酒相待。忽报颜良搦战。操引关公上土山观看。操与关公坐，诸将环立。_{所谓以客礼相待。}曹操指山下颜良排的阵势，旗帜鲜明，枪刀森布，严整有威，乃谓关公曰："河北人马，如此雄壮！"关公曰："以吾观之，如土鸡瓦犬耳！"_{语殊趣。○鸡犬矣，又以土瓦为之，轻之殊甚。}操又指曰："麾盖之下，绣袍金甲，持刀立马者，乃颜良也。"关公举目一望，谓操曰："吾观颜良，如插标卖首耳！"_{山前颜铺，出卖首级，不误主顾。○关公出语，亦甚风流。然则世之建虚名者，大半皆卖首之标矣。}操曰："未可轻视。"_{夸颜良，正激怒关公。不用请他，却用激他，妙甚。}关公起身曰："某虽不才，愿去万军中取其首级，来献丞相。"张辽曰："军中无戏言，云长不可忽也。"_{亦激他一句。}关公奋然上马，倒提青龙刀，跑下山来，凤目圆睁，蚕眉直竖，直冲彼阵。河北军如波开浪裂，关公径奔颜良。颜良正在麾盖下，见关公冲来，方欲问时，关公赤兔马快，早已跑到面前；颜良措手不及，被云长手起一刀，刺于马下。_{杀得出其不意，所以谓之刺也。}忽地下马，割了颜良首级，拴于马项之下，_{插标卖首，今已被青龙刀买去矣。}飞身上马，提刀出阵，如入无人之境。

描写神威，真
如生龙活虎。河北兵将大惊，不战自乱。曹军乘势攻击，死者不计其数；马匹器械，抢夺极多。关公纵马上山，众将尽皆称贺。公献首级于操前。操曰："将军真神人也！"关公曰："某何足道哉！吾弟张翼德于百万军中取上将之首，如探囊取物耳。"既念其兄，又夸其弟，

公固处处不忘兄弟也。"探囊取物"与"插标卖首"，正映射成趣。
○叙关公一边太热，觉翼德一边太冷，却从关公口中突然一提。操大惊，回顾左右曰："今后如遇张翼德，不可轻敌。"令写于衣袍襟底以记之。为长坂桥
伏笔。

却说颜良败军奔回，半路迎见袁绍，报说被赤面长须使大刀一勇将，不知其名，但言其状，在河北
军士眼中口中，画出一关公。匹马入阵，斩颜良而去，因此大败。绍惊问曰："此人是谁？"沮授曰："此必是刘玄德之弟关云长也。"绍大怒，指玄德曰："汝弟斩吾爱将，汝必通谋，留你何用！"唤刀斧手推出玄德斩之。使袁绍此时果杀玄德，云长知之，必立
誓报仇，务杀袁绍而后死。是既借云长

之手以杀玄德，又借云长之手以杀
袁绍也。程昱之计，真是可畏。正是：

初见方为座上客，此日几同阶下囚。

未知玄德性命如何，且听下文分解。

第二十六回

袁本初损兵折将

关云长挂印封金

關雲長挂
印封金

今人见关公为汉寿亭侯，遂以"汉"为国号，而直称之曰"寿亭侯"，即博雅家亦时有此，此起于俗本演义之误也。俗本云："曹瞒铸寿亭侯印贻公而不受，加以'汉'字而后受"，是齐东野人之语。读者不察，遂为所误。夫"汉寿"地名也，"亭侯"爵名也。汉有亭侯、乡侯、通侯之名。如孔愉为馀不亭侯，钟繇为东武亭侯，玄德为宜城亭侯之类。《蜀志》："大将军费祎，会诸将于汉寿。"则汉寿亭侯，犹言汉寿之亭侯耳。岂可去"汉"字而以"寿亭侯"为名耶？鸡笼山关庙内题主曰："汉前将军汉寿亭侯之神"，本自了然。余则谓当于外额亦加一"汉"字，曰"汉汉寿亭侯之祠"，则人人洞晓矣。俗本之误，今依古本校正。

曹操弃粮与马以饵敌，捐金与印以饵士。同一饵也，欲杀之，则饵之；欲用之，则亦饵之。然文丑为操所饵，关公必不为操所饵，操亦无可如何耳。

颜良之死，出其不意；文丑之死，则非出其不意也。使丑亦如龚都之以玄德消息告云长，则必不至于死。故公之刺颜良，或为颜良惜；公之诛文丑，更不得为文丑惜。关公之斩袁将者再，袁绍之欲斩玄德者亦再。玄德此时，其不死也，间不容发，而关公陷于不知，直待见孙乾，遇龚都，而始知我之所以报曹操者，几至于杀玄德，则安得不流涕北顾，奋然而决去哉？即使曹操追公而杀之，公所不顾也；即袁绍仇公而杀之，亦公所不顾也。前之爱一死，所以全其嫂；今之轻一死，所以报其兄。观其"见兄一面，万死不辞"之语，真一字一血泪矣。

曹操一生奸伪，如鬼如蜮，忽然遇着堂堂正正，凛凛烈烈，皎若青天，明若白日之一人，亦自有珠玉在前，觉吾形秽之愧，遂不觉爱之敬之，不忍杀之。此非曹操之仁有以容纳关公，乃关公之义，有以折服曹操耳。虽然，吾奇关公，亦奇曹操。以豪杰折服豪杰不奇，以豪杰折服奸雄则奇；以豪杰敬爱豪杰不奇，以奸雄敬爱豪杰则奇。夫豪杰而至折服奸雄，则是豪杰中有数之豪杰；奸雄而能敬爱豪杰，则是奸雄中有数之奸雄也。

人情未有不爱财与色者也；不爱财与色，未有不重爵与禄者也；不重爵与禄，未有不重人之推心置腹折节敬礼者也。曹操所以驾驭人才，笼络英俊者，恃此数者已耳。是以张辽旧事吕布，徐晃旧事杨奉，贾诩旧事张绣，文聘旧事刘表，张郃乃袁绍之旧臣，庞德乃马超之旧将，无不弃故从新，乐为之死。独至关公，而心恋故主，坚如铁石。金银美女之赐，不足以移之，偏将军汉寿亭侯之封，不足以动之；分庭抗礼，杯酒交欢之异数，不足以夺之：夫而后奸雄之术穷矣。奸雄之术既穷，始骇天壤间不受驾驭、不受笼络者，乃有如此之一人。即欲不吁嗟景仰，安可得乎？

来得明白，去得明白。推此志也，纵无二嫂之羁绊，而孑然一身，亦不必给曹操而遁去也。明知袁绍为曹操之仇，而致书曹操，明明说出，更不隐讳。不知兄在则斩其将，既知兄在则归其处，心事无不可对人言者，有人如此，安得不与日月争光？

却说袁绍欲斩玄德。玄德从容进曰："明公只听一面之词，而绝向日之情耶？备自徐州失散，二弟云长未知存亡；天下同貌者不少，岂赤面长须之人，即为关某也？明公何不察之？"此时云长尚在

疑似之间，故玄德只
说不是云长以解之。袁绍是个没主张的人，闻玄德之言，责沮授曰：

"误听汝言，险杀好人。"第一次欲杀，
被玄德躲过。遂仍请玄德上帐坐，议报

颜良之仇。帐下一人应声而进曰："颜良与我如兄弟，今被曹贼

所杀，我安得不雪其恨？"玄德视其人，身长八尺，面如獬豸，

乃河北名将文丑也。文丑之意，只在报颜良之仇，更不去
打听关公消息，故卒为关公所杀也。袁绍大喜曰：

"非汝不能报颜良之仇。吾与十万军兵，便渡黄河，追杀曹

贼！"沮授曰："不可。今宜留屯延津，分兵官渡，乃为上策。

若轻举渡河，设或有变，众皆不能还矣。"沮授分兵守险之说，
亦与田丰相合。绍怒

曰："皆是汝等迟缓军心，迁延日月，有妨大事！岂不闻'兵贵

神速'乎？"既知兵贵神速，何以
前番两次不肯速战？沮授出，叹曰："上盈其志，下务

其功；悠悠黄河，吾其济乎！"与田丰以杖击地之
言，亦复相同。遂托疾不出议事。

玄德曰："备蒙大恩，无可报效，意欲与文将军同行，一者报明

公之德，二者就探云长的实信。"玄德意只重
在此句。绍喜，唤文丑与玄德

同领前部。文丑曰："刘玄德屡败之将，于军不利。既主公要他

去时，某分兵三万，教他为后部。"若使玄德在前，
文丑不至于死。于是文丑自领

七万军先行，令玄德引三万军随后。

　　且说曹操见云长斩了颜良，倍加钦敬，表奏朝廷，封云长为

汉寿亭侯，汉寿地名，亭侯爵名。俗本
此处多讹，今依古文削去。铸印送关公。为后挂印
张本。忽报袁绍又

使大将文丑渡黄河，已据延津之上。操乃先使人移徙居民于西

河，然后自领兵迎之，传下将令："以后军为前军，以前军为后

军；文丑与玄德分前、后军，曹操
却以前军、后军互相倒转。粮草先行，军兵在后。"谲诈得
妙。吕虔

曰："粮草在先，军兵在后，何意也？"操曰："粮草在后，多被

摽掠，故令在前。"此是假
话。虔曰："倘遇敌兵劫去，如之奈何？"

操曰："且待敌军到时，却又理会。"只不说
明。虔心疑未决。操令粮

食缁重沿河暂至延津。操在后军，听得前军发喊，急教人看时，报说："河北大将文丑兵至，我军皆弃粮草，四散奔走。后军又远，将如之何？"操以鞭指南阜曰："此可暂避。"〔谲诈得妙。〕人马急奔土阜。操令军士皆解衣卸甲少歇，尽放其马。〔既弃粮，又弃马，真令人不测。〕文丑军掩至。众将曰："贼至矣！可急收马匹，退回白马！"荀攸急止之曰："此正可以饵敌，何故反退？"〔荀攸独知曹操之意。〕操急以目视荀攸而笑。攸知其意，不复言。〔曹操只不要说明。〕

文丑军既得粮草车仗，又来抢马。军士不依队伍，自相杂乱。曹操却令军将一齐下土阜击之，文丑军大乱。曹兵围裹将来，文丑挺身独战，军士自相践踏。文丑止遏不住，只得拨马回走。〔曹操能用兵。〕操在土山上指曰："文丑为河北名将，谁可擒之？"张辽、徐晃飞马齐出，大叫："文丑休走！"文丑回头见二将赶上，遂按住铁枪，拈弓搭箭，正射张辽。徐晃大叫："贼将休放箭！"张辽低头急躲，一箭射中头盔，将簪缨射去。辽奋力再赶，坐下战马又被文丑一箭射中面颊。那马跪倒前蹄，张辽落地。文丑回马复来，徐晃急轮大斧，截住厮杀。只见文丑后面军马齐到，晃料敌不过，拨马而回。文丑沿河赶来。〔此亦写文丑声势，以衬云长的声势。〕忽见十馀骑马，旗号翩翩，一将当头提刀飞马而来，乃关云长也，〔突如其来，与斩颜良时又自一样气色。〕大喝："贼将休走！"与文丑交马，战不三合，文丑心怯，便拨马绕河而走。关公马快，赶上文丑，脑后一刀，将文丑斩下马来。〔文丑此时若以玄德消息告关公则不至于死矣。〕曹操在土阜上见关公砍了文丑，大驱人马掩杀。河北军大半落水，〔沮授言不可渡河，此处方验。〕粮草马匹仍被曹操夺回。〔如垂棘之璧，屈产之乘，〕

云长引数骑东冲西突。正杀之间，刘玄德领三万军随后到。

前面哨马探知，报与玄德云：“今番又是红面长髯的斩了文丑。”（读者至此必谓二人相会。）（但闻其形，未见其人。）玄德慌忙骤马来看，隔河望见一簇人马，往来如飞，旗上写着“汉寿亭侯关云长”七字。（但见其旗，不见其人。）玄德暗谢天地曰：“原来吾弟果然在曹操处！”（知其在曹而反喜者，信其必不降曹也。）欲待招呼相见，被曹兵大队拥来，只得收兵回去。（此时宜必相见矣，而竟不相见。方喜在原之近，又恨涉冈之远，咫尺天涯，为之一叹。）袁绍接应至官渡，下定寨栅。郭图、审配入见袁绍，说：“今番又是关某杀了文丑，刘备佯推不知。”袁绍大怒，骂曰：“大耳贼焉敢如此！”少顷，玄德至，绍令推出斩之。（读者至此，为玄德吃吓，又代关公吃吓。）玄德曰：“某有何罪？”绍曰：“你故使汝弟又坏我一员大将，如何无罪？”玄德曰：“容伸一言而死：曹操素忌备，今知备在明公处，恐备助公，故特使云长诛杀二将，公知必怒。此借公之手而杀刘备也。愿明公思之。”（程昱所言，不出玄德之料。）袁绍曰：“玄德之言是也。汝等几使我受害贤之名。”（第二番欲杀，被玄德躲过。）又喝退左右，请玄德上帐而坐。玄德谢曰：“荷明公宽大之恩，无可补报，欲令一心腹人持密书去见云长，使知刘备消息，彼必星夜来到，辅佐明公，共诛曹操，以报颜良、文丑之仇，若何？”（前者云长尚在疑似之间，则玄德只言不是云长以解之；今者云长更无疑惑矣，则又言招来云长以解之。）袁绍大喜曰：“吾得云长，胜颜良、文丑十倍也。”（还记虎牢关前，盟主高坐而叱之否？）玄德修下书札，未有人送去。（此时不即寄去，又作一顿，妙。）绍令退军武阳，连营数十里，按兵不动。（袁绍此番又是虎头蛇尾。）

操乃使夏侯惇领兵守住官渡隘口，自己班师回许都，大宴众官，贺云长之功。因谓吕虔曰：“昔日吾以粮草在前者，乃饵敌之计也。惟荀公达知吾耳。”（此时方才说明。）众皆叹服。正饮宴间，忽报汝南有黄巾刘辟、龚都，甚是猖獗，曹洪累战不利，乞遣兵救之。云长闻言，进曰：“关某愿施犬马之劳，破汝南贼寇。”（唯其急欲归刘，故

操曰："云长建立大功，未曾重酬，岂可复劳征进？"公曰：^{急欲报操耳}

"关某久闲，必生病疾。愿再一行。"^{英雄语。玄德"髀肉复生"之叹，亦是此意。}曹操壮

之，点兵五万，使于禁、乐进为副将，次日便行。荀彧密谓操

曰："云长常有归刘之心，倘知消息必去，不可频令出征。"操

曰："今次取功，吾不复教临敌矣。"

且说云长领兵将近汝南，扎住营寨。当夜营外拿了两个细作

人来。云长视之，内中认得一人乃孙乾也。^{来得突兀，出于意外。}关公叱退左

右，问乾曰："公自溃散之后，一向踪迹不闻，今何为在此

处？"乾曰："某自逃难，飘泊汝南，幸得刘辟收留。^{孙乾一向踪迹，只用他口中一句叙出，极省笔。}今将军为何在曹操处？未识甘、糜二夫人无恙否？"关公

因将上项事细说一遍。乾曰："近闻玄德公在袁绍处，欲往投

之，未得其便。今刘、龚二人归顺袁绍，相助攻曹。天幸得将军

到此，因特令小军引路，教某为细作，来报将军。来日二人当虚

败一阵，公可速引二夫人投袁绍处，与玄德公相见。"^{玄德寄书未到，孙乾相见在前。}^{云长欲知乃兄消息，不从河北知之，却从汝南知之，皆出意外。}关公曰："既兄在袁绍处，吾必星夜而

往。但恨吾斩绍二将，恐今事变矣。"^{恐事变者，非恐袁绍杀己也，恐因此而玄德又不在袁绍处耳。}

乾曰："吾当先探彼虚实，再来报将军。"^{亦探玄德尚在袁绍处与否也。○为后文途中报信伏笔。}公曰："吾见兄长一面，虽万死不辞，^{言兄长果然在袁绍处，则今绍虽欲杀我，亦必往也。}今

回许昌，便辞曹操也。"当夜密送孙乾去了。

次日，关公引兵出，龚都披挂出阵。关公曰："汝等何故背

反朝廷？"都曰："汝乃背主之人，何反责我？"关公曰："我为

何背主？"都曰："刘玄德在袁本初处，汝却从曹操，何也？"^{孙乾在营中密语，龚都在阵上明言。○为后文军士报二夫人张本。}关公更不打话，拍马舞刀向前。龚都

便走，关公赶上。都回身告关公曰："故主之恩，不可忘也。公

当速进，我让汝南。"<small>让汝南者，欲其立功
报曹，以便速去耳。</small>关公会意，驱车掩杀。
刘、龚二人佯输诈败，四散去了。云长夺得州县，安民已定，班
师回许昌。曹操出郭迎接，赏劳军士。

宴罢，云长回家，参拜二嫂于门外。甘夫人曰："叔叔两番
出军，可知皇叔音信与否？"公答曰："未也。"<small>此时不即实告，
是精细处。</small>关
公退，二夫人于门内痛哭曰："想皇叔休矣！二叔恐我姊妹烦
恼，故隐而不言。"<small>将闻喜信，反先痛哭，
叙事至此，又复一顿。</small>正哭间，有一随行老军，
听得哭声不绝，于门外告曰："夫人休哭，主人现在河北袁绍
处。"<small>不用关公说知，却用军人
报信，事曲而文亦曲。</small>夫人曰："汝何由知之？"军曰："跟
关将军出征，有人在阵上说来。"<small>应龚都
语。</small>夫人急召云长责之曰：
"皇叔未尝负汝，汝今受曹操之恩，顿忘旧日之义，不以实情告
我，何也？"关公顿首曰："兄今委实在河北。未敢教嫂嫂知
者，恐有漏泄也。<small>恐有泄漏者，公意曹操不知玄德在河
北耳也。岂知操固与程昱筹之熟乎？</small>事须缓图，不可欲
速。"<small>为欲待孙乾回报也，
却又不说明，妙。</small>甘夫人曰："叔宜上紧。"公退，急思去
计，坐立不安。

原来于禁探知刘备在河北，报与曹操。<small>公则必待孙乾报而后知，
操岂待于禁报而后知耶？</small>
操令张辽来探关公意。关公正闷坐，张辽入贺曰："闻兄在阵上
知玄德音信，特来贺喜。"<small>公方欲秘之，而辽
已明言之，妙。</small>关公曰："故主虽在，
未得一见，何喜之有！"<small>辽既明言，公
即不隐讳。</small>辽曰："公与玄德交，比弟与
兄交何如？"公曰："我与兄，朋友之交也；我与玄德，是朋友
而兄弟、兄弟而又君臣也：岂可共论乎？"<small>看他轻重较然，只二语
中，已备五伦之三矣。</small>辽
曰："今玄德在河北，兄往从否？"关公曰："昔日之言，安肯背
之！文远须为我致意丞相。"<small>直心快
语。</small>张辽将关公之言，回告曹操。
操曰："吾自有计留之。"<small>恐亦无甚
妙计矣。</small>

且说关公正寻思间，忽报有故人相访。^{读者至此，必谓}^{孙乾有信至矣。}及请入，却不相识。^{奇。}关公问曰："公何人也？"答曰："某乃袁绍部下南阳陈震也。"关公大惊，急退左右，问曰："先生此来，必有所为。"震出书一缄，递与关公。公视之，乃玄德书也。^{玄德寄书人}^{直至此处方}^{来，来得突兀，}^{出人意外。}其略云：

备与足下，自桃园缔盟，誓以同死。今何中道相违，割恩断义？君必欲取功名、图富贵，愿献备首级以成全功。^{两番几被袁绍}^{所杀，故言之}^{激如}^{此。}书不尽言，死待来命。

关公看书毕，大哭曰：^{不得不}^{哭。}"某非不欲寻兄，奈不知所在也。安肯图富贵而背旧盟乎？"^{既得此书，则知玄德尚在袁绍处，不必}^{得孙乾回报。而公之去，更不容缓矣。}震曰："玄德望公甚切，公既不背旧盟，宜速往见。"关公曰："人生天地间，无终始者，非君子也。吾来时明白，去时不可不明白。^{明明白白，是公}^{一生过人处。}吾今作书，烦公先达知兄长，容某辞却曹操，奉二嫂来相见。"震曰："倘曹操不允，为之奈何？"^{陈震之意，公不}^{告而竟去；公为}^{人明白，则必}^{告而后去。}公曰："吾宁死，岂肯留于此！"^{言不死则必去，}^{不去则必死也。}震曰："公速作回书，免致刘使君悬望。"关公写书答云：

窃闻义不负心，忠不顾死。羽自幼读书，粗知礼义，观羊角哀、左伯桃之事，未尝不三叹而流涕也。前守下邳，内无积粟，外无援兵，欲即效死，奈有二嫂之重，未敢断首捐躯，致负所托，故尔暂且羁身，冀图后会。近至汝南，方知兄信，即当面辞曹公，奉二嫂归。羽但怀异心，神人共戮。披肝沥胆，笔楮难

穷。瞻拜有期，伏惟照鉴。_{玄德来书，从关公眼中看出；关公答书，即从关公笔下写出，叙得参差有致。}

陈震得书自回。关公入内告知二嫂，随至相府，拜辞曹操。操知来意，乃悬回避牌于门。_{操所谓有计留之者，别无他计，只是一个不肯相见耳。}关公怏怏而回，命旧日跟随人役，收拾车马，早晚伺候；分付宅中，所有原赐之物，尽皆留下，分毫不可带去。_{一尘不染，澄然以清。}次日再往相府辞谢，门首又挂回避牌。_{操此时留公之计亦穷矣。}关公一连去了数次，皆不得见。_{省笔。}乃往张辽家相探，欲言其事。辽亦托病不出。_{此想亦曹操之教也。}关公思曰："此曹丞相不容我去之意。我去志已决，岂可复留！"即写书一封，辞谢曹操。书略曰：

羽少事皇叔，誓同生死；皇天后土，实闻斯言。前者下邳失守，所请三事，已蒙恩诺。今探知故主见在袁绍军中，_{明明说出，更不隐讳。}回思昔日之盟，岂容违背？新恩虽厚，旧义难忘。兹特奉书告辞，伏惟照察。其有馀恩未报，愿以俟之异日。_{为后文华容道伏线。}

写毕封固，差人去相府投递；一面将累次所受金银，一一封置库中，悬汉寿亭侯印于堂上，_{封金挂印，至今传为千古美谈。}请二夫人上车。关公上赤兔马，手提青龙刀，率领旧日跟随人役，护送车仗，径出北门。_{果于去，勇于去，更不踌躇疑沮于其去。}门吏挡之。关公怒目横刀，大喝一声，门吏皆退避。_{先为五关斩将作一引。}关公既出门，谓从者曰："汝等护送车仗先行，但有追赶者，吾自当之，勿得惊动二位夫人。"从者推车，望官道进发。

却说曹操正论关公之事未定，左右报关公呈书。操即看毕，大惊曰：“云长去矣！”四字有无限爱惜、无限嗟呀之意。○曹操见书，是第一段。忽北门守将飞报：“关公夺门而去，车仗鞍马二十馀人，人数在北门守将口中补出。皆望北行。”北门守将来报，是第二段。又关公宅中人来报说：“关公尽封所赐金银等物。美女十人，另居内室。此句又于关公宅中人口内补出。其汉寿亭侯印悬于堂上。丞相所拨人役，皆不带去，只带原跟从人及随身行李，出北门去了。”关公宅中人来报是第三段。只关公一去，用第三段文字以描写之。来得昂藏，去亦去得英雄。众皆愕然。一将挺身出曰：“某愿将铁骑三千，去生擒关某，献与丞相！”众视之，乃将军蔡阳也。预为后文斩蔡阳伏笔。正是：

欲离万丈蛟龙穴，又遇三千狼虎兵。

蔡阳要赶关公，毕竟如何，且听下文分解。

第二十七回　美髯公千里走单骑　汉寿侯五关斩六将

關雲長五關斬六將

吾读此卷，而叹曹操之义，又未尝不叹曹操之奸也。其于关公之去，赠金赠袍，亲自送行，而独吝一纸文凭，不即给与，使关公而死于卞喜之伏兵，或死于王植之纵火，则操必曰"非我也，守关将吏也"。已则居爱贤之名，而但责将吏以误杀之罪，斯其奸不已甚与？以小人而行君子之事，则虽似君子，而终怀小人之心。今人但见"各为其主"之语，便啧啧曹操不置，可谓不知乌之雌雄矣。

文有伏线之妙。荥阳城中之事，先于东岭关前伏线，此即伏于一卷之内者也；玉泉山顶之事，早于镇国寺中伏线，此伏于数十卷之前者也。其间一传家信，一叙乡情，闲闲冷冷，极没要紧处，却是极要紧处。如此叙事，虽龙门复生，无以过之。

关公斩蔡阳在后卷，而此卷先有蔡阳欲赶关公一段文字；廖化归关公，尚隔十数卷，而此卷先有廖化救二夫人一段文字：皆所谓隔年下种者也。至于关公行色匆匆，途中所历，忽然遇一少年，忽然遇一老人，忽然遇一强盗，忽然遇一和尚，点缀生波，殊不寂寞，天然有此妙事，助成此等妙文。若但过一关，杀一将，五处关隘，一味杀去，有何意趣？

自二十五回至此，皆为云长立传。而玄德、翼德两边，未免冷淡。乃于白马之役，忽有翼德探囊取物一语。文中虽无翼德，而翼德之威灵如见。至于玄德行藏，或在袁绍一边致书，或在关公一边接柬，或在龚都阵上口传，或在孙乾途中备述，处处提照出来，更不疏漏，真叙事妙品。

关公此行，其难有三：保二嫂车仗而行，必须缓缓相随，非比独行，可以驰骋，虽有千里马，无所用之，一难也；自许昌而出，关隘重重，非止一处两处，可以侥幸而越，二难也；又所投之处，乃曹操之仇，守关将士，防御甚严，非比别处可以通融，三难也。有此三难，竟能脱然而去，虽邀天幸，实仗神威。总之，志不决，虽易者亦难；志既决，虽难者亦易耳。

五关斩将，非关公意也。观其不杀刘延可见矣。延虽不肯借船，而不敢拒公，则公竟舍之而不杀。推此而论，使胡班救公之后，王植不追公，亦何必索植而杀之乎？其馀或以力敌，或以计害，皆不得已而杀之耳。故曰非公意也。

却说曹操部下诸将中，自张辽而外，只有徐晃与云长交厚，其馀亦皆敬服；独蔡阳不服关公，故今日闻其去，欲往追之。操曰："不忘故主，来去明白，真丈夫也。汝等皆当效之。"^{操视诸将中未尝有此人。}遂叱退蔡阳，不令去赶。程昱曰："丞相待关某甚厚，今彼不辞而去，乱言片楮，冒渎钧威，其罪大矣。若纵之使归袁绍，是与虎添翼也。不若追而杀之，以绝后患。"^{又是一个要赶了。}操曰："吾昔已许之，岂可失信！彼各为其主，勿追也。"^{袁绍欲杀玄德，而曹操不追关公。有始有终，是曹操高袁绍一头地。}因谓张辽曰："云长封金挂印，财贿不足以动其心，爵禄不足以移其志，此等人吾深敬之。^{操所以饵人者，不过财贿、爵禄耳。今二者不足以动关公，操安得不敬。}想他去此不远，我一发结识他做个人情。汝可先去请住他，待我与他送行，更以路费征袍赠之，使为后日记念。"^{既不追之，则必饯之，索性加厚一倍。有心人算计，往往如此。}张辽领命，单骑先往。曹操引数十骑随后而来。

却说云长所骑赤兔马，日行千里，本是赶不上；因欲护送车仗，不敢纵马，按辔徐行。忽听背后有人大叫："云长且慢行！"^{公此时必谓追兵至矣。}回顾视之，见张辽拍马而至。^{尊羞已愈乎？}关公叫车仗从人，只管望大路紧行，_{为后被劫伏笔。}自己勒住赤兔马，按定青龙刀，问曰："文远莫非欲追我回乎？"辽曰："非也。丞相知兄远行，欲来相送，特先使我请住台驾，别无他意。"关公曰："便是丞相铁骑来，吾愿决一死战！"_{其言刚甚。}遂立马于桥上望之，见曹操引数十骑，飞奔前来，背后乃是许褚、徐晃、于禁、李典之辈。操见关公横马立刀于桥上，_{此时何不挂回避牌？恐关公此时，反急欲回避矣。}令诸将勒住马匹，左右排开。关公见众人手中皆无军器，方始放心。操曰："云长行何太速？"关公于马上欠身答曰："关某前曾禀过丞相。今故主在河北，不由某不急去。累次造府，不得参见，故拜书告辞，封金挂印，还纳丞相。望丞相勿忘昔日之言。"_{言简而意尽。}操曰："吾欲取信于天下，安肯有负前言。恐将军途中乏用，特具路资相送。"一将便从马上托过黄金一盘。关公曰："累蒙恩赐，尚有馀资。留此黄金以赏战士。"_{其人光明，其言磊落。}操曰："特以少酬大功于万一，何必推辞？"关公曰："区区微劳，何足挂齿。"操笑曰："云长天下义士，恨吾福薄，不得相留。_{自叹缘悭分浅，乃爱极慕极之语。}锦袍一领，略表寸心。"令一将下马，双手捧袍过来。云长恐有他变，不敢下马，_{精细。}用青龙刀尖挑锦袍披于身上，勒马回头称谢曰："蒙丞相赐袍，异日更得相会。"_{须贾以绨袍而得不死，则曹操此袍可留异日华容道一命矣。}遂下桥望北而去。_{操甚殷殷，公甚落落；操甚款款，公甚匆匆。}许褚曰："此人无礼太甚，何不擒之？"操曰："彼一人一骑，吾数十馀人，安得不疑？_{代为之解。}吾言既出，不可追也。"_{又自为之解。}曹操自引众将回城，于路叹想云长不已。_{见如此人，安得不惜别？}

不说曹操自回。且说关公来追车仗。约行三十里，却只不见。_{不知者读至此，必疑是曹操使人截去矣。}云长心慌，纵马四下寻之。忽见山头一人，高叫："关将军且住！"^{与张辽背后相呼正复相似，不知者读至此，又疑是曹操使人来留公矣。}关公举目视之，只见一少年，黄巾锦衣，持枪跨马，马项下悬着首级一颗，引百馀步卒，飞奔前来。^{奇。}公问曰："汝何人也？"少年弃枪下马，拜伏于地。云长恐是诈，^{精细。}勒马持刀问曰："壮士，愿通姓名。"答曰："吾本襄阳人，姓廖名化，字元俭。因世乱流落江湖，聚众五百馀人，劫掠为生。恰才同伴杜远下山巡哨，误将两夫人劫掠上山。吾问从者，知是大汉刘皇叔夫人，且闻将军护送在此，吾即欲送下山来。杜远出言不逊，被某杀死。今献头与将军请罪。"^{此事只在廖化口中叙出，省笔。}关公曰："二夫人何在？"化曰："现在山中。"关公教急取下山。不移时，百馀人簇拥车仗前来。关公下马停刀，又手于车前问候曰："二嫂受惊否？"二夫人曰："若非廖将军保全，已被杜远所辱。"^{又在二夫人口中略述一遍。}关公问左右曰："廖化怎生救夫人？"左右曰："杜远劫上山去，就要与廖化各分一人为妻。廖化问起根由，好生拜敬；杜远不从，已被廖化杀了。"^{又在左右口中详述一遍。}关公闻言，乃拜谢廖化。廖化欲以部下人送关公。关公寻思此人终是黄巾馀党，未可作伴，乃谢却之。^{精细。}廖化又拜送金帛，关公亦不受。^{丞相之金且不受，况强盗之金乎？然不受丞相之金、亦不受强盗之金者，其视丞相之金与强盗之金，无以异也。}廖化拜别，自引人伴投山谷中去了。^{廖化终从关公，而此处不即相从。合而复离，遥为后文伏线，妙。}

云长将曹操赠袍事，告知二嫂，催促车仗前行。至天晚投一村庄安歇。庄主出迎，须发皆白，问曰："将军姓甚名谁？"关公施礼曰："吾乃刘玄德之弟关某也。"老人曰："莫非斩颜良、文丑的关公否？"^{二人为河北名将，而公能杀之，则杀名将之为名将，其名更著矣。○前卷事又从老人口中一提。}公曰："便是。"老人大喜，便请入庄。关公曰："车上还有二位夫人。"老人便唤妻女出迎。二夫人至草堂上，关公叉手立于二夫人之侧。老人请公坐，公曰："尊嫂在上，安敢就坐！"^{极似范蠡在石室中光景。}老人乃令妻女请二夫人入内室款待，自于草堂款待关公。关公问老人姓名。老人曰："吾姓胡名华。桓帝时曾为议郎，致仕归乡。今有小儿胡班，在荥阳太守王植部下为从事。将军若从此处经过，某有一书寄与小儿。"^{未至第一关，先为第四关脱难伏线，妙。}关公允诺。

次日早膳毕，请二嫂上车，取了胡华书信，相别而行，取路投洛阳来。至第一关，名东岭关。^{第一关。}把关将姓孔名秀，引五百军兵在岭上把守。当日关公押车仗上岭，军士报知孔秀，秀出关来迎。关公下马，与孔秀施礼，秀曰："将军何往？"公曰："某辞丞相，特往河北寻兄。"秀曰："河北袁绍，正是丞相对头。将军此去，必有丞相文凭？"^{前曹操送行，赠金、赠袍而不与以文凭，是不留而留，送而不送也。}公曰："因行期慌迫，不曾讨得。"^{不说曹操不给，只说自己不讨。}秀曰："既无文凭，待我差人禀过丞相，方可放行。"关公曰："待去禀时，须误了我行程。"秀曰："法度所拘，不得不如此。"关公曰："汝不容我过关乎？"^{其语渐硬。}秀曰："汝要过去，留下老少为质。"^{此言无关公礼。}关公大怒，^{不得不怒。}举刀就杀孔秀。秀退入关去，鸣鼓聚军，披挂上马，杀下关来，大喝曰："汝敢过去么？"关公约退车仗，纵马提刀，竟不打话，直取孔秀。秀挺枪来迎。两马相交，只一合，钢刀起处，孔秀尸横马下。^{孔秀前恭后倨，关公亦先礼后兵。○斩却一将。}众军便走。关公曰："军士休走。吾杀孔秀，不得已也，^{可见五关斩将，原非关公本意。}与汝等无干。借汝众军之口，传语曹丞相，言孔秀欲害我，我故杀之。"^{忾切周至之极。}众军俱拜于马前。

关公即请二夫人车仗出关，望洛阳进发。^{第二关。}早有军士报知洛阳太守韩福。韩福急聚众将商议。牙将孟坦曰："既无丞相文凭，即系私行；若不阻挡，必有罪责。"〔畏曹操，故不畏关公。〕韩福曰："关公猛勇，颜良、文丑俱为所杀。〔又将杀颜良、文丑一提。〕今不可力敌，只须设计擒之。"孟坦曰："吾有一计：先将鹿角拦定关口，待他到时，小将引兵和他交锋，佯败诱他来追，公可用暗箭射之。若关某坠马，即擒解许都，必得重赏。"〔既欲免罪，又复贪赏。〕商议停当，人报关公车仗已到。韩福弯弓插箭，引一千人马，排列关口，问："来者何人？"关公马上欠身言曰："吾汉寿亭侯关某，敢借过路。"韩福曰："有曹丞相文凭否？"〔已知其无，却又假问。〕关公曰："事冗不曾讨得。"韩福曰："吾奉丞相钧命，镇守此地，专一盘诘往来奸细。若无文凭，即系逃窜。"关公怒曰："东岭孔秀，已被吾杀。汝亦欲寻死耶？"韩福曰："谁人与我擒之？"孟坦出马，轮双刀来取关公。关公约退车仗，拍马来迎。孟坦战不三合，拨回马便走。关公赶来。孟坦只指望引诱关公，不想关公马快，早已赶上，只一刀，砍为两段。〔斩却二将。〕关公勒马回来，韩福闪在门首，尽力放了一箭，正射中关公左臂。公用口拔出箭，血流不住，飞马径奔韩福，冲散众军，韩福急闪不及，关公手起刀落，带头连肩，斩于马下；〔此头与肩，足以报吾臂之恨矣。○斩却三将。〕杀散众军，保护车仗。

关公割帛束住箭伤，于路恐人暗算，不敢久住，连夜投沂水关来。〔第三关。〕把关将乃并州人氏，姓卞名喜，善使流星锤；原是黄巾馀党，〔廖化是强盗馀党，卞喜亦是强盗馀党。乃既做官之强盗，反不若未做官之强盗能识好人也。〕后投曹操，拨来守关。当下闻知关公将到，寻思一计：就关前镇国寺中，埋伏下刀斧手二百馀人，诱关公至寺，约击盏为号，欲图相害。〔在佛地上谋杀好人，是强盗所为，然未必非和尚所为也。〕安排已定，出关迎接关公。公见卞喜来迎，便下马相见。喜曰："将军名震天下，谁不敬仰！今归皇叔，足见忠义！"〔小人欺君子，偏能为君子之言。〕关公诉说斩孔秀、韩福之事。卞喜曰："将军杀之是也。某见丞相，代禀衷曲。"〔言之太甘，其中必苦。〕关公甚喜，同上马过了沂水关，到镇国寺前下马。众僧鸣钟出迎。

原来那镇国寺乃汉明帝御前香火院，本寺有僧三十馀人。内有一僧，却是关公同乡人，法名普净。当下普净已知其意，向前与关公问讯，〔胡班救关公，却于胡华家先期伏线；普净救关公，即在镇国寺当日相逢。〕曰："将军离蒲东几年矣？"关公曰："将及二十年矣。"普净曰："还认得贫僧否？"〔虽然当日相逢，却叙昔年旧识。然则伏线又在二十年之前。〕公曰："离乡多年，不能相识。"普净曰："贫僧家与将军家只隔一条河。"〔离乡人好与同乡人言乡，出家人亦与俗家人言家。意中欲报极紧要的事，口中却说没要紧的话。〕卞喜见普净叙出乡里之情，恐有走泄，乃叱之曰："吾欲请将军赴宴，汝僧人何得多言！"关公曰："不然。乡人相遇，安得不叙旧情耶？"〔不是"逢僧话"，却是叙乡情；不是"浮生半日闲"，却是旅况几年阔。如唱《西厢》曲者，不是"随喜到"，却是"望蒲东"耳。〕普净请关公方丈待茶。关公曰："二位夫人在车上，可先献茶。"普净教取茶先奉夫人，然后关公入方丈。普净以手举所佩戒刀，以目视关公。〔此僧大通，是惠明不是法聪。〕公会意，命左右持刀紧随。卞喜请关公于法堂筵席。关公曰："卞君请关某，是好意，还是歹意？"卞喜未及回言，关公早望见壁衣中有刀斧手，乃大喝卞喜曰："吾以汝为好人，安敢如此！"卞喜知事泄，大叫："左右下手！"左右方欲动手，皆被关公拔剑砍之。卞喜下堂绕廊而走，关公弃剑执大刀来赶。卞喜暗取飞锤掷打关公。关公用刀隔开锤，赶将入去，一刀劈卞喜为两段。〔要在佛地上杀好人，是真强盗；能在佛地上杀歹人，是真菩萨。○斩却四将。〕随即回身来看二嫂，早有军人围住，见关公来，四散奔走。关公赶散，谢普净曰："若非吾师，已被此贼害矣。"

[救关公者普净，杀卞喜者亦普净。杀之而当，杀即生也，此僧可谓深通佛法。]普净曰："贫僧此处难容，收拾衣钵，亦往他处云游也。后会有期，将军保重。"[早为玉泉山伏线。]关公称谢，护送车仗，往荥阳进发。[第四关。]

荥阳太守王植，却与韩福是两亲家；闻得关公杀了韩福，商议欲暗害关公，[关公念兄恩，王植重姻谊，闲闲相对。]乃使人守住关口。待关公到时，王植出关，喜笑相迎。关公诉说寻兄之事。植曰："将军于路驰驱，夫人车上劳困，且请入城，馆驿中暂歇一宵，来日登途未迟。"[与卞喜一样骗法。]关公见王植意甚殷勤，遂请二嫂入城。馆驿中皆铺陈了当，王植请公赴宴，公辞不往，[前赴卞喜席，今遂不赴王植席，足见精细。]植使人送筵席至馆驿。关公因于路辛苦，请二嫂晚膳毕，就正房歇定。令从者各自安歇，饱喂马匹。关公亦解甲憩息。

却说王植密唤从事胡班听令，曰："关某背丞相而逃，又于路杀太守并守关将校，死罪不轻！此人武勇难敌，汝今晚点一千军围住馆驿，一人一个火把，待三更时分一齐放火，不问是谁，尽皆烧死！[不用壁中刀斧，却用门外火把。一在日里，一在夜间。]吾亦自引军接应。"[为后追赶关公张本。]胡班领命，便点起军士，密将干柴引火之物，搬于馆驿门首，约时举事。胡班寻思："我久闻关云长之名，不识如何模样，试往窥之。"乃至驿中，问驿吏曰："关将军在何处？"答曰："正厅上观书者是也。"胡班潜至厅前，见关公左手绰髯，于灯下凭几看书。[写得如画。]班见了，失声叹曰："真天人也！"[不特其人可敬，其貌亦可敬。]公问何人，胡班入拜曰："荥阳太守部下从事胡班。"关公曰："莫非许都城外胡华之子否？"班曰："然也。"公唤从者于行李中取书付班。[普净叙乡情，胡班见家信，又闲闲相对。]班看毕，叹曰："险些误杀忠良！"遂密告曰："王植心怀不仁，欲害将军，暗令人四面围住馆驿，约于三更放火。今某当先去开了城门，将军急收拾出城。"^{方信胡华寄书不是闲文。}关公大惊，忙披挂提刀上马，请二嫂上车，尽出馆驿，果见军士各执火把听候。关公急来到城边，只见城门已开。关公催车仗急急出城。胡班还去放火。^{前是王植赚关公，则胡班赚王植矣。}关公行不到数里，背后火把照耀，人马赶来。^{来送命了。}当先王植大叫："关某休走！"关公勒马大骂："匹夫！我与你无仇，如何令人放火烧我？"王植拍马挺枪，径奔关公，被关公拦腰一刀，砍为两段。^{斩却五将。}人马都赶散。关公催车仗速行，于路感胡班不已。^{为后文胡班归蜀伏笔。}

行至滑州界首，有人报于刘延。延引十数骑，出郭而迎。关公马上欠身而言曰："太守别来无恙！"^{照应白马之役。}延曰："公今欲何往？"公曰："辞了丞相，去寻家兄。"延曰："玄德在袁绍处，绍乃丞相仇人，如何容公去？"公曰："昔日曾言定来。"延曰："今黄河渡口关隘，夏侯惇部将秦琪据守，恐不容将军过去。"^{先报一信。}公曰："太守应付船只，若何？"延曰："船只虽有，不敢应付。"^{无用之人。}公曰："我前者诛颜良、文丑，亦曾与足下解厄。^{又在关公口中将前事一提。}今日求一渡船而不与，何也？"延曰："只恐夏侯惇知之，必然罪我。"^{无用之人。}关公知刘延无用之人，遂自催车仗前进。^{有杀有不杀，妙甚。若逢人便杀，便不成关公矣。}到黄河渡口，^{第五关。}秦琪引军出问："来者何人？"关公曰："汉寿亭侯关某也。"琪曰："今欲何往？"关公曰："欲投河北去寻兄长刘玄德，敬来借渡。"琪曰："丞相公文何在？"公曰："吾不受丞相节制，有甚公文！"^{前托言事冗行忙，此则竟说不受节制，更是直捷痛快。}琪曰："吾奉夏侯将军将令，守把关隘，你便插翅也飞不过去！"关公大怒曰："你知我于路斩戮拦截者乎？"琪曰："你只杀得无名下将，敢杀我么？"关公怒曰："汝比颜良、文丑若何？"^{又将前事一提。}秦琪大怒，纵马提刀，直取关公。二马相交，只一合，关公刀起，秦琪头落。^{斩却六将。}关公曰："当吾者已死，馀人不必惊走。速备船只，送我渡河。"军士急撑舟傍岸。关公请二嫂上船渡河。渡过黄河，便是袁绍地方。关公所历关隘五处，斩将六员。^{将行程图总结一笔，斩将数总算一盘。}后人有诗叹曰：

> 挂印封金辞汉相，寻兄遥望远途还。
>
> 马骑赤兔行千里，刀偃青龙出五关。
>
> 忠义慨然冲宇宙，英雄从此震江山。
>
> 独行斩将应无敌，今古留题翰墨间。

关公于马上自叹曰："吾非欲沿途杀人，奈事不得已也。曹公知之，必以我为负恩之人矣。"^{关公此语，知后日华容道相遇，定然不杀。}正行间，忽见一骑自北而来，大叫："云长少住！"关公勒马视之，乃孙乾也。^{孙乾至此方来，来得突兀，亦来得凑巧。}关公曰："自汝南相别，一向消息若何？"乾曰："刘辟、龚都自将军回兵之后，复夺了汝南，^{此事只在孙乾口中补出，的极妙！}遣某往河北约结好袁绍，请玄德同谋破曹之计。不想河北将士，各相妒忌。田丰尚囚狱中，沮授黜退不用，审配、郭图各自争权；袁绍多疑，主持不定。某与刘皇叔商议，先求脱身之计。今皇叔已往汝南会合刘辟去了。^{此卷叙关中一边，十分热闹；放下玄德一边，未免冷落。今就孙乾口中，将河北事细述一遍，笔法又密又省。}恐将军不知，反到袁绍处，或为所害，特遣某于路迎接将军。幸于此得见。将军可速往汝南与皇叔相会。"^{陈震致书，在孙乾未至之前；孙乾报信，又在关公已行之后。叙得参差历落。}关公教孙乾拜见夫人。^{写得周至。}夫人问其动静，孙乾备说袁绍二次欲斩皇叔，^{前孙乾在汝南时未说此事，故至此方言。}今幸脱身往汝南去了。夫人可与皇叔此处相会。二夫人皆掩面垂泪。_{写得入情。}关公依言，不投河北去，径取汝南来。_{本赴河北，忽转汝南，只因古人踪迹无常，遂使今人文字变幻。}正行之间，背后尘埃起处，一彪人马赶来。当先夏侯惇大叫："关某休走！"正是：

六将阻关徒受死，一军拦路复争锋。

毕竟关公怎生脱身，且听下文分解。

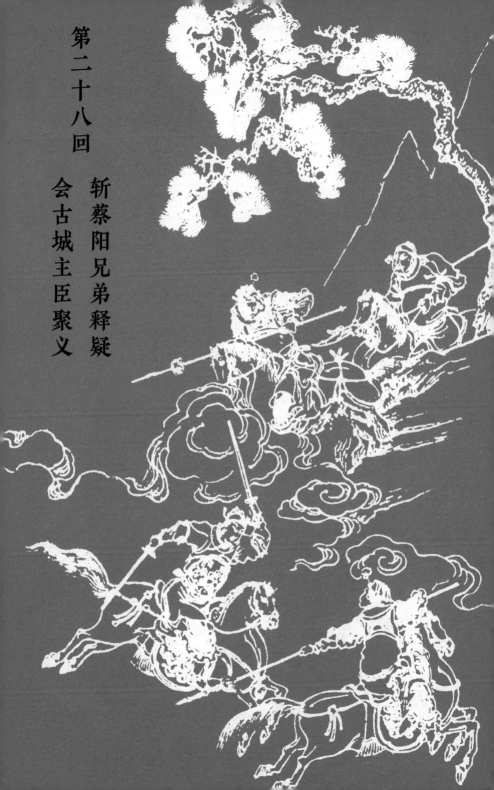

古會
城主臣
聚義

　　曹操于关公之行，不使人导之出疆者，阳美其大义，而阴忌其归刘，故听彼自往。若于其路阻截而复回，则是不留之留也。若其中途为人所害而死，则是不杀之杀也。迨至斩关而出，渡过黄河，当此之时，留之不可，杀之不得矣，于是又恐不见了自己人情，然后令人赍送文凭，以示厚恩。斯其设心，不大可见乎？文凭之送，不送于需用文凭之时，而送于不必用文凭之后。读书者至此，慎勿被曹操瞒过也。

　　关公既遇廖化，又遇周仓。廖化是黄巾，周仓亦是黄巾。化之从公后于仓，而仓之慕公切于化。夫使仓而不与公遇，不过绿林一豪客耳。今日立庙绘像，仓得捧大刀立于公之侧，竟附公以并垂不朽，可见人贵改图，士贵择主，虽失足萑苻，未尝不可以更新，而单身作仆，胜似拥喽啰称大王也。

　　人但知降汉不降曹为云长大节，而不知大节如翼德，殆视云长为更烈也。云长辨汉与曹甚明，翼德辨汉与曹又甚明。操为汉贼，则从汉贼者亦汉贼。彼误以关公为降曹，故骂曹操，并骂关公，而桃园旧好，所不暇顾矣。盖有君臣，然后有兄弟，君臣之义乖，即兄弟之义亦绝。衣带诏之公愤为重，而桃园之私盟为轻。推此志也，使翼德而处土山之围，宁蹈白刃而死，岂肯权宜变通，姑与曹操周旋乎哉？翼德生平最怒吕布，以其灭伦绝理，故一见便呼为三姓家奴，而嗣后屡欲杀之；其怒曹操亦犹是耳。恶吕布以正父子之伦，恶曹操以正君臣之礼。如翼德者，斯可谓之真孝子，斯可谓之真忠臣。

　　翼德失徐州，而云长责之；云长寄许都，而翼德责之。能如此以义相责，方是好兄弟。每怪今人好立朋党，一缔私盟，便互相遮护，虽有大过，不嫌其非，此以水济水耳。岂所称和而不同之君子乎？

玄德之于关公也，隔河望见旗帜，而以手加额；翼德之于关公也，古城觌面相逢，而绰枪欲战。一兄一弟，何其不同如此哉？曰："既不降曹，而何以在曹？"此翼德所以责关公者也；知其身虽在曹，而必不降曹，此玄德所以信关公者也。观弟之责其兄，则能为翼德之兄者，固自不易；观兄之信其弟，则能为云长之弟者，大非偶然矣。

只因关公以弟寻兄，以叔保嫂，遂引出一派亲戚来。胡华与胡班为父子，韩福与王植为姻家，蔡阳与秦琪为甥舅，不惟各主其主，亦复各亲其亲矣。至于不杀郭常之子，以存人祀；收养关定之子，以立己嗣。关公父子是初相见，桃园兄弟是重会合，玄德夫妇是再团圆。合前回与此回，殆共成一篇亲亲文字云。

玄德在许都，听满宠报信，但知公孙瓒下落，不知赵子龙下落，令人郁郁不快。关公在汝南，见孙乾报信，但知玄德下落，并不提起张翼德下落，又令人郁郁不快。今至此卷，不约而同，不期而会，不特当日见者快然，即今日读者亦为之快然。由前而观，则桃园为初聚义，古城为再聚义；由后而观，则南阳会诸葛，方为大聚义，古城合子龙，已为小聚义也。

刘、关、张三人两番聚散：一散于吕布之攻小沛，再散于曹操之攻徐州。而玄德则前投曹操，后投袁绍；关公则前在东海，后在许都；翼德则两次俱在碈砀山中。乃叙事者于前之散也，略关、张而独详玄德，于后之散也，则略翼德，稍详玄德，而独甚详关公。所以然者，三面之事，不能并时同叙，故取其事之长者而备载焉，取其事之短者而简括焉，史迁笔法，往往如此。

前卷埋伏后文，此卷收拾前文。如胡班、廖化、普净辈，俱于前卷埋伏；糜竺、糜芳、简雍、赵云等，俱于此卷收拾。

却说关公同孙乾保二嫂向汝南进发，不想夏侯惇领二百餘骑，从后追来。孙乾保车仗前行。关公回身勒马按刀问曰："汝来赶我，有失丞相大度。"夏侯惇曰："丞相无明文传报，汝于路杀人，又斩吾部将，无礼太甚！我特来擒你，献与丞相发落！"言讫，便拍马挺枪欲斗。只见后面一骑飞来，大叫："不可与云长交战！"关公按辔不动。来使于怀中取出公文，谓夏侯惇曰："丞相敬爱关将军忠义，恐于路关隘拦截，故遣某特赍公文，遍行诸处。"_{直在到河之后公文方到，此曹操奸滑处。}惇曰："关某于路杀把关将士，丞相知否？"来使曰："此却未知。"_{第一处斩关之时，关吏必已飞报许都矣。岂有五关俱}斩，而操犹未知者乎？其曰"未知"者，曹操教之也，恐知之而后发使，不见自己人情耳。惇曰："我只活捉他去见丞相，待丞相自放他。"关公怒曰："吾岂惧汝耶！"拍马持刀，直取夏侯惇。惇挺枪来迎。两马相交，战不十合，忽又一骑飞至，大叫："二将军少歇！"惇挺枪问来使曰："丞相叫擒关某乎？"_{此句问得更妙。惇意亦以斩关之事操必知之矣。}使者曰："非也。丞相恐守关诸将阻挡关将军，故又差某驰公文来放行。"_{未渡河前一纸公文不见，既渡河后，公文连片而至，曹操大是奸猾。}惇曰："丞相知其于路杀人否？"使者曰："未知。"_{第二番使命犹云"未知"，一发是诈。}惇曰："既未知其杀人，不可放去。"指挥手下军士，将关公围住。关公大怒，舞刀迎战。两个正欲交锋，阵后一人飞马而来，大叫："云长、元让，休得争战！"众视之，乃张辽也。二人各勒住马。张辽进前言曰："奉丞相钧旨：因闻知云长斩关杀将，恐于路有阻，特差某传谕各处关隘，任便放行。"^{前两次言不知者，恐知}其斩关而后发使，不见了人情也。此直言已知者，见得知其斩关而并不怒，索性再卖个人情也。皆是曹操奸猾处。惇曰："秦琪是蔡阳之甥。他将秦琪托付我处，今被关某所杀，怎肯干休？"^{伏后蔡阳}辽曰："我见蔡将军，自有分解。既丞相大度，教放云长去，公等不可废丞相之意。"夏侯惇只得将军马约退。^{五关俱已斩过，一夏}侯惇何足阻之，此时亦落得做个人情矣。辽曰："云长今欲何住？"关公曰："闻兄长又不在袁绍处，吾今将遍天下寻之。"辽曰："既未知玄德下落，且再回见丞相，若何？"^{本为放行而来，却转}出挽留一语，趣甚。关公笑曰："安有是理！文远回见丞相，幸为我谢罪。"说毕，与张辽拱手而别。^{公之来以辽始，公}之去亦以辽终。于是张辽与夏侯惇领军自回。

关公赶上车仗，与孙乾说知此事。二人并马而行。行了数日，忽值大雨滂沱，行装尽湿。^{出路人每有}如此苦事。遥望山岗边有一庄院，关公引着车仗，到彼借宿。庄内一老人出迎，^{又遇一}老人。关公具言来意。老人曰："某姓郭名常，世居于此。久闻大名，幸得瞻拜。"遂宰羊置酒相待，请二夫人于后堂暂歇。郭常陪关公、孙乾于草堂饮酒。^{此老之待客与}胡华相似。一边烘焙行李，^{照上"行装尽}湿"句，细甚。一边喂养马匹。^{闲中带出马匹二字，为}后偷马一逼，细甚。至黄昏时候，忽见一少年，^{又遇一}少年。引数人入庄，径上草堂。郭常唤曰："吾儿来拜将军。"因谓关公曰："此愚男也。"关公问何来。常曰："射猎方回。"^{代答。}少年见过关公，即下堂去了。^{写得闪闪}忽忽。常流泪言曰："老夫耕读传家，止生此子，不务本业，唯以游猎为事。是家门不幸也！"^{胡华之子贤，郭}常之子不肖，闲闲相对。关公曰："方今乱世，若武艺精熟，亦可以取功名，何云不幸？"常曰："他若肯习武艺，便是有志之人。今专务游荡，无所不为，^{伏偷马}事。老夫所以忧耳！"关公亦为叹息。至更深，郭常辞出。

关公与孙乾方欲就寝，忽闻后院马嘶人叫。_{读者至此，疑又有卞喜伏兵，王植纵火之事。}关公急唤从人，却都不应，乃与孙乾提剑往视之。只见郭常之子倒在地上叫唤，从人正与庄客厮打。_{好看。}公问其故。从人曰："此人要来盗这赤兔马，_{前有劫车仗之盗，此又有偷马匹之贼，亦闲闲相对。}被马踢倒。_{公不可犯，公之马亦不可犯。}我等闻叫唤之声，起来巡看，庄客们反来厮闹。"公怒曰："鼠贼焉敢盗吾马！"恰待发作，郭常奔至告曰："不肖子为此歹事，罪合万死！奈老妻最怜爱此子，_{人情多爱独子，而妇人之情，又每怜不肖之子。则此子之不肖，未必非怜爱酿成之也。}乞将军仁慈宽恕！"关公曰："此子果然不肖，适才老翁所言，真'知子莫若父'也。_{不知子者又莫若母。}我看翁面，且姑恕之。"遂分付从人看好了马，喝散庄客，与孙乾回草堂歇息。次日，郭常夫妇出拜于堂前，谢曰："犬子冒渎虎威，深感将军恩恕。"关公令将出："我以正言教之。"常曰："他于四更时分，又引数个无赖之徒，不知何处去了。"_{为后劫马伏笔。}

关公谢别郭常，请二嫂上车，出了庄院，与孙乾并马，护着车仗，取山路而行。不及三十里，只见山背后拥出百馀人，为首两骑马：_{本为盗一匹马，却引出两骑马来。}前面那人，头裹黄巾，身穿战袍；后面乃郭常之子也。_{奇绝。此子两番忽隐忽现。}黄巾者曰："我乃天公将军张角部将也！来者快留下赤兔马，放你过去！"关公大笑曰："无知狂贼！汝既从张角为盗，亦知刘、关、张兄弟三人名字否？"_{第一卷中事忽于此一提。○于关公口中补照刘、张，妙甚。}黄巾者曰："我只闻赤面长须者名关云长，_{此人口中却放下刘、张，独问关公，又妙。}却未识其面。_{现对赤面，何云未识？}汝何人也？"公乃停刀立马，解开须囊，出长髯令视之。_{此人所以舍刘、张而独问关公者，盖已疑公赤面，而终未见有长髯耳。故公即开囊示之。}其人滚鞍下马，脑揪郭常之子拜献于马前。_{前有杀杜远之廖化，今有擒郭子之裴元绍，又遥遥相对。}关公问其姓名。告曰："某姓裴名元绍。自张角死后，一向无主，啸聚山林，权于此处藏伏。今早这厮来报：'有一客人，^{更不问此客姓名，这厮可谓卤莽。}骑一匹千里马，在我家投宿。'特邀某来劫夺此马。不想却遇将军。"^{前杜远事只在廖化口中虚述，今郭子事亦只在元绍口中虚述，皆省笔之法。}郭常之子拜伏乞命。

关公曰："吾看汝父之面，饶你性命！"^{笃于兄弟者，绝人之父子。}郭子抱头鼠窜而去。

公谓元绍曰："汝不识吾面，何以知吾名？"元绍曰："离此二十里有一卧牛山。山上有一关西人，姓周名仓，两臂有千斤之力，板肋虬髯，形容甚伟；原在黄巾张宝部下为将，张宝死，啸聚山林。他多曾与某说将军盛名，恨无门路相见。"^{因郭常引出郭常之子，因郭常之子引出裴元绍，又因裴元绍引出周仓，方知郭常相见一段文字并非闲笔。郭常为周仓引头，亦如胡华为胡班伏线耳。}关公曰："绿林中非豪杰托足之处。公等今后可各去邪归正，勿自陷其身。"元绍拜谢。

正说话间，遥望一彪人马来到。元绍曰："此必周仓也。"关公乃立马待之。果见一人，黑面长身，持枪乘马，引众而至，^{周仓形状，前在元绍口中叙出，今又在关公眼中看出。}见了关公，惊喜曰："此关将军也！"疾忙下马，俯伏道旁曰："周仓参拜。"^{画出惊喜之状。}关公曰："壮士何处曾识关某来？"仓曰："旧随黄巾张宝时，曾识尊颜。^{元绍但闻公名，周仓已识公面。}恨失身贼党，不得相随。今日幸得拜见，愿将军不弃，收为步卒，早晚执鞭随镫，死亦甘心！"^{勇于从义，诚于慕贤，仓亦人杰矣哉！}公见其意甚诚，乃谓曰："汝若随我，汝手下人伴若何？"仓曰："愿从则俱从，不愿从者听之可也。"于是众人皆曰："愿从。"关公乃下马至车前禀问二嫂。^{禀命而行，俨然有父兄在。}甘夫人曰："叔叔自离许都，于路独行至此，历过多少艰难，并未尝要军马相随。前廖化欲相投，叔既却之，夫人口中，又将廖化今何独容周仓之众耶？我辈女流浅事一提，照应前文。

见，叔自斟酌。"公曰："嫂嫂之言是也。"遂谓周仓曰："非关

某寡情，奈二夫人不从。汝等且回山中，待我寻见兄长，必来相

招。"周仓顿首告曰："仓乃一粗莽之夫，失身为盗。今遇将

军，如重见天日，岂忍复错过！若以众人相随为不便，可令其尽

跟裴元绍去，仓只身步行，跟随将军，虽万里不辞也！"有匹马寻兄
之主人，自

有只身随主之从者。○仓之诚于从公如

此，宜其与公同享血食于千秋也哉。关公再以此言告二嫂。甘夫人曰：

"一二人相从，无妨于事。"公乃令周仓拨人伴随裴元绍去。元

绍曰："我亦愿随关将军。"周仓曰："汝若去时，人伴皆散；且

当权时统领。我随关将军去，但有住扎处，便来取你。"伏一
笔。元

绍怏怏而别。元绍之不得从公，
亦有幸有不幸也。

周仓跟着关公，往汝南进发。行了数日，遥见一座山城。公

问土人："此何处也？"土人曰："此名古城。数月前有一将军，

姓张名飞，引数十骑到此，将县官逐去，逐县官，正与占住古城，
鞭督邮遥对。

招军买马，积草屯粮。今聚有三五千人马，四远无人敢敌。"

碇砀一去，令人想杀
此忽然出现，为之色喜。至关公喜曰："吾弟自徐州失散，一向不知下

落，谁想却在此！"本为寻兄，却先遇乃令孙乾先入城通报，教来迎
弟，奇文幻事。

接二嫂。本为寻常家数耳，不料
下文幻出绝奇之事。

却说张飞在碇砀山中，住了月馀，因出外探听玄德消息，

又是一位
寻兄的。偶过古城，入县借粮；县官不肯，此土人所未述。○这飞怒，
县官大不晓事。

因就逐去县官，夺了县印，将军权署占住城池，权且安身，补叙张飞
知县印事，断

不可
少。当日孙乾领关公命，入城见飞。施礼毕，具言："玄德离了袁

绍处，投汝南去了。今云长直从许都送二位夫人至此，请将军出

迎。"张飞听罢，更不回言，随即披挂，持丈八矛上马，引一千

馀人，径出城门。^{奇绝怪绝，不解其故。}孙乾惊讶，又不敢问，只得随出城来。关公望见张飞到来，喜不自胜，付刀与周仓接了，拍马来迎。只见张飞圆睁环眼，倒竖虎须，吼声如雷，挥矛望关公便搠。^{奇绝怪绝，一路胡华、郭常、廖化、周仓等辈，无不出庄拜迎，下马拜伏，至此爱弟相见，忽然挺矛便搠，真惊杀。}关公大惊，连忙闪过，便叫："贤弟何故如此？岂忘了桃园结义耶？"^{首卷中事，此提。}忽一飞喝曰："你既无义，有何面目来与我相见！"^{前此称兄称弟，今忽作你我之呼。盖你我之为兄弟，本以义合也；你既无义，则你是你，我是我，你是做你的人，我是做我的人，你无面目见我，我亦无面目见你矣。说得字字愤，声声激。○前卷极力写云长，此卷极力写翼德。}关公曰："我如何无义？"飞曰："你背了兄长，降了曹操，封侯赐爵，今又来赚我！^{竟说来赚我，冤屈得好。}我今与你并个死活！"^{桃园之誓，不求同生，但求同死。今你既背义，则你死我活，方为快也。字字愤，声声激。}关公曰："你原来不知！我也难说，现放着二位嫂嫂在此，贤弟请自问。"^{公不自说，推二嫂一说，情景迫真。}一夫人听得，揭帘而呼曰："三叔何故如此？"飞曰："嫂嫂住着。且看了我杀了负义的人，然后请嫂嫂入城。"^{嫂犹兄也，杀负兄之人于嫂之前，犹杀之于兄前也。字字愤，声声激。○降曹即是负刘，负刘即负义，义则兄之，负义则人之：翼德真圣人也。}甘夫人曰："二叔因不知你等下落，故暂时栖身曹氏。今知你哥哥在汝南，特不避险阻，送我们到此。三叔休错见了。"糜夫人曰："二叔向在许都，原出于无奈。"^{前翼德失陷二嫂于吕布，则云长责之，而玄德解之；今云长失陷二嫂于曹操，则翼德责之，而二嫂解之。前后亦遥遥相对。}飞曰："嫂嫂休要被他瞒过了！忠臣宁死而不辱，大丈夫岂有事二主之理！"^{可知云长之事，翼德所不能为，亦不肯为。}关公曰："贤弟休屈了我。"孙乾曰："云长特来寻将军。"^{夹孙乾语更妙。}飞喝曰："如何你也胡说！他那里有好心，必是来捉我！"^{直认云长为曹操心腹，故作此等语。}关公曰："我若捉你，须带军马来。"^{借此一语，带起下文，如针引线，极叙法之妙。○幸是不曾带得廖化裴元绍等一班人伴来，不然真是没得辨。}飞把手指曰："兀的不是军马来也！"^{来得突兀，叙事妙品。}

关公回顾，果见尘埃起处，一彪人马来到。风吹旗号，正是曹军。〔关公此时，真浑身是口费分说矣〕张飞大怒曰："今还敢支吾么？"〔不特翼德心疑，即关公亦心疑，读者至此亦心疑〕挺丈八蛇矛便搠将来。关公急止之曰："贤弟且住。你看我斩此来将，以表我真心。"〔绝妙辨冤法〕飞曰："你果有真心，我这里三通鼓罢，便要你斩来将！"〔祢衡之鼓三挝，其节悲；张飞之鼓三通，其声壮〕关公应诺。须臾，曹军至。为首一将，乃是蔡阳，挺刀纵马大喝曰："你杀吾外甥秦琪，却原来逃在此！吾奉丞相命，特来拿你！"关公更不打话，举刀便砍。张飞亲自擂鼓。只见一通鼓未尽，关公刀起处，蔡阳头已落地。〔关公事借蔡阳头为辨揭，蔡阳头以张飞鼓为邀帖〕众军士俱走。关公活捉执认旗的小卒过来，问取来由。小卒告说："蔡阳闻将军杀了他外甥，十分忿怒，要来河北与将军交战。丞相不肯，因差他往汝南攻刘辟。不想在这里遇着将军。"〔曹操一边事在军人口中补出，省笔〕关公闻言，教去张飞前告说其事。飞将关公在许都时事细问小卒；从头至尾，说了一遍，飞方才信。〔既借曹将头辨心迹于目前，又借曹军口证往事于前日，张飞又不得不信服矣〕

正说间，忽城中军士来报："城南门外有数十骑来的甚紧，不知是甚人。"〔一波未平，一波又起。〇读者至此，又疑是曹兵至矣〕张飞心中疑虑，便转出南门看时，果见十数骑轻弓短箭而来。见了张飞，滚鞍下马。视之，乃糜竺、糜芳也。〔张飞在古城遇二糜，与关公在汝南遇孙乾，一样出人意外〕飞亦下马相见。竺曰："自徐州失散，我兄弟二人逃难回乡。使人远近打听，知云长降了曹操，主公在于河北；又闻简雍亦投河北去了。〔又在二糜口中带表简雍下落，妙〕只不知将军在此。昨于路上遇见一伙客人，说有一姓张的将军，如此模样，今据古城。我兄弟度量必是将军，故来寻访。幸得相见！"〔二糜踪迹，亦只借他口中叙出，省笔〕飞曰："云长兄与孙乾送二嫂方到，已知哥哥下落。"二糜大喜，同来见关公，并参见二夫人。飞遂迎请二嫂入城。至衙中坐定，二夫人诉说关公历过之事，张飞方才大哭，参拜云长。不知则大怒欲杀，知之则大哭下拜，英雄血性，固应尔尔。二糜亦俱伤感。张飞亦自诉别后之事，叙事简到。一面设宴贺喜。

次日，张飞欲与关公同赴汝南见玄德。写张飞。关公曰："贤弟可保护二嫂暂住此城，待我与孙乾先去探听兄长消息。"保嫂寻兄之事，前此关公独任之，今则与飞翼德分任之矣。关公与孙乾引数骑奔汝南来。刘辟、龚都接着，关公便问："皇叔何在？"刘辟曰："皇叔到此住了数日，为见军少，复往河北袁本初处商议去了。"前赴河北，却在汝南；今至汝南，又在河北。古诗云："人生不相见，动如参与商。"散而求复聚，如此之难，可发一叹。关公怏怏不乐。孙乾曰："不必忧虑。再苦一番驱驰，仍往河北去报知皇叔，同至古城便了。"关公依言，辞了刘辟、龚都，回至古城，与张飞说知此事。张飞便欲同至河北。写张飞。关公曰："有此一城，便是我等安身之处，未可轻弃。我还与孙乾同往袁绍处，寻见兄长，来此相会。贤弟可坚守此城。"飞曰："兄斩他颜良、文丑，如何去得？"斩颜良、文丑事，又在张飞口中一提。关公曰："不妨。我到彼当见几而变。"为后不入境伏笔。遂唤周仓问曰："卧牛山裴元绍处，共有多少人马？"仓曰："约有四五百。"关公曰："我今抄近路去寻兄长。汝可往卧牛山招此一枝人马，从大路上接来。"欲使彼接应，以防不虞，不意后文又殊不然。仓领命而去。

关公与孙乾只得二十馀骑投河北来。将至界首，乾曰："将军未可轻入，只在此间暂歇。孙乾甚精细。○千里寻兄，及至兄所，却不即入见，变幻之极。待某先人见皇叔，别作商议。"关公依言，先打发孙乾去了。遥望前村有一所庄院，便与从人到彼投宿。庄内一老翁携杖而出，又遇一老人。与关公施礼。公具以实告。老翁曰："某亦姓关名定。久闻大名，幸得瞻谒。"遂命二子出见，又遇两少年。○此处且不叙明二子，妙。款留关公，并从人俱留于庄内。胡华之后有郭常，郭常之后有关定。一样蹊径，各自出奇。

且说孙乾匹马入冀州见玄德，具言前事。玄德曰："简雍亦在此间，_{先有二糜报信，此处便不突然。}可暗请来同议。"少顷，简雍至，与孙乾相见毕，共议脱身之计。雍曰："主公明日见袁绍，只说要往荆州说刘表共破曹操，便可乘机而去。"_{前在许都脱身，托言攻袁术；今在河北脱身，托言说刘表：一样骗法。}玄德曰："此计大妙！但公能随我去否？"雍曰："某亦自有脱身之计。"_{此计且不说出。}商议已定。次日，玄德入见袁绍，告曰："刘景升镇守荆襄九郡，兵精粮足，宜与相约，共攻曹操。"绍曰："吾尝遣使约之，奈彼未肯相从。"玄德曰："此人是备同宗，备往说之，必无推阻。"绍曰："若得刘表，胜刘辟多矣。"遂命玄德行。绍又曰："近闻关云长已离了曹操，欲来河北；吾当杀之，以雪颜良、文丑之恨！"_{孙乾不与关公同入，确有主见。}玄德曰："明公前欲用之，吾故召之。_{又将前事一提。}今何又欲杀之耶？且颜良、文丑比之二鹿耳，云长乃一虎也。失二鹿而得一虎，何恨之有？"_{若绍之优柔无断，直一羊耳。羊安能用虎乎？}绍笑曰："吾故爱之，故戏言耳。公可再使人召之，令其速来。"玄德曰："即遣孙乾往召之可也。"_{玄德脱身之计，简雍预先画定；孙乾脱身之计，玄德随机化出。}绍大喜，从之。玄德出，简雍进曰："玄德此去，必不回矣。某愿与偕往，一则同说刘表，二则监住玄德。"_{妙人妙计。}绍然其言，便命简雍与玄德同行。_{玄德请攻袁术，曹操使朱灵、路昭监之；玄德请约刘表，袁绍即使简雍监之：袁、曹愚智又别于此。}郭图谏绍曰："刘备前去说刘辟，未见成事；_{此事不实叙，只今用虚笔点缀。}今又使与简雍同往荆州，必不返矣。"绍曰："汝勿多疑，简雍自有见识。"_{可发一笑。}郭图嗟呀而出。

却说玄德先命孙乾出城，回报关公；一面与简雍辞了袁绍，上马出城。行至界首，孙乾接着，同往关定庄上。关公迎门接拜，执手啼哭不止。_{刘、关至此方才相见。○"啼哭"二字，宛然孺慕之诚。}关定领二子拜于草堂之前。玄德问其姓名。关公曰："此人与弟同姓，有二子：长子关宁，学文；次子关平，学武。"（二子姓名学业，至此方补叙，却用关公代说，妙。○郭常之子不肖，关定之子又贤，又复闲相对。）关定曰："今愚意欲遣次子跟随关将军，未识肯容纳否？"（郭子不肖，而郭常乞留之；关子贤，而关定欲遣之。毕竟郭常不脱常情，关定自有定见。）玄德曰："年几何矣？"定曰："十八岁矣。"玄德曰："既蒙长者厚意，吾弟尚未有子，今即以贤郎为子，若何？"（此从同姓上想出。异姓者既为兄弟，同姓者岂不当为父子耶？）关定大喜，便命关平拜关公为父，呼玄德为伯父。（关公本为寻兄，忽然得子；玄德方见一弟，又认一侄，奇文奇事。○前玄德于途中遇杀妻为食之刘安，今关公于途中遇遣子为嗣之关定：亦遥遥相对。）玄德恐袁绍追之，急收拾起行。关平随着关公，一齐起身。关定送了一程自回。

关公教取路往卧牛山来。正行间，忽见周仓引数十人带伤而来。（奇文奇事，杂沓而来。）关公引他见了玄德。（细。）问其何故受伤，仓曰："某未至卧牛山之前，先有一将单骑而来，与裴元绍交锋，只一合，刺死裴元绍，（关平为养子，有不必随行之关宁以陪之；周仓为部将，有不得随行之裴元绍以陪之。一虚一实，天然奇妙。）尽数招降人伴，占住山寨。周仓到彼招诱人伴时，止有这几个过来，馀者俱惧怕，不敢擅离。仓大忿，与那将交战，被他连胜数次，身中三枪。因此来报主公。"玄德曰："此人怎生模样？姓甚名谁？"仓曰："极其雄壮，不知姓名。"（关公遇张飞，妙在先知姓名；周仓见赵云，妙在不知姓名。）于是关公纵马当先，玄德在后，径投卧牛山来。周仓在山下叫骂，只见那将全付披挂，持枪骤马，引众下山。玄德早挥鞭出马大叫曰："来者莫非子龙否？"（意外出奇。）那将见了玄德，滚鞍下马，拜伏道旁。原来果然是赵子龙。（徐州一别，令人想杀。今此处忽然出现，又为之色喜。）玄德、关公俱下马相见，问其何由至此。云曰："云自别使君，不想公孙瓒不听人言，以致兵败自焚。（遥应第二十一回中语。）袁绍屡次招云，云想绍亦非用人之人，因此未往。（有见识。）后欲至徐州投使君，（是其生平一片之心。）又闻徐州失守，云长已归曹操，使君又在袁绍处。云几番欲来相投，只恐袁绍见怪。又精细。四海飘零，无容身之地。前偶过此处，适遇裴元绍下山来欲夺吾马，莫非又被郭常之子所误？云因杀之，借此安身。近闻翼德在古城，欲往投之，未知真实。今幸得遇使君！"子龙一向踪迹，即借他口中历历叙出，又周至，又省笔，又妙在夹带刘、关、张三人事。玄德大喜，诉说从前之事。关公亦诉前事。"束书欲寄何由达，旧事凄凉不可听。"玄德曰："吾初见子龙，便有留恋不舍之情。遥应第七回之情。今幸得相遇！"云曰："云奔走四方，择主而事，未有如使君者。今得相随，大称平生。虽肝脑涂地，无恨矣。"剖心沥胆之言。当日就烧毁山寨，率领人众，尽随玄德前赴古城。

张飞、糜竺、糜芳迎接入城，各相拜诉。二夫人具言云长之事，玄德感叹不已。前刘、关相见时，云长但执手啼哭，并无一语自明。今二夫人代为言之。〇云长心事，光明磊落，玄德已深信之；虽微二夫人言，将感叹不已也。于是杀牛宰马，先拜谢天地，宛如桃园结义之时。然后遍劳诸军。玄德见兄弟重聚，将佐无缺，又新得了赵云，关公又得了关平、周仓二人，欢喜无限，连饮数日。其实可喜。后人有诗赞曰：

当时手足似瓜分，信断音稀杳不闻。

今日君臣重聚义，正如龙虎会风云。

时玄德、关、张、赵云、孙乾、简雍、糜竺、糜芳、关平、周仓部领马步军校共四五千人。上已将前事一总，此又总叙一笔，老甚。〇上文单叙将，此兼叙兵。玄德欲弃了古城去守汝南，究竟古城只作得一过脉。恰好刘辟、龚都差人来请。省却多少笔墨，叙事妙品。于是遂起军往汝南住扎，招军买马，徐图征进，不在话下。放下玄德一边。

且说袁绍见玄德不回，大怒，欲起兵伐之。郭图曰："刘备不足虑。曹操乃勍敌也，不可不除。刘表虽据荆州，不足为强。江东孙伯符威镇三江，地连六郡，谋臣武士极多，可使人结之，共攻曹操。" 放下刘备，专重曹操；又放过刘表，转出孙策：此文字过枝接叶处。绍从其言，即修书遣陈震为使，来会孙策。正是：

只因河北英雄去，引出江东豪杰来。

未知其事如何，且听下文分解。

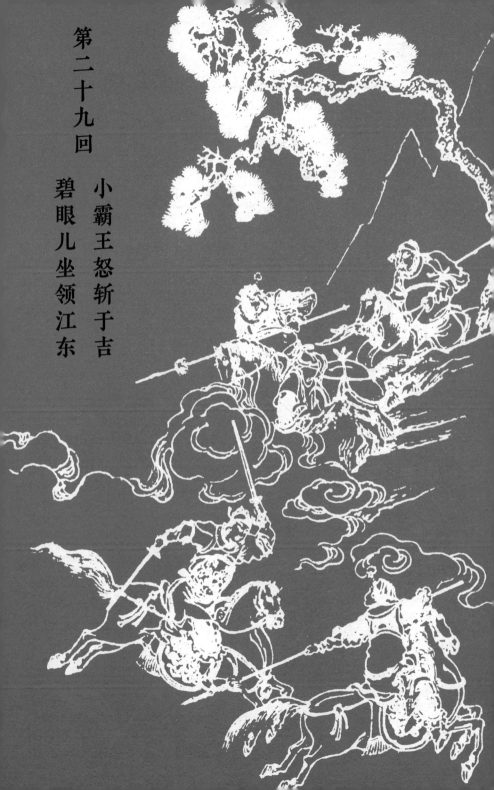

第二十九回　小霸王怒斩于吉　碧眼儿坐领江东

碧眼兒
生領
江東

前孙坚以三十骑轻出而至于死，今孙策以单骑轻出而至于伤。轻而无备，此吴子寿梦之所以卒于巢也。万乘至重，壮者虑轻。坚与策之不得为帝王者在此。

智伯之客只一，许贡之客有三。未知许贡之待此三人，亦能如智伯之待豫让否也；又未知此三人之事许贡，其先亦如豫让之曾事他人否也。乃豫让伏桥入厕，吞炭漆身，未尝损赵襄子分毫，但能斩其衣袍而已。若三人之箭射枪搠，孙策盖以身亲受之，其事比豫让为尤快，其人亦比豫让为更烈。虽其姓名不传，固当表而出之，以愧后世之为人臣而忘其君者。

孙策不信于神仙，是孙策英雄处。英明如汉武，犹且惑神仙、好方士，而孙策不然，此其识见，诚有大过人者。其死也，亦运数当绝，适逢其会耳，非于吉之能杀之也。世人不察，以为孙策死于于吉，然则张角所云南华老仙授以《太平要术》，亦将谓其有是事否？若于吉能杀孙策，何以南华老仙不能救张角乎？

孙策之怒，非怒于吉，怒士大夫之群然拜之也。至今吴下风俗，最好延僧礼道，并信诸巫祝鬼神之事，盖自昔日而已然矣。席间耳语，纷纷下楼，此等光景，实不可耐，孙策见之，安得不怒乎？若于吉果系神仙，杀亦不死，何索命之有？其索命者，或孙策将亡，别有妖孽托言，非必于吉。正史但曰"孙策为许贡之客所刺，伤重而殒"，并不载于吉一事，所以破世人之惑也。予今存而辨之，亦以破世人之惑云。

有父创业而遗其子者矣，未有兄创业而遗其弟者也。策无年而权有年，策无嗣而权有嗣，策也竭蹶而取之，权也安坐而享之。所以然者何也？良由策之为策，冲锋陷阵，克敌之勇有馀，雅俗坐镇，君人之度未足耳。孙策死而以帝业让之孙权，亦犹刘缤死而以帝业让之刘秀。策于举事之初，便梦光武，此其应已在孙权矣。

鲁肃之济周瑜，是笃友不是市恩；周瑜之举鲁肃，是荐贤不是酬惠。试观鲁肃初见孙权数语，与孔明隆中所见略同。人但知其为谨厚而不知其慷慨，但知其为诚实而不知其英敏，岂得为知子敬者耶？

人谓管仲不知鲍叔，以鲍叔能荐贤，而管仲不能荐贤也。今周瑜荐鲁肃，鲁肃又荐诸葛瑾，张纮亦荐顾雍，其转相汲引如此。彼管仲于临终时，力短宾须无、宁越等诸人，而未尝荐一贤士以自代。然则如瑜、如肃、如纮者贤于管仲远矣。

使刘表戕孙坚者，袁绍也；使曹仁婚孙匡者，曹操也。孙策欲结袁绍以拒曹操，则合者忽离，离者忽合；孙权又却袁绍而顺曹操，则合者终离而终合，离者终合而终离。事之变幻，何其不可捉摸乃尔乎？前回正叙刘备脱离袁绍之事，后回将叙袁绍再攻曹操之事。而此回忽然夹叙东吴，如天外奇峰，横插入来。事既变，叙事之文亦变。《三国》一书，诚非他书所能及。

却说孙策自霸江东，兵精粮足。建安四年，袭取庐江，败刘勋，^{庐江太守。}使虞翻驰檄豫章，豫章太守华歆投降。^{后孙权使华歆至许昌，先于此处伏笔。}

○王朗不降孙策而归曹操，华歆则既降孙策而又归曹操。华歆人品又在王朗之下。

自此声势大振，乃遣张纮往许昌上表献捷。曹操知孙策强盛，叹曰："狮儿难与争锋也！"^{刘景升豚犬，孙文台之儿如狮。}遂以曹仁之女许配孙策幼弟孙匡，两家结婚。^{曹操结婚孙策，与袁术求婚吕布一样主意。}留张纮在许昌。^{伏笔。}孙策求为大司马，曹操不许。策恨之，常有袭许都之心。吕与袁以绝婚而不睦，孙与曹以结婚而亦不睦，两样局面。于是吴郡太守许贡，乃暗遣使赴许都上书于曹操。其略曰：

孙策骁勇，与项籍相似。<small>小霸王。</small>朝廷宜外示荣宠，召还京师；不可使居外镇，以为后患。

使者赍书渡江，被防江将士所获，解赴孙策处。<small>吕布获着刘备书是答书，孙策获着许贡书是送书。答书犹可原，送书不可耐。</small>策观书大怒，斩其使，遣人假意请许贡议事。贡至，策出书示之，叱曰："汝欲送我于死地耶！"命武士绞杀之。<small>孙曹之交至此愈离。</small>贡家属皆逃散。<small>借家属衬出家客，妙。</small>有家客三人，欲为许贡报仇，恨无其便。<small>此三客惜其不传姓名。</small>

一日，孙策引军会猎于丹徒之西山，赶起一大鹿，策纵马上山逐之。<small>曹操许田射鹿，何其严整；孙策丹徒逐鹿，何其轻率。</small>正赶之间，只见树林之内有三个人持枪带弓而立。<small>比豫让伏桥更觉闪忽。</small>策勒马问曰："汝等何人？"答曰："乃韩当军士也，在此射鹿。"策方举辔欲行，一人拈枪望策左腿便刺。<small>写得突兀。</small>策大惊，急取佩剑从马上砍去，剑刃忽坠，止存剑靶在手。一人早拈弓搭箭射来，正中孙策面颊。<small>不是射鹿，却是射狮。</small>策就拔面上箭，取弓回射放箭之人，应弦而倒。<small>狮儿甚能。</small>那二人举枪向孙策乱搠，大叫曰："我等是许贡家客，特来为主人报仇！"<small>即在家客口中说明，省笔。</small><small>三人来所，却在两人口中说出，更妙。</small>策别无器械，只以弓拒之，<small>前太史慈以一盏抵一戟，今孙策以一弓抵二枪，前后映射。</small>且拒且走。二人死战不退。策身被数枪，马亦带伤。<small>前周泰以保护孙权而被枪，今孙策以无人保护而被伤，又前后映射。</small>正危急之时，程普引数人至。孙策大叫杀贼！程普引众齐上，将许贡家客砍为肉泥。<small>善哉三客，胜徐晃、张辽辈多矣！</small>看孙策时，血流满面，被伤至重，乃以刀割袍，裹其伤处，救回吴会养病。后人有诗赞许家三客曰：

> 孙郎智勇冠江湄，射猎山中受困危。

> 许客三人能死义，杀身豫让未为奇。

却说孙策受伤而回，使人寻请华佗医治。不想华佗已往中原去了，^{华佗前医周泰，后医关公，故于此处更为一提。}止有徒弟在吴，命其治疗。其徒曰："箭头有药，毒已入骨。须静养百日，方可无虞。若怒气冲激，其疮难治。"^{先伏一笔。}孙策为人最是性急，恨不得即日便愈。将息到二十馀日，忽闻张纮有使者自许昌回，策唤问之。使者曰："曹操甚惧主公，其帐下谋士亦俱敬服，唯有郭嘉不服。"^{此在使者口中补叙，省甚。}策曰："郭嘉曾有何说？"使者不敢言。策怒，固问之。使者只得从实告曰："郭嘉曾对曹操言主公不足惧也：轻而无备，性急少谋，乃匹夫之勇耳，他日必死于小人之手。"^{正与射猎受伤相照。嘉之料策，不于射猎知之，早于战太史慈知之矣。}策闻言大怒曰："匹夫安敢料吾！吾誓取许昌！"遂不待疮愈，便欲商议出兵。张昭谏曰："医者戒主公百日休动，今何因一时之忿，自轻万金之躯？"

正话间，忽报袁绍遣使陈震至。^{接引前卷。○陈震此来，恰中机会。}策唤入问之。震具言袁绍欲结东吴为外应，共攻曹操。^{正中下怀。}策大喜，即日会诸将于城楼上，设宴款待陈震。饮酒之间，忽见诸将互相偶语，纷纷下楼。^{此等光景，其实可笑可恶。}策怪问何故。左右曰："有于神仙者，今从楼下过，诸将欲往拜之耳。"^{此时不即说明于神仙来历，留至后文叙出，有情景。}策起身凭栏观之，见一道人身披鹤氅，手携藜杖，立于当道，百姓俱焚香伏道而拜。^{吴人风俗往往如此。}策怒曰："是何妖人？快与我擒来！"左右告曰：“此人姓于名吉，寓居东方，往来吴会，普施符水，救人万病，无有不验。当世呼为神仙，未可轻渎。”<small>华佗是医中之仙，于吉又是仙中之医。然则孙策被伤，诸将何不即荐于吉疗治之，而必求华佗之徒也？</small>策愈怒，喝令：“速速擒来！违者斩！”左右不得已，只得下楼，拥于吉至楼上。策叱曰：“狂士怎敢煽惑人心！”于吉曰：“贫道乃琅琊宫道士，顺帝时曾入山采药，得神书于曲阳泉水上，号曰《太平青领道》，凡百馀卷，皆治人疾病方术。<small>此与张角得《太平要术》，俱是自说，无人看见。</small>贫道得之，唯务代天宣化，普救万人，未曾取人毫厘之物，<small>不取人物，则与今之方士不同。</small>安得煽惑人心？”策曰：“汝毫不取人，衣服饮食，从何而得？汝即黄巾张角之流，<small>张角事已隔二十馀卷，忽又于此提动。</small>今若不诛，必为后患！”叱左右斩之。张昭谏曰：“于道人在江东数十年，并无过犯，不可杀害。”策曰：“此等妖人，吾杀之，何异屠猪狗！”<small>俗呼之为神仙，策乃骂之为猪狗，快绝。</small>众官皆苦谏，陈震亦劝。策怒未息，命且囚于狱中。众官俱散。陈震自归馆驿安歇。

　　孙策归府，早有内侍传说此事与策母吴太夫人知道。<small>男子或有不信僧道者，却又拗妇人不过。</small>夫人唤孙策入后堂，谓曰：“我闻汝将于神仙下于缧绁。此人多曾医人疾病，军民敬仰，不可加害。”策曰：“此乃妖人，能以妖术惑众，不可不除！”夫人再三劝解。策曰：“母亲勿听外人妄言，儿自有区处。”乃出唤狱吏取于吉来问。原来狱吏皆敬信于吉，吉在狱中时，尽去其枷锁；及策唤取，方带枷锁而出。策访知大怒，痛责狱吏，仍将于吉械系下狱。<small>策之杀吉，皆众人激之也。</small>张昭等数十人连名作状，拜求孙策，乞保于神仙。<small>今有写连名保状为病人拜神仙而求保者矣，未有代神仙拜凡人而求保者也。可发一笑。</small>策曰：“公等皆读书人，何不达理？昔交州有一刺史张津，听信邪教，鼓瑟焚香，常以红帕裹头，自称可助出军之威，后竟为敌军所杀。<small>百忙中又于张角之前远引一故事。张角用黄巾，张津用红帕；张角是黄天当立，张津是赤地当兴</small>

矣。两下映射成趣。此等事甚无益，诸君自未悟耳。吾欲杀于吉，正思禁邪觉迷也。"

吕范曰："某素知于道人能祈风祷雨。方今天旱，何不令其祈雨以赎罪？"前言治病，此忽转出祈雨，幻甚。策曰："吾且看此妖人若何。"遂命于狱中取出吉，开其枷锁，令登坛求雨。吉领命，即沐浴更衣，取绳自缚于烈日之中。前孙策欲拘囚于吉，则狱吏私开其枷锁；今孙策命开其枷锁，则于吉反取绳自缚。映射成趣。百姓观者，填街塞巷。夹写百姓一句，好。于吉谓众人曰："吾求三尺甘霖，以救万民，然我终不免一死。"神仙不死，死者必非神仙。众人曰："若有灵验，主公必然敬服。"于吉曰："气数至此，恐不能逃。"极似郭璞语。

既知气数难逃，便不当怼孙策矣。王敦之死，未闻郭璞作祟，然则孙策之死，安得谓是吉作祟耶？少顷，孙策亲至坛中下令："若午时无雨，即焚死于吉。"先令人堆积干柴伺候。是亦一祈雨法。将及午时，狂风骤起。风过处，四下阴云渐合。不便写下雨，妙有顿折。○前者"不速之客三人来"，此则"密云不雨，自我西郊"。策曰："时已近午，空有阴云而无甘雨，正是妖人！"叱左右将于吉扛上柴堆，四下举火，焰随风起。偏有此一折，妙甚。忽见黑烟一道，冲上空中，一声响亮，雷电齐发，大雨如注。顷刻之间，街市成河，溪涧皆满，足有三尺甘雨。遇雨之吉，群疑亡也。于吉仰卧于柴堆之上，大喝一声，云收雨住，复见太阳。看他一时写出风、云、烟、火、雷、电、雨、日，令读者惊心悦目。于是众官及百姓共将于吉扶下柴堆，解去绳索，再拜称谢。孙策见官民俱罗拜于水中，不顾衣服，乃勃然大怒，此时众人不罗拜，孙策或未必杀吉。使策果于杀吉者，皆众人之过也。叱曰："晴雨乃天地之定数，妖人偶乘其便，你等何得如此惑乱！"若果能欲雨而雨，欲晴而晴，则亦可欲死而死，欲生而生矣。今死生既云有定数，则晴雨安得无定数。掣宝剑令左右速斩于吉。众官力谏，策怒曰："尔等皆欲从于吉造反耶！"众官乃不敢复言。策叱武士将于吉一刀斩头落地。能避火劫，不能避刀兵劫，毕竟不成神仙。只见一道青气，《太平青领道》。投东北去了。

琅琊山在东北。策命将其尸号令于市，以正妖妄之罪。

是夜风雨交作，及晓，不见了于吉尸首。能于既死之后摄去其尸，何不先于未死之前，遁去其身乎？守尸军士报知孙策，策怒，欲杀守尸军士。忽见一人从堂前徐步而来，视之，却是于吉。既往东北，何又来东南？策大怒，正欲拔剑砍之，忽然昏倒于地。左右急救入卧内，半晌方苏。吴太夫人来视疾，谓策曰："吾儿屈杀神仙，四字好笑。故招此祸。"策笑曰："儿自幼随父出征，杀人如麻，何曾有为祸之理？今杀妖人，正绝大祸，安得反为我祸？"孙策明理，毕竟英雄。夫人曰："因汝不信，以致如此；今可作好事以禳之。"确是妇人声口。今日吴下，此风尤甚。○若云作好事，是将追荐神仙矣。岂有神仙而望人追荐者乎？好笑。策曰："吾命在天，妖人决不能为祸，何必禳耶！"夫人料劝不信，乃自令左右暗修善事禳解。妇人信鬼之事，慈母爱子之情。何不并禳许贡及其家客三人？岂鬼不为祟，而神仙反为祟乎？

是夜三更，策卧于内宅，忽然阴风骤起，灯灭而复明。灯影之下，见于吉立于床前。人之将死，而鬼物侮之，非真于吉之能为祸也。策大喝曰："吾平生誓诛妖妄，以靖天下！汝既为阴鬼，何敢近我！"取床头剑掷之，忽然不见。吴太夫人闻之，转生忧闷。策乃扶病强行，以宽母心。孙策事母至孝，岂有神仙而害孝子者？母谓策曰："圣人云：'鬼神之为德，其盛矣乎！'又云：'祷尔于上下神祇。'鬼神之事，不可不信。今之信佛信仙者，偏会引孔孟之言为证，不独一吴太夫人也。汝屈杀于先生，岂无报应？吾已令人设醮于郡之玉清观内，设醮玉清，前不叙明，至此借吴夫人口中说出，好。汝可亲往拜祷，自然安妥。"策不敢违母命，只得勉强乘轿至玉清观。孙策不得已而从母命，与今之信妇言而拜仙佛者不同。道士接入，请策焚香，策焚香而不谢。毕竟强汉。忽香炉中烟起不散，结成一座华盖，上面端坐着于吉。种种兴妖作怪，神仙必不为此。策怒，唾骂之。走离殿宇，又见于吉立于殿门首，怒目视策。种种兴妖作怪，神仙必不为此。策顾左右曰："汝等见妖鬼否？"左右皆云未见。策愈怒，拔佩剑望于吉掷去，一人中剑而倒。众视之，乃前日动手杀于吉之小卒，被剑砍入脑袋，七窍流血而死。<small>小卒动手杀于吉，非小卒之意；策吉若恨而杀之，亦不成神仙矣。</small>策命扛出葬之。比及出观，又见于吉走入观门来。<small>种种兴妖作怪，神仙必不为此。</small>策曰："此观亦藏妖之所也！"<small>直以玉清观与琅琊宫一样看。</small>遂坐于观前，命武士五百人拆毁之。武士方上屋揭瓦，却见于吉立于屋上，飞瓦掷地。<small>种种兴妖作怪，神仙必不为此。○不能禁其拆毁，只得反助其揭瓦，亦甚着乖。</small>策大怒，传令着出本观道士，放火烧毁殿宇。火起处，又见于吉立于火光之中。<small>种种兴妖作怪，神仙必不为此。○此时何不更求甘雨以灭火耶？</small>策怒归府，又见于吉立于府门前。<small>种种兴妖作怪，神仙必不为此。</small>策乃不入府，随点起三军，出城外下寨，传唤众将商议，欲起兵助袁绍夹攻曹操。<small>忙中回顾陈震通好一事，妙甚。</small>众将俱曰："主公玉体违和，未可轻动。且待平愈，出兵未迟。"

是夜孙策宿于寨内，又见于吉披发而来。<small>种种兴妖作怪，神仙必不为此。"披发而来"，一发像鬼，像神仙也。</small>策于帐中叱喝不绝。次日，吴太夫人传命，召策回府。策乃归见其母。夫人见策形容憔悴，泣曰："儿失形矣！"策即引镜自照，果见形容十分瘦损，不觉失惊，顾左右曰："吾奈何憔悴至此耶！"言未已，忽见于吉立于镜中。<small>种种兴妖作怪，神仙必不为此。○闻神仙有照妖镜，不意凡人又有照神仙之镜。</small>策拍镜大叫一声，金疮迸裂，昏绝于地。<small>曰"金疮迸裂"，则孙策仍死于许贡之客，非死于于吉也。</small>夫人令扶入卧内。须臾苏醒，自叹曰："吾不能复生矣！"随召张昭等诸人及弟孙权，至卧榻前，嘱付曰："天下方乱，以吴越之众，三江之固，大可有为。子布等幸善相吾弟。"乃取印绶与孙权曰："若举江东之众，决机于两阵之间，与天下争冲，卿不如我；举贤任能，使各尽力以保江东，我不如卿。<small>孙策深自知，亦深知其弟。</small>卿宜念父兄创业之艰难，善自图之！"权大哭，拜受印绶。策告母曰："儿天年已尽，不能奉慈母。今将印绶付弟，望母朝夕训之。父兄旧人，慎勿轻怠。"〔孙策可谓孝于父母，友于兄弟〕母哭曰："恐汝弟年幼，不能任大事，当复如何？"策曰："弟才胜儿十倍，足当大任。倘内事不决，可问张昭；外事不决，可问周瑜。〔内事、外事分得妙。〕恨周瑜不在此，不得面嘱之也！"〔此句补得妙。〕又唤诸弟嘱曰："吾死之后，汝等并辅仲谋。宗族中敢有生异心者，众共诛之；骨肉为逆，不得入祖坟安葬。"〔早为后文孙峻孙綝伏线。〕诸弟泣受命。又唤妻乔夫人谓曰："吾与汝不幸中途相分，汝须孝养尊姑。早晚汝妹入见，可嘱其转致周郎，尽心辅佐吾弟，休负我平日相知之雅。"〔周郎之于孙策，犹樊哙之于汉高，皆两姨之亲也。○此处将二乔点叙一笔，为后文伏线。〕言讫，瞑目而逝。年止二十六岁。〔此是孙策当死，切勿认作于吉有灵。若于吉果能捉杀孙策，则后文左慈何不捉杀曹操耶？〕后人有诗赞曰：

独战东南地，人称"小霸王"。运筹如虎踞，决策似鹰扬。

威镇三江靖，名闻四海香。临终遗大事，专意属周郎。

孙策既死，孙权哭倒于床前。张昭曰："此非将军哭时也。〔语亦壮。〕宜一面治丧事，一面理军国大事。"权乃收泪。张昭令孙静理会丧事，请孙权出堂，受众文武谒贺。孙权生得方颐大口，碧眼紫髯。〔曹操有黄须儿，孙坚有紫须儿，紫须胜黄须者多矣。〕昔汉使刘琬入吴，见孙家诸昆仲，因语人曰："吾遍观孙氏兄弟，虽各才气秀达，然皆禄祚不终。唯仲谋形貌奇伟，骨格非常，乃大贵之表，又享高寿，众皆不及也。"〔百忙中忽补叙刘琬善相，是闲笔，却又是紧笔。〕

且说当时孙权承孙策遗命，掌江东之事。经理未定，人报周瑜自巴丘提兵回吴。权曰："公瑾已回，吾无忧矣。"原来周瑜守御巴丘，闻知孙策中箭被伤，因此回来问候；将至吴郡，闻策已亡，故星夜来奔丧。看他补叙处何等周致。当下周瑜哭拜于孙策灵柩之前。吴太夫人出，以遗嘱之语告瑜，瑜拜伏于地曰："敢不效犬马之力，继之以死！"少顷，孙权入。周瑜拜见毕，权曰："愿公无忘先兄遗命。"孙策不能面嘱周瑜，而特自嘱其妻，以转嘱其妻之妹；周瑜不能面见孙策，而但闻其母与弟述策之言。与白帝城托孤者，又是一样局面。瑜顿首曰："愿以肝脑涂地，报知己之恩。"权曰："今承父兄之业，将何策以守之？"瑜曰："自古'得人者昌，失人者亡'。为今之计，须求高明远见之人为辅，然后江东可定也。"权曰："先兄遗言：内事托子布，外事全赖公瑾。"瑜曰："子布贤达之士，足当大任。瑜不才，恐负倚托之重，愿荐一人以辅将军。"才如周郎，而能推贤让能，是其大过人处。权问何人。瑜曰："姓鲁名肃，字子敬，临淮东川人也。周瑜始荐张昭于孙策，今又荐鲁肃于孙权，始终以荐人为主，妙。此人胸怀韬略，腹隐机谋。早年丧父，事母至孝。其家极富，尝散财以济贫乏。瑜为居巢长之时，将数百人过临淮，因乏粮，闻鲁肃家有两囷米，各三千斛，因往求助。肃即指一囷相赠，其慷慨如此。孝亲笃友，轻财好施，此等人岂易于富翁中求之？若能孝亲笃友，则必能忠君矣。能轻财好施，则必不私其家以负国矣。平生好击剑骑射，寓居曲阿。祖母亡，还葬东城。其友刘子扬欲约彼往巢湖投郑宝，肃尚踌躇未往。今主公可速召之。"权大喜，即命周瑜往聘。瑜奉命亲往，见肃叙礼毕，具道孙权相慕之意。肃曰："近刘子扬约某往巢湖，某将就之。"瑜曰："昔马援对光武云：'当今之世，非但君择臣，臣亦择君。'马援舍隗嚣而从光武，鲁肃亦当舍郑宝而从孙权。今吾孙将军亲贤礼士，纳奇录异，世所罕有。足下不须他计，只同我往投东吴为是。"肃从其言，遂同周瑜来见孙权。权甚敬之，与之谈论，终日不倦。

一日众官皆散，权留鲁肃共饮，至晚同榻抵足而卧。_{极似李邺侯见唐肃宗时。}夜半，权谓肃曰："方今汉室倾危，四方纷扰，孤承父兄馀业，思为桓、文之事，君将何以教我？"肃曰："昔汉高祖欲尊事义帝而不获者，以项羽为害也。今之曹操可比项羽，_{许贡以孙策比项羽，是言其骁勇；鲁肃以曹操比项羽，是言其跋扈。}将军何由得为桓、文乎？肃窃料汉室不可复兴，曹操不可卒除。为将军计，唯有鼎足江东以观天下之衅。今乘北方多务，剿除黄祖，进伐刘表，竟长江所极而据守之；然后建号帝王，以图天下：此高祖之业也。"_{天下大势，已了然胸中。其识见不在孔明之下。}权闻言大喜，披衣起谢。次日厚赐鲁肃，并将衣服帏帐等物赐肃之母。

_{君能推其孝以及臣，则臣必将推其孝以事君。}肃又荐一人见孙权。此人博学多才，事母至孝，_{君能孝，则所用之臣亦孝；臣能孝，则所用之人亦孝。}覆姓诸葛，名瑾，字子瑜，琅邪南阳人也。权拜之为上宾。瑾劝权勿通袁绍，且顺曹操，然后乘便图之。权依言，乃遣陈震回，以书绝袁绍。_{了前案。○孙策本欲通绍而攻曹，今权乃通曹而绝绍。机谋转变，倏忽不同，妙绝。}

　　却说曹操闻孙策已死，欲起兵下江南，侍御史张纮谏曰：_{用张纮谏，妙。}"乘人之丧而伐之，既非义举；若其不克，弃好成仇，不如因而善遇之。"操然其说，乃即奏封孙权为将军，兼领会稽太守；即令张纮为会稽都尉，赍印往江东。_{后文曹操独留华歆，而此处不留张纮者，以纮之兄弟久事东吴，终不为操用耳。}孙权大喜，又得张纮回吴，即命与张昭同理政事。张纮又荐一人于孙权。此人姓顾名雍，字元叹，乃中郎蔡邕之徒。_{又是一孝子之徒。}其为人少言语，不饮酒，严厉正大。_{雍性不饮酒，孙权尝曰"顾公在座，使人不乐"，其人之严正可知。}权以为丞，行太守事。自是孙权威震江东，深得民心。

　　且说陈震回见袁绍，具说："孙策已亡，孙权继立。曹操封之为将军，结为外应矣。"袁绍大怒，遂起冀、青、幽、并等处人马七十馀万，复来攻取许昌。正是：

江南兵革方休息，冀北干戈又复兴。

未知胜负若何，且听下文分解。

第三十回　战官渡本初败绩　劫乌巢孟德烧粮

劫烏巢孟德燒糧

当曹操攻吕布之时，袁绍可以全师袭许都而不袭，一失也。当曹操攻刘备之时，袁绍又可以全师袭许都而不袭，是二失也。迨吕布已灭，刘备已败，然后争之，斯已晚矣。然苟能以全师屯官渡而拒其前，以偏师袭许都而断其后，未尝不可以取胜，而绍又不为，是三失也。既已失之于始，谅不能得之于终，此田丰之所以知其必败耳。

项羽与高帝约割鸿沟以王，而高帝欲归，若非张良劝之勿归，楚汉之胜负，未可知也。今袁绍与曹操相拒于官渡，而操以乏粮而欲归，若非荀彧劝之勿归，袁、曹之胜负，亦未可知也。读书至此，正是大关目处，如布棋者满盘局势，所争只在一着而已。

袁绍善疑，曹操亦善疑。然曹操之疑，荀彧决之而不疑，所以胜也；袁绍之疑，沮授决之而仍疑，许攸决之而愈疑，所以败也。曹操疑所疑，亦能信所信。韩猛之粮，不疑其诱敌；许攸之来，不疑其诈降，所以胜也。袁绍疑所不当疑，又信所不当信。见曹操致荀彧之书，则疑其虚；见审配罪许攸之书，则信其实；听许攸袭许都之语，则疑其诈；听郭图谮张郃之语，则信其真，所以败也。一败于白马而颜良死，再败于延津而文丑亡，犹小败耳。至三败，而七十万大军止存八百馀骑。前者十胜十败之说，不于此大验乎哉？

凡用兵之法，以粮为重。然于己之粮，有弃之者矣，于人之粮，亦有弃之者矣。或两军相当，我弃我粮以诱敌，敌争取我粮，则必乱，敌乱则我胜，我胜则粮仍归我，是弃未尝弃也。或大敌猝至，我欲坚壁，坚壁则必清野，清野则必自焚其积，不焚则粮为敌资，焚之则敌无所取，是非弃我粮，实断寇粮也。若夫粮之在敌，可劫则劫之，劫之而我因粮于敌，是敌粮皆我粮也。不可劫则焚之，劫之不尽，则我小受其利，而敌未必大损，焚之则敌之大损，即我之大利，是焚胜于劫也。总之，以少攻多，以弱攻强，非用奇不能取胜。故汉高有给汉粮之萧何，不可无烧楚粮之彭越；曹操有能应粮之荀彧，不可无请烧粮之许攸。

高帝踞床洗足而见英布，是过为傲慢以挫其气；曹操披衣跣足而迎许攸，是过为殷勤以悦其心。一则善驾驭，一则善结纳。其术不同，而其能用人则同也。光武焚书以安反侧，是恕之于人心既定之后；曹操焚书以靖众疑，是忍之于人心未定之时。一则有度量，一则有权谋。其事同，而其所以用心不同也。帝王有帝王气象，奸雄有奸雄心事，真是好看。

袁绍兵多，可分之以袭许昌。曹操兵少，安能分之以袭邺郡并取黎阳乎？故许攸之献计袁绍，是欲以实计破曹操，使曹操不及知之；荀攸之献计曹操，是欲以虚声恐袁绍，正欲使袁绍知之。此兵家虚虚实实之大不同者。《三国》一书，直可作《武经》七书读。

韩信、陈平初皆在楚，而项羽驱之入汉；许攸、张郃初皆事袁，而本初驱之归曹，良可叹也。其驱之不动者，在楚唯有范增，在袁唯有沮授而已。呜呼！如增、如授，能有几人哉！

却说袁绍兴兵，望官渡进发。夏侯惇发书告急。曹操起军七万，前往迎敌，留荀彧守许都。绍兵临发，田丰从狱中上书谏曰："今且宜静守以待天时，不可妄兴大兵，恐有不利。"田丰第一次请缓战，第二次请急战，今第三、第四次皆请勿战，确有斟酌。逢纪谮曰："主公兴仁义之师，田丰何得出此不祥之语！"绍因怒，欲斩田丰。没主意。众官告免。绍恨曰："待吾破了曹操，明正其罪！"若破了曹操，倒未必杀，正与后文反照。遂催军进发，旌旗遍野，刀剑如林。行至阳武，下定寨栅。沮授曰："我军虽众，而勇猛不及彼军；彼军虽精，而粮草不如我军。彼军无粮，利在急战；我军有粮，宜且缓守。若能旷以日月，则彼军不战自败矣。"知彼知我，此即贾诩劝李傕拒马腾之计也。绍怒曰："田丰慢我军心，吾回日必斩之。汝安敢又如此！"叱左右："将沮授锁禁军中，待吾破曹之后，与田丰一体治罪！"田丰意在不战，沮授意在缓战；不战但可免败，缓战实可致胜。乃皆不见用，而反见罪，惜哉！于是下令，将大军七十万，东西南北，周围安营，连络九十馀里。

细作探知虚实，报至官渡。曹军新到，闻之皆惧。曹操与众谋士商议。荀攸曰："绍军虽多，不足惧也。我军俱精锐之士，无不一以当十。但利在急战。若迁延日月，粮草不敷，事可忧矣。"所见与沮授同，此用而彼不用者，所遇之主异耳。操曰："所言正合吾意。"遂传令军将鼓噪而进。绍军来迎，两边排成阵势。审配拨弩手一万，伏于两翼；弓箭手五千，伏于门旗内，约炮响齐发。三通鼓罢，袁绍金盔金甲，锦袍玉带，立马阵前。左右排列着张郃、高览、韩猛、淳于琼等诸将。旌旗节钺，甚是严整。曹阵上门旗开处，曹操出马。许褚、张辽、徐晃、李典等，各持兵器，前后拥卫。前写二人交战，俱未亲身对垒，此番方是大决雌雄。曹操以鞭指袁绍曰："吾于天子之前，保奏你为大将军，今何故谋反？"绍怒曰："汝托名汉相，实为汉贼！罪恶弥天，甚于莽、卓，乃反诬人造反耶！"操曰："吾今奉诏讨汝！"绍曰："吾奉衣带诏讨贼！"只此七字，抵得一篇陈琳檄文。操怒，使张辽出战。张郃跃马来迎。二将斗了四五十合，不分胜负。曹操见了，暗暗称奇。〔为后收用张郃伏笔〕许褚挥刀纵马，直出助战。高览挺枪接住。四员将捉对儿厮杀。曹操令夏侯惇、曹洪各引三千军，齐冲彼阵。审配见曹军来冲阵，便令放起号炮。两下万弩并发，中军内弓箭手一齐拥出阵前乱射。〔袁军惯以箭取胜，此北人长技也。〕曹军如何抵敌，望南急走。袁绍驱兵掩杀，曹军大败，尽退至官渡。

袁绍移军逼近官渡下寨。审配曰："今可拨兵十万守官渡，就曹操寨前筑起土山，令军人下视寨中放箭。操若弃此而去，吾得此隘口，许昌可破矣。"〔亦是好计。〕绍从之，于各寨内选精壮军人，用铁锹土担，齐来曹操寨边，垒土成山。曹营内见袁军堆筑土山，欲待出去冲突，被审配弓弩手当住咽喉要路，不能前进。十日之内，筑成土山五十馀座，上立高橹，分拨弩弓手于其上射箭。曹军大惧，皆顶着遮箭牌守御。土山上一声梆子响处，箭下如雨。〔前之箭自北而南，今之箭则自上而下。〕曹军皆蒙楯伏地，袁军呐喊而笑。〔呐喊与笑相连，此等军声从来未有。〕曹操见军慌乱，集众谋士问计。刘晔进曰："可作发石车以破之。"〔以石御箭，妙计。〕操令晔进车式，连夜造发石车数百乘，分布营墙内，正对着土山上云梯。候弓箭手射箭时，营内一齐拽动石车，炮石飞空，往上乱打。人无躲处，弓箭手死者无数。袁军皆号其车为"霹雳车"。〔箭自上而下则谓之雨，石自下而上则谓之雷。雨从天降，雷自地起。〕由是袁军不敢登高射箭。审配又献一计：令军人用铁锹暗打地道，直透曹营内，号为"掘子军"。〔霹雳车是震来厉，掘子军又是明入地矣。〕曹兵望见袁军于山后掘土坑，报知曹操。操又问计于刘晔。晔曰："此袁军不能攻明而攻暗，发掘伏道，欲从地下透营而入耳。"〔不能自上而下，又将自下而上。〕操曰："何以御之？"晔曰："可绕营掘长堑，则彼伏道无用也。"〔兵在山上，御之以石；〕〔兵在地中，御之以水，计更妙。〕操连夜差军掘堑。袁军掘伏道到堑边，果不能入，空费军力。

却说曹操守官渡，自八月起，至九月终，军力渐乏，粮草不继。意欲弃官渡退回许昌，迟疑未决，乃作书遣人赴许昌问荀彧。彧以书报之。_{此袁、曹成败关头。}书略曰：

承尊命，使决进退之疑。愚以袁绍悉众聚于官渡，欲与明公决胜负，公以至弱当至强，若不能制，必为所乘，是天下之大机也。绍军虽众，而不能用；以公之神武明哲，何向而不济！今军实虽少，未若楚、汉在荥阳、成皋间也。公今画地而守，扼其喉而使不能进，情见势竭，必将有变。此用奇之时，断不可失。唯明公裁察焉。_{曹操此时进则胜，退则败，文若一书关系非小。}

曹操得书大喜，令将士效力死守。绍军约退三十余里，操遣将出营巡哨。有徐晃部将史涣获得袁军细作，解见徐晃。晃问其军中虚实。答曰："早晚大将韩猛运粮至军前接济，先令我等探路。"徐晃便将此事报知曹操。荀攸曰："韩猛匹夫之勇耳。若遣一人引轻骑数千，从半路击之，断其粮草，绍军自乱。"_{我军缺粮，则必断敌之粮。自是兵家要着。}操曰："谁人可往？"攸曰："即遣徐晃可也。"操遂差徐晃将带史涣并所部兵先出，后使张辽、许褚引兵救应。当夜韩猛押粮车数千辆，解赴绍寨。正走之间，山谷内徐晃、史涣引军截住去路。韩猛飞马来战，徐晃接住厮杀。史涣便杀散人夫，放火焚烧粮车。_{此是第一次烧粮，小试其端。}韩猛抵当不住，拨回马走。徐晃催军烧尽辎重。袁绍军中望见西北上火起，正惊疑间，败军报来粮草被劫。绍急遣张郃、高览去截大路，正遇徐晃烧粮而回，恰欲交锋，背后许褚、张辽军到。两下夹攻，杀散袁军，四将合兵一处，回官渡寨中。曹操大喜，重加赏劳。又分军于寨前结营，为犄角之势。

却说韩猛败军还营，绍大怒，欲斩韩猛，众官劝免。审配曰："行军以粮食为重，不可不用心堤防。乌巢乃屯粮之处，必得重兵守之。"韩猛所运，是行粮；乌巢所积，是坐粮。一是粮之小者，一是粮之大者，因失小，故思防大。袁绍曰："吾筹策已定。汝可回邺都监督粮草，休教缺乏。"审配领命而去。袁绍遣大将淳于琼，部领督将眭元进、韩莒子、吕威璜、赵献等，引二万人马守乌巢。那淳于琼性刚好酒，军士多畏之；既至乌巢，终日与诸将聚饮。楚国子反以饮酒误事，淳于琼者将毋同。

且说曹操军粮告竭，急发使往许昌教荀彧作速措办粮草，星夜解赴军前接济。使者赍书而往，行不上三十里，被袁军捉住，缚见谋士许攸。袁家细作为徐晃所获，曹家使者为许攸所获，正复相似。乃操能用晃，而绍不能用攸，为之一叹。那许攸字子远，少时曾与曹操为友，此时却在袁绍处为谋士。先叙明许攸来历。当下搜得使者所赍曹操催粮书信，径来见绍曰："曹操屯军官渡，与我相持已久，许昌必空虚；若分一军星夜掩袭许昌，则许昌可拔，而曹操可擒也。今操粮草已尽，正可乘此机会，两路击之。"此计若行，操无葬身之地矣。绍曰："曹操诡计极多，此书乃诱敌之计也。"与吕布不用陈宫之谋，前后一辙。攸曰："今若不取，后将反受其害。"正话间，忽有使者自邺郡来，呈上审配书。荀彧答书与曹操，审配致书于袁绍，亦复相似。书中先说运粮事；后言许攸在冀州时，尝滥受民间财物；且纵令子侄辈多科税，钱粮入己，今已收其子侄下狱矣。因运粮，便借钱粮事寻出罪案，而又加以滥受民财一款，恶甚。绍见书大怒曰："滥行匹夫！尚有面目于吾前献计耶！善用人者，使贪、使诈。即攸果滥行，其计自是可用。独不闻陈平有受金之谤，而高祖捐金以予之乎？汝与曹操有旧，想今亦受他财贿，为他作奸细，啜赚吾军耳！^{此疑所不当疑，是教之投操也。}本当斩首，今权且寄头在项！可速退出，今后不许相见！"许攸出，仰天叹曰："忠言逆耳，竖子不足与谋！吾子侄已遭审配之害，吾何颜复见冀州之人乎！"遂欲拔剑自刎，^{此处不即写投操，又作一曲折，妙。}左右夺剑劝曰："公何轻生至此？袁绍不纳直言，后必为曹操所擒。公既与曹公有旧，何不弃暗投明？"^{投操之计，反出自左右，写得曲妙。}只这两句言语，点醒许攸，于是许攸径投曹操。后人有诗叹曰：

本初豪气盖中华，官渡相持枉叹嗟。

若使许攸谋见用，山河岂得属曹家？

却说许攸暗步出营，径投曹寨，伏路军人拿住。攸曰："我是曹丞相故友，快与我通报，说南阳许攸来见。"军士忙报入寨中。时操方解衣歇息，闻说许攸私奔到寨，大喜，不及穿履，跣足出迎，^{荀彧所谓体任自然，与绍繁礼多仪者异也。}遥见许攸，抚掌欢笑，携手共入，操先拜于地。^{看老奸何等殷勤。}攸慌扶起曰："公乃汉相，吾乃布衣，何谦恭如此？"操曰："公乃操故友，岂敢以名爵相上下乎！"^{袁绍怒骂之，而曹操敬礼之，许攸安得不堕其术中耶？}攸曰："某不能择主，屈身袁绍，言不听，计不从，今特弃之来见故人，愿赐收录。"操曰："子远肯来，吾事济矣！愿即教我以破绍之计。"攸曰："吾曾教袁绍以轻骑乘袭许都，首尾相攻。"^{操欲求破绍之计，攸乃先说明破操之计，妙妙。}操大惊曰："若袁绍用子言，吾事败矣。"攸曰："公今军粮尚有几何？"^{问得妙。}操曰："可支一年。"^{诳得妙。}攸笑曰："恐未必。"^{冷妙。}操曰："有半年耳。"^{渐减，妙。}攸拂袖而起，趋步出帐曰："吾以诚相投，而公见欺如是，岂吾所望哉！"文势至此，操挽留曰："子远勿嗔，尚容实诉：军中粮又一曲折。
实可支三月耳。"既云实诉，仍是攸笑曰："世人皆言孟德奸雄，今虚言，妙甚。
果然也。"又冷操亦笑曰："岂不闻'兵不厌诈'！"却又道"朋妙。友有信"。
遂附耳低言曰：好做"军中止有此月之粮。"曹操口中渐渐减来，攸作。凡作四番跌顿，
大声曰："休瞒我！粮已尽矣！"大声说破，正对操愕然曰："何以附耳低言，妙。
知之？"攸乃出操与荀彧之书以示之曰："此书何人所写？"
摹写逼操惊问曰："何处得之？"攸以获使之事相告。先问粮，然后出真。书；先出书，然后
说得书缘故，操执其手曰："子远既念旧交而来，愿即有以教我。"亦作两番跌顿，
攸曰："明公以孤军抗大敌，而不求急胜之方，此取死之道也。
与荀彧书中攸有一策，不过三日，使袁绍百万之众，不战自破。明之意略同。
公还肯听否？"妙在不即说操喜曰："愿闻良策。"攸曰："袁绍军出何策。
粮辎重，尽积乌巢，拨淳于琼守把，琼嗜酒无备。公可选精兵，
诈称袁将蒋奇领兵到彼护粮，乘间烧其粮草辎重，则绍军不三日
将自乱矣。"烧韩猛所运之粮，不操大喜，重待许攸，留于寨中。如烧乌巢所屯之粮。
留许攸于寨中，是曹操精细处。

次日，操自选马步军士五千，准备往乌巢劫粮。张辽曰：
"袁绍屯粮之所，安得无备？丞相未可轻往，恐许攸有诈。"
以张辽衬出曹操之知人，操曰："不然。许攸此来，天败袁绍。今吾军文势至此，又是作一曲。
粮不给，难以久持；若不用许攸之计，是坐而待困也。善于料彼若已。
有诈，安肯留我寨中？善于料人。○然则操之留且吾亦欲劫寨久矣。攸于寨，正所以试之也。
又为后文今劫寨之举，计在必行，君请勿疑。"辽曰："亦须防袁伏笔。
绍乘虚来袭。"将欲劫人，先防人来劫操笑曰："吾已筹之熟矣。"便我，亦是兵家要着。
教荀攸、贾诩、曹洪同许攸守大寨，同许攸守寨，夏侯惇、夏侯渊又是精细处。
领一军伏于左，曹仁、李典领一军伏于右，以备不虞。教张辽、

许褚在前，徐晃、于禁在后，操自引诸将居中。<u>居者分左右，行者分前后，有法。</u>共五千人马，打着袁军旗号，军士皆束草负薪，人衔枚，马勒口，黄昏时分，望乌巢进发。是夜星光满天。<u>忙中偏有此闲笔。</u>

且说沮授拘禁在军中，是夜因见众星朗列，乃命监者引出中庭，仰观天象。忽见太白逆行，侵犯牛、斗之分，<u>正欲叙曹操烧粮，却忽叙沮授观星，奇妙。</u>大惊曰："祸将至矣！"遂连夜求见袁绍。时绍已醉卧，听说沮授有密事启报，唤入问之。授曰："适观天象，见太白逆行于柳、鬼之间，流光射入牛、斗之分，恐有贼兵劫掠之害。乌巢屯粮之所，不可不堤备。宜速遣精兵猛将，于间道山路巡哨，免为曹操所算。"<u>前若用许攸之言，则绍可以胜；今若用沮授之言，则绍犹不至于败。文势至此，又作一曲。</u>绍怒叱曰："汝乃得罪之人，何敢妄言惑众！"因叱监者曰："吾命汝拘囚之，何敢放出！"遂命斩监者，别换人监押沮授。<u>袁绍一误再误，天下事能堪几误耶？</u>授出，掩泪叹曰："我军亡在旦夕，我尸骸不知落何处也！"<u>为后曹操殡葬沮授作反照。</u>后人有诗叹曰：

逆耳忠言反见仇，独夫袁绍少机谋。

乌巢粮尽根基拔，犹欲区区守冀州。

却说曹操领兵夜行，前过袁绍别寨，寨兵问是何处军马。操使人应曰："蒋奇奉命往乌巢护粮。"<u>此是假蒋奇去赚真淳于。</u>袁军见是自家旗号，遂不疑惑。凡过数处，皆诈称蒋奇之兵，并无阻碍。<u>略得好。</u>及到乌巢，四更已尽。<u>前云黄昏进发，此云四更已尽，时候一些不乱，细甚。</u>操教军士将束草周围举火，众将校鼓噪直入。时淳于琼方与众将饮了酒，醉卧帐中，<u>绍醉卧，琼亦醉卧，是主，是臣。</u>闻鼓噪之声，连忙跳起问："何故喧闹？"言未已，早被挠钩拖翻。^{醉汉倒了。}眭元进、赵叡运粮方回，见屯上火起，急来救应。曹军飞报曹操，说："贼兵在后，请分军拒之。"操大喝曰："诸将只顾奋力向前，待贼至背后，方可回战！"^{有进无退，真善用兵。}于是众军将无不争先掩杀。一霎时，火焰四起，烟迷太空。眭、赵二将驱兵来救，操勒马回战。二将抵敌不住，皆被曹军所杀，粮草尽行烧绝。^{前后两番烧粮，前是小烧，后是大烧。}淳于琼被擒见操，操命割去其耳鼻手指，缚于马上，放回绍营以辱之。^{醉汉此时想已醒矣。}

却说袁绍在帐中，闻报正北上火光满天，^{不信星光，遂有火光。}知是乌巢有失，急出帐召文武各官，商议遣兵往救。^{此时何不放出沮授耶？此时不放出沮授，则知后日必杀田丰。}张郃曰："某与高览同往救之。"郭图曰："不可。曹军劫粮，曹操必然亲往；操既自出，寨必空虚，可纵兵先击曹操之寨；操闻之，必速还：此孙膑'围魏救韩'之计也。"^{计非不佳，惜已为张辽所料。}张郃曰："非也。曹操多谋，外出必为内备，以防不虞。^{郃之言正与辽之计相合。}今若攻操营而不拔，琼等见获，吾属皆被擒矣。"郭图曰："曹操只顾劫粮，岂留兵在寨耶！"再三请劫曹营。绍乃遣张郃、高览引军五千，往官渡击曹营；遣蒋奇领兵一万，往救乌巢。^{使真蒋奇去敌假蒋奇。○若此时并力尽去救乌巢，则粮或不至尽烧。绍不听郃言，是一误、再误、而又三误矣。}

且说曹操杀散淳于琼部卒，尽夺其衣甲旗帜，伪作淳于琼部下败军回寨，至山僻小路，正遇蒋奇军马。奇军问之，称是乌巢败军奔回，^{前是假蒋奇去赚真淳于，此又是假淳于去赚真蒋奇，妙。}奇遂不疑，驱马径过。张辽、许褚忽至，大喝："蒋奇休走！"奇措手不及，被张辽斩于马下，尽杀蒋奇之兵。又使人当先伪报云："蒋奇已自杀散乌巢兵了。"袁绍因不复遣人接应乌巢，只添兵往官渡。^{既以假淳于赚真蒋奇，又以死蒋奇赚活袁绍，愈出愈幻。}

却说张郃、高览攻打曹营，左边夏侯惇，右边曹仁，中路曹洪，一齐冲出，三下攻击，袁军大败。比及接应军到，曹操又从背后杀来，四下围住掩杀。张郃、高览夺路走脱。袁绍收得乌巢败残军马归寨，见淳于琼耳鼻皆无，手足尽落。绍问："如何失了乌巢？"败军告说："淳于琼醉卧，因此不能抵敌。"绍怒，立斩之。郭图恐张郃、高览回寨证对是非，先于袁绍前谮曰："张郃、高览见主公兵败，心中必喜。"绍曰："何出此言？"图曰："二人素有降曹之意，今遣击寨，故意不肯用力，以致损折士卒。"^{审配之书是驱谋士以资敌，郭图之谮又驱猛将以资敌矣。}绍大怒，遂遣使急召二人归寨问罪。^{没主意。}郭图先使人报二人云："主公将杀汝矣。"^{极力驱之。}及绍使至，高览问曰："主公唤我等为何？"使者曰："不知何故。"览遂拔剑斩来使。郃大惊。览曰："袁绍听信谗言，必为曹操所擒；吾等岂可坐而待死，不如去投曹操。"郃曰："吾亦有此心久矣。"于是二人领本部兵马，往曹操寨中投降。^{曹操既得许攸，又得二将。非操得之，乃绍弃之耳。}夏侯惇曰："张、高二人来降，未知虚实。"操曰："吾以恩遇之，虽有异心，亦可变矣。"^{老奸。}遂开营门命二人入。二人倒戈卸甲，拜伏于地。操曰："若使袁绍肯从二将军之言，不至有败。今二将军肯来相投，如微子去殷、韩信归汉也。"^{纯用甘言抚慰，是老奸惯家。}遂封张郃为偏将军、都亭侯，高览为偏将军、东莱侯。二人大喜。^{既慰以甘言，又縻以好爵，二人安得不堕其术中？}

却说袁绍既去了许攸，又去了高览、张郃，又失了乌巢粮，军心皇皇。许攸又劝曹操作速进兵，张郃、高览请为先锋，^{袁家人都为曹家用，可发一叹。}操从之，即令张郃、高览领兵往劫绍寨。^{以敌攻敌。○应前"吾久欲劫寨"句。}当夜三更时分，出军三路劫寨。混战到明，各自收兵，绍军折其大半。

荀攸献计曰：^{略得好。}"今可扬言调拨人马，一路取酸枣，攻邺郡；一路取黎阳，断袁兵归路。袁绍闻之，必然惊惶，分兵拒我；我乘其兵动时击之，绍可破也。"^{许攸劝绍袭许昌是实话，荀攸劝操袭邺郡、黎阳是虚语。一实一虚，各是妙策。○先乱其心，分其势，然后乘其动而击之，此以少胜多之法。}操用其计，使大小三军四远扬言。绍军闻此信，来寨中报说："曹操分兵两路，一路取邺郡，一路取黎阳去也。"绍大惊，急遣袁尚分兵五万救邺郡，辛明分兵五万救黎阳，连夜起行。^{不出所料。}曹操探知袁绍兵动，便分大队军马，八路齐出，直冲绍营。袁军俱无斗志，四散奔走，遂大溃。袁绍披甲不迭，单衣幅巾上马，^{与前金盔、金甲、锦袍、玉带，立马阵前相映成趣。}幼子袁尚后随。张辽、许褚、徐晃、于禁四员将，引军追赶袁绍。绍急渡河，尽弃图书车仗金帛，止引随行八百馀骑而去。^{袁绍官渡之败，与曹操赤壁之败，一样狼狈之极。}操军追之不及，尽获遗下之物。所杀八万馀人，血流盈沟，溺水死者不计其数。操获全胜，将所得金宝缎匹，给赏军士。于图书中检出书信一束，皆许都及军中诸人与绍暗通之书。左右曰："可逐一点对姓名，收而杀之。"操曰："当绍之强，孤不能自保，况他人乎？"^{奸雄可爱。}遂命尽焚之，更不再问。^{光武尝焚书，使反侧子自安。曹操颇学此法。}

却说袁绍兵败而奔，沮授因被囚禁，急走不脱，为曹军所获，擒见曹操。操与授相识。授见操，大呼曰："授不降也！"^{沮授与许攸皆为操故人，乃攸降而授不降，人品特绝。}操曰："本初无谋，不用君言，君何尚执迷耶？吾若早得足下，天下不足虑也。"因厚待之，留于军中。授乃于营中盗马，欲归袁氏。操怒，乃杀之。授至死神色不变。^{有人如此，可谓群空冀北。}操叹曰："吾误杀忠义之士也！"命厚礼殡殓，为建坟安葬于黄河渡口，题其墓曰："忠烈沮君之墓。"^{袁绍不能识，而曹操识之，为之一叹。}后人有诗赞曰：

河北多名士，忠贞推沮君。凝眸知阵法，仰面识天文。

至死心如铁，临危气似云。曹公钦义烈，特与建孤坟。

操下令攻冀州。正是：

　　　　　　势弱只因多算胜，兵强却为寡谋亡。

未知胜负若何，且看下文分解。

第三十一回　曹操仓亭破本初　玄德荆州依刘表

玄德
荆州劉表依

前陈琳檄中，未及衣带诏一事，以尔时董承谋未泄，故诏未宣布耳。及官渡之战，袁绍声言曰："吾奉衣带诏讨贼！"此语差强人意，不劳陈琳再作檄文一篇矣。然犹未诵此诏于军前也。至玄德在军前将此诏朗诵一番，尤为痛快。《易》曰："孚号有厉。"玄德有焉。大义所在，岂可以成败论之耶？

苏老泉读书至此而叹曰："此孟德、本初之所以兴亡乎！孟德既胜乌桓，曰：'吾所以胜者，幸也。前谏吾者乃万全之策也。'遂赏谏者曰：'后勿难言。'本初败于官渡，曰：'诸人闻吾败必相哀，唯田别驾不然，幸其言之中也。'乃杀田丰。为明主谋而忠，其言虽不验而见褒；为庸主谋而忠，其言虽已验而见罪，何其不同如此哉！"

玄德势小，曹操不敢小觑之；本初势大，曹操偏能小觑之。然徐州之役，八面埋伏，是小题大做，固不敢小视玄德也。仓亭之战，十面埋伏，是大题大做，亦不敢小视本初也。狮子搏兔搏象，皆用全力，曹操可谓能兵矣！

刘备之于曹操，初与之为交，而后与之为仇者也；刘备之于袁绍，初与之为敌，而后托之为援者也；刘备之于吕布，初与之为敌，而后与之为交，既与之为交，而又与之为敌者也；刘备之于孙权，初托之为援，而后与之为敌，既与之为敌，而终托之为援者也。在徐州，则先为主而后为客；在西川，则先为客而后为主。惟其于刘表，可谓始终如一，惜表之不足与有为耳。

刘备与诸将聚饮沙滩之时，惜众人，遣众人，正所以留众人也。亦如舅犯从重耳归晋国之时，辞公子，别公子，正所以要公子也。遣之而其心愈坚，辞之而其心愈固。一是患难方深，一是安乐将至；一是以君慰臣，一是以臣结主。虽是两样局面，却是一样方法。

此卷有伏笔，有补笔，有转笔，有换笔。如袁氏谭、尚相争，尚在后卷，而在郭图口中先伏一笔；刘备投托孙权，尚隔数卷，而在孙乾口中先伏一笔；檀溪跃马逃难，亦在后文，而于蔡瑁口中先伏一笔。此伏笔之法也。黄星垂象，本桓帝时事，而于此方补一笔；袁绍爱幼子，已见前卷，尚未说明何人，而于此方补一笔；袁谭守青州，已见前文，若袁熙、高干之守幽、并，未经叙明，而于此方补一笔。此补笔之法也。袁绍兵败心灰，正议后嗣，忽因二子一甥来助，复与曹操相持，是忽转一笔；操正欲乘胜攻绍，忽因秋成在即，又因刘备来袭，回救许昌，是忽转一笔；刘备既投荆州，曹操欲攻刘表，忽因程昱之谏，置表而图绍，又忽转一笔。此转笔之法也。仓亭之战，曹操设计，袁绍中计，前后详叙两番。至汝南之袭，但叙刘备中计，不叙曹操设计，前隐后现，又换一样笔法。袁绍授剑，田丰伏剑；刘备投表，刘表接备：皆详叙两边。至刘备之败，则用实写；龚都之死，却用虚写，又换一样笔法。此换笔之法也。诸如此类，妙不可言。

却说曹操乘袁绍之败，整顿军马，迤逦追袭。袁绍幅巾单衣，引八百馀骑，奔至黎阳北岸，大将蒋义渠出寨迎接。绍以前事诉与义渠。义渠乃招谕离散之众，众闻绍在，又皆蚁聚。军势复振，议还冀州。军行之次，夜宿荒山。绍于帐中闻远远有哭声，<small>军中闻夜哭，抵得唐人"塞上行"数篇。</small>遂私往听之。却是败军相聚，诉说丧兄失弟、弃伴亡亲之苦，各各捶胸大哭，_{李华《吊古战场文》是闻鬼哭，袁绍此夜是闻人哭。}皆曰：

"若听田丰之言，我等怎遭此祸！"_{不骂袁绍，只哭想田丰，袁绍愈觉不堪。}绍大悔曰：

"吾不听田丰之言，兵败将亡；今回去，有何面目见之耶！"

_{不因其言验而敬信之，乃因其言验而羞见之。谗人之言，自此得入矣。}次日，上马正行间，逢纪引军来接。

绍对逢纪曰："吾不听田丰之言，致有此败。吾今归去，羞见此

人。"_{开之以谗端。}逢纪因谮曰："丰在狱中闻主公兵败，抚掌大笑曰：

'果不出吾之料！'"_{哭是耳闻，笑是传说；哭是实，笑是虚。}袁绍大怒曰："竖儒怎敢

笑我！我必杀之！"_{逢纪之谮田丰，亦如郭图之谮张郃、高览。而绍皆信之，是当疑而不疑也。}遂命使者赍宝

剑先往冀州狱中杀田丰。_{晋惠公杀庆郑而后入，庆郑固有可死之罪也；袁绍杀田丰而后归，田丰有何可死之罪乎？}

　　却说田丰在狱中，一日狱吏来见丰曰："与别驾贺喜！"

_{用反击法，妙。}丰曰："何喜可贺？"狱吏曰："袁将军大败而回，君必

见重矣。"_{纯用反笔。}丰笑曰："吾今死矣！"_{奇！}狱吏问曰："人皆为

君喜，君何言死也？"丰曰："袁将军外宽而内忌，不念忠诚。

若胜而喜，犹能赦我；_{贺得袁绍喜，可贺得田丰喜。}今战败则羞，吾不望生矣。"

_{知人必败，又知其必羞，田丰真知人哉。}狱吏未信。忽使者赍剑到，传袁绍命，欲取田丰

之首，狱吏方惊。丰曰："吾固知必死也。"狱吏皆流泪。_{军中夜哭是思}

_{活田丰，狱吏流泪是惜死田丰。}丰曰："大丈夫生于天地间，不识其主而事之，是无

智也！今日受死，夫何足惜！"_{此绍不识丰，非丰不识绍也。然丰不怨绍，只怨自己，怨自己真深于怨绍也。}乃

自刎于狱中。后人有诗曰：

昨朝沮授军中失，今日田丰狱内亡。

河北栋梁皆折断，本初焉不丧家邦！

田丰既死，闻者皆为叹惜。

袁绍回翼州，心烦意乱，不理政事。其妻刘氏劝立后嗣。_{兵败之后忽然劝立后嗣，正为后文伏笔。}绍所生三子：长子袁谭字显思，出守青州；次子袁熙字显奕，出守幽州；三子袁尚字显甫，是绍后妻刘氏所出，生得形貌俊伟，绍甚爱之，因此留在身边。_{方知前日因幼子患病而不肯发兵，正是此人。}自官渡兵败之后，刘氏劝立尚为后嗣，绍乃与审配、逢纪、辛评、郭图四人商议。原来审、逢二人向辅袁尚，辛、郭二人向辅袁谭，四人各为其主。_{一家之中，又分二党。}当下袁绍谓四人曰："今外患未息，内事不可不早定，吾将议立后嗣。长子谭为人性刚好杀，次子熙为人柔懦难成。三子尚，有英雄之表，礼贤敬士，吾欲立之，公等之意若何？"_{袁绍与刘表正是一流人。}郭图曰："三子之中，谭为长，今又居外；主公若废长立幼，此乱萌也。目下军威稍挫，敌兵压境，岂可复使父子兄弟自相争乱耶？_{下卷事早伏于此。}主公且理会拒敌之策，立嗣之事，毋容多议。"_{言亦侃侃。}袁绍踌躇未决。忽报袁熙引兵六万，自幽州来；袁谭引兵五万，自青州来；外甥高干亦引兵五万，自并州来，各至冀州助战。绍喜，再整人马来战曹操。_{立嗣之事至此忽然放下，文势一顿。}

时操引得胜之兵，陈列于河上，有土人箪食壶浆以迎之。操见父老数人，须发尽白，乃命入帐中赐坐，问之曰："老丈多少年纪？"答曰："皆近百岁矣。"操曰："吾军士惊扰汝乡，吾甚不安。"父老曰："桓帝时，有黄星见于楚、宋之分，辽东人殷馗善晓天文，夜宿于此，对老汉等言：'黄星见于乾象，正照此间。后五十年，当有真人起于梁、沛之间。'_{前卷于百忙中忽叙沮授夜观天象，此卷于百忙中忽叙殷馗预卜星文。一是当时事，一是往年事，又各不同。}今以年计之，整整五十年。袁本初重敛于民，民皆怨之。丞相兴仁义之兵，吊民伐罪，官渡一战，破袁绍百万之众，正应当时殷馗之言，兆民可望太平矣。"
操笑曰："何敢当老丈所言？"遂取酒食绢帛赐老人而遣之。号
令三军："如有下乡杀人家鸡犬者，如杀人之罪！" _{有时贱人如鸡犬，有时贵鸡犬如人，}
_{皆老奸权变处}于是军民震服。操亦心中暗喜。_{喜得恶}人报袁绍聚四州之兵，
得二三十万，前至仓亭下寨。操提兵前进，下寨已定。

　　次日，两军相对，各布成阵势。操引诸将出阵，绍亦引三子
一甥及文官武将出到阵前。操曰："本初计穷力尽，何尚不思投
降？直待刀临项上，悔无及矣！"绍大怒，回顾众将曰："谁敢
出马？"袁尚欲于父前逞能，便舞双刀，挥马出阵，来往奔驰。
操指问众将曰："此何人？"有识者答曰："此袁绍三子袁尚
也。"言未毕，一将挺枪早出。操视之，乃徐晃部将史涣也。两
骑相交，不三合，尚拨马刺斜而走。史涣赶来，袁尚拈弓搭箭，翻
身背射，正中史涣左目，坠马而死。袁绍见子得胜，挥鞭一指，大
队人马拥众过来，混战大杀一场，各鸣金收军还寨。_{叙战处亦先作一顿}

　　操与诸将商议破绍之策。程昱献"十面埋伏"之计，劝操：
"退军于河上，伏兵十队，诱绍追至河上。我军无退路，必将死
战，可胜绍矣。"_{十面埋伏是韩信破项羽之计；背水为阵是韩信破陈馀之计。今抄两篇旧文字，合成一篇新文字}操然其
计。左右各分五队。_{分左右妙}左：一队夏侯惇，二队张辽，三队李
典，四队乐进，五队夏侯渊；右：一队曹洪，二队张郃，三队徐
晃，四队于禁，五队高览。中军许褚为先锋。_{名为十面，却是十一队；名为十一队，却只}
_{是左、右、中三队，变化之极}次日，十队先进，埋伏左右已定。至半夜，操令许褚
引兵前进，_{中军先进}伪作劫寨之势。_好袁绍五寨人马，一齐俱起。
_{五寨十队彼此相对}许褚回军便走。袁绍引军赶来，喊声不绝，比及天明，
赶至河上。曹军无去路，操大呼曰："前无去路，诸军何不死

战？"所谓置之死地而后生。众军回身奋力向前。许褚飞马当先，力斩十数将。袁军大乱。袁绍退军急回，背后曹军赶来。正行间，一声鼓响，左边夏侯渊，右边高览，两军冲出。第五队为第一。袁绍聚三子一甥，死冲血路奔走。又行不到十里，左边乐进，右边于禁杀出，第四队为第二。杀得袁军尸横遍野，血流成渠。又行不到数里，左边李典，右边徐晃，两军截杀一阵。第三队为第三。袁绍父子胆丧心惊，奔入旧寨。令三军造饭，方欲待食，左边张辽，右边张郃，径来冲寨。第二队为第四。绍慌上马，前奔仓亭。人马困乏，欲待歇息，后面曹操大军赶来。忽说曹操大军，几疑忘却一队，不知其正是作顿跌也。袁绍舍命而走。正行之间，左边曹洪，右边夏侯惇，挡住去路。第一队为第五。○以上队队分明，前用顺叙，后用倒出，不唯阵法纵横，笔法亦甚错落。绍大呼曰："若不决死战，必为所擒矣！"奋力冲突，得脱重围。袁熙、高干皆被箭伤。军马死亡殆尽。绍抱三子痛哭一场，不觉昏倒。众人急救，绍口吐鲜血不止，此时袁绍不即死，又作一顿。叹曰："吾自历战数十场，不意今日狼狈至此！此天丧吾也！汝等各回本州，誓与曹贼一决雌雄！"便教辛评、郭图火急随袁谭前往青州整顿，恐曹操犯境；令袁熙仍回幽州，高干仍回并州，各去收拾人马，以备调用。袁绍引袁尚等入冀州养病，令尚与审配、逢纪暂掌军事。此时立尚之意已决。

却说曹操自仓亭大胜，重赏三军；令人探察冀州虚实。细作回报："绍卧病在床。袁尚、审配紧守城池。袁谭、袁熙、高干皆回本州。"众皆劝操急攻之。操曰："冀州粮食极广，审配又有机谋，未可急拔。见今禾稼在田，恐废民业，姑待秋成后取之未晚。"前与吕布相持，以岁荒解兵；今与袁绍相持，以秋成解兵；前止为军食计，今却为民食计；此皆老人拜迎之力也。正议间，忽荀彧有书到，报说："刘备在汝南得刘辟、龚都数万之众，闻丞相提军出征河北，乃令刘辟守汝南，备亲自引兵乘虚来攻许昌。丞相可速回军御之。"_{忽然接入刘玄德
斗笋，绝妙。}操大惊，留曹洪屯兵河上，虚张声势，操自提大兵往汝南来迎刘备。_{前使刘岱、王忠当刘
备，而自当袁绍；今使
曹洪当袁绍，而自当
刘备，又与前异。}

却说玄德与关、张、赵云等，引兵欲袭许都。行近穰山地面，正遇曹兵杀来，玄德便于穰山下寨，军分三队：云长屯兵于东南角上，张飞屯兵于西南角上，玄德与赵云于正南立寨。_{前曹兵分左
右十队，今
刘兵却分东南、西南、
正南三队，相对成趣。}曹操兵至，玄德鼓噪而出。操布成阵势，叫玄德打话。玄德出马于门旗下。操以鞭指骂曰："吾待汝为上宾，汝何背义忘恩？"玄德曰："汝托名汉相，实为国贼！吾乃汉室宗亲，奉天子密诏，来讨反贼！"遂于马上朗诵衣带诏。_{读至此为
之一快。}操大怒，教许褚出战。玄德背后赵云挺枪出马。二将相交三十合，不分胜负。忽然喊声大震，东南角上，云长冲突而来；西南角上，张飞引军冲突而来。三军一齐掩杀。操军远来疲困，不能抵当，大败而走。玄德得胜回营。_{不是以少胜多，
实是以逸胜劳。}

次日，又使赵云搦战。操兵旬日不出。玄德再使张飞搦战，操兵亦不出。玄德愈疑。_{此正曹操遣兵截龚都、袭汝南时也。
于此却不叙明，令人测摸不出。}忽报龚都运粮至，被曹军围住，玄德急令张飞去救。忽又报夏侯惇引军抄背后径取汝南，_{不叙曹操一边发兵，单叙玄
德一边闻报，省笔之法。}玄德大惊曰："若如此，吾前后受敌，无所归矣！"急遣云长救之。两军皆去。不一日，飞马来报夏侯惇已打破汝南，刘辟弃城而走，云长现今被围。玄德大惊。又报张飞去救龚都，也被围住了。_{俱用虚笔，不用
实叙，妙甚。}玄德急欲回兵，又恐操兵后袭。忽报寨外许褚搦战。玄德不敢出战，候至天明，教军士饱餐，步军先起，马军后随，寨中虚传更点。玄德等离寨约行数里，转过土山，火把齐明，山头上大呼曰："休教走了刘备！丞相在此专等！"〔来得突兀。〕玄德慌寻走路。赵云曰："主公勿忧，但跟某来。"赵云挺枪跃马，杀开条路，玄德掣双股剑后随。正战间，许褚追至，与赵云力战。背后于禁、李典又到。玄德见势危，落荒而走。听得背后喊声渐远，玄德望深山僻路，单马逃生。捱到天明，侧首一彪军冲出，〔读至此为之一急。〕玄德大惊，视之，乃刘辟引败军千馀骑，护送玄德家小前来，孙乾、简雍、糜芳亦至，〔读至此为之一宽。〕诉说："夏侯惇军势甚锐，因此弃城而走。曹兵赶来，幸得云长当住，因此得脱。"〔只在刘辟口中一叙，省却无数笔墨。〕玄德曰："不知云长今在何处？"〔急问云长妙。〕刘辟曰："将军且行，却再理会。"〔不直说云长被围，最得慰人之法。〕行到数里，一棒鼓响，前面拥出一彪人马。当先大将，乃是张郃，大叫："刘备快下马受降！"玄德方欲退后，只见山头上红旗磨动，一军从山坞内拥出，为首大将乃高览也。玄德两头无路，仰天大呼曰："天何使我受此窘极也！事势至此，不如就死！"欲拔剑自刎。〔读至此为之一急。〕刘辟急止之曰："容某死战，夺路救君。"〔读至此为之一宽。〕言讫，便来与高览交锋。战不三合，被高览一刀砍于马下。〔先写刘辟之死，以衬赵云之勇。〕玄德正慌，方欲自战，〔读至此又为一急。〕高览后军忽然自乱，一将冲阵而来，枪起处，高览翻身落马。视之，乃赵云也。〔读至此又为一宽。〕玄德大喜。云纵马挺枪，杀散后队，又来前军独战张郃，郃与云战三十馀合，拨马败走。云乘势冲杀，却被郃兵守住山隘，路窄不得出。〔读至此又为一急。〕正夺路间，只见云长、关平、周仓引三百军到。两下夹攻，杀退张郃。各出隘口，占住山险下寨。〔读至此又为一宽。〕玄德使云长寻觅张飞。〔急寻张飞又妙。〕原来张飞去救龚都，龚都已被夏侯渊所杀。飞奋力杀退夏侯渊，迤逦赶去，却被乐进引军围住。云长路逢败军，寻踪而去，杀退乐进，与飞同回见玄德。^{叙得简净。}人报曹军大队赶来，玄德教孙乾等保护老小先行。玄德与关、张、赵云在后，且战且走。操见玄德去远，收军不赶。

玄德败军不满一千，狼狈而奔。前至一江，唤土人问之，乃汉江也。玄德权且安营。土人知是玄德，奉献羊酒，^{前老人献酒于曹操，是畏其胜；}^{今土人献酒于玄德，是怜其败。胜时之酒易得，败时之酒难当。}乃聚饮于沙滩之上。玄德叹曰："诸君皆有王佐之才，不幸跟随刘备。备之命窘，累及诸君。今日身无立锥，诚恐有误诸君。君等何不弃备而投明主，以取功名乎？"^{数语呜咽慷慨，令人泣数行下。}众皆掩面而哭。云长曰："兄言差矣。昔日高祖与项羽争天下，数败于羽；后九里山一战成功，而开四百年基业。胜负兵家之常，何可自隳其志！"^{玄德此时不减高祖睢水荥阳时矣。}

孙乾曰："成败有时，不可丧志。此离荆州不远。刘景升坐镇九州，兵强粮足，更且与公皆汉室宗亲，何不往投之？"^{此处突然接入刘表，斗笋又妙。}玄德曰："但恐不容耳。"乾曰："某愿先往说之，使景升出境而迎主公。"^{不用备自往，却使表来迎，妙甚。}玄德大喜，便令孙乾星夜往荆州。到郡入见刘表，礼毕，刘表问曰："公从玄德，何故至此？"乾曰："刘使君天下英雄，虽兵微将寡，而志欲匡扶社稷。汝南刘辟、龚都素无亲故，亦以死报之。明公与使君同为汉室之胄，今使君新败，欲往江东投孙仲谋，^{此句只是虚语，不意后文却成实事。}乾谏言曰：'不可背亲而向疏。荆州刘将军礼贤下士，士归之如水之投东，何况同宗乎？'因此使君特使乾先来拜白。唯明公命之。"^{乾亦善为说辞。}表大喜曰："玄德，吾弟也，久欲相会而不可得。今肯惠顾，实为幸甚！"蔡瑁谮曰："不可。刘备先从吕布，后事曹操，近投袁绍，皆不克终，足可见其为人。今若纳之，曹操必加兵于我，枉动干戈。不如斩孙乾之首以献曹操，操必重待主公也。"先言刘备不可纳，次言曹操不可忏，后言杀孙乾以媚曹操，其言甚毒。孙乾正色曰："乾非惧死之人也。刘使君忠心为国，非曹操、袁绍、吕布等比。前此相从，不得已也。今闻刘将军汉朝苗裔，谊切同宗，故千里相投。尔何献谗而妒贤如此耶？"刘表闻言，乃叱蔡瑁曰："吾主意已定，汝勿多言。"蔡瑁惭恨而出。便伏后文谋害刘备事。刘表遂命孙乾先往报玄德，一面亲自出郭三十里迎接。玄德见表，执礼甚恭。表亦相待甚厚。玄德引关、张等拜见刘表，表遂与玄德等同入荆州，分拨院宅居住。表之迎备，与绍之迎备相同。然备之依绍，止是一人，今则与云长等同依刘表，比前又不同。

却说曹操探知玄德已往荆州投奔刘表，便欲引兵攻之。程昱曰："袁绍未除，而遽攻荆襄，倘袁绍从北而起，胜负未可知矣。不如还兵许都，养军蓄锐，待来年春暖，然后引兵先破袁绍，后取荆襄，南北之利，一举可收也。"前放下袁绍，转出刘备、刘表，今又放下二刘，仍转入袁绍，俱斗笋妙处。操然其言，遂提兵回许都。

至建安八年春正月，操复商议兴师。先差夏侯惇、满宠镇守汝南以拒刘表；留曹仁、荀彧守许都，亲统大军前赴官渡屯扎。

且说袁绍自旧岁感冒吐血症候，今方稍愈，商议欲攻许都。审配谏曰："旧岁官渡、仓亭之败，军心未振，尚当深沟高垒，以养军民之力。"前谏战者，田丰、沮授也；劝战者，郭图、审配也。今审配亦谏，大势可知。正议间，忽报曹操进兵官渡，来攻冀州。绍曰："若候兵临城下，将至壕边，然后拒敌，事已迟矣。吾当自领大军出迎。"袁尚曰："父亲病体未痊，不可远征。儿愿提兵前去迎敌。"绍许之，遂使人往青州取袁谭，幽州取袁熙，并州取高干，四路同破曹操。

正是：

才向汝南鸣战鼓，又从冀北动征鼙。

未知胜负如何，且听下文分解。

第三十二回

　夺冀州袁尚争锋

　决漳河许攸献计

決漳河許攸獻計

君子观于袁氏之乱，而信古来图大事者，未有兄弟不协而能有济者也。桃园兄弟，以异姓而如骨肉，固无论已。他如权之据吴，则有"汝不如我，我不如汝"之兄；操之开魏，则有"宁可无洪，不可无公"之弟。同心同德，是以能成帝业。彼袁氏者，绍与术既相左于前，谭与尚复相争于后，各自矛盾，以贻敌人之利，岂不重可惜哉！

善处人骨肉之间者，其唯王修乎？若执从父之见，则当以袁尚为嗣；若执立长之说，则当以袁谭为嗣。然使谭而能为泰伯，则尚可受之；谭而不能为泰伯，则尚不宜受之矣。使尚而能为叔齐，则谭可取之；尚而不能为叔齐，则谭不宜争之矣。故审配之助弟以攻兄者，非也；郭图之助兄以攻弟者，亦非也。唯王修之语，为金玉之论云。

甚矣，朋党之为祸烈也！以袁氏观之，初则众谋士立党，后则两公子亦立党。初则田丰、沮授为一党，审配、郭图为一党；后则郭图与审配，又因谭、尚而分为二党。于是，逢纪党审配，辛评又党郭图，甚至审配之侄，背其叔而党其友；辛评之弟，背其兄而党其仇。然则谓袁氏之亡，亡于朋党可也。

曹操决漳河以淹冀州与决泗水以淹下邳，前后两篇，大约相类。然用水于南境不奇，用水于北境为奇。淹下邳之计，出于曹操之谋士不奇；淹冀州之策，即出于袁氏之旧臣为奇。且下邳之淹，止一水耳，若淹冀州，则先遏一水，通一水以运粮，然后决一水以破敌，是有三水矣。下邳之水，所以报濮阳之火，两家各用其一耳。若淹冀州，则先有劫韩猛、烧乌巢之火于前，而乃有通白沟、决漳河之水于后，是一家兼用其两矣。侯成以献酒被责而降曹，冯礼亦以饮酒被责而降曹。降曹同也，而一降于决水之后而不死，一降于决水之前而随死，则大异。魏续为友人抱愤而献门，审荣亦为友人抱愤而献门。献门同也，而吕布在城中而被执，袁尚在城外而未擒，则又异。就其极相类处，却有极不相类处。若有特特犯之而又特特避之者，真是绝妙文章。

观乌巢之焚，令人追念易京楼之焚；观审配之死，令人追念耿武、关纪之死。一冀州耳，韩忽变而为袁，袁忽变而为曹。其始也，馥失之，瓒争之，而绍取之；其既也，谭失之，尚争之，而操取之。兴亡弹指，得丧转盼。夺人者曾几何时而为人所夺。读书至此，为之三叹！

陈琳之檄，骂曹嵩又骂曹腾，其骂也胜似杀矣。陶谦杀操之父，而操欲报仇；陈琳骂操之祖父，胜于杀操之祖父，而操不报仇，何也？曰：琳为袁绍而骂，则非琳骂之，而绍骂之也。绍为主而琳为从，不罪陈琳而归罪于袁绍，犹之不罪张闿而归罪于陶谦耳。虽然，使琳为曹操骂绍而为绍所获，则绍必杀琳。绍不能为此度外之事，而操独能为此度外之事。君子于此益识袁、曹之优劣矣。

此卷叙袁、曹相攻，各有三层转变：袁尚始欲救谭，既而不救，终而复救；袁谭始欲降曹，既而合尚，终复降曹；曹操始攻冀州，既攻荆州，后复仍攻冀州。诸如此类，皆不测之极。

却说袁尚自斩史涣之后，自负其勇，不待袁谭等兵至，自引兵数万出黎阳，与曹军前队相迎。张辽当先出马，袁尚挺枪来战，不三合，架隔遮拦不住，大败而走。张辽乘势掩杀，袁尚不能主张，急急引军奔回冀州。袁绍闻袁尚败回，又受了一惊，旧病复发，吐血数斗，昏倒在地。_{尚之败，袁绍实纵之；绍之死，袁尚实速之也。}刘夫人慌救入卧内，病势渐危。刘夫人急请审配、逢纪，直至袁绍榻前，商议后事。绍但以手指而不能言。刘夫人曰："尚可继后嗣否？"绍点头。_{袁绍此时即不点头，亦不容不立尚矣。}审配便就榻前写了遗嘱。绍翻身大叫一声，又吐血斗馀而死。_{孙策死得磊磊落落，袁绍死得昏昏闷闷。}后人有诗曰：

> 累世公卿立大名，少年意气自纵横。
>
> 空招俊杰三千客，漫有英雄百万兵。
>
> 羊质虎皮功不就，凤毛鸡胆事难成。
>
> 便怜一种伤心处，家难徒延两弟兄。

袁绍既死，审配等主持丧事。刘夫人便将袁绍所爱宠妾五人尽行杀害；_{妒性猖獗矣。}又恐其阴魂于九泉之下再与绍相见，_{痴极，可发一笑。}乃髡其发，刺其面，毁其尸，其妒恶如此。_{妒至于鬼，妒亦奇矣。妒其生，故欲其死，如义妒其死，则何不亦从之死耶？我为人，而人终不能防鬼，不若我为鬼，而鬼庶可以防鬼耳。}袁尚恐宠妾家属为害，并收而杀之。_{惠帝见人彘而泣，今袁尚助母为虐，毋乃太甚。}审配、逢纪立袁尚为大司马将军，领冀、青、幽、并四州牧，遣书报丧。此时袁谭已发兵离青州，知父死，便与郭图、辛评商议。图曰："主公不在冀州，审配、逢纪必立显甫为主矣。当速行。"辛评曰："审、逢二人，必预定机谋。今若速往，必遭其祸。"袁谭曰："若此当如何？"郭图曰："可屯兵城外，观其动静。某当亲往察之。"谭依言。郭图遂入冀州，见袁尚。礼毕，尚问："兄何不至？"图曰："因抱病在军中，不能相见。"_{尚既僭立，谭不奔丧；尚固不弟，谭亦不子。}尚曰："吾受父亲遗命，立我为主，加兄为车骑将军。目下曹军压境，请兄为前部，吾随后便调兵接应也。"图曰："军中无人商议良策，愿乞审正南、逢元图二人为辅。"郭图索二谋士，欲去尚之左右手也。独不思谭而谋尚，乃自去其手足耶？尚曰："吾亦欲仗此二人早晚画策，如何离得！"图曰："然则于二人内遣一人去，何如？"尚不得已，乃令二人拈阄，拈着者便去。逢纪拈着，尚即命逢纪赍印绶，同郭图赴袁谭军中。纪随图至谭军，见谭无病，心中不安，献上印绶。谭大怒，欲斩逢纪。郭图密谏曰："今曹军压境，且只款留逢纪在此，以安尚心。待破曹之后，却来争冀州不迟。"谭从其言。即时拔寨起行，前至黎阳，与曹军相抵。谭遣大将汪昭出战，操遣徐晃迎敌。二将战不数合，徐晃一刀斩汪昭于马下。曹军乘势掩杀，谭军大败。

谭收败军入黎阳，遣人求救于尚。原隙袁矣，兄弟求矣。尚与审配计议，只发兵五千馀人相助。曹操探知救军已到，遣乐进、李典引兵于半路接着，两头围住尽杀之。救如无救。袁谭知尚止拨兵五千，又被半路坑杀，大怒，乃唤逢纪责骂。纪曰："容某作书致主公，求其亲自来救。"谭即令纪作书，遣人到冀州致袁尚，尚与审配共议。配曰："郭图多谋，前次不争而去者，为曹军在境也。今若破曹，必来争冀州矣。不如不发救兵，借操之力以除之。"是何言语？尚从其言，不肯发兵。前止少发兵，后竟不发兵，计愈左矣。使者回报，谭大怒，立斩逢纪，谮田丰之报。议欲降曹。早有细作密报袁尚。尚与审配议曰："使谭降曹，并力来攻，则冀州危矣。"乃留审配并大将苏由固守冀州，自领大军来黎阳救谭。第一次少发兵，第二次不发兵，第三次亲自领兵：其反覆无常，酷肖其父。尚问军中谁敢为前部，大将吕旷、吕翔兄弟二人愿去。亦是兄弟二人，正与谭、尚映射。尚点兵三万，使为先锋，先至黎阳。谭闻尚自来，大喜，遂罢降曹之议。_{阋墙则阋，御侮则御，
固兄弟之常理也。}谭屯兵城中，尚屯兵城外，为犄角之势。

不一日，袁熙、高干皆领军到城外，屯兵三处，每日出兵与操相持。尚屡败，操兵屡胜。至建安八年春二月，操分路攻打，袁谭、袁熙、袁尚、高干皆大败，_{叙四路兵交战，
却甚省笔。}弃黎阳而走。操引兵追至冀州，谭与尚入城坚守；熙与干离城三十里下寨，虚张声势。_{四路合成
二路。}操兵连日攻打不下。郭嘉进曰："袁氏废长立幼，而兄弟之间，权力相并，各自树党，急之则相救，缓之则相争。_{后来遗计定辽
东，亦是此意。}不如举兵南向荆州，征讨刘表，以候袁氏兄弟之变；变成而后击之，可一举而定也。"_{正攻冀州，忽作一
顿，匪夷所思。}操善其言，命贾诩为太守，守黎阳；曹洪引兵守官渡。操引大军向荆州进兵。

谭、尚听知曹军自退，遂相庆贺。袁熙、高干各自辞去。袁谭与郭图、辛评议曰："我为长子，反不能承父业；尚乃继母所生，反承大爵，心实不甘。"_{不出郭嘉
之料。}图曰："主公可勒兵城外，只做请显甫、审配饮酒，伏刀斧手杀之，大事定矣。"谭从其言。适别驾王修自青州来，谭将此计告之。修曰："兄弟者，左右手也。今与他人争斗，断其手足，而曰我必胜，安可得乎？夫弃兄弟而不亲，天下其谁亲之？彼谗人离间骨肉，以求一朝之利，愿塞耳勿听也。"_{数语抵得一篇
《棠棣》之诗。}谭怒，叱退王修，使人去请袁尚。尚与审配商议。配曰："此必郭图之计也。主公若往，必遭奸计，不如乘势攻之。"袁尚依言，便披挂上马，引兵五万出城。_{未有带五万人赴席
者，为之一笑。}袁谭见袁尚引军来，情知事泄，亦即披挂上马，与尚交锋。尚见谭大骂。谭亦骂曰："汝药死父亲，_{劈空造出
一骂。}篡夺爵位，今又来杀兄耶！"_{案：凡兄弟相争
者，往往如此。}二人亲自交锋，

岂复成兄
弟耶？袁谭大败。尚亲冒矢石，冲突掩杀。战操何其怯，战兄何其猛。谭引败军奔平原，尚收兵还。袁谭与郭图再议进兵，令岑璧为将，领兵前来。尚自引兵出冀州。两阵对圆，旗鼓相当。璧出骂阵。尚欲自战，大将吕旷拍马舞刀，来战岑璧。二将战无数合，旷斩岑璧于马下。谭兵又败，再奔平原。审配劝尚进兵，追至平原。谭抵当不住，退入平原，坚守不出。尚三面围城攻打。谭与郭图计议。图曰："今城中粮少，彼军方锐，势不相敌。愚意可遣人投降曹操，使操将兵攻冀州，尚必还救。将军引兵夹击之，尚可擒矣。若操击破尚军，我因而敛其军实以拒操。操军远来，粮食不继，必自退兵。我可以仍据冀北，以图进取也。"一袁尚且不能胜，乃欲胜既破袁尚之曹操，恐无是理，但说得好听耳。

谭从其言，始议降曹，既而合尚；今复从降曹之议，其没主意亦酷肖其父。问曰："何人可为使？"图曰："辛评之弟辛毗，又是兄弟二人，映射成趣。字佐治，见为平原令。此人乃能言之士，可命为使。"谭即召辛毗，毗欣然而至。谭修书付毗，使三千军送毗出境。毗星夜赍书往见曹操，时操屯军西平伐刘表，表遣玄德引兵为前部以迎之。未及交锋，辛毗到操寨。见操礼毕，操问其来意。毗具言袁谭相求之意，呈上书信。操看书毕，留辛毗于寨中，聚文武计议。程昱曰："袁谭被袁尚攻击太急，不得已而来降，不可准信。"吕虔、满宠亦曰："丞相既引兵至此，安可复舍表而助谭？"荀攸曰："三公之言未善。以愚意度之，天下方有事，而刘表坐保江、汉之间，不敢展足，其无四方之志可知矣。料得刘表如见。袁氏据四州之地，带甲数十万，若二子和睦，共守成业，天下事未可知也。今乘其兄弟相攻，势穷而投我，我提兵先除袁尚，后观其变，并灭袁谭，天下定矣。此机会不可失也。"荀攸欲先灭尚，而复灭谭；后来却先灭谭，而后灭尚，变化不同。若说一句是一句，便是今日印板文字矣。操大喜，便邀辛毗饮酒，谓之曰："袁谭之降，真耶诈耶？袁尚之兵，果可必胜耶？"毗对曰："明公勿问真与诈也，只论其势可耳。袁氏连年丧败，兵革死于外，谋臣诛于内；兄弟谗隙，国分为二；加之饥馑并臻，天灾人困，无问智愚，皆知土崩瓦解，此乃天灭袁氏之时也。今明公提兵攻邺，袁尚不还救，则失巢穴；若还救，则谭蹑袭其后。以明公之威，击疲败之众，如迅风之扫秋叶也。不此之图而伐荆州，荆州丰乐之地，国和民顺，未可摇动。况四方之患，莫大于河北；河北既平，则霸业成矣。愿明公详之。"其言全不为袁谭，竟是为曹操。辛氏兄弟，各怀一心，与袁氏兄弟正复相似。操大喜曰："恨与辛佐治相见之晚也！"即日督军还取冀州。玄德恐操有谋，不敢追袭，引兵自回荆州。正攻荆州，又忽作一顿，匪夷所思。

　　却说袁尚知曹军渡河，急急引军还邺，命吕旷、吕翔断后。袁谭见尚退军，乃大起平原军马，随后赶来。行不到数十里，一声炮响，两军齐出：左边吕旷，右边吕翔，兄弟二人截住袁谭。谭勒马告二将曰："吾父在日，吾并未慢待二将军。今何从吾弟而见迫耶？"二将闻言，乃下马降谭。谭曰："勿降我，可降曹丞相。"二将因随谭归营。谭候曹军至，引二将见操。操大喜，以女许谭为妻，即令吕旷、吕翔为媒。人谓袁谭此时失却一弟，得却一妻，背却一妻，得却一翁矣，孰知后来皆成画饼乎？谭请操攻取冀州。操曰："方今粮草不接，搬运劳苦，我由济河遏淇水入白沟，以通粮道，然后进兵。"运粮用水，后来攻城亦用水。遏淇水入白沟，先为决漳河伏线。令谭且居平原。操引军退屯黎阳，封吕旷、吕翔为列侯，随军听用。郭图谓袁谭曰："曹操以女许婚，恐非真意。今又封赏吕旷、吕翔，带去军中，此乃牢笼河北人心，后必将为我祸。主公可刻将军印二颗，暗使人送与二吕，令作内应。待操破了袁尚，可乘便图之。"<small>孰知二吕之不复为袁氏用乎</small>谭依言，遂刻将军印二颗，暗送与二吕。<small>二印只算谢媒。</small>二吕受讫，径将印来禀曹操。操大笑曰："谭暗送印者，欲汝等为内助，待我破袁尚之后，就中取事耳。汝等且权受之，我自有主张。"自此曹操便有杀谭之心。<small>曹操许女之意，既是假非真，郭图刻印之谋，亦弄巧成拙。</small>

且说袁尚与审配商议："今曹兵运粮入白沟，必来攻冀州，如之奈何？"配曰："可发檄使武安长尹楷屯毛城，通上党运粮道；令沮授之子沮鹄守邯郸，远为声援。主公可进兵平原，急攻袁谭。先绝袁谭，然后破曹。"<small>不急攻仇，而先攻兄，为计亦左矣。</small>袁尚大喜，留审配与陈琳守冀州，使马延、张二将为先锋，连夜起兵攻打平原。谭知尚兵来近，告急于操。操曰："吾此番必得冀州矣。"正说间，适许攸自许昌来，闻尚又攻谭，入见操曰："丞相坐守于此，岂欲待天雷击杀二袁乎？"<small>不用震为雷，将用坎为水。</small>操笑曰："吾已料定矣。"遂令曹洪先进兵攻邺，操自引一军来攻尹楷。兵临本境，楷引军来迎。楷出马，操曰："许仲康安在？"许褚应声而出，纵马直取尹楷。楷措手不及，被许褚一刀斩于马下，<small>叙许褚战功，为后杀许攸伏线。</small>馀众奔溃。操尽招降之，<small>完却尹楷</small>即勒兵取邯郸。沮鹄进兵来迎。张辽出马，与鹄交锋。战不三合，鹄大败，辽从后追赶。两马相离不远，辽急取弓射之，应弦落马。操指挥军马掩杀，众皆奔散。<small>完却沮鹄</small>于是操引大军前抵冀州。曹洪已近城下。操令三军绕城筑起土山，又暗掘地道以攻之。<small>前官渡之战，袁绍用土山地道；今冀州之攻，曹操亦用土山地道：孰知艮为山，坤为地，总不如坎之为水。</small>审配设计坚守，法令甚严，东门守将冯礼，因酒醉有误巡警，<small>淳于琼以酒失事，今冯礼又以酒失事，何袁谢将之善饮也。</small>配痛责之。冯礼怀恨，潜地出城降操。操问破城之策，礼曰："突门内土厚，可掘地道而入。"操便命冯礼引三百壮士，黄夜掘地道而入。

却说审配自冯礼出降之后，每夜亲自登城点视军马。当夜在突门阁上，望见城外无灯火。配曰："冯礼必引兵从地道而入也。"急唤精兵运石击突闸门，门闭，冯礼及三百壮士皆死于土内。操折了这一场，遂罢地道之计，袁绍掘地道，曹操当之以堑；曹操掘地道，袁兵拒之以门：前后遂映。退军于垣水之上，以候袁尚回兵。袁尚攻平原，闻曹操已破尹楷、沮鹄，大军围困冀州，乃掣兵回救。部将马延曰："从大路去，曹操必有伏兵。可取小路，从西山出滏水口去劫曹营，必解围也。"尚从其言，自领大军先行，令马延与张颞断后。早有细作去报曹操。操曰："彼若从大路上来，吾当避之；若从西山小路而来，一战可擒也。吾料袁尚必举火为号，袁尚之火，不如曹操之水。令城中接应。吾可分兵击之。"于是分拨已定。

却说袁尚出滏水界口，东至阳平，屯军阳平亭，离冀州十七里，一边靠着滏水。尚令军士堆积柴薪干草，至夜焚烧为号；遣主簿李孚扮作曹军都督，直至城下，大叫："开门！"审配认得是李孚声音，放入城中，说："袁尚已陈兵在阳平亭，等候接应，若城中兵出，亦举火为号。"配教城中堆草放火，以通音信。屡用火字，引出下文水来。孚曰："城中无粮，可发老弱残兵并妇人出降；彼必不为备，我即以兵继百姓之后出攻之。"尔时冀州百姓未死于水，而先死于兵矣。配从其论。次日，城上竖起白旗，上写"冀州百姓投降"。操曰："此是城中无粮，教老弱百姓出降，后必有兵出也。"又早猜破。操教张辽、徐晃各引三千军马，伏于两边。操自乘马张麾盖至城下，果见城门开外，百姓扶老携幼，手持白旗而出。百姓才出尽，城中兵突出。操教将红旗一招，_{白旗、红旗映射成趣。}张辽、徐晃两路兵齐出乱杀，城中兵只得复回。操自飞马赶来，到吊桥边，城中弩箭如雨，射中操盔，险透其顶。_{前在下邳城下射中魔盖，今在冀州城下射中头盔。两番用水之前，其被射亦复相似。}众将急救回阵。操更衣换马，引众将来攻尚寨，尚自迎敌。时各路军马一齐杀至，两军混战，袁尚大败。尚引败兵退往西山下寨，令人催取马延、张颤军来；不知曹操已使吕旷、吕翔去招安二将。二将随二吕来降，操亦封为列侯。_{叙法甚省笔。}即日进兵攻打西山，先使二吕、马延、张颤截断袁尚粮道。_{谭、尚相攻，是以袁攻袁；操即用袁氏之将以截袁氏之粮，亦是以袁攻袁。}尚情知西山守不住，夜走滥口。安营未定，四下火光并起，伏兵齐出，人不及甲，马不及鞍。尚军大溃，退走五十里，势穷力极，只得遣豫州刺史阴夔至操营请降。操佯许之，却连夜使张辽、徐晃去劫寨。_{操于谭之降则纳之，于尚之降则劫之，又是一样做法。}尚尽弃印绶、节钺、衣甲、锱重，望中山而逃。

操回军攻冀州。许攸献计曰："何不决漳河之水以淹之？"_{前下邳之淹，其计出于曹操之谋士郭嘉；今漳河之决，其计出于袁氏之客许攸，是亦以袁攻袁也。}操然其计，先差军于城外掘河堑，周围四十里。审配在城上见操军在城外掘堑，却掘得甚浅。_{妙！}配暗笑曰："此欲决漳河之水以灌城耳。河深可灌，如此之浅，有何用哉！"遂不为备。当下曹操添十倍军士，并力发掘，比及天明，广深二丈，引漳水灌之，城中水深数尺。_{操之掘堑，先浅后深，诡谲可喜。}更兼粮绝，军士皆饿死。辛毗在城外，用枪挑袁尚印绶衣服，招安城内之人。审配大怒，将辛毗家属老小八十馀口，就于城上斩之，将头掷下。辛毗号哭不已。审配之侄审荣，素与辛毗相厚，见辛毗家属被害，心中怀忿，乃密写献门之书，拴于箭上，射下城来。_{审配前收捕许攸子侄，今又诛杀辛毗家属，而不能自禁其侄，可发一笑。}军士拾献辛毗，毗将书献操。操先下令：如入冀州，休得杀害袁氏一门老小；军民降者免死。次日天明，审荣大开西门，放曹兵入。^{前淹下邳，有献门之宋宪、魏续，今淹冀州，有献门之审荣；前后亦复相似。}辛毗跃马先入，军将随后，杀入冀州。审配在东南城楼上，见操军已入城中，引数骑下城死战，正迎徐晃交马。晃生擒审配，绑出城来。路逢辛毗，毗咬牙切齿，以鞭鞭配首曰："贼杀才！今日死矣！"配大骂："辛毗贼徒！引曹操破我冀州，我恨不杀汝也！"徐晃解配见操，操曰："汝知献门接我者乎？"配曰："不知。"操曰："此汝侄审荣所献也。"配怒曰："小儿不行，乃至于此！"^{袁氏兄弟相左，审氏叔侄亦相左：俱是骨肉之变。}操曰："昨孤至城下，何城中弩箭之多耶？"配曰："恨少恨少！"^{与张辽答濮阳之火，语气相似。}操曰："卿忠于袁氏，不容不如此。今肯降吾否？"配曰："不降！不降！"辛毗哭拜于地曰："家属八十馀口，尽遭此贼杀害。愿丞相戮之，以雪此恨！"配曰："吾生为袁氏臣，死为袁氏鬼，不似汝辈谗谄阿谀之贼！可速斩我！"操教牵出。临受刑，叱行刑者曰："吾主在北，不可使吾面南而死！"乃向北跪，引颈就刃。^{审正南缘何正北而死，一笑。}后人有诗叹曰：

河北多名士，谁如审正南。命因昏主丧，心与古人参。

忠直言无隐，廉能志不贪。临亡犹北面，降者尽羞惭。

审配既死，操怜其忠义，命葬于城北。众将请曹操入城。操方欲起行，只见刀斧手拥一人至，操视之，乃陈琳也。操谓之曰："汝前为本初作檄，但罪状孤可也，何乃辱及祖、父也？"^{陈琳作檄事，已隔数卷，至此忽然一提。}琳答曰："箭在弦上，不得不发耳。"^{以箭自比，以弦比袁绍，箭}

非自发，乃弦发之也，操若能为琳之弦，琳亦愿为操之箭矣。左右劝操杀之。操怜其才，乃赦之，命为从事。杀审配极似杀陈宫，赦陈琳极似赦张辽：与淹下邳一篇文字遥遥相对。曹操头风亏得陈琳医治，此时不杀只算谢医。

　　却说操长子曹丕，字子桓，时年十八岁。丕初生时，有云气一片，其色青紫，员如车盖，覆于其室，终日不散。有望气者，密谓操曰："此天子气也。令嗣贵不可言！"丕八岁能属文，有逸才，博古通今，善骑射，好击剑。百忙中忽入曹丕一小传，早为后文曹丕称帝伏线。○叙袁家儿子将完，忽接叙曹家儿子事，妙笔。时操破冀州，丕随父在军中，先领随身军径投袁绍家，下马拔剑而入，有一将当之曰："丞相有命，诸人不许入绍府。"丕叱退，提剑入后堂，见两个妇人相抱而哭，丕向前欲杀之。正是：

　　　　四世公侯已成梦，一家骨肉又遭殃。

　　未知性命如何，且听下文分解。

第三十三回　曹丕乘乱纳甄氏　郭嘉遗计定辽东

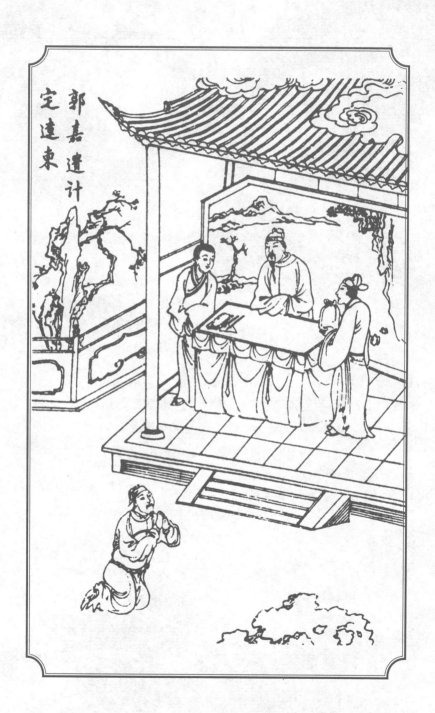

郭嘉遗计定辽东

　　袁尚母刘氏之妒，其酷烈也甚矣。乃城破之后不能死节，而献甄氏于曹丕以图苟全，又何其无烈性至此乎？可见妇之贞者必不妒，妇之妒者必不贞。吕后为项羽所得而不死，所以有人彘之刑；飞燕曾事射鸟儿，所以多杀皇嗣；武曌有聚麀之耻，所以弑王后、杀萧妃。岂非妒妇之明验哉？

　　袁谭不得娶曹操之女，曹丕反得娶袁绍之妇，是曹操失一婿而得一妇，袁绍失一媳而又失一妇也。曹操之女未嫁而已寡，犹当悼其死婿；袁熙之妻未寡而再嫁，毋乃负其生夫乎？婚可绝，婿可易，曹操不妨舍谭求后婿；婿可续，儿不可续，刘氏亦将认丕为继儿乎？绍妾毁既死之容，熙妻何不毁欲生之面？为绍妻者妒及于既死之夫，为熙母者何不念及于未死之子？总只因兄弟之变，遂引出夫妇之变、母子之变、翁婿之变、姑媳之变。君子读书至此，盖深有感于骨肉之间矣。

　　沮授不屈，审配亦不屈。同一不屈也，而沮授则一于事袁，审配则知有袁尚而不知有袁谭。审配不如沮授多矣。许攸降操，王修亦降操，同一降也，而许攸则助曹谋袁，王修则不忍助曹谋袁。王修贤于许攸远矣。是不可以无辨。

　　杀许攸者，曹操也，非许褚也。许攸数侮曹操，操欲杀攸久矣。欲自杀之而恐有杀故人、杀功臣之名，特假手于许褚耳。昔颠颉焚僖负羁之家，而重耳杀颠颉以狗于军。今许褚杀攸而操曾不之罪，故曰非许褚杀之，而曹操杀之也。曹操资许攸之力以得冀州，刘备资法正之力以得西川。而法正恃功而横，未闻见杀于关、张；许攸恃功而骄，遂乃见杀于许褚。君子是以知刘备之厚而曹操之薄。

　　王修和解二袁之言，是真语、激语、热语；刘表和解二袁之言，是假语、缓语、冷语。然在刘表，不过自解其不发兵之故；而在二袁听之，则当以表之言为良言也。董卓尝和解袁绍与公孙瓒矣，曹操尝和解刘备与吕布矣。仇敌相争，犹可暂时和解，况兄弟耶？而二袁不能听，悲夫！

　　曹操有时而仁，有时而暴。免百姓秋租，仁矣；而使百姓敲冰拽船，何其暴也！不杀逃民而纵之，仁矣；又戒令勿为军士所获，仍不禁军之杀民，何其暴也！其暴处多是真，其仁处多是假。盖曹操待冀州之民，与其待袁绍无以异耳。杀其子，夺其妇，取其地，而乃哭其墓。然则其哭也，为真慈悲乎，为假慈悲乎？奸雄之奸，非复常人意量所及。

　　急之则合，缓之则离，此郭嘉所以策冀州者也。其策辽东，亦犹是矣。曹操进军攻北，而谭与尚相和；及其回兵向南，而谭与尚遂相斗。观谭之与尚，而熙、尚之与公孙康，岂异此哉！但操于谭则两灭之，于熙、尚与康则一存而一灭之；于冀州，则待其乱而我灭之；于辽东，则听其自灭，而更不烦我灭之。此则微有不同者尔。

　　却说曹丕见二妇人啼哭，拔剑欲斩之。忽见红光满目，^{为甄氏立皇后伏笔。○曹操有黄星之应，曹丕亦有青云紫云之祥，正与红光相映成趣。}遂按剑而问曰：“汝何人也？”一妇人告曰：“妾乃袁将军之妻刘氏也。”丕曰：“此女何人？”刘氏曰：“此次男袁熙之妻甄氏也。因熙出镇幽州，甄氏不肯远行，故留于此。”丕拖此女近前，见披发垢面。丕以衫袖拭其面而观之，见甄氏玉肌花貌，有倾国之色，^{二语包着一篇《洛神赋》。}遂对刘氏曰：“吾乃曹丞相之子也，愿保汝家。汝勿忧虑。”遂按剑坐于堂上。

却说曹操统领众将入冀州城，将入城门，许攸纵马近前，以鞭指城门而呼操曰：“阿瞒，汝不得我，安得入此门？”^{骄甚，}^{浅甚。}操大笑。^{奸甚。}众将闻言，俱怀不平。^{为后许褚杀}^{许攸张本}操至绍府门下，问曰：“谁曾入此门来？”守将对曰：“世子在内。”操唤出责之。刘氏出拜曰：“非世子不能保全妾家，愿献甄氏为世子执箕帚。”^{妒妇此时何}^{无烈性？}操教唤出。甄氏拜于前。操视之曰：“真吾儿妇也！”遂令曹丕纳之。^{本谓袁谭得妻，却弄出袁熙失妻；本是袁氏欲娶曹}^{氏之女，却弄出曹氏娶袁氏之妇。奇绝，幻绝。}

操既定冀州，亲往袁氏墓下设祭，再拜而哭甚哀，^{奸雄身}^{段。}顾谓众官曰：“昔日吾与本初共起兵时，本初问我曰：‘若事不辑，方面何所可据？’吾问之曰：‘足下意欲若何？’本初曰：‘吾南据河，北阻燕、代，兼沙漠之众，南向以争天下，庶可以济乎？’吾答曰：‘吾任天下之智力，以道御之，无所不可。’^{虎牢关以前之}^{语，却从此}^{处补出。}此言如昨，而今本初已丧，吾不能不为流涕也！”众皆叹息。操以金帛粮米赐绍妻刘氏，^{刘氏受赐不}^{羞愧否？}乃下令曰：“河北居民遭兵革之难，尽免今年租赋。”^{此奸雄收拾}^{民心处。}一面写表申朝，操自领冀州牧。

一日，许褚走马入东门，正迎许攸。攸唤褚曰：“汝等无我，安能出入此门乎？”褚怒曰：“吾等千生万死，身冒血战，夺得城池，汝安敢夸口！”攸骂曰：“汝等皆匹夫耳，何足道哉！”褚大怒，拔剑杀攸，^{攸之当死不在此时，}^{在呼“阿瞒”之时矣。}早提头来见曹操说：“许攸如此无礼，某杀之矣！”操曰：“子远与吾旧交，故相戏耳，何故杀之！”^{奸雄假}^{话。}深责许褚，令厚葬许攸。^{都是奸雄}^{欺人处。}乃令人遍访冀州贤士。冀民曰：“骑都尉崔琰，字季珪，清河东武城人也。数曾献计于袁绍，绍不从，因此托疾在家。"操即召琰为本州别驾从事，_{此奸雄收拾士心处。}因谓曰："昨按本州户籍，共计三十万众，可谓大州。"琰曰："今天下分崩，九州幅裂，二袁兄弟相争，冀民暴骨原野，丞相不急存问风俗，救其涂炭，而先计校户籍，岂本州士女所望于明公哉？"_{曹操方夸其众多，崔琰却惜其匮乏。贤士之名，洵不虚传。}操闻言，改容谢之，待为上宾。

操已定冀州，使人探袁谭消息。时谭引兵劫掠甘陵、安平、渤海、河间等处，闻袁尚败走中山，乃统军攻之。尚无心战斗，径奔幽州投袁熙。谭尽降其众，欲复图冀州。操使人召之，谭不至。操大怒，驰书绝其婚，_{吕布与袁氏既绝婚而又送女，曹操与袁氏既许女而又绝婚。前后遥遥相对。}自统大军征之，直抵平原。谭闻操自统军来，遣人求救于刘表。表请玄德商议。玄德曰："今操已破冀州，兵势正盛，袁氏兄弟不久必为操擒，救之无益；况操常有窥荆襄之意，我只养兵自守，未可妄动。"表曰："然则何以谢之？"玄德曰："可作书与袁氏兄弟，以和解为名，婉词谢之。"_{正叙谭、操相攻，忽夹叙备、表共议，文势至此，又作一顿。}表然其言，先遣人以书遗谭。书略曰：

君子违难，不适仇国。日前闻君屈膝降曹，则是忘先人之仇，弃手足之谊，而遗同盟之耻矣。若冀州不弟，当降心相从。待事定之后，使天下平其曲直，不亦高义耶？_{先责其降操，后劝其睦尚。}

又与袁尚书曰：

"青州"天性峭急，迷其曲直。君当先除曹操，以卒先公之恨。事定之后，乃计曲直，不亦善乎？若迷而不返，则是韩卢、东郭自困于前，而遗田父之获也。先言睦谭之利，后言攻谭之害。○本为袁谭求救，而书并致袁尚，可见善和事人不止劝一边也。

谭得表书，知表无发兵之意，又自料不能敌操，遂弃平原，走保南皮。曹操追至南皮，时天气寒肃，河道尽冻，粮船不能行动。操令本处百姓敲冰拽船，百姓闻令而逃。操大怒，欲捕斩之。露出奸雄本相。百姓闻得，乃亲往营中投首。操曰："若不杀汝等，则吾号令不行；若杀汝等，吾又不忍。汝等快往山中藏避，休被我军士擒获。"己则放之，而若使军士获之，则曰："杀人者军士也，非我也。"奸雄之极。百姓皆垂泪而去。

袁谭引兵出城，与曹军相敌。两阵对圆，操出马以鞭指谭而骂曰："吾厚待汝，汝何生异心？"谭曰："汝犯吾境界，夺吾城池，赖吾妻子，照应前文，趣甚。反说我有异心耶！"操大怒，使徐晃出马。谭使彭安接战。两马相交，不数合，晃斩彭安于马下。谭军败走，退入南皮。操遣军四面围住。谭着慌，使辛评见操约降。此时何不仍与袁尚相和，求救于袁尚耶？操曰："袁谭小子，反覆无常，吾难准信。汝弟辛毗，吾已重用，汝亦留此可也。"评曰："丞相差矣。某闻：'主贵臣荣，主忧臣辱。'某久事袁氏，岂可背之！"袁谭不与弟合，是为私；辛评不与弟合，是为公。操知其不可留，乃遣回。评回见谭，言操不准投降。谭叱曰："汝弟见事曹操，汝怀二心耶？"评闻言，气满填胸，昏绝于地。谭令扶出，须臾而死。辛评之死，胜辛毗之生。谭亦悔之。

郭图谓谭曰："来日尽驱百姓当先，以军继其后，与曹操决一死战。"不惜百姓者能保土地乎？谭从其言。当夜尽驱南皮百姓，皆执刀枪听令。次日平明，大开四门，军在后，驱百姓在前，喊声大举，一齐拥出，直抵曹寨。两军混战，自辰至午，胜负未分，杀人遍地。操见未获全胜，乘马上山，亲自击鼓。将士见之，奋力向前，谭军大败。百姓被杀者无数。^{此时北方百姓大是当灾。}曹洪奋威突阵，正迎袁谭，举刀乱砍，谭竟被曹洪杀于阵中。^{杀袁谭者乃是曹操之弟，何曹氏有兄弟，而袁氏无兄弟耶？○曹洪杀袁谭，是叔翁杀侄婿矣。一笑。}郭图见阵大乱，急驰入城中。乐进望见，拈弓搭箭，射下城濠，人马俱陷。^{郭图驱民为兵，宜其死也。}

操引兵入南皮，安抚百姓。忽有一彪军来到，乃袁熙部将焦触、张南也。操自引军迎之。二将倒戈卸甲，特来投降。操封为列侯。又黑山贼张燕，引军十万来降，操封为平北将军；下令将袁谭首级号令，敢有哭者斩。头挂北门外，一人布冠衰衣，哭于头下。左右拿来见操。操问之，乃青州别驾王修也，^{王修哭袁谭之首，极似栾布哭彭越之头。}因谏袁谭被逐，^{应前。}今知谭死，故来哭之。操曰："汝知吾令否？"修曰："知之。"操曰："汝不怕死耶？"修曰："我生受其辟命，亡而不哭，非义也。畏死忘义，何以立世乎！若得收葬谭尸，受戮无恨。"^{语从血性中流出，读之可以作忠。}操曰："河北义士何其如此之多也！可惜袁氏不能用；若能用，则吾安敢正眼觑此地哉！"^{连前沮授、审配、辛评等，总赞一句。}遂命收葬谭尸，礼修为上宾，以为司金中郎将，因问之曰："今袁尚已投袁熙，取之当用何策？"修不答。^{好王修。}操曰："忠臣也。"^{明于兄弟之义者，必知君臣之分。}问郭嘉，嘉曰："可使袁氏降将焦触、张南等自攻之。"操用其言，随差焦触、张南、吕旷、吕翔、马延、张颛各引本部兵，分三路进攻幽州，^{数人皆袁氏旧将，正与王修反照。}一面使李典、乐进会合张燕，打并州，攻高干。^{前止策熙、尚，此带带补高干。}

且说袁尚、袁熙知曹兵将至，料难迎敌，乃弃城引兵星夜奔辽西投乌桓去了。幽州刺史乌桓触，聚幽州众官，歃血为盟，共议背袁向曹之事。乌桓触先言曰："吾知曹丞相当世英雄，今往投降，有不遵令者斩。"依次歃血。循至别驾韩珩，珩乃掷剑于地，大呼曰："吾受袁公父子厚恩，今主败亡，智不能救，勇不能死，于义缺矣！若北面而降曹，吾不为也！"_{韩珩自是奇士。}众皆失色。乌桓触曰："夫兴大事当立大义。事之济否，不待一人。韩珩既有志如此，听其自便。"推珩而出。_{乌桓不杀韩珩，亦是奇士。}乌桓触乃出城迎接三路军马，径来降操。操大喜，加为镇北将军。

忽探马来报："乐进、李典、张燕攻打并州，高干守住壶关口，不能下。"_{叙事甚省。}操自勒兵前往。三将接着，说干拒关难击。操集众将共议破干之计。荀攸曰："若破干，须用诈降计方可。"操然之，唤降将吕旷、吕翔，附耳低言如此如此。_{方叙韩珩不降，接叙二吕诈降，又与韩珩反照。}吕旷等引军数十，直抵关下，叫曰："吾等原系袁氏旧将，不得已而降曹。曹操为人诡谲，薄待吾等。吾今还扶旧主，可疾开关相纳。"高干未信，只教二将自上关说话。二将卸甲弃马而入，谓干曰："曹军新到，可乘其军心未定，今夜劫寨。某等愿当先。"干喜，从其言，_{二吕舍尚而降谭，又舍谭而降操，今复舍操而降干；即使真降，亦当虑其反覆矣。干乃信而不疑，宜其败也。}是夜教二吕当先，引万馀军前去。将至曹寨，背后喊声大震，伏兵四起。高干知是中计，急回壶关城，乐进、李典已夺了关。_{叙事又省笔。}高干夺路走脱，往投单于。操领兵拒住关口，使人追袭高干。干到单于界，正迎北番左贤王。干下马拜伏于地，言曹操吞并疆土，今欲犯王子地面，万乞救援，同力克复，以保北方。左贤王曰："吾与曹操无仇，岂有侵我土地？汝欲使我结怨于曹氏耶！"叱退高干。_{后有公孙康不敢纳二袁，此先有左贤王不肯纳高干作引。}干寻思无路，只得去投刘表。行至上潞，被都尉王琰所杀，将头解曹操。_{后有公孙康送}

二袁之头，此先有王 **操封琰为列侯。**
琰送高干之头作引。

并州既定，先取青州，次取冀州，又次取幽 操商议西击乌桓。曹
州，今又定并州，四州于此一结。
洪等曰："袁熙、袁尚兵败将亡，势穷力尽，远投沙漠。我今引
兵西击，倘刘备、刘表乘虚袭许都，我救应不及，为祸不浅矣。
请回师勿进为上。"此言二袁投乌桓不足患，郭嘉曰："诸公所言错
而刘备投刘表为足患。
矣。主公虽威震天下，沙漠之人恃其边远，必不设备；乘其无
备，卒然击之，必可破也。先说乌桓 且袁绍与乌桓有恩，而尚与熙
可击。
兄弟犹存，不可不除。次说乌桓不 刘表坐谈之客耳，先言刘表 自知才
可不击。 不足虑。
不足以御刘备，重任之则恐不能制，轻任之则备不为用。虽虚国
远征，公无忧也。"次言刘备可虑 操曰："奉孝之言极是。"遂率大
而不足虑。
小三军，车数千辆，望前进发。但见黄沙漠漠，狂风四起；道路
崎岖，人马难行。四句抵得一篇 操有回军之心，问于郭嘉。嘉此时
《塞上行》。
不伏水土，卧病车中。操泣曰："因我欲平沙漠，使公远涉艰
辛，以至染病，吾心何安！"嘉曰："某感丞相大恩，虽死不能
报万一。"操曰："吾见北地崎岖，意欲回军，若何？"嘉曰：
"兵贵神速。今千里袭人，辎重多而难以趋利，不如轻兵兼道以
出，掩其不备。但须得识径路者为引导耳。"病人能作如此壮健语，
毋怪今之壮健人反奄奄
如作病中
语也。

遂留郭嘉于易州养病，求乡道官以引路。人荐袁绍旧将田畴
深知此境，操召而问之。畴曰："此道秋夏间有水，浅不通车
马，深不载舟楫，最难行动，不如回军，从卢龙口越白檀之险，
出空虚之地，前近柳城，掩其不备，冒顿可一战而擒也。"
地势如在 操从其言，封田畴为靖北将军，作乡道官为前驱，张辽为
指掌。
次，操自押后，倍道轻骑而进。田畴引张辽前至白狼山，正遇袁

熙、袁尚会合冒顿等数万骑前来。张辽飞报曹操。操自勒马登高望之，见冒顿兵无队伍，参差不整。操谓张辽曰："敌兵不整，便可击之。"乃以麾授辽。辽引许褚、于禁、徐晃分四路下山，奋力急攻，冒顿大乱。辽拍马斩冒顿于马下，馀将皆降。袁熙、袁尚引数千骑投辽东去了。

操收军入柳城，封田畴为柳亭侯，以守柳城。畴涕泣曰："某负义逃窜之人耳，蒙厚恩全活，为幸多矣，岂可卖卢龙之寨以邀赏禄哉！死不敢受侯爵。"_{田畴为操设谋，虽不及王修之不答，而不受侯爵，则高于吕旷等多矣。}操义之，乃拜畴为议郎。操抚慰单于人等，收得骏马万匹，即日回兵。时天气寒且旱，二百里无水，军又乏粮，杀马为食，凿地三四十丈方得水。_{回想决漳河、通白沟之时，何水之多，而今何水之少也。湿则极湿，干则极干，前后映射成趣。}操回至易州，重赏先曾谏者，因谓众将曰："孤前者乘危远征，侥幸成功。虽得胜，天所佑也，不可以为法。诸君之谏，乃万安之计，是以相赏。后勿难言。"_{与袁绍之杀田丰真霄壤之隔。}操到易州时，郭嘉已死数日，停柩在公廨。操往祭之，大哭曰："奉孝死，乃天丧吾也！"回顾众官曰："诸君年齿，皆孤等辈，唯奉孝最少，吾欲托以后事。不期中年夭折，使吾心肠崩裂矣！"_{前哭袁绍是假哭，今哭郭嘉是真哭。}嘉之左右将嘉临死所封之书呈上曰："郭公临死，亲笔书此，嘱曰：'丞相若从书中所言，辽东事定矣。'"_{此微露一句，却不叙明，妙。}操拆书视之，点头嗟叹。诸人皆不知其意。_{此处更不说明，妙甚。}次日，夏侯惇引众人禀曰："辽东太守公孙康久不宾服，_{此处诸将口中点出，妙甚。}今袁熙、袁尚又往投之，必为后患。不如乘其未动，速往征之，辽东可得也。"操笑曰："不烦诸公虎威。数日之后，公孙康自送二袁之首至矣。"_{奇语，疑惑煞人。}诸将皆不肯信。_{不独当时诸将不肯信，即今读者亦不肯信。}

却说袁熙、袁尚引数千骑奔辽东。辽东太守公孙康，本襄平人，武威将军公孙度之子也。当日知袁熙、袁尚来投，遂聚本部属官商议此事。公孙恭曰："袁绍存日，常有吞辽东之心；今袁熙、袁尚兵败将亡，无处依栖，来此相投，是鸠夺鹊巢之意也。若容纳之，后必相图。不如赚入城中杀之，献头与曹公，曹公必重待我。"^{所言亦大是，然使公孙康此时即听其言，又不足为奇。}康曰："只怕曹操引兵下辽东，又不如纳二袁使为我助。"^{有此一折，方见郭嘉遗计之奇。}恭曰："可使人探听。如曹兵来攻，则留二袁；如其不动，则杀二袁，送与曹公。"^{皆在郭嘉料中。}康从之，使人去探消息。

却说袁熙、袁尚至辽东，二人密议曰："辽东军兵数万，足可与曹操争衡。今暂投之，后当杀公孙康而夺其地，养成气力而抗中原，可复河北也。"^{不出公孙恭之料。}商议已定，乃入见公孙康。康留于馆驿，只推有病，不即相见。不一日，细作回报："曹操兵屯易州，并无下辽东之意。"公孙康大喜，乃先伏刀斧手于壁衣中，使二袁入。^{皆在郭嘉料中。}相见礼毕，命坐。时天气严寒，尚在床榻上无裀褥，谓康曰："愿铺坐席。"康嗔目言曰："汝二人之头将行万里，何席之有！"^{写得突兀惊人。}尚大惊。康叱曰："左右何不下手！"刀斧手拥出，就坐席上砍下二人之头，用木匣盛贮，使人送到易州，来见曹操。^{皆在郭嘉料中。}时操在易州，按兵不动。夏侯惇、张辽入禀曰："如不下辽东，可回许都。恐刘表生心。"操曰："待二袁首级至，即便回兵。"^{更不说明缘故，正不知葫芦内卖甚药。}众皆暗笑。忽报辽东公孙康遣人送袁熙、袁尚首级至，众皆大惊。使者呈上书信。操大笑曰："不出奉孝之料！"重赏来使，封公孙康为襄平侯、左将军。众官问曰："何为不出奉孝之所料？"操遂出郭嘉

书以示之。一路隐隐跃跃，至此方
出书相示，文势绝妙。书略曰：

今闻袁熙、袁尚往投辽东，明公切不可加兵。公孙康久畏袁
氏吞并，二袁往投必疑。若以兵击之，必并力迎敌，急不可下；
若缓之，公孙康、袁氏必自相图，其势然也。郭嘉遗书在众人
眼中看出，妙。

众皆踊跃称善。操引众官复设祭于郭嘉灵前。亡年三十八岁，从
征十有一年，多立奇勋。此处又叙郭
嘉行状。后人有诗赞曰：

天生郭奉孝，豪杰冠群英。腹内藏经史，胸中隐甲兵。
运谋如范蠡，决策似陈平。可惜身先丧，中原梁栋倾。

操领兵还冀州，使人先扶郭嘉灵柩于许都安葬。

程昱等请曰："北方既定，今还许都，可早建下江南之
策。"操笑曰："吾有此志久矣。诸君所言，正合吾意。"早为后
文赤壁
鏖兵伏
线。是夜宿于冀州城东角楼上，凭栏仰观天文。将叙地下金光，先
叙天上星文，斗
笋绝
妙。时荀攸在侧，操指曰："南方旺气灿然，恐未可图也。"又为
后文
赤壁兵败
伏线。攸曰："以丞相天威，何所不服！"正看间，忽见一道金
光，从地而起。攸曰："此必有宝于地下。"操下楼令人随光掘
之。正是：

星文方向南中指，金宝旋从北地生。

不知所得何物，且听下文分解。

第三十四回　蔡夫人隔屏听密语　刘皇叔跃马过檀溪

劉皇叔躍馬過檀溪

　　管仲之有三归，或云是台，或云是女。以今度之，意者管仲喜得三归之女，而即以此名其台，未可知也。然则是台亦是女，非有两三归也。若铜雀之二桥则不然：曹植所欲建者，玉龙、金凤所接之二桥；曹操所欲得者，乃孙策、周瑜所娶之二乔。"桥"之与"乔"则有辨矣。

　　此卷以雀始，以马终。有曹操得雀，却远引舜母梦雀；有舜母梦雀，却便有禅母梦斗。又因铜雀生出金凤，又因金凤生出玉龙。前有凤与龙，后有鹤与马。将有的卢之跃，先有白鹤之鸣。至于张武丧马，赵云夺马，刘备送马，刘表还马，蒯越相马，伊籍谏马：种种波澜，无不层折入妙。此文中佳境。

　　前卷百忙中忽叙曹丕生时之异，此卷百忙中忽叙刘禅生时之祥：皆为后日称帝张本也。然叙曹丕于入冀州之时，是追叙已往；此叙刘禅于屯新野之日，是现叙目前：又是一样笔法。

　　袁绍昵后妻，刘表亦昵后妻；袁绍爱幼子，刘表亦爱幼子；袁绍优柔不断，刘表亦优柔不断。两人性情，何其相似至于如此之甚也！一则以家世自矜，大而无当；一则以虚名自爱，文而无用。虽胄美三公，名高八俊，亦何益哉！然刘表亦有过于袁绍者：绍以逢纪之谮而杀田丰，表不以蔡瑁之谮而杀玄德。毕竟声望中人，犹较胜于阀阅中人。

　　曹操攻冀州之时，备不劝表袭许都；至操击乌丸之时，备乃劝表袭许都。其故何也？从冀州回救许都也近，近则不可袭；从乌丸回救许都也远，远则可袭：势不同也。且有不救袁谭而示怯于前，操必轻表而不设备。乘其不备而袭之，此所谓"始如处女，后若脱兔"，真兵家之妙算也。刘表不用备言，失此机会，可胜叹哉!

蔡夫人从屏风后窃听,大是怕人。玄德襄阳赴会,几乎丧命,皆此一听所致。不独景升害怕,玄德亦当害怕;不独玄德害怕,即读者至此,亦为之寒心咋舌也。今日惧内之家,多有此风。凡宾客至堂中叙话者,切宜仔细,不可妄言,恐惊动屏风后窃听之人,不是要处。

天下怕老婆之人,未有不缘于爱老婆者也。爱极生怕。怕则不敢,爱则不忍。不忍与不敢之心合,而于是妻之旨不可违,妻之锋不可犯,而妻党之权,遂牢固而不可破矣。虽然,今天下岂少刘景升哉?笑景升者复为景升,吾正恐景升笑人耳。

光武过滹沱之马,安行水上;昭烈过檀溪之马,几陷水中。李世民过涧之马,却有三跳;刘玄德过溪之马,只是一跃。金太祖混同江之马,按辔而行;刘先主檀溪之马,超越而过。宋高宗渡江之马,死马当活马骑;汉昭烈过溪之马,劣马作神马用。读书至此,真千古奇观!

范增欲杀沛公,而项羽不忍;蔡瑁欲杀玄德,而刘表不忍。然鸿门之宴,项羽在,故范增不能为政;襄阳之宴,刘表不在,则蔡瑁为政。由此言之,襄阳一会,其更险于鸿门哉!

却说曹操于金光处,掘出一铜雀,问荀攸曰:"此何兆也?"攸曰:"昔舜母梦玉雀入怀而生舜。今得铜雀,亦吉祥之兆也。"后曹丕欲学舜之禅尧, 于此先伏一笔。操大喜,遂命作高台以庆之。乃即日破土断木,烧瓦磨砖,筑铜雀台于漳河之上,约计一年而工毕。大兵之后,又兴大役, 爱民者如是乎?少子曹植进曰:"若建层台,必立三座:中间高者，名为铜雀；左边一座，名为玉龙；右边一座，名为金凤。又作两条飞桥，横空而上，乃为壮观。"操曰："吾儿所言甚善。他日台成，足可娱吾老矣！"原来曹操有五子，唯植性敏慧，善文章，曹操平日最爱之。于是留曹植与曹丕在邺郡造台，使张燕守北寨。操将所得袁绍之兵，共五六十万，班师回许都，大封功臣。又表赠郭嘉为贞侯，养其子奕于府中。复聚众谋士商议，欲南征刘表。荀彧曰："大军方北征而回，未可复动。且待半年，养精蓄锐，刘表、孙权可一鼓而下也。"操从之，遂分兵屯田，以候调用。

（又生出玉龙、金凤以配铜雀，更觉分外生色。）
（此所云二桥乃"桥"也，非"乔"也。）
（为后大宴铜雀台及临终时遗命伏线。）
（为后七步成章伏线。）
（前文叙袁绍爱少子，后文叙刘表爱少子，此又叙曹操爱少子，正与前后相映射。）
（以上了却北方事，以下专叙南方事。）
（带说孙权，为赤壁伏线。）

却说玄德自到荆州，刘表待之甚厚。一日，正相聚饮酒，忽报降将张武、陈孙在江夏掳掠人民，共谋造反。表惊曰："二贼又反，为祸不少！"玄德曰："不须兄长忧虑，备请往讨之。"表大喜，即点三万军，与玄德前去。玄德领命即行，不一日，来到江夏。张武、陈孙引兵来迎。玄德与关、张、赵云出马在门旗下，望见张武所骑之马，极其雄骏。玄德曰："此必千里马也。"言未毕，赵云挺枪而出，径冲彼阵。张武纵马来迎，不三合，被赵云一枪刺落马下，随手扯住辔头，牵马回阵。陈孙见了，随赶来夺。张飞大喝一声，挺枪直出，将陈孙刺死。众皆溃散。玄德招安馀党，平复江夏诸县，班师而回。

（曹操喜得死雀，刘备却爱活马。）
（子龙凑趣。）

表出郭迎接入城，设宴庆功。酒至半酣，表曰："吾弟如此雄才，荆州有倚赖也。但忧南越不时来寇，张鲁、孙权皆足为虑。"

（此段专为得马而叙，为檀溪张本。○此番为得马而叙，而夺马杀将，偏用子龙、翼德，不用骑赤兔马之人，是其用笔闲处拗处。）
（但虑南越张鲁、孙权，而独不虑及曹）

操，可谓知近 玄德曰："弟有三将，足可委用：使张飞巡南越之境；
不知远矣。
云长拒固子城，以镇张鲁；赵云拒三江，以当孙权。何足虑
哉？" 玄德所虑，只 表喜，欲从其言。蔡瑁告其姊蔡夫人曰：不告姊丈而
在曹操耳。 告其姊，其
姊之为姊可知，而姊丈 "刘备遣三将居外，而自居荆州，久必为患。" 蔡
之为姊丈亦可知矣。
夫人乃夜对刘表曰："夜对"妙， "我闻荆州人多与刘备往来，不可不
谱得其时矣。
防之。今容其住居城中无益，不如遣使他往。" 表曰："玄德仁人
也。" 蔡氏曰："只恐他人不似汝心。" 呼夫人曰"汝"， 表沉吟不答。
夫人之尊如此。
此时不即遣玄德，又作一顿，
是刘表缓处，是文字曲处。

次日出城，见玄德所乘之马极骏，问之，知是张武之马，表
称赞不已。玄德遂将此马送与刘表。玄德赞马，赵云凑趣夺来；刘 表大
表赞马，玄德又凑趣送来。
喜，骑回城中。蒯越见而问之。表曰："此玄德所送也。" 越
曰："昔先兄蒯良 蒯良之死，只在 最善相马，越亦颇晓。此马眼下有
蒯越口中带出。
泪槽，额边生白点，名为'的卢'，骑则妨主。张武为此马而
亡，主公不可乘之。" 若云亡张武者是的卢，则亡吕布 表听其言。次日
者岂赤兔耶？恐不任咎也。
请玄德饮宴，因言曰："昨承惠良马，深感厚意。但贤弟不时征
进，可以用之。敬当送还。" 玄德起谢。表又曰："贤弟久居此
间，恐废武事。襄阳属邑新野县，颇有钱粮。弟可引本部军马于
本县屯札，何如？" 数语已在前沉吟 玄德领诺。次日，谢别刘表，引
不语时算定矣。
本部军马径往新野。从荆州移屯新野，与前从徐 方出城门，只见一人在
州移屯小沛，同一局面。
马前长揖曰："公所骑马，不可乘也。" 玄德视之，乃荆州幕宾
伊籍，字机伯，山阳人也。玄德忙下马问之。籍曰："昨闻蒯异
度对刘荆州云：'此马名的卢，乘则妨主。'因此还公。公岂可
复乘之？" 蒯越学蒯良之相马以告刘表，伊籍又述蒯越之 玄德曰："深感先
相马以告玄德。只一马耳，却生出无数曲折。
生见爱。但凡人死生有命，岂马所能妨哉！" 刘表惧妨，玄德不
惧妨，即此便见两

籍服其高见，自此常与玄德往来。^{为后伊籍两番救玄德伏线。}（人高下。）

玄德自到新野，军民皆喜，政治一新。建安十二年春，甘夫人生刘禅。是夜有白鹤一只，飞来县衙屋上，^{崔从地出，鹤自天来，前后闲闲映射。}高鸣四十馀声，望西飞去。^{应后刘禅称帝西川四十馀年。}临分娩时，异香满室。甘夫人当夜梦仰吞北斗，因而怀孕，故乳名阿斗。^{前见黄星，此梦北斗，又闲闲映射。○忙中忽夹叙阿斗降生事，却又并非闲笔。}此时曹操正统兵北征。玄德乃往荆州，说刘表曰："今曹操悉兵北征，许昌空虚，若以荆襄之众，乘间袭之，大事可就也。"^{读前卷曹操北征乌桓之时，深怪刘备在荆州何便睡着。今观此处，方知英雄谋略。}表曰："吾坐据九州足矣，岂可别图？"^{不出前卷郭嘉所料。}玄德默然。表邀入后堂饮酒。酒至半酣，表忽然长叹。玄德曰："兄长何故长叹？"表曰："吾有心事，未易明言。"^{此时不即说出缘故，是刘表缓处，是文字曲处。}玄德再欲问时，蔡夫人出立屏后。刘表乃垂头不语。^{写尽悍妇防察之严、暗夫畏忌之状。○先写蔡夫人此番窃听却无所闻，妙甚。}须臾席散，玄德自归新野。

至是年冬间，曹操自柳城回，玄德甚叹表之不用其言。忽一日，刘表遣使至，请玄德赴荆州相会。玄德随使而往。刘表接着，叙礼毕，请入后堂饮宴，因谓玄德曰："近闻曹操提兵回许都，势日强盛，必有吞并荆襄之心。昔日悔不听贤弟之言，失此好机会。"^{九州铁铸不成此一大错。}玄德曰："今天下分裂，干戈日起，机会岂有尽乎？若能应之于后，未足为恨也。"^{往者不可谏，来者犹可追。}表曰："吾弟之言甚当。"相与对饮。酒酣，表忽潸然下泪。^{前止长叹，此写下泪，文势纡徐有致。}玄德问其故。表曰："吾有心事，前者欲诉与贤弟，未得其便。"玄德曰："兄长有何难决之事？倘有用弟之处，弟虽死不辞。"表曰："前妻陈氏所生长子琦，为人虽贤，而柔懦不足立大事；后妻蔡氏所生少子琮，颇聪明。^{此在刘表口中叙出，省笔。}吾欲废长立

453

幼，恐碍于礼法；欲立长子，争奈蔡氏族中，皆掌军务，后必生乱：因此委决不下。"〔前不说明，此方说出，文势纡徐有致。○既爱少子，又怜长子；既怜长子，又畏蔡氏，活画一没主意无决断人。〕玄德曰："自古废长立幼，取乱之道。若忧蔡氏权重，可徐徐削之，不可溺爱而立少子也。"〔自是正论。〕表默然。

原来蔡夫人素疑玄德，凡遇玄德与表叙论，必来窃听。〔前既先写蔡夫人出立屏后，此处所叙便不突然。〕是时正在屏风后，闻玄德此言，心甚恨之。〔后文孔明不对刘琦之问、直至登楼去梯而后言者，正恐此属垣之有耳也。〕玄德自知语失，遂起身如厕。因见己身髀肉复生，亦不觉潸然流泪。〔刘表下泪是儿女态，玄德下泪是英雄气。〕少顷复入席。表见玄德有泪容，怪问之。玄德长叹曰："备往常身不离鞍，髀肉皆散；今久不骑，髀里肉生。日月蹉跎，老将至矣，而功业不建，是以悲耳！"〔刘表为家庭系情，刘玄德为天下发愤。〕表曰："吾闻贤弟在许昌，与曹操青梅煮酒，共论英雄；贤弟尽举当世名士，操皆不许，而独曰'天下英雄，惟使君与操耳'。〔青梅煮酒事已隔数卷，忽于此处一提。〕以曹操之权力，犹不敢居吾弟之先，何虑功业不建乎？"玄德乘着酒兴，失口答曰："备若有基本，天下碌碌之辈，诚不足虑也。"〔前于曹操面前假作愚人身分，今在刘表面前却露出英雄本色。〕表闻言默然。玄德自知失语，托醉而起，归馆舍安歇。〔前写玄德默然，后写刘表默然；前写刘表长叹，后写玄德长叹；前写刘表下泪，后写玄德下泪；前云玄德自知失语、起身如厕，后又云玄德自知失语、托醉而起：皆故意作此两两相对之笔，闲甚，细甚。〕后人有诗赞玄德曰：

曹公屈指从头数，天下英雄独使君。

髀肉复生犹感叹，争教寰宇不三分？

却说刘表闻玄德语，口虽不言，必怀不足，别了玄德，退入内宅。蔡夫人曰："适间我于屏后听得刘备之言甚轻觑人，足见其有吞并荆州之意。今若不除，必为后患。" 屏后所闻着恼，只在前语；今激刘表，却只说他人后语：妇人狡猾。 表不答，但摇头而已。活画刘表。 蔡氏乃密召蔡瑁入，商议此事。瑁曰："请先就馆舍杀之，然后告知主公。读至此为玄德捏一把汗。 蔡氏然其言。瑁出，便连夜点军。蔡瑁不奉刘表之命便欲点军杀玄德，想见蔡瑁之横、蔡夫人之专，而刘表之弱。

却说玄德在馆舍下秉烛而坐，三更以后方欲就寝，忽一人叩门而入，视之，乃伊籍也。来得闪忽。 原来伊籍探知蔡瑁欲害玄德，特夤夜来报。此伊籍第一番救玄德。 当下伊籍将蔡瑁之谋，报知玄德，催促玄德速速起身。玄德曰："未辞景升，如何便去？"籍曰："公若辞，必遭蔡瑁之害矣。"玄德乃谢别伊籍，急唤从者，一齐上马，不待天明，星夜奔回新野。比及蔡瑁领军到馆舍时，玄德已去远矣。瑁悔恨无及，乃写诗一首于壁间，幻想。 径入见表曰："刘备有反叛之意，题反诗于壁上，不辞而去矣。" 玄德谏刘表，是几句真话；蔡瑁陷玄德，是一首假诗。 表不信，亲诣馆舍观之，果有诗四句。诗曰：

数年徒守困，空对旧山川。龙岂池中物，乘雷欲上天！龙跃池中，正应马跃溪中。假诗之句，已预为之谶矣。

刘表见诗大怒，拔剑言曰："誓杀此无义之徒！"行数步，猛省曰："吾与玄德相处许多时，不曾见作诗。此必外人离间之计也。"遂回步入馆舍，用剑尖削去此诗，弃剑上马。忽而大怒，忽而猛省；忽而拔剑，忽而弃剑，如潮起潮落，是刘表好处，是文字曲处。 蔡瑁请曰："军士已点齐，可就往新野擒刘备。"表曰："未可造次，容徐图之。" 既识破假，不即说明，乃作此葫芦提语，是刘表缓处，是文字曲处。 蔡瑁见表持疑不决，乃暗与蔡夫人商议，即日大会众官于襄阳，就彼处谋之。次日，瑁禀表曰："近年丰熟，合聚众官于襄阳，以示抚劝之意。请主公一行。"表曰："吾近日气疾作，实不能行。可令二子为主待客。"瑁曰："公子年幼，恐失于礼节。"表曰："可往新野请玄德待客。"^{请玄德赴会，不用蔡瑁说，却用刘表说，妙甚。}瑁暗喜正中其计，便差人请玄德赴襄阳。

却说玄德奔回新野，自知失言取祸，未对众人言之。忽使者至，请赴襄阳。孙乾曰："昨见主公匆匆而回，意甚不乐。愚意度之，在荆州必有事故。今忽请赴会，不可轻往。"^{一个说不该去。}玄德方将前项事诉与诸人。^{归时不说，至此方说，曲甚。}云长曰："兄自疑心语失，刘荆州并无嗔责之意。外人之言，未可轻信。襄阳离此不远，若不去，则荆州反生疑矣。"^{一个说该不去。}玄德曰："云长之言是也。"张飞曰："筵无好筵，会无好会，不如休去。"^{又一个说不该去。}赵云曰："某将马步军三百人同往，可保主公无事。"^{一个愿领兵随去。}玄德曰："如此甚好。"遂与赵云即日赴襄阳。

蔡瑁出郭迎接，意甚谦谨。^{写蔡瑁之诈。}随后刘琦、刘琮二子，引一班文武官僚出迎。玄德见二公子俱在，并不疑忌。是日请玄德于馆舍暂歇。赵云引三百军围绕保护。云披甲挂剑，行坐不离左右。^{写赵云之忠。}刘琦告玄德曰："父亲气疾作，不能行动，特请叔父待客，抚劝各处守牧之官。"玄德曰："吾本不敢当此，既有兄命，不敢不从。"次日，人报九郡四十一州官员俱已到齐。蔡瑁预请蒯越计议曰："刘备世之枭雄，久留于此，后必为害，可就今日除之。"越曰："恐失士民之望。"瑁曰："吾已密领刘荆州言语在此。"^{蔡瑁欺刘表既用假诗，欺蒯越又传假命。}越曰："既如此，可预作准备。"瑁曰："东门岘山大路，已使吾弟蔡和引军守把，南门外已使蔡中守把，北门外已使蔡勋守把。"^{三蔡伏兵，只在蔡瑁口中叙出，最省笔。}止有西门不必守把，前有檀溪阻隔，虽数万之众，不易过也。"先说得如此之险，方见后文脱难之奇。越曰："吾见赵云不离玄德，恐难下手。"瑁曰："吾伏五百军在城内准备。"越曰："可使文聘、王威二人另设一席于外厅，以待武将。先请住赵云，然后可行事。"与张绣欲谋曹操，先使人灌醉典韦，同一方法。瑁从其言。当日杀牛宰马，大张筵席。玄德乘的卢马至州衙，命牵入后园拴系。此处写马、写后园，极似闲笔，却俱暗为后文伏线，妙。众官皆至堂中。玄德主席，二公子两边分坐，其馀各依次而坐。赵云带剑立于玄德之侧。文聘、王威入请赵云赴席。云推辞不去。极写赵云精细。玄德令云就席，云勉强应命而出。蔡瑁在外收拾得铁桶相似，将玄德带来三百军，都遣归馆舍，只待半酣，号起下手。读至此，又为玄德捏一把汗。酒至三巡，伊籍起把盏，至玄德前，以目视玄德，低声谓曰："请更衣。"玄德会意，即起如厕。伊籍把盏毕，疾入后园，接着玄德，附耳报曰："蔡瑁设计害君，城外东、南、北三处，皆有军马守把。唯西门可走，公宜急逃！"此伊籍第二番救玄德，写得又闪忽、又精微。玄德大惊，急解的卢马，开后园门牵出，飞身上马，不顾从者，匹马望西门而走。门吏问之，玄德不答，加鞭而出。门吏当之不住，飞报蔡瑁。瑁即上马，引五百军随后追赶。前云伏军五百在城，正为此句伏线。

却说玄德撞出西门，行无数里，前有一大溪，拦住去路。读至此，又为玄德捏一把汗。那檀溪涧数丈，水通湘江，其波甚紧。极言其险，愈见后文脱难之奇。玄德到溪边，见不可渡，勒马再回，若此时便写跃马，则无步骤矣。勒马再回，情势迫真。遥望城西尘头大起，追兵将至。玄德曰："今番死矣！"遂回马到溪边。回头看时，追兵已近。急极矣，险极矣。玄德着慌，纵马下溪。纵马下溪，是慌极举动，情势迫真。行不数步，马前蹄忽陷，浸湿衣袍。不便写跃马，偏有此一折，愈出愈奇，愈险愈妙。玄德乃加鞭大呼曰："的卢，的卢！今日妨吾！"急到没去处，险到没去处，读者以为必无生路矣。下文忽然死里逃生，真乃出人意表。言毕，那马忽从水中涌身而起，一跃三丈，飞上西岸。玄德如从云雾中起。文不险不奇，事不急不快。急绝险绝之时，忽翻出奇绝快绝之事，可惊，可喜。后来苏学士有古风一篇，单咏跃马檀溪事。诗曰：

老去花残春日暮，宦游偶至檀溪路。停骖适望独徘徊，眼前零落飘红絮。暗想咸阳火德衰，龙争虎斗交相持。襄阳会上王孙饮，坐中玄德身将危。逃生独出西门道，背后追兵复将到。一川烟水涨檀溪，急叱征骑往前跳。马蹄踏碎青玻璃，天风响处金鞭挥。耳畔但闻千骑走，波中忽见双龙飞。西川独霸真英主，坐上龙驹两相遇。檀溪溪水自东流，龙驹英主今何处！临流三叹心欲酸，斜阳寂寂照空山。三分鼎足浑如梦，踪迹空流在世间。

玄德跃过溪西，顾望东岸。蔡瑁已引军赶到溪边，大叫："使君何故逃席而去？"本是逃死乃云逃席。玄德曰："吾与汝无仇，何故欲相害？"瑁曰："吾并无此心。使君休听人言。"玄德见瑁手将拈弓取箭，乃急拨马望西南而去。写蔡瑁尚有余势，玄德尚有余慌。瑁谓左右曰："是何神助也？"不特蔡瑁吃惊，即读者至今犹未信。方欲收军回城，只见西门内赵云引三百军赶来。前顷写赵云随身保护，读者以为玄德全仗此人矣，不谓报信者乃伊籍，跃溪者乃的卢，赵云竟未及相助。今玄德已去，蔡瑁将归而赵云忽然劈面赶来，读者又疑后文赵云必杀蔡瑁也。正是：

跃去龙驹能救主，追来虎将欲诛仇。

未知蔡瑁性命如何，且听下文分解。

第三十五回

玄德南漳逢隐沦

单福新野遇英主

單福新野遇英主

此卷为玄德访孔明，孔明见玄德作一引子耳。将有南阳诸葛庐，先有南漳水镜庄以引之；将有孔明为军师，先有单福为军师以引之。不特此也，前卷有玉龙、金凤，此卷乃有伏龙、凤雏；前卷有一雀一台，此卷乃有一凤一龙：是前卷又为此卷作引也。究竟一凤一龙，未曾明指其为谁。不但水镜不肯说龙、凤姓名，即单福亦不肯自道其真姓名。"庞统"二字在童子口中轻轻逗出，而玄德却不知此人之即为凤雏；"元直"二字在水镜夜间轻轻逗出，而玄德却不知此人之即为单福。隐隐跃跃，如帘内美人，不露全身，只露半面，令人心神慌惚，猜测不定。至于"诸葛亮"三字，通篇更不一露，又如隔墙闻环珮声，并半面亦不得见。纯用虚笔，真绝世妙文！

赵云在襄阳城外，檀溪水边，接连几个转身，不见玄德，可谓急矣。若使翼德处此，必杀蔡瑁；若使云长处此，纵不杀蔡瑁，必拿住蔡瑁，要在他身上寻还我兄，安肯将蔡瑁轻轻放过，却自寻到新野，又寻到南漳乎？三人忠勇一般，而子龙为人又极精细，极安顿。一人有一人性格，各各不同，写来真是好看。

前玄德以髀肉复生而悲，何其壮也！今至南漳道中，见牧童吹笛而来，乃有"吾不如也"之叹，顿使英雄气尽。盖马蹄甚危，牛背甚稳；长鞭甚急，短笛甚闲。碌碌半生，征鞍劳苦，岂若散发林间，行吟泽畔，为足逍遥而适志耶？非但玄德不如，即效死之庞统，尽瘁之孔明，皆不如也。水镜先生宁老于南漳而不出，有以夫！玄德于波翻浪滚之后，忽闻童子吹笛，先生鼓琴；于电走风驰之后，忽见石案香清，松轩茶熟。正在心惊胆战，俄而气定神闲。真如过弱水而访蓬莱，脱苦海而游阆苑，恍疑身在神仙境界矣！至于夜半听水镜与元直共语，仿佛王积薪听妇姑奕棋。虽极分明，却费揣度。可闻而不可知，可听而不可见。尤神妙之至！水镜述襄阳童谣曰："泥中蟠龙向天飞。"是以玄德比龙也。前蔡瑁捏造玄德反诗曰："龙岂池中物？"亦以玄德比龙也。苏子瞻《檀溪》古风一篇，有"波中忽见双龙飞"之句，是又谓真主一龙，骏马亦一龙也。然人但知如龙之主，自有如龙之马以救之；不知如龙之主，不可无如龙之士以佐之。"泥中龙"、"池中龙"、"波中龙"，凡写无数"龙"字，总只为引起伏龙一人而已。

水镜之荐伏龙、凤雏，不肯明指其人，是荐而犹未荐也；然不便说出，正深于荐者也。何也？其人郑重，而言之不甚郑重，则听者不知其为郑重矣。唯郑重言之，使知其人之重。说且不可轻说，见又不可轻见，用又何可轻用耶？此三顾之勤，所以不敢后；而百里之任，所以不敢辱也。

袁绍之信逢纪，不知其恶也；其杀田丰，囚沮授，不知其善也。若刘表既知玄德之贤而不能用，既知蔡瑁之恶而不能去，是好贤不如缁衣，与不知贤者等；恶恶不如巷伯，与不知恶者等耳。元直之辞之也宜哉？

观玄德遇元直一段文字，何其纡徐而曲折也！在水镜庄上，彼此各不相见。水镜与元直语，并不说出玄德。明日与玄德语，并不说出元直。及玄德归新野，元直亦更不造谒。直待市上行歌，马前邂逅，然后邀入县衙。读者至此，以为此时方得遇合矣，而不知其犹未即合也。又借相马作一波澜：一则将欲事之，乃先试之；一则将欲用之，忽欲拒之。迨说明相试之故，然后彼此欢洽。可见人之轻率径遂者，必非妙人；文之轻率径遂者，必非妙文。今人作稗官，每到两人相合处，便急欲其就，唯恐其不就；有如此之纡徐曲折者乎？故读稗官，愈思《三国》一书之妙也。

却说蔡瑁方欲回城，赵云引军赶出城来。原来赵云正饮酒间，忽见人马动，急入内观之，席上不见了玄德。前先叙蔡瑁路上见赵云，此方补叙赵云席上不见玄德，叙事妙品。云大惊，出投馆舍，听得人说："蔡瑁引军望西赶去了。"云火急绰枪上马，引着原带来三百军，奔出西门，正迎见蔡瑁，急问曰："吾主何在？"瑁曰："使君逃席而去，不知何往。"赵云是谨细之人，不肯造次，此时不杀蔡瑁，是子龙精细处，然实读者所不测。即策马前行。遥望大溪，别无去路，乃复回马，喝问蔡瑁曰："汝请吾主赴宴，何故引着军马追来！"瑁曰："九郡四十一州县官僚俱在此，吾为上将，岂可不防护？"云曰："汝迫吾主何处去了？"问语一句，紧一句。瑁曰："闻使君匹马出西门，到此却又不见。"云惊疑不定，直来溪边看时，只见隔岸一带水迹。写到隔岸水迹，闲甚，细甚。云暗忖曰："难道连马跳过了溪去？"以为必无之事。令三百军四散观望，并不见踪迹。先遥望，次近看，次令众人四散观望，写得情景逼真。云再回马时，蔡瑁已入城去了。云乃拿守门军士追问，皆说："刘使君飞马出西门而去。"云再欲入城，又恐有埋伏，遂急引军归新野。写子龙四番盘问，两度到溪，两次回马，极慌张，又极精细。

却说玄德跃马过溪，似醉如痴，想："此阔涧一跃而过，岂非天意！"非惟读者不信，即玄德当日亦自不信。迤逦望南漳策马而行，日将沉西。正行之间，见一牧童跨于牛背上，口吹短笛而来。忽然别出奇境。玄德叹曰："吾不如也！"马背不如牛背稳，谁云骑马胜骑牛。遂立马观之。牧童亦停牛罢笛，熟视玄德曰：“将军莫非破黄巾刘玄德否？”奇绝幻绝。玄德惊问曰：“汝乃村僻小童，何以知吾姓字！”马背上人不识牛背上人，牛背上人却偏识马背上人。牧童曰：“我本不知，因常侍师父，有客到日，多曾说有一刘玄德，身长七尺五寸，垂手过膝，目能自顾其耳，乃当世之英雄。今观将军如此模样，想必是也。”借牧童口中画出一玄德。玄德曰：“汝师何人也？”牧童曰：“吾师覆姓司马，名徽，字德操，颍州人也。道号‘水镜先生’。”能识英雄，不愧“水镜”之目。玄德曰：“汝师与谁为友？”不知其人，视其友；亦以其自号“水镜”，故有此问也。小童曰：“与襄阳庞德公、庞统为友。”此卷叙玄德见司马徽，正为见诸葛亮伏线耳。乃童子口中不说诸葛，只说庞统，又添出一庞德公以陪之，奇妙。玄德曰：“庞德公乃庞统何人？”童子曰：“叔侄也。庞德公字山民，长俺师父十岁；庞统字士元，小俺师父五岁。一日，我师父在树上采桑，适庞统来相访，坐于树下，共相议论，终日不倦。吾师甚爱庞统，呼之为弟。”详述庞统，略叙德公，俱妙。玄德曰：“汝师今居何处？”牧童遥指曰：“前面林中，便是庄院。”玄德曰：“吾正是刘玄德。汝可引我去拜见你师父。”

童子便引玄德行二里馀，到庄前下马，入至中门，忽闻琴声甚美。玄德教童子且休通报，侧耳听之。既闻笛声，又听琴声，与从前马蹄声、波涛声，大不同矣。琴声忽住而不弹。一人笑而出曰：“琴韵清幽，音中忽起高抗之调，必有英雄窃听。”前不必玄德通名，而童子先知；今亦不必童子通报，而先生先出：是童子眼中看出一玄德，先生耳中又听出一玄德。童子指谓玄德曰：“此即吾师水镜先生也。”玄德视其人，松形鹤骨，器宇不凡，慌忙进前施礼，衣襟尚湿。点逗闲细。水镜曰：“公今日幸免大难！”仙乎仙乎！玄德惊讶不已。小童曰：“此刘玄德也。”水镜请入草堂，分宾主坐定。玄德见架上满堆书卷，窗外盛栽松竹，横琴于石床之上，清气飘然。隐然为诸葛草庐先写一样子。水镜问：

"明公何来？"玄德曰："偶尔经由此地，因小童相指，得拜尊颜，不胜欣幸！"水镜笑曰："公不必隐讳。公今必逃难至此。"玄德遂以襄阳一事告之。_{至此方说出，曲折之甚。}

水镜曰："吾观公气色，已知之矣。"因问玄德曰："吾久闻明公大名，何故至今犹落魄不偶耶？"玄德曰："命途多蹇，所以至此。"水镜曰："不然。盖因将军左右不得其人耳。"_{将欲荐出两人，先说他左右无人，是作一跌。}玄德曰："备虽不才，文有孙乾、糜竺、简雍之辈，武有关、张、赵云之流，竭忠辅相，颇赖其力。"_{自说左右有人，并不向水镜求人，是作一顿。}水镜曰："关、长、赵云，皆万人敌，惜无善用之人。若孙乾、糜竺辈，乃白面书生，非经纶济世之才也。"_{隐然说他左右之人，不及我意中之人，又作一跌。}玄德曰："备亦尝侧身以求山谷之遗贤，奈未遇其人何！"_{竟说山谷无人，更不向水镜求人，又作一顿。}水镜曰："岂不闻孔子云：'十室之邑，必有忠信。'何谓无人？"_{不说我意中有人，只说天下未尝无人，又作一跌。}玄德曰："备愚昧不识，愿赐指教。"_{直待水镜说未尝无人，然后玄德请问其人，至此方是极力一迎。}水镜曰："公闻荆襄诸郡小儿谣言乎？其谣曰：'八九年间始欲衰，至十三年无孑遗。到头天命有所归，泥中蟠龙向天飞。'_{谣言大奇。}此谣始于建安初。建安八年，刘景升丧却前妻，便生家乱，此所谓'始欲衰'也；'无孑遗'者，则景升将逝，文武零落无孑遗矣；'天命有归'，'龙向天飞'，盖应在将军也。"_{且不答所问之人，忽自述所闻之谣，又极力一纵。○蔡瑁题假诗，以龙比玄德；水镜解童谣，亦以龙比玄德。}玄德闻言惊谢曰："备安敢当此！"_{不问所求之人，且谢所解之谣，又极力一纵。}水镜曰："今天下之奇才，尽在于此，公当往求之。"_{彼方惊谢所解之谣，此则隐示以当求之人，亦极力一迎。}玄德急问曰："奇才安在？果系何人？"_{直待说出此间有人，然后急问何人，又极力一迎。}水镜曰："伏龙、凤雏，两人得一，可安天下。"_{只"伏龙凤雏"四字，凡作如许跌顿，如许迎纵，方才说出，何等曲折，何等郑重。}玄德曰："伏龙、凤雏何人也？"水镜抚掌大笑曰："好！好！"如此一番跌顿迎纵，说出"伏龙凤雏"四字，却又不明指其姓名，只言"好好"，真绝世妙文。玄德再问时，水镜曰："天色已晚，将军可于此暂宿一宵，明日当言之。"此时宜说出姓名矣，乃又欲迟至明日，迫近之至，又复漾开去，妙绝。即命小童具饮馔相待，马牵入后院喂养。此等句俗笔，几忘之。玄德饮膳毕，即宿于草堂之侧。早为后文宿诸葛庐中作一引子。

玄德因思水镜之言，寝不成寐。约至更深，忽听一人叩门而入，写得隐隐跃跃，闪闪忽忽。水镜曰："元直何来？"将从市上相见，先在庐中听得。此伏笔之妙。玄德起床密听之，闻其人答曰："久闻刘景升善善恶恶，特往谒之。及至相见，徒有虚名，盖善善而不能用，恶恶而不能去者也。此刘公之所以亡。故遗书别之，而来至此。"水镜曰："公怀王佐之才，宜择人而事，奈何轻身往见景升乎？且英雄豪杰，只在眼前，公自不识耳。"急隐道着起床密听之人。其人曰："先生之言是也。"玄德闻之大喜，暗忖此人必是伏龙、凤雏，妙在并不是伏龙、凤雏。即欲出见，又恐造次。妙在不即相见。候至天晓，玄德求见水镜，问曰："昨夜来者是谁？"水镜曰："此吾友也。"玄德求与相见。水镜曰："此人欲往投明主，已到他处去了。"妙在不说出将投玄德。玄德请问其姓名。水镜笑曰："好！好！"妙在不说出姓名。玄德再问："伏龙、凤雏，果系何人？"水镜亦只笑言："好！好！"昨夜不说，待至明日，及至明日，只是不说。妙，妙！玄德拜请水镜出山相助，同扶汉室。水镜曰："山野闲散之人，不堪世用。自有胜吾十倍者来助公，公宜访之。"自己不出，只是荐人；及至荐人，又待其自访。妙，妙！

正谈论间，忽闻庄外人喊马嘶，小童来报："有一将军，引数百人到庄来也。"读者至此，疑是蔡瑁追兵至矣。玄德大惊，急出视之，乃赵云也。玄德大喜。云下马入见曰："某夜来回县，寻不见主公，连夜跟问到此。极写赵云之忠。主公可作速回县，只恐有人来县中厮杀。"

此时只恐蔡瑁兵来，后文却是曹仁兵来。玄德辞了水镜，与赵云上马，投新野来。行不数里，一彪人马来到，视之乃云长、翼德也，前写赵云，此写关张。相见大喜，玄德诉说跃马檀溪之事，共相嗟讶。

到县中，与孙乾等商议。乾曰："可先致书于景升，诉告此事。"玄德从其言，即令孙乾赍书至荆州。刘表唤入问曰："吾请玄德襄阳赴会，缘何逃席而去？"孙乾呈上书札，具言蔡瑁设谋相害，赖跃马檀溪得脱。表大怒，急唤蔡瑁责骂曰："汝焉敢害吾弟！"命推出斩之。蔡夫人出，哭求免死，表怒犹未息。孙乾告曰："若杀蔡瑁，恐皇叔不能安居于此矣。语中有刺，便在隐而不露。表乃责而释之，所谓"恶恶而不能去"。使长子刘琦同孙乾至玄德处请罪。琦奉命赴新野，玄德接着，设宴相待。酒酣，琦忽然堕泪。刘表席间堕泪，是爱心难割；刘琦席间堕泪，是忧心未安。玄德问其故。琦曰："继母蔡氏常怀谋害之心，侄无计免祸，幸叔父指教。"先为后文求计诸葛作一引。玄德劝以小心尽孝，自然无祸。是叔父语。次日，琦泣别。玄德乘马送琦出郭，因指马谓琦曰："若非此马，吾已为泉下之人矣。"点逗檀溪事，有情景。琦曰："此非马之力，乃叔父之洪福也。"说罢相别，刘琦涕泣而去。

玄德回马入城，忽见市上一人，葛巾布袍，皂绦乌履，长歌而来。一人泣而去，一人歌而来，接笔成趣。歌曰：

天地反覆兮，火欲徂；大厦将崩兮，一木难扶。山谷有贤兮，欲投明主；明主求贤兮，却不知吾。

玄德闻歌，暗思："此人莫非水镜所言伏龙、凤雏乎？"玄德自言伏龙、凤雏之后，不知伏龙、凤雏为谁，刻刻以此关心，处处以此猜测，妙，妙。遂下马相见，邀入县衙，问其姓名，答曰："某乃颍上人也，姓单名福。_{妙在不说出真姓名。}久闻使君纳士招贤，欲来投托，未敢辄造，故行歌于市，以动尊听耳。"_{孰知市上行歌之人，即庄上叩门之人乎？}玄德大喜，待为上宾。单福曰："适使君所乘之马，再乞一观。"_{玄德方喜得人，单福却先欲看马，奇妙。}玄德命去鞍牵于堂下。单福曰："此非的卢马乎？虽是千里马，却只妨主，不可乘也。"_{又与蒯越相马、伊籍谏马相应。}玄德曰："已应之矣。"遂具言跃檀溪之事。_{"妨主"当应在张武之死，不应在檀溪之奔。}福曰："此乃救主，非妨主也；终必妨一主。某有一法可禳。"_{蒯越相马，伊籍谏马，单福又会禳马，妙。}玄德曰："愿闻禳法。"福曰："公意中有仇怨之人，可将此马赐之；待妨过了此人，然后乘之，自然无事。"_{借禳马作波澜，逆折而入，妙甚。○前卷即详叙马，此处不好便住，亦即借此一段作收科。}玄德闻言变色曰："公初至此，不教吾以正道，便教作利己妨人之事，备不敢闻教。"_{本欲相合，忽若相离，曲折之极。}福笑谢曰："向闻使君仁德，未敢便信，故以此言相试耳。"_{本欲相投，忽先相试，曲折之极。}玄德亦改容起谢曰："备安能有仁德及人，唯先生教之。"_{几若相离，然后相合，曲折之极。}福曰："吾自颍上来此，闻新野之人歌曰：'新野牧，刘皇叔；自到此，民丰足。'可见使君之仁德及人也。"_{水镜述襄阳之谣，单福述新野之歌，前后正相对。}玄德乃拜单福为军师，调练本部人马。

却说曹操自冀州回许都，常有取荆州之意，特差曹仁、李典并降将吕旷、吕翔等领兵三万，屯樊城，虎视荆襄，就探看虚实。_{此处补叙曹操一边，最是省笔。}一时吕旷、吕翔禀曹仁曰："今刘备屯兵新野，招军买马，积草储粮，其志不小，不可不早图之。吾二人自降丞相之后，未有寸功，愿请精兵五千，取刘备之头，以献丞相。"_{没用人偏会说大话}曹仁大喜，与二吕兵五千，前往新野厮杀。_{不想子龙所云"厮杀"，却应在此。}

探马飞报玄德。玄德请单福商议。福曰："既有敌兵，不可令其入境。^{便是胜算}可使关公引一军从左而出，以敌来军中路；张飞引一军从右而出，以敌来军后路；公自引赵云出兵前路相迎，敌可破矣。"^{左军、右军、中军，却分做中路、后路、前路，大有变化。}玄德从其言，即差关、张二人去讫，然后与单福、赵云等，共引二千人马出关相迎。行不数里，只见山后尘头大起，吕旷、吕翔引军来到。两边各射住阵角。玄德出马于旗门下，大呼曰："来者何人，敢犯吾境？"吕旷出马曰："吾乃大将吕旷也，奉丞相命，特来擒汝！"玄德大怒，使赵云出马。二将交战，不数合，赵云一枪刺吕旷于马下。^{如此不耐杀之人，何苦无事讨事做。}玄德麾军掩杀，吕翔抵敌不住，引军便走。正行间，路傍一军突出，为首大将乃关云长也；冲杀一阵，吕翔折兵大半，夺路走脱。行不到十里，又一军拦住去路，为首大将挺矛大叫："张翼德在此！"^{叙法与前变。}直取吕翔。翔措手不及，被张飞一矛刺中，翻身落马而死。^{不耐死。}馀众四散奔走。玄德合军追赶，大半多被擒获。^{此番得胜，单福是第一功。}玄德班师回县，重待单福，犒赏三军。

却说败军回见曹仁，报说："二吕被杀，军士多被活捉。"曹仁大惊，与李典商议。典曰："二将欺敌而亡，今只宜按兵不动，申报丞相，大兵来征剿，乃为上策。"^{早为后文伏笔。}仁曰："不然。今二将阵亡，又折许多军马，此仇不可不急报。量新野弹丸之地，何劳丞相大军？"^{曹仁轻视其地。}典曰："刘备人杰也，不可轻视。"^{李典重视其人。}仁曰："公何怯也！"典曰："兵法云：'知彼知己，百战百胜。'某非怯战，但恐不能必胜耳。"仁怒曰："公怀二心耶？吾必欲生擒刘备！"典曰："将军若去，某守樊城。"^{为后失樊城反照。}仁曰："汝若不同去，真怀二心矣！"典不得已，只得与曹仁点起二万五千军马，渡河投新野而来。正是：

偏禆既有舆尸辱，主将重兴雪耻兵。

未知胜负如何，且听下文分解。

第三十六回

玄德用计袭樊城

元直走马荐诸葛

徐庶走馬薦諸葛

　　孔明乃《三国志》中第一妙人也。读《三国志》者，必贪看孔明之事。乃阅过三十五回，尚不见孔明出现，令人心痒难熬。及水镜说出"伏龙"二字，偏不肯便道姓名，愈令人心痒难熬。至此卷徐庶既去之后，再回身转来，方才说出孔明。读者至此，急欲观其与玄德相遇矣；孰意徐庶往见，而孔明作色，却又落落难合。写来如海上仙山，将近忽远。绝世妙人，须此绝世妙文以副之。

　　叙单福用兵处，不须几笔，然设伏料敌、破阵取城之能，已略见一班矣。后文有孔明无数神机妙算，此先有单福小试其端以引之。如将观名优演名剧，而此一卷，则是副末登场也。

　　此卷以孔明为主，而单福其宾也，即庞统亦其宾也。水镜双荐伏龙、凤雏，而单福专荐伏龙，带言凤雏，于孔明则详之，于庞统则略之：是文有宾主之别焉。盖主为重则宾为轻，故玄德既知单福之即是徐元直，并不提起水镜庄上先曾听得；既知凤雏之即是庞统，并不提起牧童口中先曾说出。此非玄德于此有所不暇言，而实作者于此亦有所不暇记。总之，注意在正笔，而旁笔皆在所省耳。

　　庞统有叔，孔明亦有叔。徐庶有弟，孔明亦有弟。庞统之叔与水镜为友，孔明之叔与刘表为交。徐庶则母在而弟亡，孔明则弟在而父亡。庞统来历，在牧童口中叙出；徐庶来历，在程昱口中叙出；孔明来历，在徐庶口中叙出。叙庞统止及其叔，叙徐庶止及其母与弟，叙孔明则不但及其弟与叔，并及其父与祖。或先或后，或略或详，参差错落，真叙事妙品。

　　渐离以筑击秦皇，而秦皇杀渐离；徐母以砚击曹操，而曹操不敢杀徐母；是徐母之威更烈于渐离矣。张良击秦不中，而不见执于秦；徐母击操不中，而拼见执于操：是徐母之胆更壮于张良矣。奇妇人胜似奇男子，不独列女传中罕有之，即豪士传中亦罕有之。

蔡瑁假玄德之诗，而刘表疑之；程昱假徐母之书，而徐庶信之。岂庶之智不如表哉？情切于母子故也。缓则易于审量，急则不及致详；疏则旁观者清，亲则关心者乱。若徐庶迟疑不赴，不成其为孝子矣。故君子于徐庶无讥焉。

曹操不强留关公，以全其兄弟之义；玄德不强留徐庶，以全其母子之恩。两人之心同乎？曰：不同。曹操之于关公，佯纵之而阴阻之，及阻之不得，而后送之；若玄德之于徐庶，则竟送之而已。且曹操深欲袁绍之杀玄德，而玄德唯恐曹操之杀徐母。一诈一诚，相去何啻天渊！

观玄德与徐庶作别一段，长亭分手，肠断阳关，瞻望弗及，伫立以泣。胜读唐人送别诗数十首，几令人潸然泪下矣。乃忽然荐起一卧龙先生，顿使玄德破涕为欢，回愁作喜。一回之内，半幅之间，而哀乐倏变。奇事奇文！

却说曹仁忿怒，遂大起本部之兵，星夜渡河，意欲踏平新野。极写曹仁声势，以显单福之能。

且说单福得胜回县，谓玄德曰："曹仁屯兵樊城，今知二将被诛，必起大军来战。"玄德曰："当何以迎之？"福曰："彼若尽提兵而来，樊城空虚，可乘间夺之。"写单福宛然一武侯小样。玄德问计，福附耳低言如此如此。此处妙在不叙明白。玄德大喜，预先准备已定。忽报马报说："曹仁引大军渡河来了。"单福曰："果不出吾之料。"
遂请玄德出军迎敌。两阵对圆，赵云出马唤彼将答话。曹仁命李
典出阵，与赵云交锋。约战十数合，李典料敌不过，拨马回阵。
云纵马追赶，两翼军射住，遂各罢兵归寨。李典回见曹仁，言：
"彼军精锐，不可轻敌，不如回樊城。" ^{又与下文失}_{樊城反照。}曹仁怒曰：
"汝未出军时，已慢吾军心；今又卖阵，罪当斩首！"便喝刀斧
手推出李典要斩，众将苦求方免。乃调李典领后军，仁自引兵为
前部。次日鸣鼓进军，布成一个阵势，使人问玄德曰："识吾阵
势？" ^{极写曹仁弄巧，}_{以显单福之智。}单福便上高处观看毕，谓玄德曰："此'八门
金锁阵'也。 ^{武侯八阵图，陆逊入而不觉；}_{曹仁八阵势，单福一见便知。}八门者：休、生、伤、杜、
景、死、惊、开。如从生门、景门、开门而入则吉；从伤门、惊
门、休门而入则伤；从杜门、死门而入则亡。今八门虽布得整
齐，只是中间通欠主持。 ^{见笑大}_{方。}如从东南角上生门击入，往正西景
门而出，其阵必乱。" ^{写单福又宛然}_{一武侯小样。}玄德传令，教军士把住阵角，
命赵云引五百军从东南而入，绕往西出。云得令，挺枪跃马，引
兵径投东南角上，呐喊杀入中军。曹仁便投北走。云不追赶，却
突出西门，又从西杀转东南角上来。曹仁军大乱。 ^{此非写赵云，}_{是写单福。}玄
德麾军冲击，曹兵大败而退。单福命休追赶，收军自回。

　　却说曹仁输了一阵，方信李典之言，因复请典商议，言：
"刘备军中必有能者， ^{妙在此时不}_{知是单福。}吾阵竟为所破。"李典曰："吾
虽在此，甚忧樊城。" ^{又为后文失}_{樊城反照。}曹仁曰："今晚去劫寨，如得
胜，再行计议；如不胜，便退军回樊城。"李典曰："不可。刘
备必有准备。"仁曰："若如此多疑，何以用兵！"遂不听李典
之言，自引军为前队，使李典为后应，当夜二更劫寨。

却说单福正与玄德在寨中议事，忽狂风骤起。福曰："今夜曹仁必来劫寨。"玄德曰："何以敌之？"福笑曰："吾已预算定了。"又宛然一武侯小样。遂密密分拨已毕。至二更，曹仁兵将近寨，只见寨中四围火起，烧着寨栅。曹仁知有准备，急令退军。赵云掩杀将来。仁不及收兵回寨，急望北河而走。将到河边，才欲寻船渡河，岸上一彪军杀到，为首大将乃张飞也。此皆在前附耳低言之中。不是写张飞，是写单福。曹仁死战，李典保护曹仁下船渡河。曹军大半淹死水中。曹仁渡过河面上岸，奔至樊城，令人敲门，只见城上一声鼓响，一将引军而出，大喝曰："吾已取樊城多时矣！"众惊视之，乃关云长也。此亦在前附耳低言之中。不是写云长，是写单福。○写袭樊城不用实叙，最省笔。仁大惊，拨马便走。云长追杀过来。曹仁又折了好些军马，星夜投许昌。于路打听，方知有单福为军师，设谋定计。妙在路上方知，曲折之甚。

不说曹仁败回许昌。且说玄德大获全胜，引军入樊城，县令刘泌出迎。玄德安民已定。那刘泌乃长沙人，亦汉室宗亲，遂请玄德到家，设宴相待。只见一人侍立于侧。玄德视其人器宇轩昂，因问泌曰："此何人？"泌曰："此吾之甥寇封，本罗睺寇氏之子也，因父母双亡，故依于此。"玄德爱之，欲嗣为义子。刘泌欣然从之，遂使寇封拜玄德为父，改名刘封。忙中夹叙刘封承嗣事，却并非闲笔。玄德带回，令拜云长、翼德为叔。云长曰："兄长既有子，何必用螟蛉？后必生乱。"云长收关平为子而独不欲玄德收寇封者，臣之子无争立之嫌，君之子则有争立之嫌故也。玄德曰："吾待之如子，彼必事吾如父。何乱之有！"云长不悦。为后孟达说刘封伏案。玄德与单福计议，令赵云引一千军守樊城。玄德领众自回新野。

却说曹仁与李典回许都见曹操，泣拜于地请罪，具言损将折兵之事。操曰："胜负乃军家之常。但不知谁为刘备画策？"
^{问得紧}曹仁言是单福之计。操曰："单福何人也？"^{不但曹操不知其为}
^{要。}^{何人，即玄德此时}
^{亦未知其果}程昱笑曰："此非单福也。^{奇绝。}此人幼好学击剑；中平
^{何人也。}
末年，尝为人报仇杀人，披发涂面而走，为吏所获；问其姓名不
答，吏乃缚于车上，击鼓行于市，令市人识之。虽有识者不敢
言，而同伴窃解救之。乃更姓名而逃，折节向学，遍访名师，尝
与司马徽谈论。^{始为豪侠，}此人乃颍州徐庶，字元直。单福乃其托
^{继为名士。}
名耳。"^{单福真姓名直至此处方借}操曰："徐庶之才，比君何如？"昱
^{程昱口中叙明，妙甚。}
曰："十倍于昱。"^{与后元直赞孔}操曰："惜乎贤士归于刘备！羽翼
^{明语相似。}
成矣！奈何？"昱曰："徐庶虽在彼，丞相要用，召来不难。"
操曰："安得彼来归？"昱曰："徐庶为人至孝。^{求忠臣必于孝子之}
^{门；庶既孝子，即安}
^{肯为操}幼丧其父，止有老母在堂。现今其弟徐康已亡，老母无人侍
^{用乎？}
养。丞相可使人赚其母至许昌，令作书召其子，则徐庶必至
矣。"^{不以丞相召之，而以母召}
^{之，固知庶之不可召也。}

操大喜，使人星夜前去取徐庶母。不一日，取至，^{省笔。}操厚
待之。因谓之曰："闻令嗣徐元直乃天下奇才也，今在新野助逆
臣刘备，背叛朝廷，正犹美玉落于污泥之中，诚为可惜。今烦老
母作书，唤回许都，吾于天子之前保奏，必有重赏。"^{先以助逆背叛}
^{恐之，继以美}
^{玉污泥动之，而后复称天子以压之，}遂命左右捧过文房四宝，令徐母作
^{举重赏以陷之，全是欺妇人语。}
书。徐母曰："刘备何如人也？"^{不便发作，先问}操曰："沛郡小
^{一句，妙甚。}
辈，妄称'皇叔'，全无信义，所谓外君子而内小人者也。"
^{先说玄德并非宗室，后说玄德}徐母厉声曰："汝何虚诳之甚也！吾久闻
^{并非好人，全是欺妇人语。}
玄德乃中山靖王之后，孝景皇帝阁下玄孙，^{说玄德的}屈身下士，恭
^{是宗室。}
己待人，仁声素著，世之黄童白叟、牧子樵夫皆知其名，真当世

之英雄也。<small>说玄德的是好人。</small>吾儿辅之，得其主矣。<small>破"美玉""污泥"句。</small>汝虽托名汉相，实为汉贼，<small>破"天子之前保奏"句。</small>乃反以玄德为逆臣，<small>破"逆臣""背叛"句。</small>欲使吾儿背明投暗，岂不自耻乎！"<small>破"作书唤回"句。○先极口赞玄德，后极口骂曹操，比祢衡、吉平尤为痛快。</small>言讫，取石砚便打曹操。<small>此一石砚抵得博浪椎。</small>操大怒，叱武士执徐母出，将斩之。程昱急止之，入谏操曰："徐母触忤丞相者，欲求死也。丞相若杀之，则招不义之名，而成徐母之德。徐母既死，徐庶必死心助刘备以报仇矣。不如留之，使徐庶身心两处，纵使助刘备，亦不尽力也。且留得徐母在，昱自有计赚徐庶至此，以辅丞相。"<small>昱之为操谋诚善。</small>操然其言，遂不杀徐母，送于别室养之。<small>操之不杀徐母者，惩于王陵故事也。</small>

程昱日往问候，诈言曾与徐庶结为兄弟，待徐母如亲母，时常馈送物件，必具手启。徐母因亦作手启答之。程昱赚得徐母笔迹，乃仿其字体，诈修家书一封，<small>甚矣，妇人识字之为累也！为之一叹！</small>差一心腹人，持书径奔新野县，寻问单福行幕。军士引见徐庶。庶知母有家书至，急唤入问之。来人曰："某乃馆下走卒，奉老夫人言语，有书附达。"<small>云长在曹操处得兄书，徐庶在玄德处得母书；一真一假，遥遥相对。</small>庶拆封视之。书曰：

近汝弟康丧，举目无亲。正悲惨间，不期曹丞相赚至许昌，言汝背反，下我于缧绁，赖程昱等救免。若得汝来降，能免我死。如书到日，可念劬劳之恩，星夜前来，以全孝道；然后徐图归耕故园，<small>妙在此句不教他事曹操，宛似其母声口。</small>免遭大祸。吾今命若悬丝，专望救援！更不多嘱。

徐庶览毕，泪如泉涌。持书来见玄德曰："某本颍州徐庶，字元直，为因逃难，更名单福。<small>直至将去，方说出真名。向来不露真名者，亦正恐曹操知之而收其母耳。</small>前闻刘景升招贤纳士，特往见之；及与论事，方知是无用之人，故作书别之。黄夜至司马水镜庄上，诉说其事。水镜深责庶不识主，因说：'刘豫州在此，何不事之？'〔只此句话玄德不曾听得，至此补出，妙甚。〕庶故作狂歌于市，以动使君；幸蒙不弃，即赐重用。争奈老母今被曹操奸计赚至许昌囚禁，将欲加害。老母手书来唤，庶不容不去。非不欲效犬马之劳，以报使君；奈慈亲被执，不得尽力。今当告归，容图后会。"〔油油然孝子之言，比绝裾之温峤，不啻天渊矣。〕玄德闻言大哭曰："子母乃天性之亲，元直无以备为念。待与老夫人相见之后，或者再得奉教。"〔玄德更不相留，真善体孝子之情。〕徐庶便拜谢欲行。玄德曰："乞再聚一宵，来日饯行。"孙乾密谓玄德曰："元直天下奇才，久在新野，尽知我军中虚实。今若使归曹操，必然重用，我其危矣。主公宜苦留之，切勿放去。操见元直不去，必斩其母。元直知母死，必为母报仇，力攻曹操也。"〔此计亦妙，但非仁人所忍为。〕玄德曰："不可。使人杀其母，而吾用其子，不仁也；留之不使去，以绝其子母之道，不义也。吾宁死，不为不仁不义之事。"〔玄德谢孙乾留庶之计，与谢单福相马之说，一样意思。〕众皆感叹。

玄德请徐庶饮酒，庶曰："今闻老母被囚，虽金波玉液不能下咽矣。"玄德曰："备闻公将去，如失左右手，虽龙肝凤髓，亦不甘味。"〔"龙凤"二字，隐然逗下一"龙"一"凤"。〕二人相对而泣，坐以待旦。诸将已于郭外安排筵席饯行。玄德与徐庶并马出城，至长亭下马相辞。〔送别光景，写得凄测不胜。〕玄德举杯谓徐庶曰："备分浅缘薄，不能与先生相聚。望先生善事新主，以成功名。"〔"还将旧来意，怜取眼前人"，何其言之痛也！〕庶泣曰："某才微智浅，深荷使君重用。今不幸半途而别，实为老母故也。纵使曹操相迫，庶亦终身不设一谋。"〔是血性语。其急归见母，则依依孺子，其誓不佐操，则烈烈丈夫！〕玄德曰："先生既去，刘备亦将远遁山林矣。"〔此句方逗出下文。〕庶曰：

"某所以与使君共图王霸之业者，恃此方寸耳；今以老母之故，方寸乱矣，纵使在此，无益于事。^{真情实语。}使君宜别求高贤辅佐，共图大业，何便灰心如此？"^{此处但说不宜灰心，尚不提起孔明。}玄德曰："天下高贤，恐无出先生右者。"^{此句直迫出孔明矣。}庶曰："某樗栎庸材，何敢当此重誉。"^{只自谦逊，尚不提起孔明。}临别，又顾谓诸将曰："愿诸公善事使君，以图名垂竹帛，功标青史，切勿效庶之无始终也。"^{哀痛之词，令人酸鼻。}诸将无不伤感。玄德不忍相离，送了一程，又送一程。庶辞曰："不劳使君远送，庶就此告别。"^{此时还只辞远送，不提起孔明。}玄德就马上执庶之手曰："先生此去，天各一方，未知相会却在何日！"说罢，泪如雨下。^{依依不舍，极写玄德爱贤之笃。}庶亦涕泣而别。玄德立马于林畔，看徐庶乘马与从者匆匆而去。^{"匆匆而去"，极写元直念母之孝。○元直匆匆之状，在玄德眼中看出，妙甚。}玄德哭曰："元直去矣！吾将奈何？"^{只此二语，抵得江文通《别赋》一篇。}凝泪而望，却被一树林隔断。玄德以鞭指曰："吾欲尽伐此处树木。"众问何故。玄德曰："因阻吾望徐元直之目也。"^{西厢曲云："青山隔送行，疏林不做美。"玄德之望元直也似之。}

正望间，忽见徐庶拍马而回。^{上文写到徐庶去后，已是水穷山尽，更无他望矣；此处忽然拍马而回，如绝处逢生，真奇妙之笔。}玄德曰："元直复回，莫非无去意乎？"^{此元直必无之事，玄德必有之想。}遂欣然拍马向前迎问曰："先生此回，必有主意。"庶勒马谓玄德曰："某因心绪如麻，忘却一语：此间有一奇士，只在襄阳城外二十里隆中。使君何不求之？"^{此时方说出一句要紧话，荐出一个至要紧人；却又不言其名，先言其地。}玄德曰："敢烦元直为备请来相见。"^{此语正与后文三顾草庐反映成趣。}庶曰："此人不可屈致，使君可亲往求之。若得此人，无异周得吕望、汉得张良也。"^{只赞其人，不言其名。}玄德曰："此人比先生才德何如？"^{玄德亦不问其名，先问其人。}庶曰："以某比之，譬犹驽马并麒麟、寒鸦配鸾凤耳。此人每尝自比管仲、乐毅；以吾观之，管、乐殆不及此人。此人有经天纬地之才，盖天下一人也！"还只赞其人，不言其名。玄德喜曰："愿闻此人姓名。"玄德至此方问姓名。庶曰："此人乃琅邪阳都人，覆姓诸葛，名亮，字孔明，至此方说出孔明姓名，纡徐之极，郑重之极。乃汉司隶校尉诸葛丰之后。其父名珪，字子贡，为泰山郡丞，早卒；亮从其叔玄。玄与荆州景升有旧，因往依之，遂家于襄阳。后玄卒，亮与弟诸葛均躬耕于南阳。细叙其家门履历。尝好为《梁父吟》。补叙其平生。所居之地有一冈，名卧龙冈，补叙其住处。因自号为'卧龙先生'。补叙其别号。○自比管、乐与好为《梁父吟》，分作两次叙出；南阳与卧龙冈、姓名与别号，亦都分作两次叙出。妙甚。此人乃绝代奇才，使君急宜枉驾见之。若此人肯相辅佐，何愁天下不定乎！"玄德曰："昔水镜先生曾为备言：'伏龙、凤雏，两人得一，可安天下。'今所云莫非即伏龙、凤雏乎？"因"卧龙"二字忆起"伏龙"，又因"伏龙"忆起"凤雏"，妙甚。庶曰："凤雏乃襄阳庞统也。伏龙正是诸葛孔明。"水镜双荐两人，却并不曾说出一人；元直单荐一人，却早说出两人。妙甚。玄德踊跃曰：半晌涕泣，此时踊跃。悲则极悲，喜则极喜。"今日方知'伏龙、凤雏'之语。何期大贤只在目前！非先生言，备有眼如盲也！"后人有赞徐庶走马荐诸葛诗曰：

痛恨高贤不再逢，临歧泣别两情浓。

片言却似春雷震，能使南阳起卧龙。

徐庶荐了孔明，再别玄德，策马而去。玄德闻徐庶之语，方悟司马德操之言，似醉方醒，如梦初觉。引众将回至新野，便具厚币，同关、张前去南阳请孔明。写玄德求贤之急。

且说徐庶既别玄德，感其留恋之情，恐孔明不肯出山辅之，遂乘马直至卧龙冈下，入草庐见孔明。^{写元直为人之忠。}孔明问其来意。庶曰："庶本欲事刘豫州，奈老母为曹操所囚，驰书来召，只得舍之而往。临行时，将公荐与玄德。玄德即日将来奉谒，望公勿推阻，即展生平之大才以辅之，幸甚！"孔明闻言作色曰："君以我为享祭之牺牲乎！"说罢，拂袖而入。^{写孔明处己之高。}庶羞惭而退，上马趱程，赴许昌见母。正是：

嘱友一言因爱主，赴家千里为思亲。

未知后事若何，且听下文便见。

第三十七回　司馬徽再荐名士　劉玄德三顧草庐

劉玄德三顧草廬

徐庶之母与王陵之母，皆贤母也。陵母之死，恐其子之归楚；庶母之死，怒其子之归曹。然庶母不死于曹操召见之初，而死于徐庶既归之日。或恨其死之晚矣。予曰：不然。曹操非项羽比也，羽直而操诈。庶母即欲先死以绝庶之望，而奸诡如操，何难秘之而不使庶知，又何难于母死之后假作母书以召庶乎？此不得为庶母咎也。

水镜之荐孔明，与元直之荐孔明，又自不同。元直则相告相嘱，唯恐玄德之无人，唯恐孔明之不出，是极忙极热者也。水镜则自言自语，反以元直之荐为多事，反以孔明之出为可惜，是极闲极冷者也。一则特为荐孔明而返，一则偶因访元直而来。一有心，一无意。写来更无一笔相似，而各各入妙。

玄德望孔明之急：闻水镜而以为孔明，见崔州平而以为孔明，见石广元、孟公威而以为孔明，见诸葛均、黄承彦而又以为孔明。正如永夜望曙者，见灯光而以为曙也，见月光而以为曙也，见星光而又以为曙也；又如旱夜望雨者，听风声而以为雨也，听泉声而以为雨也，听漏声而又以为雨也。《西厢》曲云："风动竹声，只道金珮响；月移花影，疑是玉人来。"玄德求贤如渴之情，有类此者。孔明即欲不出，安得而不出乎？

顺天者逸，逆天者劳。无论徐庶有始无终，不如不出；即如孔明尽瘁至死，毕竟魏未灭、吴未吞，济得甚事！然使春秋贤士尽学长沮、桀溺、接舆、丈人，而无知其不可而为之仲尼，则谁著尊周之义于万年？使三国名流，尽学水镜、州平、广元、公威，而无志决身歼、不计利钝之孔明，则谁传扶汉之心于千古？玄德之言曰："何敢委之数与命！"孔明其同此心与！

淡泊宁静之语，是孔明一生本领。淡泊，则其人之冷可知；宁静，则其人之闲可知。天下非极闲极冷之人，做不得极忙极热之事。后来自博望烧屯，以至六出祁山，无数极忙极热文字，皆从极闲极冷中积蓄得来。

此卷极写孔明，而篇中却无孔明。盖善写妙人者，不于有处写，正于无处写。写其人如闲云野鹤之不可定，而其人始远；写其人如威凤祥麟之不易睹，而其人始尊。且孔明虽未得一遇，而见孔明之居，则极其幽秀；见孔明之童，则极其古淡；见孔明之友，则极其高超；见孔明之弟，则极其旷逸；见孔明之丈人，则极其清韵；见孔明之题咏，则极其俊妙。不待接席言欢，而孔明之为孔明，于此领略过半矣！玄德一访再访，已不觉入其玄中，又安能已于三顾耶？

每到玄德访孔明处，必夹写张翼德几句性急语以衬之。或谓：孔明妆腔，玄德做势，一对空头，不若张翼德十分老实。余笑曰：为此言者，以论今人则可，以论玄德、孔明则不可。孔明真正养重，非比今人之本欲求售，只因索价，假意留难；玄德真正慕贤，非比今人之本不爱客，只因好名，虚修礼貌也。

观水镜"未得其时"之言，及州平"徒费心力"之语，令读者眼光直射注五丈原一篇。盖在孔明未起手时，早为他结尾伏下一笔矣。今有作禅官者，亦往往前不顾后，后不顾前。更有阅禅官者，亦往往前忘其后，后忘其前。或曰："此等人当令其读《三国》。"予曰："此等人正未许其读《三国》。"

却说徐庶趱程赴许昌。曹操知徐庶已到，遂命荀彧、程昱等一班谋士往迎之。庶入相府拜见曹操。_{为亲屈，非
为操屈也。}操曰："公乃高明之士，何故屈身而事刘备乎？"庶曰："某幼逃难，流落江湖，偶至新野，遂与玄德交厚。老母在此，幸蒙慈念，不胜愧感。"_{人欲杀其母，而反谢其慈
念，真万不得已之言。}操曰："公今至此，正可晨昏侍奉令堂，吾亦得听清诲矣。"_{孰知此后"晨昏"永不得"侍
奉"，而"清诲"亦誓不赐教乎？}庶拜谢而出。急往见其母，泣拜于堂下。母大惊曰："汝何故至此？"庶曰："近于新野事刘豫州；因得母书，故星夜至此。"徐母勃然大怒，拍案骂曰："辱子飘荡江湖数年，吾以为汝学业有进，何其反不如初也！_{元直始不过为侠客，继则居然作名士，本是
后胜于初；乃责其"反不如初"，妙甚。}汝既读书，须知忠孝不能两全。岂不识曹操欺君罔上之贼？刘玄德仁义布于四海，况又汉室之胄，汝既事之，得其主矣！今凭一纸伪书，更不详察，遂弃明投暗，自取恶名，真愚夫也！吾有何面目与汝相见！汝玷辱祖宗，空生于天地间耳！"_{前骂曹操，可敬；今骂徐庶，骂
更可敬。骂庶深于骂操矣。}骂得徐庶拜伏于地，不敢仰视。母自转入屏风后去了。少顷，家人出报曰："老夫人自缢于梁间。"徐庶慌入救时，母气已绝。_{本欲
全母}_{之生，以归；乃归，而反速母
之死：元直其抱恨终天乎！}后人有《徐庶母》赞曰：

贤哉徐母，流芳千古。守节无亏，于家有补。教子多方，处身自苦。气若丘山，义出肺腑。赞美"豫州"，毁触魏武。不畏鼎镬，不惧刀斧。唯恐后嗣，玷辱先祖。伏剑同流，断机堪伍。生得其名，死得其所。贤哉徐母，流芳千古！

徐庶见母已死，哭绝于地，良久方苏。曹操使人赍礼吊问，又亲往祭奠。_{母而有灵，
母其吐之！}徐庶葬母枢于许昌之南原，居丧守墓。凡操有所赐，庶俱不受。以上了却徐庶，以下专叙孔明。

时操欲商议南征。荀彧谏曰："天寒未可用兵；"天寒"二字，照后风雪。姑待春暖，方可长驱大进。"操从之，乃引漳河之水作一池，名玄武池，于内教练水军，准备南征。汉武习水战于昆明池，是天子穷兵外国；曹操习水战于玄武池，是权臣黩武中华。○以上按下曹操，以下再叙玄德

却说玄德正安排礼物，欲往隆中谒诸葛亮，忽人报："门外有一先生，峨冠博带，道貌非常，特来相探。"伊何人乎？玄德曰："此莫非即孔明否？"不独玄德疑是孔明，即读者至此亦疑是孔明矣。然孔明决不如此容易见也。遂整衣出迎。视之，乃司马徽也。突如其来，幻绝。玄德大喜，请入后堂高坐，拜问曰："备自别仙颜，日因军务倥偬，有失拜访。今得光降，大慰仰慕之私。"徽曰："闻徐元直在此，特来一会。"不是来荐孔明，却是来寻徐庶。妙在极闲。玄德曰："近因曹操囚其母，徐母遣人驰书，唤回许昌去矣。"只答还他寻徐庶，尚不提起荐孔明，亦妙在极闲。徽曰："此中曹操之计矣！吾素闻徐母最贤，虽为操所囚，必不肯驰书召其子。此书必诈也。元直不去，其母尚存；今若去，母必死矣！"水镜之明于知人，与徐母之勇于死义，可称双绝。玄德惊问其故，徽曰："徐母高义，必羞见其子也。"其子不知而其友知之，所谓关心者乱，旁观者清。玄德曰："元直临行，荐南阳诸葛亮，其人若何？"此处方是正文，以上只算闲话。徽笑曰："元直欲去，自去便了，何又惹他出来呕心血也？"不荐之荐，不赞之赞，妙在极闲极冷。玄德曰："先生何出此言？"徽曰："孔明与博陵崔州平、颍州石广元、汝南孟公威与徐元直四人为密友。"本因徐庶知孔明，却又于徐庶之外闲闲叙出三人。○前者人姓名不肯道，今则连片说出，奇妙。此四人务于精纯，唯孔明独观其大略。藏精纯于大略之中。尝抱膝长吟，而指四人曰：'公等仕进可至刺史、郡守。'众问孔明之志若何，孔明但笑而不答。既述其言，又述其所不言。其言可知，其所不言不可量。○此补徐庶语中所未及。每常自比管仲、乐毅，其才不可量也。"此中徐庶语中

玄德曰：“何颍州之多贤乎！”徽曰：“昔有殷馗善观天文，_{所已及。}尝谓‘群星聚于颍分，其地必多贤士。’”_{玄德所求，水镜所荐，止一贤耳，乃舍一贤而美多贤；}时云长在侧曰：“某闻管仲、乐毅乃春秋战国名_{一称地灵，一称天文。妙在极忙中夹此闲语。}人，功盖寰宇；孔明自比此二人，毋乃太过？”_{云长高抬管、乐，将孔明一抑。}徽笑曰：“以吾观之，不当比此二人；我欲另以二人比之。”_{极似顺云气}云长问：“那二人？”徽曰：“可比兴周八百年之姜子牙、旺_{长语}汉四百年之张子房也。”_{云长意中必谓于管、乐之下，更求其次矣，不想水镜却于管、乐之上，请出太公、留侯来，索性抹倒}众皆愕然。徽下阶相辞欲行，玄德留之不住。徽_{管、乐，将孔明极力一扬。妙极，妙极！}出门仰天大笑曰：“卧龙虽得其主，不得其时，惜哉！”_{预为后文伏笔。}言罢，飘然而去。_{写水镜如闲云野鹤，忽然飞来，忽然飞去，飕洒之极。}玄德叹曰：“真隐居贤士也！”

次日，玄德同关、张并从人等来隆中。遥望山畔数人，荷锄耕于田间，而作歌曰：

苍天如圆盖，陆地如棋局。世人黑白分，往来争荣辱。荣者自安安，辱者定碌碌。南阳有隐居，高眠卧不足！_{的是好歌。}

玄德闻歌，勒马唤农夫问曰：“此歌何人所作？”答曰：“乃卧龙先生所作也。”_{未见其人，先闻其歌。}玄德曰：“卧龙先生住何处？”农夫曰：“自此山之南一带高冈，乃卧龙冈也。冈前疏林内茅庐中，即诸葛先生高卧之地。”玄德谢之，策马前行。不数里，遥望卧龙冈，果然清景异常。_{未见其人，先观其地。}后人有古风一篇，单道卧龙居处。诗曰：

襄阳城西二十里，一带高冈枕流水。高冈屈曲压云根，流水
潺湲飞石髓。势若困龙石上蟠，形如单凤松阴里。柴门半掩闭茅
庐，中有高人卧不起。修竹交加列翠屏，四时篱落野花馨。床头
堆积皆黄卷，座上往来无白丁。叩户苍猿时献果，守门老鹤夜听
经。囊里名琴藏古锦，壁间宝剑映松文。庐中先生独幽雅，闲来
亲自勤耕稼。专待春雷惊梦回，一声长啸安天下。^{诗亦不俗。}

玄德来到庄前下马，亲叩柴门，一童出问。玄德曰："汉左
将军、宜城亭侯、领豫州牧、皇叔刘备，特来拜见先生。"^{直是一个脚色手本。}
童子曰："我记不得许多名字。"^{每见人家阃奴接着一大字名帖，辄便吃吓；今童子听得如许官衔，竟似不闻也者，真不愧为卧龙先生之童也。}玄德曰："你只说刘备来访。"^{称名而去其官，则得之矣。}童子曰："先生今早已出。"^{第一番不遇}玄德曰："何处去了？"童子曰："踪迹不定，不知何处去了。"^{"只在此山中，云深不知处。"}玄德曰："几时归？"童子曰："归期亦不定，或三五日，或十数日。"^{写童子闲冷之甚}玄德惆怅不已。张飞曰："既不见，自归去罢了。"玄德曰："且待片时。"云长曰："不如且归，再使人来探听。"玄德从其言，嘱付童子："如先生回，可言刘备拜访。"^{临行再嘱，极写殷勤。}遂上马。

行数里，勒马回观隆中景物，果然山不高而秀雅，水不深而
澄清；地不广而平坦，林不大而茂盛；猿鹤相亲，松篁交翠，观
之不已。^{再将卧龙所居之处赏鉴一番。妙在勒马回观，盖玩山色者，宜于遥看；游胜地者，不忍遽别也。}忽见一人，容貌轩
昂，丰姿俊爽，头戴逍遥巾，身穿皂布袍，杖藜从山僻小路而
来。^{伊何人乎？}玄德曰："此必卧龙先生也！"^{我亦疑是卧龙先生。}急下马向前施
礼，问曰："先生非卧龙否？"其人曰："将军是谁？"^{妙在不即通名，先问玄德。}玄德曰："刘备也。"其人曰："吾非孔明，乃孔明之友，博

陵崔州平也。"（妙在此人不是孔明，使玄德望个空。）玄德曰："久闻大名，幸得相遇。乞即席地权坐，请教一言。"二人对坐于林间石上，关、张侍立于侧。（忙中偏有此闲笔。）州平曰："将军何故欲见孔明？"玄德曰："方今天下大乱，四方云扰，欲见孔明，求安邦定国之策耳。"州平笑曰："公以定乱为主，虽是仁心，但自古以来，治乱无常。自高祖斩蛇起义，诛无道秦，是由乱而入治也；至哀、平之世二百年，太平日久，王莽篡逆，又由治而入乱；光武中兴，重整基业，复由乱而入治；至今二百年，民安已久，故干戈又复四起：此正由治入乱之时，未可猝定也。将军欲使孔明斡旋天地，补缀乾坤，恐不易为，徒费心力耳。岂不闻'顺天者逸，逆天者劳'、'数之所在，理不得而夺之；命之所定，人不得而强之'乎？"（妙在极忙极热之时，偏听此极闲极冷之语。○说孔明徒费心力，是于孔明未出山时，早为他临终结局伏下一笔。妙。）玄德曰："先生所言，诚为高见。但备身为汉胄，合当匡扶汉室，何敢委之数与命？"（与孔明"成败利钝，非所逆睹"之言一样意思。）州平曰："山野之夫，不足与论天下事，适承明问，故妄言之。"（州平更不往复，便作收料。）玄德曰："蒙先生见教。但不知孔明何处去了？"（玄德见话不投机，亦借问孔明作收料。）州平曰："吾亦欲访之，正不知其何往。"（愈闲愈冷。）玄德曰："请先生同至敝县，若何？"（如此闲冷之人，安肯到县？玄德此言，不过了世事语。）州平曰："愚性颇乐闲散，无意功名久矣。容他日再见。"（既无意功名，安肯他日再见？州平此言，亦是了世事。）言讫，长揖而去。（去得飚洒，与水镜一般。）玄德与关、张上马而行。张飞曰："孔明又访不着，却遇此腐儒，闲谈许久！"（偏是腐儒最喜闲谈。翼德骂之，诚为畅快，但州平非其人耳。）玄德曰："此亦隐者之言也。"（昔之隐士，翼德见之，犹以为腐儒；若今之腐儒，恐玄德见之，必不以为隐者也。）三人回至新野。

过了数日，玄德使人探听孔明。回报曰："卧龙先生已回矣。"玄德便教备马。张飞曰："量一村夫，何必哥哥自去，可使人唤来便了。"^{有翼德阻挡，
衬得玄德殷勤。}玄德叱曰："汝岂不闻孟子云：'欲见贤而不以其道，犹欲其入而闭之门也。'孔明当世大贤，岂可召乎？"^{孔明能比管、乐，玄
德能读《孟子》。}遂上马再往访孔明。关、张亦乘马相随。时值隆冬，天气严寒，彤云布密。行无数里，忽然朔风凛凛，瑞雪霏霏；山如玉簇，林似银妆。^{卧龙冈雪景
必更可观。}张飞曰："天寒地冻，尚不用兵，^{正与前荀彧天寒不可用
兵一语，相反而相应。}岂宜远见无益之人乎！不如回新野以避风雪。"^{写翼德，愈
衬出玄德。}玄德曰："吾正欲使孔明知我殷勤之意。如弟辈怕冷，可先回去。"飞曰："死且不怕，岂怕冷乎！但恐哥哥空劳神思。"^{用兵不怕冷，访客
却怕冷。一笑。}玄德曰："勿多言，只相随同去。"将近茅庐，忽闻路旁酒店中有人作歌。^{此何
人？}玄德立马听之。其歌曰：

壮士功名尚未成，呜呼久不遇阳春！君不见：东海老叟辞荆榛，后车遂与文王亲；八百诸侯不期会，白鱼入舟涉孟津；牧野一战血流杵，鹰扬伟烈冠武臣。又不见：高阳酒徒起草中，长揖芒砀"隆准公"；高谈王霸惊人耳，辍洗延坐钦英风；东下齐城七十二，天下无人能继踪。两人非际圣天子，至今谁复识英雄？

^{歌中之意，独有取于吕望、郦生者，隐然合着管仲、乐毅也。管仲相于齐，而吕望封于齐；乐毅下齐七十馀城，而郦生亦下齐七十馀城。孔明自比管、乐，而此作歌之人，与孔明相仿佛；故其所歌之人，亦与管乐相仿佛耳。}

歌罢，又有一人击桌而歌。^{此又何
人？}其歌曰：

吾皇提剑清寰海，创业垂基四百载。桓灵季业火德衰，奸臣贼子调鼎鼐。青蛇飞下御座旁，又见妖虹降玉堂。^{首卷中事，忽
于此处一提。}群盗四方如蚁聚，奸雄百辈皆鹰扬。吾侪长啸空拍手，闷来村店饮村酒。独善其身尽日安，何须千古名不朽。<small>前歌是吊古，此歌是感今；前歌是嗟遇，此歌是自慰。</small>

<small>一唱一和，如相赠答。</small>

二人歌罢，抚掌大笑。玄德曰："卧龙其在此间乎！"<small>我亦疑二人中必有一卧龙。</small>遂下马入店，见二人凭桌对饮：上首者白面长须，下首者清奇古貌。<small>先闻其歌，后见其貌。</small>玄德揖而问曰："二公谁是卧龙先生？"长须者曰："公何人？欲寻卧龙何干？"<small>亦妙在不即通名，先问玄德。</small>玄德曰："某乃刘备也，欲访先生，求济世安民之术。"长须者曰："吾等非卧龙，皆卧龙之友也：<small>又妙在两人都不是孔明，使玄德又望一个空。</small>吾乃颍州石广元，此位是汝南孟公。"<small>水镜说孔明之友，自徐庶而外，更有崔、石、孟三人。今玄德俱不期而会，一则遇于初访孔明之后，一则遇于再访孔明之前。或一人独遇，或两人并遇，参差错落。妙事，妙文。</small>玄德喜曰："备久闻二公大名，幸得邂逅。今有随行马匹在此，敢请二公同往卧龙庄上一谈。"广元曰："吾等皆山野慵懒之徒，不省治国安民之事，不劳下问。明公请自上马，寻访卧龙。"<small>又妙在极闲、极冷。</small>

玄德乃辞二人，上马投卧龙冈来。到庄前下马，扣门问童子曰："先生今日在庄否？"童子曰："现在堂上读书。"<small>读者至此，疑其只有两顾，不消三顾矣。</small>玄德大喜，遂跟童子而入。至中门，只见门上大书一联云："淡泊以明志，宁静以致远。"<small>观此二语，想见其为人。</small>玄德正看间，忽闻吟咏之声，乃立于门侧窥之，<small>不即入见，且窥听之，写得纡徐有致。</small>见草堂之上，一少年拥炉抱膝，歌曰：

凤翱翔于千仞兮，非梧不栖；<small>疑其人之为龙，而听其歌，则又以凤自此。</small>士伏处于一方兮，非主不依。乐躬耕于陇亩兮，吾爱吾庐；聊寄傲于琴书今，以待天时。

　　玄德待其歌罢，上草堂施礼曰："备久慕先生，无缘拜会。昨因徐元直称荐，敬至仙庄，不遇空回。今特冒风雪而来，得瞻道貌，实为万幸。"^{此时玄德意中，以为既遇孔明；即今读者意中，亦以为既遇孔明矣。}那少年慌忙答礼曰："将军莫非刘豫州，欲见家兄否？"^{妙在又不是孔明，又使玄德望个空。}玄德惊讶曰："先生又非卧龙耶？"少年曰："某乃卧龙之弟诸葛均也。愚兄弟三人：长兄诸葛瑾，现在江东孙仲谋处为幕宾；孔明乃二家兄。"^{前徐庶止叙孔明之弟，而未及其兄，今却在诸葛均口中补叙出诸葛瑾。只一兄一弟，分作两番出落，真叙事妙品。}玄德曰："卧龙今在家否？"均曰："昨为崔州平相约，出外闲游去矣。"^{第二番又不遇。○方欲邀石、孟同来，谁知反为州平约去。}玄德曰："何处闲游？"均曰："或驾小舟游于江湖之中，或访僧道于山岭之上，或寻朋友于村落之间，或乐琴棋于洞府之内，往来莫测，不知去所。"^{说出高人韵事又妙在极闲极冷。}玄德曰："刘备直如此缘分浅薄，两番不遇大贤！"均曰："小坐献茶。"张飞曰："那先生既不在，请哥哥上马。"^{我知翼德此时决耐不得矣。}玄德曰："我既到此间，如何无一语而回？"因问诸葛均曰："闻令兄卧龙先生熟谙韬略，日看兵书，可得闻乎？"均曰："不知。"^{又答得极闲极冷。}张飞曰："问他则甚！风雪甚紧，不如早归。"^{又借翼德焦燥衬出玄德谦恭。}玄德叱止之。均曰："家兄不在，不敢久留车骑，容日却来回礼。"玄德曰："岂敢望先生枉驾。数日之后，备当再至。愿借纸笔作一书，留达令兄，以表刘备殷勤之意。"^{第一次通名，第二次致书；以次而来，渐渐相近。}均遂进文房四宝。玄德呵开冻笔，拂展云笺，写书曰：

　　备久慕高名，两次晋谒，不遇空回，惆怅何似！窃念备汉朝苗裔，滥叨名爵，伏睹朝廷陵替，纲纪崩摧，群雄乱国，恶党欺君，备心胆俱裂。虽有匡济之诚，实乏经纶之策。仰望先生仁慈忠义，慨然展吕望之大才，施子房之鸿略，_{称吕望、子房，正与司马徽、徐元直所言相应。}天下幸甚！社稷幸甚！先此布达，再容斋戒薰沐，特拜尊颜，面倾鄙悃。统希鉴原。

玄德写罢，递与诸葛均收了，拜辞出门。均送出，玄德再三殷勤致意而别。_{第一次嘱其童，第二次嘱其弟，以次而来，又渐渐相近。}方上马欲行，忽见童子招手篱外，叫曰："老先生来也。"_{此必孔明无疑矣。}玄德视之，见小桥之西，一人暖帽遮头，狐裘蔽体，骑着一驴，后随一青衣小童，携一葫芦酒，踏雪而来，_{绝妙一幅画图。}转过小桥，口吟诗一首。_{又写得极闲极冷。}诗曰：

一夜北风寒，万里彤云厚。长空雪乱飘，改画江山旧。仰面观太虚，疑是玉龙斗。纷纷鳞甲飞，顷刻遍宇宙。_{堂上之歌有凤，雪中之歌有龙，凤与龙又闲闲相对。}骑驴过小桥，独叹梅花瘦！_{通篇咏雪，末句咏梅，比石、孟二人吊古感今之歌，更觉潇洒。}

玄德闻歌曰："此真卧龙矣！"_{我亦以为此番定然不误。}滚鞍下马，向前施礼曰："先生冒寒不易！刘备等候久矣！"那人慌忙下驴答礼。诸葛均在后曰："此非卧龙家兄，乃家兄岳父黄承彦也。"_{妙在又不是孔明，又使玄德望个空。○不用黄承彦通名，却用诸葛均代说，又变一样文法。}玄德曰："适闻所吟之句，极其高妙。"承彦曰："老夫在小婿家观《梁父吟》记得这一篇；适过小桥，偶见篱落间梅花，故感而诵之。不期为尊客所闻。"_{宋太祖雪中访赵普，见了《论语》半部；刘玄德雪中访孔明，听了诗歌几篇。然半部致太平，是赵普欺人之语，不若诗歌之足以动听也。}玄德曰："曾见贤婿否？"承彦曰："便是老夫也来看他。"又妙在答得玄德闻极闲极冷。

言，辞别承彦，上马而归。正值风雪又大，回望卧龙冈，悒怏不已。前番玩景，此番无心玩景，惟有悒怏。写得有情致。后人有诗，单道玄德风雪访孔明。

诗曰：

> 一天风雪访贤良，不遇空回意感伤。
>
> 冻合溪桥山石滑，寒侵鞍马路途长。
>
> 当头片片黎花落，扑面纷纷柳絮狂。
>
> 回首停鞭遥望处，烂银堆满卧龙冈。

玄德回新野之后，光阴荏苒，又早新春。冬雪则龙蛰，春雷则龙起。访卧龙者，固当于春时访之。乃命卜者揲蓍，选择吉期，斋戒三日，薰沐更衣，再往卧龙冈谒孔明。"明禋休享"，成王以敬神之道敬周公；"斋戒"、"薰沐"，昭烈亦以敬神之道敬孔明。

关、张闻之不悦，遂一齐入谏玄德。正是：

> 高贤未服英雄志，屈节偏生杰士疑。

未知其言若何，下文便晓。

第三十八回 定三分隆中决策 战长江孙氏报仇

戰長江孫氏報警

　　玄德第三番访孔明，已无阻隔，然使一去便见，一见便允，又径直没趣矣。妙在诸葛均不肯引见，待玄德自去，于此作一曲。及令童子通报，正值先生昼眠，则又一曲。玄德不敢惊动，待其自醒，而先生只是不醒，则又一曲。及半晌方醒，只不起身，却自吟诗，则又一曲。童子不即传言，直待先生问，有俗客来否，然后说知，则又一曲。及既知之，却不即见，直待入内更衣，然后出迎，则又一曲。此未见以前之曲折也。及初见时，玄德称誉再三，孔明谦让再三，只不肯赐教，于此作一曲。及玄德又恳，方问其志若何。直待玄德促坐，细陈衷悃，然后为之画策，则又一曲。及孔明既画策，而玄德不忍取二刘，孔明复决言之，而后玄德始谢教，则又一曲。孔明虽代为画策，却不肯出山，直待玄德涕泣以请，然后许诺，则又一曲。既已许诺，却复固辞聘物，直待玄德殷勤致意，然后肯受，则又一曲。及既受聘，却不即行，直待留宿一宵，然后同归新野，则又一曲。此既见以后之曲折也。文之曲折至此，虽曲折武夷，不足拟之。

　　孔明既云曹操不可与争锋，而又曰中原可图，其故何哉？盖汉贼不两立，虽知天时，必尽人事，所以明大义于天下耳。且其言有应有不应。三分鼎足，言之应者也；功成归田，言之不必应者也。其必应者，酬三顾之恩；其不必应者，念托孤之重。大段规模，固已算定于前，而相理制宜，不妨变通于后。如必说一句，定是一句，天下岂有印板事体，古人岂有印板言语，书中岂有印板文章乎？

　　或曰：孔明不劝玄德取孙、曹之地，而劝玄德取二刘之地，将欲扶汉而反自翦其宗室，毋乃不可乎？予曰：不然。二刘之地，玄德不取，必为孙、曹所有。故争荆州于孙权，何如受荆州于刘表？此玄德之失计于先也。取西川于刘璋，无异取西川于曹操，此孔明之预规其后也。不得以此为孔明病。

正叙孔明出草庐之后，读者方欲拭目而观孔明之事，乃忽然舍却新野，夹叙东吴，不但为孙权一边不当冷落，亦将为孔明游说东吴张本也。且其间文字，亦有相连而及者：孔明为玄德画策，便有周瑜为孙权画策以配之；孙权为孙坚报仇，便有徐氏为孙翊报仇以配之。又玄德得贤相，孙权亦得良将；孔明欲图荆、益，甘宁亦请图荆、益。凡如此类，皆天然成对，岂非妙文？

前太子辨与皇子协卧草堆之中，而崔毅有两日之梦；今孙策与孙权领江东之众，而其母亦有一日一月之梦。夫日为君象，民无二君，天无二日。辨既废而协始立，一日没而后一日升，原无两日并出之理也。若以孙权为日，则是与蜀、魏之君并出而为三日矣。吾以为正统之主则当日之，僭号之主则但当月之。就江东而论，则权为日而策为月；若就天下而论，则宜以刘备为日，而曹丕与孙权皆月耳。

二乔姊妹，分嫁二婿；二吴姊妹，同归一夫。权母谓权曰："吾死之后，汝事吾妹如事我。"然则母死之前，权以母姨为庶母；母死之后，权即以母姨为继母矣。以母姨为庶母，与寻常之庶母不同；以母姨为继母，与寻常之继母不同。权即欲不尽孝，而不可得矣。虽然，不独孙权宜然也。凡继母之与前母，亦姊妹行也。即庶母之与嫡母，亦姊妹行也。岂必母姨而后为母之姊妹，岂必事母之姊妹而后尽孝哉？

唐徐世勣起于盗贼之中，而甘宁亦起于盗贼之中。世勣初号

"无赖贼"，继号"难当贼"，末号"佳贼"，而甘宁亦号"锦帆贼"。然世勋阿附武后，而甘宁忠事孙权，则世勋之佳不必佳，而甘宁之锦乃真锦也。

今之学孔明者，不能学其决策草庐，而但学其昼寝；学甘宁者，不能学其改邪归正，而但学其铜铃锦帆；学孙权者，不能学其尊贤礼士，为父报仇，而但学其丧中争战；学徐氏者，不能学其智谋节义，而但学其浓妆艳裹，言笑自若。为之一笑。

却说玄德访孔明两次不遇，欲再往访之。关公曰："兄长两次亲往拜谒，其礼太过矣。想诸葛亮有虚名而无实学，故避而不敢见。^{今有请名士作文、请名医治病而迟迟不赴者，乃当以此诮之。}兄何惑于斯人之甚也！"玄德曰："不然。昔齐桓公欲见东郭野人，五反而方得一面。^{关公爱读《春秋》，便对他说一春秋故事。}况吾欲见大贤耶？"张飞曰："哥哥差矣。量此村夫，何足为大贤！今番不须哥哥去，他如不来，我只用一条麻绳缚将来！"^{将欲以麻绳当干旄之素丝耶？将欲以一缚当白驹之絷维耶？如此请客，可发一笑。}玄德叱曰："汝岂不闻周文王谒姜子牙之事乎？^{既外齐桓，又述周文，每况愈高，可见玄德之卑以自牧，正其高于自待也。}文王且如此敬贤，汝何太无礼！今番汝休去，我自与云长去。"飞曰："既两位哥哥都去，小弟如何落后！"玄德曰："汝若同往，不可失礼。"^{麻绳一条不飞应诺。劳带得。}

于是三人乘马引从者往隆中。离草庐半里之外，玄德便下马步行，^{其恭也如是。}正遇诸葛均。玄德忙施礼，问曰："令兄在庄否？"均曰："昨暮方归。将军今日可与相见。"言罢，飘然自去。^{玄德访孔明，必带着两个兄弟同去；孔明见玄德，更不消一个兄弟陪来。劳者自劳，逸者自逸。}玄德曰："今番侥幸得见先生矣！"张飞曰："此人无礼！便引我等到庄也不妨，何故竟自去了！"玄德曰："彼各有事，岂可相强。"若使诸葛均一见玄德，便连忙回转报出孔明迎门相揖，则不成其为卧龙先生矣。三人来到庄前叩门，童子开门出问。玄德曰："有劳仙童转报：刘备专来拜见先生。"童子曰："今日先生虽在家，但今在草堂上昼寝未醒。"惟其为卧龙，故不妨昼寝。今有瞌睡汉，不能学孔明，而但学其昼寝，岂得谓之卧龙哉！直是卧牛、卧犬耳。玄德曰："既如此，且休通报。"分付关、张二人，只在门首等着。玄德徐步而入，见先生仰卧于草堂几席之上。玄德拱立阶下。西厢之仓立闲阶，是未见其人而候之；玄德之仓立闲阶，是既见其人而候之。半晌，先生未醒。关、张在外立久，不见动静，入见玄德犹然侍立。张飞大怒，谓云长曰："这先生如何傲慢！见我哥哥侍立阶下，他竟高卧推睡不起！等我去屋后放一把火，看他起不起！"先生一生最善火攻，翼德乃欲以此法施之于先生，是班门弄斧矣。一笑。云长再三劝住。玄德仍命二人出门外等候。望堂上时，见先生翻身将起，忽又朝里壁睡着。妙在此时还不便醒。童子欲报。玄德曰："且勿惊动。"又立了一个时辰，孔明才醒，口吟诗曰：妙在还不便起，且自吟诗。

大梦谁先觉？平生我自知。草堂春睡足，窗外日迟迟。或问先生何所梦，予曰：仲尼之梦，是梦周公；孔明之梦，定是梦伊尹。

孔明吟罢，翻身问童子曰："有俗客来否？"妙在童子不即通报，待先生问。○客曰"俗客"，太难为人，能来此地者，其客亦不俗矣。童子曰："刘皇叔在此，立候多时。"孔明乃起身曰："何不早报！尚容更衣。"还要更衣，妙。遂转入后堂。又半晌，又是半晌，妙。方整衣冠出迎。玄德见孔明身长八尺，面如冠玉，头戴纶巾，身披鹤氅，飘飘然有神仙之概。在玄德眼中画出一孔明。玄德下拜曰："汉室末胄、涿郡愚夫，久闻先生大名，如雷贯耳。昨两次晋谒，不得一见，已书贱名于文几，未审得入览否？"孔明曰：

"南阳野人，疏懒成性，屡蒙将军枉临，不胜愧赧。"^{乍见之时，}却用玄德开谈，孔明回答；一述其来情，一谢其过访，都是套语。是第一段。二人叙礼毕，分宾主而坐，童子献茶。

茶罢，孔明曰："昨观书意，足见将军忧民忧国之心；但恨亮年幼才疏，有误下问。"玄德曰："司马德操之言，徐元直之语，岂虚谈哉？望先生不弃鄙贱，曲赐教诲。"茶罢之后，却用孔明开谈，玄德回答；一自谦才短，一称赞大名，其语尚远。是第二段。孔明曰："德操、元直，世之高士。亮乃一耕夫耳，安敢谈天下事？二公谬举矣。将军奈何舍美玉而求顽石乎？"玄德曰："大丈夫抱经世奇才，岂可空老于林泉之下？愿先生以天下苍生为念，开备愚鲁而赐教。"第三段是孔明再三推辞，玄德再三请教，其语渐近。

孔明笑曰："愿闻将军之志。"玄德屏人促席而告曰："汉室倾颓，奸臣窃命，备不量力，欲伸大义于天下，而智术浅短，迄无所就。唯先生开其愚而拯其厄，实为万幸！"第四段是孔明问志，玄德言怀，方是深谈。

孔明曰："自董卓造逆以来，天下豪杰并起。曹操势不及袁绍，而竟能克绍者，非唯天时，抑亦人谋也。今操已拥百万之众，挟天子以令诸侯，此诚不可与争锋。先说曹操不可取。孙权据有江东，已历三世，国险而民附，此可用为援而不可图也。次说孙权不可取。荆州北据汉、沔，利尽南海，东连吴会，西通巴、蜀，此用武之地，非其主不能守。是殆天所以资将军，岂有意乎？此言荆州可取。益州险塞，沃野千里，天府之国，高祖因之以成帝业；今刘璋暗弱，民殷国富而不知存恤，智能之士，思得明君。此言益州可取。将军既帝室之胄，信义著于四海，总揽英雄，思贤如渴，若跨有荆、益，保其岩阻，西和诸戎，南抚彝、越，外结孙权，内修政理；孙权不可取则结之。待天下有变，则命一上将将荆州之兵以向宛、洛，将军身率益州之众以出秦川，百姓有不箪食壶浆以迎将军者乎？<small>曹操虽不可取，而终当伐之。</small>诚如是，则大业可成，汉室可兴矣。此亮所以为将军谋者也，唯将军图之。"<small>未下棋时，先将一盘局势算得停停当当，岂非天下第一手？</small>言罢，命童子取出画一轴，挂于中堂，指谓玄德曰："此西川五十四州之图也。<small>正不知先生几时觅下此一轴画，可见其一向高卧，非真正睡着也。</small>将军欲成霸业，北让曹操占天时，南让孙权占地利，将军可占人和。<small>天时、地利、人和，分得奇。</small>先取荆州为家，后即取西川建基业，以成鼎足之势，然后可图中原也。"<small>既曰成鼎足，又曰图中原，盖成鼎足是顺天时，图中原是尽人事。○孔明画策，已尽于此。</small>

玄德闻言，避席拱手谢曰："先生之言，顿开茅塞，使备如拨云雾而睹青天。但荆州刘表、益州刘璋，皆汉室宗亲，备安忍夺之？"<small>此孔明赐教之后，而玄德踌躇，又作一折。</small>孔明曰："亮夜观天象，刘表不久人世；刘璋非立业之主，久后必归将军。"玄德闻言，顿首拜谢。<small>此孔明重言以决，而玄德谢教，乃作一收。</small>只这一席话，乃孔明未出茅庐，已知三分天下，真万古之人不及也！后人有诗赞曰：

"豫州"当日叹孤穷，何幸南阳有卧龙！

欲识他年分鼎处，先生笑指画图中。

玄德拜请孔明曰："备虽名微德薄，愿先生不弃鄙浅，出山相助。备当拱听明诲。"孔明曰："亮久乐耕锄，懒于应世，不能奉命。"<small>此孔明于决策之后，忽然不肯出山，又作一折。</small>玄德泣曰："先生不出，如苍生何？"言毕，泪沾袍袖，衣襟尽湿。<small>前至水镜庄上，衣襟尽湿，今在卧龙庄上，衣襟亦尽湿。前之湿是水，今之湿是泪。前遇难而不泪，今为求贤而反泪者，前不为一身而泪，今则为苍生而泪也。</small>孔明见其意甚诚，乃曰："将军既不相弃，愿效犬马之劳。" 此孔明因玄德意诚而许诺，又作一收。玄德大喜，遂命关、张入，拜献金帛礼物。孔明固辞不受。孔明不肯受聘，又作一折。玄德曰："此非聘大贤之礼，但表刘备寸心耳。"孔明方受。此因玄德又恳而孔明方受，又作一折。于是玄德等在庄中共宿一宵。前宿水镜庄上，为想伏龙、凤雏，一夜睡不着；今此夜与前不同，定然睡着矣。次日，诸葛均回，孔明嘱付曰："吾受刘皇叔三顾之恩，不容不出。汝可躬耕于此，勿得荒芜田亩。待吾功成之日，即当归隐。"方出山便思退步，是真淡泊宁静之人。后人有诗叹曰：

　　　　身未升腾思退步，功成应忆去时言。

　　　　只因先主丁宁后，星落秋风五丈原。

又有古风一篇曰：

　　高皇手提三尺雪，芒砀白蛇夜流血。平秦灭楚入咸阳，二百年前几断绝。大哉光武兴洛阳，传至桓灵又崩裂。献帝迁都幸许昌，纷纷四海生豪杰。曹操专权得天时，江东孙氏开鸿业。孤穷玄德走天下，独居新野愁民危。南阳卧龙有大志，腹内雄兵分正奇。只因徐庶临行语，茅庐三顾心相知。先生尔时年三九，亮出山时，年方二十七岁。收拾琴书离陇亩。先取荆州后取川，大展经纶补天手。纵横舌上鼓风雷，谈笑胸中换星斗。龙骧虎视安乾坤，万古千秋名不朽！

　　玄德等三人别了诸葛均，与孔明同归新野。玄德待孔明如师，食则同桌，寝则同榻，终日共论天下之事。孔明曰："曹操于冀州作玄武池以练水军，必有侵江南之意。可密令人过江探听虚实。"玄德从之，使人往江东探听。<small>下文将叙东吴事，此乃过枝接叶处。</small>

却说孙权自孙策死后，据住江东，承父兄基业，广纳贤士，开宾馆于吴会，命顾雍、张纮延接四方宾客。<small>方写玄德求贤，又接写孙权好士。</small>连年以来，你我相荐。时有会稽阚泽字德润，彭城严峻字曼才，沛县薛综字敬文，汝南程秉字德枢，吴郡朱桓字休穆，陆绩字公纪，吴人张温字惠恕，<small>张温有二，前董卓所杀之张温，洛阳张温，此张温则吴郡张温。</small>及会稽凌统字公续，乌程吴粲字孔休。此数人皆至江东，孙权敬礼甚厚。又得良将数人，乃汝阳吕蒙，字子明；吴郡陆逊，字伯言；琅琊徐盛，字文向；东郡潘璋，字文珪；庐江丁奉，字承渊。文武诸人，共相辅佐，由此江东称得人之盛。<small>方写玄德得一贤，接写孙权得多士。○程普、黄盖、周泰、韩当则孙坚所得，周瑜、张昭、张纮、虞翻、太史慈等则孙策所得，若鲁肃、诸葛瑾、顾雍则孙权初立时所得，今阚泽、吕蒙等数人，又独后至。前分叙，此总叙，或详或略，笔法各妙。</small>

建安七年，曹操破袁绍，遣使往江东，命孙权遣子入朝随驾。<small>袁术欲使吕布质女，曹操欲使孙权质子，一样意思。</small>权犹豫未决。吴太夫人命周瑜、张昭等面议。张昭曰："操欲令我遣子入朝，是牵制诸侯之法也。然若不令去，恐其兴兵下江东，势必危矣。"<small>既知遣质子为牵制，而又忧不遣质之将危，是首鼠两端之语。</small>周瑜曰："将军承父兄馀资，兼六郡之众，兵精粮足，将士用命，有何逼迫而欲送质于人？质一入，不得不与曹氏连和；彼有命召，不得不往：如此，则见制于人也。不如勿遣，徐观其变，别以良策御之。"<small>孔明为玄德画策，只数语决疑；周瑜为孙权画策，亦只数语决疑。</small>吴夫人曰："公瑾之言是也。"权遂从其言，谢使者，不遣子。自此曹操有下江南之意。但正值北方未宁，无暇南征。<small>轻按下曹操，再接叙东吴。</small>

建安八年十一月，孙权引兵伐黄祖，战于大江之中。祖军败绩。权部将凌操，轻舟当先，杀入夏口，被黄祖部将甘宁一箭射死。凌操子凌统，时年方十五岁，奋力往夺父尸而归。^{前孙策求父尸，今凌统夺父尸，遥遥相对。}权见风色不利，收军还东吴。

却说孙权弟孙翊为丹阳太守。翊性刚好酒，醉后尝鞭挞士卒。^{前则有宋宪、魏续之叛吕布，后则有范疆、张达之刺张飞，皆为此也。}丹阳督将妫览、郡丞戴员二人，常有杀翊之心，乃与翊从人边洪结为心腹，共谋杀翊。时诸将县令，皆集丹阳。翊设宴相待。翊妻徐氏美而慧，极善卜《易》，^{女先生起课则有之矣，美夫人起课是所仅见。}是日卜一卦，其象大凶，劝翊勿出会客。翊不从，^{不听妇言，本是好处；不听慧夫人言，却是蠢处。不信卜，只是莽处；不信慧夫人卜，却是俗处。}遂与众大会。至晚席散，边洪带刀跟出门外，即抽刀砍死孙翊。妫览、戴员乃归罪边洪，斩之于市。^{与后文司马昭之归罪成济，正复相同。}二人乘势掳翊家资侍妾。妫览见徐氏美貌，乃谓之曰："吾为汝夫报仇，汝当从我；不从则死。"徐氏曰："夫死未几，不忍便相从；可待至晦日，设祭除服，然后成亲未迟。"^{既不从，又不死，权变之极。}览从之。

徐氏乃密召孙翊心腹旧将孙高、傅婴二人入府，泣告曰：^{对妫览不泣，对孙高二人则泣，权变之极。}"先夫在日，常言二公忠义。今妫、戴二贼谋杀我夫，只归罪边洪，将我家资童婢尽皆分去。妫览又欲强占妾身，妾已诈许之，以安其心。二将军可差人星夜报知吴侯，一面设密计以图二贼，雪此仇辱，生死衔恩！"言毕再拜。孙高、傅婴皆泣曰："我等平日感府君恩遇，今日所以不即死难者，正欲为复仇计耳。^{此二语即徐氏之意。}夫人所命，敢不效力！"于是密遣心腹使者往报孙权。至晦日，徐氏先召孙、傅二人，伏于密室帏幕之中，^{今之妇人，有丈夫新死而学徐氏之藏人于帏幕者矣。吾不知其有何仇之欲报而为此设伏也。}然后设祭于堂上。祭毕，即除去孝服，沐浴薰香，浓妆艳裹，言笑自若。^{今之妇人，有丈夫新死而学徐氏之浓妆艳裹、言笑自若者矣，我不知其有何仇之欲报而为此权诈也。○古之寡妇，浓妆艳裹、言笑自若是假，披麻戴孝、掩面长号是真；今之寡妇，浓妆艳裹、言笑自若是真，披麻戴}

孝、掩面长号是假。古今人不相及，《柏舟》妠览闻之甚喜。至夜，徐氏遣之诗、《黄鹄》之咏，其不可复作矣乎！婢妾请览入府，倒先去请，权变之极。设席堂中饮酒。饮既醉，徐氏乃邀览入密室。览喜，乘醉而入。徐氏大呼曰："孙、傅二将军何在？"二人即从帏幕中持刀跃出。妠览措手不及，被傅婴一刀砍倒在地，孙高再复一刀，登时杀死。不杀之于席间，而杀之于密室者，恐戴员知之而不来故也。精细之极。徐氏复传请戴员赴宴。何等机智，员入府来，至堂中，亦被孙、傅二将所杀。一杀之于密室，一杀之于堂中，各自一样杀法，妙甚。一面使人诛戮二贼家小及其馀党。更是畅快。徐氏遂重穿孝服，《周书》曰："王释冕，反丧服。"盖暂时从吉云。将妠览、戴员首级，祭于孙翊灵前。此方是真正设祭。不一日，孙权自领军马至丹阳，见徐氏已杀妠、戴二贼，比及孙权兵到，女将早已杀贼矣。其卜《易》，则知是女先生；其用兵，则是女军师。如此奇妇人，恐不让南阳卧龙也。乃封孙高、傅婴为牙门将，令守丹阳，取徐氏归家养老。江东人无不称徐氏之德。后人有诗赞曰：

才节双全世所无，奸回一旦受摧锄。

庸臣从贼忠臣死，不及东吴女丈夫。

且说东吴各处山贼尽皆平复。大江之中，有战船七千馀只。孙权拜周瑜为大都督，总统江东水陆军马。为后赤壁鏖兵伏线。建安十二年冬十月，权母吴太夫人病危，召周瑜、张昭二人至，谓曰："我本吴人，幼亡父母，与弟吴景徙居越中。后嫁于孙氏，生四子。长子策生时，吾梦月入怀；后生次子权，又梦日入怀。日胜于月，为后孙权称帝伏线。○刘禅之母梦斗，即叙于其母分娩之初；孙权之母梦日，补叙于其母临终之项。叙法各变，妙甚。卜者云：'梦日月入怀者，其子必贵。'不幸策早丧，今将江东基业付权。望公等同心助之，吾死不朽矣！"又嘱权曰："汝事子布、公瑾以师傅之礼，不可怠慢。吾妹与我共嫁汝父，则亦汝之母也；吾死之后，事吾妹如事我。汝妹亦当恩养，择佳婿以嫁之。<small>为后玄德入赘伏线。○看他先嘱其臣，后嘱其子，及其嘱子之言，又先嘱其以师傅之礼待臣，而后及其妹女，盖先公而后私，先尊贤而后亲亲也。</small>何东吴奇女子之多乎！<small></small>言讫遂终。孙权哀哭，具丧葬之礼，自不必说。

至来年春，孙权商议欲伐黄祖。张昭曰："居丧未及期年，不可动兵。"周瑜曰："报仇雪恨，何待期年？"<small>伐人之丧不可，丧中伐人亦不可。然以报父仇，则无不可也。若论报仇，正当服缟素而兴师，何待除服之有？张昭之见，往往不及周瑜。</small>权犹豫未定。适北平都尉吕蒙入见，告权曰："某把龙湫水口，忽有黄祖部将甘宁来降。某细询之：宁字兴霸，巴郡临江人也，颇通书史，有气力，好游侠。尝招合亡命，纵横于江湖之中，腰悬铜铃，人听铃声，尽皆避之。<small>响马贼有响箭，响船贼亦有响铃。然则贼之不响者，必无用之贼也。</small>又尝以西川锦作帆幔，时人皆称为'锦帆贼'。<small>贼以"锦帆"为名，其贼甚趣，不唱"大江东"，却唱"锦帆开"矣。</small>后悔前非，改行从善，引众投刘表。见表不能成事，即欲来投东吴，却被黄祖留住在夏口。前东吴破祖时，祖得甘宁之力，救回夏口，乃待宁甚薄。都督苏飞屡荐宁于祖。祖曰：'宁乃劫江之贼，岂可重用！'<small>周仓起于黄巾，而关公用为亲随；甘宁起于劫江，而黄祖不肯用为心腹。君子用人，最是通融；小人用人，偏极拘执。</small>宁因此怀恨。<small>为后杀黄祖伏线。</small>苏飞知其意，乃置酒邀宁到家，谓之曰：'吾荐公数次，乃主公不能用。日月逾迈，人生几何，宜自远图。吾当保公为鄂县长，自作去就之计。'<small>苏飞之荐甘宁于黄祖，为甘宁也，非为黄祖也；若为黄祖，则当告祖曰："不重用则杀之，勿以资敌国。"何乃导之入吴耶？之为友谋，则忠矣；为主谋，则不忠。</small>宁因此得过夏口，欲投江东，恐江东恨其救黄祖杀凌操之事。某具言主公求贤若渴，不记旧恨；况各为其主，又何恨焉？宁欣然引众渡江，来见主公。乞钧旨定夺。"<small>甘宁一段来历，不向黄祖一边叙去，却向吕蒙口内述来，最是省笔。</small>孙权大喜曰："吾得兴霸，破黄祖必矣。"遂令吕蒙引甘宁入见。参拜已毕，权曰："兴霸来此，大获我心。岂有记恨之理？黄祖不录甘宁之功，孙权不记甘宁之怨，彼此正相反。请无怀疑。愿教我以破黄祖之策。"宁曰："今汉祚日危，曹操终必篡窃。南荆之地，操所必争也。刘表无远虑，其子又愚劣，不能承业传基，明公宜早图之；若迟，则操先图之矣。孔明劝玄德取荆州，甘宁亦劝孙权取荆州。今宜先取黄祖。祖今年老昏迈，务于货利；侵求吏民，人心皆怨；战具不修，军无法律。明公若往攻之，其势必破。既破祖军，鼓行而西，据楚关而图巴、蜀，霸业可定也。"孔明劝玄德取巴蜀，甘宁亦劝孙权取巴蜀。○如此见识，岂得以劫江之贼目之耶！孙权曰："此金玉之论也！"遂命周瑜为大都督，总水陆军兵；吕蒙为前部先锋；董袭与甘宁为副将；权自领大军十万，征讨黄祖。

细作探知，报至江夏。黄祖急聚众商议，令苏飞为大将，陈就、邓龙为先锋，尽起江夏之兵迎敌。陈就、邓龙各引一队艨艟截住沔口，艨艟上各设强弓硬弩千馀张，将大索系定艨艟于水面上。后文曹操之船用连环，此处黄祖之船用贯索；环不可断，索则可断也。东吴兵至，艨艟上鼓响，弓弩齐发，兵不敢进，约退数里水面。甘宁谓董袭曰："事已至此，不得不进。"乃选小船百馀只，每船用精军五十人：二十人撑船，三十人各披衣甲，手执钢刀，不避矢石，直至艨艟傍边，砍断大索，艨艟遂横。本是贯索勾陈，却遇了大熟白虎；本欲乘风破浪，却做了野渡横舟。为之一笑。甘宁飞上艨艟，将邓龙砍死。陈就乘船而走。吕蒙见了，跳下小船，自举橹棹，直入船队，放火烧船。陈就急待上岸，吕蒙舍命赶到跟前，当胸一刀砍翻。以上写水军战功。比及苏飞引军于岸上接应时，东吴一齐上岸，势不可当。祖军大败。苏飞落荒而走，正遇东吴大将潘璋，两马相交，战不数合，被璋生擒过去，径至船中来见孙权。以上写陆路战功。权命左右以槛车囚之，待活捉黄祖，一并诛戮。催动三军，不分昼夜，攻打夏口。正是：

只因不用锦帆贼，致令冲开大索船。

不知黄祖胜负如何，且看下文分解。